奇幻山谷

奇幻山谷

The Valley of Amazement

［美］谭恩美 著

Amy Tan

王蕙林 译

外语教学与研究出版社

北京

目录

Contents

动荡的捉摸不定的年月卷着我不知去什么地方，

你们的计划，政治失败了，路线垮了，实质的东西嘲笑我，

使我难以捉摸，只剩下我歌唱的主题，

那伟大而占领得牢牢的灵魂，能够捉摸住，

"自己"永远不能垮——那是最后的实质——

一切之中唯它是肯定无疑的，

在政治，胜利，战斗，生活中最后终于能留下的是什么？

一切场面上的东西都粉碎时，

除了"自己"还有什么是

可以肯定无疑的？

——沃尔特 · 惠特曼，

《动荡的捉摸不定的年月》

（赵萝蕤 译）

第 1 章　秘密玉路

上海　1905—1907 年

薇奥莱

七岁的时候，我对自己是谁知道得一清二楚：一个完完全全的美国女孩，从人种、习惯，到讲话方式都是。我的妈妈叫路路·明特恩，是大上海唯一一个拥有自己的顶级妓院的白种女人。

我妈给我起名叫薇奥莱，因为她在旧金山——一座我只从明信片里见到过的城市——度过的童年岁月里，一直都很喜欢那种叫做薇奥莱的小花[1]。然而随着年龄的增长，我却开始讨厌起自己的名字，因为那些长三[2]总把它念得听起来像是上海话里的"勿要啦"——当你想甩掉什么东西的时候会用到的词。"勿要啦！勿要啦！"不管走到哪里，人们都用这个词来迎接我。

我妈给自己起了一个听起来很像她美国名字的汉语名字：路路咪咪，所以她开的长三书寓就被称为"路路咪咪家"。她的西洋客户则把这里称为"秘密玉路"，

1　英文"violet"意即紫罗兰，薇奥莱为其音译。——译者注，本书注释如无特殊说明均为译者注。

2　解放前上海滩对高级妓女的俗称。

1

因为她汉语名里的汉字翻译成英文以后基本就是这个意思。那个时候，在上海，秘密玉路是唯一一家能让华人和洋人客人同时满意的长三书寓[1]。加之，到这里来的客人大多都是外贸商人中的顶级富豪，这便让我妈得以同时在华人和洋人的两个圈子里，一样放肆地打破禁忌。

那座鲜花盛开的房子便是我小时候的整个世界。我没有伙伴，也没有美国小朋友。六岁时，妈妈让我加入了朱厄尔小姐的女子学校。那里只有十四个小学生，每一个都很残忍。几个女孩的妈妈对我出现在学校里表示了抗议，她们的女儿便拉拢了所有同学，密谋要把我赶走。她们说我住在一所"邪门歪道"的房子里，并说大家最好都不要碰我，以免我把自己的污点沾染给她们。她们还跟老师说我一天到晚都在骂人，但我明明只骂过一次而已。不过这些都不算什么，更残忍的侮辱来自一个长着一头可笑鬈发的高年级女孩。我来到这所学校的第三天，我刚进学校，正沿着走廊往前走的时候，她唰地一下走到我面前，在一个老师和低年级女生都能听得见的距离范围里，对我说："你跟一个中国佬乞丐说汉语，所以你肯定也是个中国佬。"我再也忍受不了她的任何一句侮辱了，抓起她满头的小卷紧扯不放。她尖叫起来，十几只拳头便落在了我的背上；然后另一只拳头迎面而来，把我的嘴唇打出了血，还打掉了一颗本来就已松动了的牙齿。我把牙吐了出来，所有人都盯着那颗白亮亮的尖牙愣了一下，然后我便以一种极富戏剧冲击力的姿势掐住自己的脖子，大声尖叫着："我被杀死了！"然后应声倒地。一个女孩被吓晕了，整个事件的元凶和她的跟班儿们则惊恐欲绝地四散而逃。我捡起那颗牙——它曾是我身体里鲜活的一部分——老师则迅速在我的脸上系上了一条打了结的方巾，用以止血，然后用人力车把我送回了家，临别没说一句安慰的话。妈妈当场就决定，从此以后我的课都在家里上。

满脑袋困惑的我，告诉了妈妈自己跟那个乞丐所说的话："'老花子[2]'，让我过一下。"妈妈告诉我，"老花子"其实是"乞丐"的中文说法。直到此刻我才恍然大悟，自己一直在说的语言，其实是汉语、英文和上海方言的大杂烩。不过话

---

1 旧时指顶级妓院。

2 原文为"Lao huazi"。

说回来，我怎么会知道英语里的"乞丐"这个词呢？——我又从来没见过任何一个美国老爷爷倒在墙边，嚅动着松弛的嘴唇祈求我的怜悯！上学之前，我只跟我们秘密玉路里的四个佣人以及她们的娘姨[1]和下人们说过话。他们在八卦、调情、抱怨和咒骂中所吐出的一个个音节，从我的耳朵里进去，化作我的语言后又从我的嘴巴里出来。而且我跟妈妈聊天的时候，她从来也没有指出过我的话里有任何毛病。让事情变得更加混乱的是，我妈说英语的同时也说中文，她身边的娘姨金鸽则在说中文的时候也夹杂英语。

一切尘埃落定后，那个女孩对我的指控却仍让我烦心。我问妈妈，她小的时候也讲中文吗？她告诉我，金鸽曾经很严厉地给她上过汉语课。然后我又问她，我说中文有没有那些长三好？"从很多种角度来说，你说得比她们还好。"她说，"你的发音更漂亮。"这让我感到惊恐。我问我那位新来的家庭教师，华人是不是天生就会比美国人讲中文讲得好？他回答说，某个人种的嘴形、舌形与唇形，都是最适合其种族语言的发声的，而他们的耳朵也是最适合将这种语言传导进大脑的。我问他，那我为什么会说中文呢？他说，那是因为我学有成效，在刻苦训练自己口形的过程中，获得了用不同于自己人种的方式运用舌头的能力。

我忧心忡忡了两天，但最后终于借助逻辑和推理，重获了自己的人和认证。首先——我分析——我妈就是个美国人。虽然我爸死了，但很显然，他肯定也曾是个美国人，因为我有着白皙的皮肤、棕色的秀发和绿色的眸子。我穿的衣服都是西洋款式的，脚上的鞋也很正常。我的脚没有被缠起来，像一团包饺子的面团那样被塞进袖珍的鞋里。我还接受了教育，学习了像历史和科学那样的高难度科目——而且，正如我的家教老师所说，我学习这些东西"纯粹是出于对知识的渴望"。和我相反，大多数华人女孩学的只是些行为举止的规范。

更重要的是，我的思维方式跟华人完全不一样：我不会对着一尊雕塑叩头，不喜欢烟熏火燎的气味，也不相信冥间的幽灵。妈妈告诉我："幽灵是一和迷信，是某些华人因为自己的恐惧而凭空想象出来的东西。中国人是喜欢担惊受怕的民族，所以他们有特别多的迷信。"而我并不是个容易害怕的人。我也不会因为某

---

1 吴语方言对女佣的称呼。

3

种行为方式已经延续了一千年，就按照那种方式做所有的事。我有着美国佬的独创精神和独立思维，这是妈妈教给我的。举个例子说吧，让我们这里的下人用现代的叉子而不是老掉牙的筷子，就是我想出来的主意。只不过，妈妈后来又命令下人们把那些银器交还回来了。她说，那些叉子的一只尖头卖出的价钱，就比一个下人一整年挣的钱还多，所以，那些下人有可能会经不住诱惑，去把叉子给卖了——华人可不像我们美国人那么重视诚实的品质。我对妈妈的观点也表示同意。那么好了，如果我真是个华人的话，我怎么可能这样评价自己？

离开朱厄尔小姐的学校以后，我便禁止那些佣人们管我叫"勿要啦"了。与此同时，我也不允许她们用中国式的亲昵称呼，像是"小妹妹"来称呼我。她们得叫我薇薇，我跟她们说。荣获特权，能以"薇奥莱"这个名字称呼我的，只有我妈、金鸽和我的家教，因为只有他们才能把这个词的发音读准。

给自己改了名字以后，我忽然意识到，只要高兴，我随时都可以给自己换个名字，以配合我自己不同的心情和目标。在那之后不久，我就因为一个偶然的小事故，获得了自己的第一个外号。事情是这样的：当天，我疯跑着穿过大客厅，一不小心撞上了一个端着满盘茶和点心的下人，把那一盘子的东西稀里哗啦全给撞翻到了地上。他大呼小叫起来，说我是个"婊子[1]"，意思是把一切搞乱的"小旋风"。这可真是个可爱的词儿，没错，我就是那阵旋风，吹彻大名鼎鼎的"秘密玉路"的旋风：我满头蓬松的棕发是旋风上的雨云，而当我养的那只猫咪追赶起我束发的缎带时，她那箭一样的身影便化作了风暴里的闪电。打那之后，我就命令下人们用英语管我叫"旋风"，而这个词在他们嘴里被读成"呜呜[2]"。

我爱我那只金色的狐狸猫。她属于我，我也属于她，而这是一种我从未与任何其他生物建立起过的感情——就连跟我妈也没有。当我抱着我的小猫咪时，她会把爪子抵在我的紧身上衣上揉搓，抓破衣服上的蕾丝，并把那团乱糟糟的线织成一张渔网。她的眼睛跟我一样，绿莹莹的，而她那长着棕黑斑点的皮毛则笼罩着美丽的金色光泽。在月光下，她看起来流光溢彩。她是妈妈送给我的礼物，因

---

1 原文为"biaozi"。

2 旋风的英文为"whirlwind"。

4

为我曾经跟妈妈说我想要个朋友。妈妈说，这只猫以前是一个海盗养的，那个海盗用一位自己劫持来的葡萄牙公主卡洛塔的名字给这只猫咪命名。没人能像我一样拥有一只海盗养的猫，但是所有人都能交到朋友。不过，猫永远都是忠诚的，朋友可就难说了。我妈说她对于这一点非常肯定。

大房子里几乎所有的人都很怕我的海盗猫。如果有人试图把她从家具上赶下来的话，准会挨一顿抓。被困在衣柜里的时候，她会发出鬼哭狼嚎般的叫声，而如果她在试图靠近她的人身上嗅到了害怕的气息，就会倒竖起浑身的毛发，让来人知道，她确实值得一怕。每当金鸽看见卡洛塔冲她腾跳过来的时候，都准会吓得僵在当场——金鸽小时候曾经被一只野猫重重伤过，伤口流出了绿脓，并发的高烧差点要了她的命。不管是谁，只要有人胆敢抱起我的小猫咪，她准会稳准狠地咬上一口，同样，不管是谁，只要有人胆敢不经我的允许就去摸她，她准会一爪子挠上去。她曾经残杀了一个名叫方忠诚的十七岁男孩，这男孩是跟他爸爸一起来的秘密玉路。事发当天，我遍寻不到卡洛塔的身影，最后终于在沙发底下发现了她。当时，一个男孩挡在沙发前，用一种我听不懂的语言兴奋地叽咕着什么。我还没来得及警告他别去碰卡洛塔的时候，他就弯下身去，抓住了她的尾巴。紧接着，便只见她把爪子深深扎进他的胳膊，挠下四条血淋淋的皮肉。他瞬间一脸惨白，紧紧咬着牙昏倒在地，伤得奄奄一息。他爸把他带回了家，金鸽说他肯定活不成了。不久以后，一个佣人向我们证实了这一点，还说，他还从没享受过闺房之乐就死了，真是可怜。虽说事情变成这样都是那个男孩的错，但我还是害怕卡洛塔会被带走淹死。

不过，跟我在一起时，卡洛塔就完全是另一个样了。每当我拥她在怀里时，她总是十分温顺柔弱。夜里，她会蜷在我的怀里发出咕噜咕噜的轻柔喉音；清晨，她则会欢快地冲我叫唤。我总在围裙兜里装些用来喂她的碎香肠，还会时常随身带着一根绑在细绳上的鹦鹉羽毛，每当她躲在某个沙发底下的时候，我便可以用这羽毛把她诱惑出来，因为，当她试图去拍那片羽毛时，爪子就会从沙发边上露出来。我跟她一起在各色家具组成的迷宫里疯跑，她会弓起身子跳上桌子、椅子、窗帘，还有高高的墙板上沿——所有我希望她去的地方上面。那个大客厅是我和卡洛塔的游乐场，然而这个游乐场所在的房子，从前竟曾是一栋凶宅。是我妈把那栋凶宅改造成了现在的秘密玉路。

我曾经好几次听到妈妈对西方报纸的记者讲述，她是怎样几乎不费一分一厘就获得了这幢房子的。"如果你想在上海赚钱，"她说，"就利用人们的恐惧吧。"

路路：

这座房子，先生们，原本是于四百年前，由一位富有的文士兼著名诗人潘谷项兴建的避暑庄园。他那抒情诗般优美的精神财富已经失传，因为那些挥洒在纸张上的思想早已化作了青烟。最开始，庄园中的土地以及四幢房子占地曾达一点五公顷，是现在的两倍大。现在那堵厚厚的石墙还是原来的遗迹，但东西两个厢房，却是在被一场神秘的大火烧光后重建的——那位学者充满诗意的思想著作正是在那场大火里被吞噬一空的。关于那场大火，坊间有一个流传了四百年的传说：那位文士的某个小妾住在西厢房里，正是她点燃了大火，而住在东厢房里的正妻，就在火焰的包围中尖叫而亡。这个传说到底是真是假，谁又说得准呢？不过，如果一个传说里连一两个谋杀的桥段都没有的话，也就不会有人屑于去以讹传讹了。你们说呢？

那位诗人死后，他的长子请来最好的石匠雕了块石碑，顶端盘有飞龙，置于龟趺背上。这种雕塑象征着只有达官显贵才有资格享有的荣誉——尽管在县志里，完全找不到这位诗人曾担任过高官的任何记载。然而到了诗人的曾孙统领家族的时候，那块石碑早已倾塌，荆棘荒草没过石碑，碑上字迹模糊难辨。风雨侵蚀掉学者的名字和对他的颂扬之辞，只留下难辨其意的道道凹痕——这不是那位学者所想象的永恒荣耀。距今一百年前，他的后人以十分低廉的价格将这片庄园转卖他人后，诅咒便降临了：收到卖房款的当天，那位将房子卖掉的后人便身陷灼烧般的剧痛而死，另一位儿孙则惨遭盗贼杀害。而这两个人的孩子，也在其后接连离奇死去，死时都年纪轻轻。买房者的继承人也没逃过厄运：家道中落，子孙离散，精神错乱，诸如此类的悲剧都降临在他们身上。当我见到这个园子时，它早已成为一片触目惊心的废墟，土地被盘根错节的藤蔓和疯长的灌木所覆盖，成了野狗栖息的完美港湾。我仅以听一支中国曲子的价钱就买下了这幢小楼，可洋人和华人都说我简直傻透了——这房子不管多便宜也不该买，没有任何一个木匠、石匠或者苦力会愿意跨入这栋凶宅的门槛一步的。

那么，先生们，换作是你们，你们会怎么办？半途而废，清点自己亏了多少钱？我雇来一个意大利演员——那是个名声败坏的阴险小人，长了张深色面孔，看起来很像亚洲人，尤其是当他像京剧演员那样，用带子勒起网好的头发，将眼梢斜斜吊上去的时候，他的那张脸就显得更有东方风情了。我让他披上风水师的袍子，又雇了几个小子分发传单，昭告天下说，我们将要在那幢闹鬼的宅子门口大办庙会。我们的庙会里有小吃摊儿、杂耍和柔术演员、吹拉弹唱的班子、名贵水果，以及一台能制作咸水太妃糖的糖果制造机。当风水师在他中国助手的陪同下坐着轿子到来时，现场已经有成百上千的观众在等着他了，观众里有小孩、奶妈、家仆、黄包车夫、长三、老鸨、裁缝以及其他各类爱散布小道消息的人。

这位风水师让人给他端来一口点燃的油锅，抽出一个卷轴扔进火里，然后开始一边念诵含混不清的藏文，一边将米酒[1]喷到火焰上，让火苗蹿得高高的。

"现在我就要走进这座受了诅咒的园子，"这位演员告诉大家，"劝那位姓潘的死鬼诗人离开。如果我没能回来的话，请大家记住我，记住有个好心人曾为大家奉献了自己的生命。"如果你告诉大家你冒着极大的生命危险，大家就会更容易相信你编出来的谎话。观众们眼睁睁看着他走进那个没人敢进的地方，五分钟后，看到他回来，都不由兴奋地交头接耳起来。那个演员宣称，他在那位死鬼诗人画室中的一个墨水瓶里找到了他，两人聊起诗人写过的诗和他过去的威望，相谈甚欢。这让诗人不禁悲从中来，哀叹自己的后人没能留存和弘扬自己的名声，任由自己那么快地湮没无闻，任由自己的纪念碑变成一块爬满苔藓的破石板，成了野狗撒尿的地方。风水师向诗人的亡魂保证，他会为他树立一块比以前那块还好的石碑。死鬼诗人向他道过谢后，便立刻离开了这座曾经阴魂不散的房子，找他那个被人害死的老婆去了。

---

1 原文为"rice wine"。

所以，第一个障碍就这样解决了。接下来需要我克服的是人们的怀疑：一个同时为中西两方客人服务的社交俱乐部，真的有可能成功吗？谁会来呢？你们也知道，绝大多数洋人都把华人当成低自己一等的生物——不管是从智力、品德还是社会地位上都是如此。很难想象他们会坐在一起分享手中的雪茄和白兰地。

而华人，出于同样的原因，自然便十分厌恶洋人那种飞扬跋扈的做派——搞得就好像上海是他们自己国家的港口城市一样，可以任由他们用那堆条约和法律肆意支配。洋人不信任华人，为了侮辱华人，他们总是故意模仿上海人的洋泾浜英语，就连对那些能说一口不逊于英国贵族的优雅英语的人士，也是如此。华人有什么理由要跟那些不尊重自己的家伙做生意呢？

答案很简单，那就是钱。国际贸易是他们的共同兴趣，也是共同语言，而我可以帮他们创造出一种对话的氛围，在那种氛围里，人们会放松警戒心，变得毫无保留。

我为西方客人准备了他们喜欢的桌球、扑克、顶级雪茄和白兰地。你们看，那个角落里有架钢琴，每天夜晚将近时，远离故土的游子们都会聚在这架钢琴周围，唱起故国的赞美诗和忧伤的歌，还有几位客人边唱边把自己想象成卡鲁索[1]的外甥呢。至于中国客人，他们可以在这里享受到长三书寓里的一切乐子。他们在求爱的时候会遵守一定的规矩，因为这儿可不是西方人所了解的那种妓院。近些日子以来，在上海一流的长三书寓里，除了鸦片烟和会唱曲子给男人们助兴的倌人以外，要是还能有桌球、扑克牌、顶级威士忌和雪茄这些西洋乐子的话，就会更受中国客人的欢迎——我们这儿当然不会在这一点上落后了。除此以外，我们的陈设布置也比其他长三堂子要有格调得多，每个细节都显得与众不同——我天生就具备卓越的审美，因为，毕竟我是个美国人嘛。

好了，现在我们终于走到大客厅了。这里是东方与西方交汇的地方，是来自两个世界的商人得以共处的所在。想象一下每夜从这里传出的兴奋而嘈杂的交谈声吧！无数财富在这里被创造出来，而一切的一切，都是从我对双方的介绍以及他们的第一次握手开始的。先生们，对于每一个想在上海发财的人来说，我的经

1　恩里科·卡鲁索（Enrico Caruso, 1873—1921），世界著名的意大利男高音歌唱家，被誉为"歌王"。

验都可引以为鉴：当人们说一个点子不可能成功时，通常它也就胎死腹中了——然而，在上海，没有什么是不可能的。你只需要让新与旧相遇，比如说重新布置一下家具什么的，然后再演上一出好戏就行了。只要骗得好，赚得就不会少。机遇遍地都是。在这幢房子的扇扇房门中，通往财富的大道畅通无阻，不过前提条件是你手里至少得有一万美元可供投资，或者你很有势力，一百万在你眼里根本不算什么——我们是有自己的准入门槛的。

来到大门前，只消一眼就能看出，你将要进入的这座豪华宅邸曾拥有一段辉煌的过去。拱廊上仍挂有一块专为明代学者而造的石匾额，上面的字迹十分精美；匾额的角角落落残留着一些苔藓痕迹，彰显着它的悠久历史。厚厚的大门定期会用朱红颜料油漆一新，门上的铜钉也会被打磨得油光锃亮。两根门柱上各镶嵌着一块牌子，分别写着这栋房子的两个名字：右边是英文的"秘密玉路"，左边则是中文的"路路咪咪馆"。穿过大门、进入前院后，你会恍然觉得自己是不是穿越回了那位死鬼诗人曾掌管这座房子的时代。花园的布置很简洁，从鱼塘到长着瘤的松枝，都严格按照古典样式布局。花园中矗立着一座相当朴素的房子，房子的外墙是石造的平整墙体，外面涂有灰泥；墙上的格子窗是简洁的冰裂纹样式；屋顶由灰瓦铺就，边沿的瓦当上饰有向上凸起的雕花，虽然并不明显，但也能大概猜出雕的是寓意幸福的蝙蝠的翅膀。在这栋房子前面，就立着那位诗人的纪念碑。那块纪念碑已经复归原位，置于龟趺背上，顶端盘有飞龙，称颂着诗人的流芳百世、荣耀万年。

然而，当你踏入前厅后，一切明朝的痕迹就都消失了。在你脚下，可以看到釉彩亮丽的摩尔式瓷砖那缤纷的图案；在你面前，则铺展着一壁红色的天鹅绒帘幕。当帘幕拉开，你便会被引入一个我妈称之为"有着天堂般魅力的宫殿"。这就是她刚才提到过的那个大客厅，它在装修风格上是完全西式的。虽然说现在的长三堂子里都流行西式的装修风格，但我妈对西式时尚的感觉可比其他人要靠谱和前卫多了。四百年的冰冷回声被包裹在缤纷挂毯和厚重地毯里，也被环绕在品类数量过于繁多的各种低矮沙发、坚硬靠椅、法式贵妃椅以及土耳其风格的软榻中，冰冷销声匿迹，唯余温软香艳。花架上摆着一瓶瓶牡丹，每一朵都硕大犹如婴儿的脑袋；圆形的茶几上搁着台灯，灯光给客厅涂上一层蜜色的琥珀光晕，宛若日落时分。客人可以从办公桌上摆着的象牙雪茄盒中抽出根雪茄，也可以从饰有金银丝的景泰蓝罐子里取出根香烟。植绒的扶手椅在一次次臀部的撞击中严重磨损，留下了清晰的凹陷。房间里的某些装饰品在中国人看来会显得很可笑——就比方说那些蓝白色的花瓶吧，上面描绘着华人的形象，不过一个个长得都跟拿破仑和约瑟芬似的。厚重的马海毛窗帘遮挡着格子窗，窗帘底下缀满指头粗的绿色、红色和黄色的流苏和穗子，这些零零碎碎成了卡洛塔最喜欢的玩具。枝形吊灯和壁灯发出的光芒点亮了墙上的画，画里有脸庞红润、身体健美而洁白的罗马女神，她们欢闹嬉戏着，身边有同样健壮洁白的马儿。我听到中国人说，这看起来太过荒唐——言下之意是，他们觉得，这看起来简直就像人兽交媾一样。

大客厅的左右两边都有门，通往一些更小、更私人的房间。走过那些房间，穿过外面的抄手游廊，便可以进入那位学者从前的书房、画室和家庙。如今，这些地方都已经过巧妙的改装，生意人可以在里面办花酒请朋友，听着端庄娴雅的长三用那令人心碎的调子唱曲，悠闲地度过时光。

在大客厅的背后，我妈安置了一座旋转上升的楼梯。楼梯上铺着地毯，装有红漆扶手。沿着楼梯上去，有三个拱形包厢，包厢的墙壁上衬着天鹅绒，就像是在剧院里一样。包厢俯瞰着大客厅，我常常在那儿观赏下面正在进行的欢宴。卡洛塔会待在我的身边，在栏杆上来回溜达。

宴会总在日落后拉开帷幕，整个晚上，秘密玉路门前的马车和黄包车都会络绎不绝。门卫碎蛋会事先把当晚客人的名字记牢，宴会开始后，他就把那些受到邀请的人放进门来，其余则拒之门外。我可以从我的高台上看见男人们拨开红色帷幕，走进那宫殿般的房间。我能分辨出某人是不是第一次来——如果是的话，他准会紧盯着面前的景象，仔细环顾整个房间，并对华人和洋人竟不仅互相问候，还彼此客客气气地说话感到极其惊讶。初来秘密玉路的洋人，是第一次在高级妓女的香闺里亲眼见到她们——在这之前，他可能只在大街上看到过她们坐在马车里匆匆掠过的身影，车窗外惊鸿一瞥，是她们穿着皮草、戴着帽子的倩影；但是在这里，她们却是触手可及的。他可以跟其中的一位说说话，怀着爱慕之心冲她笑笑——尽管他很清楚自己的手是不能乱摸的。看到我妈能使世界各国的男人们都满脸敬畏与惊叹，我觉得很开心。她拥有一种特殊的魔力，能让男人们从走进屋子的一瞬间开始，就惊愕得口不能言。

我们这儿的长三，在全上海长三书寓里的所有姑娘中，都算是最受欢迎和最有才情的。她们优雅、娇羞、撩人而难以捉摸，唱起曲子来娴熟婉转，吟起诗词来也出口成章。在圈子里，她们被称为"云美人"，因为每个人的名字里都有一个"云"字，而这个"云"字反过来也成了她们属于秘密玉路的身份象征。等她们有一天离开这里时——不管是嫁人、进尼姑庵还是到低级一点的妓院去工作——她们名字里的那个云都会随之消散。我七岁那年，住在我们堂子里的姑娘们分别叫做霞云、涌云、雪云，以及我最喜欢的宝云。她们每个人都很聪明，刚来的时候大多都在十三四岁左右，而离开时，年龄是二十三四岁。

我妈为姑娘们立下了规矩，包括她们该怎么跟恩客做生意，收入中她们能分多少，以及她们得向妓院交哪些费用。金鸽管理着这些伴人的举止与样貌，确保她们能维系一家一流长三书寓的水准与名声。金鸽知道，一个姑娘的名声会有多么轻易就被毁掉。她也曾独领风骚，但是有一天，她的相好打掉了她的门牙，还打碎了她整整半张脸的骨头。等她终于恢复好以后——脸仍旧有点歪——位置却早已被其他美人给取代了。金鸽想，自己一定是大大得罪了那位恩客，才会把一个如此温和的男人刺激得动粗。她为此一直耿耿于怀。

尽管那些伴人们个个秀丽动人，但所有的客人，不管是华人还是洋人，最想见的还是另一个女人——我妈妈。从我的高台上，我可以很容易地捕捉到我妈的身影，因为她长着一头柔韧茂密的棕色鬈发，随意地搭在肩头，为她平添动人风采。我的头发跟她的非常像，只不过颜色更深一点。她的皮肤有着黝黑的色调，她向人们骄傲地宣称，自己有一点南亚的血统。华人也好，洋人也罢，没人会真心实意地觉得我妈是美女：她长着一个长而棱角分明的鼻子，看起来就像是被削皮刀随意雕出来的；她的前额又高又宽——金鸽说，这是典型的理智型性格的表现；她的下巴凸起，看起来就像一只挑衅的拳头；而她的脸颊则有着刀削般的棱角；她的瞳孔异常地大，眼睛嵌在又深又暗的眼窝里，浓密漆黑的睫毛忽闪忽闪。

然而就是这样的她，却有着令人神魂颠倒的魔力。所有人都一致同意，她比一个有着标致容貌的大美女要更有魅力。她身上的一切都使她显得魅力四射——她那微笑，她那沙哑而悠扬的嗓音，她那撩人而慵懒的身体动作。她是电，她是光。如果哪个男人被她那灵动的双眸瞥了哪怕一眼，都一定会被当场迷倒。这样的场景我可是见了好多回了。她让每个男人都觉得，自己对于她是十分特别的。

在穿衣风格上，她也是无可匹敌的。她的衣服都是她自己亲自设计的，样式奇巧。我最喜欢的一件，是一条罩着一层淡紫色欧根纱的嫩粉色蚕丝长袍。这件礼服的袖口领边，都有缠绕的藤蔓镶边，藤蔓上点缀着细小的叶子。在胸口处，两朵粉色的玫瑰花苞从藤蔓顶端伸出头来。你要是以为那两朵玫瑰花苞也是丝绸做的话，那么你只猜对了一半，因为其中有一朵是如假包换的真玫瑰。随着良夜的流逝，那朵花儿会渐渐凋零，芬芳散尽。

我躲在高台上，眼睛追逐着妈妈的身影。她在房间里蹒跚往复，裙摆唰唰拖曳，所过之处，总能引来一片爱慕的眼光。我看见她一会儿朝一个方向俯下脸，跟一个华人说话，一会儿又掉转方向，跟一个洋人说话。我能看得出，那两个人都为妈妈竟选择把自己宝贵的注意力给予他们而感到万分荣幸。所有那些男人想从我妈妈那儿得到的，都是同一样东西。这样东西用中文说，是她的"关心"[1]，用英文表达，则是她那力量巨大的联系力。说白了，这都是因为她跟上海、广东、澳门、香港的各路最有实力、最为成功的洋人与华人都保有亲密的关系。这份亲密关系使她对他们的生意和手中的机会了如指掌，更让她能比大佬本人都更敏锐地嗅到尚待发掘的商业机遇。她能将商人与生意前景巧妙地联系在一起，为大家赚取更多的利润。这就是她那强大吸引力的根源。

其他长三堂子的老鸨们都很眼红，她们说我妈之所以会了解这些大佬和他们的秘密，是因为她跟他们每个人都上了床，睡了成百上千个各种肤色的男人。老鸨们说，要不是这样的话，我妈肯定就是窥探到了这些大佬赚钱的非法勾当，并且以此为由敲诈勒索。还有一种可能就是，我妈每天晚上都给他们下了药。谁知道她到底做了些什么，才让这些人掏心掏肺把她需要的信息全都告诉她呢？

1　原文为"guanxin"。

其实，她生意上的成功很大一部分要归功于金鸽。妈妈提过好几回，但是她提及的方式十分迂回，使得我每次都只能了解到事情的冰山一角。如果把我每次听到的片段都拼凑到一起，便会得到一个荒诞不经的故事：据推测，她跟金鸽相识于十年前，那时她们都住在东荟芳里的一所房子里。一开始，金鸽经营着一家面向中国水手的茶楼；然后，我妈便开设了一家供海盗娱乐的酒吧；金鸽接招，把茶楼翻修得更加高档，专门服务船长；而我妈则开起一家面向船王的私人会所。她俩就这样你超我赶，最后的结果，便是我妈创立了秘密玉路。事情就是这样。在那段时间里，我妈教会金鸽说英语，金鸽则教会我妈讲中文，她俩还常常一起搞一种常被小偷用来窃取秘密的、叫做"默默"的把戏。金鸽说，所谓"默默"，不过就是安静待着罢了。但我才不信呢。

有的时候，我会跟卡洛塔一起闲逛到高台下面，在那一群身着深色西装的男人中间乱窜。很少有人会注意到我，就好像我是个隐形人似的，只有下人们会时刻紧张地盯着我。那会儿我已经七岁了，下人们看见我时不再像看见旋风一样惊恐，而是把我当成一团乱窜的风滚草。

那时我还太矮，踮起脚尖也望不过人们的肩头，但我能够听见我妈的声音，时而走近，时而远离，一路跟各位客人寒暄着，就好像每个人都是她多年不见的老朋友一样。她温柔地嗔怪着那些有些时日没有露面的客人，这让他们感到自己被她惦念，因而受宠若惊。我观察着她如何让那些男人们对她所说的一切都深以为是。如果房间里有两个人正好意见相左，她决不会偏袒其中任何一方，而是选择从一个更高的层面上表达观点。她就像个女神一样，总能使不同的意见趋于统一。在沟通中，她不会严格翻译人们所说的每个词，而是巧妙地扭曲他们表达出的诉求、兴趣和合作意向，使谈话的调子呈现微妙的变化。

对于人们的失言，她也是十分宽容的：失言是难免的嘛，这就像国家之间难免会擦枪走火一样。我记得有个晚上，当妈妈把一个名叫斯科特的英国磨坊主介绍给一个人称杨先生的华人银行家的时候，我刚好也在场。相互认识后，斯科特先生便立刻开始讲述自己当天在赛马场上的辉煌战绩。而不巧的是，杨先生英语水平甚高，使得我妈没法在斯科特先生兴奋地谈论赌马的事情时，巧妙地向杨先生歪曲其意。

"那匹马的赔率是一赔十二。在最后的四分之一英里，它四腿腾空，划得空气嗖嗖地响，朝着终点线越跑越快，一身稳赢的架势。"他遮住眼睛，似乎在重温那场比赛，"最后，它以五个身位的优势赢得了比赛哦！杨先生，你喜欢赛马吗？"

杨先生在讲话时奉行着不微笑原则："我从未有幸领略过赛马的乐趣，斯科特先生，我认识的所有华人也都如此。"

斯科特先生立刻接口道："那我们一定要一起去一次。明天怎么样？"

听了这句话，杨先生严肃地回应道："根据你们西方人在公共租界[1]制定的法律，我只有扮作你的仆人，才能和你一同前往。"

斯科特先生的微笑一秒钟就消失了——他忘记了这条禁令。他紧张地看看我妈，而她则用诙谐的语调说："杨先生，你必须带斯科特先生去一次老城，让他扮作你的车夫，赶着他像那匹冠军马一样朝城门飞奔，这样才算一报还一报。"

三个人痛痛快快地笑了一场后，她又说："说起飞奔和速度什么的，我忽然想起来了，咱们得赶紧确保途经横滨的商船航路获得审批。我认识一个能在这件事上帮上忙的人。要不要我明天就去给他送个信？"在接下来的一周里，妈妈接连收到了三份现金大礼，一份来自杨先生，更大的一份来自斯科特先生，最后一份则来自那位行贿通融了此次审批并从中捞到好处的官僚。

我亲眼目睹了她是如何使男人们着魔的。他们的举手投足都泄露了对她的爱意，但他们不能对她表白自己的狂热——不管那感情有多真挚。圈子里早有风传，她从不相信男人的告白，觉得那并非出于真诚的感情，而是为了得到不正当好处而耍的花招。她发誓，如果他们胆敢试图博取她的爱情，她就一定会让他们滚蛋的。她只对一个男人破了例。

高台背后有两个走廊，两个走廊的连接处有一个房间，我们就在那里吃饭。一段弧形拱廊的另一边有个面积更大的房间，我们管它叫做堂屋，房间里有三张

---

[1] 上海公共租界（Shanghai International Settlement），又名英美租界。

茶桌和配套的椅子，还有很多西式家具。我妈就在这里会见裁缝、鞋匠、税务官员、银行家以及其他做着此类乏味生意的人。时不时地，这里也会用来举办倌人和她恩客的模拟婚礼——只要他们签署了至少两个季度的契约就可以。当这间屋子空着的时候，云美人们会在这里一边喝茶、吃甜瓜子，一边懒散地闲聊某位没人愿意搭理的追求者，或是一家能吃到时新外国菜的新馆子，抑或另一家长三堂子里某位高级妓女的没落。她们亲如姐妹，因在同一所妓院中的相似境遇，以及在短暂职业生涯中分享的同一时刻，而心心相通。她们彼此安慰，互相鼓励，但同时也会为了诸如买食物分摊费用这类鸡毛蒜皮的小事而争吵。她们相互嫉妒，但也相互接济，借给对方胸针或者手镯。她们都爱讲关于自己是如何被迫离开亲人的故事，每个人的故事都大同小异，讲到最后，准会以一场同病相怜的大哭收尾。"这么苦的命，简直不是人受的！"这句话，反复出现在所有人的叙述中，而"让那条恶心的脏狗去死！"则是她们谈话中的另一个高频语句。

另一条走廊通向一个院子，两个厢房将这座院子分割成两个小四方院。左边是西南厢房，云美人们的住处。一段抄手游廊环绕小院四周，倌人们就是通过这条游廊回到房间的。地位最低的倌人住在离走廊最近的房间里，基本没什么隐私可言，因为其他姑娘们要想回自己的房间，都必须从她的门前和窗下经过才行。地位最高的倌人则住在离走廊最远的那间房里，可以很好地保护自己的隐私。每个狭长的房间都被分为两部分：在那将房间一分为二的高高格子屏风的一边，云美人可以和她的贵宾亲密地共进晚餐。屏风背后是她的香闺，闺房中有一扇窗，望向内庭，最宜赏月。一位美人越是当红，她房间里的陈设便越是考究，尽是她的追求者和客人慷慨赠予的礼物。比起大客厅里的陈设，闺房的风格更为中式，因为没有哪位恩客愿意在放松一下或是累倒睡上一觉之前，还得费心思考到底该躺在哪张矮沙发上抽烟——当然了，在他正准备大干一场把自己累趴下的时候，肯定也不会愿意去纠结该选哪张卧具。

我妈、金鸽和我住在东北厢房里。妈妈在这个小院的两端分别拥有一个房间，一间是她的卧室，另一间是她的办公室。她会在办公室里和金鸽讨论今晚的客人。我总是跟她一起在午后共进午餐，然后粘在她的卧室里，看她为晚上的宴会梳洗打扮。这是我一天中最开心的时刻。在那短暂的一个小时里，她会询问我正在学什么，还会告诉我关于这些学科的很多趣事。她也会问我，别人跟她告状说我又犯下了种种劣迹，这到底是怎么回事？我到底做了什么，竟会逼得一个娘姨想自杀？我是不是真的对金鸽十分粗鲁无礼？我是怎么又扯烂一条裙子的？我呢，则会为妈妈建言献策，内容涉及那些我认为对于管理这所高级妓院十分重要的事情，比如说某位新来的高级妓女到底怎么样，比如妈妈戴的那顶新帽子好不好看，再比如卡洛塔最近做出的滑稽举止。

妈妈在办公室旁边还有一间房，两个房间被挂着厚厚门帘的法式玻璃门隔开，以确保各自的隐私性。那个房间叫"大道"，因为它的窗户面朝着川流不息的南京路。"大道"兼具几种不同用途：白天，我会在这里跟我的美国家教上课；要是有城外的客人前来拜访妈妈和金鸽，这间房就会被当成客房。有的时候，某个倌人因为计划不周或人气过高，在同一个晚上安排了两位客人，那么她就会在"大道"里热情款待一位客人，而在自己的香闺里款待另一位。如果她够小心的话，两个人都不会知道她耍了什么花招。

我的房间在东厢房的北侧，离主走廊很近，所以我总能听见四个大姐¹聊的八卦，因为她们就站在我窗外的转角处，随时待命给主子送去茶果或热毛巾之类的东西。作为长三的贴身丫头，她们对长三与其新爱慕者的进展情况总是了如指掌。我总是搞不懂，为什么那些长三会把这些大姐都当成聋子。

"她看见他拿出来的那条项链，还不及她想要的一半值钱呢。当时她那张脸哟，你可真该瞧瞧。不过我可一点都不觉得奇怪。"

"她混得可是够惨的。不出一个月，她准得走人。唉呀，可怜的姑娘。她人那么好，不该命这么苦的。"

每天傍晚都至少会有一位云美人带着她的客人，到楼下的大院子里谈些风花

1　负责日常起居细节，比如洗衣服、打扫卫生、给倌人梳洗更衣等工作的女佣人，可以在客人与倌人聊天的时候出现。

16

雪月。我会站在小道里偷听她那事先排练好的喃喃低语,每次听到的东西都大同小异,搞得我都能用同样哀婉痛楚的语气复述出她们的话了。月亮是她们特别爱用的一个由头。

看见这轮满月,我本该满心欢喜的,冤家。但是我却很难受,因为我想起我欠的债越来越多,而你的情却越来越淡。究竟为什么你近来都没有送我礼物了呢?我对你一片痴心,难道就该着受穷?

客人出手到底有多大方根本不重要。美人总会向他要更多。而通常情况下,那位饱受剥削的客人会长叹一声,叫他的相好别再哭了。他会对她的要求全盘接受,只要这一套能让这个女孩开心起来,不再抱怨个不停。

通常情况下事情都是这样发展的,但是有一晚例外:那天晚上,我欢乐地听到一位客人回答说:"天天都是月圆夜也不够遂你心的!别再跟我喋喋不休地胡扯你那套狗屁月亮了!"

上午晚些时候,我会听见那些女孩在院子里彼此倾诉:

"那个小气鬼跟我装聋子。"

"他居然就这么同意了!几个月以前我就应该问他要的。"

"他是真心爱我的。他跟我说,我跟其他的烟花女子都不一样。"

在白日清光里,她们会从天空中读出各种不同的含义。那些云儿多易变啊,就像命运一样。她们从高高天穹中的纤细云丝里看到不祥的兆头,因为那些云太过渺远;而当那云变得像婴儿屁股一样肥嘟嘟的时候,她们又高兴起来;但她们很害怕那些小宝宝翻过身去,把黑不溜秋的小肚子露给她们。在她们之前,已有无数云美人在一天之内见证了自己命运的翻转。她们听过老一辈的烟花姐妹告诫自己,人气的保质期就跟一顶帽子能流行的时间差不多短。但是,随着她们日渐声名鹊起,大多数的姑娘都会把那告诫忘得一干二净。她们总是相信自己会是那个例外。

在寒冷的夜晚,我会微微打开窗户,偷听大姐们的对话;而在温暖的良宵,我则会任由窗子大敞，静立在房间百叶窗后的黑暗里。卡洛塔会坐在我的肩头，和我一起偷听大姐们闲聊倌人们的房内此刻正在发生什么事情。有时，她们说到的一些词，我在云美人们彼此聊天时也听到过：穿针、攻城、一鼓作气，以及很多其他诸如此类的词。说起这些的时候，她们总是乐个不停。

一个孩子怎么可能不对引发那笑声的原因感到好奇呢？在七岁那年夏天，我满足了自己的求知欲：有一次，三个大姐和一个倌人因为吃了馊饭而大病一场，这给了我一个机会。幸免于难的那个大姐被叫去照顾狂吐不止的倌人了。我看见霞云和她的追求者从我的窗前经过，往她的闺房走去，几分钟后，我飞奔到西厢房，缩在她的窗下。但我长得不够高，看不见屋里的样子，耳朵里听到的还净是一些无聊的客套话。

你看起来容光焕发、眉飞色舞的，生意一定不错吧。我能想象你的夫人像只快乐的鸟儿一样欢唱的样子。

正当我打算放弃并打道回府的时候，却听到了一声惊讶的尖声喘息，然后霞云的声音颤抖起来，对她追求者送的礼物表示感谢。一段短暂的空白后，我听到闷哼声和跟刚才一样的惊讶喘息，不断重复。

第二天晚上，我开心地得知大家的病仍旧没有起色。我想到了一个点子，那就是站在一个倒扣的盆上，这样的话，我的高度就足以偷窥到房间里面了。借着灯光，我看到霞云和她追求者的身影在薄薄的床帏后若隐若现。他俩不停地动着，看起来就像皮影戏一样。两只小脚从那个男人的头边冒了出来，然后忽然间，那双脚踢开了床帏，床帏开处，男人裸着身体在她身上急促地动着，由于用力过猛，两个人都从床上掉了下来。我实在没忍住，尖声笑了起来。

第二天，霞云向金鸽抱怨我一直在暗中窥视，而且我的笑声让她那位追求者差点失去兴致。金鸽把这话转告了我妈，妈妈便转向我，轻轻地说，我应该给那些佳丽们一些隐私，不去打搅她们的生意。我把这番话理解为，下次我应该更加小心一点，不让别人注意到我。

当又一个机会来临时，我抓住了它。在那个年纪，我之所以觉得自己看见的东西令人激动，并不是由于它的性含义，而更多的是因为我觉得，如果被我戏弄的人知道了我在做的事，他们一定会感到很尴尬，而这让我感到分外刺激。除此之外，我还干了很多别的缺德事：比如暗中偷窥一个男人往夜壶里撒尿，或者在一个训过我的佣人的衣服上抹上黏黏的脏东西，以及其他种种恶作剧。有一回，我把某个佣人婚床上挂的银铃换成了金属罐子，所以，当床上的男人急促地动着身子把床摇得山响时，那对鸳鸯听到的便是咣当咣当，而不是清脆的叮铃叮铃了。每次干坏事的时候，我都很清楚自己正在犯错；与此同时，在犯下恶行时，我也会觉得自己勇敢无比，因此总是会激动得热血沸腾。此外，我很清楚那些云美人心里到底是怎么看待她们的追求者和相好的，这就给了我一种隐秘的权力感：这种权力没什么特别的用，但权力总归是权力，它非常珍贵，就跟我百宝箱里的小玩意一样珍贵。

不过，就算再怎么顽劣，对于观赏我妈和她的爱人，我还是没有什么兴致的。就连想象一下她能允许一个男人看到她不穿漂亮衣服的样子，我都会受不了。不过，对那些云美人们，我就没那么多顾虑了。我看着她们在沙发椅上翻滚扭动，看见男人们盯着她们的双腿中间；我还看见那些佣人跪着，朝某位客户磕头。有天晚上，我看见一个身形魁梧的男人走进涌云的房间。他叫杨昌盛，手里经营着好几个工厂。那些工厂有造缝纫机的，也有让妇女儿童使用缝纫机干活的。他轻柔地吻她，而她颤抖起来，看起来很害羞。他向她软语温存，她的眼睛便越睁越大，一边褪去衣服，一边满眼含泪。他移动庞大的身躯，像一片乌云似的覆盖住她，而她脸上则现出惊恐的痛苦表情，看起来像是快要被压死了似的。他把自己紧紧贴在她身上，两人的身体像乱蹦的鱼一样动起来。她一边拼命挣扎，一边发出凄切的哽咽。之后，两人的手脚像蛇一样缠绕在对方身上。他发出牲口一样的粗喘，她则像只尖叫的小鸟一样哭起来。他一跃而起，两腿分开站在她后面，然后便像骑在一匹飞奔的小野马上一样，在她背上纵横驰骋，一直到最后精疲力竭地跌下她的身体。她躺在原地，一动不动。当月光照透窗子时，她的身体泛起白光，让我觉得她已经死了。我就这么盯了她一个小时，然后她终于从濒死状态中醒了过来，打了个呵欠，伸了个懒腰。

那天早上，我听到涌云在院子里跟另一位烟花姐妹说，杨昌盛告诉她，他很珍惜她，会当她的相好，将来还有可能会娶她。

突然之间，我所见到过的一切都显得危险而恶心起来。妈妈和金鸽曾经多次提过，我有一天可能会结婚。我一直都把婚姻看作美国人所享有的特权之一，而且，跟那些长三们不同，我深信我的婚姻会是专属于我一个人的。我从未想过我结婚以后，也会有人压在我身上上下乱动——就像涌云和她的追求者那样。自从听到涌云的话以后，我开始不由自主地回忆起那些画面，它们不请自来，让我浑身难受。有好几个晚上，我都做了很吓人的梦，在那些梦里，我代替了涌云的位置，趴在那儿，一个男人的黑影出现在半透明的床帘后面，片刻之后，他——杨昌盛——闯了进来，然后跳上我的后背，把我当马一样骑，还把我的骨头一根根都压碎。当他做完这一切后，我一动不动地趴在那里，变得像大理石一样冰冷。我等待着自己坐起来，就像涌云那样。但是我没有，而是变得越来越凉，因为我已经死了。

在那之后，我再也没有偷窥过云美人们。

在所有的烟花姐妹中，我最喜欢的要数宝云，所以我只偷窥过她跟她的恩客一次。她总能让我乐不可支，因为她总是用稀奇古怪的方式吹嘘自己房间里的陈设有多稀罕。她说，那张木头婚床是由一根完整的硬木树的树干雕成的，那棵树足有整栋房子那么粗——但我却发现了木头上的接缝。据说鸦片床上的金色锦缎是一位皇妃的赏赐，而且据她所称，那位皇妃是她同父异母的姐姐。当我说我才不信呢的时候，她会装出一副倍感侮辱的样子。她还说她被子里的棉套是蚕丝做的，就连最轻微的一声叹息都能把它吹起来。我一声接一声地叹气，让她看那被子根本纹丝不动。她还有一张简单的明代桌子，上面摆着文房四宝。文房四宝是文人学士的标配，引得每一位客人都大加赞赏——虽然他们可能从来都没能跻身于这个喝了太多墨水的阶层。她告诉我，这些东西过去都是那个死鬼诗人的，除了她，没有任何人敢于收下它们。我不相信鬼神，但每当她坚持让我仔细看看那些东西的时候，我都会有点紧张。那些东西包括一方紫端石砚、一支极软的羊毫笔和一块刻有文士花园图的墨。她举起一卷纸说，这纸的吸墨量不多不少，反光量也恰到好处。我问她会不会写诗。她说："当然了！不然的话我拿着这些东西做什么呢？"

我知道，她跟其他的倌人一样，只勉强认得几个字，胡乱写几笔。金鸽要求姑娘们在房间里放些文房用具，因为那些东西能增加我们的名声，显得比其他长三书寓要更有品位。宝云跟我说，比起其他姑娘房中的文房四宝，那位死鬼诗人最喜欢的还属她这一套。

"我知道他喜欢什么，因为他是我前世的夫君，"宝云说，"而我是他最宠爱的妾。他死了以后我也追随他自杀了。但是就算在天上，我俩也被世俗给隔开。他的妻子不让我见他，安排他在我之前转世投生了。"

我不相信世上有鬼魂，但听着宝云的疯话，心里还是有点紧张。

"我搬来这里的第一个晚上他就来找我了。当时，我感到脸上掠过一阵凉凉的气息，便知道是那死鬼诗人来了。要是放在过去，我准会吓得魂都没了，丧魂落魄地逃走。但这次，我没有吓得牙齿打战，反而感到一股美妙的暖流涌进血管。我感到一种自己从来没给过别人、也从没从别人那里收到过的爱意。那一夜，我梦见了我们的前世，醒来以后感到了从没有过的幸福。"

那位死鬼诗人每天都至少来找她一回，她说。当她走进那间从前的画室，或者坐在花园里那尊石碑旁边时，总能感觉到他的存在。不管之前有多么伤心、绝望或生气，她都会立刻变得明朗快乐起来。

云美人们听说了她的魅影爱人后，都很生气她竟然把鬼给引了出来。但是她们不敢使劲责备她，唯恐她那位鬼情人，也就是这幢房子的老主人，会对那些中伤他心肝宝贝的人们施以报复。

"你看见他了吗？你闻见他了吗？"每当烟花姐妹们发现宝云没来由地高兴时，都会这么问她。

"今天，就在傍晚之前，"她回答，"我看见了他的影子，感觉到他从我身上轻轻拂过。"她抬起胳膊，跷起两根手指。

然后我也看见了一个影子，并感到一阵凉意拂过我的皮肤。

"啊，你也感觉到他了。"宝云说。

"不，我没有。我才不相信有鬼呢。"

"那你为什么害怕？"

"我没害怕。我为什么要怕？这世上没有鬼。"然后，好像是为了跟这句谎话对着干似的，我的恐惧又增强了一点。我记起妈妈跟我说过，鬼魂是人们恐惧的化身。否则为什么这些鬼魂偏偏只去吓唬中国人呢？尽管我知道我妈的逻辑，但我还是相信那个死鬼诗人仍旧住在我们的房子里，突然降临的恐惧就是他驾到的征兆。但是，他为什么要来找我呢？

死鬼诗人也造访了涌云和杨昌盛的模拟婚礼。他俩签了三个季度的契约。我得知涌云十六岁，而他差不多有五十来岁。金鸽安慰她，说他出手肯定会很大方的——老男人都这样。涌云则说杨昌盛很爱她，她觉得自己很幸运。

大家都知道，我妈主办的婚礼在所有长三书寓中都算出类拔萃的。她办的婚礼是西式的，而非传统的中式婚礼，因为举办中式婚礼的特权只属于处女新娘，跟长三的身份完全不搭边。在婚礼上，"出嫁"的长三甚至还会穿上西式的白色婚纱——我妈拥有各种各样的婚纱，可供云美人们使用。婚纱的风格一看就是美式的，光滑的褶皱丝绸包裹着低胸紧身马甲和蓬蓬裙，上面镶着蕾丝、刺绣和小颗珍珠。没人会把那些裙子错认作中国的丧服的，尽管那些粗糙麻袋布做的丧服也是白色的。

西式婚礼自有它的优势——我在参加了另一所长三堂子举办的中式婚礼后，得出了这个结论。首先，西式婚礼不用祭拜祖先——想来，那位祖先肯定也早就不愿承认沦落风尘的妓女是他的后代了——所以，婚礼上就没有无聊的繁文缛节，也不需要下跪和无穷无尽的鞠躬。仪式十分简短，祈祷的部分也省了，新娘说"我愿意"，新郎也说"我愿意"，然后就到了吃东西的环节。西式婚礼上的宴会也很棒，因为所有的菜看起来像是西餐，吃起来却是中国菜的滋味。

恩客可以从几种不同风格的音乐里挑一种喜欢的，每种音乐的价位各不相同。由仪仗乐队演奏的美式音乐是最贵的，但只适合大晴天；选择一名美国小提琴乐手会比较便宜。挑完音乐风格，就该选曲子了。非常重要的一点是，千万别被一首歌的歌名给骗了。曾经有个倌人要求小提琴手演奏《哦，向我保证》，她以为那首长长的歌能够增强恩客对她的忠心，说不定还能延长两人契约的期限。然而那首歌实在是太长了，长得客人们都失去了兴趣，开始聊起其他事，直聊到歌曲结束。烟花姐妹们后来说，肯定就是因为这首歌，他俩的契约才没有续下去。每个人都喜欢《友谊地久天长》这首歌，用一种两根弦、看起来像是微缩版大提琴的中国乐器拉奏出来，具有一种哀婉的力量。虽然这首歌的旋律常常回旋于悲伤的场合，比如葬礼或者送别会，但它仍旧广受喜爱。歌里只有几个英文生词，每个人都爱唱这首歌，以证明自己会说英语。我妈把歌词改了改，变成了发誓信守一夫一妻制的意思。如果一个倌人背弃了誓言，那她的契约就会自动作废，而她的名声也会就此臭掉，再难恢复。不过，如果背信弃义的是客人那一方，倌人就会感到无比耻辱——他为什么要让她丢脸呢？这肯定是有原因的。

把自己幻想成卡鲁索的杨昌盛唱起歌来真高兴：

"怎能忘记旧日爱人

心中能不怀想

旧日爱人岂能相忘

真爱地久天长

举杯痛饮 同声歌颂

真爱地久天长

怎能忘记旧日爱人

心中能不怀想。"

在大家唱着这首歌时，我发现宝云把目光投向了拱道。她轻轻摸了摸自己的手臂，接着又一次抬头仰望，然后微笑了。片刻后，我感到那阵熟悉的冰凉拂过我的胳膊，沿着我的脊柱窜下去。我开始发抖，便找妈妈去了。

昌盛大声喊出最后一个音符，赢得了一阵无比持久的掌声后，便叫人拿礼物给涌云。首先拿来的，是每一个长三都会收到的传统礼物：一个银镯子和一匹绸缎——干杯！客人们举起酒杯，仰头一饮而尽。接着拿来的，是一个裹在粉色锦缎里的西式长靠椅——再次干杯！更多的礼物陆续到来，最后，昌盛递给涌云一份她最想要的礼物：一个装着钱的信封，她第一个月的薪酬。她看了看那钱的数额，倒抽了一口气，张口结舌，泪水汹涌而下。她的泪水到底是为什么而流呢，是因为钱比她预想的多，还是少呢？我们当时不得而知。大家又一次举杯。涌云坚持说她不能再喝了，她的脸上开始出现红色斑点，她说她感觉屋顶朝一边斜，地板又朝另一边歪。但是昌盛抓住她的下巴，把酒硬灌了下去。朋友们起哄怂恿，于是他又硬灌下了另一杯。突然，涌云的嗓子发出咯咯的声响，一阵剧烈的呕吐后，倒在了地上。金鸽飞快向乐手示意演奏最后一首曲子，好让客人们赶紧离开房间。昌盛跟大家一起走了出去，连看都没看一眼躺在地板上、口中还在模糊不清地道着歉的涌云。宝云试图把她扶起来，但这个失去知觉的姑娘又疲软地倒了下去，像条死鱼。"一群畜生。"金鸽说，"把她搁在浴缸里，小心点，别让她淹死。"

　　我曾见过许多婚礼。比较年轻的美人们总有签不完的契约，契约之间的间隔通常不会超过一个礼拜。但当她们慢慢老去，眸子渐渐不再那么璀璨以后，她们就没有婚礼可办了。然后有一天，金鸽会告诉某位美人，她得"坐轿车"了——这是一种委婉的说法，表示她就要被赶走了。我还记得霞云收到这个坏消息的日子：妈妈和金鸽让她到办公室来，我当时正在"大道"里学习，跟办公室只隔着一道法式玻璃门。我听见霞云的声音越来越大。金鸽说着一些钱的数目，还有拒绝预约什么的。我好奇声音为何如此清楚，便走到门边，看见门没有关好，留着半英寸的缝。我听见霞云轻声哀求让她再待一阵子，还举例说某位追求者就快要成为她的相好了。但是她俩毫不动摇，没有半点同情心，还向她建议去另一家妓院。霞云开始大声说话，怒不可遏。她说，她们是在侮辱她，把她当个普通娼妓一样地对待。她跑了出去。几分钟后，我听到她嚎叫起来，那声音就像是卡洛塔在爪子被门框夹住时发出的一样，仿佛是从她的肠子和心脏里同时发出来的。那声响让我浑身难受。

我跟宝云讲了霞云的事情。

"这事大家都有份。有一天，命运把我们带到这里来，"她说，"有一天，它又会把我们给送走。也许她下辈子命会好一点吧。现在受的苦越多，将来受的苦就越少。"

"可她根本就不该受苦啊！"我说。

三天不到，一个叫做蓬云的倌人就接替了霞云的地盘。她对于这里曾经发生的一切一无所知——那些男人们的上下乱动、那些叹息、那些泪水，还有那些嚎叫。

几个星期后的一个傍晚，我待在宝云的房间里——妈妈太忙了，顾不上和我一起吃午餐，她要飞奔去某个不知是哪儿的鬼地方，会见某个不知叫什么的鬼人。宝云正往脸上擦粉，为即将到来的漫漫长夜做着准备——她要出三个局，一个在秘密玉路，另两个在几条街以外的其他长三堂子。

我一肚子问题："那些珍珠是真的吗？""谁送你的？""你今天晚上要去见谁？""你会把他带回房间吗？"

她告诉我那些珍珠是龙的牙齿，是一位爵爷送给她的，他会在今晚赐予她荣耀，所以自然她会把他带回来，喝喝茶，聊聊天。我笑起来，而她则装出一副因为我不相信她而感到很生气的样子。

第二天早上，她已不在自己的房间里了。我知道肯定出了什么事，因为她的文房四宝和丝绸被子也都不见了。我打开她的衣柜看，里面是空的。妈妈还在睡觉，倌人们和金鸽也是，所以我便跑去找碎蛋，就是那个门卫。他说他看见她离开了，但是不知道她去了哪里。两个大姐的对话无意中传入我的耳朵，我一下子就明白了答案。

"她比她自己说的要大五六岁呢。哪个堂子会要一个鬼魂附身的老花娘哟？"

"我听见路路咪咪跟那个相好的说，那只不过是迷信的胡扯，但是他说，不管对象是死鬼还是活人，反正她都对他不忠了，他得把钱要回来。"

25

我疯跑进我妈的办公室，看到她正在和金鸽说话。

"我知道她干了什么，她也很不好受。你得让她回来。"我说。妈妈说已经无能为力了，每个人都知道规矩，如果她对宝云网开一面，所有的姑娘们都会觉得她们也可以这么干而不用受到惩罚。她和金鸽又回到刚才的话题——计划举办一个盛大的酒宴，讨论她们还需要额外请多少个佣人来。

"妈妈，求你了！"我乞求道。她没有理我，我的泪水夺眶而出，大声喊道："她是我唯一的朋友！如果你们不把她找回来，我身边就再也没有喜欢我的人了！"

她走过来把我拉到面前，抚摸着我的脑袋："胡扯。你在这里有很多朋友啊，雪云……"

"雪云不会像宝云那样让我进她的房间。"

"佩蒂夫人的女儿……"

"她又蠢又无聊。"

"你还有卡洛塔。"

"她只是一只猫，不能跟我说话也不能回答我的问题。"

她又提了一些其他姑娘的名字，都是她朋友们的女儿。我声称这些人我统统都不喜欢，而且她们也很讨厌我——这在某种意义上倒是真的。我不断坚称自己没有朋友，有可能会就此孤独一生，说着说着，忽然间，我听到她用一种冰冷而强硬的调子说："别再说了，薇奥莱。我并不是因为一点小事就把她给开除了的。她几乎毁了我们的生意，这是必须要做的事情。"

"她做了什么？"

"她只为自己着想，背叛了我们。"

我不明白"背叛"到底是什么意思，只是沮丧地咕哝："谁在乎她是不是背叛了我们啊？"

"你面前的这个妈妈就在乎。"

"那我就一辈子背叛你！"我喊道。

她用一种古怪的神情看着我，令我以为她就要屈服了，所以我便虚张声势地更进一步："我要背叛你。"我警告说。

她的脸扭曲了："别再说了，薇奥莱，求你了。"

但我已经停不下来了，虽然我感到自己似乎踩到了一颗未知的地雷，但就是没法悬崖勒马。"我会永远背叛你。"我又说了一句，话一出口，就看到妈妈的脸上笼罩上了一层阴影。

她的双手颤抖，表情僵硬，看起来像变了一个人。她就那么沉默着，而沉默的时间越长，我就变得越害怕。我很想退让，但我不知道该怎么说也不知道该怎么办，所以我就只好等着。

终于，她转过身走开，边走边用苦涩的声音说："如果你背叛了我，我就和你脱离一切关系。我向你保证。"

我妈有一句口头禅，她会对每个客人——不管对方是华人还是洋人——都说这句话。她会快步走到某个男人面前，兴奋地悄声低语："我正想去找你呢。"接着，她会把头凑到那人耳边，悄悄说些秘密，引得那个男人疯狂点头，或是亲吻她的手。这句一再被重复的口头禅让我十分难受。我发现她总是忙得没空分给我一点注意。她不再跟我玩猜词，也不再派我去做寻宝游戏了。我们不再在她读报纸的时候躺在她的床上彼此依偎。她太忙了，根本没空干这些事。她的快乐和笑容如今只为那些来参加她办的酒宴的男人而准备，他们才是她想去找的人。

有一天晚上，我抱着卡洛塔穿过大客厅时，听见妈妈大声叫唤："薇奥莱！你在这儿啊，我正想去找你呢。"

我终于被宠幸了！她对正和自己聊天的男士表达了充分的歉意，说她女儿现在就需要她的陪伴。什么事这么紧急呢？其实也都无所谓啦。我心潮澎湃，盼望着听到她只讲给我一个人听的秘密。"咱们到那边去。"妈妈说，用手肘轻轻杵我，示意我们要去房间的一个阴暗角落。她拉起我的胳膊，带着我用轻快的步调往那边走。我跟她讲起卡洛塔最近干的傻事，希望让她乐呵一下，没想到她却忽然放开了我的胳膊，说："谢谢你，宝贝儿。"然后便走向了角落里的一个男人，对他说："费尔韦瑟，我亲爱的。对不起我来晚了。"她那位棕黑头发的爱人从阴影里

27

走出，假模假式地吻了一下她的手，而她则冲他眨眨眼，甜甜一笑。我从来也没见她对我这么笑过。

幸福刚刚降临就消失了，我深受打击，简直无法呼吸。她竟然拿我当幌子！而且比这更过分的是，她这么做还是为了费尔韦瑟——一位时不时来拜访她但我一直很讨厌的男人。我曾经一度相信，我是她生命中最重要的人，但是最近几个月以来，这个信念被证明是错误的。我们之间那种特别的亲昵再也不见了。她总是那么忙，没空花点时间在午餐时跟我说说话，反而和金鸽用那一个小时讨论晚上的计划。她很少再过问我学的功课和读的书。她会叫我"亲爱的"，但她也用这个称呼叫很多男人；她会在清晨亲吻我的脸颊，在夜晚亲吻我的额头，但她同时也会亲吻很多男人——有一些还亲在嘴上。她说她爱我，但我看不出任何特别的表示。我的心什么都感受不到，只感到自己已经失去了她的爱。她对我不再一样了，而且我很确定，这一切变化都开始于我威胁要背叛她的那一天。她正在一点一点地和我脱离关系。

有一天，金鸽发现我在"大道"里面哭："妈妈不再爱我了……"

"胡说，你妈爱死你了，要不然她为什么从不因为你做的那些讨人厌的事情惩罚你呢？就在前两天，你还硬把一个时钟的指针往回拨，把那只钟给搞坏了呢。你还把一条丝袜拿给卡洛塔，让她把那丝袜当老鼠追，结果袜子全都破了。"

"那不是爱，"我说，"她不生气是因为她不在乎那些事。如果她真的爱我的话，她会证明给我看的。"

"怎么证明？"金鸽问，"有什么可证明的？"

我忽然陷入了说不清道不明的困惑。我不知道爱是什么，我只知道自己有一种强烈的渴望，希望能够得到她的关注和保证。这种渴望啃啮着我的心。我希望能够不带一丝疑虑地感受到，我在她的生命中比谁都重要。我往深里又想了想，忽然意识到，她连对那些云美人们都比对我更上心，连跟金鸽在一起的时间都比跟我要多。她没到中午就起床和朋友们吃午餐去了，那些朋友里包括大胸的歌剧演员、满世界旅行的寡妇和法国女间谍。她把绝大多数的关心都分给了客人们，那些客人们都感受到了哪些我没有感受到的爱呢？

28

那天晚上，我无意间听见一个大姐在走廊里跟另一个大姐说，她三岁的女儿发着高烧，她担心得都快疯了。第二天晚上，她开心地宣称，她的女儿好了。接下来的那天下午，院子里回响起了那个女人的尖叫——一个亲戚赶来告诉她，她女儿死了。她哀号着："这怎么可能？我今天早晨还抱过她呢，还给她梳过头呢。"她断断续续地抽泣着，跟大家描述她女儿的眼睛如何大，她如何经常把女儿的脑袋扳过来听自己讲话，以及她女儿的笑声如何好听。她喋喋不休地说着，说她正在攒钱，想给女儿买件新外套，还说她刚买了个白萝卜，准备给女儿煮一锅有营养的汤。过了一会儿，她又悲痛地说，真想一死了之，找女儿去——女儿不在了，她该为谁而活呢？我聆听着她的悲伤，悄悄地哭了。如果我死了，我妈也会这么难过吗？我哭得更凶了，因为我知道她不会。

妈妈耍了我的一个礼拜后的某一天，我正在跟着家教上课呢，妈妈忽然走进了我们的房间。当时刚刚十一点，比她通常起床的时间要早一个小时。我拿自己那张耷拉着的脸给她看，她则问我是否愿意和她一起在大西路上那家新开的法国餐厅吃午饭。我很警惕，问她还有谁会去。

"就我们俩，"她回答，"今天是你的生日。"

我都忘了。在这座房子里，没有人会庆祝生日。中国人没有庆祝生日的传统，我妈也没有。我的生日离中国的春节很近，那个时候大家都聚在一起庆祝春节，不会特地给我过生日。我努力想使自己别那么激动，但是喜悦的海浪还是淹没了我。我回到自己的房间，穿上一条尚未被卡洛塔抓烂的美丽礼裙，挑了一件蓝色的外套和一顶同色系的帽子，踩上一双皮子发亮、看起来十分成熟的系带鞋。我望向椭圆长镜子里的自己，发现自己看起来与平日迥异，显得紧张而又忧虑。我现在八岁了，再也不是那个相信自己感觉的天真小女孩了。我曾经一度期待过幸福，但后来只得到一个接一个的失望。如今，我改成期待失望，并祈祷自己的期待可以再一次落空。

我走进妈妈的书房，发现金鸽和她正在安排白天的任务。她裹在大披肩里走来走去，头发也没绑。

"那个老收税员今晚要来。"妈妈口里说着，"他跟我保证，只要我再给他点额外的关心，他就会忽略我的税单。让我们看看那个老狗屁这回是不是在说实话。"

"那我去捎个信给朱儿，"金鸽说，"就是翠和堂的那个姑娘，她这段日子什么生意都接。我会让她穿身颜色深一点的衣服，深蓝吧。对那些早就不再年轻了的男人来说，粉色可不算讨喜。她得搞清状况才行。然后我还会去跟厨子说一声，让他做一条你最爱吃的鱼，但是味道不要弄成美式的。我知道他想讨好你，但他老是搞不对味道，我们全都得跟着受罪。"

"你手上有今晚客人的名单吗？"妈妈说，"我可再也不想让那个'斯迈思和迪克逊'的进口商来了，他说的消息没有一条是可靠的。他就是到处撞运气，看有没有机会空手套白狼。咱们得把他的名字给碎蛋，这样他就进不来了……"

等她和金鸽商量完的时候，已经快一点了。她把我留在办公室，回房换裙子。我在她的办公室里瞎溜达，卡洛塔跟在我后头，不管我在哪里站住，她都会凑上来蹭我的腿。一张圆桌上杂乱地堆满各种小玩意，都是她的一些爱慕者送给她的礼物。他们这些人，竟然完全不知道她其实更喜欢钱。金鸽已经将她不喜欢的一部分东西给卖了。我把那些东西一件件拎起来看，卡洛塔跳上桌子，凑上去闻。一个里头有只虫子的椭圆琥珀——这个肯定留不下来；一只紫水晶和翠玉做的鸟——她可能会留下这个；一玻璃匣子来自各个大陆的蝴蝶——她一定很讨厌它；一幅绿色鹦鹉的画——我挺喜欢它，但我妈会往墙上挂的唯一一幅画，就是那幅裸体的希腊男神女神。我翻开一本叫做《海的世界》的绘本，看到了一堆极其丑陋的生物画像。我抓起手边的一把放大镜，放大书架上摆着的书的标题：《印度的信仰》《游走日本与中国》《动乱中国》。我无意间看到了一本红色封皮的书，书皮上有浮凸的图案，画的是一个穿着制服、端着来福枪、正在射击的男孩的轮廓。书名叫做《八国联军旗下：一个拳手的故事》，书页里夹着一张小纸条，纸条上是一个男学生的整齐字迹。

我亲爱的明特恩小姐：

　　如果你需要一个懂得遵守法规的美国伙计，能不能考虑让我当个志愿的助手呢？我将很乐意为你所用。

你忠诚的仆人，

内德·皮弗

妈妈到底有没有接受他，让他成为自己忠诚的仆人呢？我顺着纸条被插进的那一页读了下去，发现这本书讲了一个叫做内德·皮弗——啊哈！——的士兵在义和团运动中的故事。粗粗浏览过这一页后，我在心里下了结论：内德是个沉闷而一本正经的男孩，永远严格遵守法规。我向来讨厌一切关于义和团运动的事物：当1900年那场最惨烈的运动轰轰烈烈地展开时，我才两岁。我一直深深觉得，我当时很可能会死于那场暴动：我读过一本书，书里写道，有一群青年男人对天起誓、结为义和团兄弟，而当时中华大地上正有上百万的农民，因为接连的洪水和旱灾而吃不上饭，当他们听闻外国人要抢占他们土地的传言后，便开始攻击白人传教士和他们的孩子。

我看了看钟——它那新修好的指针显示，现在是两点了。自从她宣布我们要一起吃午餐之后，我已经等了将近三个小时了。突然之间，我的脑袋和心脏都气炸了。我把内德·皮弗的信撕个粉碎，走到摆满我妈战利品的桌前，把那一匣蝴蝶打翻在地。卡洛塔跑了出去。我把那只紫水晶鸟、那个放大镜和那个椭圆琥珀扔到地下，把《海的世界》的书皮撕烂。金鸽跑了进来，被面前的乱七八糟吓坏了："你为什么要伤害她呢？"她悲哀地说，"你的脾气为什么这样坏哟？"

"现在已经两点了。她说她要带我去一家餐厅庆祝我的生日的，可现在她还没来。她肯定已经把这件事给忘了——她甚至经常连我这个人都不记得。"我的双眼被泪水模糊了，"她不爱我，她爱的是那些男人。"

金鸽捡起椭圆的琥珀和放大镜，说："这些都是给你的礼物。"

"这些是男人们给她而她不想要的东西。"

"你怎么能这么想？她是专门为了你挑的这些东西。"

"她为什么没有回来带我去吃午餐？"

"唉呀！你是因为饿了才这么干的吗？你只需要跟大姐说一声，让她给你拿

31

点吃的过来嘛。"

我不知道该怎么跟她解释，出门去餐厅对我来说意味着什么。我脱口而出的胡言乱语泄露了心里的伤："她跟那些男人说，他们才是她想找的人。她也跟我这么说过一次，但那只不过是拿我当个幌子。我伤心和孤单的时候她再也不会为我担心了……"

金鸽皱起眉头："你妈老是惯着你，都把你惯成这样了。你不知感恩，只要不能随心所欲，就乱发脾气。"

"她没有遵守约定，而且她也没跟我道歉。"

"她正不开心呢，她收到了一封信……"

"她收到过很多封信！"我一脚把内德写给她的纸条的碎屑踢飞。

"这封信不一样。"她用一种古怪的方式凝视着我，"这封信是关于你爸爸的。他死了。"

一开始我没听明白她说的话。我爸爸——这是什么意思？第一次问妈妈我爸在哪里的时候，我五岁。我听说，每个人都有个爸爸，就连那些佣人们也不例外——虽说她们的爸爸把她们给卖了。妈妈跟我说我没有爸爸，当我逼问得紧的时候，她就说爸爸在我出生前就死了。在那之后的三年里，我每隔一段时间就要逼问一次妈妈，我爸爸到底是谁。

"那有什么关系呢？"她总说，"他死了，而且那是太久以前的事了，久得我都忘了他叫什么、长什么样了。"

她怎么能忘了他叫什么呢？如果我死了，她是不是也会忘了我的名字呢？我缠着她问个不停。当她开始沉默并且皱起眉头时，我就会感觉到，继续逼问下去是很危险的。

但是，现在真相大白了：他还活着！或者说，他曾经还活着。困惑消失了，取而代之的是一股令人颤抖的愤怒。在他还活着的时候，妈妈一直在骗我。说不定他会很爱我呢，而她却一直隐瞒起他还活着的事实，生生地把他从我手里给偷走了！而如今他真的死了，一切都太晚了。

我跑进妈妈的办公室，尖叫起来："他以前没死，是你不让他见我！"我又哭又闹，把能想得到的罪名都扣在妈妈头上：她对我隐瞒了所有对我而言很重要的事情；她说她最想见的就是我，根本是扯谎；她说要去吃午餐，也是骗我的……妈妈一言不发。

金鸽冲了进来："我告诉她你收到了一封信，信里说她爸爸刚刚死了。"

妈妈使劲地瞪着她。她生气了吗？她会把我俩都赶走，就像赶走那些惹她生气的人那样？她放下那封可怕的信，把我领到沙发前，让我坐在她旁边，然后久违地爱抚着我的脑袋，温柔地哄我。我被她哄得哭得更凶了。"薇奥莱，最亲爱的宝贝，这些年我真的一直以为他已经死了。只要一想起他、提起他，我的心就会疼得受不了，所以，今天收到这封信……"她的眼角闪烁起泪光，她情感的大坝仍未决堤。

等我终于不再哭得上气不接下气的时候，我便开始一个接一个地问她问题，而她对每个问题都报以点头和"是"的回答。他人好吗？他有钱吗？每个人都喜欢他吗？他比她大吗？他爱过我吗？他跟我一起玩过吗？他呼唤过我的名字吗？妈妈继续不断地轻抚着我的头发，摩挲着我的肩膀。我觉得好难过，好想让她一直安慰我。我继续问问题，一直问到我的脑子都不转了。而且，到了这个时候，我饿得已经快虚脱了。金鸽叫下人把我的午餐拿到"大道"去："你妈现在需要一个人静静。"妈妈给了我一个吻，然后就回卧室去了。

在我吃饭的时候，金鸽告诉我，在没有丈夫的情况下，为了谋生，我妈到底进行了怎样艰苦卓绝的挣扎。"她所有的工作都是为了你，小薇奥莱。"她说，"要知道感恩，对你妈妈好点。"离开前，她建议我好好学习，以此向妈妈表达我对她的感激之情。然而，我并没有去好好学习，而是躺在"大道"里的床上，想着我那刚刚去世的爸爸。我开始在脑海中拼凑他的样子：他的头发是棕色的，他的眼睛是绿色的，就像我一样。我很快就睡着了。

当我听见有人在吵闹的时候，我的脑袋还沉浸在睡眠里，昏昏沉沉的。我意识到自己不在自己房间，而是还在"大道"里。我走到窗前，望向外面的走廊，想看看那骚乱的原因是什么。天空是暗灰色的，徘徊在黑夜和黎明之间的短暂间隙中。门厅里空空荡荡，院子对面的窗子都是黑的。我转过身，看见一束温暖的光线从法式玻璃门上挂着的帘幕缝隙间漏出来。我听到的愤怒声音是妈妈的声音。我从门帘缝里看过去，看到了她的后脑勺。她披散着头发，坐在沙发上——她这是已经从酒宴上回来了。房间里还有其他人吗？我把耳朵贴在玻璃上。她正在骂着什么，声音奇特而低沉，听起来就像卡洛塔那从喉咙深处发出的咆哮："你懦弱……就是只跳梁的猴子……像个小偷一样肮脏下流……"她把一张折叠起的纸片扔到地上，纸片掉到了没点火的壁炉附近。那是她收到的那封信吗？她走到办公桌前坐下，抓起一张便签，用滴着墨水的钢笔在上面胡乱划拉一气，又把那写了一半的纸条揉成一团扔到地上。"我倒真希望你是真的死了！"她喊道。

我爸还活着！她又撒谎了！我正准备冲进她的办公室，要求她告诉我爸爸在哪里，这时她却抬起眼睛，把我吓得差点哭出来：她的眼睛完全变了样，绿色的虹膜翻了上去，露出的眼底看起来像沙土一样暗淡。她那双眼睛看起来就像我曾见过的、躺在路边排水沟里的叫花子尸体上的眼睛一样。她突然站了起来，关掉灯，回了卧室。我必须得看看那封信。我小心翼翼地打开法式门，屋里很暗，我不得不摸着黑往前走，不断挥舞着双手，以免碰到家具。我开始趴下，爬着前行，忽然之间，我感到有什么东西碰了我一下，不由得倒吸了一口冷气。是卡洛塔。她拿头顶我，喵喵叫着。这会儿，我能摸到壁炉上的瓷砖了。我碰了碰那灶台，什么都没有。我摸到了桌子腿，慢慢站起身。这会儿我的眼睛已经适应了黑暗，但我没有发现任何长得像是信的东西。我爬出那个房间，心里无比失望。

第二天，妈妈的举止一如既往——爽朗而清醒地安排着一切事务。她在夜晚显得迷人而健谈，像往常一样对她的客人们微笑。在她跟金鸽忙于酒宴的时候，我溜进"大道"，把法式门打开一个缝隙——刚好够我穿过帘幕进入我妈办公室的缝隙。我点燃一盏煤气灯，拉开桌子抽屉。一个抽屉里面装满了信，信封上压印着公司名称的浮凸字体。我在她的枕头下面找了找，也在她床边的柜橱里摸了摸。我还掀开搁在床脚的皮箱的盖子，一股松节油的味道冒了出来。味道的源头是两幅卷起来的画。我展开其中一幅，无比惊讶地发现那竟是妈妈年轻时的肖像。我把它放在地板上，展平。画里的她直直盯着前方，就好像在看着我似的。她胸上裹着一块酱紫色的织物，她苍白的后背发出月亮般清冷的光芒。这画是谁画的？她为什么穿

34

得那么少呢？

我正打算展开另一幅画的时候，猛然间被蓬云越来越近的笑声吓了一跳。"大道"的门被打开了。我跳到办公室那一边，这样她就看不见我了。蓬云对一位客户轻柔低语着，让他放松下来。为什么她偏偏在今天忽然变得炙手可热了呢！蓬云拉上了法式门。我急匆匆地把画放回皮箱里，正准备把灯熄灭、离开这里，金鸽却走了进来。

我俩同时倒吸了一口气。在她回过神来之前，我问她看没看见卡洛塔。就好像听见我的话了似的，卡洛塔从"大道"的门后发出一声嘹亮的哀号。蓬云骂道："我还以为那只该死的猫是只没头鬼呢！"我走到法式门前把门轻轻打开，卡洛塔便飞奔了进来。

怀里抱着卡洛塔，我飞快地下楼，走进宴会厅里。我心里想，说不定我会发现正潜伏在客人中间的我爸呢。但紧接着我便意识到，我爸是肯定不敢在那里露面的——我妈一定会把他的眼睛挖出来的。我看着那些客人，跟自己玩起了一个假装游戏——把一个又一个男人想象成我爸爸。我挑出自己喜欢的类型——那些随和笑着的，那些穿得最好的，那些最受尊敬的，以及那些冲我挤眼睛的。然后我的目光落在了一个表情严峻而不友好的男人，以及一个满脸通红看起来马上要大发雷霆的人身上。

每晚入睡前，躺在床上，我都会想象各种不同版本的爸爸：帅的或是丑的，备受尊崇的或是被所有人厌恶的。我想象他曾深深爱着我，也想象他从未爱过我。

在我八岁生日一个月后的一天，我走进堂屋，打算跟云美人和她们的娘姨一起吃早饭。我走到桌边自己常坐的地方想要坐下，却发现一位新来的倌人——雾云——正一屁股坐在我的椅子上。我怒视着她，而她则回敬了我一个满不在乎的表情。她长了一副小鼻子小眼，分布在一张丰满的圆脸上，这让男人们感到十分有吸引力；但在我眼里，她只长了一张丑脸，看起来就像是一张婴儿脸被贴在了黄黄的月亮上。

"这是我的椅子。"我说。

"哦哟！你的椅子？这上面刻了你的名字啦？有官府命令还是怎么着？"她装模作样地仔细观察起椅子的扶手和腿，"我可没看见你的名字印在上面。所有的椅子不都一样。"

我的太阳穴突突跳着："这是我的椅子。"

"哦？你凭什么觉得只有你能坐在这儿？"

"路路咪咪是我的妈妈。"说完后，我又补充道，"而且我跟她一样，都是美国人。"

"是从什么时候开始，混血的美国杂种也能跟真正的美国人相提并论了？"

我震惊了，怒火从我的嗓子眼里蹭蹭往上冒。有两位美人用手掌捂住嘴，而雪云——所有人里我最喜欢的一个——叫我们都冷静冷静，还建议我们轮流坐在那张椅子上。我本来还指望她能站在我这边呢。

我冲雾云啐道："你就是死鱼屁眼里的蠕虫。"大姐们哄堂大笑起来。

"哇！这个杂种嘴巴好臭。"雾云说完，环顾桌边的其他人，又说："如果她不是个杂种的话，那她为什么看起来长得跟中国人一样呢？"

"你怎么敢这么说！"我叫起来，"我是美国人，我身上没有一点中国人的成分。"

"那你为什么嘴里讲着汉语呢？"

我瞬间语塞了，因为如果我回答的话，那就又是在讲中国话了，这会让她占据上风。雾云用她那尖尖的筷子夹起一粒炸花生米："你们有谁认识她那位中国爸爸吗？"她边说边把花生米丢进嘴里。

我气得双手发抖，看到她若无其事吃东西的样子，更感到怒不可遏："你说这种话，我妈一定会惩罚你的。"

她用嘲讽的语调重复了一遍我的话，然后又把一颗腌萝卜丁丢进嘴里嘎吱嘎吱嚼起来，也不遮一下嘴。"如果你是纯种白人的话，那我们所有其他人肯定也都是白人。你们说对不对，姐妹们？"其他美人和她们的娘姨敷衍了事地示意她别再说了。

"你这个脏烂货！"我说。

她皱起眉头："怎么了，臭小鬼？你就这么觉得当中国人丢脸吗？羞愧感让你都看不清镜子里自己的脸了？"

大家都垂下了眼睛，有两个人斜眼瞅瞅对方。涌云把手放在雾云的胳膊上，恳求她住嘴："她还太小，承受不了你这种话。"

涌云为什么显得像是在可怜我呢？这是不是说明，她相信了雾云说的话？

我气得浑身的血液都沸腾了，一把把雾云推下椅子。她一时间呆若木鸡，紧接着便一把抓住我的脚踝，把我拽倒。我用拳头敲打她的肩膀，她则揪住我的头发把我甩开。

"小杂种，疯了的畜生，你不比我们任何一个人强！"

我扑向她，用手掌根砸她的鼻子。鼻血从她的一个鼻孔里喷涌而出，她用手擦了一下后看到自己殷红的手指，便冲到我上面，把鼻血蹭我一脸。我尖声咒骂着，狂打她的手。她尖叫起来，眼睛就像是要从眼眶里迸出来了似的。她揪住我的脖子，使劲掐。我挣扎着喘息，在拼命挣脱的手忙脚乱中，一拳打在她的眼睛上。她跳了起来，恐怖地放声大叫。我把她打成了乌眼青，这对于一个女孩来讲是最可怕的事情了：只要那瘀伤不消，她就没法去陪酒。雾云尖叫着扑向我，扇了我一个巴掌，发誓说要杀了我。其他姑娘和娘姨们都尖叫着让我们住手。相帮冲了进来，把我俩扯开。

忽然之间，所有人都安静了，只听见雾云骂骂咧咧的声音。是我妈和金鸽来了。我以为妈妈是来救我的，但很快，我就发现她的眼睛已经变得像刀子一样阴郁。

雾云用一种很假的方式哭道："她打坏了我的眼睛……"

我把手放在脖子上，就好像它受了伤一样："她差点把我掐死！"

"我需要钱来治眼睛！"雾云嚷道，"我替你挣的钱比其他所有人合起来都多，如果我在眼睛好起来之前都不能工作的话，我得把我损失的钱要回来。"

我妈盯住她："如果我不给你，你打算怎么办？"

"那我就离开这儿，跟所有人说这个小坏蛋是个杂种。"

"瞧瞧，我们可不能让你气得到处胡说八道。薇奥莱，跟她道歉。"

雾云冲我得意地冷笑一下。"那我的钱呢？"她对我妈说。

妈妈没有回答她的问题，转身离开了房间。我跟了出来，心里很奇怪她为什么不替我撑腰。当我们走进她的房间时，我嚷道："她管我叫混血的杂种。"

妈妈咬牙切齿地骂了一句。通常，她总会对人们的侮辱付之一笑，但这回，她的沉默吓到了我。我希望她能让我不再害怕。

"这是真的吗？我是半个中国人吗？我有一个中国爸爸吗？"

她转过身，用一种暗潮涌动的声音说："你爸爸已经死了，我告诉过你。不许再提起这件事，跟任何人都不许。"

她的声音冰冷而不带感情，让我的心里涌起了更大的恐惧。真相到底是什么？哪一种答案更加可怕？

第二天，雾云已不见踪影。听其他人说，她被撵走了。到了这会儿，我已没有了胜利的快感，因为我心里受到的创伤比我给她的伤害要厉害得多，这让我感到挫败。我知道她为什么会被撵走：因为她说出了实情。走了以后，她会不会把这件事情嚷嚷得满世界都知道呢？

我问门卫知不知道她去了哪里。

碎蛋正在擦拭一个生锈的螺栓："她一路上都在辱骂你妈，忙得都没顾上停下来告诉我她去的下一家堂子在哪里。挂着那么一只黑眼圈，她估计得有好一阵子找不到地方可去咯。"

"你听见她怎么叫我的了吗？"我焦急地想要听到回答，好知道那个谎言已经传了多远。

"哎呀，别听她的，她才是杂种呢。"他说，"她以为自己身上有一点白人血统，就能跟你平起平坐了。"

白人？雾云长着黑眼睛和黑头发，所有人都会觉得她是个纯种中国人的。

"你觉得我看起来像是半个中国人吗？"我轻轻地问。

他看了我一眼，笑起来："你长得可一点都不像她。"他又擦起那只螺栓。

我一下子就放松了。

然后他又说："你的中国血统肯定到不了一半，至多也就一点点。"

一股寒气从我的头皮蔓延到脚趾。

"呃，我不过是开个玩笑。"他用轻柔的语气说，轻柔得有点像是在安慰人。

"她妈是半个瑞典人，"后来，我听碎蛋跟一个娘姨说，"嫁了一个上海佬，结果那人很快就死了，留下她自己带着个孩子。她丈夫的家人不认她，她自己的家人又不在，她实在没办法就到街上去卖淫。雾云十一岁的时候，她妈妈见很多男人想要雾云，就把她卖给了一家长三书寓，这样女儿才能有机会过上比自己好的生活。这些都是我听李家堂子的门卫说的，雾云在来这里之前就在那儿工作。要是她当时没有跟那里的老鸨耍脾气的话，这会儿说不定还能再回到那里去呢。"

听完他的话，我在自己的床上坐了一个小时，膝头放着一块镜子，却没有勇气把它举到面前。当我终于鼓足勇气举起镜子时，看到自己碧绿的眼睛和棕色的头发，我不由轻松地长出了一口气。但刚一放下镜子，心里便又开始担心。我把自己的头发拢到脑后用发带绑住，以便完整地端详自己的脸。我屏住呼吸，举起镜子，这次也依然没有看到任何像中国人的地方。我笑了——然而一笑，我鼓起的脸颊便使我的眼角向上斜吊起来，这个突然的变化让我的心脏重重跳了一下。我从自己的脸上一清二楚地辨认出了那位素未谋面的爸爸的特征：我那微微圆润的鼻子、上倾的鼻孔、眉毛下方肥厚的眼皮、额头的圆润弧度，以及饱满的脸颊和嘴唇。这些东西，我妈脸上一样也没有。

我的身体怎么了？我真想撒腿就跑，把这张新面孔甩掉，但我的四肢却无比沉重。我一次又一次地照镜子，希望自己的脸能变回我曾经见过的那个样子。所以，这就是妈妈不再对我特别宠爱的原因了？我体内那来自中国爸爸的中国成分正在蔓延开来，就像抹不掉的污渍。如果她恨他恨到希望他不存在，那她对我一定也是如此痛恨。我解开头发，晃了晃，那些头发便像深色的帘幕一样落下，遮住了我的脸。

一阵凉风吹过我的手臂。那位死鬼诗人来了，他告诉我说，他从一开始就知道我是个中国人。

我用一架小望远镜观察每一个来到秘密玉路的中国男人。他们全都属于这个城市里受过教育、有钱有权的阶层。他们中会有哪一位是我的爸爸吗？我仔细观察妈妈是否对他们中的某一个表示出特别强烈的好感或愤怒。但她却一如既往，对每个人都一样地充满兴趣。她将自己那特别的笑容、亲密的笑声、表演到位的真诚，还有那既是特为某一个男人、也是为了每一个男人而准备的话语，毫不吝啬地赠予他们。

　　在我认识的人里，只有一个是被她待以真诚和尊敬的，那就是碎蛋，我们的门卫。她每天都要见他，甚至还和他在楼下喝茶。他知道受邀名单上人们的最新消息。所有长三堂子的门卫都对自家堂子里发生的事情了如指掌，他们会聚在一起彼此分享交流。我妈经常跟金鸽称赞碎蛋既忠诚又脑袋灵光。

　　我想象不出碎蛋这个名字是怎么来的。他一点也不笨，关于生意上的事情，无论我妈跟他说过什么，他都总能记在心上。他会认、会写的字没几个，但他会认人的性情。他的眼睛特别尖，能一眼看出哪位客人应当受到哪种礼遇，也能判断出客人们的社会地位。每当他发现客人的儿子尴尬地站在门口时，都会格外用心，让这些公子哥感到宾至如归，因为他知道，此行将会成为他们进入男性享乐世界的启蒙。他在心里记下每一个还未踏足秘密玉路的权贵的名字。通过一个男人出现在大门口时的急切神情，碎蛋就能够判断，这个男人今晚打算来这里做什么——是追求一位云美人呢，还是来找生意伙伴呢——然后他会把自己的判断告知我妈。他会仔细观察客人的外表——他的发型，他的鞋跟，他所穿衣服的裁剪细节，以及他穿着这件衣服时是否自在。他能辨认出谁是生来就显赫富贵，而谁又是新晋的暴发户。在那些偶尔不当班的日子里，碎蛋会穿上一身高级西装——那是一位客人扔掉的旧衣服。经过长年的观察，他已能够模仿绅士的举手投足，就连讲话也像模像样。他永远光鲜整洁，头发有型，指甲也很干净。听到碎蛋说我有一点中国血统后，我一度觉得他可能就是我爸。虽说我很喜欢他，但如果他真的是的话，我还是会觉得很丢脸。而且，如果他真的是我爸，我妈肯定是因为不好意思才一直对我隐瞒的——不过，她怎么可能让他当自己的情人呢？他没有受过教育，也不像她其他那些情人那么帅。他的脸很长，鼻子有点太肉了，眼睛又分得太开。他比我妈妈大，可能得有四十岁了。在我妈妈身边，他的身材显得很单薄。而且，谢天谢地，我长得一点也不像他。

但是，如果他真的是我爸爸怎么办？他的性格很好，这就够了。他总是很和善，会对那些受邀前来、却未达到他的标准的人表示歉意，说今晚的宴会出乎意料地来了很多客人，已经人满为患。对于那些年轻学生和外国水手，他则会以一个长辈的身份提出建议："走到丧家狗桥那边，试试那家叫银铃的花烟间吧，那里有个叫孔雀毛的老姑娘很不错，只要你掏钱抽上几管大烟，她就会让你来上一次的。"

碎蛋对孔雀毛有种特殊的喜爱，她曾在秘密玉路干过一阵，年龄大了才离开。他会说，她对他来讲就像是女儿一样。他总是保护所有的姑娘们，而她们则会跟别人讲他是如何努力保护她们的，以此来表达对他的感激之情。碎蛋总会假装自己没有在听，当姑娘们时不时地叫上一嗓子"那是不是你干的？"的时候，他会对她们露出一副无比困惑的表情。

如果我爸真的是中国人的话，我希望他会是一个像碎蛋一样的人。但在我和雾云打架后一个月的一天，我听雪云讲了一件事。那时我们正一起在堂屋里吃早餐。

"昨天有个醉鬼来到大门前。"她说，"我当时正坐在前面的花园里，他正好看不见我。看了他那身廉价的亮闪闪的衣服我就知道，他属于那种一夜暴富的人，没人请他来，也不会有人让他踏入大门一步的。不过你也知道的，碎蛋对每个人都有多客气。

"那个男的问，嘿，你们这帮婊子会耍杂技吗？他边说边拍了一拍一个鼓鼓的钱包。碎蛋换上他那张抱歉脸，跟他说，秘密玉路的所有姑娘都会耍一种叫做'僵尸'的把戏。然后他就向他演示起来，说我们的四肢会朝一个方向霍直地伸着，浑身尸斑，嘴巴扯出一种痛苦扭曲的表情。他告诉那个男的，就因为会耍这套把戏，秘密玉路的姑娘们比起宁静巷歌燕堂里那些胳膊腿都很松弛灵活的姑娘们，价钱要高出三倍。所以，那个男的就欢天喜地地跑到那家低等窑子去了。我听说那个窑子最近可是正在流行梅毒呢。"

每个人都哈哈大笑起来。

"孔雀毛跟我说他上个礼拜到她那里去，抽了几管。"她又补充说，"他让她别哭，说她现在仍然还是很可爱。她趴在他的怀里流泪。他总是对她很关心，也很大方。她说，每次他们做爱，他都一定要付给她市价的两倍钱。"

每次他们做爱。我想象着碎蛋爬到我的身上，用他的大长脸看着惊恐的我。他不是我爸爸，他只是个看门的。

我问我妈，我们能不能去一家收养被遗弃的混血女孩的善堂看看。她毫不犹豫地说，这是个不错的主意。我的心脏惊恐地跳动起来。她收拾了一些我的旧裙子和旧玩具。到了孤儿院，我把这些东西拿进一个挤满同龄女孩的大房间。有些女孩看起来完全是个中国人，有些则是纯种白人模样——但当她们露出微笑、眼梢向上斜斜吊起时，便露出了马脚。

如今，每当妈妈忙得没空见我的时候，我都会更加坚定地认为，她从一开始就没有想要过我。我是她只有一半美国血统的孩子，身体里流淌着可恨的中国男人的血液。我猜，她之所以不能把我的真实身世告诉我，就是因为如果真相大白，她就不得不向我承认她并不爱我了。我总是想问她关于爸爸的事，但这个问题一直卡在我的喉咙里。了解了自己的身世后，我变得更敏感了：每当佣人或下人看着我的时候，我都会察觉到一丝冷笑；每当客人朝我投来一个比一瞥而过稍长一些的眼神时，我都会怀疑，他们是不是因为我看起来像个中国混血儿而感到困惑。越长大，我身上的中国部分就会变得越明显。我担心，再过一段时间，大家就不会再把我当成美国人，而会觉得我跟其他中国女孩没什么两样了。所以，我开始想方设法地摆脱一切让我显得像个混血儿的东西。

我不再和云美人或下人们讲中文，只说洋泾浜英语。如果他们用中文跟我说话，我就假装自己听不懂。我一遍又一遍地告诉他们，我是个美国人。我想让他们明白，我们并不一样。我想让他们讨厌我，因为这能证明我不属于他们的世界。有些人确实开始讨厌我了，但碎蛋却笑话我，他说，对他凶巴巴的不只有洋人，也有很多华人，而且他们的态度比我可恶劣多了。他继续用上海话跟我说话，我还不得不表示自己听懂了，因为他负责告诉我妈妈回来了，或者她想跟我说话，再或者她已经叫了车要带我去新开的餐厅吃午饭。

　　不管我怎么努力挣扎，我都仍对自己血液中那个陌生的爸爸感到恐惧。他的性格会不会也出现在我的身上，让我显得更加像个中国人呢？若果真如此，我该属于哪里呢？我该怎么做事呢？作为一个有一半可恨血统的女孩，还会有人来爱我吗？

第 2 章　新的共和国

上海　1912 年

薇奥莱

在我十四岁生日那天的午后，秘密玉路的正门前爆发出一阵欢呼，鞭炮在院子里噼啪作响。卡洛塔耷拉着耳朵，钻到了我的床下。

通常情况下，我们并不会大肆铺张地庆祝生日，但可能我已经到了某个需要予以庆祝的特殊年龄吧。我跑去找妈妈，她正站在"大道"里，眺望着窗外的南京路。每隔一会儿，远处都会传来一阵鞭炮声，然后钻天炮刺溜溜的尖声划破空气，紧接着会传来一声巨响，似乎连胸腔都在跟着轰鸣。欢呼声越来越大，渐渐达到高潮，然后再慢慢弱下去，一阵又一阵，就这样循环往复着。所以说归根到底，原来这些欢呼和鞭炮并不是为了庆祝我的生日。我走到妈妈身边，她没有拥抱我，而是说："瞧瞧这群傻子！"

碎蛋门都没敲就奔了进来："成真了！"他用嘶哑的声音说，"满大街都在传呢，清朝完了，袁世凯很快就要升任新的中华民国总统了！"他脸上的表情有点癫狂。

44

那一天是 1912 年 2 月 12 日，隆裕太后刚刚代表她那六岁的侄子溥仪签署了逊位诏书，条件是他们要能够继续留在紫禁城，且保留一切财产。满人的统治结束了。十月份新军在武昌发动兵变，从那时开始我们就在等着这一天的到来。

　　"你怎么比皇帝的亲信还相信袁世凯？"妈妈对碎蛋说，"他们为什么不让孙先生当总统呢？"

　　"袁世凯让清朝倒了台，所以他赢得了升任大总统的权利。"

　　"他是清朝军队的总司令，"她说，"他的内心深处很可能还残留着皇朝根子。我听咱们的一些客人说，假以时日，他肯定也会变得像皇帝一样作威作福的。"

　　"如果袁世凯真的是个道德败坏的人，那么正好，我们就不用再等上两千年，才等到那些共和主义者放过咱们的舞会了。"

　　皇帝逊位前几个月，秘密玉路里就因清朝即将倒台而沸沸扬扬了。妈妈晚会上的客人们已经好几天没有聚在一起了，洋人留在他们那一边的社交俱乐部里，华人则留在长三堂子中。他们各自不停地谈论着即将到来的变化，猜测着那变化是会给自己带来好处呢，还是恰恰相反。他们那些极有势力的朋友可能会变得显赫不再，他们需要组织新的团体。新政府也许会征收新税，影响外贸的条约也可能会生变，为应对这些变化，他们需要立即拟定新的计划。妈妈为了能引诱他们重新聚到一起，不得不一直跟他们说，大赚一笔的机会往往产生于巨变的混乱之中。

　　下人们也被变革的热潮给感染了。他们嘴里喋喋不休地重复着皇朝统治下的悲惨故事：他们的故土惨遭夺走，人死了都没地方可埋；他们的祖先由于顺从而凄凉潦倒，而大清的官僚则因贪腐而风光无限；外国人因着鸦片贸易大发其财，而鸦片把大清的子民们都变成了行尸走肉。"为了换点大烟，他们连自己的妈都能卖！"我听碎蛋这么说过。

　　有些大姐对革命感到害怕，因为她们想过安稳日子，再也不想面对变化和新的担心了。她们不相信自己的生活会在新的军阀政府统治下得到任何改善，就她们的亲身经历来看，每当社会发生新的变化时，她们总是要倒霉：嫁人后，她们的日子大不如前，而等到她们的丈夫死掉以后，生活又变得比之前还要艰难。每当家中发生变化，她们都得受苦。

上个月，1月1日那一天，我们听说共和国正式成立，孙中山先生被推举为临时大总统。我妈那位马屁精情人费尔韦瑟又像往常一样不请自来。在妈妈带上床的所有人中，他是唯一一直留在她生活里的，像个瘤子一样，一直黏着她。现在我变得更讨厌他了，比妈妈为了去见他而拿我当幌子的时候还要讨厌。费尔韦瑟坐在客厅的一张扶手椅里，一手端着杯威士忌，一手夹着根雪茄，一边不时呷口酒、喷口烟，一边宣称："你们这里的下人们个个头脑发热，就像是刚被传教士感化的野人一样。还得救呢！孙先生可能真的是个基督徒，但是你们这里的下人真的相信他能像上帝一样展现神迹，把他们的黄皮肤变成白色的吗？"他瞅见了我，咧嘴一笑，"你觉得呢，薇奥莱？"

妈妈一定是告诉了他我爸是个中国人这件事。我简直受不了那只蠕虫的嘴脸了，转身离开房间，气得几乎要丧失理智。我沿着南京路狂奔而下，英式电车的车厢上贴满报纸，像鱼鳞一样层层叠叠，随风拍打着车身。在过去的一年里，非暴力反抗蔚然成风，这种大胆鲁莽的爱国主义以一种颇具象征性的方式，嘲笑打击了帝制拥护者。我的中国血液涌动起来，让我想要狠狠地抽费尔韦瑟一个嘴巴。街上人流汹涌，学生们从一个角落跑到另一个角落，将最新消息张贴在公共区域的墙上。人群向前奔涌，识字的人朗读着关于孙中山大总统的文章，他在文章中进行的展望与给出的承诺，给了人们无穷的希望，让人们乐观得几乎失去理智。"他是新共和国之父！"我听到一个男人说，便仔细看了看墙上贴着的这位革命之父的照片。金鸽曾经跟我说，你可以通过观察一个人的脸而了解他的个性。我盯着孙先生的照片看，感觉到他是一个诚实善良、冷静睿智的人。我还听人说过，由于从小在夏威夷长大，他还会讲一口完美的英语。如果孙先生是我的父亲的话，我一定会十分自豪地告诉大家我是半个中国人的——这个念头刚一冒出来，我就吓了一跳，于是赶紧把它从脑中赶走。

我从来都没法告诉妈妈，拥有一个中国父亲是什么样的感受。我们没法向彼此挑明我猜到的事情。最近一段日子以来，她更是将自己对于任何事情的感受都隐藏了起来。中国正在经历一场革命，而她表现得像是一个旁观比赛的观众，为谁将会成为赢家而下注。她自信地宣称，新的共和国不会插手我们所居住的公共租界的事务。"租界是属于我们的绿洲，"她对客户们指出，"只受租界的法律与政府管辖。"

但我能感觉到，她所表现出的无忧无虑，只是为了掩盖她心里的不安。事实上，我早就跟她学会了识破他人真实感受的技巧——因为每当一个人试图掩饰他的感受时，那种刻意的费力状态一定会露出马脚。我常会听见妈妈和金鸽聊起她们在客人身上观察到的东西：装模作样，虚张声势，恼羞成怒。

我自己也一样，一直很努力地隐藏着自己身体里属于中国的部分，并无时不在担心自己是不是藏得不够好。可是瞧瞧呀，我有多容易屈服于自己天然的想法啊，刚刚我还希望孙先生是我的爸爸呢，而且我还觉得那些学生的激情令人钦佩。我曾试图扭曲自己的感受和想法，想让自己显得像个彻彻底底的外国人，但如今这种努力变得越来越困难了。我常常照着镜子研究自己的脸，学习在微笑时不把自己的眼睛皱出一个东方式的弧度。我模仿妈妈那笔直的姿势，模仿她那作为一个外国人往来于世间的自信姿态。我会像她那样，在跟初识的人打招呼时，直直地望向对方的眼睛，说："我是薇奥莱·明特恩，很高兴认识你。"在夸奖下人们的顺从和聪敏时，我会使用洋泾浜英语。我比小时候对云美人们更客气了，但是除非是在不小心的时候，我从不会跟她们讲中文——可惜的是，我不小心的次数实在有点多。不过，我在面对金鸽和碎蛋的时候，是不会摆架子的；同时，对雪云身边的大姐诚姑，我也冷不下心肠——诚姑有个叫小洋的女儿，卡洛荅十分喜欢她。

自从六年前我和雾云的那场混战之后，这里再没人提过一句暗示我是个混血儿的话。不过话说回来，在目睹了雾云的下场后，谁还敢那么做呢？然而我还是止不住地担心有人会用那可怕的事实来刺伤我。每次遇到陌生人时，他们口中的任何一句关于我外表的评论，都会使我胆战心惊。

不久之前，我见到了妈妈的一位新朋友。她是个妇女参政权论者，对于自己能够置身于这座"美妙的宫殿"——她这么称呼秘密玉路——之中，而感到深深陶醉。妈妈把我介绍给她时，她对我眼睛的特殊颜色进行了称赞："我从来没有见过这种调子的绿。"她说，"它让我想起蛇纹石，颜色会随着光线而产生变化。"她是不是同时也注意到了我眼睛的形状呢？我刻意不去微笑。片刻后，她向我妈提起她正为收养混血女孩的孤儿院义务募捐，这使我的紧张指数又飙高了一大截。

"那些孩子永远也不会被人领养。"她说，"如果没有孤儿院和您这样的慷慨女性，她们就只能流落街头了。"

妈妈打开钱包，递给那个女人一笔善款。

清帝逊位那天，我很开心自己成了被痛恨的外国佬中的一分子。就让那些中国人厌恶我吧！我跑到东厢房的阳台上，看到鞭炮燃起火光，碎屑布满空气。那些碎屑并非平日用来表示喜庆的红色，而是代表朝廷的黄色，看起来就像在昭示清朝已被炸成了碎片一样。

人群的规模每一秒都在扩大，人山人海。人们举着胜利的旗帜，挥舞拳头，露出写有反对殖民标语的黑色臂带。"废除口岸通商条约！"欢呼声震天动地，人们不断重复着同样的口号。"让外国佬那些咿哩哇啦滚蛋！"人群爆发出大笑，冷嘲热讽紧随其后："把那些崇洋媚外的家伙都撵走！"

还有谁爱我们呢？金鸽？她对我们的爱是否足以让她甘冒被赶出中国的风险？

街道实在太堵，人力车夫都没法往前走了。我站在高台上，看到一对西方男女正向拉他们的车夫疯狂地比划手势，让他撞倒挡住去路的人们。车夫松开车杠，人力车骤然向后倒去，差点没把那对男女弹出来。车夫挥起拳头，人们纷纷跳开。我看不见他们的脸，但我知道他们此刻一定非常惊恐，因为他们在狂乱的人群里被左冲右撞、推来搡去。

我转向妈妈："我们是不是有危险了？"

"当然不。"她急促而严厉地说。她的双目之间有一个拧在一起的结——她在撒谎。

"那些贪心鬼立马就变了颜色。"碎蛋说，"集市上到处都是他们的声音：'两瓶新共和国的酒,只卖一瓶的价钱啦!'然后他们还会开玩笑说:'两瓶清朝的酒,卖三瓶的价钱!'"他望向我,说,"你现在出门会很不安全。听我的话,啊?"他把一包信和《北中国先驱报》递给我妈。"我是在街道封堵以前从邮局拿到这些的。不过,如果骚乱继续下去的话,我们就得有好一阵子收不到任何东西了。"

"想办法给我搞到报纸,英文的和中文的都要。今天晚些时候街上可能会丢满报纸。我想看看报上会登些什么漫画和故事,这样我们就能在事情消停之前,对于自己将面临的状况做到心中有数了。"

我遍寻秘密玉路的大房子,想看看还有没有其他人也在像我们一样忙心忡忡。三个相帮和我家的厨子正在院子前面抽烟,黄色爆竹的残烬堆满一地。爆竹是这四个人点的,这会儿他们正在对满族统治者和他那些目中无人的太监们的悲惨命运,表达着幸灾乐祸。太后和她养的京巴再也不能凌驾于挨饿的老百姓之上了!

"我们家里有一半人都饿死以后,我叔叔进了义和团。"一个相帮说,"正赶上百年不遇——或者两百年才难遇——的大洪水,洪水像大雾一样立刻就把村子给淹了。接着又赶上旱年,一滴雨水都没有。灾荒一个接着一个。"他们边说边轮番用火柴点燃烟斗。

厨子插嘴说:"如果一个人什么都没有了,就什么也不会怕了,就会造反。"

"我们已经赶走了清朝,"另一个人说道,"接着就该轮到外国人了。"

厨子和相帮冲我摆出一副居高临下的样子,这让我感到十分震惊。那厨子向来都很和善,总是问我,用不用给我做顿美式的午餐或晚餐;而且下人们也向来彬彬有礼,或者,至少每次我调皮捣蛋的时候,都会对我表现得很耐心。我小的时候他们训过我一次,因为我打翻了他们手里端着的一大盘食物,但他们当时对妈妈说,所有的小孩都是这么调皮的。他们从来也没有公开发过牢骚,我只偶然听到他们半夜里在我的窗子附近悄悄抱怨过。

但今天,他们表现得就好像我是个陌生人。他们脸上的表情十分丑陋,而且他们的样子看起来也有点古怪。他们中的一个转身去拿一瓶酒，我这才看见，他们已经把辫子给剪掉了！只有一个人还没剪，那就是小鸭子——负责开门和在下午通报来访客人的相帮。他的辫子仍然盘在脑后。我曾经让他给我看看他的辫子有多长，当时他一边解开盘起的辫子，一边说，这家伙是他妈妈最大的骄傲——他妈说，辫子的长度是衡量一个人对皇帝忠心的标准。"她跟我说这话的时候，我的辫子刚到腰下。"他说，"她在我的辫子长到这么长之前就死了。"如今，发辫已经长到了他的膝盖处。

厨子对小鸭子不屑地哼了一声："你是皇帝的奴才吗？"其他人笑起来，怂恿他把辫子剪掉。有个人给他递了一把刀——大家都是用这把刀割掉自己的辫子的。

小鸭子盯着那把刀，然后又望向咧嘴笑着的人们。他慌乱地收回目光，像是吓着了，接着飞快地朝挨着一口废弃水井的墙走去，解开盘起的头发，凝视了半刻他深爱的长辫，然后一把将它割掉。大家都嚷嚷起来："厉害！""好样的！""哇！他看起来就跟刚被阉了似的！"

小鸭子满脸痛彻心扉的表情，不知道的人看了会以为他刚把他亲妈给杀了呢。他掀开井盖，手里拎着他旧日的荣耀，在井口处晃晃悠悠。他剧烈颤抖着，手里的长辫像条活蛇一样扭来扭去。终于，他松了手，并紧接着趴到井口朝下望，眼睁睁看着辫子沉入水中。有那么一会儿，我还以为他也会跟着那条辫子跳进井里呢。

碎蛋跑进院子："干什么呢？吃的哪儿去了？水怎么还没烧？路路咪咪要喝茶呢。"

那帮人就那么坐在那儿，抽着烟。

"嗬！你们剪辫子的时候，是不是把脑子也连带削下去一块？你们是给谁干活的？如果这里关门大吉，你们上哪儿去？到时候你们就该跟墙边上的独腿叫花子一个样了。"他们这才嘟嘟嚷嚷地站了起来。

这里怎么了？接下去还会变成什么样？我穿过大房子，看到空无一人的厨房：水没烧，菜只切了一半，脏衣服一半在桶里一半在桶外，看起来就像是有人倒栽葱溺死在水里一样。

我看到金鸽和云美人们坐在大房间里，夏云正为清朝的结束而泪流满面，哭得就好像她自己的家人死了一样。

"我听说新共和国的法律很快就会让我们关门的。"她说。

"那些政客想显得自己比清廷和外国人都更有道德。"

"新的道德？呸！"金鸽说，"那帮政客就是以前常来我们这儿寻欢作乐的家伙，而且他们对西方人允许我们干这种营生一向都很庆幸。"

"那我们该怎么办呢？"夏云愁眉苦脸地说。她举起自己那双又软又白的手，哀哀地看着，"以后我就得自己洗衣服了，就跟那些普通的洗衣大妈一样。"

"别再瞎扯了。"金鸽说，"共和党人控制不了公共租界。清朝的皇帝没这个权力，如今的当政者也没戏。"

"你怎么知道的？"夏云还嘴道，"明朝完蛋的时候你就活着了？"

我听见妈妈在叫我："薇奥莱！你在哪儿？"她爬上楼来找我，"你在这儿啊。到我的办公室来，我要你待在我的附近。"

"我们遇上麻烦了吗？"

"完全没有，我只是不想让你在街上到处乱晃。有太多人跑来跑云的，你可能会受伤。"她办公室的地板上堆满了报纸。

"皇帝没了以后，"我说，"我们会遭殃吗？我们这里会被关掉吗？"

"到这儿来。"她把我拉进怀里，"不过是一个朝代结束了而已，这跟我们没什么关系，只不过中国人有点紧张，但他们很快也会淡定下来的。"

到了第三天，街道终于可以通车了，妈妈想去拜访一些客户，鼓励他们回到秘密玉路来。碎蛋说，一个外国女人独自外出是很危险的。街上有醉醺醺的爱国分子出没，他们手里拿着剪刀，只要见到谁头上还挂着根辫子，便会上去一刀剪断。他们还剪了几个白种女人的头发，纯是为了找乐子。不过我妈从来都不是个向恐惧低头的人。她披上一件厚重的裘皮大衣，叫了辆马车，跟金鸽两人各自带上一根槌球棒[1]，以便在看到有人手拿剪刀、坏笑着逼近她们时，能够一棒砸晕他

---

1 槌球（croquet），在平地或草地上用木槌击球穿过铁环门的一种游戏。

们的脑袋。

清帝逊位后的一个礼拜，所有的客人都对我们躲得远远的。妈妈叫下人们去散布消息，说她已经把"秘密玉路"的英文牌子拿掉了，但客人们仍旧不愿意来。"秘密玉路"的大名人尽皆知，谁都知道它跟"路路咪咪馆"是一回事。洋人不愿意露面，而华人则不想让任何人知道他们在跟洋人做生意。

18日是中国的除夕，那天刚好是周日。新年的到来再次点燃了人们的激情，一周前的狂热再次出现，烟花爆竹和喧天锣鼓使得满世界的噪音更加刺耳。每当钻天炮在空中发出尖响的时候，妈妈都会停止说话，紧紧绷住下巴；而当那一声躲不过去的轰隆巨响响起之时，她的身体也会随之颤抖。她对每个和她说话的人都凶巴巴的，连金鸽也未能幸免。客人们心怀的愚蠢恐惧使她怒不可遏。当然，也有客人在慢慢回归，今天五个、明天十几个的。回归的主要都是中国客人，他们收到了心爱的姑娘寄来的倾吐思念的信件，不忍弃之不顾。然而没有一个人有心情拈花惹草。在大客厅里，人们分为两大阵营，一边是洋人，一边是华人。他们阴郁地谈论着打倒外国人的抗议活动，对贸易的前景十分悲观。一个人抱怨道："我听说，好多带头的学生都是在美利坚受的教育。清政府让他们得到了该死的学位，而他们可倒好，学了一堆革命知识，回来报效大清。"

我妈穿过房间，浑身洋溢着自信。不过一个小时前她可不是这样的——那会儿她读着报，看起来灰心丧气。但这会儿她却微笑着，向每个人传递着安心和保证：

"我从一个十分可靠的人那里听到一个确切的消息：新政府只不过是想利用一下眼下这股排外的狂热，好让国民能够团结一心。你们想想啊——曾经在清政府底下工作的官员，现在原封不动地给新政府当官，这都是官方宣布过的事。所以说，我们在政府里仍然有很多老朋友。再说了，新政府为什么要取缔对外贸易呢？他们为什么要自断其手、再也不从那可心的钱罐子里捞钱呢？现在的混乱很快就会过去的。类似的事情以前也发生过。看看历史上有过的这一类骚乱吧，每一次，对外贸易最终都会东山再起，规模比之前还要大，赚的利润也更多。用不

52

了多久，一切就会风平浪静了，大家只需要对做生意的方式稍作调整即可，勇敢一点，目光放长远一点吧！"

有一些人深以为然地小声交流起来，但大多数人的脸上仍然疑云密布。

"算一算贸易给中国带来了多少钱吧。"她继续说，"新政府有什么理由要敌视我们呢？我预测，虽然政府眼下会对我们的发财之路进行阻挠，但假以时日，他们一定会以更优惠的条约和关税欢迎我们回来的。只要他们想打倒军阀，他们就需要钱——我们的钱。"

这段话引发了大家更强烈的怨言，但我妈仍旧保持着自己的乐观态度："胆小犹豫的人会丢掉大把的金子，而留下来的人则可以捡个盆满钵满。到时候，满街都会是金银财宝，随便你们怎么拿。这是属于机遇的时代，不是用来浪费在恐惧和无用的踌躇上的。先生们，好好计划一下你们的远大前程吧，新的坦途已经铺就，祝新的共和国万寿无疆！"

然而，她的生意仍旧毫无起色。金银财宝躺在没人敢去染指的地方。

第二天，妈妈停止了一切试图重振生意的努力。正当我们要去餐厅为庆祝我的生日而吃一顿迟来的午餐时，一封来信翩然而至。走到她的门前时，我听见她在用愤怒的语气讲话。我环顾四周，没有发现任何人，原来她是在自言自语。在我更小一点的时候，每当听到她独自喋喋不休地发狠，我都会感到很害怕。但是一直以来，她的坏情绪似乎从未引发过任何可怕的事情。她的咬牙切齿，就像是一个人通过打沙袋来宣泄自己的坏情绪，宣泄过后，她的内心就会再次变得风平浪静。

"叫你的黑心肠见鬼去吧！"她说，"懦夫！"

我觉得她的火气一定跟皇帝的遭遇有关。

"妈妈。"我轻轻地叫了一声。

她吓了一跳，转过身来。她的手里抓着一封信，捂在胸口。信上的字是手写体的，而且不是中国字。

"薇奥莱，亲爱的，咱们现在还不能去吃饭。出了点事情。"她没有提那封信，但我知道那封信正是一切的原因。在我八岁生日那天，她对我做了一模一样

53

的事情。不过这一次，我不再觉得生气，而只是感到担心。这又是一封来自我爸的信，我很确定。她六年前收到的上一封信，宣布了他刚刚死掉的消息，而我是那时才知道，虽然妈妈一直都说他早就死了，但原来，那些年里他一直都是活着的。每当我提起关于爸爸的事情时，她都会用同一个答案终结话题："我早就告诉过你——他死了，你再问，他也不可能活过来。"这个问题总会让她大发雷霆，但我就是忍不住要问，因为答案曾经发生过变化。

"那我们过一会儿去吃饭吗？"其实我已经知道了答案，只是想看看她回答得会有多么谨慎。

"我得出门去见一个人。"她说。

我才不会让她那么容易就走呢。"我们本来是要去吃生日大餐的！"我抱怨道，"你老是那么忙，从来没空兑现你的承诺。"

她只表现出了一丁点的负疚感："实在对不起，"她说，"我得去做一件事，这件事非常紧急，而且特别重要。明天我再带你去吃一顿超级豪华的午餐吧，开瓶香槟。"

"我也很重要啊。"我说。我走回房间，心里重温着刚才所发生的一切：一封信，又一个被弃之不顾的生日。到底谁比较重要？

听到她离开以后，我溜进"大道"，穿过法式玻璃门，进入了她的房间。那封信不在抽屉里，不在她的床垫下，不在枕套里，也不在盛着硬糖的罐子中。正当我打算放弃的时候，却看到那封信的一角，从房间中央的圆桌上摆着的一卷诗集中露出头来。那张圆桌是妈妈和金鸽白日里商讨生意事宜时坐的地方。信封是白色硬纸做的，上面用中文写着："寄给路路咪咪夫人。"在这行字下面，有一行整洁而流畅的手迹，用英文写着"卢克丽霞·明特恩"。卢克丽霞，我从没见她用过这个名字。这真的是她的名字吗？这封信上还写着另一个我从未听人称呼过她的名字：

我亲爱的路西亚：

我已从义务的重负中解脱出来，终于可以把本该属于你的东西还给你了。

我会很快回到上海。能不能在 23 日中午拜访你呢？

属于你的，

陆成

这个用英文写信的中国男人是谁？他用两种名字叫她：卢克丽霞和路西亚。他要把什么还给她？

还没等我再认真研究研究这封信，金鸽就走了进来。

"我在找一本书。"我迅速地说。

"给我。"她说。她瞥了一眼那封信，说："别告诉你妈你看见这封信了。别让任何人知道，否则你会后悔一辈子的。"

所以说，我的怀疑是正确的了：这封信一定跟我爸有关。恐怕，在 23 日那天，我的人生将会变得更加糟糕。

到了 23 日那一天，整栋房子里的人都议论纷纷，说有位客人会在中午到来。我躲在阳台上遥望着下面的骚动。其实妈妈本来是规定我在自己房间里学习的，连"大道"也不让去，还给我下了死命令，说在她允许我出来之前都不许出屋。她还让我换上了一条绿裙子——那是我最好的一条裙子。我在心里猜测，这意味着她会让我见见那个男人。

中午到了，然后很快便过去了，时间缓慢地侵蚀进下午。我侧耳倾听，等待着宣布客人驾到的声音，但什么声音都没有。我爬进"大道"——如果有人发现我躲在那儿的话，我就说自己是在找一本教科书。为了以防万一，我把一本书放到了桌子底下。妈妈正如我所愿，待在她的办公室里，与我仅隔着一道法式门。金鸽也在那里陪着她。妈妈正在发怒，她的声音听起来就像闪电前的滚滚雷声一样阴郁，似乎随时准备爆发。我能从她的声音里听到危险的信号。金鸽用一种温柔而安慰的语气回应着她。我听不清她们的具体对话，只能听到一堆含混的声音。进入这个房间对我来讲已经很冒险了，足足过了有一个小时，我才鼓起勇气把自己的耳朵贴在了玻璃上。

她们在用英语对话，但声音太低了，我什么也听不清。忽然间，妈妈的怒火猛地蹿了起来，音高也随着骤升："畜生！"她喊道，"家庭责任！"

"他是个懦夫，还是个贼，我觉得你不应该相信他说的任何一句话。"金鸽说，"如果你见他的话，他会再一次把你的心撕成两半的。"

"咱们这儿有手枪吗？我要一枪崩了他的蛋。别笑，我是认真的。"

这些只言片语让我感到更加困惑了。

薄暮降临，我听到下人们在叫热水。一个相帮敲了敲我妈的门，宣称有位客人来了，正在前厅等候。妈妈听到这个消息后，足足有十分钟没有离开房间。等到她终于出去以后，我立刻将法式门推开一条小缝，然后微微拉开窗帘的底端。做完这一切之后，我便飞跑上能俯瞰大客厅的阳台，藏了起来。

妈妈走下几级台阶，然后站住，向立于天鹅绒帘幕边的小鸭子点了点头。

小鸭子接到指示，便拉开了帘幕，并喊道："陆成先生来访，求见路路咪咪夫人。"这是那个写信人的名字。我屏住呼吸等着他走进来。用不了一会儿，我就能知道这个男人到底是不是我认为他是的那个人了。

他出现了，给人的第一印象是一个彻头彻尾的新派绅士，身姿挺拔而举止闲适优雅，一看就是上层贵族出身。他身着裁剪得体的深色西装，脚上的皮鞋擦得锃亮，我从阳台上都能看到皮子反射的光亮。他丰盈的头发十分有型，涂了发油，柔顺而齐整。我看不清他脸上的细节，但是能够猜到他比妈妈年纪要大，不年轻，但也不算很老。他的一只胳膊上搭着冬天的长风衣，风衣上面搁着一顶帽子。一个相帮很快便走过来将他的风衣和帽子拿走了。

陆先生漫不经心地环视房间，但从他的脸上看不到其他第一次来到我妈这里的人脸上的那种惊讶。西式的装修风格已经成为绝大多数长三书寓的选择，就连很多富绅贵胄的家也开始如此布置，但是我们这里的装潢仍旧算得上一枝独秀：富有冲击力的画作，铺有虎皮的骄奢淫逸的沙发椅，还有一尊栩栩如生的凤凰雕塑，立于高及天花板的巨大棕榈树边。那个男人微微笑着，就好像这一切都并不令他吃惊。

蓬云走了过来，蜷在我的身边："那是谁？"她轻声问道。我叫她到别的地方待着去，但她纹丝不动。我很快就要知道这个男人是谁了，我不希望那个瞬间蓬云也在场。

妈妈继续向楼下走去。她为这个场合挑选了一件古怪的衣服——我之前从来没见过那条裙子，肯定是她昨天刚买的。毫无疑问，它是最时新的款式——妈妈只穿最时新的款式——但那条裙子的形状并不符合她总是在房子里飞来飞去的习惯。那是一条孔雀蓝色的羊毛裙，十分贴身，凸显出了她丰满的胸臀。裙子在腰部和膝盖处束紧，使她没法走快，只能像个女王一样慢慢迈步。那个男人很耐心，凝望着她缓缓走向自己。走到他面前时，她并未像对其他男人那样，感情充沛地对他予以欢迎。我听不清她具体说的是什么，但是能够听出，她的语调平淡，还微微有点颤抖。他微微鞠了一躬，鞠躬的方式既非中式也非西式。缓缓直起身来的时候，他庄重地望了她一眼，而她突然就转过身去，用她那蹒跚的步伐朝楼梯走去。他紧随其后。她的下颔微扬，满脸傲慢，眼皮微垂，目光越过鼻尖向下望去。就算隔了这么远，我也能看出她脸上的这副表情——要放平时，每当云美人们的脸上浮现出这样的表情时，妈妈都会十分不快。那是明显的轻蔑。而那个男人表现得就好像他对她的不友好毫无察觉一样。或者，也许他早就知道她会如此，并且对此有所准备。

"哇哦！"蓬云说，"他好有教养，而且还有大把大把的钞票。"我同她投去愤怒的一瞥，让她闭嘴。比我大了七岁的她，面对着我的谴责，像往常一样露出了怨念的表情，酸不溜丢地撇了撇嘴。

我没法看清他长什么样，但我能感到他的脸上有某种跟我很相似的东西，这让我紧张得几乎就要晕倒了。这个男人是我的爸爸吗？

在他们走上楼梯之前，我就已经爬开，飞奔到"大道"里，藏在了床底下。我在那儿待了有十五分钟，眼睁睁看着薄暮转为暗夜。由于我藏在了窗帘后的缝隙中，没有人察觉。地砖很凉，我开始后悔没有拽一条被子来裹在身上。我听到办公室的门被打开，接着传来妈妈和金鸽的声音。金鸽问妈妈，该送些什么茶点进来吗？一般来讲，视不同的客人而定，可选的茶点包括水果、英式黄油曲奇和红茶。但这次妈妈却说，什么都不用。她的无礼让我十分震惊。

57

"我很抱歉来得这么晚。"那个男人说，他说话的声音听起来像是个英国人，"暴动的人群把老城的城墙都砸烂了，路也根本走不通。我知道你们在等着，所以下了马车，徒步赶往这里。光是走到宝昌路[1]，就花了三个小时。"

对于他为赶往这里所做的巨大努力，妈妈并未表示任何感动之情。他们走到房间的另一边，低声交谈起来。虽然法式门开了一道缝，但我还是听不清他们那微弱的谈话声。他那低沉的嗓音平滑流过，妈妈那简洁的话语则波涛滚滚。每隔一会儿，妈妈都会高声甩出一句："我对此表示非常怀疑。""我没有收到那些东西。""他没有回来。"过了一会儿，突然之间，她大叫了起来："你现在还想见她干什么？你有多久没有关心过她了？这么长时间以来，你没捎过一句话，也没给过一分钱。就算她和我饿死街头，你也根本无动于衷！"

我知道她这是在说我。原来，他从未问起过我，也从未爱过我。混蛋！我立刻就开始恨他了。

他喃喃地说着一些我听不清的话，声音有些癫狂，而过了一会儿，他的声音忽然变得既清晰又大声："我当时已经崩溃了，快要被逼疯了，他们让我完全无能为力。"

"懦夫！卑鄙的懦夫！"妈妈嚷道。

"他当时在外交局……"

"啊，对，家庭责任，传统，义务，祖先，和那些被烧成青烟的贡品。真棒。"她的声音越来越逼近法式门这边。

"在中国过了这么多年以后，"他说，"难道你还是不明白家庭对于一个中国人来讲，到底有多不可违抗？它沉重得像是一万块墓碑，而我父亲将它砸向了我。"

"我非常明白。这些年来我见过许多男人，他们本质上跟你都是一路货色，丝毫不让我意外。欲望和责任，哪个都不愿放弃，所以哪个都无法成全。正是这些毫不令人意外的男人，助我成为了一个非常成功的女人！"

"路西亚。"他悲伤地叫道。

"不许这么叫我！"

---

1 今淮海中路。

58

"你一定要听我说，求你了。"

我听见办公室的门打开，金鸽的声音闯了进来："打扰一下，"她用中文说，"有件事很紧急。"

陆成开始用中文进行自我介绍，但金鸽打断了他："我们以前见过面，"她厉声说，"我非常清楚你是谁，也知道你做了些什么。"她转回头去，用较为平和的语气跟妈妈说，"我需要跟你说几句话。是关于薇奥莱的事。"

"这么说，她在这里？"那男人兴奋地说，"求你们了，让我见见她吧。"

"等你死了以后，我会让你见她的。"妈妈回答。

我仍在咬牙切齿，但是听到他说想见见我，还是让我感到了一阵鼓舞。如果他来找我，我一定会拒绝他的。这会儿，房间里已经很暗了，我可以趁暗溜到法式门那里去。我想要看看他的表情。但我刚从床下探出半个身子，就听到妈妈和金鸽关上办公室的门，走进了走廊。通向"大道"的门忽然打开了，我不得不飞快地再次把自己塞回墙边的床下，并且屏住呼吸。

"让你一个人去承受这种场面实在太艰难了。"金鸽用英文安静地说，"我要在那里陪你。"

"我更愿意一个人去处理这件事。"

"如果你需要我的话，就摇一摇叫茶的铃。我就在大道里候着。"

我的心脏因恐惧而绞成一团——如果她在这里待着的话，我就没法从床底下出去了，很快就会冻成一具僵尸。

"不需要。"妈妈说，"跟其他人一起吃晚饭去吧。"

"那么，至少让我叫大姐把茶给你端过来吧。"

"嗯，那也好。我的喉咙已经很干了。"

她们离开后，我大大地舒了一口气。

我听到大姐进来的声音，然后传来茶杯轻碰的声响和礼貌的话语。我从床下爬了出来，因寒冷和紧张而浑身发抖。我摩挲着自己的胳膊，从床上拽下一条被子，裹住了自己。等到牙齿不再打战以后，我走到玻璃门边，从窗帘的缝隙间望过去。

看清这个男人的第一眼，我就立刻确定，他是我的爸爸。他跟我有着一样的面部特征：眼睛，嘴，还有脸的形状。一股令人头晕目眩的认命感淹没了我：我确实就是半个中国人。其实我一直都知道这一点，只因一切尚未明朗，我便一直拼命给自己相反的心理暗示。出了这栋房子的门，我便将再也无所归属。然而与此同时，另一种感受也爬上我的心头，那是一种奇异的胜利感——我一直都怀疑妈妈在对我撒谎，而今天我所目睹的事实证明，我的怀疑是正确的，我的爸爸一直都活着。长久以来折磨着我的那个问题，现在被可怕的答案所取代了。但是妈妈到底是为了什么而如此恨他，恨到这么多年以来都拒绝见他呢？为什么她宁愿告诉我他已经死了？不管怎样，我曾问过妈妈他是否爱我，而她当时回答说是的。但现在，她却说他从未爱过我。

陆先生将手放在妈妈的胳膊上，而她立刻甩开他，大叫起来："他在哪儿？告诉我，然后就滚！"

"他"是谁？

那男人试图再次触碰她的胳膊，却被她一巴掌扇在脸上。然后她捶打着他的肩膀，哭了起来。他没有抽身，只静静地立在原地，像个木头士兵似的，任由她摆布。

她的样子与其说是生气，不如说是绝望。我从未见过她这副样子，不由被吓坏了。到底是谁的行踪对她如此重要呢？

好不容易收住眼泪后，她用沙哑的声音问："他在哪儿？他们对我的宝贝儿子都做了些什么？他死了吗？"

我必须立刻用手紧紧捂住嘴，才能不让他们听到我的叫声。原来她还有一个儿子，而且她深深地爱着他，还为他哭泣。

"他活着，而且很健康。"他顿了一下，"而且他对这一切都一无所知。"

"是对我一无所知吧。"妈妈直白地说了出来。她走到房间的另一边，耸动着肩膀哭了起来。他朝她走来，但她却示意他待在原地别过来。我从来没见妈妈哭得这么凶过。她的哭声那么酸楚，就好像她刚刚失去了一件极其重要的东西一样——但她明明刚刚才得知，自己并没有失去他。

"他们把他从我这里抱走，"他说，"是我父亲下的命令。他们不肯告诉我孩子在哪儿。他们把他藏了起来，跟我说，如果我做出任何有损我父亲声誉的事情，他们就再也不会让我见到他了。我怎么敢去找你呢？你肯定会跟他们作斗争的，以前你就这么做过，他们知道你以后也会继续这么做的。在他们眼里，你对我们的传统毫无尊重，你不会明白他们的地位和声誉。我没法跟你说话，因为只要跟你说哪怕一句话，我就再也见不到我们的儿子了。你是对的，我是个懦夫，我没有像你一样奋起抗争。比这更不可原谅的是，我背叛了你，却还要为自己的行为强词夺理：我告诉我自己，如果我顺从了他们的意愿，你就会有机会很快把他要回去了。然而其实我知道，这都是不可能的。我没能保护你，相反，还把你心中那纯洁的信任给扼杀了。我为此深受折磨。每天早上，我醒来以后的第一个念头就是，我对你做了残忍的事。我可以给你看我的日记，在过去的这十二年里，每一天，我都在所有其他句子前写下这一句话：'为了拯救自己，我毁灭了另一个人。而在毁灭那个人的同时，我也毁了自己。'"

"才一个句子？"妈妈淡淡地说，"我写的可比这多多了。"她回到沙发上，双眼无神地坐着，毫无生气，"你为什么还是告诉我了？为什么要现在告诉我，早干什么去了？"

"我父亲死了。"

她不由自主地向后缩了一下："我可说不出什么哀悼的话。"

"他是清帝逊位那天倒下的，之后又弥留了六天。在他死后第二天，我就给你写了信。我感觉自己肩上的一个包袱终于卸下了。但是我必须得警告你，我母亲跟我父亲一样，都有着极强的意志力。我父亲凭借着他的意志力，占有了一切他想要的东西，我母亲则将她的意志力用在了保护家庭上。我们的儿子不只是她的孙子，同时还是我们大家族的下一代，肩负着传承家族历史的重任。也许你无法尊重我们的家庭传统，但你最好还是好好认识一下我们的家族传统，这样你才会知道厉害。"

陆成递给妈妈一个信封："我把你肯定想要知道的东西写了下来。"

她把裁信刀塞进信封的开口处，但手抖得太厉害，把信掉到了地上。陆成将信捡起来，亲手为她打开。她从中拿出一张照片，我绷紧身体，找到了一个能够看到照片的角度。"这张脸上哪里有我的影子？"妈妈说，"这真的是泰迪吗？你是不是又在耍我？我要拿我的手枪杀了你……"

他喃喃低语着指向那张照片，她脸上的痛苦便渐渐被微笑所取代了。"好严肃的表情……我看起来也是这样吗？他更像你，看起来像个中国男孩。"

"他现在十二岁了，"陆成说，"是个快乐的男孩，只不过被宠得有点没样了。他奶奶把他当皇帝一样对待。"

他们的声音柔和下来，渐渐成为温柔的低语。他把手放在她的胳膊上，而这一次，她没有将他推开。她用一种受伤的表情望向他，他轻抚她的脸颊，她便倒在了他的肩头，被他拥抱着嘤嘤哭泣。

我转过身，沉重地跌倒在地，凝视着漆黑的虚无，再也感受不到任何恐惧。一切都在瞬间改变了。这是他们的儿子，她从不曾像爱他那样地爱我。我在脑海中回味着她的每一句话。一个个问题从我的脑海中蹦出来，每一个都更加令人不安，盘旋在我的上空，让我难受。他的儿子也是混血，但他看起来完全就是个中国人。而这个有着跟我一样眼睛和脸颊的男人，我的爸爸，从未考虑过把我带回他的家庭。他从来也没有爱过我。

我听到妈妈的办公室里传来沙沙的声响，便转回身从窗帘缝里偷窥。妈妈已经关了灯，我什么也看不见。办公室的门已经关上了，片刻后，传来她卧室门的开关声。陆成和泰迪的照片也跟着她进了卧室吗？我感到自己被遗弃了，孤零零地与那些令人痛苦的问题相对。我好想回到自己的房间，为自己哀悼。我已丧失了自己在这个世界上的立足之地。在妈妈眼里，我只排第二，而对于陆成来说，我不过是个没用的累赘。但我没法离开这个房间，因为下人们正飞奔着冲过走廊。如果金鸽看到我溜出这个房间，她一定会要求我告诉她我为什么会在那里，但我不想跟任何人谈论我的感受。我躺在床上，用被子裹住自己。我得等到晚会开始，所有人都下到大客厅里以后，才能出去。所以，就在此时此地，我忽然不可遏制地被自怜的洪水所淹没。

几个小时后，我被遥远的开门声惊醒。我冲向窗户，透过窗格向外望。天空一片暗灰，太阳很快就要升起了。我听到办公室的门打开又关上，便走到玻璃门边。他背对着我，我只能越过他的肩膀看到她的脸。他正用轻柔的语调低吾着什么，而她则以一种少女般的高亢调子回应他。我感觉胸闷——她对其他人竟然抱有那么丰富的感情，如此柔情，如此快乐。陆向前微倾，她便低下头，让他吻在自己的额头上。他捧着她的脸，又说了一堆甜言蜜语，引得她面露微笑，看起来几乎都有些羞涩了。我从未见识过她这么多的新表情，时而像个受伤的孩子，时而陷入悲伤的绝望，现在又显得羞答答。

他拥抱她，将她搂得紧紧的，而当他放开她的时候，她的双眼闪烁着盈盈泪光，转过身去。他静静地离开了房间。我奔回格子窗，刚好来得及看到他满脸愉快地走过，不由气不打一处来：好啊，一切都称了他的心了！

我刚刚步出房间，想往我的卧室走，卡洛塔便蹿了过来，在我的腿上一个劲儿蹭。在过去的七年里，她长肥了，动作也变得更迟缓了。我捞起她，抱在怀里。只有她还需要我了。

我无法入睡——或者至少我是这么认为的。但不知过了多久，我听见了妈妈的声音。她正在和一个相帮说话，指示他将一个行李箱搬上来。现在已经是上午，将近十点了。我看到她正在卧室里把裙子一件件展开。

"哦，薇奥莱，太好了，你终于起来了。"她用一种轻快而兴奋的声音说，"我想让你去挑出四件礼服裙，两件晚会穿的，两件白天穿的，还有与之搭配的鞋和外套。然后，把那条石榴石项链和金首饰盒也带上，还有你的钢笔、误本和笔记本。其他值钱的东西也都要带上。我没法帮你列全，你得自己想去。我已经让人送行李箱去你的房间了。"

"我们要逃跑吗？"

她扬起头——当某个客人提出一个新奇、却令她觉得不大妥当的想去时，她就会扬起头——并且微笑了。

"我们要去美国，去旧金山。"她说，"我们要去看你的外公外婆。你的外公病了……我收到了电报……电报上说，他病得很厉害。"

63

好蠢的谎话！如果他真的生病了的话，她刚才为什么还那么开心？看来她并不打算告诉我真正的原因——我们要去看她的宝贝儿子。我决定逼她说出真相。

"我外公叫什么？"

"约翰·明特恩。"她轻松地说，继续把衣服一件件放到床上。

"我外婆也活着吗？"

"是的……当然啦，就是她发来的电报嘛，哈丽特·明特恩。"

"我们很快就要离开了吗？"

"也许明天就走，但也可能会拖到下个礼拜。这段日子以来一切都颠倒错乱了，就算我们有大把的美元，也找不到什么能靠得住的人，所以，我们有可能没法立刻就搞到下一艘轮船的船票。除了我们，还有很多其他的洋人也正想着要离开呢。说不定到最后，我们要坐在一艘绕道北极的拖网渔船里回去呢！"

"昨天来找你的那个男人是谁？"

"我以前因为生意的关系打过交道的人。"

我用细细的声音说："我知道他是我的爸爸。你们上楼的时候，我看见他的脸了，我长得很像他。而且我也知道，我们之所以要去旧金山，是因为你有一个儿子住在那里。我听下人们说的。"

她静静地听着，动弹不得。

"你否认不了的。"我说。

"薇奥莱，亲爱的，我很难过让你受到了伤害。我之所以一直对此保密，是因为我不希望你知道我们曾经遭到过遗弃。泰迪一出生就被他抱走了，自打那以后我就没有见过他。现在我终于有机会把他要回来了，我必须为之争取，因为他是我的孩子。如果被偷走的是你的话，我也会一样努力抗争，把你夺回来的。"

为我抗争？我对此很怀疑。

但是她走到了我的身边，双手环住我："你对我而言非常珍贵，远远比你想象的还要珍贵。"一滴泪珠氤氲在她的眼角，闪闪发光，而就是她心中的这一点点闪光，便已足够让我去相信她了。我重又平静下来。

然而，回到卧室以后我却意识到，她一点也没跟我说起陆成对我的感情。我恨他，我永远也不会管他叫"爸爸"的。

在当天上午余下的时间和整个下午里，她一边和我一起往箱子里塞东西，一边跟我聊起我们在旧金山的家。在这以前，关于她的过去，我从来也没深想过。她曾经住在旧金山，这就是我所知道的全部。而如今，听到她讲过去的故事，我感觉简直就像在听一个童话故事似的，听着听着，心中的愤怒便化作了兴奋。我在脑海中描绘起太平洋的样子：蓝色的水，浪花中跃出银色的鱼；鲸鱼喷着水，水柱像一座喷泉。她告诉我，我的外公是一个历史学教授，我的脑海中便出现了一位德高望重的绅士，满头白发，站在一个黑板架前；她说她母亲是一名科学家，研究昆虫——就是我曾经想要打碎的那些琥珀中的那种昆虫——于是我的脑海中又出现了一个大房间，从天花板垂吊下好多琥珀，一个女人手里拿着放大镜，正在盯着它们瞧……随着她对我轻松地侃侃而谈，一个越来越清晰的旧金山呈现在了我的面前：丘陵起伏，绵延伸向水边。我能够想象自己爬到山顶，眺望海湾和岛屿的场面。我会沿着两侧布满西式房子的陡坡向上爬，就像法国租界里的场景一样，身边往来穿梭着各个阶层、各个种族的人群。

"妈妈，旧金山有中国人吗？"

"有不少呢。不过大多数都是仆人和普通工人，洗衣工啦，诸如此类的。"她走到衣柜前，思考着该带哪件晚礼服走。她挑了两件，然后又放回去，又选了两件其他的，之后她拿起一双白色的小山羊皮鞋，但忽然发现鞋跟上的蹭痕，又把它们放了回去。

"那里当妓女的有外国人吗？还是只有中国人？"

她笑起来："在那儿，除非你是中国人或肤色较深的意大利人，否则是不会有人管你叫外国人的。"

我感觉受到了侮辱。在这里，我们总会因为与众不同的外表而被视为外国人。一个凉飕飕的想法溜进了我的血管：在旧金山人眼里，我会不会就是个来自中国的外国人呢？如果人们知道泰迪是我弟弟的话，他们就会知道我跟他有着一样的中国血统了。

"妈妈，如果人们看出来我是半个中国人，他们还会对我好吗？"

"没有人会觉得你是半个中国人的。"

"但是如果那儿的人发现了的话，他们会躲着我吗？"

"没有人会发现的。"

她对并不绝对的事情如此十拿九稳，让我很不安。在那里，我得装得像她一样自信，才能隐藏起她有个中国混血的女儿这个秘密。只有我自己会一天到晚担惊受怕，担心自己被人识破，而她则会永远都无忧无虑。

"我们会住在一所非常漂亮的房子里。"她继续说。她此刻的样子，是我这辈子见过的最开心的样子，充满了深情，看起来更年轻了，简直像变了个人。金鸽说，如果一个女人被狐魅附了身的话，她的眼睛就会变得顾盼神飞，明亮闪烁到令人无法直视——妈妈现在的眼睛就很明亮。她已经不是她自己了，在见到陆先生以后就彻底变了。

"那座房子是在我出生之前不久，我爷爷建的。"她说，"它没有我们现在的房子大，"她继续道，"但也不像这里这么冰冷和吵闹。它是木头结构的，特别稳固，就连一场把整个城市都摇散架的大地震过后，仍旧矗立不倒，连一块砖头都没掉。它的建筑风格跟上海英法租界里的外国房子很不一样，首先第一条就是，它比那些房子都要更加开放和友好，没有那些个高高的围墙，也不配备门卫——在旧金山，隐私不需要你去努力捍卫，而是一种所有人都天然享有的东西。我们只需要在房子前面放个矮树丛和低低的铁门，就够了。不过，我的家人还是在房子的两侧和后面都围上了篱笆，但这不过是为了防止野狗溜进来，也可以方便架起浇灌藤蔓植物的管子。院子里有一片小草坪，不大，相当于走廊边的一块柔软草毯。在一侧的篱笆边上，种有一丛杜鹃花，而在另一侧的篱笆边，则栽有一片爱情花、玫瑰、金针花，以及，当然了，紫罗兰。那些紫罗兰是我亲手种的，而且我种的不止有普通品种的紫罗兰，还有甜紫罗兰[1]，一种有着美妙香气的花朵。我还用过一种法国产的甜紫罗兰味的香水呢。我有好多那种颜色的衣服，有段时间还特别爱吃在紫罗兰外面裹了一层糖霜的糖果。那是我最喜欢的花和颜色，你

1　俗称香堇菜。

的名字就是由它而来，亲爱的甜心薇奥莱。我母亲管它们叫做'强尼跳起来'[1]。"

"这也是她最喜欢的花吗？"

"她可讨厌这种花了，总抱怨我简直就是在种杂草。"她笑了起来，似乎没有注意到我的惊讶和沮丧，"房子一进门是前厅，前厅的一侧有个楼梯，就像咱们这里的这个楼梯一样，只不过更小一点；另一侧则是一面厚厚的太妃糖色的窗帘，挂在一条黄铜的横杆上，不过没有咱们这儿的窗帘宽。穿过窗帘，便走进了客厅，客厅里的家具是我祖母买的，样子都很老式。然后穿过一条大走廊，便来到了餐厅——"

"我睡在哪儿？"

"二层有个可爱的大房间，墙壁是阳光一样的暖黄色，以前它是我的房间，以后就归你了。"

她的房间！我高兴得简直要叫起来了。不过我把情绪隐藏得很好，没有泄露出自己有多开心。

"那个房间里有大大的窗户，窗边是一张高高的大床。有一面窗子正好挨着一棵老橡树，你可以打开窗，假装自己是落在树上的佛罗里达丛鸦——我对那些聒噪的鸟儿记忆可深刻了，它们会朝我蹦过来要花生吃。那里还有很多其他的鸟，白鹭啦，鹰啦，还有知更鸟。如果你有不认识的鸟，大可翻开我母亲的藏书查，你外祖母的父亲是一个植物学家和自然插画师。我还有很多特别棒的洋娃娃，她们的五官可漂亮了，和你放在手推车里那种孩子气的娃娃完全不可以相提并论。然后，整座房子里到处都是'书墙'，书籍从地面一直堆到天花板，就算你一天能看完两本书，这辈子也不愁没有书看了。你可以拿着书到圆塔楼里去读——我在小的时候，在那里放上了大披肩、厚坐垫和波斯毯子，把那个塔楼打扮得像个苏丹宫殿，还给那里起名叫做帕夏宫。除了读书，你还可以拿望远镜对着窗外，清清楚楚地眺望远处的水岸、港湾和群岛，数一数水中到底有几艘纵帆船和渔船……"

她不停地念叨着，回忆源源不绝。我的脑子化身立体幻灯机，栩栩如生地投

---

1 "Johnny-jump-up"，美国人对紫罗兰的俗称。

射出那座大房子，让它渐渐有了色彩、声音和动感。一个又一个有着满墙图书的房间令我惊讶，窗子挨着橡树的卧室也让我着迷。

我正沉浸于脑子里的幻想呢，妈妈那边已经开始忙着从一个上锁的橱柜里搬出她的首饰匣了。项链、手链、胸针、扣针，每一样配饰她都有起码一打，全都是她这些年来收到的礼物。这些礼物中的绝大多数都被卖了，留下的都是她最喜欢的——也就是那些最值钱的。她把所有的首饰匣都装进了旅行箱里——难道我们不再回来了吗？

"等你找到泰迪以后，他会跟我们一起回上海吗？"

对话里再次出现了尴尬的停顿。"我不知道。我没法预测将来会发生什么。上海已经变了。"

一个可怕的想法钻进了我的脑海："妈妈，卡洛塔会跟咱们一起走吗？"

她突然就开始忙着收拾帽子了，所以我便明白了答案。"没有她，我是不会走的。"

"就为了一只猫，你就要留下来？"

"如果不能带着她一起走，那我就不走。"

"别闹了，薇奥莱。你要为了一只猫放弃自己的未来吗？"

"没错。我差不多已经长大成人，可以自己决定自己的命运了。"我鲁莽地脱口而出。

她脸上的所有爱意一瞬间就消失了："好。那你就留下吧。"

我败下阵来："你怎么能逼我去做选择呢？"我用心碎的声音说，"卡洛塔是我的宝贝。她之于我，就像泰迪之于你一样。我不能扔下她，不能背叛她。她相信我啊。"

"我不是在逼你做选择，薇奥莱，我们根本没有选择。我们必须离开，而卡洛塔不能跟着，因为我们没法改变乘船的规则。你得想着，我们一定还会回来的。等到了旧金山以后，我就会知道该怎么办了。但在那之前，还……"

她继续解释着，但我的心已经沉浸到了痛苦当中，说不出一句话。我没法跟卡洛塔解释，我为什么要离开她。

"在我们离开的这段时间里，"妈妈的声音穿过我痛苦的迷雾，"金鸽可以照顾她。"

"金鸽怕她。没人爱卡洛塔。"

"雪云的大姐的女儿——小洋——非常喜欢她，她会很乐意照顾卡洛塔的，尤其是如果我们临走时给她一些钱的话。"

这倒不假。但我的担忧仍未消失：如果卡洛塔比起我，更爱那个小姑娘怎么办？她可能会忘了我，我回不回来它都无所谓了。我陷入了一种悲惨的情绪之中。

虽然妈妈只允许我带上四件衣服，但她对自己的限制却越来越宽松，要带的衣服越来越多。她认定，两个箱子已经不足以装下她的东西了，而且那两个箱子都是圆头的，没法塞满，这会让她能带的东西变得更少。再说了，那俩箱子都很旧了，还是她从旧金山带过来的呢。她叫金鸽去买四个新的皮箱来，要六的。"马拉卡先生上个月告诉我，他从法国偷运了一大批路易·威登的箱子到孟买，那批箱子正是我想要的平头箱。除此以外，我还想要两个旅行袋，要小一点的。记得告诉他，如果他琢磨着拿假货骗我的话，别以为我会看不出来……"

她把挑选出的裙袍都扔在床上。看到她要带走这么多衣服，我简直有点怀疑她会在跨出小船以后就立刻跑去参加舞会。不过，她接着便叫来了金鸽，让她老实说，到底哪些衣服更讨喜，哪些衣服更能彰显她眼睛的颜色、她的肤色以及她红棕色的头发，哪些衣服能让美国女人嫉妒，哪些衣服会让她们觉得她是个道德败坏的女人。

金鸽对她挑出来的衣服一律都不喜欢："你之所以设计那些衣服，都是为了夺人眼球、把男人勾引到你身边。在公园里，我常看见有些美国女人一个劲儿盯着你看，她们的表情可一点也不友善。"

妈妈没有逼自己进行选择——她简单粗暴地带上了绝大多数晚礼服，还带上了所有比较新的裙子、外套和帽子；我的配额则减少到了两件，够在旅途中穿的就行了。她向我保证，到了那边以后，她会给我买很多的漂亮衣服，比我现在有的这些都漂亮。我最喜欢的书和课本也在可舍弃之物的清单上，因为到了旧金山以后，我立刻就会有更多更好的书可读了，而且妈妈还会给我雇一个比在上海更

69

好的家庭教师。我只需要在航行过程中，尽情享受一个不需要学习的小小假期就行了。

　　她把一个装着我的首饰的酱紫色首饰盒、两个从抽屉里拿出的匣子、两卷裹在绸缎里的画轴以及其他一些贵重物品，放进了我的旅行袋，然后她把自己的狐狸皮披肩放在了这堆东西的顶端。我猜，她之所以要带上这条披肩，是因为她觉得，当她站在甲板上望着上海渐渐远去、终至不见时，她需要以一个仪态万方的姿态离去。

　　好一阵折腾后，我们终于把一切都收拾停当。妈妈现在只需要从她那些法力无边的外国朋友中找个人，替我们买到回美国的通行许可就行了。她递给碎蛋一大摞信，叫他挨个去送。

　　一天过去了，然后一个礼拜过去了。狐魅眼的光芒不再，她又变回了原来的样子，不安、激动而又暴躁。她又给碎蛋一大摞信。两个舱位，我们只需要两个舱位。这到底有什么难的呢？但每条回信的内容都是一样的：她的美国同胞们也一样急着想要离开上海，而他们也跟我们一样，发现在他们之前，早有其他人把下月出航的船上的舱位都抢劫一空了。

　　在等待舱位的日子里，我给小洋示范如何用丝绸被子给卡洛塔堆一个窝。小洋八岁，她一边爱抚着卡洛塔，一边对她说："我会乖乖听你的话的。"卡洛塔喵喵叫着，滚到了她的背上。看到卡洛塔现在就已经这么开心了，我不由十分心痛。

　　在等了十一天以后，费尔韦瑟不请自来地逛荡到妈妈的卧室之中，为她带来了好消息。

　　我知道妈妈为什么曾经爱过费尔韦瑟。他很善于逗她开心，让她摆脱糟糕的情绪。他很搞笑，而这恰好是治担忧的良药。他让她开怀大笑，让她感觉自己很美丽。他说，她出尘脱俗的容貌和举止都把他迷得神魂颠倒。他向她表现出夸张的迷醉之爱，向她倾吐诚挚的情感，而据他自己说，他从未对任何其他女人抱有过这样的情感。同时，每当她放任自己沉溺于悲伤之中时，他都会向她表露同情，将她的头揽到肩上，让她尽情哭泣，直到她的心里再也不剩一丝有毒的悲伤；而当她因自己的客人竟然滥用自己出于信任告诉他们的情报而感到愤怒时，他也总是与她同仇敌忾。

他们九年前就已经成了朋友，那时，每当她需要什么的时候，他都会设法给她。他们谈论过她生命中那段遭受背叛、丧失自信、为钱发愁的时期。他了解她早年间的辉煌，也知道那个在她初来上海时收留了她的男人之死。记住，记住，记住，他说，要把过去的疼痛情绪都倾吐出来，这样他才能够安慰她。

我讨厌他用那种随意的亲密态度对待我妈。他叫她"路""可爱的路路""拉路白"[1] 和 "路舍丝"[2]。当她怒火冲天的时候，他会装成挨骂的学生，或是做错事的骑士，把她逗得破涕为笑。他会讲很多愚蠢的笑话，而她则对之报以欢快的大笑。他还会故意在其他人面前让她尴尬——用一种谄媚而恶心的方式。吃晚餐时，我看着他面目猥琐地蠕动舌头和嘴唇，宣称有什么东西塞在了他的上颚里。"快把你那一脸猩猩似的猥琐笑容抹去。"她会说。他则会捧着肚子笑个半天，然后才站起来向她鞠躬道别，道别的同时还很搞笑地眨巴下眼。道别之后，他就会在她的卧室里等着她了。跟他在一起时，她总是很脆弱，一点也不像她自己。她老是傻乎乎的，喝太多酒，笑得花枝乱颤。她怎么能这么蠢呢？

秘密玉路里的所有下人都很喜欢费尔韦瑟，因为他们早已习惯被人当成茶盘的附属物了，但费尔韦瑟却会用上海话跟他们打招呼，还对他们所做的所有小事表示感谢。每个人都在猜测，费尔韦瑟到底是怎么学会他们的母语的呢？是跟某个奶妈学的？还是跟某位妓女？还是情妇？不管怎样，他这颗美好的中国心显然是拜某位中国女性所赐。中国人给他起了个美好的称号："中式的外国显贵"。虽然每一个人都知道他很有魅力，但除此以外，大家对他就一无所知了。他是从美国的哪里来的呢？再退一步讲，他真的是个美国人吗？也许他是个美国难民？大家并不知道他的真名，费尔韦瑟[3] 只是他的昵称。他开玩笑说，自己已经好久好久没有用过自己的真名了，久得他都忘了自己叫什么了。费尔韦瑟这个绰号是好多

1　原文为"Lullaby"，意即"摇篮曲"。

2　原文为"Luscious"，意指"美味的，性感的"。

3　费尔韦瑟的英文为"Fairweather"，常被用作绰号，意思是快乐的人，字面含义即"可爱的天气"。

年前，一个兄弟会的哥们儿给他起的，那时他还在上大学。没人知道他上的是哪所大学，但总之是"一所名校"就对了。

"我走到哪儿，好天气就跟到哪儿。"他说，"我亲爱的朋友们也一样，不管我走到那里，都会热情地迎接我。"整个上海城的酒席里都有他的身影，而且，除非留宿，他永远都是最晚离开的那个。然而，令我百思不得其解的是，他自己从不置酒回请别人，却没有一个人为此而责难他。

有个长三说，他之所以广受欢迎，与他的一个能制作所有种类假证的朋友不无关系。那个聪明的男人会制作签证、出生证明、结婚证，以及十分珍贵的盖有官方领事印章的文件。他会在那些文件上用中英双语写上各种"因此""今后"一类的词藻，让领事大人对在文件上署名的人留下"真有教养"的好印象。费尔韦瑟说他有一些"很神奇的中国朋友"，这些证件就是卖给他们的。每次转卖，他都会收取对方五倍于他付给翻译者的价钱，这充分证明了那些朋友有多"神奇"。但朋友们还是很乐意把钱交给他，因为任何一个中国人，不管是商人、妓女还是老鸨，都可以在公共租界里的任何一个法庭中，挥舞着这封证明自己富有教养的神奇证明，让星条旗来保卫他或她的荣誉。没有哪个中国官吏会把他的宝贵时间浪费在挑战美国人的想法上，因为在公共租界的法庭里，华人永远都是输家。证件的有效期只有一年，所以费尔韦瑟每年都可以通过某人是否继续给他送钱来判断这个人有多"神奇"。

我是唯一一个没有被他那甜腻的魅力给迷倒的人。看到妈妈更喜欢跟他待在一起，我总是感到心痛不已。正是这份疼痛让我清醒，使我能够看穿他的虚伪。他对别人表示关心时，所有的话都是提前排练好的，每次说来都一模一样，手势一样，问你需不需要帮助时的绅士态度也一样。在他眼里，所有人都是能被轻易捕获的猎物。我之所以知道这一点是因为，在明知我早已看穿他的情况下，他竟然还打算用他那套伎俩迷惑我。他夸赞我的满头乱发、我笨拙的说话方式和我幼稚的书，貌似满口奉承，其实极尽冷嘲热讽。我从不对他微笑，不得不说话的时候，就三言两语敷衍过去。我妈总是因为我对他态度粗鲁而训我，而他则只是一个劲儿地笑。我通过面部表情和僵硬的身体姿态向他表明，我觉得他讨厌极了。

我会不耐烦地叹气，或者翻白眼，但不会朝他发火，因为要是我发火的话就代表他赢了。对于他拿来送给我的礼物，我理都不理，就那么留在妈妈办公室的桌上。过一段时间以后，我会回到桌边去看，每一次都不出所料地发现，礼物已经消失不见了。

元旦过后没几天，费尔韦瑟和我妈大吵了一架。我妈从金鸽那里得知，他在和她在一起之前，就曾上过蓬云的床，在和她好上之后，也仍然与蓬云保持着关系。我妈从没提出过要对彼此忠贞的要求——毕竟，她自己也时不时地更换情人。但费尔韦瑟是她在所有情人里最喜欢的一个，而且她向来认为，她的情人是不会对她堂子里的员工伸手的。当金鸽把实情告诉妈妈时，我也在场，眼看着她对妈妈劈头便骂："我九年前就告诉过你，这个男人会把你当个傻瓜一样利用的！你在床上把脑子弄丢了以后，就一直被欲望蒙蔽双眼，什么也看不见。"金鸽是从服侍她的一个大姐那里榨到实情的。她对妈妈说，她不会对妈妈隐瞒任何一个细节，因为只有这样，妈妈才有可能把费尔韦瑟扫下床去。"在过去的一年里，他把她搞得神魂颠倒，高潮迭起，她的叫床声让大姐们都以为她正在被一个施虐狂客人虐待呢。他们都听见了，他们都知道——其他的所有长三、大姐和相帮。他们常能看见他溜过走廊。而且，猜猜蓬云是怎么从他那儿拿到钱的？那是你的钱，你为了他所声称的琐碎费用而给他的钱，每次都不多，但总有的花。"

妈妈聆听着那令人崩溃的实情中的每一个细节。我猜，她也品尝到了常常刺伤我的那种滋味：她深爱的人，比起自己，更爱另一个人。我很高兴她也感受到了那种痛，我想让她知道她曾给过我怎样的痛苦，想让她把倾注于那个骗子身上的爱，都给我。

费尔韦瑟来到秘密玉路接受审判的时候，我已经在"大道"里藏好，心里简直有点兴奋难耐了。妈妈穿上了一件僵硬而严肃的黑裙，就好像在为谁默哀一样。当他于中午时分抵达时——毫无疑问，是从蓬云的床上来的——惊讶地发现她没在睡觉，而是坐在她的办公室里，身上穿着一件他认为"不适合她的裙子"。他表示自己愿意立刻就帮她脱掉它。

"系上你裆上的扣子，管好你的小朋友。"我听到她说。

看到她终于像我一样对他表现出了反感，我无比兴奋。她抨击他的商业头脑，还骂他是个等着领赏的马屁精，说他是一只寄生虫，以从来不还的贷款为生。她说，她终于认清了他是谁——一个"从自己那根小水管里喷射出廉价的玩意儿，灌进蓬云那饥渴的嘴巴"的男人。

等妈妈说完以后，他便大骂自己竟因沉溺鸦片而跟蓬云犯下罪行。他说，他只不过是被她的烟枪给勾引了，仅此而已，他跟她一起共度的时光，比一杯冷掉的茶还无味。我可真希望蓬云能听见他说的话。他说，他再也不想让她这么受伤了，以后一定会努力戒毒，戒掉鸦片，也戒掉蓬云。听了他的话，我妈仍旧一言不发，这让我不由暗自窃喜。他把刚才的说辞撇到一边，提醒她，他爱她，而且她知道的，他从未爱过别的女人。"我们的心是长在一起的，所以我们永远也不可能分开的。"他指着她的心口，叫她看看自己的心，看看她心里的他。她表示自己对他的话不屑一顾，但我能听得出来，她的气势正在一点点减弱。

他仍在不断低语："亲爱的，亲爱的，我最最心爱的路。"他在抚摸她吗？我好想大喊一声："他又在骗你了！"但她已喝下了他魅惑的毒药。她告诉他自己有多么受伤，语调里满是伤痛——在此之前，她从未向任何人承认过自己的痛苦。他继续对她采取柔情攻势，柔情蜜意地喃喃低语。过了一会儿，她的音调突然提高了一个八度。

"把你的手从我胸上拿开！你辜负了我的心，你这个混蛋，还把我送给你的东西拿给我手下的妓女。你把我耍得团团转，以后我不会再让这样的事情发生了！"

他没有放弃，继续向她倾吐爱意，说她比他可聪明多了。他还说，他所犯下的罪行其实并不像她所形容的那么狡猾——那只不过是一时糊涂，而非对感情的蓄意欺骗。他本是绝不愿意让经济上的利益减损他们的爱情的，但她非要对他慷慨赠予，他在深受感动的同时亦觉得有点伤自尊，既不好拒绝她爱的礼物，也总觉得无以为报。所以，他不打算再让她把她几天前承诺过的那笔钱借给他了。

我妈破口大骂。她从未答应过借给他钱，一块也没有，但他说她答应过，还跟她说，他记得他曾告诉过她，他投资的那个胶水厂需要新的机器。"你不记得了吗？"他说，"你问我需要多少钱，我说得要两千美元，你就说：'真的只要这么点吗？'"

"你竟然会把那句话理解成承诺？！"她说，"我永远都不会再同意借钱给你，让你去搞那些个骗钱的阴谋了——以前搞了片橡胶林，这回又来了个什么胶水厂。"

"那片人工林一直很赚钱的，"他坚持说，"只不过后来台风把树都给吹毁了。但是胶水厂没有这些风险啊。如果我知道你从来都没打算资助我的话，我才不会去当投资人呢。而且啊，恐怕我不得不告诉你，跟我一起投资的人里头有很多都是你的客户呢，我们全都会赔个精光的。我真希望他们不会觉得是你把他们害破产的。"

如果她真的同意给他钱的话，我一定会破门而入的；但她并没有这么做，而是掷地有声地说："好啊，反正等我离开上海以后，就再也见不着那些客户了。而且到时候我跟你也不会再有任何瓜葛——除了偶尔想起你是个骗子以外。"

他开始骂骂咧咧，说出的话难听极了，简直闻所未闻。我的心中欣喜若狂。

"你连在床上都令人乏味。"他以这句话作为结束语，"砰"的一声关上门，脏话连篇地穿过走廊离去。

金鸽立刻就走进来找我妈。妈妈用颤抖的声音，把刚才发生的一切简短地告诉了她。

"你还爱这个男人吗？"

"如果爱是愚蠢的，那么是的，我还爱。你曾经警告过我多少回？为什么我就是看不出他到底是个什么东西呢？他肯定是个催眠师，要不怎么可能给我下这样的咒。这整栋房子里的人都在暗中嘲笑我，但就算这样，如果他再一次走进这扇门……我不知道。在他身边，我总是那么的脆弱。"

流言蜚语悄然在走廊里传开。夜里，我趴在自己的窗边偷听外面的谈话。下人们都对费尔韦瑟的离去感到遗憾，也没有人责备蓬云——路路咪咪凭什么就比蓬云更值得男人爱呢？而且，费尔韦瑟对蓬云是真爱，他向她发过誓的，还把带有自己家族徽章的图章戒指送给了她。戒指上的徽章表明，他的家族与苏格兰国王深有渊源，蓬云拿着这枚戒指见人就炫耀。那些个相帮都觉得我妈太过小题大做：花心好色本就是男人天性，女人怎么可能管得住嘛！蓬云在我妈把她赶走之前就自行离开了，随身还带走了几件临别礼物——她房间里那些本不属于她的家具和灯。

我还以为我们已经彻底摆脱那个感情骗子了呢，但就在妈妈决定离开上海之后不久，费尔韦瑟就又跑到了她的办公室里，站在了她的面前。妈妈让我回自己房间里去学习。我走进"大道"，把耳朵贴在玻璃上。他用心碎的声音表达了对于她将要离开上海的悲伤，说自己会为失去她而悲痛不已，因为她是个非同寻常并且无可替代的人，就算有一天她变得又穷又老，也阻止不了他的爱恋。他什么也不想要，只想奉上自己真诚的话语，让她记在心间，好让她在未来遇到困难的时候可以想起。他的泪水起到了很好的效果，当他离开时，就连他自己都被自己的糟糕演技给感动坏了。

我妈跟金鸽说了刚才发生的事。她的声音在颤抖。

"他勾引你了吗？"金鸽问。

"他没有碰我——你想问的是这个吧？"

"但是你心动了吧？"

一片沉默。

"等他下次再来的时候，"金鸽说，"我会端坐在这个房间里的。"

她们没有等太久——他很快就又来了，眼睛下面两个黑眼圈，衣衫凌乱，头发也乱糟糟。"自从上次见你之后，我根本睡不着。我无比煎熬，路，你的话让我极其痛苦，不过这也没有办法，因为我之所以痛苦，是因为我看清了真相。你从来没有这么残忍过，至少从来没有故意残忍过，但你如今却用你的恨意对我施以酷刑。我的这里、这里，还有这里都能感觉到你的恨，夜以继日，像炭一样炙烤着我，像匕首一样刺痛着我。这世上只有我知道你曾被陆成背叛，也只有我知道他根本配不上你。你那么好，我只有献出自己身心里最好的那一部分，才会觉得没有辱没了你。我的身体曾对你不忠，没错，但我的心灵却一直都是属于你的，毫无保留，从未止息。路宝贝，我对你别无所求，只希望你能明白和承认，我对

76

你的爱，是真爱。请告诉我，你相信我。如果你不相信我的话，我就没有任何活下去的理由了。"

妈妈对他的话进行了一番嘲笑，他逃也似的飞奔出了她的房间。过后，她把一切都告诉了金鸽，并且很开心地说，自己在没有她帮助的情况下，就成功地轰走了他。

第二天，他又来了，头发干净整齐，衣着也鲜亮得体。"我要离开上海去南美了。既然你要走了，这里就没有任何值得我去留恋的东西了。"他的声音哀切而冷静，"我只是来告诉你一声，我再也不会来打扰你了。我能不能吻一下你的手，道个别呢？"

他单膝下跪。她叹了口气，伸出了手。他迅速地亲了一下，然后把她的手揾在自己的脸颊上："这将会伴随我的一生。你知道的，上次我对你说你缺乏作为一个情人的技巧，那绝不可能是真心的。只有你能带我到达那种痉挛的高潮，在遇到你之前，我从不知道在世上竟还有这样的快感。我们一起度过的时光多愉快啊，不是吗？我希望有一天你能忘记这一切丑恶，只记起我们精疲力尽得连一个字也说不出的快乐时光。你会记得吗？哦，亲爱的上帝，路，你怎么能把如此甜美的东西从我这里夺走呢？你能不能再留给我一次美好的回忆呢？这没什么大不了的，不是吗？我什么都不想要，只想再让你快乐一次。"

他跪着，仰望着她，而她一言不发。他碰了碰她的膝盖，她仍旧一言不发。他掀开她的裙子，吻她的膝盖。我知道接下来将要发生什么了，我从她的眼睛里看出了一切。她已经开始犯蠢了。我离开了房间。

第二天早上，金鸽痛斥了她："我一看就知道，他肯定又爬到你身上，把你给勾引了吧？你瞧你那双发光的眼睛，瞧你那往上咧的嘴，藏都藏不住！你还在回忆他昨天晚上干的事呢吧，啊？那个男的真厉害，真是以一当十，能让你大脑空空，除了两条大腿之间那点淫欲以外就什么也不知道了！"

"昨天晚上什么也不算，"我妈说，"我不过是有点旧情难忘罢了。跟他重温了一遍那点下流的床帏之乐以后，我对他就没有任何念想了。"

三个星期之后，费尔韦瑟面带猩猩般的笑容踱进堂屋，张开双手朝妈妈迎了上去。"你最好给我一个吻，明特恩小姐，因为我刚刚预订到了两个舱位，船两天后就出发。这难道还不是爱的证明吗？"

她不由睁圆了眼睛，但并没有起身。他急匆匆地告诉她，他是从上海商务圈的小道消息中得知妈妈的需求的。虽然她在生他的气，而且他也在生她的气，但他还是觉得，如果能够为她提供她所迫切需要的东西的话，自己还是可以挽回她的信任，并赢回她的心的。

他们离开大房间，去了她的书房。我迅速吃完早餐，来到"大道"，匆匆把我的书和作业纸摆到桌上，营造出一幅好好学习的景象，然后便把我的耳朵贴在了冰凉的玻璃上。我听到他那番令人恶心的情话，说什么心痛欲裂、丧失了人生目标，又说什么当他找到了帮助她的方法后如何重获生之意义。他说了无数表示爱慕的话语，其间还夹杂着关于他那将永不止息的疼痛的老生常谈。而后突然，他话锋一转："路宝贝，我们那天晚上过得多快活呀，对吧？我的老天！我从来没见过你如此欲火焚身的样子。光是回忆一下，我就觉得已经心痒难耐了。难道你不是吗？"一段长长的寂静。我希望他们不是在接吻——或者更甚。

"放开我。"她粗暴地说，"我想先听你说说你刚搞到的、通往和平的门票。"

他笑起来："好吧，但别忘了给我奖赏哦。而且，听了我帮你搞到了什么以后，你也许会考虑加倍犒劳我呢。准备好了吗？我为你预订了两个舱位，坐在那艘船上只需途经三站——香港、海防和檀香山——二十四天以后就能抵达旧金山。那艘船不是最顶级的豪华客船，我还没有神到无所不能的分儿上，但舱位的条件还是很不错的，在船的左舷。现在我只需要拿到你的护照就行了——别担心，舱位已经预订好了，但他们要求我在明天之前把护照拿给他们，这样才算最终预约成功。"

"我会把我的护照给你的，但随母亲同行的小孩不需要提供护照。"

"船票代理跟我说，所有乘客的护照都要提供，不管男人、女人还是小孩。如果薇奥莱没有的话，就把她的出生证明提交给美国领事馆，申办一张就可以了，非常简单。她有出生证明的吧？"

"当然，就在我这儿。"

我听到椅子腿在地板上划动的声音，钥匙相撞的声音，以及拉开抽屉的声音。"哪儿去了？"她叫起来。

"你上次打开抽屉看是什么时候？"

"我从来都不需要打开抽屉看，我所有重要的文件都在这里，锁得好好的。"她骂了句脏话，逐一打开其他的抽屉，又把它们都甩上。

"冷静一下。"他说，"到领事馆可以很简单地再办一张。"

我有些听不清妈妈在说些什么。她嘟嘟囔囔，自言自语……什么整齐有序的办公室……从来没乱放过东西。

"你已经不理智了，路路。"费尔韦瑟说，"来来，这件事很容易搞定的。"

她又一次咕哝起来，而这一次我唯一能听到的词，就是"被偷了"。

"好啦，路宝贝，理智点。怎么会有人想偷薇奥莱的出生证明呢？这没道理啊。把这件事儿忘了吧，明天我就能在领事馆办理好她的出生证明和护照。你在出生证明上写的名字是什么？我现在只需要知道这一点就够了。"

我听见她说了"坦纳"这个名字，还有"丈夫"和"美国人"这两个词。

"你们结了婚？"费尔韦瑟说，"我知道你曾经爱过他，也知道你们曾经住在一起过，不过，为了薇奥莱的缘故，你们也真是走极端了。嗯，知道这一点很好，这说明她是个美国人，而且属于合法出生，具备公民身份。想想看吧，如果你用的是她的亲生父亲、那个中国人的名字的话，这件事会变得有多难办。"

我觉得自己好像被他的话打了一拳。这个卑鄙小人为什么会知道这么多关于我的事情？

到了晚上，费尔韦瑟耷拉着脸回来了。他和我妈去了办公室，我则来到"大道"里的老位置。这一天的早些时候，我已经留心把门留了个缝，并拉开了窗帘。"他们没有薇奥莱的出生记录。"他说。

"那不可能。你确定你跟他们说的名字是正确的吗？"她气势汹汹地在一张纸上写下我的名字，让他看。

"我用的就是这个名字，而且拼写完全无误，跟你写的一模一样。但是，没有薇奥莱的记录，完全没有路路·明特恩的孩子。我把该想的都想到了，都查过了。"

"我怎么这么傻，"妈妈说，"我们用的是我的姓，卢克丽霞，结婚证和出生证明上都是。来，我把它写给你。"

"卢克丽霞！我不得不说，这个名字可一点都不适合你。你还有什么其他瞒着我的事情吗？你还有别的丈夫吗？还有什么别的名字供我继续调查的吗？"

"这太荒谬了。我要立刻下楼，亲自去把那个什么狗屁证明搞定。"

"路路宝贝，这么做没有任何意义。他们丢掉的记录大概有好几箱子，而且他们没有足够的能力在你离开上海之前调查清楚。"

"如果办不下来她的护照的话，"妈妈说，"那我们就不走。我们就等着好了。"

她会为了我而等待。她爱我。有生以来我终于第一次抓到了她爱我的确凿证据。

"我猜你就会这么说，所以我已经想出了一个能让你们及时离开的好方法。我联系到了一个很有权势的人，那可是个真正的大佬。他同意帮助我们。我不能暴露他的身份，因为他实在是太过位高权重了。不过，我曾经帮过他一个忙，这么多年以来始终守口如瓶——那件事涉及某位你肯定听说过的清朝高官的儿子——所以，大佬和我是非常要好的朋友。他向我保证，我们一定可以拿到允许薇奥莱进入美国的必要证件，我只需要宣称我是她的父亲就可以了。"

我差点没恶心得大叫起来。我妈笑了起来："我好庆幸这不是真的。"

"你为什么要侮辱你女儿的救星呢？为了帮你们，我可是费了不少劲哪。"

"我很愿意洗耳恭听，你打算怎么搞定这件事？你想为你那假冒的父亲身份求些什么回报？我可不会自欺欺人地以为，咱们两个那天晚上奔放的激情，就能够偿清你的付出了。"

"再来一次，就够了。我什么好处都不要，你需要交给我的钱，都是为了支付必要的开销。"

"顺便问一句，鉴于诚信在我们之间是个有待商榷的问题，能不能告诉我你的真名是什么呢？你打算给薇奥莱冠个什么姓？"

"信不信由你，但我真的就叫费尔韦瑟，亚瑟·费尔韦瑟。为了以免别人拿我的名字开玩笑，我索性就自己先拿它开玩笑了。"

这位假父亲拟定了他的计划：妈妈需要拿钱给他，供他购买那两张船票，以及偿还那位大佬的人情。他会在早上把票拿来，并且把我带到领事馆。中午的时候，她需要把箱子送到船上，并且提早一点登船，以确保我们的舱位不被别人给占了。费尔韦瑟的语气听起来是那么的轻松和熟练，怎么看都是在撒谎。他想要骗她的钱。

"你怀疑我办不到这件事吗？"

"我为什么不能作为她的母亲一起到领事馆去呢？"

"恕我直言，路路宝贝，美国政府可并不乐意向中国政府表示，自己会给那些经营给肉体提供欢愉的场所之人，提供特别的支持。近来，好像每个人都忽然萌生了闪闪发光的道德观念。你太有名了，太臭名昭著了，我不认为我那位大佬朋友愿意挑战他那个位置的底线。薇奥莱会被登记在我的名下，我可以说她的母亲是我已故的妻子卡米尔——是的，我曾经有过一个妻子，但我现在不打算谈论她。等搞定她的出生证明和护照以后，我和薇奥莱就会以父亲和宝贝女儿的名义上船，跟你会合。你为什么皱眉头？我肯定要跟你一起走啊，亲爱的，不然的话，我为什么要给自己找这么多麻烦呢？你难道还不相信，我是真心爱你，并且想要永远陪在你身边吗？"

房间里传来一段长长的寂静，我想象他们一定是在接吻。她为什么会毫不怀疑地相信他呢？几个吻，真的又一次这么快地清空了她的大脑吗？她真的打算把这个骗子介绍给她的儿子，跟他说，这是"你姐姐亲爱的忠诚的父亲"吗？

"我要和薇奥莱共住一个舱位。"我妈终于开口了，"你自己住剩下的那个吧——这都是考虑到已故的费尔韦瑟夫人，还有我那你所谓的不光彩的名声。"

"你想让我一路跟你求爱，一直求到旧金山吗？是这样吗？"

又一阵寂静。他们肯定又在接吻，我很确定。

"让我们给这件事一个公事公办的了结。"她说，"我该怎么偿还你这份爱的表示呢？"

"这很简单：船票钱、给大佬的资金感谢，还有他索取的给其他人的贿赂金——他要的价有些高。要想让这类大人物动用他们的力量，一般都没那么便宜和简单。等你看见所需资金的数额的时候，你可能会怀疑那船舱莫不是金子做的。那是一笔令人肉疼的钱，而且需要用墨西哥银币这种传统的标准进行支付。没人知道新的货币能坚持多久。"

沉默再次出现。我妈骂了句脏话，费尔韦瑟又将细节复述了一遍。她尖锐地问道，那笔钱中有多少是流进他的腰包的。他则生气地咕哝起来，说她竟然毫不为自己所做的事情而感激。他宣称，他不仅为了这件事找了自己所有的熟人，而且还将身无分文地离开上海。他原本在两周之后会有一大笔回款的，但是为了她，他不得不将这事先搁置起来，而且，他也没有钱支付他所有的账单了，这让他声誉扫地，很难再回上海露脸。这一切，都是他有多爱她的证明。

又一阵沉默。我好紧张，好怕她会被他的谎话给骗了。"等我们都上了船以后，"她终于说，"我会对你表示感激的。但如果你敢要我的话，你会知道我的报复有多疯狂。"

第二天早上，我就这个烂计划跟她争吵了一番。妈妈已经穿上了她精挑细选出的旅行装：一条矢车菊般亮蓝色的裙子和一件长夹克，帽子、鞋和手套都是奶油色小羊皮做的。她看起来就像是要去观赏赛马似的。我被要求穿上一身可笑的水手衬衫和短裙，那是费尔韦瑟叫人送来的。他说，这会使我看起来像个热爱祖国的美国姑娘，让人毫不怀疑地相信我就是个白雪公主。不过我很确定，他之所以让我穿上这身廉价的衣服，为的就是要羞辱我。

"我不相信他。"我说。金鸽正在帮我穿上那件衣服，我向她陈述了自己的论据：有人去过领事馆核实他所说的一切是不是真的吗？说不定我的出生证明没丢呢。而他声称认识的那个势力巨大的人又是谁呢？他这么做的唯一目的，就是为了捞钱。她怎么能确定他不会卷钱走人呢？

"你真的以为，我没有拿你说的这些问题问过你妈吗？我问了不下五遍！"她一脸烦躁，但我看到她的眼珠转来转去，目光四处游移，似乎正在黑暗的角落里搜寻着危险。她很害怕，而且满腹狐疑："我仔细想过这件事，"她语速极快地继续说道，"想在整件事里找出他能钻的任何一个耗子洞。"她嘟嘟囔囔地絮叨着她所有的怀疑。碎蛋已派人去确认过那两张船票是不是真的，据说，船票确实已被预订并付过了钱，而付钱的人希望能以双倍的价钱得到报偿，而非费尔韦瑟所说的三倍。这不过是他一贯的贪心，她在接到票的时候就料想到会是这样。她也确认过，护照确实是必须要提供的。金鸽还去过领事馆，看看我的出生证明到底是不是真的找不着了。不幸的是，除了孩子的美国父母外，他们不肯对任何其他人透露相关信息。

"费尔韦瑟为什么要费劲做这一切呢？"我妈说，而过了一会儿，她又自己回答自己，"他是个长袖善舞的人，最会给人下套，一环套一环。你怎么看，金鸽？我应该相信他吗？"

"永远不要带着爱情做出判断，"她说，"不过如果他真的拿着票回来了的话，就说明他还是能够做到他承诺的事的；但要是他没能把票带来，碎蛋就会把钱要回来，然后从他的鼻子上削下一片肉来。"

"我们为什么非得立刻离开上海？"我叫起来，"如果我们再等等的话．就不需要他的帮助了。所有这一切都是为了泰迪。为了泰迪，我得假装费尔韦瑟是我的爸爸。为了泰迪，我不得不扔下卡洛塔，一个人心碎。"

"薇奥莱，别这么歇斯底里。这是为了我们所有人。"她在胡乱揉搓着手套。她也很紧张。"如果拿不到你的证件的话，那么答案就很明确了：在拿到你的证件之前，我们绝不会离开。"她手套上的一颗纽扣崩掉了。她摘下手套，把它们扔在桌上。

"但我们为什么现在就得急着离开呢？泰迪会一直待在旧金山的啊。"

她转过身去，背对着我："上海正在改变，这里可能再也不会有我们的立足之地了。到了旧金山以后，我们可以重新开始。"

我祈祷费尔韦瑟不要来。就让他带着钱远走高飞，证明他的人品有多恶劣吧！但是，他还是在九点准时出现了，当时我和金鸽都在妈妈的办公室里。他坐下，将一个信封递给我妈。

她皱起眉头："这里只有一张船票，一个舱位。"

"路路宝贝，你怎么还是不信任我呢？如果你拿了两张票的话，我的女儿薇奥莱，还有我，等会儿怎么上船呢？"他从胸前的口袋里抻出另一张票，高高举起，"你只需要敲敲我的舱门，就会看到你的女儿和你谦卑的仆人已经待在船舱里面了。"他站起来，戴上帽子，"薇奥莱和我最好赶紧出发去领事馆了，要不然这一切努力就都要付诸东流了。"

一切都发生得太快了。我使劲地望着妈妈，想乞求说，不，别让他带我走。她望向我，脸上写满听天由命。我的心脏怦怦跳着，都快晕倒了。我抱起睡在写字台下的卡洛塔，不由自主地抽泣起来，把眼泪蹭在她的皮毛里。一个相帮把我的旅行箱拿走了。

"就不为我流一点眼泪吗？"金鸽说。我想都没想过她会不跟我们一起走。也是，当然了，她不会跟我们一起走的。她跟我妈情同姐妹，就像是我的姨妈。我走到她的面前，张开手臂拥抱她，谢谢她对我的照顾。我无法理解这意味着什么：明天我就见不到她了，一段时间里应该都不行了——也或许，是永远都不能再见到她了。

"你会很快到旧金山来吗？"我眼泪汪汪地问。

"我没有一丁点儿想去那里的念头。所以，如果想见我的话，你还得回上海来。"

金鸽和我妈陪着我一起走下楼梯。我把卡洛塔紧紧抱在怀里，她疼得都叫起来了。在大门口，我看到长三们和她们的娘姨已经聚在一起，要为我送行。我感谢碎蛋一直以来对我的保护。他微笑着，但他的眼睛却很悲伤。喜爱卡洛塔的小洋站在一边。我把脸埋进卡洛塔的毛里："对不起！对不起！"我向她保证，我会永远爱她，一定会回来看她。但我知道，我可能永远都没法再见到她了。小洋伸出双手，卡洛塔便滚进了她的怀抱。她对于我的离去没有表现出一点难过，这让我很伤心。但当我妈和我走出大门的时候，我听到卡洛塔大叫了起来。我转过身，看到她正扭动着身子，想要扑到我的怀里。我妈用胳膊紧紧环住我的腰，快步带我向前走去。大门开启，美人们都喊了起来："要回来啊！""别忘了我们！""别长太胖！""给我带点好运气回来！"

84

"时间不会很久的。"我妈向我保证。我看到她的眉间因担忧而皱起一个小结。她抚摸我的脸颊："我已经让碎蛋在领事馆等着了，一等你拿到护照，他就会给我送信来。在收到他的口信之前，我是不会上船的。到时候，你和费尔韦瑟就直接上船，我们到船尾碰面，一起站在船尾离开上海。"

"妈妈……"我抗议着。

"在你回到我的身边以前，我是不会离开的。"她坚定地说，"我保证。"她亲了亲我的额头，"别担心。"

费尔韦瑟带我走向马车。我转过身，看到妈妈正在朝我挥手。她的眉间仍然打着一个结。

"五点，在船尾！"她喊着。她的声音在空气中渐渐淡去，卡洛塔的尖声嚎叫则划破空气，远远传来。

第 3 章　安宁馆

上海　1912

薇奥莱——薇薇——紫紫

　　我走下马车，看到一所大房子的大门，门上挂着一块牌匾，用中文写着"安宁馆"。我上上下下地打量眼前的街道，想要找到一栋挂着美国国旗的大楼。

　　"来错地方了。"我对费尔韦瑟说。

　　他回了我一个惊讶的表情，问司机这里是不是正确的地址，而司机确认说这里确实就是。费尔韦瑟叫大门口的人来帮忙，两个满脸堆笑的女人走上前来，其中一个冲我说："站在外边太冷了，小姐。赶紧进来，你很快就能暖和过来的。"我还来不及思考，她们就抓住我的手肘，推着我往前走。我迟疑着不愿往前走，向她们解释说，我们是要去大使馆的，但她们就是不肯放手。等我转过头想让费尔韦瑟把我带走时，却只看到在耀目阳光中飘浮的尘土。马车正以飞快的速度沿街开走。混蛋！我一直以来的猜测都是对的：这是个骗局！还没等我想出该怎么办的时候，那两个女人就已经用胳膊扭住了我，以更加迅猛的力度拖我前行。我挣扎起来，朝看见的每个人——路上的人，门卫，相帮，还有大姐——大声喊叫。

我警告说，如果他们不听我的，我妈将来一定会以诱拐罪的罪名把他们关起来的。他们面无表情地盯着我看。为什么他们不听我的呢？他们怎么敢这么对待一个外国人！

进到大厅以后，我看见墙上挂着红色的条幅，上面写着："欢迎小姐妹咪咪。"咪咪两个字跟我妈名字里代表"秘密"的两个字一模一样。我跑到一面条幅跟前，将它扯了下来。我的心脏狂跳着，慌乱使我几乎喘不上气。"我是个外国人，"我用中文哑着嗓子尖叫，"你们不能对我这么做……"大厅中的佣人和小丫头们都朝我盯着看。

"她会说中文呢，好奇怪啊。"一个丫头小声说。

"你们都给我去死！"我用英语喊道。我的思维乱成一团，但四肢却迟缓无力。到底怎么了？我一定得告诉妈妈我在哪里，我需要一辆马车，得尽快通知警察。我对一个相帮说："如果你带我去秘密玉路的话，我就给你五美金。"片刻后，我忽然意识到自己身上一毛钱也没有。发现自己竟然如此无助，我更混乱了。我猜他们要把我关到五点，等船开走以后才会放人。

一个丫头对另一个丫头嘀咕说，她还以为从顶级的长三书寓里来的雏妓，身上穿的衣服会很鲜亮呢——至少比我身上这套美国佬装束要好一点吧。

"我才不是什么雏妓！"我说。

一个五十岁上下的矮胖女人朝我摇摇晃晃地走来。从大家脸上紧张的表情可以判断出，这位一定就是老鸨了。她长着一张宽脸，脸色灰白，看起来很不健康。她的眼睛像乌鸦一样黑，额角的头发紧紧扭成一股向后拉，抻平了皮肤，还使她的眼睛斜吊起来，看上去就像猫眼一样。她张开干瘪的嘴，说："欢迎来到安宁馆！"她念出堂子名字的自豪语气让我觉得十分好笑。安宁！我妈说，只有二流堂子才会用这种好听的词，给人们一种终将落空的期待。安宁在哪里？每个人看起来都是一副惊恐的表情。这里的西洋家具亮闪闪的，一看就很廉价，窗帘也太短了点。所有的装饰物都是二流的赝品，模仿着它们永远不可能成为的那种东西。我的判断绝对不会有错：安宁馆不过是一家名声日渐衰落的窑子罢了。

"我妈是个很有势力的美国人，"我对老鸨说，"如果你不立刻放我走的话，她将来一定会让你站在美国的法庭里，受到法律的审判，到时候你的堂子就再也开不成了。"

"没错，我们对你的妈妈很熟悉呢。路路咪咪，多么有地位的女人啊。"

老鸨示意那六位倌人上前迎接我。她们穿着亮粉色和绿色的衣服，像是年还没过完似的。她们里面有四个人看起来有十七八岁的样子，另两个则显得大得多，至少有二十五。有个看起来还不到十岁的丫头，拿来了冒着热气的毛巾和一碗玫瑰水。我将这些东西一把推开，瓷器落在瓷砖上摔了个粉碎，破碎的声音犹如无数只小铃铛一齐鸣响。吓坏了的丫头一边捡起碎片，一边跟老鸨道歉，但那个老女人却一言不发，没有宽慰她说这不是她的错。一位年龄稍长的丫头给我端来了一杯桂花茶，虽然我很渴，但我还是将那个杯子扔到了写有我名字的条幅上。黑色的泪滴从那模糊了的字迹上流淌下来。

老鸨冲我溺爱地笑笑："啊哟！这么大脾气。"

她朝倌人们挥挥手，那些倌人和她们的娘姨便开始彬彬有礼地轮流对我表示感谢，感谢我来到这里，为这所堂子增光，但她们一看就是言不由衷。当老鸨挽起我的臂弯，带我往一张桌子前走去时，我一把抽回了自己的胳膊："别碰我。"

"嘘，嘘。"老鸨安慰道，"你很快就会适应这里的生活了。叫我妈妈吧，我会把你当亲女儿一样看待的。"

"下贱的婊子！"

她收起了笑容，将注意力转向茶几上漯着的十盘珍馐美味上："在接下来的几年里，我们会把你喂得白白胖胖的。"说完这话，她又啰里啰唆地说了一大堆虚伪的话。

我看到了小肉包子，心想还是不要浪费了它们。一个丫头将酒倒进一个小杯子里，放到了茶几上。我拾起筷子，想要去夹包子，但老鸨却用她的筷子敲了敲我的筷子，摇了摇头："在吃东西之前，你得先把酒喝了。这是规矩。"

我飞快地吞下了那恶心的液体，然后又要去夹包子。但老鸨却拍了两下手，一挥手臂，无声地示意下人们将食物都端走了。我想她是想让我在另一个房间里吃吧。

88

她转身向我，脸上仍挂着微笑："我可是在你身上花了好大一笔钱哪，你要不要努力工作，报答我为养活你而付出的辛劳呢？"

　　我沉下脸来，正要用脏话侮辱她，她却一拳朝我一侧脑袋的耳朵边上打去。这一拳的力度极大，差点把我的脑袋从脖子上打断。我的眼睛里涌上泪水，耳朵嗡嗡直响。在这之前，从来没有人打过我。

　　那个女人的脸扭曲了，她的喊叫声变得空虚而渺远。她把我的一只耳朵打聋了。她狂扇我的脸，更多刺痛的泪水便涌了上来。"你明白了吗？"她用那渺远的声音说。还没等我缓过神来，更多的嘴巴子便紧随而至。我扑到她的身上，要不是一众相帮用胳膊把我拽走，我一定会对她的脸来一顿胖揍的。

　　那个女人不停地扇我，还骂我。她揪住我的头发，猛拽我的脑袋。

　　"你这个兔崽子，就算把你打死，我也要把你那臭脾气打服。"

　　然后她住了手，一把将我推得失去重心，摔倒在地，落入无边的黑暗深渊。

　　我醒来时，发现自己正躺在一张陌生的床上，身上盖着一床被子。一个女人朝我快步冲了过来，我怕那是老鸨，便用胳膊抱住头。

　　"终于醒了。"她说，"薇薇，你不记得你的老朋友了？"她怎么会知道我的名字？我松开手臂，睁开眼睛。她长着一张圆脸，一对大眼睛，一条向上挑起的眉毛让她的表情看起来永远充满疑问。

　　"宝云！"我叫起来。她就是那个在我小时候总是原谅我的恶作剧的云美人，她回来帮助我了！

　　"现在我的名字叫宝葫芦。"她说，"我是这里的校书。"她的脸看起来很疲惫，皮肤看起来很灰暗。在这七年里，她老了好多。

　　"你得帮帮我。"我急匆匆地说，"我妈正在港口等我，船会在五点出港，如果我不赶到那里的话，船就该扔下我们开走了。"

　　她皱起了眉："好不容易跟我重逢，你就一句高兴的话也没有？看来你还是当年那个被惯坏的孩子，只不过手和脚长长了一点罢了。"

　　她为什么要在这种时刻挑剔我的礼数？"我必须得立刻赶到港口，要不然——"

"船已经开走了。"她说，"马妈妈在你的酒里放了一片安眠药，你已经睡了将近一整天了。"

我惊呆了，脑海里浮现出我妈和她的新行李箱堆在码头的样子。船票作废了。她要是知道费尔韦瑟用爱的甜言蜜语把她耍得团团转的话，一定会勃然大怒的。谁叫她这么急着去旧金山见他儿子的，活该。

"那你一定得去一趟港口，"我对宝葫芦说，"告诉我妈我在哪儿。"

"哦哟！我可不是你的下人。不管怎么样吧，她现在已经不在那里了。她已经上了船，船驶往了旧金山，没法回头了。"

"不可能！她绝不会离开我的，她保证过的。"

"有个送信的跟她说你已经上船了，还说费尔韦瑟正在找你。"

"什么送信的？碎蛋？他又没看见我走进大使馆，也没看见我走出来。"对宝葫芦的每句话，我都下意识地进行着回击，"她保证过的，她不会撒谎的。"越是这么说，我的心里就越没底。

"你能带我回秘密玉路吗？"

"小薇薇，事情比你想象的还要可怕。马妈妈向青帮付了很大一笔墨西哥鹰洋才把你买来，她不可能留下任何一个缝子让你溜走。而且，青帮已经对秘密玉路里的所有人进行了威胁，如果那些云美人胆敢帮你的话，他们就会划花她们的脸。他们还威胁要把碎蛋腿上的每一块肌肉都割下来，然后把他扔到街上，被马踩死。他们跟金鸽说，他们要炸了秘密玉路，挖掉你的眼睛，割下你的耳朵。"

"青帮？他跟我们无冤无仇啊。"

"费尔韦瑟为了抵掉他的赌债，跟他们做了一笔交易。他让你妈赶紧离开，这样青帮就能不受美国使馆干扰地接管她的长三书寓了。"

"带我去警察局。"

"你太天真了。上海警察的头目就是青帮的成员，他们知道你的情况。如果我把你从这里带走的话，他们会用最残忍的方式把我给杀了的。"

"我不在乎，"我叫道，"你必须得帮我。"

宝葫芦张大嘴巴盯着我看："就算我被折磨至死，你也不在乎？你成了什么样的女孩子了啊！这么自私！"她离开了房间。

　　我感到羞辱。她曾经是我唯一的朋友。我没法跟她解释我这么做是因为害怕，我从没对任何人表露过恐惧和软弱，我已经习惯于让妈妈帮我把一切困难都立刻解决掉了。我想向宝葫芦倾诉我心中的一切感受——妈妈没有好好考虑我的感受，而是蠢到选择去相信那个骗子。她从来都是这样，因为她爱他甚于爱我。她现在和他一起乘上那艘船了吗？她还会回来吗？她向我保证过的。

　　我环视着自己的牢房。房间很小，所有的家具都是劣质品，已经磨损得补也补不好了。这所堂子里的客人都是些什么样的男人呢？我一一清数起这个房间里的所有瑕疵，好在见到妈妈时告诉她我到底受了多少罪：床垫很薄，而且高低不平；挂在床架上的帘子已经褪了色，上面污渍斑斑；茶几瘸了一条腿，桌面上有水渍和烧过的痕迹，只配用来当柴火烧；冰裂纹釉面的花瓶上，真的有一道裂纹；天花板上的石膏缺了一块，墙上的壁灯也歪歪扭扭的；橙色和深蓝色羊毛织成的地毯上，织着文人爱用的花纹，不过那花纹已经秃了一半，可能是被磨的，要么就是被蛾子给啃的；西洋扶手椅都快要散架了，椅垫的边缘也磨损得不成样子……我觉得嗓子里有什么东西哽住了。她真的上船了吗？她会不会为我担心得发了疯？

　　我身上仍然穿着那件可恶的蓝白相间的水手裙，费尔韦瑟曾说这身衣服"可以证明我拥有美国人的爱国主义精神"。那个邪恶的男人因为我讨厌他而这样折磨我。

　　我在衣柜背后发现了一双袖珍的绣花鞋，鞋已磨得破烂不堪，粉色和蓝色的绸面几乎磨没了，露出大片脏污的里衬，鞋的后跟也被踩扁了。这双鞋是给小脚女人穿的，一定曾有女孩将她的脚趾塞进鞋中，踮着脚尖走路，以此制造出自己是小脚的效果。她有没有在没人看着的时候，把脚放在鞋底上歇一歇？那个女孩为什么选择把鞋留下，而不是扔掉呢？这双鞋已经磨得补都补不好了。我在脑海中描绘出她的样子：一个表情悲伤的女孩，长着一双大脚，头发稀薄，肤色灰暗，像那双鞋一样疲疲沓沓的，由于已经没有任何利用价值而即将被扔掉。我觉得胃里一阵难受。那双鞋之所以被放在这里，是为了向我显示一种预兆：我也会成为那样的女孩，老鸨绝不会让我离开的。我打开窗，将鞋扔到外面的巷子里。我听到了一声尖叫，朝下一望，看到一个流浪儿揉揉自己的脑袋，一把抓住那双鞋，紧紧抵在了胸口。她盯着我看了一眼，脸上浮现出犯罪的惭愧表情，然后便像个小偷似的逃走了。

我试着想要回忆起，当我离开妈妈的身边时，她的脸上是否也曾浮现出犯罪的惭愧表情呢？如果是的话，那就证明，她早就已经跟费尔韦瑟成了一伙的。我曾威胁她说我要和卡洛塔一起留在上海，她也许就是以这句话为借口，心安理得地离开了我。也许她曾自己对自己说，我其实更愿意留下来。我试着记起我们两个人说过的其他话、我对她的其他威胁、她对我进行过的承诺，以及当她让我失望了的时候我冲她大喊大叫的抗议。那些话语里，一定潜藏着我沦落到这里的原因。

我开始翻检我那摆在衣柜边的旅行袋，那里面装的东西一定会暴露她的意图的：如果里面装着为我现在这份新生活而准备的衣服，我就可以确定，她确实已经抛弃我了；如果里面装的衣服是她自己的，那就证明她其实是被人给耍了。我从脖子上取下挂着旅行袋钥匙的银链子，屏住呼吸：妈妈的一瓶珍贵的喜马拉雅玫瑰精油香水露出头来，我心怀感激地丢开了它，轻轻抚摸她的狐狸披肩。披肩下面是她最喜欢的一条丁香色裙子，她曾穿着这条裙子去往上海俱乐部，闲庭信步地走将进去，坐在一个显赫富有的男士所在的桌边。由于那位男士的地位实在是过于高贵，当时竟没人敢过去多嘴说这里不准女士进入。我把这条冒昧的裙子挂在衣柜门上，又把她的高跟鞋摆在下面，这样一来，我的面前就出现了一个无头女鬼的怪诞形象。在裙子和鞋的下面，塞着一个珍珠母制的盒子，里面装着我的珠宝：两条幸运手链，一个金项链坠，以及一副紫水晶的项链和戒指。我打开了另一个小盒子，里面装着很多块琥珀，它们都是我在八岁生日那天拒绝接受的礼物。我又取出两个卷轴，一个比较短，一个比较长。我解开布面封套，发现它们里面装的根本不是什么卷轴，而是画在画布上的油画。我把比较大的那幅画放到了地上。

那是一幅妈妈年轻时的肖像，我曾在八岁生日那天为了寻找一封她刚刚收到的、令她极其不开心的信而翻箱倒柜，却不小心找到了这幅画。那时候时间紧迫，我只匆匆瞥了一眼就把它又放回去了。如今，当我近距离地检视这幅画作时，却感到了一种不适，就好像我正盯着一个关于她的、我知道了会很危险的秘密——或者，也许这个秘密其实就是关于我自己的。画里，妈妈的头朝后微倾，露出她的鼻孔，嘴是闭着的，没有笑意，看起来就好像有人向她发出了挑战，而她毫不犹豫地对之予以接受。不过，也许她在接受挑战的同时，对于自己的行为也感到了害怕，正试图隐藏起自己的恐惧。她的眼睛大睁着，瞳孔放得极大，以至于她那绿色的眸子都变成黑色的了。那是一只惊恐的猫的眼神。原来，在学会用自信的表现掩饰自己的情绪之前，她就是这个样子的。静静观赏并将她的惊恐样子画下来的那个画家，他到底是谁？

这幅画跟那些上海人觉得很新鲜的欧洲肖像画的风格很相似。对于洋人享受的一切最新奢侈品，上海人都想分一杯羹，即使欧洲肖像画里画的是戴着扑了粉的假发的、其他人的祖先，以及他们那穿着系有缎带的服饰、带着西班牙猎狗和野兔的孩子们，上海人也想照样画了挂在自己家里。这是宾馆大厅和长三书寓里的时髦装饰品，妈妈经常嘲笑那些画，说它们画得又差劲又浮夸。"肖像，"她曾说，"当是此时此刻在你面前自由呼吸着的人物。肖像画应该捕捉到那个人的呼吸。"

但是在这幅肖像画的创作过程中，她却屏住了呼吸。我越看她的脸，看出的东西就越多，而我看出的东西越多，她就显得越矛盾。我看到了勇敢，然后又看到了恐惧。我在她的脸上隐约辨认出她天性中的某种特质，显然她在少女时代就已经拥有了这种特质。然后忽然之间我明白了那种特质到底是什么：一种认为自己比其他人都好、都聪明的高傲自负。她相信自己永远都不会错，别人越讨厌她，她就越不加掩饰地蔑视那人。我俩一起在公园里散步时，会遇到各种各样不喜欢我们的人，他们认识她，管她叫"那位白人老鸨"。妈妈会缓慢地从头到脚打量他们一番，然后露出厌恶的鄙视神情。每当我看到那些被她盯着打量后遭到嫌弃的人闷闷不乐而一言不发地偃旗息鼓时，总会忍不住笑出声来。

一般来讲，她从不把那些侮辱过她的人放在心上，但接到陆成的上一封信的那天，她却变得怒不可遏。"你知道道德是什么吗，薇奥莱？就是其他人的规则；你知道良心是什么吗？就是用你自己的脑子判断什么是对什么是错的自由。你拥有那种自由，没人能剥夺它。如果有人非难你的话，你一定要蔑视他，然后自行判断你自己的决定和行为是对是错……"她不断地重复这些话，就好像一个陈年旧伤正在溃烂，而她必须用毒液对之进行清洗。

　　我使劲盯着那幅画看。她的良心到底是什么？她的是非观念不过是被自私所驱使，只做对自己最有利的事情罢了。"可怜的薇奥莱，"我想象她会这么说，"在旧金山，人们肯定会嘲笑她，说她是个人种不明的孩子。如果能在上海和卡洛塔快乐地生活在一起，对她肯定会更好。"我被激怒了：她总能找到借口为自己的选择开脱，不管那个选择是如何错得离谱。当她逼着某个长三离开秘密玉路时，她会说这是必须做的事情；当她没法跟我一起吃饭时，她会告诉我这是必须做的事情；而她和费尔韦瑟一起共度时光永远都是必须做的事情。

　　必须做的事情。她总是用这句话来配合自己的需要，这不过是她为自私找的借口罢了。我忽然记起了自己曾被她缺乏良知的行为所深深震惊到的时刻，那是三年前的一天——那一天非常难忘，因为有太多事情都不对劲了。我们当时是和费尔韦瑟在一起，在上海跑马厅观看一个法国人驾着他的飞机飞越跑道。观众席都坐满了，从来没有人见过飞在天上的飞机，更别提那飞机还是飞在自己头顶了。当飞机腾空而起时，所有的人都开始骚动。我坚信那是魔法——如果不是的话，你还能怎么解释呢？我看着那飞机滑翔、下坠，然后左右翻转。一只机翼掉了下来，然后另一只也掉了下来。我以为事情原本就该是这样的，但接着却看到飞机直冲到跑道中央，摔成了碎片。黑烟升起，人们尖叫起来，而当那血肉模糊的飞行员从残骸里被拽出来时，一些男男女女当场晕倒。我差点吐了。死了，死了，死了，这个词回荡在看台上。飞机残骸被拖走，新鲜的沙土被倾倒在血迹之上。过了没一会儿，马儿们便进入赛道，开始了比赛。我听到起身离去的人们生气地说，继续进行比赛是不道德的，而留下来欣赏比赛更是可耻。我以为我们也会离开——刚刚眼看着一个人死掉，还有谁会留下来呢？但妈妈和费尔韦瑟却留在了他们的位子上，这让我深深震惊。当马儿在赛道上狂奔时，我妈和费尔韦瑟欢呼起来，而我却一直盯着那倾倒在赛道上掩盖血迹的湿润泥土。妈妈不觉得我们观看比赛有什么不对，我没有选择，只能待在那里，但我心里却被负罪感所充斥，觉得我应该把自己的想法告诉他们。

那天下午晚些时候，在走回家的路上，我们遇到了一个差不多跟我同龄的中国女孩，从黑暗的门洞中跑出来，用自己懂的那点皮毛英文对费尔韦瑟宣称，自己是个处女，只用一美元，就可以任他玩弄。这些如奴隶般命运悲惨的女孩们，每天至少得接二十个客人，要不就可能被打死。除了同情以外，我们还能给她们什么呢？但是就连这点同情我们都很难给出，因为这样的女孩实在是太多了，她们四处乱窜，像一群惊慌失措的鸡，拽住男人的外套苦苦哀求，执着到令人讨厌的地步，我们不得不目不斜视地快步走过她们身边。但那一天，我妈的反应却一反常态。刚刚走过那女孩的身边后，她便独自咕哝道："那个把她给卖了的混蛋就该让人用铡刀割了他的小鸡鸡，卖来的钱换根雪茄抽。"

费尔韦瑟大笑起来："你，宝贝儿，就曾经从那些把她们卖掉的人手里买过女孩啊。"

"卖女孩和买女孩是不一样的。"她说。

"但结果是一样的。"费尔韦瑟说，"被你买下的女孩会成为娼妓。卖家和买家都是共谋。"

"对于那些女孩来说，被我买下以后带到我们那里，可比沦落成这和性奴、十五岁就死掉要强得多了。"

"就你选择带回你们堂子的女孩来看，似乎在你眼里，只有漂亮姑娘是应该被拯救的。"

她停下了脚步——他的评论显然激怒了她。"这跟我的良知没有关系，一切都是出于实用主义的原则。我是个女商人，不是开孤儿院的传教士。我做的一切，都是在当下的情况中所必须做的事情。而且，只有我自己知道应该怎么做。"

又是这句话：必须做的事情。话音刚落，她便陡地转过身，走到那个女孩的主人坐着的门洞里。她给了那个女人一些钱，然后拉起那个女孩的手，回到我们身边。那女孩被吓得目瞪口呆，回眸瞟了一眼自己的前主人。"至少她的眼睛里没有大多数这类女孩那种麻木的神情。"

"所以说，你刚刚为自己买了个小员工咯。"费尔韦瑟说，"又一个女孩被从街头救了下来，你真棒！"

我妈厉声喝道："我才不会让这个姑娘去当长三，我没有这样的需要，就算我有，她也不够格。她已经被毁了，已经被糟蹋过千百次，只会一脸精疲力竭、毫无抵抗地躺在床上。我要让她当我的丫头，我有个丫头正要结婚，跟她丈夫一起回他老家呢。"后来我得知，并没有哪位丫头要离开。我曾一度以为，她之所以带走那个女孩是因为她有一颗善良的心，但很快我便意识到，她这么做不过是出于骄傲自大，为了羞辱非难她的人——她之所以选择留在跑马厅，也是由于这个原因。她买下那个女孩，是因为费尔韦瑟嘲笑了她的良知。

我再次仔细地看了看那幅油画，观察每一道笔触是如何将她那年轻的脸庞刻画出来的。在和我现在一样大的时候，她也曾对他人抱有过同情吗？她对那个死去的飞行员和小性奴女孩有过同情吗？她这个人好矛盾，而且她那些所谓的必须要做的事根本就毫无道理。她有时忠诚，有时不忠，有时是个好母亲，下一秒又变成一个坏母亲。她可能在某些时刻是爱我的，但她的爱毫不具有连续性。她上一次向我证明她爱我，是什么时候了？我曾以为她保证不会离开我那件事可以证明她爱我，但现在我不确定了。

画的背后写着这样的文字："献给卢克丽霞·明特恩小姐，在她十七岁生日之时。"我从不知道我妈的生日和年龄，我们从未一起为她庆生，似乎也没有什么理由要去知道。我十四岁了，而如果她是在十七岁的时候生下的我，那么她现在就该是三十一岁。

卢克丽霞，这是陆成寄来的信的信封上印着的名字。献词下面的文字被人拿黑色铅笔划拉得完全不可辨认。我将画面朝上翻过来，看到右下方的角落里有两个姓名首字母"L.S."[1]。这么说，陆成就是画下这幅画的人了，我敢肯定。

我又展开那幅小一点的画，姓名首字母"L.S."同样出现在了这幅画的底端。

---

1 陆成的英文拼写是"Lu Shing"，L.S. 为其首字母缩写。

这幅画画的是一个山谷的风景，画家画画时正站在某个山崖的边缘，遥望下方的景色。两侧的山脊线都弯弯曲曲，山影的轮廓铺展在山谷底端。低垂的云呈现出一种陈年瘀伤的颜色，上半部分是粉色的，而背景中正退向远处的云则泛着一圈金色的光晕。在山谷的那一端，两座山间的缝隙散射出璀璨光芒，恍若通往天堂的入口。画里的时间似乎是黎明——也或者是黄昏？我无法辨别，那到底是山雨欲来，还是雨后初霁；画家到底是充满喜悦地刚刚到达，还是如释重负地正要离开。这幅画到底是想描绘希望的感觉，还是绝望的感觉？你是应该英勇无畏地站在山崖边，还是被前方等待着自己的一切吓得发抖？或者，也许这幅画画的是一个傻瓜的故事，那个傻瓜为了追逐某个梦境而来到这里，俯视着微明的山谷中那可望而不可及的、魔鬼的黄金罐子。这幅画让我想起那些错觉画，当你将画面上下颠倒或是左右旋转过来的时候，画里的大胡子男人就会变成一棵树。你没法在同一时刻看到两样事物，你必须得在两样事物之间，选择到底哪个才是画作的原意。但如果你不是创作者的话，你又怎么可能知道哪一种才是对的呢？

这幅画让我感到反胃——它也是某种预兆，就像那双穿烂了的鞋一样，潜藏着某种深意，等待着我去发觉。接下来将要降临的，是解放还是毁灭呢？就在这一刻，我忽然确信无疑：这幅画的意思是，你正要走入那片山谷，而不是离开；大雨就要来了，时已黄昏，天色渐暗，你再也找不到回头的路了。

我用颤抖的双手将画作翻了过去，上面写着"奇幻山谷"四个字，字的下方仍是姓名首字母："献给 L.M.，来自 L.S."。日期被涂黑了，但我能大概猜出，写的不是"1897"就是"1899"。我是 1898 年出生的。妈妈是在收到自己那幅肖像画的同时，一起也收到了这幅画吗？在我出生之前，她过着什么样的生活？在我出生之后那一年，她又是怎么过的？如果陆成是在 1899 年画下这幅画的话，那么也就意味着，在我一岁的时候，他仍然和我妈在一起。

我把两幅画都扔得远远的，但刚一把它们扔开，就忽然感觉到了一种极度的惊恐，好怕自己的一部分也会像那画一样被弃之如敝屣，在自己毫无察觉的情况下毁坏殆尽。妈妈因为陆成的离去而痛恨他，所以，如果没有极强的理由，她是不可能留下这些画的。我跑下床捡起那些画，一边哭，一边将它们卷好，然后使劲塞进旅行袋的最底下。

宝葫芦走了进来，把两件睡衣扔在了椅子上。那是一套肥大的上衣和灯笼裤，绿衣镶着粉色滚边，一看就是给小孩子穿的衣服。"马妈妈觉得这套衣服能防止你逃走。她说你太虚荣了，绝对不会愿意在大庭广众之下被人看见穿得像个中国丫头似的。你要是以后还总自恃为外国人，摆出一副骄傲的臭脸的话，马妈妈会比上次还狠毒地痛打你的；但你要是肯听她的话呢，就能少受点罪。想受多少苦，全看你自己决定了。"

"我妈会来找我的，"我宣称，"我不会再在这里多待很久了。"

"就算她来找你，也不会很快的。从上海到旧金山要一个月，再回来又得一个月。如果你冥顽不灵的话，要不了两个月，肯定早就被打死了。你就随着老鸨说的做吧，不管她教你什么，你就假装用心地学，这么做又不会死。她是买你过来做雏妓的，所以至少一年之内，她还不会让你梳拢。在这段时间里面，你大可以准备你的逃跑计划。"

"我不是雏妓。"

"别不知好歹了，"她说，"她没逼你立刻就开始工作，已经算很幸运了。"她走到我的旅行袋前，把手伸进去，取出那条悬着狐狸爪子的狐狸披肩。

"别碰我的东西。"

"我们得动作快一点了，薇奥莱，老鸨会把她想要的东西全都拿走的。她付钱买下了你，就意味着买下了你的一切，她自己不想要的东西，就会全部卖掉——包括你，如果你不好好表现的话。赶紧的，把最珍贵的东西留下就好——如果你拿走太多的话，她就会发现你搞的名堂了。"

我一动也不肯动。看看吧，妈妈的自私都导致了怎样的后果——我成了个雏妓！我干吗还要留着她的东西呢？

"好吧，如果你什么也不想要的话，"宝葫芦说，"那我就给自己挑些东西好了。"她一把拽下了挂在衣柜上的丁香色裙子，我差点喊出声来。她将裙子折好，塞在自己的上衣底下，然后又打开那个装满琥珀的盒子："这些东西的质量可不怎么好，奇形怪状的，而且里面也很脏——唉呀！虫子！她为什么要留着这些东西呢？美国人真奇怪。"

她又取出另一个被纸包着的小包裹，里面装着一身小小的水手服，有白蓝相间的衬衫和灯笼裤，以及一顶帽子，看起来破破旧旧的，就像被美国水手们戴过了一样。这身衣服肯定是她在泰迪小时候为他购置的，此番带去，肯定是为了在重逢时拿给他看，以证明自己对他的爱从未止息。宝葫芦将那身水手服又放回了旅行袋——老鸨有个孙子，她说。她再一次捡起那条耷拉着小爪子的狐狸披肩，充满渴望地望了它一眼，又将它放了回去。从珠宝盒里面，她只拿出了一条挂着金质挂坠盒的项链。我将项链夺过，打开那个挂坠盒，取出盒子前后贴着的小小照片———一张是妈妈的，一张是我的。

她朝旅行袋的底部挖去，取出了那两张画。她展开那张我妈的肖像，笑了起来："好调皮！"她又铺开了那张画着忧郁景色的画："好真实。我从没见过这么漂亮的落日。"她把这两幅画放在了自己挑出的那堆东西里。

在我换衣服的时候，她念叨起在这里工作的美人们的名字：春蕾、春叶、花瓣、山茶，以及金橘。"你暂时还用不着记住她们的名字，就管她们叫烟花姐妹就好。用不了多久，你就能根据每个人的个性记住她们了。"她继续唠唠叨叨，"春叶和春蕾是姐妹，一个聪明一个傻，两个人都很好心，但其中一个总是挺忧伤，不喜欢男人。我不跟你说破，你自己去猜到底哪个是哪个。花瓣假装自己是个好人，但她是个卑鄙小人，为了成为老鸨的心头好，可谓不择手段。山茶很聪明，既会读书又会写字。她每个月都花一点钱买本小说，或是买一些用来写诗的纸张。她的字迹很豪放，很大胆。我喜欢她，因为她很诚实。金橘是个典型的美人坏子，长着一张桃儿形状的脸。她就像个孩子，想要什么，就不假思索地去追求什么。五年前，还在长三书寓里的时候，她找了个情人，从此收入一落千丈，渐渐过得山穷水尽——这样的故事在我们校书的世界里简直司空见惯。"

"这也是你被赶走的原因，对吧？"我说，"你也有过一个情人。"

她气鼓鼓地说："你也听说这件事了？"她沉默下来，眼睛渐渐浮现出梦幻的神色，"在那些年里，我有过许多情人——有时是在我有相好的时候，有时是在没有的时候——其中有个情人从我这里骗了很多的钱。但我最后一个情人没有骗过我的钱，他用一颗真挚的心爱着我。"她看向我，"你知道他，就是那个姓潘的诗人。"

我感到一阵凉意掠过皮肤，打了个冷战。

"有闲言碎语传到了我相好的耳朵里，说我和一个鬼魂悲恋痴缠，然后那鬼魂便留在了我的身体里。听了这话以后，我的相好再也不想碰我了，向堂子要求退还他付的契约金。谣言是蓬云散布的，那个姑娘的心眼有点长歪了。在每一所堂子里，都会有一个像她那样的女孩。"

"你身体里真的住着那个鬼魂诗人吗？"

"你问的这是什么蠢话！我们并没有做爱——怎么做呢？他是个鬼啊。我们只是分享彼此的精神罢了，但这就已经让我无比满足了。很多干这一行的姑娘都从未体验过真爱，她们会找情人和相好，盼着将来能成为某人的妾，因为做妾以后就会被尊称为二姨太、三姨太——如果她们已经绝望了，甚至当十姨太都愿意。但那都不是爱，那不过是想要改变命运罢了。然而和姓潘的诗人在一起的时候，我感受到的是纯粹的爱，而他对我也是一样。我们对彼此毫无所求，由此我们知道，这就是真爱。我离开秘密玉路的时候，他却不得不留下，因为他就是那座房子的一部分。没有他，我觉得生活了无意趣，我想自杀，这样就能和他在一起了……你觉得我疯了是吧，我能从你的脸上看出来。呵呵，受过教育的美国小姐，你什么都不懂。赶紧把衣服穿好吧，你要是胆敢迟到，老鸨会在你的脸上戳出第三个鼻孔的。"她举起那套睡衣，"老鸨想让所有的姑娘都管她叫妈妈，马妈妈。这不过是三个没有什么含义的音儿罢了，你要一遍又一遍地重复这几个音儿，一直到你可以不打磕绊地念出它们为止。马妈妈，马妈妈。在她背后，我们都管她叫老混蛋。"宝葫芦模仿起一只粗声尖叫的大鸟——拍打着翅膀、为了保护自己的羊群而盘旋俯冲的大鸟——然后又宣称："马妈妈不喜欢你的名字，薇薇。她说她搞不懂这个名字是什么意思。对她来说，这只不过是两个音儿罢了。我建议她用中文'紫罗兰'当你的名字。"

她把中文里的"紫罗兰"这个词简化成了"紫紫"，听着就像蚊子叫似的。吱吱吱吱，吱吱吱吱。

"这不过是个代号罢了，"她说，"她们最好就这么叫你，反正你又不是她们叫的那个人。在私底下，你可以用一个只属于自己的秘密名字——比如说你的美国式昵称，薇薇，或者你妈用来称呼你的那个花名。我做校书时的名字是宝葫芦，但是在我心里，我叫金宝——这是我给自己起的名字。"

吃早餐的时侯，我乖乖听从了宝葫芦的建议。"早安，马妈妈。早安，烟花姐妹们。"

那个老混蛋看见我穿着新衣服，感到十分高兴："看见了吧，换了衣服以后，你的命运也跟着改变了。"她用自己钳子般的手指将我的脸朝右扳去，接着又朝左扳去。被她触摸让我浑身发毛，她的手指又冷又灰，像是尸体上的手指。"我认识一个从哈尔滨来的姑娘，皮肤的颜色和你一样，"她说，"眼睛也一样。她有满族人的血统。"她又一次抓住了我的脸，"不管你爸是谁，他肯定有满人血统，这是不会错的。你的下巴，你那双很像蒙古人的、又细又尖的眼睛，还有你眼睛的绿颜色，都是证明。我听说乾隆皇帝的一个妃子就长了双绿眼睛，我们可以说你是她的后代。"

桌上摆着美味的、或甜或辣的菜肴——竹笋、蜂蜜莲藕、腌萝卜，还有熏鱼——那么多好吃的东西。我很饿，但吃得很节制，恪守着自己曾在秘密玉路里所看到的、那些长三们吃饭时所遵守的精致礼仪。我想让她知道，她没有什么需要教给我的。我用象牙筷子夹起一小颗花生，放到自己的唇边，摆在舌头上，就好像在将一颗珍珠放置到锦缎垫子上一般。

"你的教养很好。"老混蛋说，"等到一年以后，只要你一亮相、就会把男人们给迷死的。你意下如何啊？"

"谢谢你，马妈妈。"

"你们瞧，"她满意地笑着对其他姑娘说，"现在她肯乖乖听话了。"马妈妈拿起她的筷子时，我留心看了看她的手指——它们像极了腐烂的香蕉。我看着她一点点吃掉自己盘中残存的食物。那个卑鄙狡猾的佣人花瓣站了起来，又给老鸨添了些竹笋和鱼，但没有去碰盘里最后一片蜂蜜莲藕。等到春蕾把那最后一大片夹到自己的盘子里以后，花瓣便用责备的语气说："把那一片给妈妈吧。你知道她有

101

多爱吃甜食的。"她假模假式地将自己盘子里的藕片倒进了马妈妈的盘子里。老鸨表扬花瓣，说她把自己当亲生妈妈一样对待。春蕾没有任何表情，也没看任何人。宝葫芦转头看向我，低声说："她怒了。"

马妈妈从椅子上站起身时晃了一下，花瓣跑去扶她，她却愤怒地用手里的扇子将花瓣拍到一边。"别搞得我像个虚弱的老女人似的，刚才就是脚疼。我这双鞋太紧了，把鞋匠叫过来一趟。"她撩起裙子，露出的脚踝发灰而浮肿。我猜她裹脚布下裹着的双脚肯定更糟糕。

老鸨刚从桌边离开，山茶就用一种极其礼貌的语气对宝葫芦说："姐妹哟，我忍不住要说，你这件新做的小衫的淡粉色简直太衬你的肤色了。第一次来的客人准会觉得你比实际年龄要年轻至少十岁呢。"

宝葫芦骂了她一句，山茶傻笑着，起身走了。

"我们总像这样逗对方玩。"宝葫芦说，"我夸奖她稀疏的头发，她赞扬我晦暗的面色。我们从不为自己的年龄悲伤流泪，而是选择笑对。时间嘛，不管怎样都会流逝的。"我很想告诉宝葫芦说，淡粉色一点也不衬她的肤色。老女人就算为了掩盖年龄而穿上娇嫩的颜色，看着还是会一样显老。

我听从了宝葫芦的建议：老鸨想让我做什么，我就做什么。我向她谄媚地请安，在她对我说话的时候十分恭敬地作答；对待烟花姐妹们，我也总是恭恭敬敬的。假意逢迎什么的再容易不过了。在最初的日子里，每当我的脸上浮现出让马妈妈觉得很像美国人的表情时，都会挨上几个巴掌。我做那些表情的时候并不自知，所以挨揍的时候总是毫无防备。她威胁说，她要把我身上一切使她联想到外国人的部分都给消灭得一干二净。她骂我的时候，我就盯着她看，而她为这个又扇了我几巴掌。渐渐地我明白了，她想要在我脸上看到的，是战战兢兢的表情。

在安宁馆里待了将近一个月后，一天早上，宝葫芦告诉我，再过几天，我就要搬到一间新屋子里去了。以前那间屋子是用来放旧家具的，让我住在那里不过是为了挫挫我的锐气。"你要住在我的香闺里了，"她说，"那可是一间非常优秀的房间，跟我在秘密玉路时的房间不相上下。至于我嘛，我要搬到别处去了。"

我知道这意味着什么：她要到一个更低等的地方去了。如果她走了，我就再也没有同盟了。"咱们一起住在那个房间里吧。"我说。

"你在房间里玩洋娃娃的时候，叫我怎么寻欢求爱呢？噢，别为我担心，我在日本租界里有个朋友，我们打算租一栋两层的石库门房子，办一家花烟间。就我们两个，没有老鸨，不用跟她分成，也用不着每吃一碟菜都单交钱……"

她要自贬身价，去当一个普通的娼妓了。在那种地方，在客人简单地抽上几管烟以后，她就得躺下，朝着像碎蛋那样的男人张开双腿。

宝葫芦皱起眉头，因为她猜到了我在想什么："用不着你同情我！我一点也不觉得耻辱。有什么可耻辱的呢？"

"因为日本租界。"我说。

"日本租界怎么了？"

"那里的人讨厌华人。"

"谁告诉你的？"

"我妈。所以她才从来都不让日本客人来她开的长三书寓。"

"她之所以不让他们来，是因为她知道他们会把最好的生意机会给抢走。人们之所以讨厌日本人，是因为嫉妒他们的成功。但这些跟我有什么关系呢？我朋友跟我说，他们不比其他外国人更坏，而且他们很怕死，对于梅毒很小心。他们对所有人都恭恭敬敬的，就算在长三堂子里也不例外。你能想象吗？"

三天后，宝葫芦不见了——不过只不见了三个小时。她回到安宁馆，把一件礼物扔到了我的脚边。一阵熟悉的柔软撞击感传来——是卡洛塔！我立刻就泪如雨下，紧紧抓住她，差点把她揉碎在自己怀里。

"怎么？对我也没句谢谢？"宝葫芦说。我向她道歉，说她是真朋友，有颗善良的心，是一个低调的伟人。"够了，够了。"

"我得找个法子把她藏起来。"我说。

"哈！等老鸨发现我把她带回来了以后，大概会在门上挂出红色条幅，放一百发烟花来欢迎这位女战神吧。就在两天前的夜里，我在那个老混蛋的房间里放了一些耗子。你听到她的叫声没有？有个下人还以为她房间着火了，还跑去找救火会呢。听她诉说了尖叫的原因后，我装出一副惊讶的样子，对她说：'要是咱们这里养只猫就好了。薇奥莱就曾经养过一只，那可是个凶残的小猎手——不过，秘密玉路现在的老鸨不肯把她送人。'那个老混蛋立刻就派我去找金鸽说，她付钱买下了你的一切，也包括那只猫。"

宝葫芦报告说，金鸽对于能够脱手那只野兽感到十分开心，小洋则哭得昏天黑地——这足可证明她一直善待着卡洛塔。除了卡洛塔以外，宝葫芦还带回了一些别的：她得到了关于费尔韦瑟和我妈的消息。

"他好赌，沉迷鸦片，还欠了无数的债。这一点也不让人惊讶。他把人们投给他公司的钱拿去赌博，以为自己可以赢回足够多的钱，填补以前做生意的亏损。等到债务越积越多以后，他就向他的投资人报告说他的工厂遭了台风或火灾，或者干脆就说，有个军阀把厂子给夺走了。他总是有诸如此类的借口，有时候他还会用同一个借口搪塞不同的公司。他不知道的是，其中有家公司的投资人是青帮的成员，不巧另一家公司的投资人也是。去年一共刮过多少次台风他们可是一清二楚。欺骗匪徒是一回事，愚弄匪徒则又是另一回事了。他们打算把他倒吊起来，把他的脑袋塞进煤堆里。但他跟他们说，他有办法偿还他们的损失——只要把秘密玉路的美国老鸨赶走就行了。

"唉呀！一个那么聪明的女人怎么会变得那么蠢呢？这是很多人的通病——就连那些最有钱、最有权和最受尊敬的人也不例外——他们甘冒失去一切的风险，只为满足身体的欲望。而且，他们之所以会变得奇蠢无比，还因为他们相信，自己是地球上所有人中最特殊的那一个——因为骗子就是这么告诉他们的。

"等你妈一走，青帮就印了一份假契约，上面说你妈已经把秘密玉路卖给了一个同为青帮成员的男人。他们是和公共租界的某个当权者一起写下这份契约的，那个当权者也属于青帮。金鸽能怎么办呢？因为那个当权者的存在，她没法到美国大使馆去维权，她手里也没有印有她名字的契约，因为你妈本打算到了旧金山以后再把契约寄给她的。有个长三跟金鸽说，蓬云大肆宣称她和费尔韦瑟发了。费尔韦瑟把那张去往旧金山的船票换成了两张去香港的头等船票。他们打算以上海社交名流的身份现身香港，宣称自己到香港来，是为了代表西方电影明星投资新的公司！

"金鸽跟我讲这些的时候简直气死了。哦哟！我还以为她的眼珠会爆炸呢——结果还真爆了，爆出一堆眼泪来。她说一个新兴的黑社会团伙才不管什么长三书寓的标准呢。他们拥有一个企业联合组织，里面包括十几个以低成本赚取丰厚利润的堂子。我们的美人再也没法悠闲地享受求爱过程了，也不会再收到各种小东西了，她们的工作里只剩下钱。那些云美人本打算要离开的，但那些匪徒给了她们大笔诱人的金钱叫她们留下来，所以如今她们都被债务给困住了。那些匪徒让碎蛋当了普通的相帮，所以，狂妄又小气的官僚和做些无足轻重生意的暴发户如今也能堂而皇之地走进秘密玉路了。姑娘们过去的追求者全是些达官显贵，如今却不得不允许下三滥来一亲芳泽。想毁掉一家长三书寓的名声，最快的方法，就是允许下九流跟他们的老板分享同一张床。水往低处流啊。"

"他们没有这个权利。"我一遍又一遍地说。

"你们美国人觉得就你们自己有权利。"宝葫芦说，"哪有这种天理？权利是专属于你们的？还永远都不变？所谓的权利不过是一些写在纸上的字儿罢了，是人定的，是人提的，所以人也可以把它给废了。就这样而已。"

她拉住我的手："薇奥莱，我得跟你讲讲这里和旧金山之间的几封信。有人给你妈送了一封信，说信是美国大使馆寄来的。信上说，你在一场事故里丧了命——在马路上被车轧死了什么的。他们还在信里附上了加了印的死亡证明，上面写着你的真名，而不是费尔韦瑟本打算给你起的那个名字。你妈给金鸽发了封电报，问这是不是真的。金鸽面临着两种选择：一是告诉你妈死亡证明是假的，二则是保护云美人、你和她自己不被折磨、残害甚至杀死。其实她根本没得选。"

宝葫芦从她的袖口里取出一封信，我屏息读完了它。那是妈妈寄来的信，里面漫谈了她收到那封信后的心情，包括她有多么难以相信，以及她在等待金鸽的回复时有多么焦躁痛苦。

一想到薇奥莱有可能在死前认为我是故意离开她的，我就被痛苦折磨得无法忍受。只要一想到这些悲伤的念头有可能是她临死前的最后一个念头……只要一想到！

我强压着自己的怒火——她急于驶向她的新生活，跟泰迪和陆成一起重新开始，所以才不假思索地选择相信我已经上了船。我问宝葫芦要纸，想要写一封回信。我要告诉妈妈，我才没有被她的谎话和虚伪的悲伤给蒙骗了呢。宝葫芦告诉我，有那些匪徒在，我的信是绝出不了上海的，电报也没戏。就连金鸽写给我妈的信里，也全是被他们操纵着写下的谎话。

我再也不是以前的那个我了。我成了一个没有母亲的浮萍，既不是美国人，也不是中国人；不是薇奥莱，不是薇薇，也不是紫紫。从今往后，我就活在一个由自己逐渐微弱的呼吸构成的无形空间里，没人能看见它，所以也就没人能将我从它里面拽出来。

我妈当时在船尾站了多久呢？甲板上冷吗？她是不是很想披上她放到我旅行袋里的那条狐狸披肩？她有没有在船尾站到皮肤刺痛，才回船舱？在海上享用第一餐之前，她花了多长时间挑选裙子？她挑的是那件网纱的带蕾丝的裙子吗？她在船舱里等待敲门声等了多久才绝望？她无眠地躺在床上盯着黑暗盯了多久？她在黑暗中看到我的脸了吗？她看到最糟糕的情况了吗？她一直等到看着太阳升起，还是一直在床上躺到下午？看着船划过一个个波浪，逐渐远离我的世界，她绝望了多少天？船过了多久才抵达旧金山，她的家乡？从最快的路线走，要走多久？从最慢的路线走，要走多久？她等了多久，才将泰迪拥入怀中？睡在那有着阳光般金黄墙壁的卧室里的她，梦到了我几个晚上？那张床是否仍旧挨着窗户，窗外是否仍旧有一棵枝桠繁多的大树？数着窗外的小鸟时，她有没有怅然若失地想到，我本该看到这些小鸟的？

一艘船要驶回来，要花多长时间？从最快的路线走，要走多久？从最慢的路线走，要走多久？

我等待着，想要知道她的船走的是哪条路线，那等待的日子是多么漫长啊。最慢的船都回来了，又都走了，那之后又已经过了多么久啊。

第二天，我搬进了宝葫芦的闺房。看着她收拾行李的时候，我忍着不让自己哭出来。她拿起我妈那条裙子和那两幅卷起的油画，问我她能不能把这些东西带走。我点了点头，然后她就走了。属于我的过去的、唯一残存的东西，现在就剩下卡洛塔了。

一个小时后，宝葫芦冲了进来。"我不用走了。"她宣布，"全亏了那个老混蛋的黑指头！"原来，在之前的两天时间里，她精心策划了一桩阴谋，而且今天事情的进展表明，她的计划成效甚佳：离开安宁馆前，她去到堂屋中，和马妈妈一起处理她的债务问题。就在马妈妈拨弄起算盘的时候，宝葫芦开始夸张地提醒她。

"'哎呀！你的手指头！'我对她说，'我看你的手指头变得更黑了，这真糟糕啊。你人那么好，老天怎么让你受这个罪。'那个老混蛋抬起手来，说她手指的颜色是由她正在吃的肝脏药物导致的。我告诉她，听她这么说我就放心了，因为我还以为这是某些别的原因导致的，想让她试试水银疗法呢。当然了，她跟所有人一样都很清楚，水银是用来治疗梅毒的，所以她跟我说：'我从没得过那种疹子，你可别到处瞎传说我得了。'

"'别激动，'我对她说，'我刚才那是情急之下口不择言了。这还不都是因为我刚听说了柿子的事嘛。她以前在安宁馆干过活——还是我来这里之前呢，大概二十年前吧，但那个时候你已经在这里了。据说，当时有个客人把梅毒传染给了她，她好不容易治好了，结果后来病又复发了。复发以后，她的手指头变成了黑色的，就跟你的手指一样。'

"马妈妈说她不认识什么叫柿子的、在安宁馆做过生意的宿人。她当然不认识了——这人是我编出来的嘛。我继续对她说，她是个大姐，不是长三妓女，所以她不知道她的名字也很正常。我形容说，她长着一张柿子形的脸，小眼睛，宽鼻子，小嘴。那个老混蛋坚称她的记性比我好，但忽然之间她好像想起了什么：'她是那个黑皮肤、福建口音的胖女孩吗？'

"'就是那个！'我说，然后我继续跟她说，过去曾有个客人常从后门进来，用很少一点钱换取她的服务。她需要这笔钱，因为她老公是个烟鬼，而且她的孩子们全都在挨饿。我们又抱怨了一会儿那些大姐有多难管，然后我又说，柿子服侍的那个客人也是个阴险小人，他自称李长官，还曾是当时一位校书的秘密情人呢。听了这话，老混蛋一下子就坐直了——那位李长官曾是老混蛋的情人，这在年长的校书们之间，可是个公开的秘密。

"'啊，你记得他？'我说。她努力做出一副毫不在意的样子。

"'他是个很有地位的人，'她说，'当时每个人都知道他。'

"我又多打听了一句：'他说自己是个长官，'我说，'那他在哪里工作呢？'

"然后她说：'是个跟外国银行有关的地方，他向他们提供建议，收取丰厚的报酬。'

"我趁机说：'这倒奇怪了，他只跟你说了这话，却从没跟其他人说过。'

"她赶紧说：'不，不。他没跟我说，我是从别人那儿听来的。'

"我做出一副有些疑惑的表情，然后才继续说：'我很想知道到底是谁说的。据传言说，那时候，所有人都慑于他的地位，而不敢对他有任何的质疑。有个上了年纪的校书跟我说，就算他说他有十米高，都没有一个人敢去纠正他。他总是大叉着双腿坐在桌边，就像这样，而且脸上总是一副怒容，就好像他是天王老子山大王一样。'所有有地位的男人都是那么坐的，所以当然了，我的形容和她脑海中他的样子十分吻合。

"那个老混蛋说：'我怎么会记得这些呢？'

"我开始给她设套：'结果大家最后才知道，他是个冒牌货，根本不是什么长官。'

"'啊！'她从椅子上跳了起来，然后立刻假装自己根本不在意这件事。'有个虫子刚才咬了我的腿，'她说，'所以我才跳起来的。'为了证明自己的谎话，她还挠了挠自己。

"我接下来对她讲的话，让她更加抓耳挠腮了：'他从不自己摆台面[1] 邀朋友，记得吧？只要他一出现，其他客人们就都会邀请他去参加他们办的酒席。多光荣啊！每个人都想讨好他。有个校书觉得他简直太高贵了，便把自己的家当全都给

---

1 客人在妓院设宴，带朋友来捧场。

了他，希望他能让自己当上长官夫人。她还把他带进自己的闺房，全然不知在来她这儿之前，刚刚从柿子的床上下来。'

"我说这话的时候，那个老混蛋的眼睛睁得大大的。我都开始有点可怜她了，但我不得不继续说：'而且还不止这些呢。'我跟她讲了我所听闻的关于李长官的事情——她对这些肯定记得一清二楚。'每次跟那个倌人睡过觉，他都会叫她往他的账单上再添三个鹰洋以充作叫局的费用——虽然他实际上并没有设局。他说他不想让她因为总和他在一起、荒废了其他追求者，而蒙受经济损失。任何一个人都会觉得他简直慷慨得令人难以置信。到了除夕那天，他欠下的钱差不多已经有两百美元了。你也知道，按照惯例，堂子的所有客人都要在那一天清账，但他却没有。那一天，只有他一个人没来。打那以后，他再也没有露过脸。白白享受了两百美元呢！'

"我眼睁睁看着那个老混蛋的嘴巴僵住，凝滞出一个苦涩的表情。我猜她那是在努力憋着不去破口大骂。我知道她在想什么，便替她说了出来：'这种王八蛋就该都阉了。'她拼命点头。我继续说：'人们都说，他送给她的唯一一件礼物，就是梅毒病菌。大家之所以会这么猜，是因为那个大姐得了梅毒。她的嘴上长了疹子，然后脸颊上也长了——谁知道在看不见的地方还长了多少呢？'

"血色从老混蛋的脸上褪去了。她说：'可能是那个大姐的丈夫把梅毒传给她的。'

"我没料到她会这么想，不得不赶紧想对策：'所有人都知道，那个老烟鬼连自己翻身到床边尿尿都做不到，就是个皮包骨头。不过，到底她先得的还是他先得的，又有什么关系呢？反正到最后，他们俩都得了疹子。所有人都猜，他肯定也把梅毒传染给了那个倌人，而她自己可能都还一直蒙在鼓里呢。柿子一天到晚给自己灌麻黄茶，却一点效果也没有。等到她的乳头开始流脓以后，她就往上抹水银，难受得差点死过去。后来病症还真消失了，她还以为自己彻底好了呢。但就在六个月前，她手突然黑了，然后就死了。'

"老混蛋看起来就好像被一个罐子给砸了头一样。真的，我很同情她，但我不得不冷酷起来。我得救我自己啊。不管怎么样吧，我没再说下去——虽然我本来想要告诉她，有人听说那位撒谎长官也死于同样的黑手病。我跟她说，就是因为听了这个故事，我才在看到她的手以后为她深感担心。她咕哝说，她的手变黑不是因为病，而是因为那该死的肝脏药片。我同情地看了她一眼，说我们应该叫个医生来给她做个检查，好治好她的小毛病，反正她现在吃的药对她也没什么好处。然后我又说：'但愿大家都不会相信你得了那个病吧。谣言传得太快了，根本就堵不住。如果人们看见你用你那黑色的指头去碰姑娘们的话，他们可能会说，这整个堂子都叫你给污染了。然后公共卫生部门就会跑过来，所有人都得挨查。在他们判定我们都是干净的之前，堂子也得关门歇业。谁会希望这种事发生？我可不想让别人检查我，免费占我便宜。而且，就算你没问题，你也得给那些腐败的混蛋们钱，不然他们会没完没了地拖着不发这份报告。'

"把这些话统统灌输给她以后，我才终于说出了那句一直想说的话：'马妈妈，我刚刚想到，说不定我可以帮你阻止谣言流出去。在你调理好你的肝脏之前，就让我给薇奥莱当老师和娘姨吧。我会把我知道的一切都教给她的。你也记得的，我也是曾经的十大美女之一呢。'

"老混蛋听信了我的话，虚弱地点了点头。作为补充，我又说：'您放心，如果那个兔崽子欠打了，我会立刻教训她的。只要您听见她尖叫着求饶，那就是我又在教育她了。'

"你觉得怎么样，薇奥莱？聪明吧，啊？你只需要每天往门边站上那么一两次，大嚷大叫着求我饶了你就行了。"

我从来没有接受过自己已经成了长三妓女这件事，一秒钟都没有。只不过我现在不会再拼命抵抗了。我就像是监狱里的犯人，等待着遭到处决。我不再把她们送给我的衣服扔到地上，而是顺从地穿上。我收到了一身真丝做的夏衫夏裤，料子轻薄，很清凉舒适，但我不太喜欢它们的颜色和款式。整个世界都灰暗了。我不知道这堵墙外面发生着什么，不知道街上是否还有游行者，不知道是不是所有的外国人都被赶走了。我好像成了一本探险小说的主人公———一个遭到绑架的美国女孩。我想赶紧翻到下一章看看故事怎么发展，却发现下一章早已被撕掉了。

一天，天下着大雨，宝葫芦对我说："薇奥莱，你小的时候经常会假装成校书跟客人调情，勾引那些你喜欢的人。可为什么这会儿你却说，你从来也没有想象过自己会成为一个校书？"

"我是美国人，美国女孩是不会当妓女的。"

"可你妈就是一家长三妓院的老鸨啊。"

"但她不是妓女啊。"

"你怎么知道的？所有的中国老鸨都是从长三妓女做起的。要不然，她们是从什么地方学会的这门生意呢？"

我被恶心得差点吐出来。她有可能做过长三妓女——或者更下贱的东西——比如江上某只花船上的普通娼妓。她并不贞洁，她有很多情人。"她的生活是她自己选的，"半晌，我终于开口说，"没人逼她。"

"你怎么知道是她自己选的呢？"

"妈妈绝不会允许任何人逼她做任何事的。"话一出口，一个念头便浮上了我的脑海：但她却逼我过上了这样的日子。

"你瞧不起那些没法为自己做选择的人吗？"

"我可怜他们。"我说。我拒绝把自己也归入那可怜人群的一分子。我会逃脱的。

"你可怜我吗？你会尊重你可怜的人吗？"

"你保护我，我很感激你。"

"但那不是尊重。你觉得我们是平等的吗？"

"你和我是不一样的……人种和国籍都不一样。我们的命运截然不同，所以我们并不平等。"

"你的意思是，我活该比你过得惨咯？"

"那我也没有办法。"

她的脸突然间变得通红："我已经不再比你低贱了！我比你还强呢。我可以比你过得更好，你只能比我更惨。你知不知道人们从此会怎么看你？看着我的脸——你也跟我一样！你和我还不如戏子和卖艺的高贵呢。如今这就是你的

111

命。命运曾经青睐你，让你托生成美国人，但命运又把这一切都夺走了。从此以后你跟美国的那一半血统就没关系了，从此以后你他妈完全就是你爸那一边的人——不管他是汉人、满人、广东人还是什么人吧。你就是朵花，等着被人一次又一次地蹂躏。你现在已经处在社会的最底层了。"

"我是美国人，没人能改变这一点，就算别人不顾我的意愿强行困住了我，也改变不了这一点。"

"哦哟！对于可怜的薇奥莱，这一切是多么的可怕啊。这世上就她一个人的生活被强行改变了。"她坐下，一边对我投来厌恶的神情，一边继续喋喋不休，"不顾她的意愿……你强迫不了我！哦哟！她受了多大的苦啊。你跟这里的所有人都没什么两样，因为你跟大家的苦恼是一样的。我是不是应该说到做到，狠狠打你，直打到你认清自己的地位为止啊？"她沉默下来，我很庆幸她激烈的长篇大论终于结束了。

但是紧接着她就又开始说话了。不过这一次，她的声音变得温柔而又悲哀，听起来像个小孩。她看向别处，回忆起她自己的生活是如何一次又一次遭到改变的。

宝葫芦

我当时只有五岁，是个小小的女孩。我的叔叔把我从家里偷走，卖给一个商人的老婆当奴婢。我叔叔说，他这么做，都是被我爸我妈命令的。直到今天我都不相信那是真的——如果我信了的话，我就会因为万念俱灰而变成铁石心肠的。也许我爸当时确实想摆脱我来着，但我妈发现我不见了以后，一定难过死了。肯定是这样的，我记得很清楚——不过，我在被偷走以后就再也没见过她，那我怎么会知道她的反应呢？为这个问题我思考了很多年。如果我妈真的不想要我了，那个混蛋又为什么要大半夜的把我抱走呢？他为什么要偷呢？

在去那个有钱人家里的路上，我一直都在哭。他跟人讨价还价，像是贩卖一只会越长越肥、越变越美味的小猪一样，把我给卖了。那个商人有个依父母之命娶来的老婆，还有三个小妾。排第二的小妾被称作三姨太，但在他心里，她就是正夫人。三姨太收我做了丫头，很快我便发现，那个商人总能找到各种借口，一天到晚上去她那里，冷落了别人。回想起来，她对他竟有这么大的魔力，也着实奇怪。她是几个老婆里年龄最大的，以普遍的审美标准来看，她的胸和嘴都太大了一些，五官也并不精致。但她确实有自己的一套迷惑老公的方式：她说话的时候总是微微侧着头，声音又温柔又悠扬。她知道说什么能安抚他的情绪，让他重新振奋起来。我曾在无意间听到其他几个妾说起，她以前是苏州窑子里的人，睡过成百上千个男人，还把两条腿缠在他们身上，吸干了他们的脑子和智慧。她们都很嫉妒我的女主人，所以谁知道她们的闲话到底是不是真的。

我跟我的女主人一样，并未生就一副非常美丽的容貌。我的大眼睛是我身上最美的部分，一双大脚则是最糟糕的部分。我也曾经裹过脚，但到了那个商人家里以后，我的脚逐渐从裹脚布里挣脱而出。由于我总是踮着脚尖走路，所以没有人发现异样，而我也就没把它们再裹起来。其他的丫头们只知道乖乖听话，但我不一样，我还很迫切地渴望讨好我的女主人，为此可以做任何事情。我的女主人是所有夫人中最受宠、最被重视的女人，作为她的丫头，我很骄傲。我采来盛开的梅花插在她的头发里，总让她能喝上滚烫的茶，还从早到晚不断地给她端上煮花生和别的零食。

女主人看我这么殷勤周到，觉得将来让我给她小儿子做个妾也不错——肯定不是当二姨太，但说不定能当上三姨太。想象一下别人管我叫三姨太的场景吧！从那时开始，她对我更和善了，还给我更好吃的东西吃。我穿上了更好看的衣裙、做工更精细的长衫和裤子。为了让我当个合格的小妾，她还亲自教我言谈举止。如果一切进展顺利的话，我本来会成为她儿子合格的小妾的，但有一天，这一切全都幻灭了：我家主人，那个恶心的狗屁，忽然命令我脱光衣服，把我给糟蹋了。我那时才九岁。我根本没法拒绝，我必须要服从主人的命令，因为就连我的女主人也要服从于他。当一切结束以后，我流着血，疼得快要昏过去了，根本站不起身，但他却叫我去给他拿热毛巾。他让我给他擦身子，把他身上残留的、属于我的一切痕迹都抹消干净。

每当他来找我的女主人时，我都得站在他们的房外候着。我能听到她调皮而高亢的声音，也能听到他的低声细语。"太舒服了，太舒服了。你湿润又紧致，就像朵白莲花。"他总喜欢谈论他和她的性器官。他会发出哼哧哼哧的声音，而她则会发出轻声尖叫，听起来既像害怕，又像少女的喜悦。等他们安静下来以后，我便会跑去拿热毛巾，这样才能在她叫我拿毛巾过去时，立刻将毛巾奉上。

我会假装自己看不见躺在薄纱床帏后的主人。当我的女主人为他清洁身体时，我能看到她身体的剪影。她把脏毛巾扔到地上，我冲上前去将它收走，一边收拾，一边被他们的气味搞得阵阵恶心。收拾完以后，我还得回到房外等着，等我的女主人离开以后，再走进去，让他骑在我的背上或是肚子上，做他想做的一切。有时我会疼得昏过去。从此以后，我的生活里有了新的内容：张开双腿，给他拿热毛巾，把我的味道从他身上擦掉，回到我的房间，再把他的味道从我身上抹干净。

十一岁时，我怀孕了，我的女主人这才发现她的丈夫一直在搞我。她没有责备我，也没有责备她的丈夫——很多人的丈夫都会跟丫头干这事——她只简洁地说了一句，我不再适合给她儿子当妾了。有个丫头给我端来一碗汤，她把汤倒在一个长长的玻璃管子里，塞进了我的身体。一开始，我不知道她想干什么，但紧接着，我便感觉到那根管子刺穿了我。我不断地叫啊叫啊，其他的下人们一直按着我。那之后的两天，我一直在剧烈痉挛，等到有个血球掉出来以后，我便晕了过去。醒过来的时候，我发着高烧，痛苦至汲。我的内脏全都被搅翻了，肿得老大，让我以为孩子还没有掉出来，而是长大了呢。后来我才知道，那个丫头用马尾上的毛把我缝了起来，这样的话，将来我就可以像个处女一样，再被开一次苞。而眼下，本该孕育孩子的地方，却充满了脓水。

高烧不退的那些日子里，我根本下不了床。我时不时会听见人们说我脸色发绿，很快就要死了。我曾见过一具绿色的尸体，所以我猜自己现在看起来就是那个样子的。我觉得自己可怕极了。"绿色的鬼，绿色的鬼。"我不断念叨着。主人来看我，从眼缝里看到他以后，我便恐惧地大叫起来。我还以为他又要强奸我呢。他看起来很紧张，对我说了些安慰的话，还说，其实他一直都很想好好照顾我的，而且我应该记得他从来也没有打过我。他怕我变鬼回来找他，以为说这些话，我就会傻到对他心存感激，放弃报复了。但其实，我早就已经暗自发誓，将来一定会回来找他的。他们请来了一个医生，医生叫人把我的手脚绑住，然后便往我的身体里塞进好多个药囊。那些药囊在我的肚子里火烧火燎的，感觉就像是一堆烧着的石头。我恳求他们还是让我直接死了吧。一个星期后，烧退了，我的女主人又容我待了一个月，等我内脏复位、马尾缝的线脚也看不出来以后，才把我卖到了窑子里。幸运的是，我被卖给了一家长三书寓，我的女主人在被商人娶去做妾之前，就是在那里工作的。老鸨对我的身体从头到脚查了个遍，又戳弄了半天。发现我还没破瓜，她感到十分满意。

她们给我起名叫露珠。每个人都说我很聪明，因为我很快就学会了唱歌和背诗。男人们爱慕我，却不来碰我。他们说我非常珍贵，是朵娇嫩的花——他们还说了各种各样的话，让我有生以来第一次感到了真正的快乐。我太渴求别人的爱了，得到多少都嫌不够。在我十三岁那年，为我梳拢的权利被卖给了一位非常富有的文士。我很害怕他会发现关于我的贞洁的秘密。如果他发现了我是被缝起来的，该怎么办？他肯定会大发雷霆，把我打死的。就算他不把我打死，老鸨也会气得把我打死的。但我能怎么办呢？

当那个文士抱住我的屁股时，我吓得紧紧夹住了双腿，心想，完了，他很快就要发现真相了。当他捅破那根马尾线时，我感到的疼痛就跟第一次一样剧烈，我尖叫起来，流下了真实的眼泪。血涌了出来。过后，那位文士仔细观察自己造成的伤害时，从我的阴道里拉出了一根松松的马尾。"啊，我们又见面了。"他说。所以说，这不是他第一次被这么耍弄了。我颤抖着哭了起来，告诉他，我过去待的地方的主人，在我九岁的时候命令我给他拿热毛巾，还有，我的女主人在孩子掉下来之后，把我给缝了起来。我喋喋不休地讲着，告诉他我是怎样高烧不退，又是怎样差点成了个绿色的鬼。

他站了起来，穿好衣服。大姐拿进了热毛巾，但他说他要自己擦身子。他看起来很悲伤。等他离开后，我便等着老鸨冲到房间里来打我。我猜自己会被她赶出这所堂子。但是，她既没有冲进来打我，也没有把我赶走，而是走到我的身边，看了看我床上的血迹。"这么多！"她用高兴的声音惊叫起来。她给了我一美元，说这份额外的礼物是那个文士留给我的。他是一个非常善良的男人，几年后我听说他死于高烧，心里很难过。

所以你知道了吧，被拐卖后堕入底层社会的生活，就是这个下场。你不是唯一的受害者。而且，不管将来你在哪儿破瓜——在这儿，或者在你情人或老公的怀里——估计你的婚床上都不会出现一根马尾线吧。

距离宝葫芦跟马妈妈讲那个关于梅毒的故事后已经过了一个月，那位老妇人的情况变得十分危急，每个人都一致认为，她可能熬不过春节了。她不仅手指头仍旧发黑，双腿也开始呈现出同样的色调了。听了宝葫芦编的那个故事，她真的害怕自己得了梅毒。其实我们并不知道她得的到底是什么病——也许是她的肝脏药片导致的副作用，不过也有可能真的就是梅毒。

但几天后，正当我们在堂屋里吃早餐时，那个老混蛋的丫头走到我们身边。她手里端着女主人的夜壶，说，她刚才摔了一跤，几滴尿液溅到她的脸上，流进了她的嘴里，而那尿尝起来是甜的。另一个丫头曾经告诉过她，她之前的女主人的尿液就是甜的，她的双手双脚也变成了黑的。于是我们便明白了，她得的原来是糖尿病。

一位医生来到这里，不顾马妈妈的抗议，剪开了她的裹脚布。她的双脚发青发黑，渗出脓液。她拒绝到医院去，所以那个医生就在当场把她的脚给锯断了。她没有叫，直接失去了意识。

三天后，她在花园里晾晒自己那双没有脚的腿时，叫我过去坐到她的身边。我听说她最近在向所有人赔罪。她相信自己的病是由自己造下的孽所引起的，现在回头，说不定离岸还不算远。

"薇奥莱，啊，"她甜甜地说，"我听说你现在行事作风已经非常有教养了。别吃太多油腻的食物，肤色会变得很难看的。"她轻轻拍了拍我的脸，"你还是这么悲伤。紧抓住虚妄的希望不放，不过是在延长痛苦罢了。渐渐地，你会开始痛恨每一样东西和每一个人，最后肯定会发疯的。我曾经也像你一样——我出身于书香门第，十二岁的时候被拐卖到了一家长三书寓。我坚决反抗，大哭不止，威胁说要喝老鼠药自杀。但后来我遇到了一些非常好心的客人和善良的恩客。我得到过很多人的心，生活得非常自由。十五岁那年，我的家人找到了我，把我带走。因为我已经成了个残次品，他们就把我嫁给了一个有着邪恶老妈的善良男人做妾。那简直比当奴隶还不如！我跑了出来，回到了堂子里。能够重回幸福生活，我欣喜若狂，感激上苍。就连我老公都为我感到高兴——后来，他成了对我最好的客人之一。说不定有一天，你在跟另一个年轻的校书讲述你的人生时，也能够讲出这样美丽的童话呢。"

怎么会有一个女孩觉得这种人生是幸运的呢？但是，如果我是个中国人的话，拿这样的人生跟其他所有的可能性进行对比，我说不定也一样会随着时间的流逝，觉得自己能来到这里真的很幸运。但我只是半个中国人，而我仍旧坚持着自己属于美国人的想法，相信自己仍有其他选择。

几天后，医生来了。这次他砍掉了马妈妈的一条腿，而第二天，他又砍掉了另一条。她再也不能自如行动了，不得不让人用小轿子抬着自己。一个星期后，她失去了那些黑色的手指，然后是她的手掌，一段接着一段，到最后，她的身上除了躯干和脑袋以外就再也不剩什么了。她告诉所有人，她不会死的。她说她想活着，这样她才能对我们更好一点，就像对待女儿一样。她保证说，她一定会把我们都宠坏的。她每虚弱一点，就变得更和善一些。她表扬每一个人，还跟宝葫芦说她很有音乐天赋。

第二天，马妈妈记不起我是谁了。她什么都不记得了，一切都消失了，就像呼吸之间的话语。她在梦中呓语，大叫说，柿子和李长官的鬼魂来找她了，要带她去阴间呢。"他们说我都快跟他们一样黑了，我们三个将来会生活在一起，彼此安慰。所以，我差不多可以上路了。"

看到马妈妈直到最后都相信着自己的谎话，宝葫芦觉得难过极了。"嘘，嘘。"她说，"我给你端碗汤来，让你的皮肤再白回来。"但是在晨光降临前，这位老妇人就死了。

"苦难可以让最善良的人都变得冷酷。"宝葫芦说，"记住这话，薇奥莱。如果我也变成这样的话，记住我为你做过的好事，忘掉伤痛吧。"

在给马妈妈清洗尸体、送她上路的时候，宝葫芦说："妈妈，你说过我弹古筝弹得特别好。我会永远记得你的话的。"

马妈妈死掉一个礼拜后，金鸽来到了安宁馆。才五个月没见，她却像老了一大截。她本来是有机会告诉妈妈我还活着的，但她却剥夺了我获救的机会。我想让她再给我妈写一封信，但是话没出口我就忽然意识到，自己简直就是个自私的孩子。她根本就没有机会救我的，如果她救我的话，大家都会遭殃的。我在安宁馆听人们说过，有很多人都因违背了青帮的意志而惨遭杀害。我扑进了金鸽的怀抱，什么都没说——也没有必要说：她知道我是如何跟在妈妈身边长大的，知道我是如何在方方面面都被妈妈宠坏了的。她也知道，感到妈妈不再爱我了以后，我幼小的心灵到底受到了多大的伤害。

我们一起坐着喝茶，金鸽告诉我们，如今的秘密玉路已经光辉尽失，角落里积满了尘土，枝形吊灯的一道道链条上也都堆满了灰尘。而且，不过才过了几个月，屋里的家具就已经变得破烂不堪了。妈妈房里的东西原本那么别致前卫，现在看上去却只显得怪怪的。我想象着自己的房间，我的床，我那装着羽毛和钢笔的百宝箱，我的一排排书。我的脑海中浮现出我上课的那间屋子，想起我在那里从法式玻璃门上挂着的帘幕的缝隙中偷窥，看到我妈和陆成安静地交谈，决定下一步该怎么做的场景。

"我要离开上海了。"金鸽说，"我要去苏州，对于日渐老去的人来说，那里的生活更加好过一点。我手里存了点钱。到那边以后，我可能会开家小店，也可能什么都不做，就像大家族里的老祖母一样跟朋友们喝喝茶，打打麻将。"

只有一件事她是肯定的：她不会再去开一家长三堂子，当老鸨了。"如今这种世道，要想当老鸨，就得硬下心肠当个恶人。老鸨必须得立威，让别人对她可能会干的事心存畏惧，要不然，那些小人和恶棍就会得寸进尺，把她的生意毁得一塌糊涂。"

她还给我带来了费尔韦瑟的消息——他成了恩客和长三妓女们最爱在酒局上聊的话题。在他把我妈给耍了之后，大家都对他的狡黠和英俊口口相传。没人觉得他做了什么十恶不赦的事：不过是一个美国人骗了另一个美国人罢了。人们对我妈简直一点同情心也没有，这让我不免有点受伤。我从来都不知道大家竟然这么讨厌她。

到香港以后，他和蓬云住在位于半山腰的一幢别墅里。不到一个月，他的赌徒习性和蓬云的烟瘾就耗光了他俩所有的钱。蓬云又回归了窑子生涯，费尔韦瑟则再次出手，想从一个大班[1]手里骗点钱——不过他这回碰上的，是另一伙黑帮的成员。"费尔韦瑟没能偷成那个大班的钱，反而偷走了她女儿的心和贞洁。关于他的下场，所有知情人都众口一词：费尔韦瑟被大头朝下地塞在一大袋米里，扔进了海港里面。他的两只脚还没扑腾几下，整个人就已经沉了下去。想象他惨死的画面会让我觉得有点恶心，但我一点也不为他难过。"

宝葫芦去叫人拿茶和点心了，金鸽为了不给那些偷听的人提供流言蜚语的素材，便开始用英文跟我说话："从你一出生，我就认识你了。你在各种各样的地方都很像你的妈妈——太敏感，太透彻，爱疑神疑鬼胡思乱想，但却常常感受不到别人的善意。不管别人爱你多深，也不管你在别人眼里有多重要，你永远都不会满足。你总想得到更多，永远觉得别人不够爱你，所以总是痛苦不堪。而且，就算有一份深重的爱摆在你的面前，你也看不见。你现在很痛苦，因为你没法从这座监狱里逃脱，但总有一天你会设法逃出去的，这里不过是一个暂时的地狱；但是如果你因为过去的事情，而把心封闭起来不再接受爱，那样的话，你的心灵就会成为囚禁你的永恒地狱了。你妈其实也差点落得这种可悲的结局，是你，在她遭到背叛之后拯救了她。她之所以还能感受到爱，都是因为你的降生，打开了她紧闭的心扉。等有一天你离开了这个地方，到苏州来看我吧。我会等着你的。"

"脱鞋，"宝葫芦命令道，"把袜子也脱了。"她皱起眉头，"踮起脚尖。"她叹了口气，摇了摇头，继续盯着我的脚看，仿佛她可以单凭念头就让它们消失一样。

这里的新任老鸨将于两天之后到来，宝葫芦对于我能否被允许留在这里十分焦虑，因为这关系到她是否能作为我的娘姨一起留下。她让鞋匠做了一双很硬的便鞋，穿上这双鞋以后，我就只能踮着脚尖站着了。鞋匠还给鞋上加了翻边，遮

---

1 粤语中对洋行经理的称呼。起源于通商时期对"supercargo"即商船押运人的称呼。

挡住我的脚跟，并且在我的脚踝上缠上了红色的丝带，营造出我有一双走不稳路的小脚的假象。

"在房间里转个圈。"她命令道。

我像个芭蕾舞女伶一样一蹦一跳地走起来。不消五分钟，我便变得像个没脚的鸭子似的，只能僵硬地一瘸一拐着走。我瘫倒在椅子上，再也不肯继续。宝葫芦使劲掐我的胳膊，让我站起来。但我刚刚踏出一步，整个身体便倒了下去，把花架和架子上摆的花瓶全给碰翻了。

"你这点疼跟我当年忍受的痛苦根本没法比。当年可没人让我坐下，也没人让我把鞋脱下。我摔倒在地上，撞了头，磕破了胳膊。而且我受了苦也是白受。"她举起一只有些畸形的脚，那脚跟我的天然脚看起来几乎一样大，但脚背是隆起的。"我被卖到那个商人家里以后，没人有闲心给我裹脚，我那时候还挺高兴。后来我才意识到，我的脚有两个不招人喜欢的地方——丑，而且仍然还是很大。在我刚开始干这一行的时候，是否拥有一双纤纤玉足是很被看重的。如果我的脚再小点，我肯定就能被投选成整个上海的花魁了。但我没有那么小的脚，只能穿上一双就像你现在穿在你那娇贵的脚上的那种鞋子，所以只被评为第六名。"她沉默半刻，"当然，第六名也算不得差劲了。"

下午，她把我的头发染成黑色，上了油，紧紧拉直。一边做着这些事，她一边跟我聊天。

"在这里可没人会小心伺候你，我也不会的。你在这里最重要的事情，就是要取悦别人，而且永远不要触怒任何人——包括来拜访你的客人、老鸨，还有你的烟花姐妹们。哦对了，可能你并不需要去讨好那些相帮和大姐，但是也至少不要让他们与你为敌。取悦于人会让你的生活好过得多，如果你不这么做的话，结果也会相反。你必须让新来的老鸨明白，你是懂得这一点的，这样她才会愿意留下你。我向你保证——如果你被送到另一家堂子里去的话，生活只会变得更惨。在别处，你是不可能变得越来越红、过得越来越舒坦的，你只会一落千丈，万劫不复。时起时落，这就是我们的人生。你将会登上舞台，尽你所能让男人们爱上你。多年之后，他们还会记得和你在一起的时刻——但他们记住的不是你，而是你带给他们的一种类似于神一般的、不朽的存在感。记住，薇奥莱，你在舞台上的时候，人们爱的并不是你本来的样子——很可能等你走下舞台以后，就谁都不爱你了。"她把白粉扑到我的脸上，白色尘雾升腾而起。她看了看我脸上的表情："我知道你现在不相信我的话。"她拿小刷子往我的眉毛上涂抹黑色眉粉，然后又给我点了唇妆，"我以后还得一次又一次地跟你重复这些话。"

她错了，我是相信她的话的。我见过生活的深渊，见过很多长三的心酸结局。同时我也相信，我妈一定是经历过生活的深渊，所以才会变成爱的绝缘体，既感受不到爱，也没法给予爱——就连对我也一样。她的世界里只有自己。不管我将来会遇到什么样的事情，都绝对不会变成她那个样子。

宝葫芦拿出一个发箍，说："这是我在你这么大的时候戴的。这是碎珍珠做的，但没关系，过不了多长时间你就会有你自己的发箍了，说不定你那个上面会有真珍珠呢。"她把发箍环在我的脑后，然后把它推到我的脸前，一路将松散的发绺都束进去。

"太紧了，"我抱怨道，"它抻着我的眼角了。"

她轻轻拍了一下我的头顶："哦哟！你连这么点疼都忍不了？"她退后一步，严肃地观察着成果，然后微笑起来，"很好。你是丹凤眼，最讨喜的那种眼形。看看镜子，杏仁形状的眼睛，眼角斜斜挑起。不管我多努力地往后拉头发，都没法拉出一双丹凤眼来。你的那双眼睛是继承自你爸爸他们家的。"

我情不自禁地盯着镜子里的自己，向两侧扭头，张开嘴，又合上。我的脸，我的脸到哪儿去了？我抚摸自己的脸颊——为什么我的脸显得更大了？发箍在我的前额形成了一个 V 字型，将我的脸形塑成了一个长长的椭圆。我的眉毛末梢向上挑起，嘴唇中央被点红，脸因抹了白粉而变得惨白。只靠着这么一点修饰，我身上属于西方的那一部分特征就消失了。我成了自己一度认为低于自己的那个人种。我抿了抿嘴唇，抬起眉毛——我长着一张长三妓女的脸，不美，不丑，但却是个陌生人。到了夜里，我用力将自己的新面孔擦掉，但当我往镜子里看去时，却发现自己的头发乌黑乌黑的。我原本的那张脸仍然在，而一直以来都长在脸上的那样东西——凤眼——也仍然在。

第二天，宝葫芦指导我如何涂脂抹粉，跟昨天一样的那张中国面具便又出现了。我还是觉得很惊讶，但这回不再那么震惊了。我忽然意识到，所有的倌人在上好晚妆后都会变成另一副样子，就好像带着面具。那一天，我从早到晚捧着镜子，观察自己脸上的这张面具。我给脸上补粉，向上束紧发箍，把眼睛拉得更高。再没有人能认出我来了，就连我妈也认不出了。

新来的老鸨姓李，随身带着一个四岁就被她买来的长三。在李妈妈的调教下，十九岁的朱颜已经出落成一个名声很大的校书了。她成功赢取了老鸨的欢心，被老鸨唤做"女儿"。她们是从苏州来的，李妈妈以前在那里开过一家长三书寓。这世上的人普遍都认为，苏州的长三是妓女里的极品——不仅是风月场上的人，就连那些正经人也都这么觉得。苏州女孩举止轻柔，行动娴雅，声音又甜又糯。很多上海的烟花女子为了推销自己，都会对人宣称说自己是从苏州来的；但如果她身边站着一个真正的苏州姑娘的话，是真是假一比就知道了。李妈妈相信自己一定能够在上海取得更大的成功，因为在这里，金银财宝会从海上滚滚而来。买下安宁馆后，她将这里重新命名为"朱颜堂"，这既是为遵守长三书寓以老鸨或头牌的名字命名的传统，也是对自家很好的宣传。所有原本在这里工作的倌人们都被送走了，至于我，由于我还没有出道，所以我的身上并没有被烙印上么二[1]的负面名声。在烟花姐妹们离去之际，老鸨一一仔细检查她们的皮箱，以确保她们没有私自带走属于堂子里的皮草和裙子。姐妹们的哭泣声和咒骂声此起彼伏，不绝于耳。那个叫花瓣的么二冲我丢来充满恨意的一瞥，愤愤道："她为什么要留下你呢？混血的杂种只配在大街上拉客，才不配留在长三堂子里。"

"那，那个叫杨柳风的倌人呢？"我还击道。就在几天前，宝葫芦为了鼓励我，跟我讲了杨柳风的故事——她也是中美混血儿。

"谁也不知道她到底混了多少美国人的血。"宝葫芦说，"而且据说她的身世还不止这么简单——她不止当过校书，早些时候，据说还当过野鸡。不管她出

---

1 即次一等的妓女。

122

身到底如何吧，反正她就那么一步又一步地往前走，每隔几个月，地位就能升高一大截。她制定了周密的计划，然后按照计划一步步施行，最终迷住了一个很有钱的洋人，成了他的合法妻子。现在她的社会地位不要太高哦，还哪有人敢在大庭广众之下说起她的过去？你也要像她一样，一步又一步往上爬，爬得越来越高。"

李妈妈从最有名的长三书寓里请来了三位校书。她们肯来，都是因为李妈妈答应说，可以让她们自行保留头三个月挣到的所有的钱，而不用跟堂子分成。

"李妈妈真是聪明。"宝葫芦跟我说，"那些女孩为了在这三个月里赚到更多钱，一定会加倍努力工作的，这样一来，朱颜堂就一定会一炮而红了。"

在李妈妈到来的第一天，客厅里的廉价家具和装饰品就被最时髦的款式所取代了，倌人们的闺房则被重新装修一番，变得富丽堂皇，里面尽是丝绸、天鹅绒、彩绘玻璃灯、饰有流苏的雕花高背椅，以及遮挡马桶和浴缸用的挂着蕾丝窗幕的屏风。

我的房间却维持原样未变。"至少一年之内，你还用不着在房间里招待客人。"宝葫芦说，"况且我们还得交房租哩，何苦增加咱们的债务呢？"我注意到她说了"咱们的债务"，很显然，她的潜台词是，我赚的钱也会变成"咱们的钱"。"我这间房里的东西，"她继续说，"比其他姑娘们的都强多了。这些家具现在看来还是很时髦，而且钱也都付清了。"其实这些家具一个个的，都又寒酸又破旧。

第二天，我们去见李妈妈，跟她和朱颜围桌而坐。宝葫芦在来之前就警告过我不要出声，说要不然的话她会在我大腿上掐出个洞来的。

"你知道我为什么要留着她吗？"老鸨问宝葫芦。

"因为您对这个可怜的孤儿怀有一颗仁慈之心，而且您看出了她身上的潜质。我们对您感激不尽。"

"仁慈之心？我呸！我之所以留下她，是为了还以前的烟花姐妹金鸽一个人情，不过这样而已。因为很多年前的一件事，我一辈子都欠她。她搬到苏州以后，就向我索债来了。"

如今，她亏欠金鸽的债，化作了向我施以的援手。李妈妈狠狠盯着我看："你最好给我好好表现。我可没有保证你可以永远留在这里。"

宝葫芦滔滔不绝地表达起她的感激之情。她说她会当一个称职的家教和娘姨，还自夸说自己具有丰富的从妓经验，曾在全上海的美女中挤进过前十。

老鸨打断了她："别再瞎吹了，你说什么，也改变不了她是混血的事实。而且我也不希望薇奥莱跟客人们炫耀说她是路路咪咪的女儿。路路咪咪现在可是个大笑柄，所有人都笑话说，那个美国老鸨竟然掉进了她美国情人的圈套，而且她的美国情人在来到上海之前，不过是个越狱的罪犯而已。"

费尔韦瑟是个罪犯？"你怎么知道——"我刚开口，就被宝葫芦掐了一把大腿。掐完我以后，宝葫芦对老鸨说："您也看见了，她现在看起来一点也不像个外国人了，没人会认出她来的。我们给她起名叫紫罗兰。"

李妈妈沉下脸："那么你能把她的绿眼睛也染黑吗？我们怎么解释这一点？"

宝葫芦已经准备好了答案："这正增添了她的诗情画意啊。"她用一种拿腔作调的声音说，"那位伟大的诗人画家罗平[1]，据说就长着一双绿眼睛，他就是用那双绿眼睛看穿了许多人灵魂最深处的品质。"

李妈妈哼了一声："他还能看见阴间的鬼魂呢。"她顿了一下，又说，"我可不希望她在房间里挂一堆食尸鬼的画，那会把所有男人都吓得屁滚尿流的。"

朱颜插嘴道："妈妈，我建议，咱们就说她的父亲是个满人，祖上源自北方，这就行了。边境上有很多人有外国血统，他们都长着浅颜色的眼睛。而且我们还可以补充说，她父亲以前是个位高权重的官员，在外交部门当过差，只是后来去世了。反正这跟实情也差不太多。"

李妈妈使劲盯着我看，仿佛想看看我这张脸会不会让我们编的谎话露馅。"我怎么不记得金鸽跟咱们说过这样的话。"李妈妈说。

"实际上她的原话是，她爸的母亲是满族的后裔，在外交部门当过差的是她祖父。至于她爸，他不过是他们家出的不肖子孙罢了。完全实话实说对她并不是

---

1 原文为"Luo Ping"。

那么有利。"

满族后裔！家里出的不肖子孙！金鸽竟然跟她们讲了我爸的事，这太让我震惊了。她从来也没跟我说过这些细节。

"别说他曾在外交部门当过差。"李妈妈补充说，"别人有可能会打趣说，这个姑娘一定是他跟某位外国人交情太好的产物。她跟你讲过他的名字吗？"

"我没打听出这个来。"朱颜说，"不过那不重要，只要有了这番解释，您还金鸽的债不但不亏，说不定还能大赚一笔呢。咱们的一些客人仍然对清朝忠心耿耿——清朝的皇帝和皇后可都是满族人，她那点满族血统说不定还会派上点用场呢。而且，满族妇女们从不裹脚，说她是满族，就能很轻易地解释她的脚为什么这么大了。"

"咱们还需要编一个关于她妈的故事。"李妈妈说，"说不定还没人听说过实情呢。"

"咱们可以假装说她也是个满族人。"朱颜说。

"我们可以说，她母亲在丈夫死后寻了短见。"宝葫芦说，"一个是可敬的寡妇，一个是无辜的孤女。"

朱颜没有理她："就用普通的理由就可以了：在她父亲死后，他弟弟在赌桌上把家财败了个精光，搞得这对孤儿寡母注定卑贱一生。"

李妈妈拍了拍她的胳膊："我知道你还在为这事痛苦，但是我很高兴你妈把你卖给了我。"李妈妈转向我，"你听见我们是怎么说你爸妈的了吗？你在脑子里搞清楚人物关系了吗？"

宝葫芦赶紧说："我会经常考她的，保证她对每个细节都熟记在心，不出差错。"

"她需要在一个月内就准备好参加她的第一场酒宴。我们不会正式发布通告说她是我们新来的雏妓，只打算让她露个面，向大家散布一下消息就够了。"

她的话在我听来，就好像是在宣布我的死刑判决似的。

"别担心。"宝葫芦说，"她是个好姑娘，而且我会把她打得服服帖帖，再也没有一点坏脾气的。"

李妈妈使劲盯着我们两个看了一会儿后，终于松弛下来："你们可以管我叫李妈妈。"

等她走后，宝葫芦掐了一把我的胳膊："好的开端就是成功的一半。你想过好日子吗？想当名妓吗？我明天就开始给你上课。等有一天你红了，变得满身珠光宝气的时候，你肯定会这么对我说：'宝葫芦，你是对的，谢谢你让我过上了这么好的生活。'"

第 4 章　卧房美人的规矩

宝葫芦指导年轻的薇奥莱如何在成为一个名妓的同时，
避免小气鬼、错爱和自杀。

上海　1912 年

宝葫芦

你想在你十六岁之前就把身子搞垮吗？肯定不想吧？那就好好听着，用心记住我告诉你的这些话。

在你还是个雏妓时，你就一定要学会所有勾引人的艺术，并掌握欲拒还迎的平衡。你的处子之身可以保留到新年过后、你满十五岁之前。我希望你能够在老鸨准备好出售你的花蕊之前，积累起一票狂热的追求者。

你可能会想，我的老仆人，年老的宝葫芦，她哪里懂什么浪漫啊？我在十九岁的时候，也曾是上海的十大美女之一呢。而且，并不是很多人都能在这一行干到三十二岁的。所以你明白了吧，我比绝大多数人都要懂得多。

名声

　　永远记着，薇奥莱，你要创造一个浪漫和幻觉的世界。你要学会用古筝弹奏心痛或喜悦的调子，让你所唱的诗歌显得更加动人。给你的仰慕者唱歌时，你要表现得好像房间里只剩下你们两个人一样，就好像你觉得，在那一刻，那个地方，是命运把你们带到了一起。你可不能就那么胡乱拨拉几下琴弦，或是毫无感情地背诵歌词。要是那样的话，你还不如什么都不唱，直接坐车到廉价的窑子里去好了，那里才没人在意什么幻觉或者前戏。

　　绝大多数校书终其职业生涯就只学十首歌。你可不能跟她们一样，你得超凡脱俗。在接下来的一年里，你需要学习三段关于山中隐居的旋律、三首关于少男少女在山中相遇的乡村民谣，以及三首关于从战争中凯旋和打虎英雄的经典诗歌。一首说唱调，用来逗着客人笑；一首活泼欢快的歌曲，用以为烘托节庆的快乐氛围的；一首是描述临别伙伴的送别诗，不仅能为聚会营造一种温暖的尾声，还可以顺便邀请客人下次继续前来把酒言欢。

　　你是一个受过教育的女孩，所以我知道，如果你安分地好好学习，一定会进步神速的。如果你想成为上海十大美女之一的话，就必须要储备一份足够丰富的曲目单，这样你才能给每个为你摆台面的仰慕者都奉上一首不一样的曲子。当你唱歌给他听时，他便会把所有别的女人都给抛在脑后。这样一来，到了由他们这些客人投票评选十大美女的时候，你还愁得不到最多的票数？每个月你都得学一首新歌，而且每一首你都要刻苦练习，直到你能唱得自然而真诚、仿佛歌声是从你的心里流淌出来的一样，才算学会。我会陪你练古筝，你得给我认真练，别把颤音弹得像两只猫为抢一只死老鼠而对着尖叫似的。

　　挑选歌词内容的时候，咱们得严格把关。所有关于冬日群山的诗句就都算了吧，它们营造出的氛围总是显得又冷又萧条；不过那些关于冰雪在春天消融的词还可以，因为它们歌唱的是复苏和丰裕，正好是死亡和孤独的对立面。关于夏秋交替的曲子也还可以，要是歌词里还写到品尝水果，而且那种水果刚好是你的追求者最喜欢的水果的话，那就更好了。不过要当心的是，歌里的水果不能是熟透

128

了的，因为熟透了就代表里面可能已经生了虫子。筑巢的燕子的声音象征承诺，但是要避免有喜鹊到来和凤凰离去的声音，因为前者总是带来坏消息，后者则象征着生命的逝去。

等你快要梳拢的时候，我会教你几首关于美丽的女孩死去的诗歌。我知道，选择悲伤的曲子听起来很奇怪，但你要知道，悲剧能让一颗悲痛的心敞开心扉，助长那颗心中的渴望、激情以及孤注一掷的情感。为了弥补遗憾、让心爱之人重回自己的怀抱，一个男人是什么都愿意做的。他可能从来也没有失去过心爱的人，但他仍然会很渴望假装自己曾经失去过。他会渴望躺在你的身边，抱住你的灵魂，和你再次相互结合，并在激情达到顶峰的时刻深深陶醉。如果你还能给客人唱些悲情歌曲助助兴的话，我们娘姨和大姐丫头们收到的赏钱就会格外多，更不必提你自己了——客人肯定会把无数大礼供奉在您这位女神的脚下的。

每过一段时间，我们都会在你的曲目单里增加一批新歌，让你能够对症下药地逢迎每个男人对自己的心理预期，不管他是文人、商人，还是官员。这些歌是用来让你当着主人朋友的面唱给他听的，你会唱的歌越多，你的奉承就会越到位，不管对方是个书生还是位大学校长，也不管他是个商人还是仁济医院[1]的院长，你都能够应付自如。你会遇见许多业界的领袖，所以你需要了解每个行业的特点。有时你可能会遇到某寺院的方丈，取悦他非常容易：他就喜欢听那些赞美神佛的歌曲。在为客人唱歌的时候，一定要轻声低语，这样显得真诚。你的客人在朋友面前受到这种真诚的赞美，一定会激动得心潮澎湃的。在这种情景里，哪个男人都不能免俗，他会感到自己更有力、更有男子气概，并生出一股征服的豪情，变得慷慨万分——如果他喝了很多酒的话，效果会更好。所以你一定要常常殷勤地带他把半空的酒杯倒满。

老鸨说，她会让你在一个月后参加你的第一个酒局。这还不是你正式进入社交界的处女秀，老鸨之所以希望你出席，是因为她希望可以借此机会，让关于你的消息传到蚊子小报那里。酒局上的客人对你的议论会登上报纸，而读到报道的人们肯定会迫不及待地想要为你摆酒。不过你要记得，别做任何会惹来绯闻的

---

[1] 原文为"Renji"。

事情，不然记者会缠着你纠缠个没完的——你以为蚊子小报为什么会被叫做蚊子小报？每场酒宴过后，《上海社交》都会收获一大堆故事。你下个月的发挥将决定你整个职业生涯的走向。我不希望你表现得像个小女孩——当然也不要像个荡妇。不要显摆你接受过的高端西式教育，也别自作聪明地侃侃而谈。笑的时候要遮住嘴——你从来都记不住这一点——在酒桌上，可没人想看见你嘴巴里难看的样子。要是哪个老头对你举止粗鲁的话，就喊他爷爷。有些老头会试图把你拉到他们的大腿上。混蛋。如果这种事情发生了，我会马上走到你们面前，跟你说："吴先生正在东旺路上等着我们呢。"每当我想把你从不利的处境中解救出来的时候，就会跟你说这句话。不要犯傻问我谁是吴先生。

你将要参加的第一个酒局，是一个很重要的客人举办的，他的名字叫方忠诚。说他"重要"，意思就是说他很有钱。他会举办一场盛大的宴会，宴会上为他的八位来宾每人都安排两位校书作陪。看看这排场，知道他有多有钱了吧？一上来就出席一个有钱人办的酒局，这对你很有好处，因为这样你就会立刻明白竞争到底有多激烈了。我们堂子里的四位美女都会去，此外还会加上十二位别家的姑娘。方先生问我们堂子里有没有雏妓，老鸨很高兴地回答他说，她这儿恰好有一个新人，又鲜嫩又天真。方先生很高兴，他说他喜欢收集各种年龄层的姑娘。也许他对处女情有独钟吧，不过就算这样，也别企图去勾引他——老鸨已经留意他很久了，想把他发展成朱颜的丈夫呢。如果你在第一次出场时犯了些礼节性的小错误，大家都会原谅你的，因为这恰好能证明你还很傻很天真；但是如果你第一次就表现得笨拙、愚蠢并且傲慢的话，那你以后舒适的人生就没戏了。老鸨能让你当个丫头留下来偿还债务就算不错了。

酒局上可能不需要你特别做什么，但这并不意味着你什么都不用做。首先，你必须留心观察我的暗示，知道什么时候该干什么。你需要向客人问好，询问你面前的客人是否需要添茶加菜，然后告诉我，我会把他想要的东西拿过来。我觉得主人那天应该不会要求你唱曲助兴，因为他会从书场里请来几位曲儿唱得很好的先生，不过，我以前也曾经有过突然被要求说书的经历，当时那个狼狈哟，简直不堪回首。为了以防万一，我已为你准备好了一个故事，下个礼拜你把它背会就好。到时候，你唱，我给你操弦伴奏。

我要教给你的故事，讲的是永不枯萎的青春。如果你能把它讲好，所有男人在听过以后，都会渴望自己能够去染指你的青春的——当然了，要想真正染指你的身体，他还得等到你的梳拢之夜。讲这个故事的时候，你其实是在为你们的未来许下不朽的承诺。这个关于不朽青春的传说已经流传了一千多年，它叫《桃花源记》，有无数个版本，就连小孩子都会背。

要把这个耳熟能详的故事讲出新意，你在表演时必须用到一些特殊的技巧。比如说，你需要运用丰富的表情，包括悲伤、疑惑、惊讶、忏悔等等；再比如，你要在讲到一半的时候忽然停下，看向远处，然后将眼神侧开，吊足大家的胃口。我年轻的时候，很多人都说，听我讲故事的时候，是他们觉得自己离不朽最近的时刻。甚至好多校书也都这么说，她们可是不会轻易赞美其他同行的——当然，虚意逢迎的时候除外。

我讲的那个故事差不多是这样的：一个贫穷的渔民在他的船上睡着了，他的船慢慢漂浮进了一个洞穴，等他醒来以后，发现自己到了洞穴另一侧的港口，水边生活着的人们衣着谈吐都颇有古风。这里的人远离战争和困扰、憎恨和嫉妒，以及疾病和衰老。这里只有一个季节，那就是春天。这里的少女永远都是处子，这里的美酒总是香甜，这里的牡丹永不凋零。每一道山坡上，都种着一棵棵枝上挂满饱满果实的桃树。

"这是什么地方？"渔夫问一个年轻的少女。少女回答说这里是"桃花源"，然后她用一种渔夫闻所未闻的方式满足了他。（此处，你应该天真无邪地说："她用的是美酒和歌曲。"所有人听了以后都会大笑起来的。）时间在这个人间天堂里不会流逝，而是不断再生，就像渔夫的欲望一样。后来，等他渐渐清醒过来以后，忽然意识到自己失踪以后家里人一定担心死了。他划船回家，船上装满美味的肉和水果，想要带给他的父母和妻子。他还想把他的朋友们也带到这个乌托邦来。然而，还没等他到家，他的小船就成了到处漏水的一摊破烂。回到家后，他发现半个村子都已被烧毁，塔也塌了，村里人看见他又长又乱的须发，都露出惊恐的神色。打听之下他才知道，自他离开以后，时间已经过去了两百年，三场内

131

战都打过了，而他的家人和朋友们早就已经死了。伤心欲绝的他回到船上，想要划回那个洞穴。然而许多年过去了，他仍然还在船上划着，怎么也找不到当年的桃花源。

到此为止的故事，每个人都听过，但我想为故事加个圆满的结局。是这样的：正当渔夫准备投河自尽时，他忽然发现，当年那位少女正坐在河岸边吃桃子呢，那个桃子非常大，大到她要用双手捧着，才能把它举到自己的樱唇旁边。少女向渔夫挥手，然后他们便一起划船穿越洞穴回到了桃花源。什么都没有变：少女，桃树，晴朗的天气，幸福的满足。渔夫重新变得年轻而又英俊——而且，当然了，年轻英俊的他看起来就跟宴会的男主人一模一样；而那个少女呢，则跟你长得很像。

当年我讲这个故事的时候，讲到结尾的时候，总会提到那个幸运的渔夫将会享受到哪些色情淫乐，比如，跟金鱼同游啦，破瓜吃肉啦，攀爬桃树啦——所有人都对这些词语代表的内涵心知肚明。而且，通常我都是在预先知道男主人好哪一口的情况下，投其所好地挑选词语。但是你肯定是不能讲这些的，因为你还是个雏妓嘛。也许等到明年以后再说吧。用古筝给你伴奏的时候，我会用一些特定的手法提醒你接下来该讲什么：几个滑音，预示着该有意外降临了；颤音代表激情渐增；横扫二十一条丝弦，则意味着回到过去。我会在接下来的几周时间里对你集中训练，确保你在唱每一句词的时候都能严丝合缝地配合相应的表情和姿势，但看起来却显得一切都很自然从容，就好像你讲故事的时候一切都历历在目，好像所有的情绪都是出自于真心。我会教你如何发出天真女孩特有的优美嗓音，婉转悠扬，时而羞涩迟疑，时而欢乐畅快。

要想让你的演出达到完美的效果，除了我刚才说的那些，还有一点是你需要注意的。有些女孩表演的时候单纯依赖技巧，而不带任何感情。她们也许技巧很好，但是总显得用力过猛，我把她们这种风格称之为"看箭不看靶"。这样的表演无聊得要命，不消三分钟，男人们就会开始盼着故事赶紧结束，好让他们继续饮酒作乐。

还有另外一种演出风格叫做"自拨心弦"。采用这种风格的美人会闭上她的眼睛，仿佛沉浸在另一个世界里，脸上闪烁着愉悦的光芒。她偶尔还会轻启眼帘，自顾微笑，一副对自己的表演十分满意的样子。自负得让人无法直视。

我把第三种风格称为"共同浮沉于陶醉之中"，你要学习的就是这种风格。接下来我会教你该怎么做，你要一边听、一边回忆刚才那个故事。开始讲故事的时候要半睁着眼，仿佛你还处在半梦半醒之间，眼皮怎么也抬不起来似的；你要让眼神四处游移，在不经意间与当晚的男主人四目相对。现在就试试——不，不对，移动眼神的时候要慢，如果你眼珠子转得这么快的话，看起来就会显得疑神疑鬼。下一步，你要用充满渴望的眼神深深凝视着他，接着再一次半闭眼睑——太过了，你这样看起来就像要睡着了似的——你要显得好像自己随他一起步入了天堂一样。放松腮部，分开双唇——也不用分那么开。现在，用你的眼睛盯着他，让你的双颊因难以遏制的欣喜而泛起红晕，然后忽然之间倒吸一口气——轻柔地，欢喜地，而不是像被吓了一跳似的；然后你的脸上要浮现出困惑的神情——不不不，不要皱眉——要显得先是有些怀疑，接着逐渐接受了命运的安排似的。你的眼里都是关于他的梦，整个人神魂颠倒。你是一个天真烂漫的女孩，因为不知道自己将被带往何方，而有点害怕。闭上眼睛，急速呼吸，不由自主地和着古筝的颤音婉转高唱。然后再次闭上眼睛，在摧枯拉朽般撕裂你一切感觉的狂喜中，叫出一声："啊！"为了表现那种狂喜，你的脸上要浮现出一丝痛苦的表情，看起来就像你已经死了似的。不过你的疼痛并不剧烈，死亡也不过是暂时性的，所以，你只需要静止不动几秒钟就可以了。不要龇牙咧嘴，那份疼是疼在你心里的。最后，让你的整张脸都松弛下来，让你那蒙眬的眼神漂移到他的脸上。与你四目相对的瞬间，他一定会对你产生疯狂的渴望，为了赢取你的初夜，恨不得立刻把自己的腰包掏空。

要明白，桃花源的故事不单单是讲述对不朽的渴望的，它还与一个男人再也追不回的过往记忆有关。只有在那段过往的时光里，他才曾真正感觉自己活着。如今，每当他想起那段时光的时候，都会觉得自己现在的生命是如此贫瘠寂寞。他会感伤、悔恨，会强烈地意识到年华已匆匆流逝。

他的怀旧之情可能源于他年轻时一段不可告人的时光。很多人都是这样。他

133

跟一位已婚的堂姐妹发展出了怎样的浪漫史？还是说有哪位年长的姐姐勾引了他？当他舔湿自己的手指，在自己那年轻姨妈的纸窗上戳出一个洞后，他都看到了些什么？阿姨是跟他叔叔、他爸爸，还是另一个跟他年龄相仿的男孩在一起？当阿姨抓到他现行以后又做了什么？她惩罚他了吗？他有没有很享受她的惩罚？他现在都靠哪些色情的回忆来达到高潮？

还有一点你要记住：一个成年男子可能会非常怀念自己曾经憧憬过的自我形象。作为先人，他有义务留下一个道德高尚的形象，让后人对他所建立起的崇高名望顶礼膜拜，然而事实却是，很少有人能够真的成为理想中的自我。如果他是个文人的话，为了野心，他都牺牲了哪些哲理上的原则？如果他是个银行家的话，为了利益，他都玷污了哪些诚信的誓言？如果他是个官员的话，为了收受贿赂，他都背弃了哪些富有公德心的政策？你要陪他一起追怀他曾憧憬过的道德理想，并且帮助他神化记忆中过去那个纯粹而高尚的自己。如果你真的能做到这件事的话，他至少有一两个季度都会离不开你的。

你还太小，不懂得什么叫怀念。感伤是时间和阅历的馈赠，但你要是想成功的话，就必须尽快掌握这门艺术。如果你能触碰到一个男人所怀念的事物的话，他的心就属于你了。

恩客和小气鬼

作为一名校书，你必须为四项必需品而努力工作：珠宝、家具、一份带薪水的季度合约和一份舒适的退休生活。忘掉爱。你将会得到很多人的爱，但没有一个会长久。爱可不能当饭吃，就算爱你的人最终娶了你，也并非就此万事大吉——除非你能够大红大紫，否则你就会成为众多姨太太中的一员。而且你听清了，你肯定当不上二房，可能要当到四房五房六房，甚至更惨的位置。到时候，正房让你吃什么，你就得吃什么。等到你开始考虑退休的时候，要好好想想自己以后要转型做什么，不求还能和现在一样自在，但至少也不能完全丧失人身自由。

其实，你最好的选择就是像你妈一样，开一家妓院，自己当老鸨。你现在可能很恨她，但你也没必要因为恨她而跟自己过不去，放着自由惬意的生活不过。

为了得到那四样必需品，你得让自己成为炙手可热的名妓，从众多仰慕你的追求者那里收取昂贵的礼物。你必须要变得像商人一样头脑清醒，坚定、精明、思维敏捷。你绝不能讨价还价，也不要接受任何低于你自身价值的东西。我会让你在梳拢的一年以后，明白这话意味着什么的。如果你不听我的话，就会自贬身价，到时候，也许就算我再怎么努力，也帮不了你了。

我要负责的，就是在老鸨最终决定谁将享有为你梳拢的特权之前，对你的追求者们煽风点火，让他们彼此更加激烈地竞争。我会陪你出席你的每一场宴会，跟着你出每一个局。我会暗示你的追求者们，说除他以外还有很多人正抢着想为你砸钱呢。我还会不经意地跟他们提起，你戴在身上的首饰——一枚钻石发夹或一个碧玉戒指——都是别人送你的礼物。每一周，你戴的首饰都要比上一周更贵一点——没关系，我可以先借给你。我还会对客人们说，你最喜欢的颜色是绿色，这样一来，翡翠和绿宝石就成了你的最爱了。不要跟我唱反调说你喜欢粉色，这种诚实很愚蠢，只会让你收到鲜花之类的礼物。有些人吧，就算他再有钱，都得一点一点慢慢拉下水。就连那些最富有的人，在最开始的时候可能也会出手吝啬。习惯一旦养成，就很难改变了。等他给你送过足够多的礼物、表现出了足够真诚的意愿以后，我会将你的闺房收拾停当，邀请他在酒宴散后，来房内和你喝茶。只有那些诚心想追你的人才会受到邀请，而且请他们过来也不干别的，就是喝喝茶，至多再唱首歌。喝茶的时候，他们可以隐约窥到里屋的样子，幻想将会在那里上演的癫狂销魂。

以后，咱们两个之间得发展出一套暗语，靠眼睛、眉毛和手指在扇子和领子上的小动作来传情达意。这样一来，遇到情况的时候，你只消微微挑眉侧目，我就能明白你的意思。然后，如果我说吴先生在叫局了，意思就是想把你带走；如果我提起青石巷里的陆先生，意思就是在提醒你，你面前这个正在看你的男人，是朱颜的追求者。我会为你筛选出慷慨大方的男人，加以重点培养。当一个男人越来越渴望得到你的时候，他送给你的礼物就会越来越贵；当你收到的礼物越来越贵的时候，你的身价就会越来越高；而当你的身价越来越高的时候，老鸨赐你的恩典就会越来越大。带回来一个金主，她就会管你叫女儿；但如果你没有恩客、没有追求者、也没有任何人来我你的话，她会说你是个寄生虫，并威胁要把你扫地出门。

我现在告诉你这些，是为了让你不会在将来面对现实的时候感到刺痛。我们的世界里充满了短暂的诺言和尔虞我诈，不过这也都是现实所迫。我们不是坏人，一切都是为了生存。成功与失败之间往往只有几步之遥。明白了这些，你就不会像我那样，总是因为幻象破灭而感到痛苦了。

在所有那些想得到你的处子之身的追求者中，肯定会有一些是你比较喜欢的，比如说，有魅力、长得帅的。我会尽量把机会留给这些人，但至于最终谁来给你梳拢，还是要老鸨亲自决定，而一般来讲她都会挑中出价最高的那个人。如果你觉得那个男的不大合你胃口的话，我会请求老鸨允许你在下一次的人选上尝些乐子的。这样的话，就算你第一次碰上了一个恶心的烂男人，你还是可以告诉自己，更好的还在后头等着呢。

记住，第一周是最赚钱的，在那之后你就不是处女了，人们对你的兴趣会变淡，礼物也会相应减少。年轻的姑娘们都是这样，一旦售罄了自己的天真，余下的就只有青涩无味，变得无人问津。但是你会让所有人都大吃一惊，因为我会教你如何摆脱这一困局：除了灵活运用你的身体，还要灵活地运用你的大脑。

能在朱颜堂里大办花酒的男主人，全部都很有钱，跟秘密玉路里的客人一样有钱。至于男主人请来的客人们——他们可能有钱，也可能没有。这种时候我的技能就派上用场了：我能很快辨别出谁才是那个真正的有钱人。由于我们这儿是家新开的妓院，所以一开始还得靠着朱颜的名声，才能树立起上等的名声，所以说，千万别动心思去偷她的恩客，要不然我会赐你三尺白绫，让你直接吊死了算了。蚊子小报上已经登过关于朱颜堂的消息了，从今以后老鸨还会让他们继续跟进报道。蚊子小报就喜欢吸引眼球的绯闻——当然更喜欢的还是丑闻，所以才总会有些土包子跳出来在小报上说，自己遭到了某个不诚实的长三的欺骗。这些血口喷人的家伙都是些小气鬼，他们以为我们跟花烟间里的野鸡一样，只要扔下一块钱，就能让我们细心服侍他那话儿；也有那么一些人，他们误以为青楼里的爱情就是真正的爱情，所以会在心碎之后宣称自己遭到了背叛。不过呢，也不排除青楼世界里真的存在一些一脑子坏水儿的姑娘。一旦她们骗人的把戏被识破以后，她们就没法再在上海混了，只能搬到别的省份去勾引一些对她的前科一无所知的人。我鄙视她们这种人，就是她们让有些男人以为，所有烟花女子都是偷心的贼。咱们这里可没有一个这样的人，所以你也别给我堕落。

我会在小报上散播一些对你有利的八卦，这样你就能很快出名。销路最好的一份蚊子小报的编辑恰好是我的旧情人，我过去经常免费跟他幽会，所以现在我有资格请他帮我们美言几句。最开始，我们肯定得编点故事，比如说："一位著名的船舶大亨说，朱颜堂里有位尚未出道的雏妓，她的姿色值得大家现在就去一探究竟。"这么说能引起大家的好奇，还能让大家都知道，你出身于上等的长三书寓，不是那种给多少钱就提供多少服务的野鸡。当年那个老混蛋就是让我们这么干活的，就是她把我们这儿搞成了一家幺二妓院，使得客人们敢于跟我们讨价还价。不过，在朱颜堂里，我们绝不议价。想来吃花酒就要交三美元，而且这里头还不包括性服务。没得商量。

朱颜堂的附加消费要比别的地方都高一些——你妈妈当年也是这么经营的。这是种很好的商业策略，因为，堂子里的消费越高，倌人越有名气，客人就会自我感觉越高端。朱颜囤了很多法国葡萄酒和特殊的壮阳蘑菇。一个优秀的男主人是一定会让他的座上宾客品尝一下自己的相好推荐的美酒的。不过，交弓也绝对不能让面子工程贵得太离谱，要不然，客人就不得不换个地方表演自己的慷慨了。曾经有个客人向媒体披露说有家妓院特别坑人，害得那家妓院从此生意惨淡，不得不关门大吉，换个名字重新来过。后来，这位客人的工厂让大火给烧毁了——不过新开的妓院很幸运，没人能证明那场火灾是由它的怨念引起的。

在下个月的酒局上，男主人或老鸨会在每位客人背后都安排两位美女。不管你被指派站到哪个男人后面，都要记住，他对你没有特殊的权利。如果他想偷摸你的大腿，你就往后退，然后跟他道歉说对不起刚才离您太近了。不过，就算他真的对你动手动脚，你也得仔细服侍好他，添酒倒茶都要及时。客人们到这里来就是让你服侍的，你要是怠慢了谁，所有人都会看在眼里的。如果他和别人划拳划输了，可能会让身后的姑娘替他罚酒。

我知道，你在你妈开的妓院里经常能见到这一幕，但你知道那是为什么吗？为什么那些男的不愿意自己喝酒？是为了一会儿打麻将的时候保持清醒吗？不，他之所以让女人代自己受罚是因为他喜欢这样。一小杯酒跟一顿鞭子没法比，但也能弱化她的防线，让她醉得丧失思考能力，不再算计——尤其是在闺房里。这就是他们打的如意算盘，不过他们不知道我们有多狡猾：当一位美人接过杯子时，旁边的姑娘会马上给她换个空杯，然后把酒倒到花瓶里。你就没有怀疑过为什么客厅里总摆着那么多花瓶和痰盂吗？你现在知道跟同一个堂子里的姑娘作对有多么不明智了吧？你得多多练习这种手法——我可不想让你喝醉以后丑态百出，别人会一直记着你的蠢样子的。

要想用眼神勾引某个客人，得等着他先看你。等到他盯着你的时候，你要首先不经意地扫过他的视线，然后再将眼神移回到他的脸上，停留个几秒。随着时间的推移，你的眼神要一次又一次地掠过他的脸，短暂一瞥逐渐变成久久凝望，微笑也逐渐变成甜笑。这样一来，他的信心也会随着你的鼓励而越来越强。千万别假装矜持，做出一副眼帘低垂、脸红心跳的样子。这一招放在十年前可能还有点用，但是现在，假装羞涩只会让男人觉得困惑。你用不着厚颜无耻，但你的意思一定要表达清楚。我曾经单凭眼神交流，就让一些客人达到了高潮。你以为这是什么好事？呵呵！男人啊，一旦他们完事以后，就再也不会火急火燎地想要得到你，而是可以心满意足地打道回府了。

要当心那些小气鬼。男主人请来的客人，比如乡下来的老表哥，或是曾经的老同学，都有可能是小气鬼。那都是些常逛幺二妓院甚至更低档窑子的人。他们很容易辨认，因为他们根本不懂这里的规矩：他们会向已经有相好的倌人求爱，以为新认识的美女会在当晚就跟他们上床，而且丝毫也不考虑给娘姨和大姐们一些赏钱——这一点是最差劲的。如果酒局上出现了小气鬼的话，我会立刻挺身而出，宣称东旺路上那位万能的吴先生给你递了一张局票，这样就能帮你脱身了。不过呢，也有一种可能性就是，某些小气鬼一夜暴富成了金主，但短时间内尚未搞清我们的规矩。为了应对这种人，我准备了一个小册子——很多姑娘也都备有这个册子——那就是李商隐的《赠赴青楼者二三言》[1]，已经实战验证，百用百灵。里面写着"男子不应吹嘘其阳具之大，不应乱许违心之誓，不应于青楼女子面前小解"以及此类种种。我还在里面又加了一条：男子应该多给娘姨一些赏钱。为什么不呢？这样做既节省时间，又免得尴尬。

最需要你擦亮眼睛辨认的客人，是那些装得人模狗样、其实却不三不四的家伙。他们也许看上去颇有贵族风范，但他们的家财可能早就已经在赌桌上或烟枪里灰飞烟灭了。他们来时身上带着的珠宝，大抵都是从他的妈妈、姐妹或是妻妾那里偷来的（等他们将这些挥霍一空以后，就再也给不出什么东西了）。这还不算最无耻的呢——还有些人，他会先用花言巧语把你骗上床，然后趁机从你房里偷走珠宝首饰，最后再带着偷来的手镯戒指转战另一家堂子。我有个朋友就被这么个狗贼骗光了她为退休后的生活存下的钱。我们都觉得该把他那男人的物事切了喂狗，老鸨也是。她雇了黑帮的人去抓他，结果呢，这么说吧，他们拿去喂狗的远远不止他胯下那根。我会时刻保持警惕，防止流氓和狗贼靠近你的身边。如果我把你从某个男的身边拉开的话，可能就是因为我看穿了他的流氓本质。永远不要怀疑我，否则的话，到时候就算心里不乐意，你也得跪在一伙匪徒面前求他们帮你了。

青楼里当然也会出现惹人喜欢的年轻人，他们有钱、帅气，但同时也骄纵而又无情。他们爱跟朋友摆阔，习惯于大手大脚地给姑娘们送礼物——给这个美女一枚发夹，又给那个姑娘一只手镯。他们追求姑娘的方式炽热如火，搞得姑娘们会为了留他过夜而你争我夺。那些美人们心里都做着甜蜜的梦，梦想着他会成为自己的相好。她们一个晚上就把自己全盘交出，但等到第二天，那些男人便又跑去追求别的姑娘了。他们没个长性，只是以搞定尽可能多的女人为荣。他们彼此之间还互相竞赛，吹嘘自己只用了一点点时间就追到了名妓。为了证明自己的战绩，他们还会详细描述女人阴部的样子。所以说，这就是为什么我要求一个男的至少要先跟你求爱一个月，才能进一步发展。在这段时间当中，你可能只会跟三

---

1 原文为"Li Shangyin's 'Advice to Men Visiting Flower Houses'"。

139

到四个有成为恩客潜质的追求者保持亲密的联系。不过，这三四个就够你忙的了。

此外还有一种类型的追求者，我会努力帮你挡掉——那些人就像种马一样，从来不知疲倦，刚完事，他们马上就想再上一次。碰上他们，第二天你肯定会累得起不来床，没法和新认识的客人——也就是新的机会——喝茶了。而且，这样一来，你坐马车出去的时候肯定也没法保持最好的状态。你都能猜到那些蚊子小报会说些什么："紫罗兰这朵鲜花是不是行将枯萎，快要凋谢了？"

有些男人也许平时看起来无懈可击，一上床却完全变了个人。有一种人以为他们可以像在餐厅点菜一样要求你提供任何形式的性服务。他会把他的小黄书带来，指着他自己在书的背面画下的诡异姿势，要求你照做。把你胳膊绑在床头也就罢了，他还有可能会把你像猴子一样倒挂在吊灯上！他才不管吊灯会不会砸下来，或者你的胳膊会不会扭伤呢。我听说有个女孩被客人倒吊以后大头朝下摔了下去，从此以后，她穿衣服都是反着穿，还一直说胡话。堂子没法留她，我也不知道她后来上哪儿去了。

最危险的是那些喜欢性虐待的男人。他们根本不在意自己虐的是猪还是人。这种人一般都会去找站街女，但那些有钱的变态，就连名妓也能买来玩。他们喜欢让女人痛苦，而且，他们让你痛苦的方式可不只是在屁股上打几下那么简单。他们就喜欢高傲的女孩。她们一开始肯定会拒绝他，但最后总是会被他的金钱打动。比较天真的姑娘则会在最开始就被他所深深吸引。他们毫无仁慈，只有看到女孩双眼凸出、窒息到连求救都喊不出来时，才会感到满意。几年前，万盛堂的一个姑娘就碰上这种事了。她当时只有十七岁，像你一样年轻而纯真。她自以为什么都懂，谁的建议也不听。那个恶魔阴险地骄纵着她的傲慢，请求她允许他做她谦虚的仆人。他送她很多礼物，还为她大摆台面，于是娘姨便请他进了姑娘的闺房。第二天早上，娘姨发现姑娘已经惨死在了房里，那血腥的景象把她当场就吓疯了。好吧，我就不跟你说那个怪物都干了些什么了，我知道你已经很害怕了。

我给你物色的追求者，会把你当白玉百合一样小心呵护。有的时候，他们可能会谨慎过了头，连看你一眼、摸你一下都要先问你可不可以，把你搞得无聊到想哭。有钱的老男人是当追求者和恩客的绝佳人选，他们经验丰富，出手大方，而且知道该什么时候给赏钱。他们喜欢被恭维，但却不会要求你整夜整夜地夸他。如果你看见我对哪个人特别热情的话，就说明我已经认定了他是适合你的人选。我会对他说："请过来坐在这里呀，您不是最喜欢靠窗的位子吗。吃点点心吧，这是您最爱吃的；再来杯红酒吧，喝了以后包管您精神好。紫罗兰这就给您唱一首您最喜欢的歌。"到了你的闺房里，他们会把你当做圣殿里的慈悲女神般委试供奉。他们会在你身边堆满贡品，以求你能让他们在你身体里多待一阵子。你也许得用点药才能帮助他们勃起——我这里就有这么一副百试百灵的方子。不过，通常情况下他们都会上床就睡，在梦里完成他想做而做不到的事情。等他醒过来以后，你可以告诉他，你梦见他对你干了各种各样的事情。年老的男人们还有个优良品质，那就是他们很忠诚，不会一个接一个地乱追姑娘——他们可不想让别的姑娘知道自己有多无能。不过老男人也有个毛病，那就是他们随时都有可能突然死掉。如果你找个老男人当相好的话，肯定会收到喜人的薪水，不过，你随时都有可能听说他儿子正在家庙里为他办法事呢，那时候你就傻眼了。他年迈的妻子可不会一瘸一拐地专程跑来给你送薪水。

我会综合考量各种标准，为你筛选出最合适的追求者和恩客。在我的运筹帷幄之下，他们一定会疯狂地想要得到你的。我计划在三年之内还清欠老鸨的钱。她可为你花了不少钱呢，薇奥莱，而且，你的家具和衣服也是堂子租给你的，所有这些费用加起来，你现在一共欠着老鸨150块呢——150块墨西哥银币，而不是民国钞票。别忘了，你还要交房租、伙食费和车马费。所以说啦，你知道我们为什么必须要精打细算了吧。有些女孩就知道一个劲地花、花、花，那她们的债务也会跟着涨、涨、涨，那么等到她们离开的时候就会变得一穷二白，洒了一把辛酸泪什么也带不走。等你还清债务以后，你想怎么样都可以，只要付些房租、上缴一部分收入给老鸨就行了。等你存够了钱以后，我们就可以自己租个房子，开展我们自己的青楼事业。我都已经想好我们要开一间什么样的堂子了——可不是花烟间哟。

我希望你能在梳拢的时候赚到一整套头面首饰。绝大多数姑娘嘛，能得到两个金手镯和一匹缎子就很满足了，但你要是按照我的指示去做的话，肯定能得到更多：最开始，只要他送你一个昂贵的戒指或者一条项链就可以了，不过等到他进了你的房间以后，我就会对他说，今天大喜临门哪，您可以把一整套头面首饰凑齐了嘛，这样多喜庆，是不是？梳拢过后，我们也要继续努力地工作，多攒几套首饰。为了让你的追求者以为你现在已经是个很红的倌人了，你需要戴上很昂贵的项链和镯子，没有也没关系，我们可以花些钱，从那些上了年纪的、苦苦挣扎却难以为继的倌人那里租。去见你相好的时候，一定要戴上你最贵的首饰，并且使劲自夸，说这些首饰有多么多么的名贵。不过与此同时也要挑些刺，比如说，那颗暗红色的宝石跟你的肤色有些不搭，那枚戒指的风格对你这么年轻的女孩来说显得有点过时，诸如此类的。说完这些以后，你可以告诉他，你上次看见有个女孩戴了一套非常摩登的首饰，光看那首饰就知道她的相好多么有品味。你说这些话是在给他一个表现的机会，让他有机会给你购置一套你更喜欢的头面首饰。如果他什么反应也没有的话，从此以后他就再也不用来你的房间找你了——除非他日后能拿出点诚意来，再说。

　　如果他说要带你去珠宝店看看的话，你就告诉他，幸福巷上的八德家首饰款式最好，而且八德做买卖很诚信，从不拿镀金的银子当纯金诓人——四马路上的八宝园就经常这么干。我认识八德的老板高先生，到时候我会让他提前准备好两套首饰，一套很贵，另一套便宜一些但也非常不错。等我们到了以后，高先生会问你的客人，想要点什么啊？如果他说就是随便看看的话，高先生就会拿出那套很贵的首饰，里面包括手镯、项链、戒指和发簪。看见那套首饰以后，你要低声对他说，如果你能得到这样一套首饰的话，你就再也不会稀罕现在身上戴的这套了。如果他让你试试的话，你就把身上的首饰摘掉，扔到柜台上，叫高先生把它们拿去做慈善，捐给救助贞洁寡妇的基金——不用担心，事后高先生会来找咱们，把首饰还给我们的——看你把原来的首饰都扔了，你的追求者还能怎么办呢？他唯一的选择就是买下这套你特别喜欢的首饰，以证明他比其他任何人都更珍视你；而且呢，跟其他首饰比起来，你最珍视的就是他送你的这套，这也说明了你对他的感情也像他对你一样真心。如果他没买那套最贵的，最不济，他给你买的首饰也必须比你捐给贞洁寡妇的那套要贵一点。如果这也做不到，那就彻底免谈了。

不过，你也不能显得很贪财，总一个劲儿地哄他骗他。为了保护你，我可以出面，替你的追求者和高先生讨价还价。到时候我会让你把项链摘下来拿给我检查一下。检查之下，我会指出，项链上的某颗宝石上面有些污点。高先生会佯装看看那条项链，然后沮丧地承认，上面确实存在瑕疵，所以可以降一点价。然后你可以说，你还是挺喜欢那套首饰的，但是不确定到底该不该买了。然后，你可以向你的追求者征询意见：这个价格到底值不值？要注意措辞：你不是在要求他买，而是在问他，这个价钱到底值不值。如果他没有立刻给出回答的话，高先生就会再度降低价格，并说，他不想让任何人指责他卖的商品有瑕疵。与此同时他还会补充说，他之所以愿意放血出售这套首饰，是因为你说这套首饰是你迄今为止最爱的一套。给别人看首饰的时候，你会让大家都以为你付了全价。所以说，这笔买卖对所有人都有利。到了这一步，你的追求者很可能会买下它。毕竟，他连价都没有讲就拿到了折扣。

另一方面，他也有可能会拒绝购买，而且这下子他也有一个体面的理由了：这套首饰并不完美，这是你自己说的。问问高先生还有没有不带瑕疵的、类似的款式。高先生这时候就会拿出我选的第二款。它会比第一套的原价便宜点儿，但比第一套折扣后的价格要高。你可以惊讶地尖叫说，这个价格太让人难以置信了。如果这个时候你那追求者仍然没有马上说要买下它，这意味着什么？不管这意味着什么吧，为了不丢脸，你可以再对这套首饰检查一番，并在上面挑出一些你之前没有发现的、你不喜欢的地方。我会问高先生下个礼拜会不会有新款到店，他会说有的，然后我便可以建议说我们下礼拜再来。接下来我们就等着瞧吧，你也许会喜出望外的。

曾经有个姑娘告诉我，她就遇到了同样的窘境。那一次，她一边朝门口走去，一边打算做最后的挣扎，便停下脚步，欣赏起一个发箍。那个发箍上饰有一粒粒小颗珍珠，价格对于一个发箍来说有点贵了，但还不至于离谱。她的追求者说她戴这个不好看，她听到以后沮丧极了，正准备两手空空地回去，这时候，那个男人却叫高先生拿出他前几天看上的另一个发箍。姑娘一看，就哭了——这个发箍上镶满珍珠和钻石，价格比第一套首饰整个加起来都贵。高先生跟他是一伙的，参与了他的小阴谋。这位追求者对于高级妓女们的把戏心知肚明，但他是真心爱着这个姑娘。通过这种做法，他让那个姑娘知道，赢得他的心的，并非她耍的花招。等他成为她的长客后，便帮这个姑娘还清了债务，还给了她足够多的钱，开了一家由她做主的妓院。这个姑娘深深地爱上了他，当这个男人有一天忽然猝死了的时候，她也了断了自己，随他而去。那男人的妻妾中可没有一个这么做的。

现在你明白了吧，你必须小心地展开策略，才能赢得长客的承诺。你肯定不想每次都空手而归，所以我要每次都陪着你一起到珠宝店去。在得到一个像朱颜戴的那个那么好的发箍之前，就先好好看看她那个吧。她那个发箍就跟我刚才说的那个差不多一样高级，上面布满珍珠钻石，形状恰好能够烘托朱颜额头的弧度和凤眼的形状。你应公开表达对这个发箍的欣羡之情，大声说出它有多珍贵，并赞扬那个买下这份礼物的赞助者。她会为你这番奉承而心怀感激的，因为这相当于当着其他男人的面彰显她的高贵，并且暗示以后的追求者送礼至少要跟她发箍一样值钱的东西。而她的赞助者也会受到鼓舞，再送她一份大礼。将来有一天，朱颜也会为你做同样的事，而她对你首饰的赞美也会暗示你的追求者，到底送什么样的礼物才能赢得你的芳心。随着你越来越受欢迎，你终将收到一个比我现在给你的贵十倍的发箍。

我自己的错误就是拿得太少了，你可以从我身上吸取教训。

幻觉

你制造出的浪漫幻觉是否有效，取决于一个男人是否愿意相信幻觉；而愿意相信幻觉的意愿，通常都来自于受挫的欲望。在制造幻觉的时候，你要有的放矢，一切都要为如何让他爱上你服务。如果他爱上了你的话，跟你在一起的时候，他便会觉得时间仿佛都已静止。他会觉得自己已得永生，愿意为你放弃一切尘世利益。

有些男人可能会想要从你身上得到某种特殊的幻觉。我把其中一种称之为"悲情之爱的幻觉"。还记得我让你学的那些歌吗？关于早逝少女的那些歌？他可能会让你扮演一个他曾悄悄爱恋、如今哀哀悼念的女孩，让你成为那个女孩的化身，帮他实现那从未完成的爱恋，或者助他从哀痛中解脱出来。他甚至可能会让你扮演小说《红楼梦》中的林黛玉，或者戏剧《白蛇传》里的白素贞。这些都是催人泪下的悲剧。为了扮演这些角色，你需要穿上一袭长袍，涂上厚厚的白粉，制造出鬼魂般的效果。你还需要记住小说中的场景，学会如何去表现背叛和原谅。这可没你想象的容易，一不小心就会弄巧成拙，搞得自己像个杀人狂或是蠢货似的。不过呢，等你真的学会表演悲伤的技巧之后，肯定能大赚一笔的。如果你也像我一样曾经失去过心爱之人的话，就没必要装了。只需要回忆起他，你的心就会沉浸在悲伤里，泪水止也止不住。他是谁？将来我会告诉你的。

喜欢玩角色扮演游戏的客人，大多数都对"贵族少女"情有独钟。他们希望你能装出一副豪门贵胄千金小姐的派头，让他苦苦追求，和他来一场桃色冒险。比起真正的豪门小姐来，你的优势是没有烦人的老妈，客人可以不用听她啰里啰唆。为了演绎好贵族少女的角色，你要穿那种既华美又炫目、既精致又大胆的衣服。至于外衣里面嘛，你可以穿一套暴露的明红色紧身内衣。

有些校书还会被要求扮演夜行书生。她们得用眉粉将眉毛涂黑，戴上明朝的书生帽，穿上长袍。如果客人更进一步，想来个武士玩玩，校书就得往头发上抹油，将头发分成两股，绕过额头，再在脑后紧紧盘起。扮演夜行书生的游戏最近很是流行，这股风潮甚至都吹到了一些长三书寓里头。我不知道朱颜堂里的倌人做不做这个，反正过去这种服务只在幺二堂子里才有。这种服务如此下贱，老混蛋却把它引入了安宁馆里——当时有个客人问她，这里提不提供夜行书生的服务啊？她听了以后便找来一个演戏比较有激情的倌人，让她干这个。那人之所以肯干，还不是因为她眼看着自己年龄越来越大，明白自己除了抛弃脸面干这种事以外，估计再也没有什么机会赚大钱了吗？事后，客人们连着好几天给她送来大礼，而通往天堂的大门就此打开。三十岁那年，我成了扮演夜行书生的最热门人选——尽管我长得一点也不像个男的。在自己的房间里干这个没什么可丢人的，我又没在书场里跟人吹嘘这件壮举。

为了吸引顾客，老混蛋还想出了另一种花样：让两个书生一起上。我负责扮演其中的一个，另外一个嘛，谁像我一样生意惨淡，谁就负责上。客人的求爱跟平时没什么区别，唯一的不同是要同时向两人求爱。我们中的一个会抱怨说："哎呦，

145

所有的活都是我干的，为什么她拿的跟我一样多？"然后另外一个也会说相同的话——我们就是这样齐心协力争创更多财富的。不过，我们也不是平白坑人，我们的服务完全值得这个价钱。当客人走进我们的闺房后，看到面前站着两个严肃的儒士，他会激动得浑身发抖，几乎立刻就要缴械。

有些人之所以玩这个游戏，只是因为想换点新口味；有些则是因为，他们本就是同性恋，却为了不让其他生意人知道自己的性取向，而隐藏起了真实的自我。但他们没有意识到，他们苦心防备的那些生意人里面，有些人也跟他们一样，隐藏着同样的秘密。我们对他们的秘密守口如瓶。我们知道谁跟俊俏的戏子有着不同寻常的关系，因为这些戏子中的一些人，恰巧也是我们的爱人。他们不喜欢当别人的男宠，但是干这个能赚很多钱。我还在安宁馆里做事的时候，遇到过一个喜欢象牙阳具的老头——这种客人，一般只有幺二妓院的老鸨才会接受。为了他，我得穿上夜行书生的衣服，涂上天国之浴膏，才能让他的老战士雄起。但他总是早泄，所以，为了延长欢乐的时光，他总是求助于象牙阳具。他多给了我很多的礼物，但我还是不喜欢做他的生意。那些假阳具永远都是硬邦邦的，干起来太累了。

我之所以要把这些告诉你，就是想让你能在今后碰到这类要求的时候，有免疫的能力。有些男人会在进到你的房间以后，忽然开出一大笔钱，说想要跟你玩这个游戏。如果你知道他们想让你干的是什么的话，就不会受到诱惑了。我不想让你扮男人，你可是一流的校书，是年轻的小花，名声清白得很。也许蓬云干过这活儿，哈！她可能超级喜欢玩这个也说不定呢。不过，如果有哪个客人跟你暗示说他想穿你的长袍，或者忽然拿出一件系在腰上的象牙阳具的话，你一定要赶快走到屏风后面，摇响警铃叫我——他们心知肚明，要想提出类似这样的要求，他们本该提前先知会娘姨的——我会客气地告诉他，夜行书生刚巧不在，但是书生的"老师"在啊，您想上什么课，"老师"都可以给您上。如果那个客人足够饥渴的话，就会接受我的提议。我不介意偶尔干上一两回。很多以前做过校书的娘姨都会为客人提供那些没人愿意碰的特殊服务。我的大衣箱里现在还留着一条腰带和各种不同尺寸的阳具呢。赏钱给得越多，提供的阳具越大——我们通常来讲都是这么要价的。唯一可惜的是，我没有扮演书生的天赋，因为我并不打心底里热爱这个游戏。

有时，我们会碰到需要我们指导的客人，他们大多都是些缺乏性经验的人士：有还俗的和尚，有我们老顾客的年轻儿子，还有一些想从性爱专家这里学些技巧，然后再去勾引别人老婆的男人。如果你碰上这些人了，一定要告诉我。不瞒你讲，给年轻小伙子做性启蒙是我的专长，在他们的父亲像他们这么大的时候，我就已经很会指导了。当从前那些小男孩长大成人后回来告诉我"多亏了你，我现在的妻和妾对我都很满意"时，我总是感动得涕泪齐流。通常情况下，他们还会要求我再给他们上一课，但这只是看在旧日情面的分上。每当你遇到这类客人时，就放着让我来照顾吧，他们对校书的年龄没有那么挑剔，对他们来说，最重要的就是可以掌握一门可以受用一生的技能。

不管客人要求你做的事有多变态，你都不该因此而瞧不起他；同样的，你也绝不可以让别人轻贱了你。如果他喝醉了，往你身上撒尿的话，马上摇响警铃，我会马上过来把他带出你的房间的。不要为了多赚些钱而同意他干这样的事情。你知道当一个女的自轻自贱时，她的命运会如何吗？她的下场就是被皮条客苧到一个小餐馆里，赤身裸体地躺在地板上，被当成黄包车车夫和相帮苦力的泄欲工具，昼夜不停，一天接上百次客人。她到死都不能合上她的腿和嘴巴，直到她被碾成一堆烂肉为止。我总是想不明白这些女的为什么不干脆自尽了算了。也许她们人为这就是她们的命，如果这辈子受苦，下辈子就会过上好一点的日子吧。要是换了我，我宁可自杀，然后投胎当只苍蝇。

时尚

不要把自己弄得太瘦，没有哪个男人喜欢麻杆似的胳膊和腿，多硌啊。而且，如果你的肋骨一不小心被追求者给弄断了，可就划不来了——在你来安宁馆之前几天，就有个姑娘被弄骨折了。当时她叫得那个大声哟，把老鸨、娘姨和两个相帮都给惊醒了，大家都以为那个男的要杀了她呢，纷纷冲进了她的房间。相帮把那个光着身子的男人扔到了大街上。老混蛋后来才知道，那个客人是负责管理商业执照费用的官员。这件事最后的结局让谁都不好受。

不过啊，肥头大耳的倡人也同样是没有魅力的。她只能做有限的几种体位，不然会把男人的阴茎撅成两截的。你现在的体形很不错，但我觉得你的乳房发育以后，可能会长得太大。我刚开始做这门生意的时候，大胸并不是美女的标准，那些胸大的女孩还会把乳房给勒平。不过近些日子以来，年轻人觉得大胸挺诱人的，看着就让人兴奋——这都是被西方的色情明信片给影响了。我到现在还是觉得只有奶妈才需要大胸。你可别再故意让你的乳房往大里长了。

至于衣服嘛，你一定要穿那种显高档的衣服，以彰显你高级校书的身份。出席公共场合的时候——比如说坐马车的时候，去餐厅的时候，上剧院的时候——你都得穿上最好的衣服。外套要很紧身，这样大家才能看清你优美的体形；裙子也要非常合身，这样才能清晰勾勒出你臀部的曲线，免得大家还得费力去想象。你的衣服上最好还要有些不同凡响的洋式细节，比如说，用纽扣代替盘扣，镶上荷叶边，掐出褶皱。或者你也可以穿条男裤，或者西式短裙。具体怎么搭配，就看你怎么发挥想象力了。当你跟追求者一起乘车出去的时候，你要把自己想象成一位登台表演的女演员。所有的眼睛都在盯着你看。你的追求者和恩客会为能在朋友面前炫耀你而感到自豪。看到别的男人嫉妒的目光，他们会觉得很有面子，心里很受用。

有时你不得不跟别的校书共乘一辆马车，这种时候，我会尽力避免让你和一个比你更有姿色的姑娘坐在一起。你不算最漂亮的姑娘，至少现在还不算，而且谁知道你未来有没有这个潜力呢？坐车外出的时候，公众能看见的只有你的漂亮脸蛋和时髦衣服，看不见你高超的闺中技巧。所以，在公众场合露面的时候，你还得用点别出心裁的手段吸引关注。

我有几个吸引关注的法子，咱们可以在接下来的几个月里拿来试试——不过咱们得把这些法子藏好，以免别的姑娘把我们的创意窃取了去。首先呢，我会安排裁缝为你做一件专属于皇上的颜色的礼服。过去我们也做过金黄色的衣服，但只敢用在内衣上，不过对很多男人来说，光是这样就已足够让他们在云雨时神魂颠倒了。如今皇帝已经退位了，我们想在什么时候、什么地方穿黄色，就在什么时候、什么地方穿，谁还管得着我们？想想看，如果一个忠于前朝的客人看见一个欢场女子穿着金黄色的上衣和镏金点翠的灯笼裤出现在公共场合里，他会有多么吃惊！除了黄色以外，紫色也是清廷所崇尚的颜色，所以咱们也要裁一件紫色的裙子。我希望咱们能成为第一个炫耀这种色彩的人。想想蚊子小报们会怎么报道吧：校书紫罗兰穿上了紫色的衣服！

我最近还在盘算着，想给你做一顶欧式的帽子。我见过一顶非常奇特的欧式帽子，它有沙发坐垫那么大，顶上还装饰有鸵鸟幼崽羽毛做成的、染成了紫罗兰色的羽扇。如果你戴着这么一顶帽子出去的话，人们隔着好几条街就能看到你了。而且，戴着一顶跟自己名字同名的颜色的帽子，这是多好的炒作点啊，等着瞧吧，每次你戴着它出门，都一定会成为小报的焦点话题。要买这么一顶帽子很贵，所以我想试试看，看自己能不能仿制一个。不过话说回来，如果我们要仿制的话，就要等上一段时间，在这段时间里可能会有别的校书抢先把那帽子买了戴出去，那么大家就会觉得你在模仿别人的装束，这可使不得——蚊子小报同样也不会放过这条热点新闻的。

穿什么样的衣服出席酒宴，取决于谁是当晚的男主人，也取决于当晚都有哪些校书出席。我以前说过的，你不能压了朱颜的风头；但是在专门为你而摆的台面上，你是一定要穿上你最好的衣服的。手工编织的布料衣服是当下的流行款式，只有技艺最娴熟的手艺人能做出来。我们还得再多攒一些钱，才能买得起我看上的那件看起来像是一层层花瓣堆叠而成的衣服。这种棉布织就的衣服至少要花去你一个月的收入，所以，在宴会上不要吃任何东西，一个油点就能毁了一整套衣服，为了贪嘴而付出这样的代价，实在有点太亏了。有些姑娘会在油渍上绣些花纹掩盖污渍，但谁都不傻，看见你的胸口上好端端地忽然长出一枝梅花，所有人都会立马明白这是为什么的。

冬衣的绸料一定要够厚，还要泛出一种珍珠般的光泽。衣领上若是镶上俄国白狐毛皮或毛丝鼠皮，那就最好看了，但是头一年你还没什么钱的时候，用兔皮也能将就。到了夏天，夏衫的绸料一定要纤脆而薄透，绸面平整，又轻盈又清爽，要不然的话，你就会显得灰头土脸的。每一个细节都要注意到，从喉头的盘扣到衣服上的褶皱，都要保证极尽完美。

149

街上的女人看见你衣服上的精妙细节，肯定会表现出一系列的羡慕嫉妒恨，到时候你就偷着乐吧。对很多小女孩来说，对你的惊鸿一瞥将会成为她们一生中最激动人心的瞬间，她们会不断地向人提起这个瞬间，直到她们跨入坟墓。富人家的姑娘会在我们乘车经过时留心记下你的衣服样式，然后跑去找我们找过的裁缝，要求他为她做一套跟名妓紫罗兰同款的衣服。富人家的小姐老是抄袭我们，真够讨厌的，不过这也算是一种变相的奉承吧。如果很多有钱人家的姑娘都模仿你的穿着打扮的话，你的名声和地位便会得到提升。能让我们名声大噪的并非只有男人。看看每年登上花榜的都是哪些姑娘吧，她们真的就是最漂亮的吗？才不是！她们的特长是了解人性，了解男人和女人的心理。她们知道怎么做才能引来别人的关注和嫉妒，并将之转化成对自己有利的因素。

你相信吗，有些男人的正牌夫人为了参观你的闺房，愿意付给你很大一笔钱。她们其实是想学习你的衣着品味、化妆技巧，甚至还有她们丈夫喜欢的非常规体位。全都教给她们好了。她们以为你和她的丈夫之间只有交配，却没想到你们之间还有着马拉松式的求爱之旅，以及两个共同做坏事的爱人所分享的满溢的欢愉之情。她们的丈夫再也不会去追求她们了，他们之间只剩下命令和服从了。所以说，你大可不必担心她们会偷去你的秘诀，把丈夫哄得心满意足，再也不来找你。不过一定要多管这些夫人们收点钱，至少也得要五块银元。

记住，善妒是人类最大的缺陷之一。嫉妒会让谦谦君子也变得粗鲁蛮横，会让你的相好对你产生极强的占有欲。你可以利用某一个追求者刺激另一个追求者，让他变得更加狂热，但你也要记住，不要在兄弟或者亲如兄弟的朋友之间用这一手。如果他们因你而失和的话，大家就会说，这头犁牛真厉害哟，把两个兄弟都给拉散了。

等你在本家的宴席和别家的酒局上混过几次以后，就会对校书之间的相互嫉妒产生更深的体会了。不过，估计你在你妈的长三书寓里面早就已经见识过了。嫉妒是一条缠在你脚踝上的毒蛇，会张开血盆大口咬伤你。你可能会因此而痛恨你的竞争者和追求者，恨到想要毁了她、他，还有你自己。要警惕这种感觉。其他的倌人可能也会对你抱有同样的感受，会为了搞垮你而不择手段。不过，如果你让所有的人都嫉妒你了，那么奇怪的事情就会发生：嫉妒转变成了尊重，大家都心悦诚服地认识到，你就是比她们强。不过，莫要炫耀你的胜利，你的对手可能今天还在嫉妒你，明天就为你的厄运欢呼雀跃了。

说到这个，我忽然想起来了，咱们得制作一张纪念照，然后再给你取个昵称，以便把你和其他人给区分开来。

如果我们自己不给自己挑个昵称的话，大家会不经你的允许随便给你起外号的。我已经听到有个校书管你叫"白莲花"了。很多处女都被大家这么叫，但你不能永远背着这个甜美的名字，要不然就会很容易变成别人的笑柄——大家会取笑说，你"已经不那么白了"什么的。你必须得取个独一无二的昵称。我知道有些姑娘会把自己比作鸟类，比如说，有个女孩选了"雀鸣"这个名字，佀其实她的嗓音很难听，而且，麻雀是种很常见的鸟，每天清晨还会叽叽喳喳地吵个不停。我认识的另外一个女孩选了"垂柳趣"这个名字，我想她之所以会给自己起这个名字，是因为照相馆的背景幕布上刚好画了一棵柳树和一个湖。这有什么好的？"垂柳"——她的意思是说，她是个木头人，还会一直垂着头哭个不停，把眼睛都哭红、哭肿，哭得像鸡蛋那么大？男人可不会喜欢这样的女人。我在想，你可以给自己起名叫"潮梦"，它听起来不错，男人可以在脑海中描绘它的样子：陷入爱河，被爱裹挟，爱如潮涌。反正都是这方面的暗示。等我以后为你想好定位以后，再给你的名字编一套准确的含义。

薇奥莱，你还很年轻，稚嫩得很，现在你的身上还没有任何值得别人嫉妒的地方。很多姑娘都要比你更漂亮，更精明，所以不要尝试去跟她们竞争，只要细心观察就好。没有几个女孩能像你一样，得到我给你的这些建议。她们要等到日后犯下令自己苦不堪言的错误以后，才能明白这些道理。她们以为美貌、诗歌和甜美的嗓音都是永远不会改变的，以为自己的事业可以永远依靠这些东西。她们没有意识到，真正重要的，是把计谋、狡诈、诚实、耐心，以及敏锐捕捉每个机会的能力都糅合到一起。而最最重要的，是你必须永远做好准备，为了生存不择手段。

意外

衣服就像是剧院舞台上的帷幕。有些倌人老是把自己身上的帷幕拉得严严实实的，不到床帘拉开的时候，绝不掀开自己的衣服。她们一味遵循旧礼，手也不给碰一下，干什么都正经八百的，就好像自己是个正经人家的新娘似的，无聊得要死。与其这样，男人还不如去找自己老婆呢。这种端庄的做派可能几年前还行得通，但现在已经是摩登时代了，就算你给别人一个一窥自己隐私的机会，也不会因此而跌份的。在挑逗的同时，你仍要犹抱琵琶半遮面。事实上，你给他们看的越多，你留下没给他们看的就会显得越诱人。不过你要记住一点，那就是，让他们一窥芳容，并不等同于允许他们仔细验货。

在花园里散步的时候，是在他们面前春光乍泄的最好机会，不过你必须制造出一种完全天真无意的效果。比如说可以这样：你穿着紧身的衣裤，衣服的线缝正好和你阴部的轮廓相贴合。你走过假山和池塘，正跟客人聊得起劲呢，突然发出一声尖叫，假装自己踩到了一块我预先放在那里的锋利石头。然后迅速坐到花园里的石凳上，把两腿交叠起来，看看你那虚构的伤口严不严重。疼痛让你忘记了这个姿势有多淫荡。当你无意间发现那个男的正盯着你的阴部目不转睛地看时，一开始要表现出尴尬的样子，然后再装出羞涩的表情。他会扮演英勇绅士的角色，坚持要为你检查伤口，确保你不会落下一辈子的残疾……要放过去，这种策略只有那些有着三寸金莲的女孩子才能用；不过现在连那些书香门第的女孩子都不再裹脚了，所以没缠过脚也没什么丢人的。当然，也不排除有些男人在看到你的脚以后会失望，特别是那些年长的老头。如果你提前注意到这个男的会被"金莲"勾起欲火，就最好别在他面前用这个伤脚的把戏了。

除此以外，你还可以使用另外一种花招：请你的追求者为你摘一朵花别在头发里。为了让花能滑到你的耳边，你侧过脸，却不小心把花弄掉了。你急着想去把花捡起，不由得弯下腰来，而在这一瞬间，仿佛拨开云雾见到月亮，你那原本刚刚盖住屁股的上衣会被带高，露出了你的屁股。你一定要保证他能有至少三秒钟的时间观赏你的臀部。当你站起身来、看到他的表情以后，你用花朵遮住嘴唇，偷偷笑了，脸上露出共谋得逞后的淘气而快乐的表情。当他凑到你身边时，你就把食指伸进花蕊里面，以此暗示，越是花蕊深处发深发红的地方，香味就越是浓郁。到了这一会儿，他大概已经被你勾引得失魂落魄了。不过要是万一那朵花掉到地上的时候花瓣也全掉了，变成了一棵瘦弱的杂草，这个把戏也就不会有什么效果了。

还有一种简单的花园姿势，你可能会用得到：站在一棵树旁，一边赞叹它的古老和强壮，一边稍稍叉开双腿靠在上面。在柱子旁边运用这个姿势也很不错。

等你梳拢之后，我会把我一些很特别的裙子借给你穿。我手里有一条颜色与你同名的、艳丽的紫罗兰色的裙子。白皙的皮肤配上深色的裙子最好看了。这条裙子前帘正中间隐藏着一条分割线，就像两块帷幕之间的缝隙一样。你可以用盘花纽扣把这个分割线给扣上，或者你也可以解开扣子，露出你的膝盖、大腿甚或阴部。这条裙子只为那些非常特别的、喜欢把你炫耀给大家看的追求者或恩客所准备。不过，如果你的追求者要求看一下你的裙底风光的话，绝对不要自贬身价地答应他。你可以穿着这条裙子"不慎"走光，但一切意外其实都是你刻意安排出来的。追求者出手越大方，发生意外的次数就越多。你可以让你的裙子被马掌椅的扶手勾到，裙子前襟被掀起，露出你白得发光的皮肤，你的脸上露出惊讶而腼腆的表情……所有这一切，让你的追求者享受到了两秒钟的快感。你还可以采取另一种做法，那就是假装裙子的纽扣缝得太松，很容易就被扯开了。

你也可以在剧院里搞些关于裙子的意外。如果你们一起坐在一个装有帘子的包厢里的话，你的恩客会对这类意外格外喜闻乐见。等他发现了你裙子的暗缝以后，你可以允许他在整个表演中把手伸进去抚摸你——不过前提是，那天晚上他给你送过礼物。登上和走下马车时发生的裙底走光，可以为某些热切的追求者助上一臂之力，让他们立刻成为你的恩客。大风飞扬的日子也很不错，你可以用你的手指帮那一阵大风掀起你的裙子。如果你面前的男人已经成为你的恩客了，你还可以给他提供一些其他的好处：他为你摆台面的时候，你可以当着他的客人的面，允许他在桌子底下沿着你的大腿之间乱摸，探索禁忌之地。你要欢快地跟他聊天，但也要时不时地被迫中断，浮现出你在学习演唱《桃花源记》时学到的半闭眼帘的表情。所有人都会很清楚你们正在做什么。没人会说破，但是大家的心里都像明镜似的。在整场宴会上，你要一直维持得体的举止，这样便能让你恩客心中的欲火和他的客人心中的妒火都燃烧得更加猛烈。我保证，当晚的宴会一定会比平常结束得更早的。

收拾闺房

我已经把你的房间装修妥当，为情爱之事做好了一切准备。你看，我已经把你的床移到更靠中央的位置了，这样我只要挪动屏风，就能正好挡住马桶和浴盆。过去的房间布局太狭窄也太不舒服了，而且，看着那个长得像个老旧打谷箱似的浴缸，客人怎么可能会觉得干净呢？过去的便壶也太低了，腿脚不灵便的老人蹲下去和站起来的时候都会很艰难。我就不明白了，我自己住在这里的时候，怎么就没有发现这些问题呢？不过经我的这一番修改，你以后就可以和你的追求者在一个更宽敞的环境里洗漱了。新的便壶安在一个精雕细琢的扶手椅下面，是深红色釉的陶瓷制成的，很容易清洁。我订赊了一个新的西式浴盆，铜制的，配有狮脚，非常时尚。浴盆已经到了，不过下个礼拜我才能把它放到你的屋里——朱颜也看上了同样的款式，所以必须得让她第一个用上。我还会在你的房间里放一个用来悬挂衣袍的西式衣帽架、一架挂着流苏的长凳，以及一张条案。那张条案可以用来摆放浴膏、香水和用来盛放醒脑粉末的鼻烟壶。想叫人整理房间的话，你就直接敲响我新买来的风铃上的四根棒子就行。在最豪华的火车上，服务员就是用这种风铃通知大家晚餐已经备好了的。

我还打算用很多其他的饰品和奢侈品装点你的房间——其实我自己住在这里的时候就该这么干的。很多年前我把房间装修好以后，就再也没有重新布置过，随着我的年龄越来越大，我的房间看起来也越来越过时，直到现在我才意识到这一点。不过，当年那些家具的质量还是很好的，肯定能卖出个好价钱。为了买到我们需要的新家具，咱们还需要客人给咱们送很多钱，所以说咯，打从一开始就在酒宴上好好表现，对于你今后的生活至关重要。咱们可不能一天到晚管老鸨借钱，要不然的话，我们下半辈子就都会沦为她的奴隶了。虽然现在咱们手头比较紧，但最不济我也给椅子和沙发重装一下椅面，再在床上装一面新床帘。新帘子要用金黄色的透明薄绸做，上头绣上蓝色的、象征长命百岁的字符。我买了黄色和蓝色的缎带，还有一大堆小铃铛，到时候，我会把铃铛绑在床的四角和顶上，你稍微晃一下屁股，铃铛就会响起欢快的声音，这种声音会让男人觉得，自己正在通往天堂般销魂的路上勇往直前。这个法子多机智啊！为了能够听到那些铃铛的声音，我自己说不定也会时不时地接待个客人呢。

四种毁掉你事业的方法

有四件事能够让你暂时地、长时间地甚或永久地失业。

第一个是你的月经。如果有一天，你在酒宴上的时候，刚从一张华丽的椅子上站起身，便发现你在椅垫的锦缎上留下了一幅红色的崇明岛地图，与此同时，你的裙子后面也留下了一个与之相配的图案，那该有多尴尬？我会给你一套特殊的海绵，你可以把它放到你的体内。如果你的经血很多的话，你还可以在阴道口前面加放一个装着苔藓的丝绸小包。绝对不要在例假期间和追求者发生亲密关系。出席酒宴的时候，既要风情万种，也得保持腼腆。你可以利用这段时间跟新认识的追求者喝杯下午茶。但是恩客可就不这么好对付了，有些人可能还就好这一口，想要借助溢出的经血，再享受一次为你梳拢的乐趣。碰到这种情况时，为了帮他把幻想弄得更有真实感，咱们还得再管他要一份小小的梳拢之礼。在他扒掉你的衣服时，你需要表现得很不情愿，接下来嘛，你第一次破处的时候怎么样，现在就怎么样好了——只是不用再叫得那么大声。

如果恩客对假梳拢不感兴趣的话，他可能会要求你用嘴来服侍他，或者观赏你对你自己做些事情，或者……还有很多其他的手段，我现在还不能告诉你，说出来该吓着你了。如果你的恩客想要做一些不同寻常的事情的话，我会告诉你什么能做，什么不能做，以及哪些事情需要进行更多的沟通以后再做。

丢掉饭碗的第二种方法是生孩子。如果你每次进行亲密行为的时候都坚持不懈地遵守我的指示，便可以避免这个问题。在你把一个男人领进闺房之前，我会给你喝上一碗热热的麝香当归汤，还会提醒你在身体里塞上一个小小的绸袋，里面装着我的草药秘方。我的秘方里不含任何会让你的阴部起皱、让男人阴茎萎缩或灼痛的成分。我听说，别的妓院里使用的药剂就会引起这些后果，有时是立即就有反应，有时则过一段时间才会露馅。还有，如果别的倌人让你用柿子切片来避孕的话，千万别理她。这不过是倌人之间用来捉弄彼此的老笑话，会让你的阴道变得非常干涩，搞得男人没法进入。等你的追求者获得了满足以后，你要迅速去到屏风后面，用藏红花水清洗。如果你忘了用装有我的神秘配方的绸袋的话，我会给你一碗强力的当归汤，喝下去以后，你会感到肚子绞痛，然后，一切已经酿成的后果都会随之终结。如果你有两个月没来月经了的话，我会叫一个专门处理这种问题的女人过来。她的手法很娴熟，不过这些年来还是有些女孩因此而发烧流脓——而且，并非所有人都有我那样的运气，能够逃过一劫，大难不死。

丢掉饭碗的第三种方法是发烧流脓，然后死掉。所以说，千万不要怀孕。除了怀孕以外，你还有可能患上许多种其他的疾病。不要以为一个得了重病的男人会乖乖待在家里。有些男的知道自己时日无多，想要再从人间榨取最后的一点欢愉。人类的本能就是这么强大。如果一个客人一直咳嗽、吐痰、不能顺畅呼吸的话，绝对不要跟他同喝一杯酒，不管他如何坚持要求都不行——他很有可能已经得了肺结核。如果一个客人眼睛发红，还伴有呕吐的症状的话，有可能这并不是因为他喝醉了，而是因为他得了伤寒症。你一定要如履薄冰地小心避免性病，比如梅毒。你需要快速检查你床上的男人，看他身上有没有溃疡。在对他的阳具进行观赏和赞美的时候，你便可以趁机好好检查一下了。再小的溃疡也是很危险的。如果你看到他的阴茎上长了这种东西的话，就装着你突然有点头晕或者想吐，然后把我召唤过来。这是种很丑恶的疾病，随着病情的发展，小小的溃疡最终会发展成一朵盛开的红牡丹一样硕大的溃疡，而这朵毒花会侵蚀掉你的血肉，腐蚀掉你的大脑。你肯定在街上见过一些身上长着我所说的这种病症的乞丐。如果你得了这种病的话，不管谁叫你吃水银或者老鼠药，都别信。许多女孩就是因为吃了错误的剂量，而在人生中的最后几个小时里极度痛苦地尖叫着，最终死去。我知道有个更好的治疗方法，有的时候会有效。我不会把这种方法告诉你的，因为我可不想让你以为你可以粗心大意地对待这些性病，以为就算得了病，年老的宝葫芦也可以轻松地帮你摆脱病痛。最后还要记住一件事：绝对不要碰外国人。就是他们把梅毒疹带到中国的，我敢肯定，很多外国人身上都携带有这种病毒。

丢掉饭碗的第四种方法就是丧失理智。不要对鸦片上瘾，如果你整天都昏睡不醒的话，就没法照顾你的客人了。不要喝醉，喝醉以后，你可能会毫不留情地嘲笑一个男人的缺陷。也不要一直在别人面前哭泣——我们都有自己的伤心事，如果你老是哭哭啼啼的话，就好像你觉得你的伤心事比别人的伤心事要更伤心一样——你怎么知道呢？如果你在追求者面前淌眼抹泪的话，他们就会觉得，赢得你的青睐以后肯定会很麻烦。不过，在你的恩客面前掉泪就是另一回事情了，他有可能会被你给打动，从此以后对你更温柔，更大方。但是，就算哭，你也必须要有所节制，这样才会有效果。有的时候，流泪也可以发自真心，而因幸福流下的泪水，是恩客最喜欢看到的。

准备工作

明天，朱颜的丫头会带着她的线过来，把你阴部、腋窝和人中上的所有毛发都绞干净。处女必须得是纯白无瑕的，但眼下你身上的毛却像男人一样茂盛。长在阴部的卷毛一点也不性感，跟海藻似的，手感一点也不丝滑。我们只需要每周让朱颜的丫头来一次，就能保证你的小山丘一直洁白光滑。不要被其他姑娘推荐给你的那些所谓能永久去毛的药膏和敷剂给诱惑了，这些药会让你的阴部萎缩得像老女人的阴道一样。还有一种所谓的药物会腐蚀女孩的皮肤，让皮肤呈现出生肉的颜色。推荐这些玩意儿给你的佣人可能会发誓说，她们真的一点也不知道这药会造成这样的伤害，但谁能不知道啊，她们这么干其实是为了报复。所以说，如果有人给你送了一种能去除毛发或者增强你或你追求者性欲的药剂的话，一定要立刻来找我，告诉我她都说了什么，把她送你的东西给我看。我会严厉地质问她这是不是她害人的把戏，要是她敢抵赖的话，我就吓唬她说我要把药泼到她的身上。

在接下来这一年时间里，你每个月都要学习很多种体位。做爱的时候，绝对不能只用一种体位，而要把各种体位组合在一起使用，给你的客人带来一轮接一轮的新惊喜。在梳拢之夜，你就得让他喜出望外。如果你只是一味地天真和困惑，很快就会让他觉得索然无味的。你不能偷懒，摆出一副无助的样子，指望着你的第一个爱人会来服侍你——除非他明确表示，服侍别人是他的嗜好。如果一个男人买下了你的初夜，他想要从你身上得到的，是你的天真和羞怯——当然还有疼痛的嘶喊，这能证明他确实是你的第一个男人；然而与此同时，他不想要的，是你经验不足、笨手笨脚的样子，以及响彻整晚的尖叫。有哪个男人愿意每隔几分钟就掰开一次女孩紧紧并拢的胳膊和双腿，却丝毫也无法前进呢？男人都是浪漫家，他们心中的理想女性，并不是女人天生就有的样子。在接下来的一年里，我们会逐一学习做爱中的各种可能性，让你的第一个追求者觉得，他为你付的价钱一点也不亏。窑子里流传着一个很有名的笑话：两个男人问另一个刚刚给处女开过苞的男人："攻陷城门的战争进行得如何？是不是像喝了十杯酒一样让人陶醉啊？"那个男的回答说："进去的时候倒是很轻松，但是城里面只有半杯酒。"听听，只有半杯。有些男人在付了大价钱后却只得到了失望，也难怪他们会这么说了。

我知道你对于一个男人处于亢奋状态的时候会是什么样子非常清楚。我在秘密玉路做生意的时候，曾经看见过你在我的格子窗外偷窥，就像个小蛾子似的，而我又不能冲你嚷嚷，否则会破坏了客人的兴致。我敢肯定你这些年来肯定没断了偷窥，现在轮到你自己来亲身实践让你如此感兴趣的事情了。我从黄梅剧团里请了一个年轻人，他是个很不错的戏子，我让他做什么，他就能做到什么——包括做出所有体位，表演一切情绪，制造各种幻觉——而且他在做的时候，绝不会戳破你的花蕊。他根本就不可能这么做，因为他是个同性恋，对女人的肉体不感兴趣，只对表演艺术着迷。你要根据课程的内容来改变对他的称呼：杨大人，隐士，圣人，侯爵，还有其他各种我想象出来的名字；而他，则会管你叫欢喜小姐，李夫人，李寡妇，李女士，仙女，奴婢等等。

不要担心，上课的时候你们两个都会穿着宽松的睡衣，不过偶尔，我也会让他只戴个绷带来遮住阴茎和睾丸，在腰间系上带着假阳具的腰带，以向你示范具体的位置关系。当然了，他不会真的碰你的，他只需要朝正确的方向比划比划就行了。他不会因为看到你的肉体而勃起，所以我会叫他自慰，这样你就能看到他勃起时的脸色、呼吸、瞳孔以及他的四肢是怎样绷紧和放松的了。绷带会绑得很紧，所以你不用担心有什么东西会蹦出来。

作为入门课，你需要掌握四项基本功：拥抱，打开，插入，滚动。这些动作可能看起来很简单，但每一样都有其独特的艺术、韵律和优雅姿态。在运用每一种体位的过程当中，你都需要保持耐心和优雅。我们会对你要做的所有动作加以雕琢，比如移动四肢的速度，挺胸后仰的时机，等等。每个倌人都有自己独有的一套方法，里面含有成百种技巧：上仰，后躬，坐下，站起，脚蹬着男人的肚子，腿举到空中，弓背跳跃的野马，摇曳的竹笋，龙虎斗，龟壳中的牡蛎——这是人们在五千年的性、刺激和厌倦的轮回中发明出来的所有方法，是座终其一生也学不完的宝藏。为了提升你的美誉度，我们还需要有一些自己的独创。

那个戏子会教你如何做出以假乱真的表情，这样你就可以用九种方式表现饥渴了——悲鸣，呻吟，恳求，以及其他此类种种。在第一晚，你并不需要用上所有这九种演技，但是到了第二晚，你就需要搬出其中的八种之多，以向他证明他已将深藏洞穴中的少女唤醒了。那戏子还会为你模拟男人在面对你的表演时，会做出的两种反应：充满情欲地呻吟，以及心满意足地哼哧作喘。接下来的第三种反应是无比感激，而至于第四种嘛，应该是给你送上一份大礼。

我会做几个手指形状的麻布袋——有的薄，有的厚——在里面装上生米，他可以用这玩意儿向你演示怎样取悦那些有勃起障碍的男人。有些时候，他们的阴茎会昏睡不醒，为了让他重获信心，你必须不断地把他的阴茎比作战士或者龙头——男人很容易会为这些词语所取悦。你还有可能会遇上一种男人，他们在吃花酒的时候表现得很有男子气概，可到了床上却因为自己的战士至多就是个步兵而羞耻不已。为了应对这两种情况，那个戏子会教你使用戒指和夹子的方法，然后你便会看到大米如何急速膨胀，让虚拟的阴茎变得又直又粗。很多客人还很喜欢我们准备的金色和镏金点翠的缎带，一等他们穿戴上皇帝专用的颜色之后，便会变得威风凛凛。当然了，由于现在皇帝已经退位，这些颜色引起的效果可能也会打些折扣。我还会在你的房间里放上催情药——记住，你只能用我给你的药，不能碰别的倌人送你的药，因为她们给你的可能会是醋或辣椒油。"城中乐"是个不错的牌子，它不会导致阴茎灼痛，把你的追求者疼得跳来跳去——别的牌子就发生过这样的情况。男人以为自己喝药越多，阴茎就能变得越雄壮，但其实如果他们喝多了的话，便会呕吐或是腹泻一整夜。所以，要注意春药的用量。

我希望你每天晚上都能躺在床上，试着把自己挑逗起来。我会给你一个珍珠抛光机和一种叫做"大开门"的乳液。当你变得自己也无法控制自己的时候，就明白我在说什么了。如果这些东西不能让你达到高潮的话，我会让戏子帮你练习伪装高潮的表情。他很专业的。当一个男人看到女人脸上急切的表情时，便会觉得她很爱他。你不妨常常使用珍珠抛光机。许多追求者会带着他们自己的玩具过来，而对于那些喜欢看到美女像没有水的鱼儿一样喘息蠕动的男人来说，珍珠抛光机是他们的最爱。以后你就知道我是什么意思了。这些年来，有不少男人把珍珠抛光机送给我当礼物。坦白说，我其实更想要一匹丝绸。

你可能会发现，在最开始的时候，你在性爱中得不到什么快感。很多新入行的姑娘都不喜欢做爱，这可能是因为第一个追求者太粗鲁，或者恩客太老或缺乏做爱的技巧，也可能是因为客人是个被宠坏了的男人，总提出很多不可理喻的要求，搞得你觉得自己像是一个照顾熊孩子的保姆。要有耐心，并不是所有男人都这么糟糕的。我之所以跟你讲这些糟糕的对象，是为了让你在碰上这些情况的时候，不会感到太惊讶。如果你的脑子里没有关于这份工作的不切实际的浪漫想法，你就不会觉得崩溃。

谁知道呢？说不定在经历过第一个恩客以后，你会惊讶地发现第二个男人对你竟如此温柔，让你觉得你是在玩耍，而不是在工作。不过，第一个男人大概不会对你这么温柔的，因为他们花钱买下了你的初夜，柔情蜜意的做派可戳不破你的处女膜。就算你哭，他们也不会停下来安慰你，也不会跟你道歉的。

但是在那之后，你可能会遇到一些可爱的追求者，他们就像是真正的爱人一样，真心想要给你带来快乐。这种男人喜欢看到女人达到永恒的高潮。当他以其人之道还治其人之身，用校书用来勾引他的伎俩成功俘获她的芳心时，会感到自己拥有巨大的力量。你会不由自主地想要去相信，跟这个男人在一起时，你不再是一个妓女。你会在他的怀里尽情释放自己，同时丝毫不贪图金钱上的回报，只全心全意地相信这份快乐将会永远持续下去。这个男人身上的气味会让你把我教你的东西忘个一干二净。将来，你肯定会不止一次地遇到这样的男人，不止一次地陷入这样的情感中。

而当你丧失理智的时候，我会守在你的身边，把你拉回现实的。

第 5 章　欲望的记忆

上海　1912 年八月

薇奥莱

　　方忠诚举办的酒宴盛大开场，大堂里摆出长长的宴会桌，桌边坐满了觥筹交错的宾客。这一晚，我和宝葫芦被分配到离主人最远的位置，靠墙而立。李妈妈说我在这场宴会上不是什么特殊人物，"就是件装饰品"，只需要负责高高兴兴地微笑就行了。"给我乖乖待着！"她警告道，眼睛里露出凶光，向我施压。她之所以这么紧张，都是因为宴会的规模远超她的预期，房间太小，而从别处调派来的倌人无论从着装还是从行为举止来看，都达不到她所要求的一流标准。看见那些倌人竟然把娘姨也带了来，她不由得火冒三丈，立马就跟那些娘姨放话说，想在我们这儿物色新的主顾，门儿也没有。然后娘姨们便被请出了大堂。

　　从我被拐到堂子里以后，已经过去六个月了。在这六个月的时间里，我的满腔希望逐渐耗尽。我开始听天由命，对什么都不在意，只对我妈没回来救我始终难以释怀。我恨她竟然如此轻信和粗心，恨她让我堕入这地狱般的生活。在最初的几个月里，我发誓一定会坚定不移地做我自己——做一个独立的思考者、一个

162

充满好奇心的求知者、一个会用自己的机灵脑瓜解决所有问题的美国女孩。但这才过了多久啊，从前的那个我就已经消失不见了！宝葫芦是对的，我所谓的坚强意志不过是傲娇罢了，一旦丧失自由，我连个长三都不如。今晚，我很乐意当一件微不足道的装饰品，这样就没人会指望我好好表现，也没人会批评我做得不好。我可以轻轻松松地度过这个夜晚，仿佛是在剧院里，重新变回了那个坐在高台上窥视秘密玉路的客人们的七岁小女孩。

酒宴开始之前，李妈妈跟倌人们重申了一遍客人的姓名、行业、是否已婚、有没有小妾，以及爱听什么样的奉承话。方忠诚，今晚的男主人，是条件最好的一位。李妈妈不需要对姑娘们对他做任何介绍，他在花柳巷中早已是人尽皆知的老主顾。我问宝葫芦，为什么李妈妈宣布他要在这里办花酒时，整个堂子都沸腾了呢？

"因为他不仅非常有钱，"宝葫芦开口道，"还受过良好的教育，出身书香门第，具有现代的生意头脑。他已经二十四了却还没有娶妻生子，这成了他母亲的一大心病。如果可能的话，每个倌人都十分乐意替他母亲了了这桩心事，为他们家延续香火。"

"他长什么样？"

"他算不得典型的美男子，但是等会儿他走进来的时候你就知道了，他身上有股子浓浓的儒雅气息。他举手投足间都显着文质彬彬，但并非附庸风雅之流，不管在哪里，他都能处之泰然。你一眼就能看出，他绝不是那种一夜暴富的新贵。他的眼睛和嘴巴都很性感，而且那种性感不是说长得有多好，而是说，只消一抬眼、一张嘴，他就能让人心旌摇荡，更别提他在表达快感和性幻想时的样子有多性感了。每个人都是这么说的。至于他在床上的表现是不是和他暗示的一样销魂，我就不得而知了。不过确实有好多姑娘都说，只要他看自己一眼，她们的脑子里马上就会浮现出自己躺在他身下的画面。等到今天晚上你就知道他到底能让女人痴迷到什么程度了。"

李妈妈像大将军一样指点江山，为大家一一指派位置。落座就餐的有八位客人，每位身后都安排了两个倌人。李妈妈让她的女儿朱颜站在方忠诚的正对面，这样一来，他就可以观赏到她温文尔雅的气质、她微笑的脸庞和优雅晃动的臀部，而她也便有机会吸引到他的注意力，用她那精心练习的、温婉亲切的苏州口音对他说话了。李妈妈会在朱颜身边安排一个来自别家的、远没有朱颜可爱的姑娘。而我们这里的其他三个姑娘，雏凤、绿梅，还有春草，则会站在仅次于忠诚的优质客人——唐杰、潘协和鲁敏的对面。

　　我所处的位置视野十分开阔，尽可以让我纵览整个房间。在秘密玉路的时候，我曾见过许多英俊的男子，其中既有洋人也有华人，既有年轻的也有年老的，既有虚张声势的，也有真正有权有势。当方忠诚走进大堂的瞬间，整个房间似乎都变得更加温暖明亮了。我仔细端详他的脸，想看看为什么大家都说他英俊。要论穿着打扮，他确实是洋派而时髦，但很多客人也都如此；再看头发——修剪齐整，涂了发油，和时尚杂志上的发型一模一样——这也没什么不一般；再看脸——他的脸很长，五官嘛，在我看来也是平淡无奇。但是片刻之后，初看平淡无奇的五官却忽然焕发了光彩。我说不清到底是哪里不同，因为每时每刻，他的五官都会发生变化：当他全神贯注地听朋友说话时，眉毛会向上挑起；当他微笑起来，眼睛便会笑得弯弯的；谈到严肃的事情时，眼睛则会变得又大又黑。对他凝视半晌后，我觉得他看起来很像我看过的一幅画中的一位谦谦君子。我观察着他的目光是如何落到女人身上并俘获她们的芳心的。每当跟女人照面时，他都会轻轻挑一下眉梢，仿佛这是他第一次领略到她的美。紧接着，他会调皮而又神秘地微笑起来，给对方以无限希望。然后，他会凝视着她，全神贯注地看她。尽管他凝视每个人都长不过几秒钟，但就在这几秒之内，沐浴在他目光中的倌人都会情难自已地被欲望所吞噬。就连那些对男女之情毫无雅兴的倌人，都会被他的目光打动。接着，我发现他对倌人身边的娘姨也一一报以注视。这些娘姨中的很多人在年轻时都曾当过长三，自从引退之后，她们已经很久没被长久地注视过了。他向她们的心中重新注入了欢愉。

　　在同性面前他也同样魅力十足。这一方面是因为他说话做事给人轻松愉悦的感觉，另一方面更是因为，他总会给对方一种你就是我最信赖的知心朋友的感觉。他会把每位同伴都带入对话，不让任何人落单。在主动抛出问题之后，他会认真聆听对方的回答，如果对方一味谦虚，他便会不着痕迹地告诉大家，这一位实际上取得过哪些辉煌成就。我完全被他迷住了，坚定不移地相信他一定是个表里如一的优雅绅士。

我仔细观察，到底哪个女人能够吸引他的注意，让他更久地凝眸并得到他最为意味深长的微笑呢？不出预料，到目前为止，那个女人正是朱颜。"我也去过几百个酒宴了，"朱颜说，"却从没见过这么丰盛的菜肴。我们要由衷感谢今天这场酒宴的主人，感谢他的慷慨大方！"

忠诚说，该感谢的是李妈妈才对，这场酒宴是她一手操持的。我不知道他到底明不明白，朱颜的这番话完全是虚意逢迎——今天晚上她一筷子都没动过。我们是不许在酒宴上吃东西的。运气好的话，说不定我可以在夜阑人静的时候，尝尝酒席上的残羹冷炙。

一个醉醺醺的客人冲我嚷道："来啊，小姑娘！吃啊！随意！"他用筷子夹起一个闪闪发光的扇贝，举到我面前，对准我的嘴巴。我怎能剥夺一个男人满足自己施舍欲的机会呢？然而扇贝刚刚碰到我那张开的双唇，就从筷子上滑了下去，顺着我的新外套，一路从胸口滚到大腿上。那个男的口齿不清地朝我道歉，李妈妈赶紧把他拉回座位上，强调说这不是他的错，是那个女孩太笨了。宝葫芦看着我衣服上蜿蜒而下、像是鼻涕虫爬过的轨迹的油渍，不由目瞪口呆。"一个月的工钱啊！"她抱怨道。但我一点也没有露出做错事的愧疚表情，因为这根本不是我的错。

又过了一会儿，一阵骚乱传来。两位校书——李妈妈顶瞧不上的两位——正在大声争吵。桌边的人们交头接耳地说起悄悄话，一听我才知道，原来她们两个一直在为身前那个肥头大耳的男人争风吃醋。那个男的这两年来一直在她俩之间左右摇摆。李妈妈立马就把那两位气呼呼的女人请出了屋外。胖男人在她们离去后转过身来，脸上满是虚伪的困惑表情，就好像他是唯一一个被蒙在鼓里的人一样。李妈妈回来后，走到宝葫芦身边，说："快，快去填补她们的位置。你俩都上。"宝葫芦拿胳膊肘轻轻把我往前推。我站到胖男人的右侧，宝葫芦则站到左侧。这样一来，我便也算是加入到了酒宴之中，必须要小心不犯错误才行。要想做到不犯错，最好的方法就是什么也不做。

我像个傻瓜一样微笑起来，自我感觉良好地愣着，宝葫芦却忽然掐了我一下。她向我手里递来一瓶米酒："快，赶紧给人家添酒。"然后她又掐了我一下："快，赶紧往人家盘子里多夹些鱼肉。"然后又是一下："把鱼刺剔掉啊！"她一次又一次地掐我，催促我去干这个干那个。我冲她沉下脸来，她不高兴了，又掐了我一下。这一回我再也无法忍受，狠狠地回掐了她一把，疼得她不由大叫一声。我听到男人们大笑起来，佣人们也幸灾乐祸地彼此低语。宝葫芦赶紧解释说，这是因为我刚才不小心踩到她的脚了。朱颜和李妈妈嘴唇紧闭，面沉如水，好像在努力克制着愤怒。我羞得满脸通红，但当我看到宝葫芦使劲瞪我的时候，却决定不去露出羞辱的表情。我别过头去，刚巧看到方忠诚正在对我微笑。

"真有个性。"他盯着我的眼睛说。他这是在挖苦我吗？

李妈妈赶紧道歉："我们这位雏儿什么都不懂。您也看见了，紫罗兰还嫩得很。"

"她学讲故事和背诗了吗？"他问。

"她什么都学。"

"那就让她做点什么吧。讲个故事，唱首歌，或是背首诗。她可以随便挑一个。"

李妈妈说还是算了吧。前几天我排练的时候她来看过，看完以后她批评宝葫芦说她对我的训练太差劲。"她的技艺还算不得成熟，"李妈妈说，"入不得您的耳。再等几个月再说吧。今晚，我们这儿还有一位美人可以为您弹琴。"她目光炯炯地转向朱颜，冲她轻轻点了下头，暗示她这是她赢得他的绝好机会。

但方忠诚好像没有听到李妈妈的话似的，招手让我到朱颜的古筝边上去。"慢慢准备，等你觉得可以了就告诉我。"他大声说，然后他便引领宾客们唱起一首关于青春和老虎的歌谣。宝葫芦走过来，坐在古筝旁。她那样子就好像上了刑场一样。"咱们就讲'桃花源'吧。"我抗议说我讲不了，大部分内容我都还没背下来呢。"好好听我是怎么弹的，"她说，"我弹颤音的时候，你就颤抖，我弹滑音的时候，你就左右摇晃。我弹的调子越来越高的时候，你就向上扫视。别忘了要表演得自然一点。别给我丢脸，"她说，"要不然你就会害得咱们今晚露宿街头了。今天晚上，是你出名的大好机会——至于出的是好名声还是坏名声，就全看你的表现了。"

整个房间都安静下来，所有的眼睛都看向我。方忠诚笑得很开心，就好像他已经为自己在众多凡人之中发现了一个有天赋的校书而感到自豪了。宝葫芦的手指扫过琴弦，弹出了头几个音符。我闭上眼睛，张开嘴，想要讲出第一句，但喉咙里却发不出任何声音，词句都堵在了嗓子眼里。我憋了好几分钟，在这几分钟里，宝葫芦的手不断扫过琴弦，不时还着重地拨一下弦，暗示故事就要开始了。挣扎了半天之后，我终于从嗓子里挤出了第一个半死不活的字，接着便开始用颤抖的声音讲起来："有人听过桃花源的故事吗？"当然了，所有人都听过，就连三岁小孩都知道。"我会用一种全新的方式给大家讲这个故事。"我说。方忠诚咧嘴一笑，而他的客人们都看向他，夸奖他挑了一个很好的说书人："这倒是很特别。""真会选人。"

我颠三倒四、胡言乱语地讲了起来，当我讲到渔夫的船是怎样顺着溪水漂流至天堂的时候，语速已经快得犹如疾风骤雨，眼看就要把渔船掀翻了。宝葫芦做手势示意我慢一点，要和着古筝的音乐来。我努力照做，但做得非常生硬，不是慢半拍，就是抢拍，而且我也不知道自己的表情是不是跟故事的情绪一致。叙述到渔夫到达桃花源的段落时，我拼命想要回忆起此刻到底该做哪种表情——是半闭眼睑、分开双唇，还是像昏死过去一样歪过脑袋呢？我依次把这三个动作都做了个遍，然后看向宝葫芦，却发现她惊慌地大睁着双眼，重新弹了一个颤音。那一刻，我整个人都晕了，乱成一团的记忆僵死在脑中，智商跌至谷底。我跌跌撞撞地走入天堂，像一个失魂落魄的逃难者。"渔夫发现他的妻子在两百年以后还活着……尽管其他所有人都死了……当然村子也早被烧成了平地。他们一起搭上船，回到天堂，在那里，纯洁的少女马上就让他享受了一番……"

男人们放声大笑："马上就享受？哇哦！""这个天堂我也想去！""再也不用献殷勤了。"我赶紧用颤抖的声音补充说，所谓的享受指的是美味的桃子和酒——而且渔夫还和他的妻子一起分享了这些美味。此言一出，大家笑得更凶了。

167

宝葫芦拼命地眨眼，张大嘴巴，仿佛在无声地尖叫。朱颜和老鸨大人石化成了两尊雕塑。来自别家堂子的倌人们欣喜之情溢于言表，藏都藏不住，因为她们知道，我将来再也没法跟她们抢生意了。

我回到长桌末端的角落里，再次化身为一件小小的装饰品。宝葫芦站在我身边，含糊不清地自言自语："她让我丢脸了，她让我出尽了洋相啊。我会落得个什么样的下场啊？"

我被激怒了：让她丢脸？他们嘲笑的是她吗？

一个相帮把一碗酒递到我的手里。这是什么？其他女人都没有得到这个啊。方忠诚站起身，举起他的碗："一枝独秀，群蜂拥至，一击刺穿，屠杀上万。"他编出来的这句俏皮话，听起来煞有介事，就像这是千年前流传至今的经典格言似的。"今晚，小紫罗兰啊，"他继续说，"你只用一支曲子，便戳中了我们所有人的心，为了赢得你的芳心，我们一定会斗得你死我活的。"男人们大声呼喊以示赞同，所有人都举起酒杯。宝葫芦用胳膊肘捅我，提醒我也赶紧举杯。让我为了自己的惨败而干杯，这太残忍了。在欢呼声中，我一口气饮下了这份耻辱。干！我微笑了。我才不在乎他们是怎么想的呢。

"好了，小雏菊，"忠诚说道，"坐到我边上来吧。"

这是什么意思？我看向李妈妈。她皱了一下眉，马上吩咐一个相帮在主人边上放了一把椅子。朱颜这会儿正忙着跟她身前的男人说话呢。她是个优秀的戏子，知道怎么装出一副对于正在发生的一切毫不知情的样子。我望向桌子的另一头，宝葫芦正站在那里，对我挤出一个勉强的微笑。她也很困惑。我被人扶着坐到椅子上，然后看到桌子另一头的两个姑娘，正在一边窃窃私语，一边公然地看着我。忠诚吩咐叫人唱首活泼的曲子，李妈妈便挑了一位新来的、以歌声美妙而闻名的姑娘。每个人都假装在听她唱歌，但我知道，大多数人的注意力都在我的身上。我知道他们在想什么：他怎么挑了这么个蠢姑娘坐在身边，这也太奇怪了！房间里逐渐变得热闹起来。那姑娘每唱到一个叠句处，男人们都会举杯庆祝。方忠诚鼓励我也喝上几口，但是并不要求我喝完。有人将一碟盛满食物的盘子摆在我的面前，方忠诚示意我吃点东西。我看了看李妈妈，她朝我点点头，我便每样东西都尝了一点。鱼肉肥美多汁，虾肉也很甜美。

一股热气袭来，是方忠诚朝我靠了过来："七年前，我去了秘密玉路。我那年十七岁，以为自己进入了一个梦幻世界：美丽的女人，西式的布置，还有位美国夫人。在那之前，我从来没有见过外国人。然后我听到一个淘气的姑娘，对从我身边飞奔而过的猫大声喊叫。那只猫跑到了沙发下面。你还记得吗？"

我望向他的脸，几秒后，我从他那已经长大成人的脸上，依稀辨认出了那个曾盯着我看的笨拙男孩的痕迹。"是你！"我说，"但我听说你死了啊！"

"这可真是个可怕的消息。为什么我是最后一个知道的？"原来当年那个笨拙的男孩，已经长成了我面前这个性感自信的男人。

我忽然想起了那次事故其余的部分：卡洛塔咬了他的手，沿着他的整条胳膊滑下去，留下一条条长长的血淋淋的沟。他试着努力假装那可怕的伤口并不疼，但是没过几秒，他就变得一脸煞白，紧咬牙关，眼珠也一点点翻了上去，然后他双膝着地，倒了下去。一群人聚到他周围，有个人大声喊他父亲赶快过来。片刻之后，他无力的身体便被两个人抬了出去。第二天，有个仆人说他死掉了。当时我很害怕卡洛塔会被定罪为凶手，我被定罪为从犯。

"你还记得我死前那一晚问你的问题吗？"他说，"不记得？我用我糟糕的英语问你是不是外国人。而你是怎么回答的？你记起来了吗？"

我想不起那次对话的内容了，但我当时唯一能给出的答案只能是肯定的。

他继续说："你用中文说，你听不懂我在说什么，接着你就弯腰继续找你的猫了。我看见它的尾巴在沙发底下轻轻摇动，就抓住那只猫的尾巴，想把它拉出来。这就是那个错误决定给我留下的纪念品。"

方忠诚撸起一只袖子。"薇奥莱·明特恩，"他用磕磕绊绊的英语说，"看看你的猫都对我做了些什么。"看到那些苍白的伤疤，我感到不寒而栗。然后他再次开口，这次是用流利的中文："我已经等你道歉等了很长时间了，薇奥莱。今晚真是大快我心。"

所以说，他是诚心要羞辱我来着啊。"我为我那只邪恶的猫和我今晚讲的烂故事向你道歉。"我干巴巴地丢出这么一句。

"我不是这个意思。我很看重你讲的那个故事，我知道这是你的第一次演出——你的第一次，给了我。你刚才真的很迷人。"

我才不信他呢。

他换上一副严肃的表情："我十七岁那年，父亲带我去秘密玉路，想给我上一堂关于烟花世界的启蒙课。到了那儿以后我有点恍惚，想自己莫不是来到了满是仙子和女神的太虚幻境？他说等我成功以后，就可以想什么时候来，就什么时候来了。那个地方的氛围，让我感受到了一种抓心挠肺的、对浪漫的渴望。但让我生气的是，我父亲刚把那美丽世界给我看了一眼，就把它夺走了。我决定要变得比他更有钱，然后尽情追求这片梦幻乐土中我喜欢的所有美女。连续好几年，我满脑子只想着这一件事。短短几年，我的生意便大获成功，然后我便得到了我感兴趣的所有佳丽。但我却把那个曾打动我的梦幻世界给忘了，忘了回到那里，去满足那个十七岁男孩的渴望。我志得意满，却并不满足。然而我太忙了，忙得根本没空注意到自己心里的缺失。

"在过去的两年时间里，我渐渐开始觉得有些无聊，心里有种难以言说的不满足感。我仍然很享受自己的生活，但总觉得仿佛在原地踏步，看不到任何让我愿意为之奋斗的目标。我觉得我该让自己振作一点，重新活过来——伸展肌腱，转动头脑，唤醒灵魂。但是该怎么做呢？迷茫了很久以后我终于认命，知道这些烦恼将会像烦人的牙疼一样，一直跟着我。

"几个月前的一天，我在一个酒局上碰到了老同学唐杰——他当时就坐在这张桌子的另一头。他在席间跟我说起近来被日本人或青帮夺走的生意——秘密玉路就是其中之一。他一说起'秘密玉路'这个名字，我立刻就想起了那个梦，也想起了我发誓一定会回去的诺言。我急匆匆地赶往那个地方，七年的期待纠缠萦绕在我的心头。但是梦境已经消失了。连那座房子都变了样。

"我跟唐杰讲了我的失望心情，问他那个美国夫人后来去哪儿了，然后他便跟我讲了你们的故事。我对于所发生的一切真的感到很难过，薇奥莱。我非常钦佩你的母亲，也很爱慕她所创造的那个世界。但是我必须承认，当我听说你现在就在朱颜堂里生活时，脑中似乎立刻响起震天的礼炮，在迎接梦想的回归。我知道你不是自愿来到这里的，而且我向你保证，我对你没有淫欲的企图。毕竟，在我心里，你仍然还是一个七岁的顽童罢了。但是，近来我忽然意识到，当年那个梦境所具有的力量，来自于它与我之间可望不可即的距离。距离激发了渴望——也激发了目标。为实现目标，我必须培养自己的优良品质：勤奋，智慧，对自己和他人的理解；为了做大事，我还得在机遇和道德、野心和公正之间谨慎权衡。促使我决心获取成功和独立的最初动力，便源自于我那份欲望的饥渴，而直到现在，它仍然没有被满足。

"正如我所期待的，当我在这里看到你时，欲望的记忆立刻苏醒了，渴望的力量和兴奋感像波浪一样漫过全身，而我知道，这一次，它将再次带我朝前走去——去到一个我从未到过的地方。和你在一起，我能感觉到新的欲望给我带来的深深痛苦。这份新的欲望是一个难以捉摸的梦想，它会给我带来新的目标。没有目标，我就会看不到未来，只能被困在当下，数着天数过日子，一眼便能看到正等在尽头的死亡。"

我的心脏因自豪和兴奋而狂跳着，但我同时也有点困惑。我不想搞砸，生怕在帮助他实现——或者毋宁说帮助他别去实现——梦想的过程中，犯下任何错误。"你想把我想象成一个不真实的人？是这样吗？"

"哦不，你非常真实。但是你来自我心中的梦想，那个梦曾是衡量一切幸福的准绳，而它现在仍然是。你是我欲望的记忆。你介意我这么看你吗？一个因为我年幼时的记忆而将永远被我渴念的人？"

"我一定可以帮你更深地沉醉在梦里的。我应该怎么做，才能保持上你可望不可即的距离呢？冷落你吗？"

"绝不是这样！你只需负责做你自己就好了，不要收起你的光芒。事实上，我反而希望你可以尽你所能，煽动起我的欲望。然后我会用我自己的意志力，尽我所能去克制欲望。使出你的浑身解数吧！我的欲望越强，意志力就会越强，然后我的生活目标才会越强。为了摆脱始终纠缠着我的自满与懈怠，我所需要的正是意志力和目标。"

他想要没有结局的爱情故事，这让我有点失望。我的脑中浮现出他无法得到的一切——我们身体相叠，四肢环抱，在爱的波涛中大声尖叫，然后沉沉睡去。就在那一刻，我清楚地感觉到了对他的渴望，而下一秒钟我忽然意识到，我所渴望的这个人，是个中国人。直到这一秒钟为止，我都从未以"华人"或"洋人"这样的标签看待过他。这太奇怪了！我练习过种种勾引男人的技巧，但在内心深处却相信自己不会在这里使用它们。一直在拒绝相信这种可能性的我，却从没想过自己会对堂子里的某位客人感到渴望。我想要爱情，想要了解他的一切，想要我们的身体合而为一。我感到自由了，解放了，因摆脱了束缚而欣喜若狂。这么多年以来，我一直在抗拒自己身体里属于中国的那一半。我厌恶它。但是此刻，我终于不再需要在两个身份之间摇摆。我一脚跨过了那道分隔我身体里中国和美国两个部分的门槛，却猛然间发觉，这条分界线不过是我自己想象出来的罢了。我还是我自己，没有变化，而且我不需要因自己本来的样子而否定自己。他想要的是我的全部，而不是哪一半。我也想要他的全部。对我们两个来说这是怎样的悲剧啊！我们在彼此面前，只能是和尚和尼姑。通过忍受欲望的折磨，我们可以帮助彼此——他怎么说的来着？——在目标的鼓舞下变得生气勃勃？我也得赶快找到一个目标才行。但是，至少方忠诚在今晚是属于我的，大家都看到了。

我自信地坐在他的身旁，看着他和朋友交谈。我欣赏着他从容的说话方式——这彰显了书香门第的出身——吐字清晰，不带一丁点当地土话的喉音，遣词古雅，使他的谈吐更显迷人。这就是渴望得到我的男人。为了佐证一个幽默的观点，他信手拈来地引经据典，提起某部小说中的英雄和少女；他还就自己跟一个与民国政府和美利坚合众国都有往来的财团的业务侃侃而谈。他询问客人们对于新总统的看法，而每个人的回答经他一复述，立刻就会显得比原意要有见地得多。这个男人，这个充满智慧地就橡胶工厂因何倒闭发表看法的男人，心中怀着对我永不止息的渴望。他跟朋友交谈，却经常匆匆看我一眼，然后露出微笑。我是他的梦。

"小薇奥莱，"他突然说，"告诉我们你的想法吧。我应该向配备有新型设备的日本公司投资吗？银行家是这么建议我的。还是说，我应该买下濒临倒闭的中国公司，然后为其配备新的机械和管理系统呢？哪种方法可以赚到钱，为这场极

172

其昂贵的酒宴买单？"

宝葫芦跟我说过，客人询问我意见的时候，我一定要隐藏自己，请问对方对这个问题有什么更好的看法。待他说完以后，一定要赞同。多说一句，都会让人觉得我是个蠢蛋，竟然认为自己比他知道的还多，而且还会让人怀疑我在床上肯定也多嘴得要命。但是此刻，因为受了他刚才的表白的鼓舞，又加上灌了几碗黄汤，我早已飘飘欲仙，满面潮红，百无禁忌。我曾无数次听过我妈和她的客人就外贸投资进行激烈讨论，而且从来都觉得这些对话冗长而乏味。客人们一直问同样的问题，妈妈也总是给出充满了事实、数据、预测和规划的回答。她经常在金鸽面前练习如何回答，而金鸽会建议她该以哪种特定方式挥舞双手。我会隔着门在大道里偷听她们的对话，再把这些对话重复给卡洛塔听。卡洛塔还挺爱听，每次都喵喵叫着认真听我说。

所以又有何妨，再模仿一次我妈呗。我从椅子上站起来，挺直身子，一边说出记忆中的句子，一边配上手势——比起刚才那番对"桃花源"的悲剧演绎，我这回可要显得轻松自如多了。我把自己想象成她——自信而又笔挺——并且用她那富有戏剧性和权威感的、充满乐观的语气说道："我建议用一种更长远的眼光来看待这个问题。如果你帮助日本人拓展他们的业务、建筑以及盈利能力，谁才是受益方？我们羽翼未丰的共和国会不会受损？当然，一个生意人不能仅仅出于民族主义来做决定。但是我相信，崭新的共和国一定会为大家提供空前的机会。我建议，先买下即将破产的中国纺织厂，然后利用共和国推广的新政策，跟美国的投资公司开展新的伙伴关系。然后你便可以向纺织厂里引入现代设备和更好的管理方法，赚得的利润，你能得到的分成，远比投资日本公司要多得多。日本公司业绩的增长就是日本国力的增长，我们都应该为未来打算，谨慎选择。你们可以成为新共和国的商业模范：一个进步的企业，一个由中国人控制的企业，支持国家的外贸政策，并为共和国谋利。"说完，我坐了下来。

方忠诚庄重地点点头。桌边的男人都安静下来，大为震惊。没人表示同意，也没人反对。校书们也困惑了，我知道她们在想什么：这样招摇地表达自己的观点，真的好吗？

173

忠诚微笑道："你所说的恰好是我想要去做的。我很惊讶你竟然这么有知识，更惊讶的是你竟然如此有个性。你好有活力，好给人惊喜。"

良夜将尽时，方忠诚给了宝葫芦一大笔赏钱，以替他那喝得烂醉的弟弟——就是那个把扇贝掉到我衣服上的男人——的行为道歉。然后他又给了我们一大笔足够买下三件新上衣来替换原来这件的银子。"买湖绿色的吧，"他说，"这种颜色跟她眼睛的颜色很搭。"接着他告诉李妈妈，他想成为第一个为了雏妓薇奥莱摆台面的人。

"我希望你不要出手太大方，"我取笑道，"因为你永远都不可能拥有我。"

"我为什么不能拥有你？"

"你说的啊，你想要永远渴望我，永远跟梦想保持距离。"

"啊！对极了。在梦里，我永远也不可能得到你。但问题是我们醒了，可以控制我们自己的人生。我可以渴求你，可以追求你，最终还可以，在你的允许之下，在你的床榻上满足我的欲望——除非你还养着那只猫。"

回到房间以后，宝葫芦叽叽喳喳地说着我们今晚的成功，说个没完。"桃花源的故事肯定还需要更多的雕琢啦，但从今以后我们再也不需要掩饰你属于西方人的那半血统了。所有人都把你的欧亚混血当作是一个巨大的优点。"

这是我头一次听到她用"欧亚"这个词。

"我听见忠诚跟另一个人用这个词形容你来着。他们这么说不是想侮辱你，而是在抬高你的身价。所以那些男人在听你讲故事的时候，才会觉得你魅力四射啊。他们说，作为一个欧亚混血儿，你的中文说得简直太好了。更厉害的是，忠诚还主动要为你举办处女秀！他这么做，肯定因为他想给你梳拢。"我没有告诉她忠诚对我说过的事情。她会用她的解读把这一切毁掉的。

我抱起卡洛塔，她喵喵叫起来。我跟她提起那个差点被她抓死的男孩。听说他又回来了，她跟我一样高兴。

这场酒宴制造的八卦猛料，登上了一切蚊子小报。"她是欧亚混血儿，同时精通两种语言。""她很会讲故事，而且讲得非常自然，就像从未排练过一样。""她在跟身份显赫的男人相处时轻松自如，对所有话题都有自己的见解，就连关于外国管控的问题也不例外。"当晚出席的那些极具影响力的人物，他们的名字也登上了所有报端：唐杰，他正在与数家银行合作，为外滩边的新建筑提供贷款；鲁敏，他的父亲曾跟美国总领事会面，讨论外债事宜；还有个人正在和著名的女星交往；另一个人拥有一套令人艳羡的稀世国画。

不过，人们聊得最多的，还是当晚的主人，方忠诚。蚊子小报上的八卦专栏里，长篇累牍地报道着他的船运公司，以及他通过谈判获得的利润丰厚的贸易航线。记者们还罗列出他在香港澳门开设的瓷器工厂。他们打探到，方家是全上海地位最显赫的文士家庭之一，曾经在新共和国的建立过程中发挥过重要作用。所有小报都说，雏妓薇奥莱长着一张中国人的面孔和一双西方人的绿眼睛，那双绿眼睛遗传自她的妈妈，那位著名的美国夫人，路路咪咪。"朱颜堂能得到这朵非比寻常的花，真是太幸运了。他送她的下一件礼物会是什么呢？会是茶杯和茶托吗？还是印有西方家徽的汤盘呢？哪个家族的家徽会出现在那上面？会是她那位美国母亲的吗？"

欧亚混血面孔已经成了我的优点，而不是瑕疵。除了忠诚以外，还有十一个男人也为我举办了处女秀。李妈妈对于这个数字十分自豪，逢人便吹：办的场数也太多了点吧，第二场以后还怎么好叫"处女"秀呢？然而后续的酒宴没有一个能与第一场——也就是忠诚举办的那一场——相提并论。那一晚，我坐在桌边，靠着他，其他校书们则坐在忠诚请来的客人身后。酒宴上的食物比上一回更加珍奇——那是没有人曾经尝过的食物，是神的食物。他雇来乐手为酒宴助兴，而且，为了我，他还请来了一位弹奏班卓琴的美国人。我从没听人演奏过这种乐器，第一次听，感觉就像是一个精神失常的乐手在弹古筝。

我以为忠诚每天都会来，不断送我礼物，这样我就能趁机增强他参与我的梳拢竞价的念头。然而事实却是，他每隔五六天才来一次，然后连续一两个礼拜消失不见，不来的时候甚至连一张慰藉思念的卡片都不送来。宝葫芦一次又一次给他家捎信过去，把所有的托词都用尽了："薇奥莱今晚要唱一首新歌。""今天薇奥莱会穿一件新衣服，其购置费用还是拜您所赠呢。"然而我们收到的答案总是一样："他不在上海。"

他会在安静的午后毫无征兆地出现，给我带来不同寻常的礼物——有一次，他送了我一条金鱼，鱼儿盛在内壁绘有七条金鱼的大水缸里。"这条幸运的小鱼是鱼缸里的第八位成员。有这么多画儿里的鱼陪着他，他肯定不会孤单。"

"你也得给我留下七个画儿里的你，这样我才不会那么孤单。"这天之后，我有十天没有听到他的任何消息。当他再次像往常一样毫无预兆地出现时，我不得不强压下自己日渐积累的焦躁情绪。我知道自己没有提要求的权利，我们的恋情不过是一桩生意。他会为我花钱，给宝葫芦打赏、送我礼物。李妈妈和宝葫芦一边记录下他的花费，一边推测他还愿意为我花上多少钱。"你是不可能收到和朱颜一样多的钱啦。"李妈妈说。回房后，宝葫芦说："你会比朱颜捞到更多钱的。咱们就要给李妈妈点颜色看看，不能让她看扁了咱们。"

离预定的梳拢之日还有两个半月的一天，忠诚来了，但却只待了一个小时。他告诉我和宝葫芦，他要为了生意上的事情去趟美国。他说起这件事的时候显得非常若无其事，但我知道，光是去旧金山，就得花上一个月的时间！如果他真的去了，很有可能无法及时赶回来为我的梳拢竞标。也或者他可能永远都不会回来了，就像我妈一样。

是我想多了。他想要的不过是一种若即若离的浪漫关系。我太幼稚了。我不理解他，也不理解中国男人，更不理解所谓以金钱换来的性服务。

"你要离开那么久啊，"我说，"那你很有可能会错过 2 月 12 号，我的十五岁生日。"

他皱眉道："等我回来以后，一定会送你一份精美的生日礼物赔罪的。"

"李妈妈想把我的梳拢安排在那一天。"

他又皱了下眉："这我倒没想到……这时间赶得太不巧了。我知道你会很失望。"他握住我的手，但并没有说他会为此取消行程。我失望得什么也说不出来。

为了劝阻忠诚远行，宝葫芦说，她听说最近有一艘叫泰坦尼克号的船沉没了啊；不久前，有艘日本船好像也沉了——今年海上的浮冰和台风都凶险得很哪。

一个月后，李妈妈告诉我，那十一个为我摆台面的人都急着想买下为我梳拢的特权呢，但方忠诚却没有提出申请。她轻拍我的胳膊说："我通知过他。我请他的秘书给他发封电报，催他考虑一下，但秘书说，就算是通过电报也很难找到他。不过她说她会试试的。"

李妈妈开始审核这些想要竞标的男人。我终于不得不开始面对这样一个现实：这十一个男人中的某一个，将会凭借金钱赢得把我的处女膜戳破的特权。只要一想到要跟他们干那种事，我就恶心。最终获胜的会是那个吹牛大王，还是那个老得可以当我爷爷的男人，还是那个即使是最冷的天气里也全身汗臭味的家伙？如果是那个满脑子可笑想法的傻瓜该怎么办？还有一个人曾经吓到过我：那是个瘦弱的男人，眼睛很小，但目光可以穿透人。他从不微笑，我觉得他肯定是个土匪。剩下的几位嘛，要是换了其他倌人，大概也是可以接受的——她们才不在乎他们蠢不蠢呢，只要有钱就行了。这类男人从不询问我的意见，不指望我能理解他们和朋友之间的谈话，也不会称赞我的活力。他们对我这个人不感兴趣，只想得到我两腿之间的那份大奖。在他们举办的酒席上，我唯一被要求做的事情，就是给他们讲讲桃花源的故事。他们在小报上读过新闻，听说我讲得不错。

老鸨正式宣布了我的梳拢日期：1913年2月12日，这一天是我的十五岁生日，也是清帝逊位一周年的日子。这可是双喜临门，值得大大庆祝一番。我飞快地估算了一下，现在离那一天还有五个礼拜的时间。忠诚坐上回国的船了吗？

不断有人为了我而大摆台面。但李妈妈说，我在酒席上总是一副无精打采的德行，搞得她不得不向每位金主解释说，这姑娘最近头疼啊，头疼。

竞标者们可以到我的闺房里来喝茶。每次有人来，宝葫芦都会在一旁作陪，以防有人偷偷揩油。我再也没法不去理会那件无法躲避的事情了。我想象着每一个男人触碰我纯洁的身体时，自己会有什么样的感受。他们都是些恶心的强盗。

日子毫不留情地飞逝而过。我很清楚，李妈妈很快就会根据收到的价码，做出最终的决定。我恳求她考虑一下我的感受，等方忠诚回来再说。我解释说，我肯定掩饰不了我对现有的任何一位追求者的抵触之情，这会让他们觉得自己上当受骗了。如果那个男的对我很粗鲁的话，我可能再也没法克服第一次给我带来的恐惧感了。这会毁掉我的未来，让我再也无法接受任何人的求爱。破天荒头一遭，她好像有一些同情我。

"我梳拢的时候，心情也像你一样，"李妈妈说，"我喜欢上了一个追求者，但最后得到的却是另一个人，一个老得可以当我爷爷的人。我当时死的心都有。那个晚上终于还是到了，然后我紧紧闭上眼，把那个男人想象成另一个人，把自己也想象成另一个人，身处于另一个地方。当他戳破我的处女膜时，简直太疼了，疼得我真的把自己是谁给忘了。我这才明白，不管是谁给我破处，都会一样地疼。那个男的后来告诉我说，他正往里戳的时候，我大叫着让他把钱拿回去。后来我就晕倒了。他很满意，说这证明我确实还是个处女。到时候你也可以假装晕倒，或者你根本不需要假装就会晕倒。"李妈妈的话一点儿也不安慰人。

离我的梳拢日不到两个礼拜的一天下午，李妈妈滔滔不绝地跟我谈起一名追求者，说他拥有七个生产零部件的工厂，生产汽车的车前灯、陶瓷马桶的牵引链以及这一类的各种东西。他的财富每年都会比前一年多出两倍。他并非出身于名门望族，但是在今天的上海，声望是可以靠钱买来的，而且大家也并不像以前那样关心你的出身。他给出的价码比别人高得多，要是拒绝的话可就太傻了。此前，她从不肯告诉我谁的出价最高，这是一件我不该考虑的事情。但是现在，出价最高的人开始不耐烦了。他说他会再等上三天，然后他的申请就自动作废。如果这种事真的发生的话，消息传开后，其他人也有可能会撤回他们的请求。然后，竞标可能会以较低的起价重新开始，因为大家都知道，我们剩的时间不多了，没工夫慢慢挑三拣四了。李妈妈一脸歉意地告诉我，将为我梳拢的男人，很有可能就是那个从不微笑的瘦弱男子。

"没有那么可怕啦。如果你能取悦他的话，说不定他的脸上也会露出微笑呢，"她说，"那样一来，他看起来就不会那么可怕了。"

我连着两天食不下咽，夜不能寐。最开始，我可怜自己，第二天，我则开始厌恶自己。到了第三天的早上，我想起李妈妈说的闭上眼睛假装自己是其他人的话。我不想做一个没有自己思想的女孩，那样的话，我就会变成一个没脑子的活死人了。我不打算像一件装饰品似的站在那儿，或者整晚带着一副傻笑的面具。我不希望从今以后，我能感受到的最快乐的情绪，就是解脱。

我想起我妈常说的那句可恶的话："必须做的事情。"我以前觉得，她说这话，不过是为了给自己的欲望罩上一块遮羞布；但此刻我忽然意识到，她说这话，其实也是为了让自己接受眼前的糟糕处境，为了停止自己对自己的审判。她会去做那些必须做的事情。"每一种困境都有它特定的情况，"她说，"而只有你自己真正知道，那是些怎么样的情况。只有你自己能够进行判断，到底做什么才能产生最好的结果。"我开始思考我所面临的情况，但我不知道什么才是可能有的最好的结果，也不知道自己该怎么做才能实现那种结果。然而我已下决心，我不会自杀，也不会沉沦。这么想了以后，我就不再可怜自己或厌恶自己了，因为我在精神上不再感到无助——但我仍然对那个骨瘦如柴的男人感到恶心。

那天下午，就在李妈妈打算答复那个瘦男人时，忠诚发来了一条电投，通知李妈妈说当天会有人送一封信来。"这封信与薇奥莱的梳拢有关。请原谅我这么晚才提出申请。我会亲自对您解释为什么会拖这么久的。"

在接下来的两个小时里，我心神不宁地在房间里走来走去，满心害怕他出的价不如别人高。信送来后，李妈妈拿着它进了另一个房间。不出一分钟，她便跑了出来，满脸灿烂笑容，鸡啄米似地不停点头："都听你的！"她说。

照理说，我此刻本该欣喜若狂的，但我却只觉得毛骨悚然。开始谈情说爱时，我们约好要永远渴望对方、永不满足自己的欲望。也许我终究也得不到自己想要的一切。我不敢相信幸福。为什么他这段时间以来一直都杳无音信呢？我把所有人都关在门外，躺在床上，思考着自己想要的一切。我很清醒地认识到，从此以后，我将步入作为一名高级妓女的人生——并且是心甘情愿的。以前，我是被迫当妓女的，但现在我却自愿地要和忠诚在一起。此刻的我，最想要的东西，就是能和他在一起。但与此同时我也知道前方有什么在等着我：成为一名校书以后，我的未来肯定会充满变数。哪怕有一天我不再做这一行了，也摆脱不了自己曾是一名妓女的过去。我自己忘不了，别人也会永远拿这样的眼光看我。

离梳拢日还有两天时，忠诚回来了。他求我原谅他给我造成的痛苦。他说，他早就把竞标的申请信准备好了，也交代过秘书要把这份申请转交给我们。但是她却没有这么做。申请信就摆在她的办公桌上，下面放着她写给他的另一封信。忠诚将那封信拿给我看：

我是一个贞洁的女人，也是一个忠诚的员工。三年了，我做了你要求的所有事情，没有怨言，也从未有过差池。爱上你，是我自己的不幸和错误。眼看着你丝毫也察觉不到我对你的爱，我感到越来越难以忍受。我本可以继续默默无闻，但我受不了眼睁睁地看着你把自己献给一个没有道德的东西。她不想要你的好，只想要你的钱。我很抱歉我没有按你所说的去做。这是我唯一一次违抗了你。

"那天，所有人都离开以后，她在我的办公室里上吊自杀了。"他说，"我这才知道你们没有收到我给你的信。"

我惊恐不已，想象着她的痛苦。我也爱着忠诚，但我可没法把这份爱隐藏三年。不过，我更不会自杀的。

在宝葫芦的建议下，李妈妈为我的梳拢举行了一个仿西式的婚礼。忠诚不仅申请为我梳拢，还和我签订了一份一年期的契约。我任由自己做起了白日梦，幻想自己不但是他此处的新娘，还会成为他生命中的妻子。我已经开始渴望获得一份真实的婚姻了。

婚礼前一天，有人送了条裙子过来，那是忠诚买给我的礼物。那条美式的婚纱是纽约制造，饰有饱满珍珠的乳白色丝绸从我的胸前一直垂到脚踝，勾勒出我身体的曲线。除此以外，他送我的礼物还包括一双缎面高跟鞋。依照他信里的指示，我在婚礼上要将头发披散开来，只在脸上罩一层饰有珍珠的透明面纱。望向镜子里的时候，我没有认出自己——我不再是一个稚气未脱的女孩，而是一个成熟时尚、优雅高挑的女人了。我把屁股扭到一边，又扭到另一边。面纱飘起，我看到一张焕然一新的面孔，不由惊得倒吸了一口气。那张脸转瞬就消失了，我侧过身，于是又一次看到了刚才那张陌生的脸。这一次，我认出了妈妈在我身上留下的痕迹。我从未如此清晰地看到过她的痕迹。她也曾穿过这样的裙子，她也曾这样扭动过腰肢，她的脸上也曾浮现过这样的表情，因为她知道，有一个中国男人——我爸——很快就要和她同床共枕了。

180

忠诚看到我穿上那件婚纱，非常高兴。他穿了一套量身定做的英式正装。我靠在他身上，低语说，今晚，我会是他的仙子，那个他曾渴望在秘密玉路里追求的仙子。上过十二道菜后，下人将忠诚的结婚礼物搬了进来：一套样式时新的西式餐桌椅，一把扶手椅，沙发，贵妃榻，三个花架，一张书桌，一个书柜，很多英文小说，一个写字台，两个衣柜，一张西式遮篷床，一块波斯地毯，三盏蒂凡尼台灯，以及一个手摇留声机。这些东西都够我重新装修一遍闺房了。在仪式的最后，他为我戴上镶嵌着钻石的玉戒指，然后小心地从一个花架中取出一个装着钱的红色丝绸信封，交给李妈妈拿走。

我们向出席婚礼的客人们道过谢后，并肩向闺房走去。当我走过宝葫芦身边时，她鼓励地冲我点了点头，但脸上却布满担忧的神色——或者是同情的神色？也许她想到了等在我面前的一切，心里很可怜我。

过道两旁挂着许多红色横幅，卧房门口摆满了花。屋内，两盏灯闪烁着耀目光芒，空气中弥漫着玫瑰和茉莉花香。金色薄绸的帘幕内，是我们的婚床。

宝葫芦端着热毛巾和热茶走了进来。她的手里还有一盒火柴，让我们等会儿用它来点亮红烛。

"我们不需要这些老派的仪式。"忠诚说。这让我有点失望，因为我很喜欢小时候见过的那些模拟婚礼上的仪式。他给了宝葫芦一些赏钱，暗示她可以离开了。门关上后，我们便第一次单独待在一起了。

"我的小俘虏。"他说着，把我从头到脚看了个遍，然后吻我。宝葫芦从来没让那位演员这么干过。他用手抚过我的后背、身侧，然后亲吻我的脖子。我双眼模糊，仿若触电。他又回过头来吻我的嘴。这就是爱的感觉。然后他解开了我的衣服。事情发生得太快了，我一时记不起现在该做些什么。我很高兴他没让我唱歌。裙子滑落到我的脚踝，他拾起我的婚纱，并将我身上所有衣服都褪去，亲吻我身上露出的每一寸肌肤。他肆无忌惮地观赏我，抚摸我的胸部。这就是爱。

他示意我到床上去。我钻到帘子后面，竭力以一种优雅的姿态躺到我的位置上。我透过金色的帘子望着他的身影，看他慵懒地一件件脱掉衣服。当他拨开帘子时，我发现他已经勃起了。我本以为这一幕要过一会儿才会出现。突然之间，

181

我觉得很害怕。我知道接下来将要发生什么：西瓜破裂，石头滚烫，桃花源里鲜血喷涌而出。他躺在我身边，看着我的脸，轻抚我的脖子、脸颊、鼻子还有额头。当他碰到我颤抖的嘴巴时，我的双唇不自主地张开了。

"闭紧你的嘴，不要张开，不管我做什么都不要。别出声。"他又抚摸了一遍我的脸庞，我闭上眼。突然间，我感到他用手环住了我的阴部，不由惊恐地倒吸一口凉气，紧接着赶紧低声道歉。

他笑起来："嗯，很好，你没有预先演练过。这就是你的真实反应。"他提醒我闭上嘴，然后轻柔地按压我的下体，就好像在检查桃子是不是熟了一样。我拼命闭上眼睛，却又不由自主地在一阵突如其来的惊慌中屏住了呼吸。

"闭上嘴。"他又一次严厉地命令道。我让他失望了。我一次又一次闭紧嘴巴，但不管我怎么努力，双唇总是一次又一次地张开。他把枕头放在我的屁股下面，将我抬高。我更慌了——这是"爬山式"吗？他弯曲我的腿，把它们压得大开——"双翼鸟"？"崖边鸥翼"？他在我的膝盖间跪下。我感到他轻轻抵住，然后进入。我已做好准备，要承受接下来的疼痛。但紧接着，他却开始带着我左右摇摆——这是"俯冲双鹰"？我以为他已经进来了，便对他微笑。他将他的臀部抬开，我便想，原来他属于那种很快就会结束的男人。不过这也没关系。梳拢很成功。我会告诉宝葫芦，她错了，根本不疼。

然后，突然之间，他的阴茎一下子冲了进来，这次进得更深，直穿过我的中心，将我的内脏捣烂。我尖叫起来，拼命想把他推开，完全不顾宝葫芦对我进行的一切警告。他压住我的胳膊，盯着我的嘴巴说："现在你可以张开嘴了。另外一张嘴也张开了。"

任何心理准备都不足以帮我忍受这份疼痛。宝葫芦的指导、她的警告、他对旧日渴望的怀念、我对他的欲望、那演员给我上的课、我们之间已经实现和尚未实现的种种渴望——全都在那个瞬间烟消云散，我只顾着一个劲儿地恳求他，停下来。

但他凭什么要停下来？我们这不是在谈情说爱，也不是在彼此渴望。这份疼痛是他花钱买来的。这是赤裸裸的生意。

未被满足的渴望又回来了

在他破开我的瞬间，我所有的愿望都变成了幻觉，我却在他的脸上看到了胜利。他在那个瞬间实现了自己还是个十七岁男孩时的梦想——得到秘密玉路中他想要的任何一朵花。我以为我们之间的恋情是爱，但实际上它只不过是谈情说爱的生意。是生意让我们走到了一起，在他充当我的恩客的合同期内，生意也将一直横亘在我们之间。

我浑身疼痛地躺在那里，只听他低语道："你很贵呢，薇奥莱，我花在你身上的钱，几乎是花在另一个名妓身上的两倍。"他一定以为我听到这种奉承会很高兴，但我一点也不高兴，反而立马觉得自己成了一个娼妇。他曾追求过我，就像其他男子追求他们最喜欢的长三一样。他想要那种追逐和捕获的快感，想要煞有介事地体验一番得手之前的自我否定和虚假痛苦。但我的痛苦可是货真价实的。

宝葫芦给我端来一碗用特殊药草熬成的中药，说喝了这个我就能不那么疼了，能睡上一会儿。忠诚这才恍然大悟地问我，你很疼吗？他完全没有考虑到，在他欣喜若狂的时候，我的感受是什么。他扶我坐起来，抱我到沙发椅上。他每走一步，我遭到重创的身体都会跟着牵痛。宝葫芦撤下沾满鲜血的床单和被子，忠诚仔仔细细看了半晌，然后说："我没想到会流这么多血。"

第二天早上，当我醒来时，恍然间以为自己是在一艘摇摆的船上。宝葫芦就陪在我身边，见我醒了，便说："我给你的药太多了点。"原本灼烧般的疼痛，此刻已被钝痛所取代。忠诚去谈生意了，宝葫芦已吩咐下人，等他晚上回来以后，直接把晚餐送到我房间里来。这会儿，我的床上已经摆上了一套波斯睡衣和一条长袍。

"休息吧，"她说，"看你受了这么多苦，真替你难受。有些女孩只疼一下子就好了，有些则会像你我一样。你的门上有两个栓，门栓越难破开，你就会越疼。等到明天以后，你就会好些了。"宝葫芦说。

我不相信："我今天晚上还要再受一次罪吗？"

"我会跟他说说的。你们还有一年时间可以待在一起呢。我可以建议他试着开发一下别的方式。也说不定他心一软，就直接让你休息了。"

那一晚，他心软了。他一直问我当时的疼是怎么样的一种疼：刺痛、灼痛还是撞击般的痛？他那副样子看起来，简直就像是因为伤害了我而无比自豪似的。他躺在床上，看着我。我再也不需要挑逗他，或者对他保持神秘了。过去的亲密关系已经变质，但我却没想好该以什么样的新姿态来面对他。我不再是从前那个处女，却也不知从今以后该学谁的样子。他的脸看起来比以前大了些，五官也产生了些微差异。我面前的这个男人，似乎已不再是那个曾经渴望得到我的男子，而是他的哥哥。

"是我的自由个性让你觉得我比其他校书更值钱吗？"我问。

他笑了："你的个性总是让我血脉偾张——突如其来地。"

他的阴茎像士兵一样直直立起。"你最喜欢我个性中的什么？"我生硬地问，"是因为我能给你提出生意上的建议吗？如果你因我的建议而赚了更多的钱，你会花更多的钱在我身上吗？"

沉默半晌后，他将我的脸扳向他："薇奥莱，我错看了你。你还没准备好过现在这种生活，它让你觉得受到了侮辱。但是请不要因此就侮辱我，把我说成一个不顾对方感受的嫖客。"

"你花钱买下的是我的初夜，不是精神。"

"我从来没有对你说过假话。你是我活着的梦想。第一次遇到你的时候，我还是个局促的男孩，如今我功成名就，又一次来到你的身边。你带我回到过去，又带我回到当下，当我和你在一起时，我觉得你是懂我的——但是当我成为你的恩客以后，一切都变了。你后悔和我走出这一步了。"

"请带我离开这里。"

"这怎么可能？你能到哪里去呢？"

"你家。"

"你这就是无理要求了。"

他的意思是，我不属于他的社会。他是绝对不会娶我的，而且，由于他还没有娶妻，他连妾也纳不了。不过就算他肯纳我做妾，我也绝不会同意的。

"我们有一年的时间可以在一起啊，薇奥莱。我们已经拜过堂许过誓了，这是我们的桃花源，我们是桃花源里的爱侣。自由地享受浪漫和快乐吧，你有一整年的时间可以不用担心任何事情。咱们开心点好不好。"

"不担心就叫快乐？这一年结束后怎么办？"

"等合同结束以后，"他小心地说，"我肯定还会很喜欢你。我们的关系会变，但我还是会来找你的，如果你同意的话。"

"那你会不会也喜欢上另一个姑娘，也去找她？"

"越说越离谱了！你几乎是从出生开始就一直生活在长三书寓里，你知道这个世界的规则，结果你现在却不能接受这套规则适用在自己身上了。美国佬的特权？它现在已经跟你没关系了！以后别再跟我说这些了。"

"我连话也不能说了？你把我的思想和话语也买下来了吗？"

他起身穿衣。走到过道里时，他忽然停下脚步，用极其温柔的语气说："你的情绪太激动了，我在这里会让你更激动的。所以，我先走了，你自己回忆一下我们认识的这几个月里我说过的话吧。问问你自己，我对你撒过谎没有。我欺骗过你吗？我为什么会在这里？我之所以能赢得你的心，是因为你先赢得了我的心。"

我有点害怕了，怕他会一去不返，要求李妈妈取消合同。

但是他紧接着又说："等到明天，你身体大概会舒服些，脑子也会清醒些。我为你准备了一份小礼物，但我想明天再给你。"

第二天晚上，我努力装出一副平静的样子。我向他道歉说，让我接受自己这个新身份，一时之间确实很难。他给了我一个黄金扭成的镯子。这次他进来的时候，我只感到了一点点痛，而且他还不断向我温柔低语："你是我永恒的梦，我们的灵魂在一起。"这安抚了我的心灵和精神。他温柔地感谢我为他承受疼痛，感谢我原谅他的粗心。他说我永远都会是他永恒的梦。

在接下来的一年里，我们常常争吵。每当他在月末向我支付慷慨的生活费时，我本该感激，却愈发心痛，因为这让我意识到自己不过是件消费品。他并不每天都来，有时一个礼拜都会不见影踪。"我到苏州做生意去了。"他说。苏州，那可是花柳世界的圣地，那儿的倌人们个个吴侬软语，就连上海的校书都会撒谎说自己是从苏州来的。他却跑到那里去做生意！我希望他能带着我一起去。李妈妈曾允许我跟他一起坐马车去乡下转转，因为她坚信我没有逃走的想法。但我其实是很想逃走的——逃到他家，只要他能带我走。我一直希望他能回心转意。我对他嘛，不消说，肯定是忠贞不渝的，但他对我就不一定了。在酒宴上，我经常看到他向姑娘们报以深情的凝视，就连娘姨们也不放过。我说他长着一双"勾魂的眼睛"，但他跟我抗议说他并没有。"我的眼睛跟所有人都一样啊。"

只要一想起他以后会跟别的女人一起销魂，我就受不了。还会有别的女人能够和他在一起，感受到我现在所感受到的快乐。她会受到他深情的凝视，听到他亲昵的情话，感受到他的嘴、舌头，还有阴茎；她还会得到他的理解，他的爱。她可能会让他认定，没有她，他就活不下去。她会是个纯粹的中国女人，出身名门，身上没有缺乏教养的烙印。每一波欢愉过后，就会有一浪恐惧袭来。也许他的爱也只是暂时的，只值一季合约的价钱。

"这就是我警告过你的嫉妒情绪。"宝葫芦说，"这是种病，会把一切都毁了。如果你不赶紧把这种情绪丢掉的话，很快就会自食其果了。"她每天都会把这番话跟我重复一遍，搞得我满脑子都是这话，就像蚊子总在我耳边嗡嗡一样。

夏天来了，我脑子里的嗡嗡声也忽然安静了。有一天，仿佛在预示我们快乐的未来一样，卡洛塔忽然跑过去蹭他，还恩准他把自己抱起来。那是个宁静的季节，我们把烦恼全都抛诸脑后。他每天晚上都来找我，在酒宴上，他也只对我一个人深情凝视。我们欢笑，不再争吵。我努力想证明给他看，我们此生都会有无限欢愉，就像桃花源里的神仙眷侣一般。他对我更用心了，而我也不再揪住我对他的不满不放。

在炎热的午后，我们会一丝不挂地躺在床单上，轮流给对方扇扇子。我们还会躺在浴缸里，互相朝对方脖子上泼冷水。有的时候，我会挑逗他、勾引他；有的时候，则是他来勾引我、使我臣服。我们谈起过去，谈起我们的童年。我们常常讲起我们是怎样在秘密玉路相遇的，每讲一次，都会给那天的故事里增添更多的细节。他会畅想如果卡洛塔没有抓伤他，他那天会享受到怎样的乐子。不管他的想象力有多丰富，我都能依样满足他。而我呢，则会跟他讲述我的孤独，诉说我是如何被我父母双双遗弃的。仅仅是倾诉一番，我的孤独就全都消解了。他听说我小时候跟长三们搞的恶作剧以后，被逗得哈哈大笑。他还会询问我美国人生活中的种种细节——那位大名鼎鼎的路路咪咪是个什么样的人？"她满脑子都是事业，"我说，"就像你一样。"

为了把蚊子赶走，他点燃蚊香。我会在这样的小小举动里感受到浓浓爱意。他总能说出我想听的话："我都快被你榨干了""我渴望得到你""我喜欢你""我爱你""你是我生命中最大的宝藏"。我从不知道爱竟可以这么宽广。

然而恐惧却又一次不期而至——有一天，我在一个酒局上看到他和他以前最喜欢的校书说话。她对他撒娇献媚，而他对此似乎非常受用。那晚我们吵架了，我不断逼问他，比起其他人，他对我的感情到底有何不同。他拒绝回答这些问题，因为他觉得这就像往无底深井里填石头一样徒劳。他知道我的脾气有多大，他什么都知道，因为我曾把我童年时的困惑、孤独和恶作剧都告诉过他。当他离开我的时候，会把我所有的秘密也一起带走。他了解我的需求，但这并不妨碍他在我成为明日黄花以后，继续和别的女人在床上翻滚。他这一生注定都要去追捕猎物、为各种女人买单。

"我真的很痛心，薇奥莱，"他说，"我竟然成了你最大的不幸源泉！从前我可是你最大的快乐源泉哪。"

合同结束前两个月的一个深夜，我们像往常一样喝茶、吃点心并且争吵，他忽然说，他再也不想被拖进我那没完没了的痛苦深渊了。"过去，我对你自由的个性非常着迷，但现在你变了，嫉妒把你心中的自由都扼杀掉了。你活在一个由恐惧和猜疑筑成的牢笼里。实话跟你说吧，你再也不会遇到像我一样惯着你的恩客了。你说我嘴里没一句真诚的话？恩客是没有义务对你真诚的，但我恰恰一直都对你非常真诚。我知道你永远也不会对我满意的，除非我要我嫁给我，但我绝不可能这么做。哪怕社会允许，我也不会把自己托付给一个总是斥责我、无中生有地想象我对她有所保留的妻子的。既然我们两个都不开心，我想我最好还是不要再见你了。在剩下的这两个月里，你最好摆正心态，为成为一个真正的校书而做准备。你将来就会晓得我和别人的差距了，到时候，我希望你能想想过去，为我对你付出的真感情而有所感恩。"他收拾起外套和帽子，"当有人给你爱时，请接受它，薇奥莱。然后回赠爱，而不是怀疑。这样你才会得到更多的爱。"

他仍然会每个月付我薪水。我等着他像往常一样，消了气以后再次回到我的身边，而这一等就等了两个月。他很体贴，一直等到合同正式结束，才跑去追求另外一位有名的校书。当我听到这个消息时，我告诉自己不可以心碎。每一天，我都这么告诉自己。

合同结束三个月后的一天，我收到局票，邀我去忠诚的朋友唐杰办的酒局。他说，在忠诚办的酒局上见到我的那天，他就对我很感兴趣，但是他发现忠诚也被我给迷住了，于是只得选择沉默。

宝葫芦赶紧告诉我，唐杰是一个不错的发展对象。她提醒我说，就是这个人，在外滩边新建筑的建设里狠狠赚了一笔。随着上海的发展，他注定会变得更加有钱。如她所愿，唐杰开始狂热地追求我。他成为了我第一个真正意义上的客人，而非我所爱、所渴望的男人。当我想象他抚摸我的时候，心里既不恐惧也不兴奋。"你把你的眼珠子丢了吗？"宝葫芦说，"那个男人帅得可以让人看一整天不带眨眼的。等你屈膝为奴的时间跟我一样久的时候，能得到这么一个不会让你恶心得把他想象成别人的客人，你肯定会幸福得叩谢上苍的。"

他三十二岁，我注意到，每次见他的时候，他都穿着不同材质的鞋子——羊皮、小牛皮、小蛇皮、小鳄鱼皮、小鸵鸟皮……我还要再见他多少次，他才能用尽所有种类的动物幼仔皮呢？他的鞋子让我觉得他是一个古怪的人。我希望他不是青帮的人，如果他是的话，我肯定忍受不了他碰我。我已经接受了自己将在烟花世界里度过的生涯，但我永远也不会原谅那些匪徒所做的事情。就是因为他们，我才沦落到了这里。

"如果你拒绝每一个跟青帮有瓜葛的男人的话，"宝葫芦说，"你会失去一半的客人的。他们是政府和商界的一分子，就连有些地位很高的警官都是青帮的人。

他们并不全是暴徒。在任何一个大团体里，都会有好人和坏人。"她向我指出唐杰的优点：他是上海许多长三书寓里最受欢迎的顾客，向许多美女赞助过金钱。如果我能拿到他的赞助，地位肯定会大为提升。不过，这一点在我听来，倒不是什么有吸引力的优点。

"他很无聊啊。"我说。

"哦哟！他来这儿可不是给你找乐子的。你只需要确保他不觉得你无聊就行了。你才是那个负责提供刺激的人，你得用种种他们喜欢、却不得其法的方式娱乐他们。这跟和方忠诚在一起可不一样，他是不一样的。你们两个是爱人。且这样的事可不会经常发生。"

她允许唐杰来我房间喝茶。我的香闺藏在一张十二块嵌板组成的屏风后面，宝葫芦特意移动了屏风的位置，把床的一部分露出来。房间里灯火通明，她找了个借口离开，并告知我们她会在十分钟后回来。这样他就会知道，如果不签合同的话，我们就不欢迎他的赞助。一等宝葫芦离开，唐杰马上告诉我，他的脑子里全都是我。他从没忘记我去年在忠诚的酒宴上提出的生意建议。事实上，每当他想起这件事时，对我的倾慕之情都会油然而生。忠诚也说过跟他一模一样的话，为的是半开玩笑地告诉我他勃起了。然而唐杰说这话的时候却非常认真，我知道他口中的"倾慕之情"并没有别的含义，我不能笑。

他的朋友们在别处设局时，他也会邀我出局。他以一种公事公办的态度应付所有人，唯独对我不是。每当我们四目相对时，他都会咧嘴一笑，像个大男孩一样。宝葫芦跟我说，每当一个客人被迷得神魂颠倒时，他的心智都会回到青春期时的水平。那时的他们有着最为新鲜充沛的性冲动，行事草率，不经思考就会慷慨解囊。

唐杰在过去的一个月间，给我送了各种奢华的礼物，其中包括一个镶有稀有翡翠和钻石的戒指。我又让他进了我的闺房两次——不过只提供茶和点心。他声称他快被我迷疯了，满脑子只想让我快乐——我知道他的意思：他想在床上让我快乐。这么道貌岸然，真是乏味透顶。宝葫芦建议我，下一次他再请我去他的酒局时，就邀他来过夜。"邀请他的时候一定要含蓄，就像他跟你说话一样，心领神

189

会就可以了。你可以称赞酒宴上的食物，然后顺带着对他说，你很想知道他妈妈擅长做什么样的上海菜，也很想知道他最喜欢哪道菜。这种话题对于男人来说总是非常特别的，会让他们有种温暖的感觉。当他问什么时候可以见你的时候，你就直接说：'今晚吧，如果你还有精神聊聊天的话。'"如果宝葫芦没说错的话，他妈做的菜一定会让他春心荡漾，然后那天晚上的酒宴便会结束得格外早。

宝葫芦早已布置好我的房间，将别人送的礼物摆到显眼的位置，以便让他看到。蚊香已经点好，这样我们脱光衣服以后就用不着拍打蚊子、到处抓痒了。"今天晚上，我们可以让他享点艳福，之后让他等个三天，再让他来第二次。如果有必要，我们可能需要再给他第三次机会。不过，千万不要把他想要的一切都给他。推掉他的要求，别做得太明显就好。跟他承诺说，你下次会给他更多，但同时也要告诉他，你明晚还要去见其他追求者。这样一来，他十有八九会立刻跟你攀相好，再也不让你去应付别人。"

"也许他一个晚上以后对我就没兴趣了，才不在乎我还保留了什么呢。"我说。我很确定我没法对他装出和忠诚在一起时那种亲昵和兴奋的情绪。他对我而言只是一个顾客罢了。

薄暮时分，距离酒宴开场还有一个小时的时候，宝葫芦告诉我说，忠诚今晚也会出席。"不管怎样，他毕竟是唐杰的朋友。"

"他肯定知道我也会在的。所有人都知道唐杰在追求我。"她小声告诉我，他也会带上他现在最宠的长三过来。"他带哪个只知道傻笑的姑娘过来，跟我有什么干系？"最让我生气的是，宝葫芦把这件事告诉我以后竟然还来安慰我。他不过是我过去的一个客人罢了，没什么特殊的。只是我那时太没有经验，期待得太多。

"李妈妈让你跟忠诚签一年的合同是个错误。你那时整天双眼放光，就跟个待嫁的姑娘一样。忠诚对你太好了，让你在妄想里越走越远。当然了，对你好并不代表爱你，只是你误会了。如果唐杰成了你的相好的话，你可得给我好好表现，像个真正的校书那样，让他每天都无忧无虑，快乐似神仙，这样他才会逢人便夸你好。"

唐杰一脸着迷和孩子气地迎接了我。他没有让我站着，而是邀请我坐在他身旁，请我尝尝他点的珍馐佳肴。我正打算开口邀请他一起过夜的时候，却看到忠诚带着他的新欢走了进来。他朝我这边走来，但却只是为了向酒局的主人唐杰致以问候。招呼完唐杰后，他又向我致意，态度热情但却保持着礼貌的距离。他称赞我的上衣很好看，而这件衣服是用他给我的钱买的——他弟弟把我的上衣弄脏以后，我用他给的钱买了三件新衣服，而这便是其中之一。我后悔今天穿它来了，但还是对他的称赞表示了感谢。

　　"这个颜色很配你。"他说。

　　我还没来得及思考该怎么回答呢，一个脸颊丰润、眼睛大大的长三便来到他的身边，愉快地向他报告说，唐杰的局结束以后，她们堂子里也会举办一场酒局，他可以玩到筋疲力尽，并在那里过夜。姑娘的话已经很明显了：忠诚很有可能会成为她的相好。他要去别处参加酒局了，而我要和唐杰聊聊他母亲的厨艺。忠诚又跟我们说了一些泛泛的客套话，然后新欢就把他给拉走了。眼睁睁看着自己的爱人和别的妓女在一起，这也太耻辱了，别人都是怎么忍过来的呢？几分钟后，我便邀请唐杰到我房里去玩一种美式扑克游戏。他立刻就答应了。

　　他所言不虚，确实满脑子都只想让我快乐。他彬彬有礼地请求我准许他碰我：我的脸、我的胳膊、我的腿、我的胸、我的阴部。这太无聊了，但提前能够预知他想做什么，也还是挺不错的。当我脱掉衣服时，他表现出的更多是一种感激之情，而非我和忠诚曾分享过的那种对彼此的欲望。我盯着唐杰的脸看，想把忠诚从我的脑海中抹掉。他很善良，温柔，很有礼貌，不太可能是个匪徒。我闭上眼，又一次次地睁开，眼中他的脸庞渐渐熟悉起来。他长得很英俊，但我却感受不到欲望。我假装自己是一个缓慢觉醒着的处女。当他向我的身体靠过来时，我睁大眼睛，做出伪装的不安表情。我闭上眼睛，让他进入我的身体。随着他规律而有节奏的抽插，我平静下来，开始哭泣。

　　早上，趁他醒来之前，我便起身洗好澡，穿上宽松的睡袍。尽管他的身体修长而富有青春活力，但他熟睡中的样子看起来就像个小男孩。我正打算叫人拿早餐进来，他却一把将我拉到身旁，然后我们便又来了一回。我很小心地维持着正确的平衡：我已不再是一个逐渐觉醒的处女，而是一个刚刚初尝禁果的姑娘。我想起了秘密玉路里那些长三，她们都知道该怎么应对自己的客人。我曾鹦鹉学舌，模仿她们对每个追求者说的话。但现在我已不再觉得说这些话是件低贱的事，反而对自己的技能感到骄傲。我知道唐杰想要的是什么：他希望我能在他的调教下，不再羞涩，变得淫荡起来。于是我便勾引他，让他感觉自己取得了成功。

那天下午，唐杰去见李妈妈，签下了两个季度的合同。我很惊讶：我的身价已经贬值到只值夏秋两季了吗？宝葫芦告诉我说，这是一份不错的合同，这样的安排要比更长的合约更好，因为如果你受不了他的话，就不会跟他纠缠太长时间了。"你现在可能会觉得他蛮容易讨好的，但等到他签了合同以后，就会想要得更多。使出你的浑身解数，能迷住他多久，就迷住他多久，这样你就不用工作得太辛苦了。等到两个季度结束以后，他肯定就不会再痴迷于你了。之后他就会再去找别人，再次享受迷醉的感觉。"

"你有没有遇到过真心爱你、不会几个季度以后就变心的人？"

"每个姑娘都希望能找到这样一个男人。"她说，"慢慢地，我们就不会再去奢望了。但是就我个人而言，这个梦想实现过两次。一次是跟幽灵诗人——你知道他的。另一次是跟一个活人。他不像大多数客人那么有钱，只有一个小型造纸厂，而且他已经有妻子和两个姨太太了。但是他却说他爱我。他说过许多次，还把之所以爱我的各种原因都说给我听：不是因为我会说好话，也不是因为我对男欢女爱特别精通；他爱的是我坚强的性格，我真诚的心，还有我单纯善良的天性。我拿出自己积蓄中的很大一部分给他买了块金表。他告诉我，他每半个小时就会从他的口袋里拿出那块表，看看他的工人们进度是不是够快。有一天，两个工厂工人把他给杀了。在被执行死刑前，他们说，杀他是为了夺走金表，也是为了报复他对他们的虐待。那位爱人的遗孀留下了那块表——反正我也不想要了。我觉得就是那块表害死了他。虽然悲惨收场，但那确实是一份真爱。真爱——还是有的。"

1915 年

在接下来的几年里，我发现男人在很多方面都是很相似的。他们喜欢听女人夸奖他们的性格和那种性格在床上的体现：领导力、奋斗、慷慨大方、坚持不懈、勤劳，以及卓尔不群。大多数客人都需要从很多女人那里得到源源不断的奉承。我很了解这一点。与此同时，我也能通过一个恩客签下的合同的长度，判断出他的兴趣能维持多久。我不再会因他们感情的变化而震惊，所以也便不再因此而受伤——尽管有的时候，如果有人在合同到期后又续约了一个季度的话，我还是会觉得很开心。不过，也有那么一些客人，我并不是特别乐意跟他们续约。

每个男人都有其特定的性幻想，而每一种在表面上看都大同小异。有很多人喜欢让我爱抚他的后背——可以用手指、脚趾、胸、舌头、羽毛掸子、苍蝇拍，或者鞭子。当我能够越来越熟练地识别这些需求之间的微妙差异时，便学会了猜测他们可能还喜欢的其他东西，然后好好利用自己的猜测。我可以先向他提供一次这种服务，然后吊一吊他的胃口，然后再毫无预兆地给他个惊喜，或是在他送我一份礼物之后予以报答。有个男的喜欢清洗我的下体；另外一个喜欢让我张大着嘴往里看；还有一个希望我一边背对着他脱衣服，一边唱一首山妹子的歌。我还碰到过一个人，他让我用珍珠抛光机给自己挠痒痒，而他自己则躲在屏风后面看。我把每个男人的癖好都说给宝葫芦听，以为肯定会有哪种是她没碰见过的，结果她的回答永远都是："我也遇到过一样的。"

有一次，我终于跟她讲了一个她从未经历过、也永远不可能见识到的癖好，不由非常自豪：那个男人要求我穿上古板的西式服装，然后用中文一遍又一遍地提出自己的性要求，我则用英语说自己听不懂。紧接着，他会把我推倒在地板上——虽然我更喜欢床吧——在我身上一通翻腾。最后，我要用中文说，我终于能够完全听懂他的要求了，因为他无畏的骑士已经长驱直入穿过我的大门，统一了我的思想。

自从梳拢后已经快三年了，有一天，方忠诚忽然给我送来一封简信，说想见我。我思忖着到底该不该同意。

现在的我已不再傲慢、幼稚、激烈和愚蠢。我不会再让自己的感情失去控制，把用钱买来的浪漫当作爱情。我成了一个人气甚高的校书，我很骄傲自己可以为每个男人都营造出最为逼真的浪漫恋情，并且在有限的时间——不管是一个季度还是两个季度——之内，完成这项工作。我从不接受长于半年的合同，因为，淡出社交圈可不是个明智之举。我的声誉极好，人们都知道我从不对客人撒谎。如果有哪个追求者对我许下承诺，我不会相信他，但我同时也不会嘲笑他的痴心。我一边思考着到底要不要见忠诚，一边不断用自己的成就为自己打气。但没用，我的心还是狂跳起来。

这几年里，我时不时会在酒宴上遇见忠诚——有时他身边有美女相伴，有时没有。他对我总是一副彬彬有礼的样子，而我在面对他时则变得越来越自在。到了后来，我发现，自己已经可以用一种老朋友般的亲爱感情去面对他了。到了今天，我终于能够不带痛苦和耻辱地与他相对。忠诚说的没错，真的有这么一天，我能够把他看成一个比其他所有人都更善待我的恩客。

我跟宝葫芦说了忠诚的请求。她把嘴张得圆圆的，眉毛一挑，逗趣道："他是想追求你吗？"

我向他敞开房门，但也暗自下定决心，绝不会看在过去的情面上，让他占了便宜。

"将近三年了，我一直在默默地观察你，"他说，"心里也不是没有想过和你重归于好。但是我却担心，我们会再次陷入以前那种痛苦。"

"我那时太年轻，太幼稚了。"我说。

"你学得很快，我猜你现在比大多数人都要老练多了。我能看得出，你又找回了你的自由灵魂，你的独立精神。我不知道你是不是真的已经原谅我。如果我们是现在才初次相遇，该有多好。那样的话，你就能仅仅把我看作一个恩客，不会对我有过多的期待，然后我们就能轻松地共享快乐了。"

"你不需要请求我的原谅，你没有做任何对不起我的事。我才应该请你原谅我呢。我那时真让人受不了，是不是？每当我回忆起过去的时候，都会奇怪你怎么能和我在一起那么长时间。"

"你那时才十五岁嘛。"说着，他给了我一个熟悉的眼神，"薇奥莱，我想要当你一个季度的恩客。在那么深深地怨恨过我之后，你还能接受吗？"

我沉默了。一般来讲，对男人们所提出的任何要求，我的心中都早有答案。但这次不同，如何回答事关我曾深受伤害的心。我已经小心地修复了那颗心，并变成了一个和以前完全不同的人。我对他的欲望太过强烈，这会让我很容易就迷失自己。然而紧接着我又想：为什么不索性好好享受一个季度呢？在这一段时间里，我不再需要像和其他男人在一起时那样，伪装出狂喜的样子。我可以给自己放个假。不管发生什么，不管之后会不会心痛，我都想再一次像过去那样，在爱情中深深沉醉。

"在你回答之前，我还有一件事需要告诉你，"他说，"我现在有妻子了。"

往日那种伤痛立刻再次笼罩了我的心头。

"我们的婚姻并不是出于爱情，"他说，"我们两家相识已有三代，她跟我从小一起长大，就像亲兄妹一样。从五岁开始，我们就定下了姻亲，但她一直都在竭尽所能地拖延婚期，至于原因嘛，你听了以后会很高兴：她对男的没有性欲。我们两家都以为她是尼姑灵魂的转世，希望我能转变她的信仰取向。然而事实是，她爱上了一个女人，我的表妹。她们打小就认识了。在我妻子给我生下一个儿子以后，每个人都很高兴，于是那两个转世尼姑便到家中的另外一处共同生活去了。尽管如此，她仍是我的妻子。我之所以告诉你这些，薇奥莱，是为了让你放心：并没有别的校书想要勾引我，成为我的妻子。我已经有一个妻子了，而且我也不想纳妾，给自己添乱。"

他履行自己的承诺，和我签订了一个季度的合约。在这段时间里，我不用再去扮演任何角色，只需放空大脑，投身于爱与欢愉的海洋。我明知道自己到时一定会心碎，但却一味掩耳盗铃。

这个季度结束时，忠诚对我许下了另一个诺言：

"我永远都会是你忠实的朋友。如果你遇到麻烦了，随时都可以来找我。"

"哪怕我老了、满脸皱纹了？"

"哪怕那时也可以。"

他此刻对我许下的,是一生的友谊。他要把他名字的意思——忠诚——送给我,他永远都会对我伸出援手。这难道还不是爱吗?这不比一生之中的所有季度加在一起都更有价值吗?每隔几个礼拜,他都会来找我待上一两晚。每次见到他,我都希望他能再跟我签一个合同。为他留下跟我签合同的可能,我迟迟不去催促其他追求者成为我的恩客。最后,有一天,我终于忍不住云淡风轻地说了他两句:"与其零零散散地在我空闲时过来,为什么不干脆签个合同呢?签了合同以后,不管什么时候,你招招手我就会来了。"

"薇奥莱,我的爱,我跟你说过,你比任何人都更懂我。我不会自省,但你却能看到真实的我。每当和你在一起的时候,我都会感觉到从前的渴望,生命的力量。如果我不对之进行抵抗,我心中的空虚就会被填满,我就再也不会努力奋斗了。然后我会感觉到时光飞逝,有种重要的东西从我的手中溜走了,这让我感到恐惧。溜走的是我生命中更加远大的目标,而我至死也不可能再找到它了。我会感到日子一天天溜走,生命的尽头却越靠越近。我不用再说更多了,你比我自己还要更了解我。

"我只知道你刚刚说的话就像狗屁一样臭。我要是真的这么了解你的话,早就能让你乖乖听我的话了。"他大笑起来。

面对我提出的每一个问题,他都会给出比我所预想的更好的回答,但没有一个回答能让我释怀,因为我不明白他到底想要什么。他对我许以终生,却不想让自己的心被我填满,所以我们还得彼此分开。他觉得我会填满什么呢?说不定我根本就填不满那个东西呢?我自己的渴望怎么办?我觉得自己就像在迷宫里奔跑,追逐一个我看不到、却知道它很重要的东西。我感到它就在前面了,但下一秒钟它便会拐弯消失,留我一个人在原地,找不到方向。我不得不努力思考下一步该做什么,去哪里,以及需要怎么做才能离开这个令人困惑的地方。如果我停下脚步、站着不动的话,那么就意味着我已经接受了"我现在所拥有的一切,就是我这辈子所将得到的一切"的现实。在接受了这一点以后,我的心中就不会再有迷茫,因为除了此处再无天涯,我没有别的地方可以去。

随着时间的流逝，我逐渐看清了自己一直在追逐的那个陌生人的真面目——那是我更快乐的自我。过去，它是被我心中的担忧和不满给挤走了。我把渴望抛诸脑后，带着更敏锐的思维和更清澈的双眼，继续上路，准备好面对自己人生中的一切。

第 6 章　歌唱的麻雀

上海　1918 年 3 月

薇奥莱

春节来了又走了，宝葫芦为我又一次没有成为上海十大美女而哀叹不已。她说我没有积累任何值得蚊子小报报道的八卦，穿错了颜色，而且也没有勾搭上什么大客户。"你认为那些获胜的女孩真的就更漂亮或更聪明吗？完全不是！但她们不会无所事事躺那儿嗑瓜子，以为她们的名气会只升不降。"

所谓的人气竞赛都是暗箱操作出来的，但是宝葫芦不愿意承认。获胜的倌人都来自青帮经营的妓院，投票选举时，青帮成员的投票比竞争对手要多十倍。"就算比赛没有造假，"我说，"我也已经二十岁了，是个被人采过的桃子了，不再新鲜诱人。而且，身为一个欧亚美女，如今也不再是什么优势了。"

她嗤之以鼻："你要是现在就已经这么想了，最好赶紧想点法子提升自己的知名度，要不然，你很快就该卷铺盖走人，给像你一样忘恩负义的姑娘当使唤丫头了。"

长三的世界里充满了欧亚杂草——美国混血，英国混血，德国混血，法国混血——有一百多种混血。幺二堂子里的混血更多，但都不如花烟间里多。我们这些长三堂子里的倌人都对新人很抵触，不管她们是暂时的旅居者，还是想要扎根寻找机会。就是因为她们的搅和，上海才会渐渐地变成一个无底洞。日本人已接管了更多中国的生意、建筑和房屋，他们拥有小商铺和大商店，他们的艺伎比我们这些长三校书的地位还要高——尽管她们并不提供性服务，而只为客人演奏听起来像是雨滴声的音乐。那种玩意儿为什么会受到欢迎呢？要是我们这些烟花女子也只演奏音乐的话，估计会沦落到靠敲铜盆讨饭吃的地步呢。

上个礼拜我们听说，居然有三个长三校书也开始接待外国顾客了。秘密玉路里每天都有外国人，但他们必须在中国顾客的陪同下，才能进到长三堂子里来，而且，他们只能看，不能动手动脚。我们听传言说，到长三书寓去的外国客人从不守规矩，他们没有耐心花一个月的时间来追求一个美女，也不愿和别的男人竞争。他们只喜欢花言巧语，玩游戏，大吃大喝，听美女唱歌。比较有魄力而且出手大方的，会在第一晚就被邀请到闺房里去。在我们看来，那些长三书寓已经沦落到连幺二堂子都不如了。不过从另一个方面来说，那些洋人也会留下很棒的礼物——通常是墨西哥银币。那些个长三书寓近年的光景不大好了，也难怪她们会允许一些破坏规矩的人混进来。中国追求者送她们的珠宝可能比那些银币更值钱，但当高级妓女们到珠宝商或当铺那里变卖珠宝的时候，收到的钱总是比珠宝的实际价值要少，而且还是以中国货币支付的。很多人都担心，只要军阀和共和党人之间发生哪怕一点点摩擦，都会使现行货币大幅贬值。但没人敢大声把这担忧说出来，因为那样显得太不爱国了。

我们这里又会变成什么样子呢？如果我们不接待外国人，我们还有什么竞争力可言呢？上海有超过一千五百家长三书寓，其中的很多家，都拥有更新、更时髦的装修，每个房间里都配备有扑克牌、收音机和留声机，还装备有现代的抽水马桶，只要一拉链杆，脏水就会被冲走。李妈妈说，要是每次新风吹过时都得换一遍家具和装饰品的话，她早就破产了。

在低级妓院和大街上，人们可以享受到超乎想象的各种淫秽性服务。没有什么是神圣不可玷污的：有些娼妇自称富绅的遗孀，却允许男人们将她们身上的往日荣耀玷污得精光；那些宣称自己是"半张着"的夫人们，则趁着夫君不在家的时候，从早到晚接待客人。有个上了年纪的女人宣称，她过去曾是个有名的歌唱家，并用自己如日中天时的海报装点房间。我们都不相信她会是那个我们曾经仰慕的歌唱家——但当我们去拜访她的时候，发现她竟然真的是。同样面向外国人做生意的，还有那些自称是外交官女儿的欧亚血统姑娘、自我标榜为传教士女儿的肤色苍白的女孩、很多对同为处女的双胞胎，以及真实身份是漂亮男人的漂亮伶人。就算大家都在扯谎，外国人仍然照单全收，他们太粗心，完全没有注意到自己被人骗了——也或者，他们被骗了以后觉得太难为情，根本不好意思跟别人承认。我们猜想，这些蠢蛋外国人，终有一天也会走进我们的大门。

朱颜都快二十五了，已经过了盛放的灿烂年代，但她拒绝面对这一现实。她的名声把她捧得太高了，而且，她现在仍然能够吸引到老派的追求者，他们会大摆台面，邀请她赴宴弹奏古筝和唱歌。不过，如今那些追求者不用再排上好几个星期才能等到她的档期了，而且，她如今的追求者也并不全都是有钱有势之流了。不过，幸运的是，我们的一些老客户仍然非常忠诚。

李妈妈谈起开放门户接待外国客人的想法时，我看到朱颜的眼睛因惊恐而睁得大大的。李妈妈向她保证，我们只接受那些有社会地位的有钱人，不接受水手和小职员。"业内不仅已经接受了这种做法，而且已经开始争相争取外国客户了。"她的妈妈说，"但我们在挑选客人的时候，还会像以往一样精挑细选的。外国客人要想来的话，必须经由咱们这里的老顾客引荐，这样就能保证到这里来的外国人都是上流人士了。"

朱颜的眼睛看起来就要冒火了："他们举止粗鲁，"她说，"带着淋病和梅毒，还浑身都是虱子，会把人搞得从头到脚长满发痒的红色肿块。你真的希望你亲爱的女儿，我，一夜之间就变成一个得了传染病的娼妓吗？"

李妈妈的眼睛眯了起来："如果你还想继承这所书寓的话，"她说，"最好从现在开始，赶紧物色一个土匪当自己的恩客。"

第二个星期，方忠诚对李妈妈说，他很愿意为我们介绍一个外国客人。那位外国客人是一个来自美国豪门家庭的儿子，他家开的航运公司已经在中国做了五十多年生意了。忠诚说，该公司负责为他将瓷器运送到欧洲和美洲，他们的服务令人非常满意——这句赞扬很好地证明，这位客人以及他的父亲都有着良好的品行。

"他来中国已经快一年了，"他一边喝茶，一边跟我说，"他为人诚恳，但思维方式非常西式。他说他一直在自学中文，但我不得不说，他的中文实在是太烂了，完全没有人能听得懂。我试图用英语跟这人交流，但我的英语也很生疏，所以我俩的对话一般都仅限于天气啦，他父母生活的国家啦，他们的健康状况啦，他祖父什么时候死的，他在上海吃的食物，有没有哪道菜让他觉得很奇怪怔很好吃之类的话题上，简单聊几句都很费劲。过不了几分钟，我就得翻开你送我的那本该死的中英词典去查词。我知道怎么用英语说蔬菜、肉和水果，但你们怎么说卷心菜、猪肉和金橘呢？不管怎么样吧，虽然我们说过的话并不多，但我敢跟你打包票，他是个很有教养的人，谦逊而又害羞——哈！——这在美国人里可真是不多见，你不觉得吗？我俩上次聊天时，他说他想认识一个英语说得很好，能跟他进行有趣对话的中国女人。当然了，我一下子就想到了你。"

"所以说，以后我就不再是你的欧亚混血小美女了。"我说，"在你朋友那儿，我成了个中国人？"

"呃，你觉得当中国人很耻辱吗？不是？那你为什么要急着讽刺我？咱们初次相遇的时候，你是路路咪咪的欧亚混血公主，当时所有人都是这么看你的。在那以后，我从来没有用纯种或是混血这样的标签来看待过你。你就是你自己，不肯原谅我的急脾气的小泼妇——而且你就是不肯告诉我，你为什么不肯原谅我。"

"我真不知道我干吗还要自找麻烦和你讲话。"我说。

"薇奥莱，求你了，咱们现在就别吵了。我过不了一会儿要去赴一个约，大约三十分钟以后就得走。不管怎么样吧，那个男人想找人愉快地聊聊天，我希望你跟他聊天的时候不要像跟我聊天似的，吵个没完。"

我现在已经不再迷恋忠诚，因此终于能够看清他的缺点了。他很自大，对我也很轻慢。而在他所有的缺点里面，让我最不能忍受的，还是他对于我曾对他抱有的情感漫不经心的态度。他会在酒宴上一脸亲昵地招呼我，但却不会邀请我出席他办的下一个酒局。前一阵子，在一场酒宴上，他追忆起了我的初夜，跟我好好调了一番情；我以为这是他想要和我共度良宵的信号，但当我冒失地邀请他和我旧梦重温时，他却谢绝了，说他刚从苏州回来，非常疲惫。我感觉受到了深深的羞辱。"啊，苏州，漂亮倌人的云集之地。"我回答道，"怪不得你的身子都被掏空了呢。"他回嘴说，他为了见我而费心费力，我却丝毫也不知感恩；我则说，他费心费力不是为了见我，而是为了参加这场酒宴，只不过恰巧我刚好也在罢了。上次他表示出跟我过夜的兴趣时，我说我很累，不想接客了，他非常生气，因为他知道我为什么这么回答他。我们已经这么斗了快两年的嘴了，却仍无法彻底摆脱对方——但此刻，我们的关系终于画上了休止符。我想他对我已经没什么感情了，要不然他怎么会毫不犹豫地把一个美国人介绍给我呢？他明明知道，那个男的一旦学会几个有用的中文词汇以后，就会毫不犹豫地压到我身上。

傍晚时分，相帮通报说那个外国人到了。我们一直在等他，而他已经迟到了一个小时，这让我们预感到自己不会受到他的礼遇了。走进客厅时，我的心情很差。那个男人站了起来，我看了看书柜上的钟表，装出一副惊讶的样子，用英文说："天哪，已经四点了吗？我希望没有让你等太久。我们还以为你三点来。"我露出一丝浅笑，希望他能为他的迟到而道歉。"你不需要道歉。是方忠诚让我四点到达这里的。"该死的忠诚和他的狗屁英语！那个美国人盯着我看，显然，他对于我不是他所期待的异域美人而感到失望。"我是中国混血。"我直言不讳地说。

李妈妈和宝葫芦已经就座，至于朱颜，就像她宣布过的那样，她没有来。流光和宁静很快也进了屋——她们是这里的新人，是一对姐妹，曾在另一家长三书寓工作，后来那里的老鸨去世，妓院飞速没落，她俩便来了这里。李妈妈认为她俩应该来见识一下洋人是什么样的。我本想穿成西方女人的样子，但后来还是决定，我不能被自己对忠诚的怒火给冲昏头脑。我把头发梳到脑后，盘成一个发髻，穿上一条紧身的、中式时髦高领长裙。他坐在一张扶手椅里，我拣了一把他对面的椅子坐下。我发现其他倌人们都僵硬地抿着嘴唇，很显然，第一次在朱颜堂见到外国人，让他有些不太自在。他的出现改变了我们这家书寓的地位。在他身上，看不到美国人惯有的圆融世故的气场，也见不到我妈曾招待过的那些富有商人的举止。

他的名字叫博森·爱德华·艾弗里三世。忠诚告诉我他可能是二十五岁，但他显得要更大一点。他骨架纤细，长着一张典型的盎格鲁－撒克逊人的骨感脸庞，脑袋长得像个大头菜——大大的脑壳和额头，从头顶到下巴越来越细。他的眼睛是淡褐色的，沙色的头发卷曲而蓬乱，一如他的八字胡。这样的毛发让我联想起打扫残羹剩饭的扫帚。他的衣服裁剪合身，浆得很硬，但同时也皱皱巴巴的。如果你的外表很邋遢，这肯定说明你不尊重对方——除非你是个挨饿的乞丐。

"请管我叫爱德华。"他说着，以一种好笑的恭敬态度亲吻了每位佣人的手。

"爱德华这个名字对于中国人来讲很难念，"我说，"博森就容易得多。"

"博森是我死去祖先们的名字，承载着我们家族的成功和辛勤，而我却既不成功也不勤劳。"我知道他说这话是想幽上一默，但我对他的话进行了直译，消除了其中幽默的含义。"他太诚实了。"宝葫芦说。

"当然了，如果博森更容易念的话，"这位外国人说，"我也很乐意她们这么叫我。"

我用中文教她们读："卜——森。"代表萝卜的"卜"，和代表巨大的"森"。大萝卜！她们都觉得我的玩笑很逗。

随茶一起端来的，还有一小罐牛奶和一盘黄油曲奇配果酱。李妈妈兑，为了用牛奶把好好的茶给毁掉，她还专程跑到外国市场上去找牛奶来着。

他和我简单聊了聊他在中国度过的时光以及他的见闻。时不时地，我会给其他人简要翻译一下。他声称他一年前就来到了这里，但迄今为止尚未得到他想要的见识，不过他打算再待一段时间，甚至可能还会再待好几年。他向后倚在沙发上，大敞双腿而坐，就好像坐在轿车里一样。他看起来并不像忠诚所描述的那样害羞——实际上，他甚至有点太过随意了。

"我喜欢去那些人们不大能够经常见到的地方。"他说，"大多数美国人在探索异国世界的时候，都没那么富于冒险精神。"

203

"在中国，你才是异国人。"

"哈！你可能会以为，在这里待了一年以后，我已经能够融入这里了，可惜并没有——也许再过五年以后就差不多了吧。"

"五年对于一个游客来讲可是段挺长的时间。还是说你打算留在这里生活？"

"我是带着完全开放的心态来到这里的。我只知道自己不会太快离开。"

"你在你住的地方待得舒心吗？对于一次长途旅行而言，住得舒服总是很重要的，否则的话，你对上海肯定不会留下什么好印象。如果真是那样就太可惜了，因为上海简直遍地都是乐子。"

"我觉得自己在这里过得简直要算骄奢淫逸。我住在静安寺路上的一家宾馆里，离这里不远。这家宾馆是我父亲的一个老朋友开的，那是个中国男人，叫做成先生。在国外学习的时候，他住在我们纽约州北部的家里。我那时还太小，对他没有太多记忆，只记得他给人一种旧世界的神秘感——尽管他那时还很年轻，而且非常和善。我觉得可能就是因为他，我才一直都对中国很好奇。"

他一边说，我一边将他的话翻译给美女们，越到后来翻译得越简略。他的家人拥有一家航运公司，那是他的曾祖父在八十年前开创的。

"我不得不惭愧地告诉你们，艾弗里家族最初是通过鸦片积累起财富的。近些年来，我们从事的是运送人造货品的生意，运送一些像是方忠诚先生的茶杯和茶碟一类的东西。"

他的家人送他到上海来，是为了让他熟悉家里的生意，因为他将来终有一天会继承家业。我将这句话翻译给美女们，她们对他便平添了几分兴趣。"这不过是他讲的故事罢了，"我补充说，"大家都知道，美国人呢，在身边没有知情者的时候，会随心所欲地编造出各种各样的故事。"

"事实却是，我对生意仍然一窍不通。"他说，"我逃脱了责任，更像是个漫无目的的流浪汉。我想随着兴之所至探索中国，而非按照安排好的行程表去看些什么神殿和宝塔。我不想看什么旅行指南，不想被规定好要去发现什么，也不想感觉到自己正被人引领着穿越回始皇帝的远古时代。"他从外套兜里掏出一本皮面笔记本，"我正在写一本游记——在里面记录下各种场景，还用铅笔配上素描画。"

"你会把这本书出版吗？"我礼貌地问。

"会的，如果我父亲买下一家出版公司的话。"

这个男人脑子里一点正经想法也没有。

"我写这些就是给自己看的。"他说，"我不会把这些粗糙的小故事强加给别人的，那样太残忍了。"

"你给你那只为自己而写的书起标题了吗？"

《远东的最远方》，我是上个礼拜想到这个标题的，你是第一个知道的人。当然，在这个题目之前，我还想过一大堆其他的标题，而且说不定过后还会有别的新题目冒出来。这就是你既没有目标，又没有目的地，也没有读者时会产生的问题。"

"迄今为止你向东走了多远了？"

"完全没有向东走过，只到过上海的西南界。不过，我所说的'最远'，更多的指的是一种心理上的距离，而非地理上的距离。你知道沃尔特·惠特曼的《草叶集》吗？"

"我们大上海汇集着全世界的很多东西，不过，唉，这其中却并不包括迄今为止出版过的一切英文书籍。"

"惠特曼先生受到所有人的景仰，他的诗歌可以说就是我的旅行指南——比如这一首：

"不只是我，也没有任何人可以为你走完这条路。

你必须自己走。

它不远，就在那里。

也许在你出生的时候你就去过那里，

只是你不知道。

也许它到处都是——在水上，在陆上。"

我从未读过这首诗，但我却用自己的生命体会过这些词句传达出的痛——孤单一人，走在一条通往未知之地的路上，而且不知道自己为何会在那里。这首诗就像是那幅群山之间的山谷的画一样，画里有既阴暗又瑰丽的云朵，远方有一个明亮的所在——那也许是闪耀的天堂，也或者是燃烧的湖泊。

"从你脸上的表情看，我猜这首诗不太合你的口味。"爱德华·艾弗里说。

"正相反。我希望有一天能再多读一些。"

宝葫芦插嘴道："问问他，他打不打算出版一本故事书，里面专门写他是如何拜访这家长三书寓的。"

他直接面向她进行回答，就好像她懂得英语似的："如果我在书里写到你的话，关于你的描写肯定会大受欢迎，让我的书因此无比畅销的。"

我翻译给她听，宝葫芦咬牙切齿地说："叫那个骗子把我写成一个年轻漂亮的人。"

爱德华·艾弗里笑了起来，流光和宁静也露出了微笑，尽管她们并不知道我们在说什么。

"真是可爱的姑娘们，"他说，"左边的那个看上去只比小孩子大一点点——这么小就堕落进了这么一种生活啊。"

一块石头卡住了我的喉咙。他以为自己是谁，要来可怜我们？

"我不认为自己是个堕落的女人。"我说。

他一下子就被饼干给噎住了："我太不会说话了。而且当然，我说的不是你——你又不是她们当中的一员。"

"我确确实实就是她们当中的一员，你说得没错。但是，你不需要可怜我们，如你所见，我们活得非常好。我们很自由，不像那些没有丈夫和老女仆阿姨的陪伴就哪儿也去不了的美国妇女。"

他第一次正色起来："我向你道歉。我有一种无意间冒犯别人的习惯。"

我决定给这次不成功的相遇画上一个句号："我觉得我们今天已经聊得够多了，你不觉得吗？"我站了起来，而这迫使他也站了起来，然后我便等着他表示感谢并且道别。

他惊讶地看了我一眼，然后把手伸进马甲兜里，掏出一个信封递给我。那里面装着二十个美国银币。

该死的忠诚！"艾弗里先生，看起来方先生似乎是忘了跟你说明，这里是一家长三书寓，不是窑子，这里没有下贱的娼妇。你以为你兜里揣着几个叮当作响的硬币走进大门，就能立马睡到我们？"我把那些银币倒到桌子上，其中的几枚滚落到了地毯上。

李妈妈和宝葫芦破口大骂，美人们也大喊大叫，说朱颜对外国人的看法没错，他们的脑子和身体都有毛病，说完后就立刻离开了。

爱德华困惑不已："这些钱不够吗？"

"二十美元是黄浦江上花船里你们那些美国娼妓要的价。我谢谢你，竟然认为我们也跟她们值一样的价。不过，今天我们要歇业了。"

那天晚上忠诚来了，宝葫芦把他带到我的房间，以免别人听到我的破口大骂。还没等门关好，我就大叫起来："你那位邪恶的外国朋友把我当盐水妹¹一样对待！你是在到处散布谣言说，我们这里是一家随来随走的窑子吗？"

他的脸上现出痛苦的神色："这是我的错，薇奥莱，而且我知道这对于你来讲不难相信。但这件事并不是你想的那样。之前那个男人跟我聊起说，他想认识一个会说英语的伙伴，我跟他说，我认识一个非常不同凡响的女人，然后我向他如实描述了你——说你会说一口完美的英语，而且很漂亮，很有教养，很聪明，受过教育——"

"不用再奉承我了。"我说。

"然后我跟他说你是一名校书，说完又问他懂不懂得校书是什么意思——我以为我就是这么问的——他说他懂的，我又问他懂不懂得长三书寓的规矩。结果最后才搞明白，我跟他说的不是英语里的长三书寓这个词——我查了你给我的英语词典，结果那个词典把这个词翻译成了'排名第一的窑子'。爱德华后来跑到美国酒吧里去，向一个在上海生活了很多年的男人请教，上海的窑子是什么样的。

1 旧时对接待外国人的妓女的称呼，亦称"咸水妹"。

那个男人说，只要聊一会儿天，然后再给上点钱，你最狂野的梦想就都可以在那里得到实现了——如果是你常去的窑子，给上一两美元就行，如果你想搞的是一个提供特殊服务的姑娘，最多给上十美元也可以了。爱德华事后将他的遭遇告诉那个男人，那男人听了大笑起来，跟他解释到底什么是长三书寓，还告诉他为什么他将永远不会被允许踏入任何一家长三书寓了。爱德华立刻给我打来电话，跟我一五一十全都说了。薇奥莱，当你说你已经不想再聊了的时候，他还以为你已经准备好要迎接他最狂野的梦想了呢。你不能把错完全归在爱德华或者我的身上，这件事一部分还要归咎于你送我的那本该死的中英词典——而且这已经不是它第一次让我犯下难堪的错误了。我可以给你看，如果你不相信我的话——似乎近些日子以来，你越来越不相信我了。咱们能不能就此罢休别再吵了？"

忠诚将两个包裹得十分精美的盒子放在茶几上："爱德华叫我把这些礼物带给你，想求得你的原谅。他担心他弄得你对我也开始不满了。我跟他说：'这个你倒不必担心，她已经生我的气生了好多年了。'呃，薇奥莱，你就不能偶尔笑一下吗？"

较大的盒子里装着一本绿色皮面书，上面印着烫金的标题——《草叶集》，标题上有藤蔓和卷须伸展出来，缠绕过那些字母，自由伸展至封面边缘。翻开书皮，我看到了一大摞毛边纸，上面写有让我感觉非常熟悉的诗句。

较小的盒子里装着一条镶着红宝石和钻石的金手链，而这份奢华大礼竟然来自一位可能再也无法见到受礼者的人。我看了看随附的便条：

亲爱的明特恩小姐，我对于自己无意间做出的粗鲁行为深感耻辱。我无法祈求你的原谅，但我希望你能相信我的歉意是真诚的。属于你的，B.爱德华·艾弗里三世。

宝葫芦跟李妈妈一起去高先生家的珠宝店打探了一下情况，结果得知爱德华买下那条手链花了两千块钱。高先生说，如果那个外国人知道砍价的话，价钱本该只有这个的一半。尽管如此，我们还是应该肯定，爱德华·艾弗里多付的那部分钱，是出于对我们的尊重。

"这条手链的价值足够你原谅他了。"宝葫芦说，"而且，他犯的错其实都怪忠诚。李妈妈和我都是这么想的。"她补充说，"你只需要对他表示原谅就好，没有其他的义务——当然了，如果你愿意和他进一步发展，也是可以的。如果那样的话，这条手链要算是个很好的开端。"

忠诚两天后打来电话，问他是否可以小办一局，把爱德华作为客人也带过来。"我必须实话告诉你，薇奥莱，是他请求我这么做的。他收到了你原谅他的回信，但他的状态仍旧很糟。这几天以来，他一直没吃也没睡，滔滔不绝地说自己伤害了每一个他遇到的人。我告诉他这是我的错，不怪他。但这丝毫也没能让他变得好受一点。也许所有得了抑郁症的美国人都会表现得像是疯了一样？不过说实话，我真的觉得他有可能会投河自尽，我可不希望他的鬼魂整天缠着我，告诉我说他错了。"

他的逻辑总是那么令人恼火。"所以，你就反过来让我去承担那个疯子自杀的责任，对不对？你为什么要跟我说这个？办你的酒局去吧，我会到场亲自接受他的道歉的，就算他以后还是把自己给淹死了，那也跟我没有干系了。至于你，在你还有机会的时候，真该好好跟我学学英语的。"

忠诚带来了爱德华和其他四个客人，一群人吵吵嚷嚷地喝花酒做游戏。爱德华很安静，对我没什么话，只简单地说了"请""谢谢"和"你真好"这么几个词。他保持着距离，就好像我是只蝎子一样。但我能感觉到他在看我。他对老鸨、朱颜和宝葫芦都很关切，对于其他美人们则显得过分礼貌。她们微笑着，就好像她们听懂了他所说的所有英文单词一样。夜晚将尽时，他给了宝葫芦和丫头大姐们很大一笔赏钱，然后在我面前放下了又一件包裹在绿丝绸里的礼物。他庄重地鞠了一躬，走了。我独自打开礼物，避开了宝葫芦那双爱刺探隐私的眼睛。这一回，里面装的是一条翡翠和钻石的手链。卡片上写着：

亲爱的明特恩小姐，我很感激能获准再次出现在你身边。属于你的，B.爱德华·艾弗里三世。

我将近两年都没收到过这么奢华的礼物了。第二天晚上，我戴着这条手链参加了三场酒局。当我在下午跟流光和宁静一起乘马车出行时，我不断向她们指点漂亮的鸟儿和云朵，这样，人行道上的人们就能看到我戴在手腕上的闪闪发光的战利品了。

第二天早上，老鸨说有个美国人打电话来找我。爱德华为他的打扰向我道歉，同时也为擅自以为我会跟他说话而道歉。他听他的东道主成先生说，邀请应该写在信里，提前一个礼拜送过去，但他希望我能理解他为什么这么草率：他家公司的经理在他上海跑马总会的包厢里预订了两个座位，但他近来染上流感卧床不起，没法去了，便把这两张票送给了爱德华。碰巧，梅含理爵士，也就是香港总督，也会出席活动，并坐在离经理预留的座位两个包厢开外的地方。"我觉得说不定我可以豁出去撞下运气，看自己能不能说服你……"

见到总督的机会！我立刻就后悔自己这两天对爱德华态度这么恶劣了。"我也很高兴能够再次见到你，"我说，"这样我就可以亲自谢谢你送我那么可爱的礼物了。"

由于华人不被允许进入跑马总会，宝葫芦说，我们需要做好万无一失的准备，保证我能有入场的权利。她拿出那条我妈曾在跑马总会穿过的丁香紫的裙子，这条裙子看上去仍然崭新而时髦。我在脑海里描绘出我妈最后一次穿上这条裙子时的样子。旧日伤痛仍残存在我的心里，看到裙子的瞬间，伤痛被迅速煽动成了愤怒。所以我对宝葫芦说，现在穿这条裙子太冷了。我找出另一件我曾穿着成功进入一家西式餐厅的衣服，那是一件天蓝色天鹅绒做的旅行服装，小披肩，紧身裙，后背处的设计有挑逗的层层褶皱。我试了试一顶饰有几根蓄羽毛的有边帽，但一想到要坐在一群外国人当中争夺总督的注意力，我便舍弃了含蓄的款式，换上了鲜艳的颜色，借以增强自己的自信。我松松地挽起头发，系上一串珍珠——这是忠诚在我的梳拢之夜送给我的礼物。一个小时后，爱德华开着一辆长鼻子汽车来到门前，他的车跟那些噼啪作响、呼哧作喘的四四方方的黑轿车形成了鲜明对比。他几乎是以道歉的声调说，这辆皮尔斯银箭市内汽车是他爸在他二十四岁

210

生日时，在他的一条私家游船上送给儿子的。原来他二十四岁，比我大四岁。当我们驶向跑马总会时，我发现我已经不需要做任何吸引他人嫉妒和注意的事情了。这辆车让街上的人们都停下脚步，静静目送我们经过。

当香港总督到场时，场内响起一阵骚动，人们像一群被放出来的蜜蜂一样追随着他。我们从座位上朝他的方向望去，总督转向我这边时，竟然点了点头，冲着我露出了微笑："见到你真好，明特恩小姐。"这让全场顿时响起了此起彼伏的提问声："她是谁？""她是他的秘密情人吗？"我对于他竟然知道我的名字而大惑不解，但立马就因自己在外国人当中吸引了一时的关注而幸福得飘飘然了。爱德华也十分惊讶，一杯接一杯地为我斟满美味而冰凉的葡萄酒，让我在微醺中腾云驾雾。很快我就发现，我们身边的一切都呈现出一种特殊的美感：马的肌肉，闪耀的蓝天，帽子的海洋——而我戴的这一顶是最漂亮的。在这微醺的愉悦状态里，我就算闻见马粪的味道也会以为那是香水。第三轮比赛结束以后，总督站起身来，又一次瞟向我们这边，微笑，并抬了一下帽檐。"下午好，明特恩小姐。"这一次我认出他是谁了：他曾经是我妈妈最喜欢的客人之一，一位善良的男人，每当我在晚会场中逛荡时，他都会温暖地对我致以问候。我妈后来告诉我，他曾有个女儿，在我这么大的年纪上死掉了。我当时听了这话并不高兴。虽说他当时对我的关注令我有些不快，但看在他在跑马总会上对我进行致意的分上，完全可以不计前嫌。我被他抬举成了一个重要人物。爱德华调皮地对坐在附近的几个人散布谣言说，他听说总督是我们家的朋友。"她肯定不会承认的，但我相信，她父亲就是梅先生之前的那一任总督。"

爱德华就在那一天问我，他能不能当我的朋友。他说他十分乐意当我的伙伴，我的护卫者，带我去往那些美国女孩可能会想去看看、但若没有女仆阿姨的陪伴就没法去的地方。我猜他这是在请求成为我的追求者。如果真的是这样的话，他就会成为我的第一个外国客人了。

我很快就发现，爱德华说想要当我的伙伴，真的就是字面意思，别无他意。在第一周里，我们到外滩公园散步，在餐厅吃饭，还去了美国书店。我知道他很喜欢我，但他没有表示出他想比成为朋友更进一步的意思。我猜，鉴于我俩那灾难性的开端，他大概是对于将关系更进一步感到害怕。或者可能他知道我有其他追求者，觉得跟他们竞争有些不合适。也许他以为忠诚也是我的追求者之一呢。

在第二周里，他带我去看一座庙，但我俩刚到那里，他就突感剧烈头痛，不得不赶紧回家。他告诉我，他从小就常常偏头痛，但我担心他是患上了新型西班牙流感。艾弗里航运公司对于有三个患病男子从美国来到上海一事始终遮遮掩掩。几乎是一瞬间，上海办公室的经理就也被传染上了。他们后来都康复了，没人知道自己得的到底是不是那致命的流感，但在恐慌之中，艾弗里航运公司将其所有员工都进行了隔离——只有爱德华除外，因为他从严格意义上来说，并不是一名职员。如果爱德华真的被感染上了的话，他有可能也会传染给我，而朱颜堂里的所有人都将岌岌可危，整个妓院也将关门大吉。每一天我们都会读到一些可怕的故事，说其他国家又有多少人死了。就连西班牙国王都差点死于此病。我们已做好准备迎接死亡的大浪在任何一天袭击上海。迄今为止，除了城市贫民窟里的家庭以外，还没有什么我们认识的人患上此病。在朱颜堂里，大家喝下一碗碗苦药汤，并且十分细心地观察是否有哪位客人脸色发红、头晕目眩——尽管这些症状十分容易与醉酒相混淆。如果哪位客人咳嗽了一声，李妈妈就会迅速用方巾捂着鼻子站起身来，叫那位客人下次再来。这样的要求并不会让人见怪。有轨电车每晚都会用石灰水清洗一遍，而李妈妈也采取了这种预防措施，让下人们每天早晨都用大剂量的石灰水冲洗楼前的天井。

爱德华偏头痛刚好几天，就又陷入了另一场头痛。他说他感觉就好像毒药渗进了他的大脑一样：最开始，感觉有根针在戳他的眼睛，然后痛感窜入了他的头骨，毒药像野火一样蔓延开来。每次头痛发作之前，他的心情总是十分低落，我就是通过他的心情预知他什么时候又要头痛了的。每当他发病的时候，我都会接连几天收不到他的消息，然后等他好了以后，他便会又一次精神焕发地回到我的面前。他告诉我，他生病的时候被关在一间小黑屋里，几乎什么也干不了，甚至连思考都思考不了。当他终于能够直起身子来的时候，他觉得自己快好了，便利用那段时间写写游记。写作缓和了他的不适，仿佛那些写下的文字将他大脑中最后一点毒药都清除干净了一般。

有一天，他提议我俩一起开车来一段长途旅行。我问他这么做是否明智——如果他的头痛又发作了，我们怎么回来？他就是在那时决定要教我开车的。

在我的第一堂驾驶课上，我开得很慢。他对我说，能有机会欣赏沿路风景让他非常开心。但是在我看来，沿途风景显得十分单调乏味，每一块平坦的土地都一律被耕过，种上了作物。每到一个十字路口，他都叫我练习拐弯，他掷一枚硬币，如果正面朝上，我就朝右拐，如果背面朝上，我就朝左拐。如果路被水牛或是农民因各种原因而放在路上的石头所堵住的话，就换爱德华来掌舵，向后倒车。不管我们走到哪里，总能吸引到那些弯腰在田里干活的农民的注意。爱德华按响喇叭，朝他们招手。他们停下手里的活，站起身，严肃地盯着我们，却不对我们回以招手。时不时，我们会看到路边有外墙被石灰刷白的房子。我们经过一些村庄，那里的男人们正将木头刨成棺材。我们眼看着一列穿着白衣服的人从稻田间的狭窄小路上穿过，朝着小丘上的墓地走去。驾驶技术变得更加娴熟以后，我加快了车的速度。他手中的书上的书页被吹得哗啦作响，一封信在他还没来得及抓住之前就被吹飞了。我问他我们需不需要掉转车向，但他却说我们不需要找回那封信，因为他对那封信的内容已经了解得非常清楚了。那封信来自他的妻子，信里告诉他，他父亲的身体状况非常不好。

得知他已结婚让我有些失望，却并不是很惊讶。我的大多数追求者都有妻子，至少一个。不过，每当一个男人提及这个事实的时候，我都会再一次清醒地意识到，自己不过是他们的一时消遣，只是现在的乐子，并不一定会参与他们的未来。对于很多男人来说，我是只存在于某个特定地方的人，就像是一只在笼子里唱歌的麻雀。

"你父亲的状况危急吗？"我问。

"密涅瓦总是把事情说得很严重，她想利用我父亲的身体状况把我引诱回家，但我并不喜欢别人拿诱饵来骗我。我知道这听上去很无情，但我知道密涅瓦能做出多么没有底线的事情。我们的婚姻从一开始就没有快乐过，那是个错误。我会把原因讲给你听的。"

　　他在讲述自己和妻子的事情时毫无遮掩。其实很多男人都会如此开诚布公，因为他们认为，长三就是从事这一行当的，对这方面的事情肯定不会感到震惊；但爱德华和其他人不一样，我能感觉到，他之所以对我如此坦率，是因为他拿我当朋友，信任我，希望我能够理解他的处境。

　　他说，在他十八岁的一天，他正沿着马场外的栅栏走着，忽然看见马场里有个金色头发的女孩朝他招手，跑到他的面前。她相貌平平，却以毫不遮掩的迷恋神情盯着他看。她竟然知道他的名字，也知道他的家人是谁，这让他感到很奇怪。"那就是密涅瓦。"他说，"她爸爸是给我家的马看病的医生，她陪他到我家里来过两次。"爱德华叫她越过栅栏，带她去了附近的小树林，但他脑中对于两人将要干些什么却并不清楚。她掀起自己的裙子，说她知道该怎么干。再没有一句话，他俩就那么做起了爱。他在高潮前就停了下来，以防她会怀孕；但她叫他继续，说自己会在完事后把自己弄干净的。她说，这一切都是她的叔叔教会她的。她说得那么轻松活泼，就好像这很正常。在接下来的两年里，他们常在小树林里幽会。她总是随身带着一个喷嘴，以及一罐她爸用来给患了晕眩症的马治病的奎宁溶液。他俩一完事，她就躺下，把这玩意灌进她的阴道，然后站起来，上上下下跳个半分钟，洗掉他的精液。她不觉得做这件事很难为情，但他总是转过头去。除了约好下次何时相见以外，他们几乎从不说话。

　　一天，那位马医、他的妻子，以及密涅瓦都来到艾弗里家的会客厅，要求爱德华跟他们怀了孕的女儿结婚。爱德华十分震惊，因为密涅瓦明明每次都使用了奎宁的。艾弗里先生宣称，他的儿子不可能是那个孩子的父亲。他试图恐吓密涅瓦，逼她承认她也跟其他人乱搞来着。出于对父亲的逆反——而非出于对密涅瓦的保护——爱德华说，这确实就是他的孩子。接着，他父亲打算拿出一大笔钱来打发他们走人，他的这种做法刺激了爱德华，激得他放话说他要跟密涅瓦结婚。那个女孩难以置信地哭了起来，爱德华的母亲也是，而爱德华对于自己勇敢地抵抗了他的父亲而倍感自豪——但这种豪情壮志在一周后的婚礼之夜上便烟消云散。那一夜，他惊恐地发现这个无比崇拜自己的女孩躺在了他的床上，而非小树林里，而且她的身边再也不需要放上一罐奎宁了。婚礼结束后不久，密涅瓦跟她的妈妈坦白说自己并没有怀孕，说她害怕如果她生不出什么孩子来，不知道爱德华会做些什么。她妈叫她等上一个月后跟他说她流产了。她乖乖听话，一把鼻涕一把泪地告诉爱德华她流产了。他很可怜她，为了缓和她的痛苦，努力逼自己对她说出了"爱"这个字。她信以为真，以为他终于真正地爱上了自己，于是便向他坦认自己其实并没有怀孕。她以为，在爱上了自己以后，他会为她耍的花招而感激她。他问她还有别人知道这件事吗，她说只有她妈知道。

"我以为，跟她结婚，是一件道德高尚的行为，"他说，"但我的善行却惩罚了我。我告诉密涅瓦，我永远也不会爱她，而她则回答我说，如果我试图跟她离婚的话，她会杀了自己的。为了证明自己的威胁并非戏言，她只穿着一件睡袍，跑进了冰冷的寒夜。等她从冻僵的状态中苏醒过来以后，我就跟她说，我要走了，她可以以遗弃为由跟我离婚，但如果她不这么做的话，她从此以后就会像个没有男人也没有孩子的寡妇一样了此残生。我离开了那个家，只偶尔回去一趟——每次回去，都是因为收到了她宣称我爸或我妈病得很重的信件。自从六年以前，我们就再也没有躺在一张婚床上过。我妈倒是喜欢上了她，还怂恿我说，不管我的上一次冒险旅程将我带向了何方，我都可以随时回到家里，这样我就有机会再次成为一个孩子的父亲了。这种境况十分可悲，而它是我们所有人共同酿成的。"

"也包括她的叔叔。"我说。

到了回去的时候，我茫然不知该如何原路返回上海，然后我发现，爱德华对于地理有着过目不忘的记忆能力。他就像个活指南针，活地图，记得所有的拐角、弯路、坑洞以及所有最最微小的地标——一棵有缺口的树，一块大石头，以及每个镇子里被刷白的墙的数量。他宣称他这种过目不忘的记忆力并没有延展到读书的领域，他得读很多遍才能记住《草叶集》里的诗。不过，一旦他记住了那些诗以后，便可以随心所欲地从中挑选出与眼下风景或我们的心情最契合的段落。

我开始喜欢上他了。他依赖于我的陪伴，而我也很乐意给他做伴，因为他把我当成朋友。然而我同时也在担心，他可能有一天会想要成为我的追求者，到那时，我们就不再是朋友，而是长三和客人了，目的和关系都会变质。那和类型的亲密关系，是无法增进友谊的。

我们经常谈论战争。我们每天都沿着静安寺路散上两三回步，到咖啡馆或酒吧里去听最新的消息。他仰慕中华民国的领导人孙中山和顾维钧，更景仰伍德罗·威尔逊。在他看来，那三个人拥有最终促使德租界和山东省被归还给中国的力量。他想应征入伍。如果他在上海找不到海军招募站的话，他有可能会搭乘那些把中国劳工带往法国的船前往战场。

"你在纽约的时候为什么没从军呢？"我问。

"我试过，但我父母不想让我入伍，不想让他们唯一的儿子死于战火。我父亲给身居要职的大将军送去一封信，信里说，我有严重的心脏杂音，这是一位名医诊断出来的。结果，军队就没有接收我。"

"你真的有心脏杂音吗？"

"我对此表示高度怀疑。"

"你为什么不能完全确定呢？"

"我爸把谎言变成了官方的事实。就算我的心脏没有任何问题，如果我问医生的话，他也不会告诉我的。"

一天下午，他把我送回朱颜堂后，问我哪天晚上有空。我从他的眼睛里看到了信号。这个时刻已经到来，我对于我们终于要将友谊化作生意感到十分悲哀。他明知道我每天晚上都排满了去酒局的应酬，而且我还要应付自己请入闺房的追求者。不过显然，他已经给过我足够多的礼物，理应得到我的热情对待。"看你哪天方便，我可以把那个晚上专门留给你。"我说。

"太棒了！"他说，"我想带你去看美国俱乐部最近要演的一出话剧。"

诡异的是，我竟感到了一阵失望。

在春天的第一个暖日，也就是我们认识两个月后的一天，我们开车去了上海西南角的天马山。那座山并不高，但占地面积很大，优美的山麓上长满绿树、灌木和野花。爱德华说我们可以徒步进山，穿过一个类似于隧道的山洞后，便会抵达山那一端的另一个世界。他自己这么走过一次。一边出发往山里走，我一边想起了我们初次相遇时他向我背诵的诗句：

> 不只是我，也没有任何人可以为你走完这条路。
>
> 你必须自己走。
>
> 它不远，就在那里。
>
> 也许在你出生的时候你就去过那里，
>
> 只是你不知道。
>
> 也许它到处都是——在水上，在陆上。

这一次，我没有再感到挥之不去的孤独，因为我正和一个能让我心绪平和的朋友走在一起。我们并肩穿过一片长着青竹、白栎和梧桐的树林，那片树林里长满密密层层的灌木，开满芬芳的野生茉莉。山路收窄后，我便走在他的后面。他背着一个背包，他那本棕色皮面的日记本从包的顶端探出头来。我看着他大踏步向前朝山中走去。山路逐渐变得越来越崎岖、陡峭，我们的徒步旅行变得比我想象的还要艰难。我脱下了短上衣，里面的衬衣已经被汗水浸湿，而我的裙子则让我感到又沉又累赘。当我们终于走到那个山洞里时，我提议先吃个午餐再走，于是我们便在石块上坐下。吃着三明治的时候，我看到他的游记就放在他的背包边上，便伸手去拿。

"我可以看看吗？"

他一开始显得有点犹豫，接着却点了点头。我翻开夹着他的铅笔的那一页，他的字迹十分优美，透出一股自信的韵律感，看起来似乎他在写下这些字句时，从未有所迟疑。

稻田被水淹没，道路变成了流速缓慢的泥浆河，我们的役畜——人和驴子——都陷进了泥里，卡在原地。赶大车的人破口大骂。我留在车上，看见大车侧边的一块木板条在车陷进泥里的时候掉了下去。那块木条大概五英尺长。我立刻就想出了一个点子：我要把木板放在泥上，然后我会走到木板的一端，把木板

217

顺时针转上半圈，然后再走到另一端，再次旋转木板；等到我走到那只驴子面前的时候，我会将木板放在那头牲口面前，鼓励它朝前踏出自己的第一步。解放了一只蹄子以后，它一定会获得极大的鼓舞，努力把自己从泥里拖出来的。

当我踩到木板上时，一个赶大车的举起双手，用手势示意我停下。我没理他。他们满脸狐疑地看着我，彼此交头接耳，咧嘴笑起来。我不会说中文也知道他们正为我的努力尝试而嘲笑我。

我踏出了自己的第二步，然后是第三步。我的计划显然是个很好的点子，我是个多么聪明的小伙子啊！简直浑身都是美国佬的机灵劲儿。读者啊，我知道你比我更聪明，知道接下来将要发生什么：当我屈身蹲下，试图转动木板时，随着木板在泥巴上移动，我听到了一声巨大的噪音。这个跷跷板将我面部朝下地翻到了泥巴里去，又给了我的后脑勺重重一击，教训我以后再也不要忽视中国人的建议了。

我从头笑到了尾，并且发现，看到我喜欢他的文章，他别提多高兴了。"蠢事就该用巧妙的手法表述出来。"他说。

我翻过这页，想继续往下读，但他却一把将本子抢了过去。

"我希望，等咱们实际去到激发我写下这些文章的地方时，我再亲自为你大声朗读这些段落。"

他的意思是我们将来还会继续我们的探险旅程，这让我很高兴。本子里还有很多页没读呢。我们草草吃完了午餐，走进黑暗的山洞时，他拉起了我的手。山洞的凉爽渗入我汗湿的衣服。才走到一半，我就看不见走在我前面的爱德华了。他一定是感知到了我的惊慌，所以捏了捏我的手。他稳稳地朝前走去，而我很高兴自己可以依靠他。这就是我一直在心里哀哀渴求的安全感和信任感。我多想停留在这个黑暗的地方，就那么让爱德华拉着我的手，静静站着。但我们还是继续朝前走去，没过多久，我就看到从前方转角处的一个开口透进来的温柔光线。我们走进了一片美丽的竹林，绿色和黄色的光线斑驳交织。这就是那另一个世界，这是个宁静的地方，比那个被性摧残了的桃花源美好得多。我们沿着一条湿滑的山路前行，他将他的手指更紧地缠在我的手指上。他的手很温暖。我那汗湿的衬衣本来已经热得快不行了，此刻却让我倍感清凉。"小心。"他时不时地提醒我，然后捏捏我的手。竹林里草木繁茂，密密层层遮盖了地面。我认不出地上的路，但我很确定，爱德华知道怎么把我俩安全地带回去。那一刻，我的整个身心都充满了对爱德华的渴望。那渴望无关乎性，我只想得到那种被拥抱着的舒服感觉，想感觉自己被保护着，想感觉到安全。奉献出我的身体，是我唯一能够用以表达自己需要的方法。然而，从过去的经验看，每当我奉献出自己的身体以后，那个男人曾给予我的短暂安稳感觉总会立刻变质，成为华而不实的性满足，事后我会觉得自己简直蠢透了，并且感到前所未有的孤单。金鸽警告过我，不要因为痛苦就紧闭心扉；忠诚也跟我说过，当有人对我献出爱和善意时，我最好欣然接受。然而真的有人对我献出过爱吗？忠诚说他曾有过——但签个合约就是爱吗？反复无常地对待我就是爱吗？也许，能够给我以抚慰的爱根本就不存在，或者也许，我对爱的希冀太多，没有任何人能够满足我对爱那无休无止、无底洞一般的需索。我当然没法指望从一个对谁都不负责任的浪子身上找到这样的爱，但我还是想让他抱抱我。

"树阴里有点凉。"我说着，打了个寒战。这并不是一句谎话。

"你冷吗？"他问。

"你能用胳膊搂住我，让我暖和暖和吗？"

他没有丝毫犹豫，用双臂环绕住了我的身体。我把脸靠在他的胸脯上。他站在绿色的光里，温柔而安静。我能听到他怦怦的心跳，能感觉到他温暖的呼吸吹拂在我的脖子上，他坚硬的阴茎顶在我的身上。

"薇奥莱，"他说，"我想你应该知道，你让我多么幸福。"

"我知道。我也很幸福。"

"我想永远当你的朋友。"他停住，沉默不语。我能感觉到他的心脏跳得更快了，"薇奥莱，有些话我一直没有跟你说，因为我不希望你觉得我对你的友谊是假的。但是既然你已允许我拥抱你了，我就必须要告诉你——我同时也很渴望得到你。"

我晕乎乎的，预料到接下来将会发生什么。我没有动。他扳起我的脸，而我的脸上肯定并未显现出他想看到的表情。

"对不起。我不该放肆的。"

我摇了摇头，朝后退了一步。当我解开我的衬衣和贴身背心时，我看到他的表情由困惑变成了感激。他伏在我胸口亲吻着，然后又吻了我的嘴唇和眼睑。他又一次拥抱住我。"你让我好幸福。"他说。我们往竹林的更深处走去，看到一棵树干粗壮而歪向一边的老树时，我们朝它加快了步子。他轻柔地将我倚在树上，掀开了我的裙子。

我们的性爱很单纯，并且不可避免地有些简短，因为我们跟蚂蚁共享的这张直立的树床实在不大舒服。我没有丧失理智，像我和忠诚在一起时那样陷入疯狂的性欲。我非常高兴，对我们两个而言都如此珍贵的友谊，已经跨进了亲密关系的门槛。我们有着相同的需要，我们都渴望不再孤独。能让对方开心，让我们感到非常开心。

在回家的路上，我们一直兴致勃勃地谈论着我们想去的地方，谈论着我们在每个清晨黄昏感到的情绪——对新一天的期待，黄昏时分的幻想——热烈得常常需要彼此抢话说。但当我们回到朱颜堂以后，就开始感到有些尴尬起来。夜晚将至，我得准备赴宴了。我将再一次成为一个长三，回到那些想引起我的注意、获准和我一起在绣榻上缠绵的追求者身边。我立即就决定，今晚我哪个追求者也不理。

"你能来我的房间吗？"我问，"我必须得去出局¹了，但我会独自回来的。"

那天晚上，他记住了我身上的地形：我四肢不断变化的周长，两个挚爱的点点之间的距离，深洞，酒窝，弧度，我们两颗心交叠在一起的深度。

我们结合，又分开，结合，又分开，这样我们才能在再次陷入对方的身体之前，享受深深凝望对方脸庞的快乐。我陷在他的身体里睡着了，他则用双臂环绕住我。有生以来第一次，我感到自己真的被爱着。

1　高级妓女外出陪客，称"出局"，也叫"出条子"。

220

半夜，我感到身后传来一阵震颤，接着又传来三阵小小的震颤。我转过身，发现他正在哭。

"我好害怕失去你。"他说。

"你为什么会在现在害怕这个？"我轻抚他的眉毛，然后亲吻。

"我希望我们彼此深爱，心灵被饱满的爱情撑得发痛。"

他向我表达的这种爱，正是我几乎已经说服自己并不存在的那种爱——除了跟自我的精神孪生子之外。

他沉默了，然后深呼吸，滑下床，开始穿衣服。

"你要走吗？"

"我在做好准备，等着你叫我走。"他在一把硬木椅上坐下，把脸埋在手里。然后他望向我，用空洞的声音说："我已经毁了，薇奥莱。我的灵魂已经毁了，而如果我们要将彼此的灵魂合二为一的话，我会把你也毁了的。对于我，你需要了解一些事情。我从没跟任何人说过这件事，但如果我向你隐瞒的话，我会觉得接受你的爱是一件卑鄙的行为。一旦你知道了我一直向你隐藏的事情以后，你的灵魂肯定会遭到玷污。我怎么舍得让你遭到伤害呢？我太爱你了。"

我立刻给自己的心上装备好厚厚的旧日盔甲，等待着他的自白。与此同时，我在内心深处还是愿意去相信，他要跟我说的话，其实并没有他所以为的那么可怕。

他直直望向我的脸："我告诉过你，我家很有钱。我为所欲为，无法无天。我的父母和祖父母给我一切我想要的东西，我不需要为任何事情负责。他们表现得就好像我永远不会犯错一样。我不是想把自己后来的所作所为归咎于他们——到十二岁的时候，我已经有了自己的良知，我本可以自主选择行善还是作恶的。

"那件事情发生在一个美丽的夏日。那天，我父母和我一起到山里漫步，想到一个叫做灵感观景点的地方去，因为从那里，我们可以清楚地看到海恩斯瀑布。我父亲拥有一幅画着那个瀑布的画。事实上，他有很多关于瀑布的画，而海恩斯瀑布那幅并算不得很特殊。当我们抵达那里时，我们发现有一家人已经抢先于我们来到了那个观景点，正在那儿野餐。我听到我爸小声嘟囔了一句'真他妈的'。

他们刚好就坐在我爸想要站在那里看瀑布的地方。那里有一块露出地表的平坦石头，跟悬崖隔着一段安全的距离，大概二十英尺。坐在那里的男人和女人跟我们打了个招呼。他们有个跟我差不多大的儿子，还有一个可能六七岁的女儿。那个女孩的边上坐着一个大大的瓷娃娃，瓷娃娃长得跟她非常像——都穿着蓝裙子，长着卷卷的金色头发。

"我向来是个爱搞恶作剧的人，喜欢吓唬别人，爱看到别人的痛苦。所以那天，我抓住那个女孩的娃娃，将它抛向空中。那个女孩如我所期望地尖叫起来，但我紧接着及时接住了那个娃娃，没有造成任何伤害。她松了口气，朝我走来，想要讨回她的娃娃。但我却又一次将它抛向空中，而她又一次尖叫起来，乞求我说：'别让她掉下来！她会摔坏的！'她哭了起来，我正打算住手，却看到那个男孩站起身，朝我大喊：'你给我立刻放开她的娃娃！'从来没有人对我发号施令过。我对他说：'我要是不放，你打算怎么着？'然后他回答：'那我就把你的眼睛打青，把你的鼻子打流血。'那个女孩也一起大声尖叫道：'把她还给我！'他俩的爸爸则以警告的语气说了些什么。他们的情绪都这么激动，让我忍不住决定要继续玩下去了。他们的妈妈和爸爸站起身，朝我走来。我叫道：'如果你们谁再敢往前走一步，我就叫这个娃娃掉到这块石头上。'他们没有动。我还记得自己看到他们如此沮丧和无助时所感到的强大有力的滋味。我一次又一次将那个美丽的娃娃抛向空中，与此同时，我爸已经走到了那一家子腾出来的地方，用他的望远镜观看瀑布。那个男孩朝我走了一步，我便拎着那个娃娃的一只胳膊将它向上扔去，想让它飞得更高。但紧接着，那只胳膊掉了下来，把我吓了一跳。我一个劲地盯着那只古怪的小胳膊看，完全没有注意到飞在空中的娃娃——直到我看见那个男孩冲过我的身边，仰着脸，伸出双臂想要接住它。

"接下来所发生的事情的每一个细节都仍历历在目：那个娃娃大头朝下地向下掉去。那个女孩大张着嘴，吓坏了。那个男孩则一脸狂热的英雄气概：'我会接住它的！'他冲她叫，仍旧仰着脸。突然之间，我发现那个娃娃并没有向我之前接住它的地方落去——这肯定是因为掉了一只胳膊，搞得她朝右边的悬崖边偏过去了。我看到那个娃娃垂直地落下悬崖，而那个男孩拼命止步于崖边，双臂弯曲，像鸡翅一样扑腾起来。我想让他向后倒回来，回到安全的位置；但他没有倒向后面，反而倒向了前方，同时发出呻吟声——那是种很可怕的声音，是从他的内脏深处发出的——然后，他便消失了，悬崖边变得空无一物，只剩清澈的蓝天。我肺里的所有空气瞬间都被抽干。这不可能是真的，我对自己说。

"我听见那个男孩的爸爸尖利地叫道：'汤姆！'就好像是在命令那个男孩赶紧回来似的。他的妈妈则叫：'汤姆？'——就好像在询问他有没有受伤一样。那个小女孩尖叫着：'汤米！汤米！汤米！'我听了那么多遍他的名字。他的妈妈和爸爸跑到悬崖边。我不知道他是否还在下坠，而他的父母亲眼看到了这一切。他们不断叫着他的名字，声音越来越大，越来越高。我颤抖着。我期望悬崖正下方就有另一个平台，期望他还活着。我缓缓地朝着悬崖走去，但我爸抓住了我的胳膊，把我领开，而我妈则立刻跟上了我们。那个男人发现了我们，大叫：'停下！你们停下！你们休想就这么跑了！'我爸头也不回地喊道：'他没做任何错事！'他朝前推我，让我走得更快点。我妈对我说：'这是个意外。'我爸补充说：'哪有男孩子会看也不看就朝悬崖边跑？'紧接着我听到那个女人哀嚎起来：'我的儿子，我的儿子！他走了！他死了！'于是我便知道，我爸再也不用推我了，因为我正以最快的速度撒腿就跑。

"回到家，他们再也没有提起过今天发生的事情，一切照旧。但我能感觉到他们仍然在想这件事。我回到自己的房间，大吐一场。我吓得魂不守舍，怎么也无法从眼前抹去那个男孩向前倒去的景象。我不断听到那个女孩呼唤着他——汤米！汤米！——让他再次出现在我眼前，同时再一次灰飞烟灭。他消失了，我却还罪恶地活着。两天后，我看见我爸从报纸上扯下一页，揉成一团，扔进了火炉里。他将那页报纸点着，却懒得看着它烧尽。他撇下报纸走开，就像我们撇下那一家人和我干的事然后走开一样。这个时候我忽然想到，他当时站在一个较高的地势上，能够亲眼看到那个男孩掉落下去。他怎么能对他所看到的东西如此无动于衷呢？然而他什么都没说，我也什么都没说。我恨我自己竟然什么都说不出来。他保护了我，让我免于受到责骂，而我这个懦夫竟也就由着他这么做了。我从来也没有对任何人坦白过这件事情。

223

"我已经背负着这件事活了十三年，不管我逃到哪里，回忆都一直紧跟着我。那感觉就像是，那个男孩成了我最忠实的伴侣。在我的脑海中，他总是盯着我，沉默不语，等着我亲口承认，是我杀了他。我在心里确实默默地向他承认，一切都是我的错，是我太残忍了。但他不肯原谅我，他想让我告诉所有人。我知道我需要这么做，但我不敢。每一天，在我的周围，到处都充满着让我想起他的东西——清澈的蓝天，小女孩，桌上的报纸，那些画着瀑布的画——而且我认为，那件事并不是一个偶然的事故，我是故意想要对他残忍的。这件事由我而起，而我却从未对任何人进行过坦白。"

　　他的眼睛看上去了无生气。当他讲完的时候，我已经站到了房间的另一端。

　　我的脑海中不断浮现出那个男孩的样子。我成了那个小女孩，眼看着她的娃娃和哥哥从视野中消失。他的自白让我感到恶心。我放任自己去信任他，而那份信任化成了毒药，渗透进我的大脑。

　　"谴责我吧。"他说。

　　"别把这个担子丢给我。"我说。我颤抖着，突然间浑身发冷，"那个女孩才是能够裁判你的法官。去找她吧。"

　　"我试过。我从那篇新闻报道里找过，还询问过住在那一片的人。"

　　爱德华穿上外套，收拾起他的东西。我再也见不到他了。他在自白之后，就要离开我了。他把他的秘密托付给了我，而我却希望他从未这么做过。他只是想戏弄一下那个女孩，但那个男孩的死仍旧是他的错。他原本的企图已经足够邪恶了——他那自私的需求，他对其他人的漠视。我妈的企图是去旧金山看她儿子，她可能并没打算把我撇下——或者也许她打算了；不管怎样，结果都是一样的，而她必须承担所有的罪过，不管她有什么样的借口，不管她中了什么样的诡计，都丝毫不能减轻她的罪责。看看我的生活吧，我再也没法变回我曾是的那个女孩了，正如那个女孩再也追不回她的娃娃了。我将永远感到自己受到了背叛，爱德华将永远背负着罪恶感，而那也是他活该。对此我们都一清二楚，因为我们都是受害者，因为我们同时也都是加害者。我们都被自己灵魂中的空洞深深折磨，而只有两个心灰意冷的人才能理解这意味着什么，并且共同在那个空洞中遭受折磨。

他问我，他是不是应该走了。我摇了摇头："哦，爱德华。"我说，"现在又能如何呢？"我允许他把我抱进怀中。我能感到他的胸膛起伏着，颤抖着。他想要的爱是极其浓烈的爱，浓烈到我们的灵魂会被爱情胀得发痛。现在我确实感到很痛，因为我知道我们之间的爱将永不可能变得那么浓烈了。

在接下来的几天里，爱德华和我谈论起我们受过的伤。"我曾感到怒不可遏，"我告诉他，"而每当我被愤怒控制时，便再也思考不了任何事情，全身都充满了有毒的情绪。为什么爱结束得那么快，而恨却永无止境呢？"

"你在恨人的时候，能不能不让自己那么受伤？"他说，"就没有任何东西能宽慰你吗？我对你永恒的爱能不能让你的脑袋里充满另一种念头，让愤怒再也挤不进来呢？"

爱德华问我能不能信任他，离开长三书寓的世界，和他住在一起。他问我的这个问题正是我渴求已久的事情，然而我却还没准备好从一种不确定的生活转移到另一种不确定的生活里。他曾草率地践踏过他人的心灵和生活，我对他的需要并不能让我相信他会保护我，反而使我更加脆弱。我需要他对我诚实，而我却害怕听到他接下来还要对我供认些什么。我需要自己完全信任他，但我却无法摆脱怀疑的纠缠。我没法自由地爱他，而是克制着自己，无法放手一搏。

在接下来的几个星期里，我慢慢地向想将自己托付给爱情的渴望屈服了。他向我倾吐他所能回忆起的、他做过的所有错事，以向我证明他绝不会对我隐瞒任何事情：他说他在自己犯下可鄙罪行后缄口不言，心中却备受煎熬，正如我曾经经历过的那样；他说，虽然他犯下的是如此残忍的罪行，逼得他以为自己终有一天将会发疯，但他从未对任何人吐露过这些事情；他说，当他的父母花钱请家教帮他写论文时，他就由着他们这么做了；他说，当他遇到密涅瓦时，他在田野里和她做爱，却对她没有任何感情；他还说，他在离开他的妻子以后，去找了娼妓，并且曾经喝得烂醉如泥；他说他还手淫过。我嘲笑了手淫那一项。

同样，我也对他敞开心扉，向他讲述自己小时候感受过的孤独，以及对于自己可能是半个中国人一事感到的恐惧。我跟他讲述我爸是如何在我妈的心里点燃我从未见到过的情感的，讲述我在得知她还有个儿子，而那个儿子对她来说比我重要得多时所感到的震惊。我还谈起她竟无情到将我交给她的情人——一个就连她自己都不信任的男人，一个连自己亲生母亲都会吃掉的禽兽——的手里这件事。我简短地描述了我仍相信我妈会回来的那段日子，描述了我曾如何在希望和仇怨之间浮沉摇摆，直到我最终放弃，心中只剩下恨。

　　他试图安慰我，想理解我的悲伤和愤怒。但怎么可能有人真正理解另一个人的痛苦呢？他又没有感受过那个伤口在自己身上裂开的疼痛，也没有体会过信任死掉的瞬间！他无法回到过去，无法回到我的孩提时代，占据我那时的思想和天真心灵，止息那一阵阵强烈的不安。那不安曾经纠缠于我，永昼漫漫，长夜无尽。他怎么可能真正理解，看到爱像迁徙的鸟类一样飞逝而去，留你一人处于惶恐之中，觉得自己从未被爱过，也永远都不可能得到爱了的感觉？他能感觉到的只有我的悲伤，但那不过是灾难留下的后遗症。如果我从未听过他的自白，也许这份浅层的理解也便够了；然而事到如今，怀疑将永远横亘在我们之间，我们再也不可能彼此完全信任了。我们的爱无法让我们越来越快乐了。我们的爱将会是安慰、陪伴，以及温柔地互相舔舐伤口。

　　我仍会参加酒宴，勾引对我感兴趣的男人，培养新的追求者。我是个优秀的演员，为了爱，也为了生活，向人施展自己卓越的演技。忠诚偶尔会回来找我，试图重温他所谓的过去的好时光。"我把你介绍给那个美国人，难道是个错误？"

　　六月那炎热潮湿的天气突然间就来临了，我身体发沉，无精打采。我拿出自己那些比较轻薄的裙子，其中有一件，若要穿到酒宴上的话就显得有点太破旧，但却很适合于穿着度过闲散的午后。我套上那条裙子——好奇怪啊，我怎么扣不上上衣的纽扣了？我最近真的长了这么多肉吗？可能都怪我最近一直吃的那些咸菜。我低头看了看自己的乳房，发现乳头变得比以前更大了。一个念头忽然晴空霹雳般在我脑海中闪现。我回忆了一下自己上次来月经的时间：那是在七个星期前，一场盛大的酒宴开始之前——也可能是八个星期前？我近来老是跟厨子抱怨，说他给我端来的食物都是馊的，吃得我直恶心。

我怀孕了。宝葫芦谈起怀孕的时候，总说得好像这是种会从男人身上传染来的性病一样。这是爱德华的孩子，我的孩子，而我会给这个孩子爱、信任和完全的忠诚。想到这一点的瞬间，我便知道，这个孩子肯定是个女孩。我甚至都能看到她，看到她第一次睁开眼睛的样子。她的眼睛是绿色的，介于我的绿眼睛和爱德华的淡褐色眼睛之间的一种色调。我想象着她在四岁时，在公园里跟着我散步，指着小鸟和花朵，问我它们都叫什么；然后她六岁了，抱着一本书朗读，而我在旁边聆听；她十二岁了，在学习历史和演讲，而不是勾引男人的技巧；我还想象她在二十岁，也就是我现在的年纪时，身边会围绕着很多男人，他们都想赢得她的欢心——而不是为她梳拢，或是在她的闺房里睡她——并且请求她嫁给他。或者，她也有可能不会在二十岁的时候结婚，也或许她永远都不会结婚。她会去经营艾弗里家族的生意，成为爱德华的唯一继承人。这个小女孩将会拥有难以数计的选择。她将会成为我本应该成为的那个人。

当我把我怀孕的消息告诉宝葫芦以后，她哀号起来，跑到我的面前盯着我的肚子直看。

"唉呀！你没把那个装着草药的小枕头塞进身体里吗？你喝那个汤了吗？还是说，你是故意这么干的？你知不知道你给我们惹了多大的麻烦？多少个礼拜了？跟我说实话。如果还不到六个月的话，我还可以把草药塞进你身体里——"

"我想要这个孩子。"

"什么？你想让你的肚子像种了个大西瓜，胸变成两个冬瓜吗？你很快就会变得无比肥硕，到时候，就连长着马鞭的男人都够不到你那可爱的阴道口了。孩子！有哪个男人愿意骑一个奶头湿湿、到处喷奶的小保姆？你会丢掉你的追求者、你的钱、你在这家长三书寓里的位置，被一脚踢出，很快沦落成一个窑姐——"

"——躺在一个脏兮兮的棚屋里，大张着双腿迎接狗和黄包车夫。你不用再跟我说一遍了。"

"很好，现在你终于清醒过来了。我会叫一个给很多粗心的姑娘处理过这麻烦的女人过来的。而且，你千万不要听信那些乡下来的丫头跟你说喝蝌蚪汤什么的。那是处理双胞胎的方子。"

"这是爱德华的孩子，我想留下它。"

"嗬！爱德华的？那又怎么了？你才认识了他四个月，就愿意毁了自己的身材，为了一个抛弃了自己妻子的、被宠坏了的美国男人，抛弃你自己的生活！

"男人对你的忠诚从来都长不过几个季度，你又不是没有经历过！看看忠诚，他跟你说没有你他就活不下去，说你比他自己还更了解他。他给你当了四个季度的恩客，然后就开始这儿住一晚，那儿住两晚。后来他又跟你签了一个季度，结束以后就又变成这儿一晚，那儿一晚，现在可倒好，见了面说'你好'，转身就'再见'！你爱过他，薇奥莱，你花了那么长的时间才从伤痛中恢复过来。可现在你又爱上了爱德华，爱上了一个对自己妻子都不忠诚的男人。"

我后悔把爱德华说的那一部分话告诉她了。我当时之所以会告诉她这一点，只是为了让她知道，他并不是结婚的预备对象。

"等到一年以后，爱德华对你还能有多忠诚呢？——或者再过五年，等你年老色衰、没人搭理以后？再说了，你怎么确定这就是他的孩子？要是这孩子冒出来的时候长着一头黑发，用中国话的'哇哇'大哭起来，你怎么办？你的爱德华真的会蠢到认为他是唯一一个能往你身体里射种子的人吗？"

"这孩子的爸爸再没别人了。"我说。

"瞎扯，你上个月还在见梁吉利呢。你有可能犯了懒，跟他在一起的时候也没用草药包——还是说，你俩当时没干别的，就读了读诗歌，看了看月亮？"

"我们干了别的。他不可能是这孩子的爸爸。"

"那么谁来负责照顾你生下的那个大哭不止的美国混蛋呢？别指望我会为你心血来潮的结晶当老妈子。"

"我会花钱请一个奶妈的。我会跟爱德华一起生活。他在出这事以前很久就问过我了。"

"你已经告诉过他了？"

“我今晚就告诉他。”

宝葫芦在房间里缓慢地绕着圈子，自言自语道：“唉呀！小薇奥莱，我为什么要替你操这么多心呢？他当然想让你跟他一起住了——能免费干你的话，干吗还要选择付钱呢？别指望有哪个男人会坚贞不移。靠男人，跟自掘坟墓没什么区别。爱德华的生活就像是无根的浮萍，没有任何规划。他可能很快就会漂回美国去了。你要是出了这家长三书寓的门，薇奥莱，等你意识到自己的错误的时候，可能已经回不来了。你已经二十了，这个岁数上，一年一年的会过得越来越快。等你岁数大了以后还想要你的男人，一般都是些又残忍又小气的家伙。”

大姐走进来，说我的洗澡水已经备好了。我走到屏风后面，迅速把自己浸没在水里。我要自己决定怎么过自己的生活，才不需要宝葫芦多嘴。而且，我已经下定决心要生下这个孩子了。但我刚对自己说出这句话，恐惧就浇灭了我的激情。宝葫芦的担心一一浮现在我的面前：爱德华说他爱我，但她是对的，我们才只认识了四个月。他曾经是个残忍而冷漠的男孩，而可能他天生就是如此，这些个性有可能会在以后的日子里逐渐暴露。他可能还有其他没告诉过我的秘密呢。而且，我还有他很多不了解的事情——他不知道到底有多少个男人上过我的床，也不知道我跟他们都干了些什么。我们有可能某天晚上正在床上缠绵呢，他却忽然坐起来，问：“我说，你是从哪儿学会的这一手？都有谁享受过你的这些技能？你还会什么？”如果我把真相告诉了他，他一定会大为震惊，并且感到恶心的。这份震惊可能会激发出他的残忍天性，也可能会让他转而求助于信仰——很多美国人在遇到心碎和困难的时候，都是这么做的。或者，也许这个浪子会在破产后回到他的家人身边。他们会用钱引诱他回去，而他回去以后会加倍补偿他的妻子，这一次，她会给他生下一个真正的孩子。他会和他自己的族类生活在一起，在那个社会里成为一个成熟的男人。等到那个时候，他所享有的快乐，会比和我在一起的时候多得多。

我拼命赶走这些可怕的念头，另一种未来便浮现在我的面前：有一艘船，它会带我越过大洋，去往我本该在六年前抵达的地方。爱德华会帮我搞到一张签证的。费尔韦瑟撒了谎，我的出生证明可能一直都在领事馆里放着呢。如果我们办

229

得足够快的话，这个孩子还有可能会在美国出生呢。在美国，没有人会知道我过去都做过些什么——除了我妈。她不会知道我来了美国的，就让她继续以为我死在上海了吧。但我在美国要住在哪里呢？他的家人肯定不会欢迎我的。

宝葫芦那沾沾自喜的表情浮现在我的脑海中："看见了吧？你根本就融入不了他的世界。你永远也融不进去的。"她肯定也融不进去。要是她不经大脑地四处吹嘘她是如何教会我当高级妓女的技巧的话，可如何是好？我会在那个社会里万劫不复的。爱德华在最开始肯定会捍卫我，但他能有多坚忍呢？带着宝葫芦跟我一起去太危险了。而且退一万步讲，就算付再多的贿赂金，也不可能帮她买到去美国的证件。况且，就算我给她办好了签证，她也绝对不会离开上海、跟外国人住在一起。每次爱德华用英语跟我说话的时候，她都会抱怨连天。那么事情就好办了：她会留在上海，而我会给她一笔钱，帮她创业。也许她可以在一家长三堂子里租下几个房间，培养一个知道感恩的雏妓。我会保证让她过上好日子的，爱德华也会为此贡献力量，我敢肯定。消除了心中的罪恶感以后，我终于可以自由自在地畅想自己的新生活，而不用顾虑宝葫芦那无休无止而好管闲事的做法了：她的批评，她讨人厌的建议，还有每次我不听她话的时候激起的她更多批评。我再也不需要在她警告过我的事情真的发生后，看见她那张洋洋得意的面孔了。虽然这么说真的很恶劣，但能够摆脱她真的是一种解脱。

就好像听见了我的想法一样，宝葫芦忽然说："我知道你从来都不爱听我说话。"她的声音听起来疲惫而哀伤，"你以为你肚子里长的那个孩子能填补你妈留下的空虚。但是听我说，薇奥莱，你会把你的悲惨命运传给那个孩子的，然后你们两个就会一起陷入空虚里面。我知道你不想听这个，但我只是实话实说，而且，除了我，还有谁会跟你说真话呢？"

我没有回答。

"如果你决定生下这孩子，跟爱德华在一起生活，那我就什么都不再说了。我不会为你高兴的，但是，我会一直陪在你的身边，在你遇到困难的时候帮助你——除非我已经死在大街上了。"

第二天早上，我开门见山地告诉爱德华，我怀孕了。"你不需要负责，"我说，"也不需要做什么决定，因为我已经决定好了。"

"你决定怎么样？"

"我要留下这个孩子，独自把它养大。"

他脸上的表情在我面前从震惊转变成了狂喜。"薇奥莱，你根本没法想象你让我多快乐！如果我能跳到月球上去，向你证明我有多快乐，我一定会跳上去的！"他把我紧紧搂在臂弯里，拼命摇晃我，"我们用爱情创造出的孩子，美丽而纯洁的孩子！她是我们的一部分，是我们身上最好的那部分——也就是说，比起我，她肯定跟你长得更像。但我也会在她身上留下属于我的痕迹的，比如说一根拇指、一个脚趾头、一个微笑……"

他说的是"她"。"你怎么知道这是个女孩？"

他卡壳了，显然被自己脱口而出的话吓了一跳。"你刚一跟我提起她，我的脑海里就出现了你的样子……这肯定是因为我今天正在想，要是我们可以从头来过就好了，要是我俩从一出生开始就彼此认识，就好了。"

如果爱德华小时候不是个残忍的男孩的话，他现在会成为一个什么样的人呢？那样的话，他就不可能在中国遇到我了。他会留在他的故乡，娶一个他爱的女人，而且不会离开他的亲人。那样的话，他就不会再需要其他人的陪伴，就不会来到朱颜堂，把二十个银币丢在桌子上了。我也就永远也不会遇到他了。但我们还是相遇了，正是我们饱经沧桑的命运，以及我们充满缺陷的天性，让我们得以相遇。

爱德华捧起我的双手，吻着。"薇奥莱，我知道你不是有意想怀孕的，我深深地感激你决定留下这个孩子。让我们重新开始，彻底忘了过去的悲伤。她会是我们的未来，我们会用我们的全部身心去爱她——说不定，我们对于彼此也能像我们对她一样爱得毫无保留呢。我们能不能一起生活呢——就我们三个人？你受得了吗？我知道，我没法让你毫不怀疑地相信你可以信任我。但如果你能给我一个机会，我每一天都会用行动证明给你看的。"

第二天下午，爱德华带着好消息回来了。他已经告诉了他的东道主，成先

231

生，说他很快就要离开了。"我说我们要结婚了——这不是在扯谎。比起我和我的合法妻子，咱们两个的结合要真实得多。在上海，没人会知道我过去结过婚，而且我也打算赶紧催她和我离婚。在这里，你就是我的艾弗里夫人，我们会在一个完美的地方抚养我们的孩子。成先生好心地把他的房子送给了咱们——不是那家宾馆，而是那座公寓。我本来只是想问问他的建议，问他到哪里可以租间合适的房子，没想到他却坚持让我住在他的房子里，我不同意，他急得差点把我推到地上。他说他很快就要动身去香港了，至少要离开上海两年，如果我们在他回来以后还想继续住在那座房子里的话，他自己就住宾馆里，因为反正他也更喜欢那儿。他说，那房子对于一个每年只在上海待几个星期的人来说，实在是太大了。"

这让我感觉十分不安——这份赠予实在太过慷慨，让人没法信任。成先生有可能是个黑帮，将来会管爱德华收取高利贷。

"成先生知道你要娶的是谁吗？他知不知道我是个校书？"

"我早些时候就跟他讲起过你，就是在咱俩那场乱了套的见面之后。当时我告诉他，你是个欧亚混血，但要是冒充意大利女伯爵的话也能以假乱真。成先生觉得我爱上一个校书这事儿很有趣，还说这件事并不难以置信，因为校书们通常都比那些过着闭塞生活、只做上流社会要求她们做的事情的普通女人要有意思得多。他问了关于你的各种各样的问题——都是些正经问题：你的名字，你的年龄，就这些常见的问题。听到最后，他说他听说过你的母亲，因为她非常有名，但他不知道她的女儿后来怎么样了。"

爱德华屈膝下跪，继续说："既然如今我们有了保障，我可以带着你一起生活了，那么，我希望你能给我这个荣幸。"他从兜里拿出一枚戒指——那是一个硕大椭圆形钻石戒指，周围还环绕着小颗钻石。"薇奥莱。"他一开口，防线便全盘崩溃，眼泪一连串地流了下来。

我对于自己竟然怀疑过爱德华而感到惭愧。我还没有适应，不知道该怎么面对如此热烈的爱情。我被宝葫芦影响得太深了，对于男人口中一切打动我心灵的话，全都一律不敢相信。

就在这时，宝葫芦走进了房间："你们在这儿干什么呢？"

"爱德华让我和他一起生活。"我说，"然后他送了我一个戒指。"我把那戒指举了起来。看钻石的尺寸，就知道它有多名贵。

她的脸僵住了："你证明了我是错的，我真的好开心啊。"她离开了房间。

半个小时后，她走回来，眼睛发红，下巴发僵。这是我所见过的、她流露出的最强烈感情，而且我知道，如果做得到的话，她肯定会把这场感情风暴也隐藏起来的。她把她替我保管的珠宝放在床上，接下来，又把我这几年来送给她的礼物都扔到了沙发椅上：那件上衣，那顶帽子，那双鞋，那条项链，那个镯子，那面镜子，那个装着我妈的衣服的旅行袋，以及那两幅画。"好好看看这些东西，然后告诉我是不是所有的都在这儿了。我可不想听你以后再控诉我偷你的东西。"

"别再胡扯了。"我说。

"你很快就不用再听我胡扯了。"

"怎么了？"爱德华问，"她为什么生气？我还以为她会高兴呢。"

我用英语回答："她指责我抛弃了她。"

"好吧，这很容易补救：那座房子肯定够大，如果她愿意的话，她可以一个人住一整个厢房。"

我惊得目瞪口呆。我没有时间告诉爱德华我打算为宝葫芦做些什么。她就站在我俩面前，会察觉到我在说什么，也会看出爱德华对于我竟然拒绝他的提议而显出的困惑。而与此同时，我还得把爱德华的话翻译给她听。她曾经说过，她绝对不会跟外国人住在一起的。

"他有很多空房间？"宝葫芦说，"我看你长了颗空空如也的心！他提议说让我跟你们一起住，我却看见你那张鬼鬼祟祟的脸，净盘算着怎么摆脱我。好啊，别担心，我才不会和两个外国人住在一起呢，就算他们求我，我也不会去。"

如果我不求她的话，这件事就算这么解决了。而且这还是她的决定，我不需要为此有负罪感。反正，爱德华提了建议，我也进行了翻译。但是，一股糟糕的感觉却占据了我的全身：如果我此刻不求她的话，跟杀了她也没什么两样。我欠她一份恩情——不，我欠她的远远不止恩情，远远不止。

我终于看清了一个一直摆在我面前的事实：她不仅是我的娘姨、我的朋友，也不仅仅是我的姐姐。对我而言，她就像是我的妈妈。她为我担心，想方设法保护我远离危险，引领我过上最好的生活。她为我的将来打算，评估每一个进入我生活的人的价值。而在这么做的过程中，她已经把我当成了她的人生目标，把我当成了赋予她生命意义的人。她的爱一直都伴随在我身边——意识到这一点的瞬间，我感动得热泪盈眶。

"你怎么能离开我的生活呢？"我对她说，"如果你不跟着我的话，我肯定会迷失方向的。没有人会像你一样为我担心，没有人比你更了解我，知道我的过去，也知道即将到来的新生活意味着什么。我早就该把这些话告诉你的。"眼泪模糊了我的眼睛。她的双唇紧闭，但她的下巴一直在抖。"你是我生命中唯一对我忠诚的人，是我唯一可以信任的人。"

泪水从她的眼睛里滚落下来。"你终于知道了。我从来都是唯一的那个人。"

"我们深爱着彼此。"我轻笑一声，说，"就算我给你惹了那么多麻烦，你还是一直留在我的身边，这一定是因为你像一个母亲那样爱着我。"

"哎哟天哪！母亲？我的年龄可不够当你妈。"她又哭又笑地说。她的强烈抗议正可以证明，这话正是她一直以来最想听的，她一直都希望我能自己开悟。"我只比你大十二岁，怎么可能当你妈呢？也许你倒是可以说，我就像你的大姐姐一样。"

比起上次扯的谎，这一回她把自己说得更年轻了。"你一直以来都像是我的妈妈一样。"我重复说。

"那不可能。不，不，我太年轻了。"

我不得不把这话又说了第三遍，她才终于接受并确定了我是完全真诚的。"没人会这么爱我的，除了妈妈。"

"就连爱德华也不能？"

"没有人能。只有妈妈，只有你。"

宝葫芦和我得迅速决定要带走哪些东西，舍弃哪些东西。我们变卖了所有家具，其中也包括忠诚为我的梳拢送我的那几样。宝葫芦保留了几个小玩意儿。我们最喜欢的礼服，出了堂子的门就没法穿了，我需要按照价值高低将它们分门别类。一开始，分类工作进行得还是挺容易的。我把那些沾了污渍或是绽了线的衣服归到一处，交给丫头们，叫她们尽其所能地缝补清理。宝葫芦将修补好的衣服拿到当铺去卖，但那里开出的价钱低得可笑。我们可没时间在一周之内讨价还价，所以干脆把衣服送给了亲手修补它们的丫头。我本以为她们会为此感激涕零，但她们收下衣服时却一脸的失望。我跟她们保证说，除了衣服以外，我还会按照惯例，给她们一些赏钱。一听这话，她们忽然就变得十分喜欢那些衣服了，还夸我比其他那些离开长三堂子、作为小妾跟有钱的丈夫生活在一起的倌人要慷慨多了。

我把一件非常好的冬礼服送给了流光。那件衣服裁剪精良，丝质上乘，袖子呈现夸张的百合形状。我又把另一件礼服给了宁静——那是件乘马车出行时穿的衣服，非常华美，有皮草做的高领，美丽绝伦，只是颜色不大对劲，呈现出一种怪异的紫红色调，跟我的肤色很不相称。照理说它本应是公牛血那种深红色，但我却渐渐发现那颜色更像是血流不止的肥猪。每当我穿上这件衣服时，都会非常地不走运，净遇到些不给钱的追求者，要么就是被忠诚冷落。不过这种颜色能为宁静的雪白皮肤平添光彩，因此，它很有可能会给她带来更好的运气。我把这件礼服送给她的时候，她感动得一塌糊涂，说我真是个好人——我相信她说这话的时候，确实是十分真诚的。

我给了李妈妈一条皮草披肩，给了朱颜一件长长的剧场礼服，还跟老鸨结清了债务。我欠她的钱包括她最开始为我付的钱、利息，以及其他一些我都不知道她还收取的开销——其中包括一部分由青帮提供的"保护服务"费，以及由公共租界的行政部门征收的特殊税。金盆洗手后，我剩下的存款比我原先预想的少了一大半，所以我不得不又把几件礼服卖给了裁缝。他们觉得那些衣服的状态还不错，可以充当崭新的衣服再次出售。我们一致同意，不管这些衣服最终能卖出多少钱，我们都按五五开分成。我知道他到时候肯定会从我应得的那一半钱中再扣下至少四分之一，所以我在定下这个规矩的同时也跟他讲好，等我将来回来让他给我做西式衣服的时候，他必须给我一个优惠的价格。到时候等我真的回来做衣服的时候，我就会跟他说了，卖衣服的钱我只收到了一点点啊，这样的话，他就不得不在优惠的基础上更大幅度地给我降价了。

所有的衣服里只有一件是我难以割舍的。那是件幸运衣，给我带来过很多追求者和两位恩客，还给我带来了忠诚的第二个季度合约。那是件绿色水纹绸的衣服，上半身是中式的，珍珠做的盘扣，裹着金粉的丝线缝在领口和袖边。直立的中式领子轻微外翻，露出一点西式的蕾丝里衬，紧紧地裹在紧身上衣上。腰下面是十分蓬松的西式长裙，上面布满大大的褶皱。膝盖处有个假褶边，褶边下面是三层绸子做的荷叶百褶裙，颜色是深深的祖母绿。这条裙子在被拉起来的时候，看上去就像是剧院帷幕的层层褶皱。

这是我在时尚领域取得的最大成就，是我在未受宝葫芦干预的情况下创造出的成就，而它的成功在各个长三堂子中都掀起了一阵波澜，所以，在我首次穿出这件衣服后的第二周，就已经有些长三剽窃了它的一些细节——蕾丝、假褶边、荷叶边以及领子的外翻形状。但是，正如我所预料的，她们都没能复制出那昂贵的珍珠盘扣，也无法制作出需要好几个星期的时间来精心缝制的精美金线。所以，结果是，其他长三们穿在身上的同类裙子，就跟她们自己一样，一看就是廉价的复制品。

借由那条礼服裙，我不仅收获了好运，还获得了一种自信和淡定的感觉。我觉得那种感觉，就是我真正的自我。我很害怕离开这条裙子，但是，如果我留下它的话，它有可能会把我拖回旧日生活——不管我是不是愿意。我的心里潜藏着对回归旧生活的恐惧，我也在脑海中无数次想象过各种各样让我不得不回来的因素。说不定我可以稍微改一改这件衣服，让它更适于在一种没有嫖客的生活中穿着。

我思前想后，拿不定主意该穿哪条裙子出现在那所房子里。首先，我肯定得穿一件西式的衣服，因为大部分华人对洋人都抱有某种尊敬——或者至少是畏惧。但我穿去的衣服也不能太华丽，以免让人觉得，为了弥补自己的低微地位，我有点用力过猛。最终，我选中了一套深蓝色的套裙。

宝葫芦出现在我的门前时，我忍了半天才没有笑出声来。她穿着一条暗褐色的西式裙子，配一件将她的胸和腰都隐藏起来的罩衫。她说这条裙子很丑，但它

236

很适合她的新生活。虽然宝葫芦六年前就不再当长三了，但她对自己最美的特征还是一直小心维护，比如说她完美的皮肤，以及那种优雅的摇曳步态。那步态看起来就像是根软鞭子，让她的臀部左右晃动。在训练我成为一名合格雏妓的时候，她向我展示了这种步态，并强调其精妙之处和淫荡之感，然而我却怎么也学不出那种神韵。我发现，男人们会在她使用这种挑逗性的动作时盯着她看——而一般来讲，一位引退许久的老倌人是根本不会引起他们的注意的。

"我年纪太大了，已经不适合穿漂亮衣服了。我已经三十五了。"

这回她终于把自己说大了些，然而她实际上却已经——接近四十五了，我猜。随着时光的流逝，她老得越来越快。如今我开始明白，在延长自己的职业生涯方面，她做得已经要算极其成功了。我因此对她十分敬佩。

她把一个旅行袋放在沙发上，那里面装着一包包珠宝，既有她的也有我的。她挑出那些她觉得我会卖掉的——艳俗的，以及不大值钱的——放在一处。她捡起一枚方忠诚送我的戒指，注视着我。她和我都知道，这个物件会泄露我仍对他抱有的感情。如果我留下它，我就会感觉自己对爱德华不忠。"把它卖了。"我说。

那里还有很多她觉得过于珍贵、不能放进大箱子的贵重物品：一块小玉雕，一对陶瓷狗，还有一个小座钟。我看见她还收进去了两个裹在布套里的卷轴——而紧接着我便意识到，它们不是卷轴，而是那两幅曾经属于我妈的、由陆成所画的该死的油画。

"我还以为我早把它们扔了呢。"我说。

"我第一天就告诉过你了，我要自己留着它们。我喜欢这些画的风格，而且我才不在乎到底是谁画的呢。"

"只要你确保把它们挂在我看不见的地方就行。"

宝葫芦皱起眉，说："你有一副好心肠，也有一副硬心肠。如今，既然你已经有了爱德华，也有了一份新生活，你大可以让自己的心变得软一点了。放轻松一些，你不需要变得像我一样。"

带我们去新家的轿车来了。为确保一切都安排妥当，爱德华已经提前过去了。我的心脏飞速跳动着，我感觉自己得跑起来，才能跟上心脏的节奏。我终于要离开我的青楼生涯了，然而我却发现身边到处都是不祥的预兆——一只哈哈大笑的鸟，我裙子底端的一滴泪，一阵突如其来的凉风——一切都在告诉我，我的决定是个错误。每当我拼命躲避厄运的时候，它总是会找上门来；而每当我试图忽略那些预兆时，最终的结果也不会有什么改变。

我们开车穿过大门，进了院子。这座房子很高，很像秘密玉路，但这里的石墙让这座房子看上去更像是一座堡垒。

爱德华跑到车前，拉开车门，先将宝葫芦扶了出来。"你觉得你在这儿能过得很开心吗？"他的脸上带着一副小男孩般无邪的笑容。

我看了看这座大大的房子以及位于它对面的小小客栈。在我们左手边的空地前方不远处，有一座花园，花园里有几座风格相似的小房子，搞得好像是这座房子从前的石厢房脱离了正房，随风飘走了一样。小小的玫瑰花丛种在通往正房的小径两侧，在玫瑰花丛下面，种着长着紫色和黄色面孔的紫罗兰。这种花并不常见，于是我便决定将这作为一个好的征兆，不再满脑子认为每一件不同寻常的事情都是厄运即将到来的预兆了。

"成先生在吗？咱们应该赶紧去向他道谢。"

"他已经离开了。"爱德华说，"我们可以给他写一封信。等你看了房子里面的样子就知道了，咱们可真该大大地感谢他一番呢。"

我们穿过一扇两人高的对开门，走进一间凉爽的门厅。一名仆役安静地走了进来，快速帮我们脱下长外套。宝葫芦不肯让他拿走她那个装着贵重物品的小旅行袋。寒冷透过我的皮肤，渗进骨髓，我正要叫那个仆役把我的大衣拿回来，爱德华却带着我穿过另一个门口，进到一间宽敞而温暖的方形大厅中。房间的另一头有个壁炉，壁炉上面有个巨大的镜子，就像那些在宾馆大厅里摆着的镜子一样。我朝它走过去，看到了自己的脸。里面的那张脸真的是我的样子吗？——她看上去胆怯而迷茫。我拼命想让自己变得像以前走红时那样自信满满，却无法动摇那种自己不属于这里，而且将永远不可能属于这里的感觉。这座房子装修得十分简略，但每把椅子、每个沙发以及每张桌子，都显然十分昂贵且富有品味。这里没有痰盂，没有垂至地板的天鹅绒帘幕。这里的空气闻起来很锋利，给人的感觉更稀薄。宝葫芦试试探探地绕着房间走，就好像她的脚步会把地面上铺的瓷砖踩碎似的。

我用手抚摸那个壁炉架，它那圆滑的大理石棱角和侧边看起来像是融化成水纹的蜂蜡。火焰又高又亮，当我逐渐暖和过来以后，终于觉得自在些了。

"瞧瞧那个盯着我看的下人啊。"宝葫芦发出嘘声，"她那表情就好像是在告诉我说，我比她的地位还要低似的。"她在镜中端详了一下自己，"这条裙子比我想象的还要难看，看着好廉价。"

爱德华示意一个下人推开一排折叠画屏，露出一间餐厅，里面摆着金色木头做的家具，桌子腿和椅子腿都雕有跟壁炉同样旋涡状的蜂蜡式样。房间的一端有一个小水塘，里面摆着袖珍假山。当宝葫芦和我走向那个水塘时，一群大张着嘴的金鱼像一群乞食的狗一样急切地朝我们游了过来。"它们想把我们给生吞了！"宝葫芦叫嚷起来。她走到一把椅子边，沉重地坐下，"这些热闹的东西可把我给累坏了。我得把这身衣服脱了。我的房间在哪儿？"

爱德华朝一个侍女做了个手势，那侍女便叫道："小老鼠！"一个大约十岁上下年纪的女孩跑了出来，主动要帮宝葫芦提旅行袋。宝葫芦不肯放手让那个女孩拿，那丫头便责备那个小女孩不给老阿姨帮忙。"那个女人管我叫老阿姨！"宝葫芦说，"说的就好像她比我年轻似的。我要去告诉她，我是王夫人，是个可敬的寡妇，我的前夫有钱、受过教育……而且还很英俊。我为什么要给自己找个又老又丑的假想丈夫？"

爱德华带我走上一段宽敞的楼梯，走进一个装满一排排书墙的图书馆。图书馆的一端放着一个圆肚子、垂着红绿色流苏的台球桌，另一端则摆着两个彼此相向的棕色天鹅绒沙发，边上摆有扶手椅，还有摆着书籍和阅读灯的方桌。

我们走到大厅的另一端，来到一扇关着的门前，爱德华说这是我们的卧室。他打开门，露出一间只摆着一张小桌子的小小房间。我很困惑，但他却领我接着往前，走到了另一扇门前。爱德华缓缓地打开，我的面前便出现了一间很大的房间，房间里挂着绿色的窗帘，显得有些昏暗。这个房间富丽而庄严，没有任何多余的装饰，向我们传达着拥有这座房子的男人的无上权力。一张有着雕花床头板和踏脚板的巨大睡床面朝着房门——这样风水不好，会使阴阳失调，赶走我们的好运……我让自己停下，别再这么想了。我迅速地浏览了房间里的其他事物：罩着绿色丝绸的四面墙，一块厚厚的波斯地毯，红色大理石做的壁炉，几张小桌子，郁金香形状的壁灯。我发现爱德华在看我。

"你还满意吗？"

"满意，当然满意。但我觉得自己像个入侵者。还得再过一段时间，我才能觉得自己真正属于这里。"

他带我穿过一个门廊，走进一间大大的更衣室，里面摆着玫瑰色镶面的沙发椅，和两面木柜墙。这个房间的后面是一个卫生间，地面和墙面都是白色大理石做的，一个个亮闪闪的银色水龙头就像是一排手枪一样。洗面池看起来像个鸟喷泉，而且洗面池的两端真的各有一只大理石鸽子。在卫生间的另一端，还有另一扇门。我打开那扇门，走进另一间装饰成玫瑰色调的卧室。

"这个房间是给孩子的吗？"

"婴儿房在走廊下面。这是你的私人卧室。"

"为什么我要有一间跟你的房间分开的私人卧室呢？"

"这是美国大富豪们保有的一种可笑习俗：他们越有钱，就越需要隐私。当然，你不会睡在这里的，但你可以用这个房间存放你的私人物品，你的衣服，以及诸如此类的东西。我在这间卧室的另一边也有几个类似这样的房间。"

"瞧那个大吊灯，还有那个大书桌。这里的一切看起来都很妥当，但也显得好像从没有会喘气的活人在这里睡过觉似的。"我的眼睛掠过床边的墙上挂着的一幅画。它看上去很眼熟：阴影覆盖的大地，尖牙利齿的山峰，一抹虚假的、很快就将消失的生命光彩。我走到那幅画面前，辨认上面写着的画家名字：陆成。我的心脏狂跳起来。在画面的另一角，写着《奇幻山谷》。有人把这幅画从宝葫芦的旅行袋里拿出来了——但他们怎么能这么快就把它装进画框里呢？这不合理啊。有人在耍我，想给我不好的预兆。

240

爱德华走过来，站在我身后："成先生的艺术技巧并没有他自己所说的那么糟。"

我吓得差点灵魂出窍。"成先生？陆成是这座房子的主人？"

"正是。我也曾被这幅画所打动过。我们家也有一幅相似的画，不过比这个大得多了，他是在我们家当门客的时候画下的那幅画。我家就在画中山谷的西南侧，他画的就是从我家望出去所看见的景象。这幅小画肯定是在画我家那幅大画之前，练手用的。"

我急促地呼吸着，总感觉氧气不足。就像很多西方人一样，爱德华将陆成的姓错当成了名，将第二个字当成了姓。"成先生"，其实应该是"陆先生"。

为什么爱德华会住在他的房子里呢？这是个阴谋吗？

正在这时，宝葫芦走进了这个房间。"床好软，感觉就跟一堆落叶似的。壁炉里都没点火，但烫得像个烤箱。"她盯着我的脸看了一眼，"唉呀！怎么了？你病了吗？想吐吗？还是发烧了？"她拉起我的胳膊，领着我来到床边，然后，她便也看见了那幅画。"呃！这幅画怎么跑这里来了？有人把它从我包里偷出来的吗？"

"这座房子是陆成的。"我说，"他是爱德华的东道主，也就是他一直称为成先生的那一位。"

她的眼睛睁得圆圆的："这怎么可能？你确定他俩是同一个人吗？"她把那幅画从上到下仔细研究了个遍，然后将手指放到了那个署名上。

爱德华听不懂我们在说什么。"她也很喜欢这幅画，我能看得出来。"

我叫宝葫芦给我一些私人空间。她迅速起身出去了，临走瞪了爱德华一眼。

"我不知道陆成到底是打的什么算盘，也不知道他为什么要让我们待在这里，但我绝不能住在这所房子里面。"

"怎么了？薇奥莱，你在发抖。你病了吗？"他扶我坐在床上。

"你那位慷慨的东道主，也就是你所谓的成先生，实际上应该叫陆先生。他是我的父亲，在我还是个婴儿的时候抛弃我和我妈，后来又勾引我妈离开上海，去美国寻找她那失散多年的儿子。他就是我沦落青楼的罪魁祸首。"

爱德华沉默了，目光呆滞地盯着那幅画看。他提了几次话头，却都没有说下去。

"我们之所以会相遇，跟他有关系吗？"我说，"这是你和他一起策划的阴谋吗？"

"不，不。薇奥莱，你怎么能那么想呢？就算陆成真的有什么阴谋，我对此也一无所知。只要一想到他竟然知道你是谁，还骗我把你带到这里，我就恶心得要死。他难道以为我们真的会一点也察觉不到吗？"爱德华站了起来，"当然，我们一定要离开这里。我会叫仆人们立刻把咱们的东西搬走的。"

我们原本真的会离开的——如果宝葫芦没有患上西班牙流感的话。

第 7 章　蓝色的病

上海　1918 年 6 月

薇奥莱

　　我从来没见过宝葫芦这么无助：她呼吸困难，用凸起的、充满泪水的眼睛看着我，呻吟着说想回家，说她不想死在陌生人的家里。

　　爱德华给一家美国的医院打电话，然后一位殷勤的胖胖的英国大胡子戴着口罩来了。他有一个倒霉的名字：阿尔比医生，听起来像中文里的"厄运"。宝葫芦对他说："阎王爷啊，我是个中国人，不要把我带到外国人会永远遭受火烤的火坑里。"然后，她撒谎说自己是个基督徒，应该去天堂。她说自己做过许多善事，主要是必须跟傲慢的我打交道，教育我，还有对我的不驯表现得非常耐心。我很懊悔她可能直到死去，也认为我没有对她的照顾领情。她又说我是她深爱的妹妹，她很担心自己走了以后我该怎么办，这些话让我心痛。这又让她恳求上天可以让她能撑到我成为上海十大美女为止。

　　阿尔比医生说现在没什么能做的，只能鼓励宝葫芦多喝水，尽可能让她舒服些。他建议屋子里的所有人都戴上口罩，分别的时候告诉我们都要接受两个礼拜的隔离检查，任何人都不能离开。其实只有在我知道这是陆成的房子的时候我才想逃走——这一刻我一点儿都不想——然而这些现在都不重要了。随着病情的恶化，她开始把我当成她的母亲。她的脸红得发烫，然后她解释为什么没有马上回村里去见我，我告诉她见到她我很开心。当她向我叙述女主人的丈夫对她的虐待时，我哭了。

当中医来的时候，我嘱咐他，向宝葫芦自我介绍时要用一个听起来像"健康"的中文名字。他让宝葫芦喝了很苦的汤药，并且把一副樟脑膏药贴在她胸前，很快她的呼吸就变得轻松些了。我来到她身边，告诉她："妈妈在这里。现在你一定要好起来，在人间多待一阵子，这样我老了以后你才能照顾我。"她看着我，皱眉道："你疯了吗？你不是我妈！照照镜子，你是薇奥莱。而且为什么我要照顾你？是你应该照顾我，看看你都给我惹了多少麻烦。"听到这里，我就知道她会好起来的。

那个中医吩咐仆人每天都要用石灰水把房间地板彻底清洗，这样我们其他几个人才不会生病；然而，那晚我突然觉得自己发烧了，同时又觉得非常冷，觉得骨头都要断了。我感觉整个房间都飘起来了，爱德华缩小得只有娃娃那么大。我醒过来，看到一个女孩坐在床边打瞌睡。我一开始没认出这个房间，以为费尔韦瑟绑架了我，把我扔到另一个妓院了，至少这次是一流妓院。接着我看到陆成的画，马上记起我在哪里了，然后立刻害怕起来。"爱德华在哪儿？"打着瞌睡的女孩被惊醒，站起身来跑了出去。一会儿，爱德华来了，轻轻地摸着我的额头，轻声对我说着情话，同时他的眼泪滴到我的脸上。我让他不要碰我以免被我传染，然后他告诉我的病不传染，大家都不会再生病了，因为他们一天到晚都在喝苦汤药。"我知道它有多么苦，因为宝葫芦让我每天也喝同样的药。我觉得只要你没被那药苦死，你肯定不会死于区区流感。"

当我恢复到可以坐起来时，爱德华把我背到院子里，那里的树阴下摆着一副躺椅。

"我已经给陆成写了一封信，指责他抛弃了你，而且对我隐瞒了他的真实身份。我通知他只要你完全康复了，我们马上离开。他给我回了一封信。"我让爱德华大声把回信读出来，然后我躺下，做好了准备。

"我亲爱的薇奥莱，"爱德华念道，"我并不打算为我的不当行为找借口，我也不奢求原谅。我永远无法弥补自己的错误，我能做的只是让你稍微好受些……"他说只要我想，在这里待多久都可以，他会支付这里的开销和仆人的佣金。他希望我继承这个房子，不过我必须承认他是我的父亲；而如果我愿意这么做，他会把相关条款写进他的遗嘱里。他最后说，如果我想见他，一定要告诉他，哪怕我只是想发泄愤怒。但是除非我主动要求，他绝不会回到这里，让我更难受。信封显示信来自香港，署名"属于你的，陆成"。

"我都听你的。"爱德华说。

"这个混蛋！他完全没提我妈妈，也没说他们俩知不知道我这些年来都活着！"很快我就觉得疲惫得要命，所以爱德华把我带回屋里，让我睡下。第二天早上，爱德华告诉我他给陆成写了封信，要求他回答我的问题——和他承诺的一样，他总能让我感受到他对我的爱和保护。我双臂搂着他，像孩子一样贴着他。

"我不是真的想知道这些答案，"我说，"我已经想过所有导致我妈妈没有回来救我的原因和情况，但是没有一个可以解释得通——除非他说我妈妈在踏上美国土地之前就死了。而且就算他这么说，我也不确定他说的是不是真话。所有这些都让我痛苦了很久，所以我不想让它再来缠着我了。如果之后我改变了想法，我会叫你读那个懦夫的回答。"按照我的要求，当陆成第二封信到的时候，爱德华把它收了起来。

我就怎么处理这个房子进行了一番思想斗争：我最初想过要离开这里，并拒绝这份继承，也试着尽量不要想那些我们已经习惯的舒适生活。当然了，我做的第一件事就是把卧室里那些恶心的画扔掉，因为无论如何我们现在必须继续待在那里直到我完全康复。后来因为我有妊娠反应，而且剧烈运动可能对婴儿有害，我们继续待在了那里——我已然很担心我的病可能影响孩子的健康了。我最后对在这里生活妥协了，因为如果爱德华的父母再像以前那样不给他钱，我们就要流离失所了。所以我告诉爱德华我们会住下来。

他后来承认他听到我的决定后放松了，因为他担心我们未来的孩子。如果有什么事情发生——如果他生病了，不在了——我和孩子要住在哪里？我们去找在艾弗里运输公司工作的律师请教：他是一个样子古怪的人，头上有浓密的头发，和同样浓密的胡子，眉毛跟松鼠的尾巴一样粗。爱德华向他介绍说我是他的妻子，"艾弗里夫人"。他解释说我有一个在苏州的古怪的美国叔叔，给我写了封信说想把房子留给我。

"我们不想显得贪得无厌，要求他在遗嘱里提及这份遗产，"爱德华说，"如果不幸的事情最后还是发生了，单凭这封信够不够？"

律师说如果有一份遗嘱自然最好不过，但是他也说如果这封信有日期，并且是手写的，他又没有别的子孙——比如游手好闲的儿子，那仅有这封信可能也是可以的。我们回家后，确定陆成的两封信都写了日期，爱德华便把它们放在一个安全的地方去了——那地方只有他自己知道。

我们生活在自己的小世界中，沉浸在温馨亲密的婚姻生活里。天气变冷的时候，我们就在火炉前，静静地躺在彼此的怀抱里，知道彼此都在考虑现在的和将来的幸福，并且庆幸我们拥有彼此。我们在书房里为彼此读书，报纸，小说，或者爱德华的最爱——诗集。下雨天时，我们会随着留声机里的音乐跳舞，而宝葫芦在一旁看着。爱德华总会请宝葫芦跟他跳几支舞，而宝葫芦一开始总会拒绝，然后爱德华就会指着我，表示我的肚子大大了，不能跳快舞，宝葫芦才会开心地答应。看他们两人用手势和表情互相揣摩着沟通是件非常有趣的事情，因为他们经常会弄出滑稽的误会。有一次，爱德华一边吃冰棍，一边和我们走向街角新开的糕点店的样子，宝葫芦把这当成是一只正在吃东西的流浪狗，它看到爱德华走过来立刻跑开了的样子——我大笑着给他俩翻译。我们发现好几箱的游戏和玩意儿，其中还有乒乓球。宝葫芦打得又快又准，而爱德华却意外地又慢又笨，他丝毫不介意我们的嘲笑——我后来知道他其实技术很好，只是想看到我们开心。我们每天两次溜达到餐厅去，那里的顾客会讨论有关战争的最新消息。胜利即将来临，我们迫不及待地希望它早日结束。我们在床上聊我们的童年，回溯所有的记忆，这样我们会觉得我们了解彼此所有的人生，并且比其他所有人都了解得更深。我们争论到底是中国的还是美国的命运让我们俩走到一起——毕竟我们的相遇不可能像来自两棵树的两片叶子一样就那么随意地被吹到了一起。

我们完美生活中唯一的缺憾就是陆成：我对他和我母亲的愤怒吞噬着我，他们永远不能补偿我。他们怎么还给我那些本属于我的生活？然而，现在我已经过上我一直想要的生活了，所以虽然我永远不会原谅陆成，但是当如此幸福地生活在他的房子里时，我不再深究他那些改变了我的一生的卑鄙行径了。

流行病在 1918 年的夏天到来之前结束了，所以当同年 11 月战争结束时，我们有了第二个值得庆祝的理由。尽管国际公共租界在战争中是中立的，但不同国家的人现在都挥舞自己的国旗，宣告世界重归和平。西方人打开了储藏的法国香槟，大街上的人们和陌生人接吻；接吻的同时他们同样也传递了病毒，这些接吻后来被指责导致了新一轮流感。这次比上次更猛烈，不过上海没有像世界上的其他地方感染得那么严重——这些全部都是我们从报纸上看到的。报纸还说，跟上次一样，年轻人死得最多。奇怪的是，这些身体最健康的人群，反而最容易被病魔打倒。

宝葫芦和我已经得过流感，所以现在不会再被感染了；但是上一轮流感的时候爱德华逃过去了。这时我已经怀孕七个多月，因为担心我们的孩子，我们让房子里的所有人都严格保持卫生。爱德华和我出门时会戴上口罩，并避免去人多的咖啡馆和餐厅。尽管这么小心，爱德华还是病了，我立刻就采取了行动，因为我已经读了所有治疗的方法。我们用樟脑和桉树叶煮开水，并让他喝热茶还有中国苦药草汤。我们还准备了湿毛巾来帮助他降温，虽然经常被爱德华拒绝。他认为自己的症状很轻微，说明自己没有那么虚弱，没必要像危重病人那样对待。他在床上就躺了一天，还吹牛说流感就跟感冒差不多。他恢复得很快，这让我们稍微放心了些。现在他也和我们一样，再也不会染上流感了，我们也不用担心会把病传到我们的孩子身上。

一月，一个寒冷明亮的日子里，我们的女儿诞生了。巴黎和会在同一天召开，我们把它当作一个征兆，说明女儿会是一个平静的孩子，后来愿望成真。她的肤色白皙，相比我来说更像爱德华。她的眼睛是淡褐色的，有一撮撮淡棕色的头发。我说她脑后旋毛是遗传自我的，还有她屁股上的模糊的蓝色胎记也是遗传自我的，这是很多中国婴儿都有的东西。她的眼睛那如柳叶一样优美的曲线，跟爱德华的很像，而她的圆下巴像我。爱德华说孩子睡觉的时候会皱眉，样子跟我有心事的时候很像。我说当她的鼻孔张大的时候，跟爱德华看到食物被端上桌子时一模一样。爱德华宣布女儿是世界上最完美女人的最完美的复制品。收到这份满怀爱意的赞美后，我让他给孩子起名。他想了两天，说名字会是我们新家庭传统的一部分，她不会继承博森这个名字。

"她的名字应该是芙洛拉[1]，"他最后说，"薇奥莱和小芙洛拉。"他把孩子轻轻放到摇篮里，把他的脸贴近孩子的脸，"我的小芙洛拉。"

我的内心深处有些受挫：在妓院时，我们都被称为"花"，所以我对我的名字一直以来都有很复杂的感受。紫罗兰是我妈妈喜爱的花，面相贫瘠，很容易被人踩踏，成长的时候又不需要什么关照。这几年我改了很多次名字，从薇奥莱到薇薇，紫紫，还有很多这一类的绰号，而现在它又变回薇奥莱了，好像命中注定一样，我不能永远地改变它。另一天，我在书房里聆听我最喜欢的一段歌剧咏叹调，一边听，一边读了一下藏在唱片封套里的附赠册子。册子上说，这首歌是高级妓女薇奥莱塔这个角色演唱的，同时还补充说："她在生命的这个阶段，成了一朵凋零的花。"

爱德华一直用他的男高音甜蜜地唱着："芙洛拉！哦，可爱的小芙洛拉！清晨的露珠，午后的花蕾……瞧瞧她的眼睛！"他说，"当我叫她名字的时候，看她的眼睛转得多机灵！她已经能认出自己的名字了！小芙洛拉，小芙洛拉……"我怎么能让他取另外一个名字？

我们根本无法忍受小芙洛拉从我们的视野中离开，所以决定让她和我们待在一起，而不是在婴儿室由奶妈照顾。夜里，我会被她轻柔的抱怨和咕哝声弄醒，然后把她从我床边的摇篮里抱起来，放在我的胸前。我为她轻声唱歌："芙洛拉，哦，可爱的小芙洛拉，清晨的露珠，午后的花蕾……"她安静下来，眼睛四处瞄，直到看到我才停下来。在她认出我的那一瞬间，我发现了我人生中最大的快乐。

1　英文原文为"Flora"，即花神的意思。

1919 年 3 月

3月份，西班牙流感重新席卷而来。"战争已经结束了，所以这个也会结束的。"宝葫芦这么说。大家都在说这一次比上次更厉害，因为虽然被感染的人更少，但是那些感染的人被折磨得更惨，死得更快。

爱德华，宝葫芦，还有我已经克服了流感，所以我们都很庆幸不会再有危险；但是只有两个月大的小芙洛拉，从来没有染过任何疾病，所以我们都极度小心。我们要求家里的每个人都要在离开房子的时候戴上棉纱口罩，而在进入房门之前，他们必须把用过的口罩扔在门口的盆里。这些面罩之后会用沸水煮干争，再用樟脑水浸泡，然后才可以再次使用。当我们带小芙洛拉出去呼吸新鲜空气时，我们会在婴儿车上罩一层有樟脑成分的棉纱，而且我们从不去人多的地方。巨大的警告标语随处可见：在公共场所和电车车厢内吐痰、咳嗽或者打喷嚏者会被处以巨额罚款。两所男校和一所女校因为宿舍爆发了疫情而关闭。沿着静安寺路，我们路过各种售卖预防传染或者治疗流感的药店或商贩。我们了解到了各种预防疾病的最佳方法，比如一天喝八次褚医生的秘药，或者用帕克医生的药剂漱口，或者用热洋葱水洗浴。还有那些生病的人应该休息并喝酒，最好的威士忌效果最好。

两周以后，我们听说国际公共租界里有 100 个左右的外国人死了，而且其中至少一半是日本人。学校重新开学，人行道两侧不再放着成堆的尸体，只有成堆的没卖出去的面罩。我们不再注意疫情，也不像以前那样小心了。

几天后爱德华开始打喷嚏时，他是第一个指出自己不能靠近小芙洛拉的人。不管怎样，他没有食欲，没跟我们一起吃晚饭。

因为我很容易感冒，爱德华和我那天晚上睡在各自的私人卧室里。他的男仆小拉姆在床头桌上放了一杯威士忌。第二天早上，当我去找爱德华的时候，我被他眼眶发红的眼睛和苍白多汗的脸吓到了。他说自己很暖和，因为当天晚上很潮湿；而实际上，天气很冷。他咳嗽得像快要窒息了一样，而他自己却解释说是因为南京路上弥漫着被扒倒的建筑上飞出的尘土。因为咳嗽得厉害，他头都疼了。

"这是中国病。"他开玩笑说。美国人和英国人把所有疾病都叫做"中国病",从腹泻到任何奇怪的病,尤其是那些会致死的。

下午,我到爱德华的身边时被吓坏了:他烧得更严重了。他咳嗽得非常剧烈,只能勉强呼吸或者站好。"我告诉过你的,这是上海疟疾,"他努力开了个玩笑,"别担心,我去泡个冷水浴就好啦。"一个小时后,他让我叫一名美国医院的医生过来,只有这样才能专门治疗他的咳嗽。他需要两个仆人的帮忙才从浴缸里出来,再回到他的床上。

阿尔比医生来了,宝葫芦认出了他,称他"阎王"。她告诉我会叫人把上次我们生病时,治好我们的中国医生叫过来,现在这位除了敲敲病人脚趾再让他动动手指以外,什么都不会,中国医生比他强多了。

我告诉他爱德华在第二次疫情爆发的时候已经得过了流感,现在这个应该是另外一种疾病。伤寒?他观察了爱德华的嘴巴,对他的鼻子和耳朵做了一些检查,摸了摸爱德华的脖子,敲打背部并听了声音,接着用权威十足的口气说:"病人的扁桃体感染了。"他把鸦片从一个大量杯里倒到一个小量杯里,让爱德华喝了一瓶盖的量来舒缓咳嗽,又吃了一片阿司匹林来治疗发烧。他又用新的单子开了一份处方,就好像这会给人一种舒缓的感觉一样,让人能更快恢复健康。为了让爱德华呼吸得更舒服,他用注射器抽出了一些粘液。当他准备他的工具时,他告诉爱德华应该在康复以后把这些麻烦的扁桃体切除掉。

"切除它们能促进身体健康和思维清晰,"他高兴地说着,"切除还能治愈一些症状,比如遗尿、食欲不佳和智力衰退——所有人都应该切除它们!如果你和你的妻子决定切除它们,没有人比我更适合做这个手术了:我已经为几百个病人做过这种切除手术。"

他把一个球状的注射器插入爱德华的鼻孔,而当看到取出的东西,他的表情变得很阴郁:取出物很稠,而且有淡淡的血色。然而他又一次跟我重申这不严重。这时爱德华又咳出痰来,而痰上也有血丝。

爱德华猛烈咳嗽,努力呼吸的时候,医生一直在旁边喋喋不休:"这种带血的排出物很典型,"阿尔比医生用快速的专业语调说着,"身体组织被刺激了,开始流血。"他说我们要让爱德华喝很多茶，而不是牛奶。我很高兴这个乐观的医生终于离开了。

我坐在爱德华的床边，为他大声地读报，一个小时后，带血的泡泡从爱德华的鼻孔里涌出来。我尖叫道："该死的扁桃体！该死的医生！"

宝葫芦跑了进来，看到爱德华，问："他怎么了？"

我颤抖着，喘着粗气，勉强说："爱德华告诉我们说去年秋天他接触过流感，他说这跟普通的感冒没什么区别——我现在知道当时他得的是什么病了，就是普通的感冒！他从来没有对流感免疫过。"

我想让宝葫芦告诉我爱德华已经好转了，晚上前就能康复。但是，她的眼睛却因为惊恐睁得更开。

中国医生只看了一眼爱德华就说："这是西班牙流感，而且是猛烈的那种。"他补充说，"我们比你的那位美国医生收治过更多的病例——目前为止1500例，其中我亲眼见过几百例。毫无疑问，这就是流感。"

他吩咐一个男仆脱掉爱德华已经被高烧湿透的睡衣，并让一个女仆去拿些干净的衣服，大块的布料，拿二十几件。医生转过头，对我说："我们可以试试看。"

试试看？这个缥缈的"试试看"是什么意思？

"如果明天早上前他能好转，那他还有机会。"他分发出一小包一小包的药物给我们，吩咐我们每包要煮一个小时。

医生把头发粗细的针灸针转动着插入爱德华的身体，很快爱德华僵硬的痛苦脸色软化为无意识的放松。他用正常的频率呼吸，越来越慢，越来越深。爱德华睁开眼睛，微笑着用沙哑的声音低声说："好多了。谢谢你，亲爱的。"

我喜极而泣。新的一天来了，整个世界都不同了。我抓着他的手，吻他湿润的额头，这次终于化险为夷。"你吓坏我了。"我轻声抱怨说。

爱德华擦着喉咙。"它卡在这里。"他低声说。

我打了他的手。"什么？"

"一片肉。"

"亲爱的，你没有吃晚饭。你的喉咙里什么都没有。"

医生用中文说："感觉到有东西卡在喉咙里。很多人都有这样的反应。"

"做什么可以去除他喉咙里的东西？"

"这是个症状。"他面色阴沉，接着摇了摇头。

"就在这儿。"爱德华说，当他指着脖子时又开始喘气了。他看着医生，用英语说："医生，拜托您了，请给我一些药。"

医生用中文回答说："你不会难受很久的，请耐心点。"医生离开前，说如果蓝色在爱德华的身上散布开来，那会非常糟糕。

爱德华的头发因为发烧全都湿了，就像一整桶水倒到他的头上。他也不再发烫了，他摸着很凉；他的眼睑松弛下来，最后合在一起。"爱德华，"我喃喃道，"不要离开我。"他的头轻轻地转了转，却找不到我。我把我的手放在他的手掌里，他手指动了动，低声呻吟着，双唇却没有张开。我认为他在说："我的挚爱。"我们在他身上敷了膏药，用热杯子把有毒的气体从他的肺里吸出，我们给他吃下了一百多片小药片，而药片全都滚到他的舌头下面，又马上被他咳了出来，带着血痰。他小口小口地呼吸着，很急促，很浅。当他呼气出来时，声音就像在他的肺里有纸在扇动。我们把他扶起来，拍他的背，接着用拳头敲打，帮他排出邪恶的流感带来的浓痰。我忘我地照顾他，眼前，耳边，除了爱德华以外什么都没有，我只希望他能活下来。

我扶着他的胸部，帮他一口一口地呼吸，丝毫不敢分散注意力，一刻也不敢——他只有我了。我保持坚定不移的信心，坐在他旁边，随着他的胸部起伏而鼓励他。他会从无意识中苏醒过来，不时地张开眼睛，看着我，很惊讶会看到我。我听到他含糊不清地说："你真是个无畏的女孩，"接着，"我爱，我爱……"但是他又迷迷糊糊地睡去。

下午晚些时候，爱德华的脸出现模糊的、我们最害怕的蓝色斑点。他的嘴唇冰冷，眼睛干涩——宝葫芦收起床单，更换了一条干净的——他的腿上有灰色斑点，暗潮在向他的腿上移动。我告诉他明早之前病就会好："你相信我吗？"

在他吸气的杂音越来越大时，我觉得自己屏住了呼吸。我几乎喘不过气，觉得快要窒息了。但是我不能哭，哭就输了。我细数着我们之间一切的美好时光，不停地说，不停地说，认为只要我不停，连接我们生命的线就不会断。"你还记得我们从洞里出来、到绿色天堂的那天吗？那时我就爱上了你，你知道吗？爱德华，你还记得吗？"

然后我意识到其实我一直是在喊的。房间里很安静，我能清楚地听到血液像河流一样，在他鼻子里、嘴里、耳朵里流淌并发出的嘶嘶声，以及血泡像水泡一样破裂开而发出的汩汩声。当晚，太阳下山之后，他的脸色变得像影子一样灰时，最后一个泡泡破了之后，他沉没了。

我整晚待在他身边。一开始我没法松开他的手，我觉得生命的力量可能还在他的血管里，我也许能把它挤回来。但是没有空气，他的身体就瘪下去了，脸颊也凹陷下去。他的眼睛沉了下去，接着整个身体都沉下去了。他的手变得冰冷，我没法把我的温暖传给他。"你走了？你走了？"我低声说着，随后就开始哀嚎——"你走了！？"他的脸上依旧是临死时的痛苦，而我十分地愤怒：那些人们说的死亡前平静的告别在哪里？我在巨大的绝望和悲痛中愤怒哭泣。我盖住他的脸，恸哭着，想象他还活着，而不是像这样一动不动，一声不响。

门打开，光照了进来，宝葫芦看起来悲痛欲绝。我一下子站起来：我怎么能忘了小芙洛拉！"她病了吗？"我喊着，"她也离开了我？"

"她跟奶妈在房子另一侧，根本没有生病，但是你只有把自己洗干净了才能见她。我们需要把你和爱德华的衣服都烧了，包括床上用品、毛巾，所有东西，包括你的鞋子。"

我点头道："小心不要让仆人把该扔的衣服藏起来给他们自己了。"

"大部分仆人都走了。"她说得非常平淡，以至于一开始我都不明白她什么意思，"爱德华死了他们就跑了。只有四个人留下来：奶妈，男仆布莱特和小拉姆，司机莱迪，他们都在第一波流感时感染过了，所以不害怕。我会让人来清洗尸体的。"

尸体。多么无情的词啊。

"要用热水。"对她说完后，我一个人去洗澡，眼泪滴进洗澡水中。当我从浴缸里站起来时，有点头晕，所以坐在了床上。我用一个想法让自己不要哭泣：我必须在小芙洛拉面前保持镇定——我闭上眼睛，不断告诉自己——她必须一直相信自己是安全的，是受到保护的。

六个小时后我醒过来的时候，已经下午了，爱德华不在卧室里，也听不到他的声音。我徘徊着走下楼去。

爱德华躺在餐厅里，宝葫芦从那里走出来，把我带到客厅："你必须赶快告别了。布莱特说在中国古城，人们把尸体叠起来，埋到一个大坑里。生者不能把他们逝去的家人送回老家村子，你可以想象他们听到这些时会怎样大哭。我们不知道外国人怎么处理遗体的，但是我们一定不能太乐观。"

爱德华走得太快了。如果不是宝葫芦在负责一切，我愿意尽我所能让他晚一点走。她爱爱德华，而且我知道她很细心，很明智，所以我很庆幸自己不用去考虑接下来要做什么。布莱特和小拉姆已经用大橱柜做了一个棺材，并用蜡把顶盖和每条边都封住。他们已经在池塘边挖了一个坟墓，就在天气暖和时，我和爱德华在榆树下坐的那个地方，我们在那里为彼此读书，用脚向彼此泼水。

"'阎王'来看爱德华了，"宝葫芦说，"这是死亡证明，我读不出这只狗写的屁话。"

肺炎，继发于流感，他承认了自己的错误。他一定把爱德华的死向美国领事馆和国际公共租界的当权者汇报了。奶妈把小芙洛拉带到我身边，我检查了她的脸，量了量她额头的温度——她的眼睛很清澈，在找寻我的眼睛——我又看了她的脸——耳朵、眉毛、头发，还有眼睛，这都是遗传爱德华的。

宝葫芦带我进入餐厅，她说："如果我晕倒的话，请准备好抱住孩子。"大桌子被搬走了，那里现在摆着棺材，爱德华的皮肤仍然带着发灰的苍白，他穿着我们出门散步时常穿的那套西装。我轻抚他的脸："你很冷，"我说，"对不起。"我为我曾质疑过他的善良、诚实还有爱而道歉。我说我曾经认为我不能给他爱，因为我不知道爱是什么，只知道自己需要爱；而他向我展示了接受爱、给予爱是多么自然的事。现在我心如刀绞，而这也证明我们两人深爱彼此。我把小芙洛拉转向了爱德华："我们的女儿，我们最大的快乐，让我知道了我可以爱得有多深沉。我会告诉她你每天都抱着她，为她唱歌。"脸色发蓝的男人什么话也没有说，那不是爱德华。我不想让过去两天折磨人的时刻变成我对他的最强烈的回忆，所以我把孩子交给宝葫芦，然后上楼去了书房。

我坐在另一张沙发里，回想我们的谈话——他的智慧，他的严肃，他的幽默，甚至还有当我们谈到一些他要直面自己的灵魂道德时脸上浮现的阴暗情绪。什么是拯救？他离开我们后会去哪里？我翻阅了他上个礼拜才开始用的新日记本，并把它抱在自己怀里。这就是他，但它又不是他。悲伤又美丽的是，一个人只存在于他自己的灵魂里，任何人都不能占有它。

在我走到楼梯最上面一级前，我听到深沉的声音和一个孩子的尖叫，我急忙下楼，看到两个中国警察站在走廊。他们各自抓着我的女仆的女儿小老鼠的一只胳膊。被吓坏的女孩大概十岁，会被任何突然的声音或者动作吓到，宝葫芦和我一直怀疑她妈妈经常打她。警察们把她吓坏了，她的眼睛都翻白了："我妈妈让我把这个拿到商店去，"她边说牙齿边打战，"她说不然她会打死我的。"

其中一个警官说，这个小女孩把一个昂贵的项链带到高先生经营的珠宝店去，而珠宝商看到这个项链后马上非常警惕，因为他知道这是谁的东西。他把项链带到警局，这样他就不会被指控偷窃了。尽管看起来他在说真话，现在他仍然被关在警局里，直到他的证词得到证实。

"求你了，"小老鼠哭喊着，"让他们别杀我！"

"你们谁来描述一下丢失的项链。"严肃的警察说道。

宝葫芦到我房间，拿出所有首饰，看看哪个丢了。

她回来后说道："镶有小绿宝石的项链。两个花饰在中间跟第三个相连……"

警察拿出那条项链，宝葫芦检查了一遍看有没有损伤，接着她责骂了那个还在哭泣的小女孩。

"她生下来就很蠢，"我很快向警察解释，"她的智商跟小孩子差不多，没有一点儿常识。现在项链回来了，所以我们没受到什么损失，我们会更仔细地看着这个小女孩和我们的首饰，而且我向你保证高先生是我们认识许多年的朋友，他非常值得信赖。"

"小女孩告诉我们说有个外国人死于蓝病，"其中一个人沉重地说，"我们不处理跟外国人有关的事情，但是如果这是流感引起的，必须要有一个美国医生检查尸体，确认死因，然后向美国领事馆报告。"

"我们已经有一份美国医院的阿尔比医生签署的死亡证明了，是他医治的艾弗里先生。"

警察们要求看一下爱德华，确认死者是个外国人而不是中国公民，而他们在走到爱德华旁边前就停下了。"哎！蓝色的脸。"一个人低声说。

一个小时后，一名来自英国警局的侦探和一位美国领事馆的领事官一同前来。他们做了简短的哀悼，并为自己的不请自来道歉。

"请问逝者是哪位？"美国人说。

"博森·爱德华·艾弗里三世。"这些话像丧钟一样回响。我给他们看了死亡证明，然后他们检查了爱德华的遗体并要求看他的护照。我到爱德华的桌前，在我把护照给他们之前，我看了爱德华的照片，他是那么的严肃，那么的年轻。接着我在他的名字下面看到"已婚"二字，而妻子姓名那一栏下面，写着："密涅瓦·兰浦·艾弗里。"在那一刻，我掉进了一段新生活。

他们扫了眼护照。

"我是他的妻子，密涅瓦·兰浦·艾弗里。"

他们把这些简略记录下来后，美国人问："我们可以看看您的护照吗？"

我犹豫了。

"只是走个手续。"

我起身离开，来到自己的卧室，装着去找根本不存在的护照。我把空着的抽屉全部打开了一遍，同时在脑子里找寻可信的理由。

回来后，我难过地跟他们说："我的护照丢了。我把能找的地方都找了一遍，但还是找不到——肯定是被哪个仆人偷了。"

"请不要担心。正如我说，只是走个过场。如果它丢了，我们可以帮你重新更换一份。你希望我们通知家属吗？"

我迅速一想："还是由我来吧，对他的父母来说这个打击太大了。我得仔细想想怎么和他们说才能减轻他们的悲伤，并且让他们知道他走的时候并不痛苦——我也希望他没有受苦。我知道他们会希望爱德华的遗体能回到他们在纽约的家。"

"非常抱歉，但这恐怕不行，"领事说，"流感死者的遗体不能被运到城外。"

"我们已经听说了，所以我才会做这些安排。我需要非常小心地告诉他的父母，我们会把他葬在这里的家中，而且他的遗体会睡在这个花园里。"

"您有能安葬逝者的土地是很幸运的事。目前有一千五百名中国人死于流感，他们全部被葬在一个乱葬岗里，还有些尸体直接被扔到河里，所以我们担心饮用水已经被流感污染了。请一定要把水烧开，同样我建议您不要吃鱼。"

小芙洛拉开始不安，开始哭泣。我摸了一下她的额头，我一直担心她可能生病。

英国侦探装成小丑的样子，转动眼珠想逗她笑，她反而哭起来。侦探说："可怜的孩子，她父亲走得太早啦。"

他们离开后的一个小时，我们把爱德华安葬在院子里的大树下。在爱德华的墓地边，小拉姆和布莱特向他表示了感激。宝葫芦准备了一碗水果，然后点燃了几根香，两个男人用黑色的湿土填满了墓穴。他们离开后，我拔起长在小径边的紫罗兰，然后移栽到他的坟墓上。

我翻开《草叶集》中类似的章节，然后用一种沉稳的声音大声读出来：

"不只是我，也没有任何人可以为你走完这条路。
你必须自己走。
它不远，就在那里。
也许在你出生的时候你就去过那里，
只是你不知道。
也许它到处都是——在水上，在陆上。"

第 8 章　两位艾弗里夫人

上海　1919 年 3 月
薇奥莱

　　爱德华死后，我每天都坐在石凳或地上，给小芙洛拉读书，告诉她爸爸有多爱她。她专注地盯着我，就好像能听明白我在说什么。四天后，门口来了个人。我放下书，打开门，看到一个满面肃穆的男人站在面前，看起来活像个送殡者。

　　他摘下帽子，自我介绍说他是道格拉斯先生，来自艾弗里航运公司的代理商"马西和马西"公司的法务办公室。"向您致以我最深切的同情。"他说，"在这种悲惨的情境下与您再次相见，我很难过。"

　　我拼命搜索记忆，想记起他是谁。我曾经和爱德华一起去见律师，询问陆成那封提起要将这栋房子送给我的信，是否能成为我们日后宣称对这座房子所有权的充分依据；不过我们那时所见的男人，和眼前这个男人长得并不一样。

　　"我本应该早点来的，"那人说，"但是起草文件费了一些时间。正如您所知道的，艾弗里先生为您的女儿和您，做了经济上的安排。"

　　他告诉我，爱德华给他的律师们写了一封信，让小拉姆把信带给了他们。信上的日期显示，这封信写于六天以前，也就是他刚开始感觉不舒服、说自己没有食欲的那天——他那时就已经知道，自己要死了。

律师将文件放在我的面前。爱德华明确要求，倘若他死了，他在上海的全部银行存款都要立刻转到他为他的女儿芙洛拉·艾弗里所开的新账户之下。他的妻子，也就是孩子的母亲，将成为全权签字人，此外，日后所追加的一切继承财产亦做如此处理。

道格拉斯先生朝小芙洛拉倾下身子："多漂亮的孩子啊。我能看得出，她跟您和艾弗里先生长得都很像。"他递给我一张纸，上面有铅印和手写的名字，以及53,765美元的总额，"您只需要在这里签个字就可以了。"

这是一笔数额惊人的钱，够我花一辈子。爱德华真聪明，知道把钱放到芙洛拉的名下。她是他的继承人，所以谁也不能把钱从她这里夺走。我盯着纸最下面的那个名字：密涅瓦·兰浦·艾弗里。"我想您的名字应该拼得没有错吧。"律师说，"这是公司的律师记录在册的信息，我们只需要跟您的护照核对一下就行。"

爱德华是绝不会把密涅瓦称作他孩子的母亲的。如果有人这么说的话，不仅会激怒我，更会让他怒不可遏。我想把真相告诉律师，但我知道，这么做会很危险。

"名字没有错，道格拉斯先生，但我没有可以用来核对的护照。家里以前的一个仆人把护照偷走了。我跟一位大使馆的官员说，我想要尽快去重办一张……但事情进行得很困难。"我真的哭了出来，泣不成声。

"那么让我们来帮助您，可以吗？"道格拉斯先生说，"一位新寡的女士当然很难离开她的家。大使馆很简单就可以找到您的护照和签证记录，只需要一张照片就可以了。"

"您真是太善良了。不过，我很后悔，我从来没有在使馆注册过护照信息……当我抵达上海、走下船时，一心只顾着想要见到我的丈夫，海关排着的大长队让我简直难以忍受。我跟一个安保人员火急火燎地说，我感觉恶心想吐，请他带我去卫生间。我那么做肯定是不对的，但那时我觉得，早点或者晚点申报都没什么关系。当我和爱德华正要去补办护照注册、连带着给小芙洛拉上个美国户口的时候，却发现护照已经不在我的抽屉里了，我猜肯定是那个已经离开一个月了的丫头偷的。"

"这不是我们第一次遇到这种问题，美国护照能卖一大笔钱。我们可以通过我认识的一位使馆官员，帮您补办一张新的。他会相信我的，我可以以个人名义担保，你就是密涅瓦·兰浦·艾弗里，毕竟我是亲耳听见艾弗里先生介绍你为艾弗里夫人、他的妻子的——对了，你叔叔留给你们的房子后来怎么样了？"

直到这时我才确定，我确实见过道格拉斯先生。在上次见面之后，他剪短了他那一头乱发，也剃掉了他的胡子。

"我们会一并把出生证明也登记上的。"没胡子的道格拉斯先生说，"请问孩子的全名是？"

"芙洛拉·薇奥莱·艾弗里。"我毫不迟疑地说，"是我丈夫起的。"

"多么美丽的名字啊，甜美而优雅。那么我只需要你的照片就行了，手边有吗？"

我走回房间，找到一张为追求者和顾客准备的礼品卡，照片里的我穿着一身纤细的紧身衣，体态撩人地倚在摄影棚的基座上。我小心地剪下脑袋，拿着那张不再那么不雅的、可被当作密涅瓦·兰浦·艾弗里的照片回到客厅。

那个男人走后，我一屁股坐在石凳上，编造谎言累得我头晕目眩——我在长三堂子当中可谓是个老练的欺诈高手，但现在我所面对的毕竟是巨大的悲痛和我女儿的未来。这时小拉姆给我端来了茶，我问他，他是不是看到爱德华写那封信了。

他点了点头："他让我别告诉你，他说你会生气的。我并不知道那封信里都写了什么。"

"他是在病重的时候写的那封信吗？"

"他当时在发烧，头也很疼，他让我给他拿阿司匹林去，但他的头脑当时还是清醒的。"

那天夜里，我看到了一幅美好安详的幻象——爱德华正在写信的样子。最开始的时候，他的身上有闪烁的光芒，而当他写到信纸的最底端时，他的身影开始变淡，并渐渐消于暗影。过了一会儿，突然之间，他又一次出现在我的面前，身影灿烂夺目。当那幅图像再次暗淡下去之后，我感到了一阵宁静，并且感到，只要愿意，我随时都可以召回这份宁静的感觉。我没有排除自己是在睡梦中看到这一切的可能性，但这都不重要，因为我的感觉本身是真实的。

如果他能帮助我写封信给艾弗里家族，告知他们他的死讯就好了。他们无条件地爱着他，他们唯一的儿子。我能装成谁呢？该用什么样的口吻呢？装成医生，也就是那位治不好病的阿尔比大夫吗？还是装成制定处理遗体规则的官员呢？

宝葫芦给我送来了一封信："陆成给你的，我也可以帮你扔掉。"

"陆成说什么都无所谓了。最可怕的事情已经发生了，其他任何事情跟这个比起来，都不过像是坏天气一样而已。"

亲爱的艾弗里夫人：

令夫是我故交之子，对于他的去世，我感到十分悲痛。我希望您能继续留在那所房子里。我已经安排好一切，保证您在那里能继续舒适生活。如果我有任何可以帮忙的地方，请不要犹豫，直接告知于我。

属于您的，

陆成

他管我叫艾弗里夫人，这既表明了我俩之间的距离，又提及了我作为爱德华妻子的新地位。我回信给他，让他帮忙写信给艾弗里家族——他的故交——告知他们爱德华的死讯：他们深爱的儿子，爱德华，在一场流感中亡故，但他走得并不痛苦。我嘱咐陆成不要提及小芙洛拉和我。

我曾痛斥他无视我的存在，而现在我却主动要求他继续无视我。

我的护照第二天就送到了，同时送来的还有小芙洛拉的出生证明。看到证明书的下半部分，让我感到非常难受。

芙洛拉·薇奥莱·艾弗里，生于 1919 年 1 月 18 日，上海，中国

父亲：博森·爱德华·艾弗里三世，商人

年龄 26 岁。种族：白人。出生地：克罗顿 - 哈德逊，纽约

母亲：密涅瓦·兰浦·艾弗里，家庭主妇

年龄 23 岁。种族：白人。出生地：阿尔巴尼，纽约

我把自己献身于小芙洛拉的未来。她将永远也不会知道我的过去，永远也不会知道她是在怎样的情境下出生的。我把自己重塑为爱德华的合法妻子以及遗孀，密涅瓦·兰浦·艾弗里。为了更好地扮演她而不被看出破绽，新的艾弗里夫人不再在公共场合说中文。她换上了一个跟以前迥异的新发型，头发的分缝方向也和以前相反。她将头发剪短，烫卷。她的衣服裁剪考究而保守，以我的标准来看显得太不时尚了一点。然后她加入了美国人俱乐部，参加了一个又一个主妇们举办的乏味午宴，听了一场又一场教你如何购买瓷器的讲座，帮助其他人举办了一个又一个为俄国难民筹钱的慈善晚会，更一次又一次地以真诚的痛苦向人重复她的身世：她的丈夫死于流感，她现在独自带着他们唯一的孩子住在静安寺路——这条街道的名字让听者知道，艾弗里夫人是个幸运的遗孀。

白天，我会和小芙洛拉去逛公园，去外国人去的电影院，或者坐车在外滩兜风、从艾弗里航运公司的大楼外驶过。在充当密涅瓦·艾弗里夫人的最初一段日子里，我常常感到不安——我总能看到某张女人的面孔忽然从模糊的人群中出现，紧紧盯着我。我每次看到的表情不满的面孔都不一样，但她们都是外国人，而且她们看起来好像都在说，她们知道我不是我所声称的那个人。我想起妈妈曾经对我说，我应该无视所有对我不满意的人，我有为自己打算的自由。但现在一切都变了，我得为小芙洛拉打算了。

除了宝葫芦以外，我没有真正的朋友。爱德华死后，她的态度柔和下来，关心比批评多了起来。她曾一度拒绝成为小芙洛拉的奶妈，但她最近觉得请来的那个奶妈耳朵越来越不好用了——有一天，宝葫芦叫了她几回，但她却一直朝着另外一个方向，怎么也叫不动。要是小芙洛拉摔倒了，叫人帮她，那个奶妈能听见吗？宝葫芦从此坚持要在我们外出时陪着小芙洛拉。

"既然你都可以假装成一个你不想当的女人，"她说，"那我也可以假装成奶妈。"

宝葫芦从商店里为我们买回好茶，为那个奶妈买来亮色的纱线——那奶妈如今不分昼夜地为小芙洛拉织起裙子、鞋、帽子、外套、毯子和手套。当小芙洛拉长到穿不下第一批衣服的时候，第二批衣服早就已经备好了。我们把旧衣服送给美国人俱乐部，而俱乐部又将它们轮番捐赠给各种助贫慈善组织。我听说，她们捐赠的其中一个慈善组织是收容混血女孩的孤儿院，心里感到十分高兴。

"这些女孩儿里面，有没有会被当成白人的孩子？"我询问那位负责慈善募捐的女士。

"我见过一些第一眼看上去就像你我一样纯种白人的姑娘，"她说，'但是仔细一看，你就能发现她们的眼角有点倾斜，或者嘴唇有点厚，或者皮肤有点黄。"

从她的答案里我听得出，她觉得那些姑娘的中国血统是低贱的。就因为这个原因，我曾经每天感到担惊受怕，怕被人认出是个中国人。在孩提时代，我为此饱受折磨，总觉得自己很可耻，同时也总怀疑别人都在耻笑我。在美国人和中国人的世界里，我都不属于上等的那一类人；但小芙洛拉却永远也不需要为自己属于哪里而感到疑惑和痛苦。

一天下午，我回到家中，听到芙洛拉的笑声从图书馆里传来。她和宝葫芦正跪在一张矮桌前，桌上摆着爱德华的照片、香炉和盛着新鲜水果与糖果的盘子。宝葫芦举起三炷缭绕着烟雾的香，说："如果你的爱德华能活着听到我对他表达感激之情就好了。"她对我说，"不过，至少我还可以把我对他的供奉烧给他，不管他在哪儿。"

爱德华一定会觉得这是一场神圣庄严的悼念仪式；不过，等小芙洛拉长大以后，她会不会觉得中国人为悼念灵魂而念的咒语，是一种落后的迷信呢？

1922 年 9 月

距离爱德华去世，已经过了三年半。

爱德华鲜明的形象已经从我的脑海中淡去。在他去世一个月时，我既感觉他已经离开很久了，同时也好像才刚刚和他告别一小会儿。我用奶妈给小芙洛拉织的新衣服，来记录他死后的月份：绿色和黄色的是四月，黄色和蓝色的是六月，淡紫色和玫瑰色的是九月。我以各种不同花朵的开放、树叶的飘落和绿芽在枝头的萌发，来记录星期。我数着芙洛拉要我抱她、或是转过头来朝我微笑、或是叫着我的名字用她的小短腿朝我跑来的次数，那个数字越来越大，渐渐地，跟爱德华离开我们的天数都差不多一样大了。

我发现了爱德华在去世前不久才开始写的日记。好遗憾哪，他没能来得及再多写几页。我用这个本子记录小芙洛拉新学会的词、说出的有趣句子和珍贵的想法——不过很快我就开始力不从心，要想记录下她的所有独特之处，得花上一整天的时间了。我渐渐爱上了她所喜欢的一系列玩具：布娃娃、能塞进木板上的洞里的球，以及她三岁以后爱上的、用来画下大片模糊色彩和线条的画板和蜡笔。

我保持了爱德华的读报习惯。小拉姆每天都给我拿来两份报纸，一份中文的，一份外文的。我只能和宝葫芦讨论当天在报上读到的事件。最开始，她对这些毫无兴趣，但有一天发生了一件事——一个洋人小孩遭到杀害后，住在公共租界里的外国人之间爆发了一场骚乱——她听了以后抗议说，每一天都可能会有一千个中国女孩被杀，但没人关心她们。我同意她的看法，但同时也很担心：那个尚未落网的杀人犯，接下来伤害的可能就会是小芙洛拉。在这件事之后，每当我给宝葫芦读报时，她都能对一切事件说出自己的看法来。

在我们的避风港外，上海正在变成一个完全不一样的地方。一切都日新月异——同时也变得更加摩登，更加新潮，更加奢华，更加奇幻，更加令人兴奋。别墅建得更大，汽车多得数不清。这一切都彰显着人们的富贵。此外，上海还涌现出了很多电影明星，他们的一举一动总会立刻成为流行。我和宝葫芦一起看了三部电影，都是关于年轻天真的姑娘被诱惑到大都市里来，却被强迫卖淫的故事。宝葫芦在看第一部电影时一直不停地哭，还小声地自言自语道："这就是说我呢啊。"但是当电影结束后，她却抱怨说："生活中从来不会发生这种好结局。"而看另一部电影以后，她又说："很多姑娘就因为跟主人公一样的原因寻了短见。"

我以一个母亲的眼光观察着在上海发生的一切——为了保护小芙洛拉，我得知道危险都藏在哪里。上海正在急速扩张，充满了挤在一起的华人和洋人——尽管彼此都极尽痛恨对方。有那么一段日子，我甚至觉得华人和洋人之间的紧张气氛会再次擦枪走火，引起暴动呢。大学生们如今有了更多的理由去抗议外国人的特权，抗议他们对中国工人的迫害。最近的一场抗议是一场反基督徒的运动，我们躲在暗处静观其变，竭力想看清这场运动是否有蔓延恶化的迹象。我担心会爆发骚乱，生怕那会危害到小芙洛拉——清帝逊位时，我自己的生活就发生了彻底的变化。革命当中有英雄，有敌人，同时也有一帮暴徒，他们在其他人都忙着斗争的时候，大肆劫掠，所到之处寸草不生。到现在为止，抗议行动只是引发了罢工行动，尚未升级为暴力。最长的一次罢工行动是在《巴黎和约》刚刚签完字的时候爆发的。

"但凡我受过教育的话，"宝葫芦说，"我现在可能早就成了个革命分子了。"

我在心里暗自揣度，爱德华如果还活着的话，会怎么看待现在的伍德罗·威尔逊呢？联军没有归还山东，相反，他们认为让日本人继续占有并控制那里是最好的选择。在美国和欧洲，人们为和平协约的签字而欢呼雀跃；在上海，学生们则召集了罢工行动，大学生、工人和商人们都加入其中，整个城市因此瘫痪了。罢工持续到一个月的时候，宝葫芦开玩笑说她也要罢工。我们什么也买不到，也没有电影可看，连想给汽车加油都没地方加。我在美国人俱乐部的太太午宴上听到了一些话，不由感到很困惑：她们觉得由日本人占有山东省没有什么不好，毕竟，日本是比中国还更早加入反德战争的国家，而且他们非常善于管理。她们觉得，中国政府竟然会相信山东肯定能够回归，这简直太不可思议了。

其实最让我困惑的，还是我自己的反应。不管我本人有多么像个美国人——

或者不如直接说，我有多希望自己像个美国人——然而在我心里，中国才是我的故乡。在我看来，联军对中国所做的事情是错误的。当然，会有这样的想法，意味着我不是一个爱国的美国人。我对于伍德罗·威尔逊所做的事情无法认同。

爱德华对此会怎么想呢？我已经猜不出了。我们曾经能够猜到对方心里在想什么，但现在，他去世后经过的时间，比我们彼此认识的时间都要长了，我已经开始觉得自己不大认识他了。关于他，比起我所希望了解的，我所真正了解的显得越来越少。我将永远深爱着他，因为，他这个浪漫主义者拯救了我的人生，他比谁都了解我，而且他还让我毫不怀疑地坚信，他真的爱我。

他会借着小芙洛拉回到我的身边。在某些转瞬即逝的瞬间之中，我会惊讶地发现他的身影，恍然想起他来。我想，他一定是在那些瞬间回到了我的身边。比如说，今天早上，一只苍蝇落到了小芙洛拉的吐司上，她问我，为什么我要说苍蝇脏呢，它明明是在洗手啊？她把那些可能显得很平常或是很烦人的事物，都转化成了爱德华式的幽默和新发现。如果爱德华听见她的话，肯定会笑得前仰后合的，我甚至能很清楚地想象到那一幕。

小芙洛拉的容貌和举止都跟爱德华像是一个模子刻出来的。她平直的头发有他头发的小麦色，在太阳下会映出种种色彩的光泽。当她用她那健壮的小腿跑起来的时候，头发就会一晃一晃的。她淡褐色的眼睛十分深邃。她还有着他的薄耳朵，耳廓呈现出一种近乎透明的粉色。他总是逗我说，你女儿脸上的表情简直跟你一模一样：一会儿担忧地蹙眉，一会儿不开心地蹙眉，一会儿无奈地微笑，一会儿僵硬而固执地紧绷住下巴，一会儿又惊讶地张大嘴巴。

有一天，我看到她在花园里摘下一朵绣球花，仔细研究着花上长着的几百片花瓣。她用手掌按住花瓣，盯着花蕊看，然后又把花高高举起，就好像她已经发现了生命的奥秘一样。爱德华在盯着我的脸看时，也曾经浮现出同样的表情。

我想把我最好的品质都给她——我的忠诚、坚定和好奇心。我不希望她继承我身上最坏的那部分，也就是那些同时存在于我身上的矛盾特质：我的虚伪、软弱和多疑。我不希望她像我一样，纠结于对自我的认知，以及别人对自己的看法之中。我不要她再成为我妈那种被囚于画中的人。

在她出生之前，我一直坚信她会是我本该成为的那个女孩。然而她并不是，她就是她自己。我多么幸运啊。

在某个极其平凡的日子里，我们迎来了三个不速之客。

那是 9 月 16 日的炎热午后，当时我们正在花园中，坐在榆树的树阴下。小拉姆在树的周围种了一圈草坪。三年半前我在爱德华的墓前种的紫罗兰长势狂野，如今已经长到了石凳下面、草坪周围以及通向房子的小路上。我们搬出了一个沙发和两个柳条椅、两个小桌和一条毯子，悠哉地享受野餐。野餐结束后，我坐在沙发上阅读杂志里的一个故事；小芙洛拉头发上别着两朵长春花发卡，脑袋枕在我的腿上，正在打盹；而宝葫芦则在拼命给自己扇风。奶妈睡着了，但手里还拿着她织衣服的针和刚开始给小芙洛拉织的新裙子。夏虫的嗡嗡声中，突然传来一阵喧闹声：车轮轧过砾石时的吱嘎作响、门被甩上的声音，还有人说话的声音。小拉姆大叫一声，朝我们跑了过来。他告诉我们，有三个人破门而入，说要见我。话音刚落，那三个人就出现在我的眼前。

出现在我们面前的，是三个穿着与当下炎热天气十分不相称的厚衣服的洋人：一个戴着眼镜、蓄着小胡子的高个子男人，一个长着男性化下巴和高耸眉毛的女人，以及一个年纪较轻、面容温和的金发女子。那个金发女子的眼睛紧张地在我和芙洛拉之间瞟来瞟去。我没有邀请他们到树阴下乘凉，而是抱起芙洛拉，把她挡在了我的胸前。她被我弄醒了，嘴里迷迷糊糊地抗议着，因被强行拽出梦乡而老大不乐意。

"你是密涅瓦·兰浦·艾弗里吗？"那个男人说。我回答说，对，我是。然后那个方下巴的女人便说："骗子，这位才是密涅瓦·兰浦·艾弗里。"她指向那个较年轻的女子，"而博森·爱德华·艾弗里三世是她的丈夫。"

爱德华形容密涅瓦的话是对的：她的身上没有任何一点能留住他的特质。她的眼睛里没有光芒，没有智慧，除了困惑和不自在以外，没有任何其他表情。她的双唇紧闭，看起来就像是个被要求闭嘴的孩子一样。她看起来有三十五岁的样子，虽然我知道她实际上要更年轻一些。她穿着白色的女士衬衫和灰色百褶裙，一副女学生打扮。厚重的淡金色刘海垂在她的额前，又瘪又平。

那个男人自我介绍说他是上海的一名美国律师，叫蒂尔曼先生。他递给我一份写满细小黑色词句的文件，并以不带感情的声音宣布了对我的指控：

假冒博森·爱德华·艾弗里之妻，

密涅瓦·兰浦·艾弗里，侵吞、欺诈、盗窃，

以及非法占有芙洛拉·薇奥莱·艾弗里，

博森·爱德华·艾弗里三世和密涅瓦·兰浦·艾弗里的女儿。

我用尽了毕生修养，才掩盖住了自己心里的震惊。其实我早就在等着这一天的到来，心里也想象过关于这一天的各种可能性。"你们不请自来，擅入民宅，现在必须给我离开。"我说，"如果你们想要进行讨论的话，我们可以安排在你的律师事务所进行。"我朝门口的方向做了个手势，然后用几个词简短地告诉宝葫芦出了什么事，并且表示我们需要赶快回到房间里，让小拉姆和布莱特锁上门。我起身撤离，但蒂尔曼挡住了我的去路，用英语宣称我不能带走那个孩子。宝葫芦雄赳赳地站了起来，好像她能把自己押长，变得像他那么高似的。"操你妈！操你全家！"她用中文说。小芙洛拉用中文告诉宝葫芦，她说的是很难听的脏话。宝葫芦指着那三个人说："他们是坏人，你得让他们滚蛋。"

芙洛拉扭过身看着他们，把宝葫芦告诉她的中国话照样说了一遍，把那两个女人吓得大吃一惊。芙洛拉说完后又转回来，用胳膊环住我的脖子，抽着鼻子抱怨说太阳太晒了。我轻声说，等这些人走了以后，我们就可以到冰淇淋店里去了。

芙洛拉抬起头看他们，然后用英文说："走开。"那两个女人又一次被惊得目瞪口呆。小芙洛拉有着小妖精般的力量。那个老女人用肘轻轻碰了碰那个较年轻的女人。

"芙洛拉。"密涅瓦弱弱地说着，朝我们走了一步。小芙洛拉满脸怀疑地看着她。

"你敢再走近我孩子一步！"我说，"你吓着她了！"

"我们有证据证明，你不是这个孩子的母亲。"律师用简洁的语气说着，拿出了两张纸，"这是密涅瓦·兰浦·艾弗里的出生证明。"他把那张纸递给我，我根本没接，"而这位就是密涅瓦·兰浦·艾弗里。"他朝那个眼神空洞的密涅瓦比划了一下，然后收回了那张纸。

那个老女人插嘴道："你会看到我的名字也记录在纸上。我是密涅瓦的妈妈，米尔德里德·拉辛·兰浦。"她笑着说，"毫无疑问，我可不是你的妈妈。"

"幸好你不是，兰浦夫人。"我说。听到我的话以后，她的反应和我预想的一模一样。

蒂尔曼先生又拿出另一张纸："这是芙洛拉·薇奥莱·艾弗里的出生证明。"我同样不去看，"父亲是博森·爱德华·艾弗里三世。而记录在册的母亲的名字，是密涅瓦·兰浦·艾弗里。我想你以前也见过这份文件，我们是从美国大使馆那里收到的。"

我直接对密涅瓦说话，因为她是三个人里面最软弱的："你宣称你在纽约的时候，生下了我的女儿吗？她是从你的子宫里掉出来的吗？神迹吗？"

密涅瓦刚要说话，她母亲便插嘴说应由律师为她代言。"我们的依据是法律记录，而非生物学。"蒂尔曼说，"你要否认文件上的名字不是记录在册的那个名字吗？如果这样的话，你就需要到上海的美国法庭上去为自己的主张申辩了。"

"你们这是在偷走我的孩子，"我看到兰浦夫人戴着一条项链，上面挂着一个小小的银十字架，"这是上帝所不齿的罪行。"

"你以为你是谁？还敢控诉我们的罪行？"兰浦夫人说，"你为了私吞爱德华的钱，偷了密涅瓦的名字！密涅瓦·艾弗里——这个名字写在爱德华的沪照上、出生证明上和银行账户上。密涅瓦·艾弗里，博森·爱德华·艾弗里三世的妻子。我们有结婚证明，你不过是他的混血中国情人，为了成为他的小妾而勾引了他。'小妾'，你们这里的人是这么说的吧，啊？"

"一段不正当的关系，"蒂尔曼说，"没有关于钱财的合法继承权利——一切权利都属于法定配偶。"

我声音颤抖着回答："爱德华写过一封信。他亲手写的，说他的遗愿是把他的钱都留给他的女儿，芙洛拉·艾弗里，而且他还要求他孩子的母亲充当签名人——我就是这个孩子的母亲，你们没法用法律那套把戏改变这一点。"我又重新找回了充满自信的立场。

"我们仔细看过'马西和马西'办公室里的那封信。由于这个事件已经成为了一场欺诈，并且无意间将道格拉斯先生也卷入了其中，所以他将那封信提供给了我们。那封信上除了芙洛拉，没写任何一个名字。"

"你们靠着爱德华和密涅瓦的钱过得可真是够奢华啊。"兰浦夫人说，"住着一栋大房子，"她用手比划出一个拱形，"房子里有仆人，出门有爱德华·艾弗里的豪华轿车坐！可惜这辆轿车的所有权现在已经属于他的遗孀——那位真正的密涅瓦·艾弗里了。"

"这栋房子是我父亲陆成的。"

"我们从来没有听说过什么陆成。"

"你们管他叫成陆，你们都是倒着读他的名字的。"

蒂尔曼对兰浦夫人和密涅瓦轻轻点了下头："在中国，人们习惯于把姓放在前面。"听说我是正确的，她们感到十分懊恼。

我终于获得了一点点优势："他把房子送给了我，让我想住多久就住多久。"我继续说，"而我同时也将继承这所房子，这是他亲笔写信告诉我的。"那封信在哪儿？爱德华说，他把陆成的两封信放在了没人能找得着的地方，但那是哪儿呢？

"在中国，小妾所生的中国女儿没有继承权，"蒂尔曼说，"男性拥有继承的优先权。"

"我们既有法律上的权利，也有道德上的义务。"兰浦夫人说，"芙洛拉理应在有尊严、受尊重的合法环境下长大成人，受到良好的教育。她可不能让一个娼妓给教坏了。如果你真的爱她，又怎么忍心让她留在这样的环境里呢？"

蒂尔曼打断了她："我们必须先完成其他的事宜。"他开始摊牌了——原来还有其他的事宜！他早已设下了一系列的法律陷阱。

"如果陆成先生写给你的信真的存在的话，就请出示给我们啊。他承认你是他的女儿吗？是合法的还是私生的？我们没有找到你的出生记录，美国大使馆里没有，在各个中国部局里也没找到。如果你拿不出证据证明你的存在的话，你的主张便难以成为合法主张。"兰浦夫人笑着说。

我怒不可遏。我是有出生证明的，我记得我听妈妈说过，我的证明原本放在她的抽屉里，却被人给偷了。我出生以后，妈妈和另一个人结了婚，并把我登记在了他的名下。那个人的名字听起来好像是"坦纳"——当时我是从"大道"里偷听到的，根本听不真切。除此以外，还有陆成的信。我拼命想要回忆起那封信里具体是怎么说的。我的证据就藏在这些记忆的碎片里。

"法庭还会考虑另外一个事实：与陆成先生拥有更为重要和优先关系的，是爱德华·艾弗里。陆成认识艾弗里家族已经有二十多年了，他曾作为门生跟他们一起生活了很多年，之后还跟他们交换了很多友好的信件。因此，陆成先生便为艾弗里先生的儿子爱德华提供了一个在上海居住的居所。我们手里还掌握着能证明这一点的信件。"

"你可以直接去问陆成先生。"我说，"去和他聊聊看。我有他公司办公室的电话号码。"我指望着陆成的歉疚之情能够将我从绝境中拯救出来。

"我们已经联系过了陆先生的公司办公室。"蒂尔曼说，"不过，邱家公司已经不属于陆成先生了，而是被一家日本企业于两个月前接管。陆成先生已经宣布破产，离开了中国。他上一次和他的前经理人联络，是从美利坚合众国打来的电报。"

"你快告诉她，我们知道她是干什么营生的。"兰浦夫人说。

"我们听说，你从事的是高级妓女的职业。你也知道，从事这一职业在公共租界并不违法，我们也无权对此进行法律指控。然而，如果你要争夺芙洛拉的抚养权的话，我们便会因你的职业，而对你是否拥有做母亲的道德水准，以及芙洛拉是否适于留在这样的生活环境里，进行合理的质疑。"

宝葫芦大喊起来，让我叫警察来把这帮外国小流氓踢出门外。

"理智点，明特恩小姐。"蒂尔曼说——他连我叫什么都知道了——"艾弗里家族已经够慷慨的了。如果你今天把芙洛拉让给他们的话，他们便不会对你予以起诉，也不会要求你归还你已经从银行账户里取走的钱。就算你不放手也没有用，因为你很快就会失去房子和财产，而且你也没有合法的证据去驳倒他们对你的指控。你会输掉官司，因盗窃罪而入狱，然后法院就会把芙洛拉送还给艾弗里家族。如果你试图带着她逃跑的话，便会因绑架法定属于艾弗里家族的孩子的罪名而遭到起诉——警察们现在就候在大门外呢。把她让给艾弗里家族，是你能为她做的最大的好事。她会在美国拥有一份体面的生活，获得合法的身份，拥有一个在正派家庭里过一份正当生活的机会。"

宝葫芦还在那里一个劲儿地嚷着要把这帮入侵者踢出去。她还不知道，我和小芙洛拉将要面临怎样的震惊与悲伤。"也许，我也可以说服自己按你们所说的做。但我的心里却一直有一个声音在问我自己：你怎么能把你的孩子交到爱德华最最鄙视的人们手里呢？他到中国来，就是为了逃避你们和你们的冷漠。你，密涅瓦，谎称怀孕骗爱德华跟你结婚，只为得到艾弗里家族的财产和声望。你妈让你假怀孕，你们一起策划了这个骗局，操纵他，骗他，让他做出对你和那个'孩子'有利的选择。他想做一个可敬的人，一个好人，所以才选择对你负责；而当你告诉他这整个事情都是你编造出来的时候，他只觉得自己被狠狠地扇了一个耳光，只觉得自己像个可笑的傻瓜。你让他厌恶到了极点，但你却还想方设法地想让他回到你的身边。告诉你吧，他一辈子也不打算再碰你一个指头的。"

蒂尔曼先生瞥了一眼那两个女人。密涅瓦惊呆了，兰浦夫人则用一种急匆匆的、明显是想要掩盖真相的语调说："这都是谎话！我们一句也不要再听了！密涅瓦，别听她的，带上芙洛拉，我们走。"密涅瓦动弹不得，下嘴唇不断地颤抖着。

"你知道我说的都是真的。他之所以会离开你和他的父母，都是因为你的自私和控制欲让他伤透了心。现在你又想把芙洛拉从我这里夺走，这更证明了你就是他所痛恨的那种人。没错，你们手里有各种文件和出生证明，上面写着你们的名字和恶心的事实；但那只是些文字罢了，其他的东西全都是虚假的。爱德华绝不会希望他的女儿跟他所憎恶和想要逃离的人们一起生活的。这个孩子是他和我

272

用爱情创造出来的，你却想用你的手段控制她，欺骗她，把她的灵魂窒息而死。我不会把她交给你们的，你们可以逮捕我，把我扔进监狱，但我永远也不会把她拱手让给你们。"

我觉得自己再也无法直视他们了，因为我知道他们很快就要把小芙洛拉带走了。我更加用力地抱紧芙洛拉，感受着她的全部重量，而她则把脸埋进了我的肩膀。我抱着她疯跑起来，宝葫芦也跟着一起跑。我听到兰浦夫人大声喊叫，而蒂尔曼却说："让她们跑，警察会抓住她的。"

小芙洛拉呜咽起来："怕怕。"我沙哑地说："别怕，别怕。"我跑向后门，却听到蒂尔曼大喊着叫警察到后门堵截我们。我知道我根本就跑不了。我能去哪儿呢？我能藏在哪儿呢？但我会为了她搏到最后一刻。

当我跑出大门口的时候，两个锡克警察抓住了我的肩膀。当小芙洛拉的小手从我的脖子上滑落时，她尖叫起来。她的小身子被抱起来，离开了我的臂弯，但她的眼睛还紧紧地盯在我的身上。

抱走她的那个警察迅速走开，另一个警察则一直掴着我。我已经看不见她的脸了，但我还能听见她抽泣："不！放开我！妈妈！妈妈！"我喊回去："小芙洛拉！小芙洛拉！"——直到她消失后，我仍旧久久地唤着她的名字。

我不知道自己在原地站了多久，才让宝葫芦把我搀扶回家。我很困惑，心里只有一个想法，那就是我得等着她。宝葫芦把我带回家后，我走进小芙洛拉的房间。一个疯狂的念头浮上我的脑海：说不定小拉姆会把她救回来，安全地放回我的怀抱呢。房间里没了她，安静得让人透不过气。宝葫芦喘着粗气走进来，告诉我，小拉姆说，他看见兰浦夫人和密涅瓦进了一辆黑色的车，车沿着南京路开走了。有个警官守在爱德华的车旁，小拉姆没法开车，只能用腿追着那辆黑车跑啊跑，不一会儿就再也看不见那辆车了。宝葫芦在房间里走来走去，咬着下嘴唇哭起来。她发现了一条银链子，那是芙洛拉出生时，她为了把她拴在人世间而送给她的。"让她戴上这个就好了。"她说。

就在刚才，小芙洛拉还把头枕在我的腿上睡觉呢，就在刚才，我还在抚摸她的头发呢。兰浦夫人和密涅瓦从未用充满母爱的目光注视过小芙洛拉，对于她们来说，小芙洛拉不过就相当于一个法律文件罢了。我太幼稚了，竟然一直都对潜在的危险毫无察觉。芙洛拉是爱德华的女儿，他唯一的孩子；而爱德华又是艾弗里家族的独子，是他们从不会犯错的亲爱的儿子。小芙洛拉现在是爱德华与密涅瓦的合法孩子了，她会继承艾弗里家族的庞大财产，而且，有她的母亲密涅瓦在，她一点也不愁钱没地方花。在艾弗里家族的谱系里，小芙洛拉会占有自己的一席之地，而她那位假冒伪劣的母亲也同样会拥有位置。

我走到爱德华的房间里，关上门，开始破口大骂。我骂美国的法律，骂昏聩的上帝，骂瞎眼的命运，也骂人类的残忍。我恳求爱德华告诉我，那些禽兽不会把小芙洛拉的心给毁掉。我在房间里走来走去，不断地求他，就好像他是全知全能的上帝，能够进行承诺，裁决命运一样。我求他，别让小芙洛拉失去她的好奇心，别让密涅瓦把她弄傻了。我还求他，把兰浦夫人弄死，把小芙洛拉现在就带回到我的身边。我求他，让我找到她，告诉我该怎么办。

我抚摸着剃须刷上的柔软刷毛——这个剃须刷曾经每天都在爱德华的下巴上旋转。我那时曾常常看着他刮胡子。剃须刷还在，他却早已逝去。我又捡起爱德华那只挂在沉甸甸的链子上的金怀表。链子上有个挂钩，他曾经用那个挂钩把怀表挂在西装背心的兜里。他是个又讲究又马虎的人。

我不知道如果小芙洛拉待在我的身边，会学到我的哪些习惯。她会通过怎样的奇幻万花筒去看这个世界呢？她有没有继承爱德华的善良、谦卑、幽默，以及他对于更深更广之爱的表达能力呢？我想知道她十年后会变成什么样子，这种渴望啃噬着我的心。请让她拥有好奇心，请让她拥有坚强的意志。如果上帝只允许我赠给她一样东西，我希望这样东西会是"被爱的感觉"——只有知道自己被爱，她才会拥有爱别人的能力。

我把她的照片放在爱德华的照片边上，凝视着她的脸。然后我忽然在照片中看到，她戴着我和爱德华在她刚出生时买给她的心形小盒子，而那个小盒子里面装着爱德华和我的照片。当时我把那个盒子给密封住了，因为我希望当小芙洛拉戴着它的时候，我们三个的心能永远贴在一起，不会破碎，不会分割。小芙洛拉特别喜欢这个小盒子，如果有人想要把盒子拿走，她就会大喊大叫。我希望她也

274

能冲着她的冒牌妈妈大喊大叫，拳脚相加。

我亲吻了照片里爱德华的脸，感谢他爱我，感谢他把小芙洛拉带给我。我又亲吻了照片里小芙洛拉的脸，感谢她让我知道，我竟然还可以那么深切而自由地去爱。我冲着她的照片念诵起惠特曼的诗句——爱德华正是借助这句誓言的力量，毅然离开了他的家庭，去寻找他的自我——"要竭力抗争啊，决不顺从"[1]。

几天后，我们收到了一封召回房产的信件。毫无疑问，艾弗里家族为了将我像棵杂草一样连根挖掉以尽快摆脱我，制定了一个周密的计划，而召回这栋房子就是这个计划的一部分。从艾弗里航运公司来的一名代表没收了汽车，那家日本公司则派来一个人，把房子里所有的东西都记录在一张表格里。他们本来打算把宝葫芦想留下的那两张陆成的油画也给带走，但宝葫芦挺身而出，指着画背后的献词让他们看——所有的画都写明了是献给我妈妈的。

我通过美国人俱乐部的一位好心女士，为奶妈、小拉姆和布莱特分别找到了新的工作。那位女士向新主顾介绍说，他们是刚刚从旧金山来到上海的仆役。我和宝葫芦把我们所有值钱的东西都随身带了出来，包括我的首饰、衣服和雕刻品，只要是能卖的，都带了出来。我们给这些东西分别排序，打算按顺序将之一一卖掉。我对于自己的东西毫不吝惜，但对小芙洛拉和爱德华的东西就感到无法割舍了。我丝毫没有把它们卖掉的念头，而且永远也不会有，但我也不能把那些东西留下，任凭其他人将它们卖了或是丢掉。"到了迫不得已的时候，我会好好安排这些东西的，你不需要操心。"宝葫芦说。

爱德华的物品中我最想要的一件，就是他的皮制日记本，那里面记录着他的话语和思想，以及他对世界和对他自己的看法。在他去世后，我一直都在试图寻找那本日记，而现在到了必须找到它的时候了。我和宝葫芦翻遍了他的柜子，还趴到床底下去看，但在我们的婚床和他死去时所躺的床下都没有找到。我们为了看看它在不在家具后面，把沉重的大衣柜都给搬开了。我们翻遍了书房里的每一本书，还伸手摸索书的后面。那个日记本的棕色皮套长得和其他几本书几乎一

---

1 出自沃尔特·惠特曼《草叶集》（*Leaves of Grass*）中《对各个州》（To the States）一诗。

模一样，要想找到它简直如同大海捞针。说不定我们真的永远都找不到他的日记本了，天哪。只要一想到这个，我就会心如刀绞。

除了那个日记本以外，我已经将他的其他物品收拾停当，包括他的钢笔、铅笔、吸墨纸以及那本美丽的绿色皮面诗集《草叶集》，那是他在我们初识时为表达歉意送给我的礼物。把自己漂亮的《草叶集》送给我以后，他又买了一本已磨得破破烂烂的《草叶集》给自己，而那本破烂的诗集此刻也躺在他的各种遗物当中。我拿起那本曾被他捧在手里的书，翻开书页，书里的内容让我不由惊叫起来：那本书里的书页已被挖空，成了一个藏匿日记本的盒子！他的一切就这样铺展在我的眼前，他的话语、他的思想和他的情感。我打开日记，逐页翻去，又一次记起他第一次将这些日记念给我听的那些时刻，心里的悲伤渐渐淡去，快乐油然而生。翻着翻着，我看到了他勇敢挑战、最终却大头朝下栽在泥地里的英雄故事。我记得当时我听得哈哈大笑，他见我笑得这么欢乐，自己也乐不可支。突然，我发现在这个故事后面还有另外一段记录。他从来也没有把这段读给我听过，这让我不由感到了一丝害怕——他之所以把这个本子藏起来是不是有原因的？也许在他的日记里，记录着一些对我难以启齿的感受。

薇奥莱车开得很慢，这是她第一次开车。她的眼睛一直紧紧盯着前方的路，而我却在饱览美景。我们飞驰过村庄，看到一些农民呆滞的脸，他们从未见过动得这么快的东西。我们的身上满溢着活力与快乐，但没过一会儿，我就注意到了那些用石灰涂白的房子。在那些房子里面，生之色彩已被死亡漂白。我观察到一队披麻戴孝的送葬者，他们正在吃力地爬上山丘。疾病正像黑暗的瘟疫般传遍整个田野。我催促薇奥莱开得再快一点，好感受到速度带来的生命之风。我希望，在和我爱的人共度的日子里，悲伤不要再来纠缠。

原来他那个时候就已经爱着我了。他隐藏自己的感情隐藏得好苦啊。我眼泪模糊地翻看着，在本子的最后几页里，夹着两封信。那是陆成写给我的信。爱德华曾经向我保证说，在我还没做好准备去读陆成的信之前，他会把信藏在没人能够找到的地方。我打开了其中一封信封上只简单地写着"致薇奥莱"几个字的信，发现，这就是那封要将房子赠送给我的信。他还在信里说，若想把房子赠送给我，就需要修改自己的遗嘱，而且，我得先允许他承认他是我的父亲，他才能在遗嘱里将房子送给我。他在信里请求我的许可，但我却未予回复。

还有一封，是我一直没有打开过的：

亲爱的薇奥莱：

这些话，我已经憋在心里很多年了，我很惭愧这么久以后才让你听到它们。这番答复是忏悔，而不是解释。对于没能守护你的幸福和安全，我不打算找任何借口。

从你出生的那天起，我就深爱着你，但我的爱没能让你幸福。我也深爱着你的妈妈，但我的爱也没能让她幸福。我缺乏担当和勇气，没有和我的家人奋力抗争。我选择服从他们的要求，履行我作为长子的职责。在你妈妈生下我们的儿子之后，我的族人立刻就把他从她那里夺走了，因为他是下一代中的第一个儿子。她不知道该上哪儿去找他，而我也没法告诉她，因为我的家人威胁我说，如果我告诉她的话，就再也别想见到我的儿子了。

当我父亲于 1912 年过世以后，我终于能够告诉你的母亲，她的儿子现在身在旧金山。她对于等待着你的厄运一无所知。在骗子的阴谋之下，她登上了船。后来，同样是在骗子的阴谋之下，她相信你已经死了。

现在，我要向你供认我对你犯下的深重罪行了：五年前，我参加了我的朋友方忠诚举办的一场酒宴，也就是你首次登台说书的那次酒宴。我就是在那一天得知你还活着的。看到你堕入了这样的泥潭，我被吓傻了，满脑子都在想，天哪，都是我把你给害了。但后来，我发现你深深地迷恋上了方忠诚，而且或还听到几个人说，他们从没见过忠诚这么不可自拔地喜欢上谁，别说当你的恩客了，就算是把你娶回家做夫人都是有可能的。我怎么能让你错过这样的好机会呢？这个世界是你所熟悉的，如果我把你带到你不熟悉的世界里去，向人们宣称你是我女儿的话，你很有可能会遭到歧视。我当时真心觉得，你会在忠诚那里找到幸福。

我就利用这个可耻的理由，又一次地回避了我对你的义务。在离开上海之前，我没有告诉任何人我是你的父亲。

过了很多年以后我才回到上海。我想你也听说了，艾弗里家族托我照顾他们的儿子爱德华，因为他在上海谁也不认识，也不会说中文。我把他介绍给忠诚，因为他会说几句英语，然后忠诚又将你介绍给了爱德华。后面的故事你就都知道了。看到你终于得到了你一直以来应享的幸福，我对上苍的感激之情简直难以言喻。然而，与此同时我也深深明白，你的幸福并不能赦免我的卑鄙。

在上海一聚之后，我就再也没有见过你的母亲，她并未如约在旧金山与我相聚。在我给她寄出无数封信后，她终于回复了唯一的一封信。她说她并不想见我或她儿子了，她说她只有一个孩子，她的每一天都为她而悲痛。那个孩子就是你。如果你想让我联系她的话，我会尽全力帮忙。在收到你的答复之前，我会保持沉默，以防你已不愿敞开你那可能已经永久关闭了的心门。我希望我的这封信能解答你心里的所有疑问，但我也害怕这封信可能会让你感到更多的混乱和焦虑。

请让我知道你的愿望。我既是你的父亲，又对你亏欠良多，我愿意尽全力对你进行补偿。

属于你的，

陆成

他的信不过是对他自己精神痛苦的苍白总结。除了宣称自己不配得到原谅之外，他还给我留下了一幅美好的愿景。不过，在没有留下任何联系方式的情况下，他要怎么对我进行补偿？唯一让我有些意外的是，他提到妈妈没有去见她的儿子。她白白离开了我，却一无所获！陆成回答了那个折磨了我很多年的问题，而透过他所描述的那些不充分的事实，我终于看清了我诅咒了许多年的那两个人的本性：他们只不过是软弱、自私和不关心他人罢了。我想要把他们赶出我的脑海。我的心里全是悲伤，已没有空间去盛放他们。现在我必须尽快作出决定，决定自己下一步该怎么做。自打十四岁以后，这是我第一次能够自己进行选择。我列出了自己拥有的能力，思考着这些能力能给我带来哪些机遇：我比绝大多数人都聪明，而且我是个坚持不懈的人。

但没过多久我就意识到，我的这些美德并没有什么用处。我想在培养中文翻译人员的学校里寻找一份教英语的工作，但学生们都是男人，他们没法雇用一个女人。然后我又毛遂自荐想当个家庭女教师，但美国人俱乐部里的人都已经听说我是个假冒的遗孀，以前曾经当过妓女。让一个娼妓来给自己的孩子上课？这可把她们吓坏了。我到加拿大人和澳大利亚人开的学校里去应聘，想着他们可能没有听说过我的过去，但他们说他们不想聘用没有经验的人——当然，这也许是因为他们已经听说了一切，只是想用这种话敷衍过去。

我唯一的出路，就是重新回到长三的世界。然而，重操旧业却让我像十四岁那年一样痛苦。把自己的身体献给各种男人，让我感觉受到玷污，因为我觉得这是在背叛爱德华。就算我回去，我可能也只能再撑个三五年了。然后怎么办？我痛彻心扉地意识到我真的没有别的选择，只能接受自己的失败。

宝葫芦在想，说不定我们可以开一家小小的妓院。我们可以给它起名叫私人茶楼，以示和花烟间的区别。这个名称说明我们这里是一个高雅场所，要求来访的客人举止得体，并需要花些心思追求姑娘——不过可以比在长三书寓里的追求时间短一些。其实，我们听说近些日子以来，就连在最顶级的长三书寓里头，追求姑娘所需的时间也已经大大缩短了。我们可以租下四个房间，她来当鸨母，住在其中一个房间里，我当说书人和长三，住在另外一个房间里；除了我们俩，我们还要另雇两个佣人，让她们住在余下的两个房间里。

我毫无兴趣地听着她的计划，然后告诉她，现在想这个还为时尚早。她让我先好好休息一下，然后她就一个人跑去寻找合适的出租场所。她写下要交给青帮的保护费和公共租界里征收的税费，然后我们又一起算了一下要装修出一家优雅的茶馆得花多少钱。做完这些计算后，我们又去请教高先生，我俩手里的珠宝到底能卖出多少钱。收支相抵后我俩发现，我们剩下的钱最多也就能买得起一个茶杯。

宝葫芦又想到了另外一个主意："方忠诚跟你保证过的——不管你什么时候遇到困难，都可以去找他。"

"那是七年前的事了。"我说，"他可能都不记得自己说过什么了，或者他可能连跟谁说的都忘了。"

"当时他还送了你一个很大的戒指，以证明他对你的承诺是真诚的。"

"他给很多姑娘都送过戒指，证明的也只有那一刻的真诚。你自己跟我说过的：当时光流逝以后，戒指就不再代表承诺，而只不过是个纪念品罢了。"

"你还记得那会儿我问你，我们是该留着这戒指、还是跟其他不想要的珠宝一样卖掉吗？当时你眼睛里那个神情哟。虽然你最终还是决定把戒指给卖了，但你犹豫的时间太久了一点，所以我就没卖。"

"那么你应当现在去把它给卖掉。"

"你之所以不去找他，是因为你的自尊心在作祟。你不用管他要钱，只需要让他帮忙在一家长三堂子里找个位置就行了。我们需要的不过是堂子里的两块立足之地。这只消占用他两分钟的时间，打一通电话，奉承老鸨几句就能搞定。"

我从来没有为忠诚把我介绍给爱德华而向他道过谢。一开始，我确实也没什么可感谢他的，倒是他还不得不为爱德华的粗鲁行为向我道歉。过了一段时间以后，我开始觉得自己应该对忠诚和他的妻子更加友好一点，也许应该请他们来家里吃个晚餐。但我对此一拖再拖，因为我怕他会让我想起我的过去。我跟爱德华解释了这个原因，而他也对此表示理解。如今，如果我再次面对忠诚，我不但会再次想起我的过去，同时也会记起我因他而痛苦不堪的日子。他太了解我了——不管是性方面，还是情感方面。他了解我身心两面的弱点，也知道如何使我屈服。我从未像深爱爱德华那样爱过他，但如果我再次见到他的话，他的一个小小表示，就能让我再次像以前一样以为他正深爱着我，或是让我勃然大怒，甚至让我想起某个情欲泛滥的夜晚——他太了解我了。宝葫芦是对的，我太骄傲了。我知道，因为害怕想起自己的过去而拒绝去找他，这样太蠢了。我最怕的，就是看到他已不记得对我许下的承诺。不过，不就是被羞辱吗？这有什么大不了的？现在可不是侈谈自尊的时候了。

我终于鼓起勇气，拿起电话打给了忠诚。我首先飞快地对他表示了抱歉，说自己不该这么多年都不对他表示一下感谢。我诚实地告诉他，我之所以不再和他联络，是因为我不愿想起我以前的生活。然后我很简短地跟他说了爱德华的死讯。

"当我听说这件事的时候，心里非常为你难过，真的，我真的很难过，我无法想象你会有多么悲痛。"他答道。

然后我又跟他讲了小芙洛拉被劫走的事情，他听后低声沉吟起来："我倒是没有听说这件事。我也不知道该如何表达我的心情，我只能说，如果这件事发生在我儿子的身上，我一定会找到那些罪魁祸首，把他们的手和脚都给砍下来。我很高兴还有宝葫芦陪着你，这么多年以来，她一直都是你的好朋友。"

"就像母亲一样。"我说。

"对了，那只想把我的胳膊吃掉的猫还在吗？"

"你七年前也问过我这话。卡洛塔已经死了。"一丝旧日悲伤浮上心头，我感到喉咙里一阵发紧。

"真的已经过了这么久了吗？"

"是的，已经过了这么久，可能你都已经忘记七年前说过的一些话了。如果你真的忘了的话，我就不提醒你——"

他打断我："我早就猜到你为什么要打给我了。"他说。

我把他这话理解为了指责。

"我知道，给我打这个电话对你来讲并不容易，这需要你放下自尊，忘掉旧日的伤疤。"

"你没有帮助我的义务，那是很多年以前的事了。"

"啊，薇奥莱，你还是这么喜欢拒绝别人的好意。只要是我能做到的事，我都会愿意帮忙。你就尽管说吧。"

"我得回去干我的老本行了，但我不知道朱颜堂还会不会要我。我已经快二十五岁了，不管你怎么夸我，也没法让我重新年轻回去。而且，除了岁月的侵蚀，悲伤和担忧的情绪也让我的皮肤变得更差。不过，如果你能为我说上一句话的话，说不定她们还会稍加考虑。我很现实，不管结果如何，我都会心存感激，而且你也不需要为我撒谎——至少不需要撒太多的谎。"

他沉默了几秒。我觉得他肯定是在组织语言，想找到一种圆滑的方式向我解释他为什么没法帮我。

"让我再好好想想我能做些什么吧。你明天能到我的办公室来一趟吗？"

我猜，他之所以想让我过去，是想看看我现在有多老，以此判断还有哪些长三堂子会收留我。第二天，他派司机来把我接到了他的办公室。进去以后，我惊讶地发现他的办公室里竟然如此简陋和凌乱，里头只有一张桌子、两把硬木椅、一个小沙发、一把扶手椅和一张矮桌。

他潦草地吻了一下我的手，说："薇奥莱，每次见到你都让我很开心。"他用他那招牌式的专注眼神久久凝望着我，"你就像从前一样可爱。"

"谢谢，你也像从前一样会说话。"我对他报以一个愉快的微笑，显得非常友好却并不挑逗。然后我发现他已经开始用更加审视的目光打量起我的外表了。

他坐回椅子，跷起二郎腿，点上一根烟，举手投足极富商业派头。"我认真想了想自己能为你做些什么，然后这就是我想出的结果：我会去找朱颜，因为她如今已经是那家长三书寓的主人了。我会对她提起你打算重操旧业、近期正在挑选下家的消息，然后再告诉她说，我非常想要成为你的恩客，而鉴于朱颜堂是我最喜欢的一家书寓，所以我希望她能够尽她所能，说服你重新回到那里。"

"你真是太好了。"我一边这么说，一边暗自揣度他真正想要的是什么。

"在任何一场商业谈判里，你最好都要让对方认为，他们将会比你获益更多。别看低了你自己，薇奥莱。你很漂亮，懂得男人的心，而且在男人失败的时候总是温柔相待。我知道你对于重操旧业是很不情愿的，因为你对爱德华有着很深的感情。其实，坦白讲，我是打算让你在你的房间里给我补补英语的。我是认真的，我几年前就该好好提高一下我的英语水平了。做生意需要用到英语，我现在全要仰仗于翻译，但我没法判断他们是否把我想说的意思传达过去了。以后我打算每周去你的房间两到三次。我希望你能当一个严格的老师，逼我好好练习，绝不姑息我的任何错误。我会付钱给你的，而且我的课时费不会低于追求者给你的赏钱。如果我练习得不够勤奋的话，你可以罚款。当然了，由于我实际上并不是你的追求者，所以我还会继续追求其他女人——不过当然是在其他堂子里。这意味着你也是自由的，在重新适应长三书寓的生活之后，你也可以接受其他的追求者。我们必须有一个清醒的认知，那就是这一切都不过是为你将来的生活所做的安排。我没有什么其他的企图，我只是想作为一个老朋友给你帮个忙。而且，我确实也希望能够多学点英语，这样的话，以后我就再也不用去翻看那本告诉我长三堂子是一个花上十美元就能睡到一个娼妓的地方的破字典了。"

忠诚是个很差的学生，向我付了很多罚款。两个星期之后，我们就又恢复了以前的那种相处模式，在床上重新加深了对彼此的了解。其实我很怀念和一个男人相互依偎的舒服感觉，而且他又是我所熟悉的。又过了四个星期之后，我们开始像以前一样彼此误解，夜夜争吵。他渐渐开始找各种各样的借口不来找我，然后我听说，他已经开始去见另一个倌人了。

"如果你一早就知道的话，"他恼怒地说，"你肯定早就对我大发雷霆了。我的处理方式至少让我们两个都多快乐了两个星期。"

"我才不在乎你是不是去见了别人，我只希望你别用你的谎言来侮辱我。"

"我没有义务把一切都告诉你。"

过去我还迷恋他的时候，他的这种做法会让我痛苦得死去活来；但如今，他小丑般的滑稽举动在我心中引起的，只有愤怒。我已经不爱他了，他的自私令人厌倦。我的心里充满了对爱德华和芙洛拉的思念，我好想让他们回来。这么多年来，我一直对忠诚抱有渴望，但那不过是一个十五岁的、未经人事的女孩的渴望罢了，那个女孩慢慢长大、变老，却仍一直在心底里相信，自己终将会和那个夺去她贞洁的男人结婚。我很庆幸自己如今终于能够摆脱那种错觉了。

"我们永远也不会理解彼此的。"我既不生气也不悲伤，说出这句话时，我就像在背诵一篇我刚刚学到的课文一样，"我们必须承认，你不会变，我也不会变。我们让彼此都不快乐，所以，是时候结束了。"

"我同意。也许等过一个月以后，我们两个就都能冷静一些了……"

"我们永远也不会冷静的，我们都改变不了自己。我想结束了，我已经决定了。"

"你对于我来讲太重要了，薇奥莱，只有你是真正了解我的人。我知道我有的时候会让你不开心，但我们不吵架的时候，你还是挺快乐的啊，你告诉过我你很快乐的。咱们能不能试着开心再多一点，争吵再少一点——"

"我没法再继续这样下去了，我的心已经破碎不堪了。"

"你再也不想见到我了吗？"

"以后我会把你当成我的学生，你可以把我当成你的英语老师。"

一种平静的感觉降临在我的心头。此刻，我的心里再也没有了对忠诚的激烈感情。过去，我曾苦等了很多年，想要等到他拿出证据，证明他爱我；但其实就算我等再久，也不可能等到的，因为我那时根本就不知道爱是什么，又怎么可能感到被爱的满足呢？从爱德华身上学到什么是爱以后，我意识到，我是永远也不可能在忠诚身上得到持久的爱了。只有在我身边的时候，他才会对我一心一意，一旦分开，就会立刻变心。但是我想要的，是一种更深的爱，一种更长久的激情，一种对彼此的心灵、想法和世界观的更持久的探索热情。这一份了悟，也算是我对于自己的一种超越吧。

第 9 章　动荡的年月

上海　1925 年 3 月

薇奥莱

　　忠诚要在林家堂子大摆台面，庆祝十五岁的雏妓红霞即将迎来梳拢。他为她的梳拢付了一大笔钱，比当时为我付的还要多。跟我第一次见到他的那场酒宴一样，这次的酒宴他也请来了七个朋友，搞得堂子里的姑娘都不够用了。他像平时一样请我出席，而我也像平时一样为得到这桩生意机会向他表示了感谢。

　　过去几年里，我一直都在努力地提升自己弹古筝和唱洋曲的技巧。忠诚对他的客人们夸我很有音乐才华，还建议他们办花酒时也都邀请我出席；然而事实完全不是这样，我的技巧不过算是说得过去罢了。就算有他大力推荐，我收到的邀请仍旧寥寥——也难怪，如今年轻人可以用留声机一首接一首地播放轻快的曲子，为什么还要去听人弹奏音色冷硬的古筝呢？年轻人只喜欢摩登的东西，上海更是个唯摩登是从的城市。为了打开销路，我自己创造出了一种新的演出风格：一边演唱旋律美妙的西洋乐曲，一边用古筝进行伴奏。这一手还真让我的音乐表演焕发了新的生机。一位曾去过美国的客人说，我弹的琴听起来就像是美式班卓琴一

285

样。鉴于班卓琴"在寻求欢快氛围的宴席上大有市场",我便又给自己添了个新的标签:班卓琴手。

林家堂子的鸨母就是从前秘密玉路里的涌云,她极其热情地迎接了我:"你今天晚上有空来真是太好了,"她在其他人还没到的时候对我说,"我真应该多去看看你,但我们这里的姑娘们每天晚上都太忙了。"要是在从前,我可能会因为她含沙射影地说我没有固定的追求者,而感到备受侮辱。时局不同了啊——只听宝葫芦跟涌云说,常请我过来准没错,我一定能为她的酒宴增添活跃的气氛。我走进宴会厅,看到忠诚正和他那花枝乱颤的新宠待在一起,用温柔的神情深深凝视着她呢。遥想当年他为我梳拢之时,也曾用同样的眼神凝望过我。那时他说,我在他的心里搅动起了新鲜而惊人的情感,这种感情他对谁都没有过。

忠诚走向我们,用谦和而又威严的英式礼仪迎接我和宝葫芦——在我手上轻吻一下,然后微鞠一躬。我夸他说,你挑的这朵鲜嫩小花真是不错,红霞听了以后狐疑地冲我看了一眼。今晚出发前宝葫芦说自己肚子不舒服,但还是坚持要跟我一起过来,因为她说她预感我将在今晚俘虏新的爱人。

酒宴进行到一半的时候,忠诚请求我给大家提供点乐子。我以两首感伤的中国曲子开场,接着又弹唱了几首班卓琴风格的曲子:《永远》《鸳鸯茶》和《斯旺尼河》。我最喜欢最后一首,因为我开玩笑地把"斯旺尼"念成了"思望你",这个词在中文里的意思是"想要得到你的注意";与此同时,我还把歌词里的"far far away"唱成了"fa fa e wei",第一次唱的时候,意思是"给你看那美丽涌动的云朵",第二次唱时,意思是"让你看到我对你那熊熊欲火的渴望"。"斯旺尼"总能让酒宴在热烈的气氛中落下帷幕,给我带来不菲的赏金——有的时候还会附加一个新的追求者。

忠诚跳了起来:"谢谢你,先生!"他用人们称呼书场里有名的说书倌人的名称来称呼我,"我们都快昏倒了,我们都快激动疯了。太感谢你了。"他举杯庆祝,然后递给我一个装着钱的信封。看到他的举动,其他人也便纷纷跟风效仿。然后忠诚再次举杯,会场里便又一次涌起了义务性的鼓掌和赞美的浪潮。

坐在忠诚对面那桌最边上的一个男人,显得有点亢奋:"在古筝的琴弦上,竟能奏出这么一种既纤弱又有力量的音色，实在令在下眼界大开。况且更令我惊讶的是，弹出这美妙音色的，竟然还是个外国人！"

又来了，又拿中国人跟外国人比来比去，无聊透顶。"只有一半是外国人哦，"我用抱歉的语调说，"尽管如此，我还是希望能让您满意。"

"我并没有贬低你人种的意思，我是想说，作为一个中国美人，你竟然还能用洋文唱歌，实在是别有风情。真的，我从没看过比你的班卓琴弹唱更美妙的表演。"

他的赞美毫无新意，而且我怀疑他从来没听别的校书演奏班卓琴。尽管如此，我还是礼貌而谦虚地回答道："小女子琴艺不精，承蒙阁下厚爱，荣幸之至。"

"我的赞美是发自内心的，并不是为了借由甜言蜜语混进你的卧房。我所说的每一个字，都是出于我对艺术的尊敬和理解。"他看上去得有三十岁了，但他的样子看起来就好像是个第一次造访长三书寓的小男孩，满脸敬畏。对艺术的尊敬和理解？小男孩满脑子想的，无非是加深对于床上艺术的理解。这个男人说的屁话不过是我早就听过无数次的惯用伎俩。他自我介绍说他叫常恒，来自安徽省的盛家，是忠诚的朋友豪苑的二表哥。

虽然他是从安徽来的，但他一点口音也没有，所以他肯定是个读书人。至于外貌，跟忠诚比起来他并不算逊色，但也绝对算不上出色。听着他滔滔不绝地对我大加赞美，我对他的印象也随之好转，觉得他虽无过人之处，但还算讨人喜欢——这也就是说，他身上没有任何让我反感的地方。他既非窄肩瘦骨，也不是像蒙古人一样的彪形大汉。他不像守财奴一样，长着一双斜眼；不像吹牛大王一样，长着一双大鼻孔；不像粗鄙之徒一样，长着厚厚的嘴唇；也不像那些多半连私密部位的卫生状况都堪忧的人一样，长着一口烂牙。德行可疑之人向来举止粗野，梅毒病人则长着疏密不均的眼睫毛，所幸这些特质他都没有。他的头发乌黑浓密，但也并非蛮族一般野蛮生长。他还一丝不苟地给头发做过造型，用发油服服帖帖地顺在脑后，一点也不像那些乡巴佬。所有不可饶恕的缺点他都没有，在此之上，他还有那么一两条优点。好吧，还算是个可人儿。

我没法辨别他到底是不是个有钱人，因为他是作为豪苑的客人受邀前来的。

他的衣服很干净，但有点皱——不过，一到暖和的季节就爱发皱也是西洋亚麻布的老毛病了。他的指甲修剪得很整洁，小拇指上却没有留长指甲——大烟鬼们都会留长指甲，用以把粘在烟管里的残余鸦片挑出来，或是从耳朵里把蜡一样的耳屎掏出来。

"你那纤细的手指恍若仙子轻盈翻飞，为你弹奏的乐曲增添了无限的妩媚风情。"他又一次正色道。

好好好，我已经听够了，赶紧转移话题。

"上海有很多文人团体，你加入了哪一个啊？"

"你问这话，是为了试探我的价值，看看我值不值得你花费宝贵的时间吧？"他的脸上终于有了点微笑，但笑意只在嘴角，不在眼睛里。我努力让自己冷静，耐心等待着他的回答。"我并不喜欢跟一群有相似想法的知识分子聚在一起。"他说，"我是个画家和诗人，我喜欢孤独。你也能看到的，我的身上有一股忧伤的情绪，这种情绪在公共场合可并不大受欢迎。忧伤情绪也影响到了我的创作，绝大多数收藏者都不那么喜欢我的画，因为太忧郁。"

"可能收藏者们都认为，大多数人喜欢的，就是最有风格的。"我说。

"每个人都可以拥有自己的风格，"他回击道，"然而其实，他们所谓的个人风格一点也不独特。我们都难逃前人的影响，而前人亦然。说起来，一切艺术的起源，正是伟大的自然。正是自然激发了人的创作冲动。"

他怎么这么矫情，这么不解风情。

"你们这些文人为什么总那么过谦，说自己其实很无知？"我问。

"你之所以坚持想知道我是不是来自于文官家庭……啊，我把你激怒了，是不是？"

"哪有。"我愉快地说，"我们伶人啊，就喜欢说笑，因为你们喜欢这样嘛。"我转向站在我斜后方的宝葫芦，"有点热，给我把扇子拿来。"如果等她把扇子拿来后，我把扇子放在腿上，那就是在暗示她，我需要她赶紧把我叫到一边，告诉我有人给我送来了一张留言条，有急事找我呢。为了配合这个把戏，宝葫芦兜里永远都装着一个小本子。

在跟他聊了这么多以后，我已在心里下定结论：他不是个理想的发展对象。这个穷酸的书生，就算他兜里有两个钱，不把我玩个底朝天，他也是断不肯把钱轻易送给我的。然而，我已在今晚的酒宴上待了两个多小时了，看起来，除了常恒，我也不大可能从其他客人那里得到什么赏钱了。

我转向常恒："你就认了吧！你是不是有一艘金船？你是个大官吧？我们需不要贿赂你啊？"

"我承认，我确实出身于官宦家庭——但我是个浪荡的废物。"

"你是把所有的家财都败光了吗？难道就没有一点留给我的吗？"

"我浪费掉的不是金钱，而是教育。我在五年前，也就是二十六岁的时候，就中了进士，但直到现在，我却仍旧一无所成。"

"二十六岁！我还没见过哪个人在三十岁之前就中了进士呢——就连作弊的人也包括在内。"

"从我呱呱坠地时起，我就开始为科举考试而学习了。我还趴在母亲胸前吃奶的时候，我的父亲就为我的未来做了详细的打算。他为我规划的人生，就是前朝那种典型的人生：先在一个小地方担任较高的官职，任职时严格遵守陈规旧俗，两年任满后，再调到一个更大的省份继任为官。我父亲本人就是这么走过来的。"

"在你断奶以后，一切发展得如何？"

"我精于六艺，财政和税收政策却阻碍了我的仕途，因为我没法说服自己去适应一个劫贫济富的社会体系。"

"没错，那些东西确实很没劲。"我把扇子放到了腿上——很快我就可以离开这个令人厌倦的男人了。

"清朝的社会体系很不公正。但是新共和国的体系就好了吗？不过是换了一拨人捞钱罢了。"

他这个人怎么这么蠢。这房间里的某些人，可能刚好就是他所抨击的那群"捞钱"的人。

豪苑叫起来："唉呀，表哥，你又在拿你那老一套的革命话题折磨人家吗？今天晚上咱们暂且把所有的不公正都忘掉好不好，你可以明天再解决这些问题。"

常恒仍旧目不转睛地看着我："我对旧有体系的批判让我无官可做。就像许多其他无业游民一样，我也自诩为画家诗人。所以说，现在你知道你想要的答案了吧？我很穷，根本没有足够的财力追求你。如果不是我的表弟请我来，我连进到这里的钱都没有。"

"我可没有您说的那么唯利是图。"我习惯性地说出这句固定用语，然后又说，"请您给我读首诗吧，好歹也算补偿我花在您身上的时间。"

"听，窗外街上的小贩正在叫卖米酒呢——我的诗差不多就跟他的叫卖一个水平。"

"谦虚也要有个限度啊！您要是不给我念诗，我可是不会放过您的。就挑一首跟做官和米酒没关系的诗给我听听呗。"

他沉默片刻，然后说："我倒是写过一首适合你的诗。"他望进了我的眼睛。

相见时难别亦难，东风无力百花残。

春蚕到死丝方尽，蜡炬成灰泪始干。

晓镜但愁云鬓改，夜吟应觉月光寒。

蓬山此去无多路，青鸟殷勤为探看。

我惊呆了，眼泪不由得在眼眶里打转。这首诗触动了我，让我想起了自己离开小芙洛拉的悲伤：我们被无情地分开，时光荏苒，从此她活在我看不见的地方。这个男人把我从毫无意义的乏味生活的懒怠里唤醒了。

"这太精彩了，"我大声说，"真的，我不是在客气。这首诗哀而不伤，如行云流水般自然，似乎写得毫不费力。作者没有刻意制造什么风格和效果，每一句都生发于真正的情感之中。我甚至感觉到了那阵风，看到了那根蜡烛。这首诗让我想起李商隐的诗——说实话，这首诗一点也不逊于李商隐的作品。"

宝葫芦就在这个瞬间走到了我的身边，按照预先演练好的，递给了我一张留言条。我们一起走到了远一点的地方去，悄悄私语："我要留下来。他很有意思，而且他刚刚念的那首诗真的太感人了。我想在今晚背会这首诗，这样的话，等我表演的时候，说不定就有更多人会对我感兴趣了。"

"他是理想的发展对象吗？"

"他是个落魄文人，囊中羞涩。但他说不定可以给我很多乐子。"

"我的胃里还是很不舒服，所以我先回去了。"

我回到常恒的身边。看到我，他的眉毛一挑："怎么？你刚才不是在客气地抛弃我吗？"

"我还想多听你念几首诗。"

"不敢，不敢。你的品味太好了。虽然你很喜欢刚才那首诗，但是如果你听我再念一首的话，说不定就会觉得，什么啊，简直就像是江湖艺人胡写的垃圾。如果你看不起我的话，我会很难过的。"

"确实，冷言冷语最是伤人，能让一颗心痛如千刀万剐。"

"只有几个人听过我的诗，大多数都是我的亲戚。我念诗的时候，他们的反应，就像面对疖子或者坏天气的反应一样：'唉！简直受不了了，什么时候才能结束？'我的妻子是我最好的评论者，她很有主见，能看出我的作品的优点和缺陷。我可以和她轻松随意地谈论任何话题，因为我们的想法很像。她的名字叫宝蓝，她现在就住在那片宝蓝色的天上。"他沉默半晌，把头转开，说了一句"她在五年前死于斑疹伤寒"后，便不再说话。在那样的气氛里，我也只得陪他沉默。

"抱歉，"半晌，他终于开口说，"我不该拿我的悲伤砸你，你连我是谁都还不知道呢。"

"很少有人能懂得失去挚爱的感受。"我说，"我的丈夫六年前去世，我的女儿三年前被人夺走。他们分别叫做爱德华和芙洛拉。"

"他们都是外国人？"

"爱德华是个美国人，芙洛拉出生在上海。"

"我发现了你身上的一些不同之处——你的灵魂空了一块，你的眼睛可以看见东西，却不再找寻。你的身上有种沉重的哀痛。"

这种程度的洞察力可并不常见。

"至于我自己，"他继续说，"我的悲痛并未随时间的流逝而淡去。每一天当我醒来，发现妻子不在我身边时，都会感觉到新鲜而剧烈的痛，就好像这是我第一次知道她已经死去了似的。我每天都要爬到山上去看她的坟墓，这样我才能相信，她确实已经永远地走了。我冲着她的墓碑念诵我写的诗，脑子里却还都是从前她躺在我身边时，我给她念诗的画面。"

"我也会跟我的丈夫说话。每当我想到他时，都会感到安慰，但得不到他的回答，又会让我再一次地陷入绝望。"

"我常常会有自杀的念头，这样就可以和我的妻子在一起了，但我不能抛下我的小儿子不管。我的表弟一定要我到这里来，他说，'别老盯着坟墓看，来看看漂亮的女人'，不过你也看出来了，我根本无心寻花问柳，就算我付得起钱，也没有心情。但是就在今天晚上，你却将我身上某个已经死去的部分——我的精神——唤醒了。你是如此透明，说话毫不遮掩——宝蓝也是这样的。"

"你的悲痛使得这首诗深不可测，它深深地打动了我。能不能让我在今晚把它背诵给我们的客人听呢？"

"承蒙厚爱，但我觉得其他人不会想要听这种东西的。"

"酒宴现在正有点冷场，而我来这儿本来就是负责给大家提供消遣的。我是不是第一个在公共场合念诵这首诗的校书呢？"

"此前唯一听过这首诗的人，就是我那躺在坟墓里的妻子。"

我走到忠诚身边，请他允许我念首常恒的诗给大家消遣。念起这首诗的时候，我感觉到了对爱德华和小芙洛拉的深切渴望，脑子里满是小芙洛拉在等我的画面。常恒对于我竟然如此精准地领会了他的意思而大感震惊。

那天晚上，我收到的赞美和赏钱是几年来最多的一次。无数局票雪花般向我飞来，纷纷邀我出席下个礼拜的酒局。随着请求数量的激增，我不得不跟各位东道主说明，我在每个局都只能简短地露一下脸，因为我收到的邀约实在太多了。我瞬间重返了自己的鼎盛时期，男人们都争相追求我，为了讨我欢心而相互攀比着送礼。其中有三个男人格外用心，为博我一笑不惜血本。

然而，刚过两周，其中一位追求者就离开了。又过了一周以后，我搅动起的短暂热浪消耗殆尽，因为有太多校书都跟风在酒宴上念过常恒的诗了。我又一次陷入了恐惧之中，害怕自己以后会再也没有客人，连偶尔来访的客人都不会再有。而对于那些肯来拜访的客人，我在短短几天的求爱之后便轻易委身，再也不敢让他们等上几周了。现在的上海，男人们可选择的余地太大了，他们可没空为赢得一个烟花女子的青睐等太久。他可以跟那些不怕丑闻和耻辱的时髦高中生们谈恋爱，还不用花钱。为了防止怀孕，那些高中生甚至会在内裤里常备一条海绵，一旦时机来临，她们就可以迅速地把海绵塞进自己的阴道里。

终于有一天，我在认识一个男人后的第一夜就接受了他，宝葫芦知道后把我臭骂一顿，说我简直就像个花烟间里的娼妓。就在第二天晚上，有两个男人来到我的门前，说自己是前一天晚上和我睡觉的那个男人的朋友。

"你看见了吧！"宝葫芦说，"你现在招来的都是一堆小气鬼，就像烂水果招来苍蝇一样。想毁掉你自己的名声，再没有比这更快的方法了！"

不过，至少我仍能接到局票。最近一段时间以来，我接到的局票大多都是常恒的表弟豪苑送来的，他之所以大办酒宴，是为讨好两位能打探到共和国大总统消息的贵人。他告诉我说，那两位贵人格外喜欢听美国歌曲。

"你表哥常恒还会再来吗？"我问，"我想再向他道个谢。他念给我听的那首诗引起了不小的轰动。"其实，除了道谢以外，我还想让他再送我一首诗。

"我下次见到他的时候，会邀请他过来的。他的行踪总是飘忽不定，我猜他可能在外地做生意呢。不过也有可能是他跟另一家堂子里的长三好上了。哈哈！他这个人还蛮神秘的。"

"生意"？所以说，常恒并没有他自己所声称的那么穷咯？至于"另一家堂子"，唉，那是不可能的。那个可怜的人。

几天之后，常恒又来了，这次他也是作为豪苑的客人，出席一个亲密朋友之间喝酒作乐的小型酒宴。宝葫芦赶到我身边，让我从他那儿再榨一首诗出来。

"你真觉得我会傻到连这一点都没想到吗？"

我打心眼儿里高兴地迎接了常恒。弹唱结束后，我坐到他的身边："我很高兴豪苑把你逼回来了。"

"他没有逼我，我自己也很想来。上次听了你的音乐以后，我整个人都精神了，而且跟你的对话也让我很快乐。"

豪苑和朋友们开始划拳，常恒却拒绝参加，因为他说他不喜欢赌博。我们津津有味地看着他们玩了几轮以后，我忽然发现他的脸上笼罩上了一层忧郁的神色。他转向我，用忧心忡忡的眼神看着我。

"自从上次见到你之后，我很不好过。我很高兴能和你开诚布公地聊起我的妻子，但这也让我心里涌起了一阵无法忍受的悲伤。我疯狂地想要摆脱那种痛苦，在街上游荡了好几个小时，然后不由自主地走进了一家花烟间。那里面很暗，一个女人带我来到一个沙发床前，我能听见周围其他男人和女人的声音。我抽了两口烟，心里的痛便很快平息了，蓝色的烟雾将我带往天堂。我曾经历过的所有快乐，都重新回到了我的心里。我从未体验过比这更剧烈的狂喜。然后忽然间，我感到有一只手捏住了我的胳膊——宝蓝就坐在我的身旁。我发誓，我当时确实真真切切看到了她，就像我现在看到你一样真切。我吻她，爱抚她的脸，想证明她是真的，而她也告诉我，她就是真的。她躺在沙发上，脱去身上的衣服，她那美丽洁白的身体因为对我的渴望而剧烈起伏。我们又一次在思想、心灵、身体和灵魂上合为了一体。她像从前一样发出欢乐的叫声，她脚踝上戴的小铃铛也发出叮铃铃的声响。我们在绸缎和空气间旋转漂浮，比以往任何一次升得都高。而在每一次高潮过后，我们都会立刻再次开始。每当我进入她的身体——"他忽然打住，"原谅我。我自己觉得很宝贵的经历，别人听来一定很下流。"

"没什么的。"我说。我暗想，也许我也可以去抽鸦片，把爱德华那鲜活的形象带回我的身边。

"但那份快乐延续得并不长久。"他说，"那阵蓝色的烟消散后，现实便出现在我的眼前，而且比以前显得更加残酷。上一秒我还和我的妻子躺在一起，心满意足地唱着歌，而下一秒我却发现自己正盯着一个婊子的眼睛。这姑娘至多也就二十岁，跟我妻子离开我时的年龄差不多。其他男人可能会觉得她挺漂亮，但我却为自己的妻子竟被这个脑袋空空、说话像是个啼哭的婴儿一样的姑娘所取代，而感到万分厌恶。我起身寻找衣服，想要赶快离开，但下一个瞬间，我就感觉到她的手紧紧握住了我的私处。我感到恶心，正想命令她住手，但接下来的一刻我却被自己更猛烈地恶心到了，因为，我的阴茎竟在她的手里硬了起来。我只不过是一个普通的男人，而除了我妻子的幻影以外，我已经五年没有碰过女人了。那个姑娘又躺回沙发上，掀开裙子，岔开双腿。我没法抗拒身体的冲动。我猛扑过去，然后，我所做的……"他的胸口剧烈起伏，好像是在努力控制自己不要哭出来。他垂下眼帘："我做了一些很恶心的事情，就连现在想起来，还是恶心得不行。"他摇了摇头。

我等着他继续说下去，但是他却站了起来。

"我不想再说了。"他环顾四周，"如果有人听见了，肯定会觉得我是个疯子的。我不该再跟你唠叨自己的悲惨人生了，那对你太残忍。你肯听我说到现在，真的是太善良了。"

"没必要道歉，真的。把悲伤所带来的糟糕情绪倾诉出去是非常重要的，也许你可以通过写诗帮助自己调整情绪。"

"我试过的，所以我的诗里才有那么多多愁善感的蠢话。下次我表弟再邀请我来的时候，我会给你带来几首，你看了以后肯定会笑死的。我再也不要沉浸在忧郁而自怜的回忆里了。"

"不用等他邀请你啊。"我一边说，一边飞速思考着，"明天下午晚一点的时候来找我吧。我可以在客厅里清清静静地听你念诗，和你喝杯茶。"

他离开以后，宝葫芦冲了过来："他给你诗了吗？"

"明天下午，他会来喝茶。"

"如果他给你念一首诗，你就会让他上你的床？"

"什么？我图什么？为了让他把我当成野鸡？"

第二天，他穿着中式的衣服来到了我的房间，这使我有点惊讶。现在也不是没有穿中式衣服的客人了，但一般来讲，仍旧坚持古风衣着的都是些上了年纪的人。所以说，这一点也再次证明，他确实来自于安徽。他就好像知道我在想什么

295

似的，说道："在舒适性上，西洋服装没法跟中式的长袍相比。看看，我这样是不是看起来更像个诗人了？"他确实看起来更像个诗人，而且我还觉得他好像变帅了，也许是因为放松的缘故吧。

我邀请他坐到扶手椅上，我则坐在沙发上，等待着合适的时机，向他索要诗句。他先是跟我讲述上海所面临的新问题，然后又向我详细描述工人和农民所遭受的不公，我一边听，一边等待着。我努力想要成为一个有趣而健谈的伙伴，但心里却急不可耐。于是，我让宝葫芦把茶撤下，拿酒来。终于，对话回到了他的苦难和他所受的折磨上来，他的口齿也开始含混不清。

"昨天我没敢把花烟间里发生的事情告诉你，因为我很害怕自己已经疯了。我知道我可以对你直言不讳，但如果我告诉你发生了什么，你能不能诚实地告诉我，你是不是觉得我已经丧失理智、变成恶魔了？"

我对他投以我最同情的目光，向他保证我会对他坦诚。

"我之前已经跟你提过我妻子和那个女孩了。就像我昨天说的那样，当时，那个女孩躺着，而我在她身上，完全被本能驱使着使劲压住她。她笑着。突然之间，我再也不想看见她的脸了，于是叫她转过身去，闭上眼睛。她的身体与我相连，我俩就像一个人似的动着，这种感觉也让我不堪忍受。所以我让她停下别动，静静躺着，也不要出声。我闭上眼，想象着这具躯体是我妻子的尸体。我又欣喜又耻辱地哭了起来，因为我又一次和我深爱的人连成一体了，唯一的不同是，现在她已经是个死人了。我一次比一次用力地撞进她的身体，就好像我可以向她的身体里注入生命一样。但她仍旧一动不动，还是一具僵硬的尸体，这使我再一次悲从中来，所以我便停了下来，让那女孩把烟管拿过来。过不多久，我便又一次置身在那蓝色的烟雾之中，看到了我妻子活生生的幻影。我就与这个虚幻的鲜活肉体不断地做爱，几个小时以后，我再一次恢复清醒，看到了那个野鸡，于是我就又让她扮演起我妻子的尸体。我在那里停留了三天。我根本停不下来，因为狂喜增加了痛苦，而痛苦又增加了我对解脱的渴求……你是不是已经被吓到了？"

"完全没有。"我撒谎道。他的幻觉确实令人作呕，但就算诉诸如此令人毛骨悚然的方法，也要和妻子在一起，他的哀痛之深之切，还是很令人钦佩唏嘘的。

一个妻子死去后能得到丈夫如此对待，也该欣慰了。

他感激地紧紧握住我的手："我就知道你能明白。你告诉过我，当另一个男人干你的时候，你会在脑海中把他想象成你的丈夫？"

我没说过这话——而且他这话说得多粗鄙啊，"干你！"我只会在独自一人的时候想象爱德华的样子，怀念我们在一起的静谧时光，回忆我们说过的话。

常恒环顾房间，对我品味高雅的内饰进行了赞扬，然后又说："想象你丈夫的时候，"他说，"你是只想象他的脸吗？"

"我记得最清楚的，其实是他的声音。"我说，"比如说和我聊天时的声音。我也可以在想象中看见他的各种微笑：心满意足的笑，长吁一口气的笑，惊讶的笑，还有他看着我们刚出生的孩子时的那种笑。"

"表情？这很有意思。那么味道呢？他的身体和呼吸的味道？"

"我平时倒没有去想过那些，不过在你的提醒下，我刚刚努力尝试了一下，似乎可以回忆起一点。"

"我记得所有的东西，尤其是我俩做爱时的气味。我是个诗人，我的天性就是回忆和想象那些犯禁之物，苦难是我诗歌的源泉。"

我的机会终于来了："你知道吗，你的上一首诗让我接到了无数的局票，大家都邀请我在各个堂子里再次朗诵它。"

"豪苑跟我说了，我很高兴。我已经仔细翻检了一遍我写过的几百首诗，想要找出还有哪些是你会喜欢的。"

几百首！我的职业生涯有救了。

"我挑了一首最近写的诗，它从属于一个我起名为'百万生灵之城'的系列组诗。听完之后请告诉我你的真实感受，我很想把诗写得更好。"他清了清喉咙，念道：

> "伟力汹涌如洪水，洗刷人类之时间。
>
> 海浪之上异邦土，侵蚀吾辈故土岸。
>
> 忍看赞歌成丧曲，哀悼溺亡列祖先。

祖先尸横异邦地，听人‘奴隶’声声唤！”

　　我简直惊讶得哑口无言——这跟上次那首美丽的诗歌完全不同，这首诗简直就像是南京路上那些戴着黑袖标的学生所进行的演讲一样。打倒帝国主义！废除港口协议！收回让步！

　　"这首诗很有力量，"我拼命寻找词汇，"非常鼓舞人心……是对我们上海所面临的问题的精彩评论。"

　　"你想在什么时候拿来念，都可以。"他自豪地说，"甚至，就今晚也可以。我表弟邀请我去今晚的酒宴了，而且我也告诉过他我写了一首新诗。"

　　我不得不对他坦白真相："这首诗可能并不太适合念给我们的客人听，因为，我们的客人正是你在诗里所谴责的人。"

　　"天哪，我的脑子呢？！我会再找找看有没有其他更合适的诗的。你想要什么样的？"

　　"可能，一首缅怀爱情的诗会比较好。"我说，"就像上一首，描写失去所爱之人的痛彻心情的那种；描写青春的诗也可以，我们的客人喜欢回忆自己的初恋。"

　　一个星期后，常恒给了我一首新诗。他说，这首诗是缅怀爱情的作品。

窗外芍药尚含苞，满开幽径与小桥。

几时重闻伊人步，何日重握金莲袅。

渴念相拥裙袍解，窗上叹息回忆销。

唯记花阴渡桥日，卿赴他界步步遥。

　　好吧，至少这首诗不再大谈什么堕落的社会了。宝葫芦建议我把诗里那个"赴他界"拿掉，这样的话，别人听起来就会以为诗里的女士不过是来晚了一点，而不是死了。但是，在错误的判断之下，那天晚上我还是把那首诗原封不动地照念了一遍。念完后，房间里一片死寂——只有一个男人表现得十分激动，因为他的一个爱妾刚刚死于自杀。

我骗常恒说，诗的反响很好，这使他倍受鼓舞，又给我拿来了一首比上一首还要伤感的诗歌。

> 曾几亦何时，叶颤如心宁。
> 如今叶落尽，秃枝压雪满。
> 春蚕无踪影，浴处犹存衫。
> 月光冷依旧，金光已无缘。
> 板床新卧处，白若卿尸寒。

我被这首诗吓呆了——又是他老婆的尸体！但我还是对他进行了热情洋溢的赞美——我说，静止的树枝和轻颤的树叶形成了十分美妙的对比，而将蚕的白色意象与雪的寒冷意象并列，最终又与尸体那又白又冷的意象呼应，产生了令人肝肠寸断的效果。

我和宝葫芦商量了一下，到底该不该在酒宴上朗读这首诗？最终我们达成一致，一致认为这首诗奇烂无比，只会招来嘲笑并且毁了我的职业生涯。不过，我还得再次对常恒撒谎，告诉他这首诗大获成功。

宝葫芦很失望，但并没泄气："如果他真的像他说的那样做了几百首诗的话，咱们可以让他把所有的诗都交给你，让你自己挑一首最好的。诗人往往无法鉴别自己作品的好坏。你已经认识他一个多月了，也该从他儿搞到几首好诗了。渴望的爱、伤感的爱、心满意足之爱，都可以，只要不是悲惨的爱就行。我觉得要想搞定这件事，最好的方法就是跟他上床，给他一些新鲜的灵感，让他别老是沉浸在对他妻子那令人厌倦的感情里面。"

"我怕我会变得越来越笨，"几天后，等常恒回到上海以后——我猜他离开上海是去忙生意上的事了——我向他请求道，"你能不能教我练练书法？把你所有的诗作拿来给我临摹一下吧，这样的话，我既能练习书法，又可以从你的诗里获得灵感。"

不出所料，他深感荣幸，立刻就同意帮忙。我早就买来了毛笔、墨汁和一大摞宣纸，他也非常严肃地担当起了老师的职责。他让我准备好精神状态，准备好墨汁，并准备好严格按照他写字时的一笔一划认真书写每一个字。没问题，我已经准备好要去勾引他了。

"你可不能把字写得七零八碎，看起来就像被胶水粘在一起的零部件似的。"看到我写的第一字以后，他对我说，"要有韵律感，要稳稳地写。手不能抖，也不能太僵硬。"他教我如何把笔握得垂直于纸面，但我却故意斜着握。他用他温暖的手环住我的手，带着我写下一笔一划。我故意做出僵硬而笨拙的样子，逼着他站在我的后面带着我的胳膊移动。我随着他的节奏晃动屁股，每晃一下都蹭一下他的大腿。大多数男人在这样的情况下都会立刻变硬，抓住这一微妙的暗示，在床上终结这堂书法课。但常恒，这位忠诚的鳏夫，却闪开了。

我正在摹写的这首诗，是他那部"百万生灵之城"里面一首夸张的讽刺诗。上海是我们的杂种奴隶！常恒说过，爱情，只有在两个人分享更高层次的观念时才会产生，而现在这首诗里，就饱含着这样的高层次观念。我必须得对这些诗表现出兴趣，这样我才有可能跟那位让他守了五年活寡的亡妻竞争。"人们应当为更高层次的思想而活，包括无私、奉献、荣誉，以及正直。他们不应该随随便便放弃，还自我安慰说：'唉呀，人怎么可能做得到这些东西呢？我还是随波逐流，和其他人变得一样贪婪吧。'"

"但是人还是得实际一点才行啊，只有观念是填不饱肚子、也创造不了进步的。"

这话让他来了劲，开始对我解释他的意思。我听了十分钟以后便听不进去了，但他却滔滔不绝地继续讲了好几个小时。我企图勾引他的计划彻底失败了——他虽然很兴奋，但不是以我所计划的那种方式。我建议说，我们今天先到这里吧，明天再继续上课。

"今天的对话让我对我的观念更加坚信了。果然，就这些想法交换意见是大有裨益的。我过去就常和我的妻子这么做。"

那天的晚些时候，我对宝葫芦说，不管我怎么努力地想要激发他的创作灵感，在他的高层次思想和他的亡妻强强联手下，我还是会败下阵来。这一切都是没有用的——而且还很费钱，因为他在喝茶的时候简直太爱吃那些小点心了。

等到常恒再一次来拜访我的时候，我便告诉他，今天下午有位新的追求者想要见我，所以，书法课还是暂时先放放吧，等我闲下来以后会通知他的。听了这话，他的失望之情溢于言表。

"非常感谢你陪我度过了这么长的时间。"他毕恭毕敬地说。

然而下午其实并没有人想要见我。我读了一篇小说，读完后又读了一篇。读完后，又叫相帮出去给我买两份报纸，一份中文的，一份英文的。虽然我对于常恒的政治话题从来都不感兴趣，但此刻我却恍然发现，我已经开始用他那种鄙视进步的观点来阅读新闻了：又来了这么多船，又盖了这么多楼，又举行了这么多剪彩，又有那么多大亨彼此握手、共同捞了金致了富。我想起我妈曾对每一位客人都说的话："我正想去找你呢。"这句话是一个序幕，预示着财富和权力将要开始强强联手。我一边读着新闻，一边问自己：到底谁的看法更对？妈妈的，还是常恒的？谁的想法比较自私自利？谁的想法对弱势群体更加残忍？

两个星期后，当我再次见到常恒时，我感到一股发自内心的喜悦。这两个星期以来，我一直形单影只，倍感寂寞。他急匆匆地说，他知道我很忙，他来找我只是想要告诉我，我激发了他的灵感，让他创作出了跟我们初次相遇那晚也念给我的那首诗差不多的作品。

"情感的力量可以激发诗歌的灵感，"他说，"而我们的离别激发了我的灵感。和你分开后，我很想你，简直日思夜想，思念得心都痛了。就在我沉湎于思念不可自拔的时候，思念的诗歌从我的笔尖倾泻而出，挡都挡不住。所以说，我觉得和你分开倒是一件好事；但与此同时我也必须向你坦陈一些可能会让你惊讶的事情。我骗了你——我跟你说，我沉浸在失去妻子的哀痛中，对其他所有女人都感受不到欲望；但其实，就在见到你之后不久，我就不再把我面前的幻影想象成我妻子的尸体了，因为，我的幻想对象变成了你。我对你的渴望越强烈，就越感到欺骗的可耻，这种纠结的感情促使我写下了这些年来我写过的最有力量的诗——

当然了，这些诗仍然很差劲，但如果你愿意的话，我想把它们都奉献给你，聊表感激，因为你不仅激发了我的灵感，还让我死水一潭的心重新漾起波澜，感受到了爱情。请放心，我并不希求你的任何回报，我甘愿永远当你的爱慕者，没有其他非分之想，因为我根本没有钱当你的追求者或是恩客。没关系，得不到回报的爱，经过时间的发酵，会引导我创作出更加有力的诗歌的。"

我遇见过不少羞涩的男人，他们的求爱方式总是十分扭捏隐晦；但就算在这些羞涩的男人里，常恒也要算是最古怪的。我比他妻子的尸体更令他渴望？这算什么话！不过，尽管如此，我还是很想看看我激发他写下的诗。"如果我把你想要的东西给了你，"我说，"你会因此失掉你的灵感吗？"

他的脸在欲望中扭曲了："那么我写出的诗肯定会和现在不一样，但绝不会比现在逊色——甚至有可能变得更有力，因为我太爱你了。"

我沉默下来，脑中思考着这桩生意的得失：如果我允许他上我的床，那么，我就不用再独自一人度过那些寂寞的午后，而可以和他聊聊天；除此以外，我还会收到很多的诗，任我从中进行挑选。其实这些理由已经足够了，但我还有另外一种需要：我想要填补自己对爱情的渴望。当然，我并不爱他，我只是想要再一次感到被爱，被一个无比渴望我的人爱。

"我想看看你那些充满思念的诗。"我说，"也想看看你以后写出的、和现在很不一样的诗。"

我躺在床上，准备迎接那些崭新的诗歌。

他那些抒发对我渴望之情的诗歌并不算太差，但也没有好到可以拿来在酒宴上念。不过，至少他现在写的诗不是关于政治的了。他每周来拜访我三至四次，都在下午的时候来。一个月后，常恒仍然没有写出什么有价值的诗来，宝葫芦说，他可能是那种一炮而红却后继无力型的诗人。她后悔让我去勾引他了："你在他身上浪费了多少时间啊！他来这里打茶围，在你床上快活，从来都没给过一分钱。"

我对于自己没能激发他写下更好的诗确实感到失望，因为这事关我的自尊；但我也并不觉得，和他亲密共度一个个午后时光是浪费时间：首先，在他的调教下，我的书法大有长进，发展出了一种他称之为"闪电般的模糊的文字风格"；同时，在跟他谈论反封建主义、社会现实主义，以及工农阶级等我不甚了解的话题时，他对我的平等态度也让我很受用。比起过去的被动式倾听，现在的我会更积极地参与到讨论当中，这使得那些无聊的话题也显得更有趣一些了。除此以外，和他在一起还让我有种成就感，因为我成功地终结了他守了五年的贞操，让他终于不再沉迷于他妻子的尸体。每个佣人都知道，自己职业生涯结束后的最好归宿，莫过于被某个男人娶回去当正夫人。不过，嫁给常恒将意味着我要住到安徽的某个地方去了，而且，我完全套不出他的话来，不知道他家离上海到底有多远。时至今日，他对自己的财政状况仍旧守口如瓶。他宣称自己很穷，但豪苑却说他在别的地方做着生意——他的生意显然和外贸无关，但至少他还是有赚钱的途径的。而且不用想也知道，一个出过十代文官的仕宦家族，肯定还是有些家底的。

如果我疯狂地爱上了他的话，那么，不管他家离上海有多远，对于我都不会是问题；但我并不爱他，我对他的感情不过是一种类似于爱情的感觉。这种类似爱情的感觉跟我对忠诚那种让人脑子发飘、眼睛发直、心灵发狂的感情相去甚远，与我和爱德华之间的那种感情也完全不同。这种感情更像是一种因为被爱而得到的满足感。虽然跟常恒做爱并不是那么刺激，但这没有关系——我猜，他之所以这么无趣是因为他只跟一个女人做过爱，没什么经验——我可以润物细无声地把他教会。而且，偶尔享受一下不需要那么费力的性爱，其实也挺好的。经过了这么多年的工作之后，我对从良心存向往，而且，"十代成功的文官"这个词简直是一剂春药，每当和他做爱的时候，冲进我身体的都仿佛不仅是他一个人，而是显赫而可敬的十代文官。

有一天，正当我和常恒又一次就一个"更高层次的想法"而争辩着的时候，门卫的叫喊声传了进来："那些畜生开枪打人了！"我们跑到前院去，发现几乎所有人都已经聚在这里了。

"他死了吗？"朱颜问。

"说不准啊。"一个相帮说。

远处的喧哗声越来越吵。宝葫芦告诉我们，老闸捕房的英国警察向一群示威的学生开了枪，人们因此而群情激愤。那群学生早些时候包围了老闸捕房，要求对方把一位组织了反帝抗议游行的学生领袖给放了。没人知道到底有多少学生因开枪而死伤，但我们的相帮小牛早些时候外出办事，却没有在说定的时间回来。五分钟前，路对面那家长三堂子的一个相帮告诉老松，他看见小牛就躺在路的中央，也不知道死了没有。老松是小牛的叔叔，从小把小牛拉扯大。老人一边呜咽一边说："他一定是绕到南京路上看热闹去了，要不然他干吗要上那儿去？畜生！"

我们打开大门朝外望，看到齐喊口号的人群正向前冲去，街上的声音越来越吵。

"我们得去找他！"老松一边说，一边冲进了奔跑的人群中。

"我跟他一起去。"常恒说着，朝我看了一眼。我知道他这是在请求我和他一起去，因为这个时刻可以体现出我们谈论过的一切——正义，公平，以及同仇敌忾。我犹豫了大概三秒钟，然后拉住了他的手。

"别去！"宝葫芦叫道，"蠢女人！你想和小牛一起死掉吗？"

常恒和我跑到了一个无比拥挤、所有人都动弹不得的地方。我们像被困在了一个大盒子里，受到来自四面八方的怒气的挤压。常恒大喊道："让我们过一下！我兄弟被枪打了！"我们费力地向前挤着。

我是第一个看见小牛脸朝下趴在地上的人。我之所以确定那个人就是他，是因为我看见了他脑后那个月牙形状的疤。我们看到老松朝他走去，扑通一声跪倒在地，把他侄子的脑袋转过来，然后嚎啕大哭起来。他唤着他的各种名字，哀哀地呻吟起来。就在这一刻，一声爆炸的巨响传来，大地震颤起来，而我瞬间就被气流扫进了一群蜂拥的暴徒中间。然后，我忽然感觉到有一只手搭在了我的背上，听到宝葫芦朝我喊："站稳！站稳！"我不敢回头，生怕只要一回头就会摔倒，然后被人流踩踏而死。所以，我就让自己被裹挟于仿佛千足虫般的人流之中，顺势前进。我的身边挤满了戴着袖标的学生、光着膀子的工人、穿着白上衣的用人、人力车夫以及站街的娼妓。我意识到自己可能会死在这群人之间，心里油然而生出一种听天由命的麻木感，还伴有一些气馁的感觉——我心想，当人们发现我的

304

尸体时，我身上穿的竟然是这条不大好看裙子，这简直太遗憾了。想到这里，我忽然发现，常恒不见了。

在街道两边，示威者正在朝那些写着日本字的橱窗砸石头，还大喊着冲进店里大肆哄抢："赶走小日本！""打倒英国鬼！""打倒美国佬！"

回到朱颜堂前，看到老松就站在大门附近时，我不由松了口气。此时的他正抬头望着一个燃烧的警务处长雕塑呢。

"他们给那个混蛋上了他这辈子最后一堂课。"

他的视力这些年来每况愈下，隔着三米，他就已经分不清戴着白头巾的锡克人和长着白头发的传教士了。我告诉他，警长大人并没有被烤成脆皮乳猪，还能活着上很多节课，他听了以后非常沮丧。我们猛敲大门，朱颜声音颤抖着问了我们是谁以后，才把门闩打开。我们冲进宽敞的大厅，看到烟花姐妹们全都蜷缩在大厅的一个角落里。我还没来得及跟大家宣布小牛的死讯，一块石头就从窗外飞了进来，大家吓得全都跑到房子后面去了。嘲笑的声音从外面传来。老松说，人们把我们这儿当成英国外交官居住的地方了，要把大门砸破。三天前，那位外交官因为一个卖煎饼的不肯给他让路，便用手杖抽了他一顿。愤怒的群众报复袭击了他，把他的腿给打断了；而等到大家听说那个卖煎饼的死掉了的时候，人们的愤怒达到了疯狂的顶点，所以我们现在才会遭此厄运——有人散布传言说，那个该死的外交官就住在我们堂子里。

姑娘们跑回房间，把藏起的珠宝都拿出来，准备逃命。她们要上哪儿云呢？如果她们带着那些辛苦赚来的小玩意儿被人抓住了，可怎么办呢？我很庆幸我把我的珠宝都藏在了床下我自己打造出的夹层里。我的珠宝匣子藏在哪儿，应该先滑开哪块控制板才能拿到它们，都只有宝葫芦一个人知道——直到这时我才意识到，我还没有见到宝葫芦。我一直都以为她已经回来了。

"宝葫芦在哪儿？"我一边大声喊着一边挨个跑过一个个房间，"她回来了吗？"我去找老松："你看见她了吗？"

他摇了摇头。唉，他当然不会看见她了，他差不多是个瞎子！"打开大门！我必须去找她！"他拒绝了，说这太危险了。

"让开！"我听到宝葫芦的声音从大门外面传了过来，"你们这群蠢货都瞎了吗，看不见这块牌子吗？跟我一起读，'朱颜堂'！你们都是从乡下来的，不认字？你，那边那个，你看起来大概是个学生吧，你知道这是什么地方吗？你断奶了吗？这是一家长三书寓！哪里写着这是'英国外交官之家'了？指给我看啊！"我们听到猛砸大门的声音，"老松，现在你可以放我进来了。"当大门开启时，只有几个羞涩局促的年轻人站在外面，正伸长了脖子想往里面看呢。

常恒痛苦的面孔忽然出现了。他一把抓住我，把我紧紧抱在怀里，几乎要把我的肋骨都挤断了："哦，你平安无事！我还以为你出事了呢，差点没去自杀。"随后他放开了我，有些困惑地问："你难道不担心我吗？"

"当然担心了，"我说，"我吓得都快发疯了！"然而我却在心里悄悄地想，自己刚才为什么一点也没有担心他到底在哪儿呢？我始终低着头，用手指抚摸着他那扯烂了的袖子，但却能感觉到他紧盯着我的目光。当我终于抬起头来，果然看到他正狠狠地紧盯着我，显得非常失望，甚至有点愤怒。其实我们都知道，照理说，当我看到他安然无恙的时候，本该如释重负地流下喜悦的眼泪的。

在暴动持续的一周之中，常恒再也没有回来过。街上不时会有小型暴动毫无预警地爆发，我觉得上街会很危险。有传言说，暴动发生的那天，警官大人留下一名下属负责管理老闸捕房，自己跑到上海俱乐部和赛马场享受悠闲午后了。学生们破门而入时，那名下属慌了。他命令手下开火，打死了十二个人，还打伤了许多。估计还要再等好一阵子，我们这一片才能彻底安定下来。

酒局都被取消了。朱颜挨个打电话给那些关系最好的恩客，宣称一切都已平息，她要举办一个盛大的酒宴来庆祝重新到来的和平。我和我的烟花姐妹们负责给我们的追求者和以前的恩客们打电话，但每个人都说不方便过来。一切进展得都不顺利。就在今天早上，我们门前的台阶上还出现了一具老人的尸体。朱颜可不想让他的鬼魂来我们堂子享受死后生活："还是让他到街那边的'欢乐大门'干他的好事吧！"她说。每个人都笑了，只有老松没笑，因为朱颜让他负责把那具尸体挪走。

他抗议道:"我可不想让这家伙的鬼魂附到我的身上,借着我的活儿玩女人。"

路对面有个乞丐,老松朝他叫道:"嘿,老爷爷!你要是能把这个尸体拖走,就给你十个美分。"

"操你妈,"那男人用含混而醉醺醺的声音说,"我以前可是上海的市长!至少得给我一美元。"在一番讨价还价之后,我们把一美元付给了他。

随着日子一天天过去,我们听到坊间的一些流言,说我们的一些客人变成了穷光蛋。他们的银行贷款被收回,工厂被烧毁,他们在其他省份的生意变得无人照管,被军阀抢了去。所有人都在传,说日本人正在利用这场混乱,过不多久,贪得无厌的日本人便会把上海的每座房子都收入囊中。到底要怎样?这个世界已经疯了。

朱颜算了一下朱颜堂的财政状况,列出有哪些酒局定好后又遭到取消,也列出有哪些倌人能收到老主顾的固定薪水。她计算了一下,从钱的角度讲,这对于每个姑娘来说意味着什么,对于她自己的腰包来说又意味着什么。当她点名说我的追求者是最不成功、最靠不住的一拨人的时候,我心里的滋味非常难受。现在没人再摆台面了,所以我也接不到邀请,去表演班卓琴风格的古筝弹唱了。常恒也躲得远远的,可能生我气了,但我现在没心思去担心他的事——他对于我的财政状况没有任何帮助,他只贡献过一首好诗。

当暴动终于平息之后,我们又迎来了客人,但他们已经不再是以前来的那些有权有势之人了。这些新来的人很有钱,但他们不会把钱浪费在我们身上。他们不愿花过多的精力去追求,而是更希望能在闺房中去体会我们确实比其他长三堂子里的倌人强。就算在没什么生意的时候,朱颜也指望我们能付给她全额的租金和生活费,但她很快也发现,如果她每个月都把所有没交够钱的姑娘踹出云的话,她手里连一个倌人也剩不下。为了留住自己的房间,我不得不每个月向她交出一部分积蓄。

当朱颜为我领来一位新的客户时,我感到如释重负。豪苑说他想在家里举办一场私人聚会,用以招待他的一位名叫严奋的中年生意伙伴。这位客人特意提出要求，说他想找个擅长讲故事的校书。朱颜说，在文学艺术方面，没人比我经验更丰富。我倍感荣幸，对她选择了我无比感激。

当然，我也暗自揣测常恒到时候会不会也在豪苑的家中。如果他也出席这个酒局的话，我就可以趁机对他表示爱意，让他原谅我在暴动的最危险时刻没为他担心的事了。那天晚上，我穿了一身糅合了新旧两种风格的欧式中国服装，同时也带上了我的古筝。我很高兴地看到，常恒确实也在酒宴现场。当我殷勤招待主客之时，也没忘了向常恒那边投去多情的目光。到了讲故事的时段，严奋无视了我的建议，要求我朗读《金瓶梅》里的一个场景。我不由又惊又怒：这是一部在长三堂子里广受欢迎的色情小说，但只在某位追求者被请入卧房后才能分享。我从未被要求在酒局上面对着一群男人朗读这部作品。常恒把头转了开去。

每个人的杯子里都斟满了酒。豪苑走到我的身边，轻声对我说，他已经说服严奋，改为在房间里让我和他单独分享《金瓶梅》的选段。

"他只会在这里待三晚。"豪苑说，"我建议他为你这几天的服务付上一整个月的礼金，也就是五十美元。他明天晚上可能会再让你为他表演一次。我知道这种请求可能有点太过分了，薇奥莱，如果这让你感到不舒服，还请多多包涵。"

我还没来得及回答，常恒便走到豪苑面前向他道别。他对我说见到我很高兴，然后便匆匆离开。我认为他的离去意味着他对我此刻的所作所为感到不满。妈的，这几个月以来，这个自傲的男人一直让我服侍他，却没为自己得到的好处付过一分钱。我跟豪苑说，我非常愿意让他的生意伙伴感到开心。万幸的是，宝葫芦现在不在这里，看不到我竟然在完全没有求爱过程的情况下，就同意了这件事。我以前也扮演过《金瓶梅》里的角色，但是对象只限恩客。我今晚的决定标志着我的职业生涯正在飞速滑坡。

当晚，严奋对我非常体贴。他不厌其烦地问我，冷不冷啊？要不要喝茶？我们瞎聊了几分钟后，他便给我拿来了那本书。他想让我读的，是关于潘金莲和那个年轻园丁做下淫荡的勾当、给她的丈夫戴了绿帽子的那一段。他说他既要扮演那个园丁，也要扮演她的丈夫。他拿出一把带有长长的锥形把手的梳子，让我用这个东西来惩罚那个调皮而驯顺的园丁。我打了他几下以后，他对我道谢，然后又拿出了一根鞭子。这回他成了那个丈夫，而我是潘金莲。他愤怒地指责我不贞，我则假装哭了起来，边哭边说，我跟那个园丁之间什么也没有，我只不过跟他学了一些关于园艺的知识罢了。然而随着故事的发展，我的请求被置若罔闻，严奋举起鞭子，我按照剧情需要尖叫起来，乞求他原谅我，别把我给杀了。他的鞭子是专门定制的，所以打在身上并不很疼，但最令我不堪忍受的，是他要求我扭动得更加起劲一点、叫得更加真实和大声一点。这让我感到羞辱。在我的表演结束之后，他又变得像之前一样体贴，对我嘘寒问暖，然后要求我第二天晚上再来。

第二天晚上，我又一次为他表演了他花重金购买的尖叫戏码，而且演得更加逼真。事后，豪苑额外又送了我一份大礼，热情洋溢地表达了对我的帮助的感谢。朱颜对于一切顺利进行感到很欣慰，我怀疑她从一开始就知道等着我的到底是什么。等到两个晚上都过去以后，我才把所发生的一切告诉了宝葫芦，然而令我惊讶的是，她生气的只是我没有把这件事告诉她。她说，她是我的娘姨，理应负责照顾我的，但我却没给她机会。从她的反应中我明白了，她也认可我为了生计去做一些不得已而为之的事。

两天后，常恒于午后来访。他对于那天晚上豪苑家的酒宴绝口不提，我们热烈地谈论起了以往常聊的话题。在他面前，我们是平等的，我不需要尖叫，也不需要羞辱自己。我很感激他又让我重新感到了自尊。我让他上了我的床。完事以后，我躺在他的怀里，而他给了我一首新诗。他请求我出声地朗读一遍，让他看到那些词句化为诗歌，从我美丽的双唇间流淌而出的样子。

> 素练淡若天穹色，挥毫纵横龟壳显。
> 群峰涌起湿画迹，团云依稀墨巳干。
> 吾辈古崖孤隐客，毛稀墨少幽居寒。
> 曾上九霄寻不朽，峰峦叠嶂不见天。

我哭了出来。这是一首杰作，他的才华又回来了。我之前都已经开始怀疑他的才华了，但从今以后再也不会怀疑了。我跟宝葫芦宣布了这个好消息，然后让她坐直，好好听我朗诵这首诗。

"好做作，"听我读完后，她说，"你觉得这首诗有什么好的？你的脑子在做完爱以后全都浆糊掉了吗？这一整首诗全都在讲他自己有多么伟大——就像山峰和天空一样伟岸，而且就连山峰和天空都是他用毛笔创造出来的。他怎么可能是个文人呢？我都开始怀疑他给你的第一首诗不是他自己写的了。"

我不喜欢她贬低他。她懂得什么好诗和坏诗？她又没受过教育。而且她对他人品的怀疑简直荒谬可笑：我从来也没见过像他这么乐于助人的人，而且他对自己关于亡妻的幻想表达忏悔时，也诚实得令人心碎。

"如果他让你嫁给他的话，不要立刻答复他。"她说，"除了会高谈阔论那些毫无用处的想法，除了只写过一首好诗以外，你对他几乎一无所知。他为什么老跟豪苑待在一起？他自己的家在哪儿呢？他说他是从安徽来的，但到底是哪儿？还有，他以什么为生呢？"

"他在做生意。"我说。

"这是豪苑猜的。你凭什么跟我说这是确定无疑的？证据呢？"

"他不可能是个穷人。他来自于一个文人家族，出了十代——"

"十、十、十，你爱的不过是他们家传承的十代而已。我对他这个人简直越来越不放心了。让你感动的东西，却让我恶心。他声称自己是个思想深刻的人，但思想这种东西最虚，能用来干什么？他口若悬河，自我感觉良好，你是他的听众，在床上褒奖他犒劳他。他老是自谦说自己的诗很差劲，但却坚信自己给你那堆烂诗完全达到了当众朗诵的水平。还有他在遇到你之前对他妻子的怀念——五年没做爱？单这一条就能证明他这个人脑子不正常！虽然这也很可能是他撒的又一个谎。还有，再想想这个：他从来没有给过你任何东西，没为他享用的茶和点心付过一分钱。朱颜跟我说，她希望他能作出几首好诗，用以补偿打茶围的花销，但是，鉴于她暂时的慷慨没有换来任何成果，她以后要开始管我们要钱了。你必须好好想想，薇奥莱，千万不要动跟这个男人结婚的心思。嫁给他并不是解决你出路的捷径。"

在宝葫芦对他进行这番声讨之前，我一直对自己对他的感情有所怀疑。但她每举出一条质疑，我都会对之进行反驳，叛逆让我对他的爱愈发强烈。我觉得我跟常恒谈论高层次的想法时，比单纯倾听一个男人大谈港口协定和税收有意思多了。他欣赏那些只属于我的想法，但其他绝大多数男人都只想听我夸他们有多么雄性气概十足。当我人老珠黄以后，那些男人就将再也没有兴趣把他们的雄性气概挥洒在我的身上了。但常恒却会一直爱我，不管我是睡在他的身边，还是躺在坟墓里。宝葫芦想让我等待一个面目可憎的有钱男人把我收了，充当他众多小妾中的一员。她觉得，让我耻辱地表演色情小说里的场景，也比朗诵一首诗要强得多。

第二天，我收到了常恒的一封信，里面附着另一首诗。这首诗又是一篇杰作。

云蒸霞蔚隐苍山，水清波平映庄严。

他说他就是那座无人理解的山，而我是那池水。我那深沉的知性能够让他看到他最好的那一面。那两句诗是常恒对我爱的宣言，同时也是希望我成为他妻子的请求。我等待了三天，才告诉宝葫芦我决定嫁给他了。我不希望她喋喋不休地向我警示前方的厄运，毁掉我新找到的幸福。不过从我告诉她的那一刻开始，她的喋喋不休便开始了。

"你是在告诉我说，他那些浅薄的谎言已经完全把你的判断力束缚住了吗？"宝葫芦说，"云霞，庄严？这算是哪门子诗？他认为你的地位就跟池塘一样低，还觉得自己拥有贬低你的庄严权力。如果你觉得这首诗是个杰作的话，那只能证明你的脑子里现在只剩下诗情画意，再也没有能力思考了。"

第二天，一封信翩然而至：

最最亲爱的、我灵魂的映射：

到了月塘村以后，你就再也不用为上海的堕落而忧心了。你不用再成日里忍受那一大堆一大堆傲慢的外国人，不用面对他们那粗鄙的习惯、粗厚的肉身、无理的要求和无尽的侮辱。你不需要再去讨好那些缺乏道德的男人。那里没有密谋利用你的老鸨，也没有残酷竞争的同行。

在我的家乡，一切都很宁静。你会和很多思维相近的人待在一起。每天晚上，你都能看到太阳从粉色的天空落下，释放出最绚烂的光芒。那里的日落一览无余，不会被外国人建的高楼大厦遮挡得模糊不清。

想象一下吧，我的宝贝，我们将会一起享用我们所需要的一切财富——那些美丽的山峦、池水和天空，正是这些启发了我的灵感，为你写下那些诗句。你将在文人家庭中成为受人尊重的夫人，五代同堂，和美地共聚于一个屋檐之下。

毫无疑问，我们的生活将会是十分简单的。你已经习惯于一种更加刺激的生活了，但我感觉我迄今为止写下的一切尚不足以表达我想说的。你曾帮我脱离痛苦、重获快乐，而比起你所给与我的一切，我将会回报给你更多。我会写下无数对你的赞美诗篇，让你沐浴在诗的海洋里。每一天，在你睡去的时刻和醒来的时分，我都会为你读诗。我们会一起分享每一个崭新的日子，开启我们爱的篇章。

宝葫芦挑起一只眉毛："他当然会写这些肉麻的话了，写写又不费劲。瞧瞧他大吹特吹的乡村生活——哦哟！——我从不知道穷乡僻壤的无聊生活有那么多好处！当然，那五代人会把你忙个团团转的。要讨好那么多人，吵那么多架，就跟在青楼里一模一样。还有，如果你嫁过去的话，为了对那十代文人表示膜拜，你每天都会有烧不完的香和磕不完的头——他们家里的供桌肯定得有十米长。不要回复他。"

"我已经回信了。我答应了。"

"那你就给我回到他面前，跟他说你现在又不答应了。"

"你为什么会觉得，你可以左右我的生活呢？"

"因为我今天和豪苑聊过了。我问了问常恒到底是做什么生意的，他说他不知道常恒到底有没有在做生意，因为他从没跟他说起过。我问他对于他的家人有多少了解，他说他完全不认识他们，只知道常恒是他的二表哥，因为他的舅母是常恒的姨妈。豪苑说，他妈对常恒的家人可能还比较熟一点，但她在认识常恒之

312

前很久就死了。我问他认不认识常恒死去的妻子，他的反应是一脸惊讶，说他都不知道常恒还有过一个妻子呢，因为他从来没有提起过她。豪苑说，人们一般都不会询问他们的亲戚这种问题，因为这会显得好像是在指责人家有所隐瞒似的。但是我觉得，他就是有所隐瞒。"

她改变不了我的心意。如果我不抓住眼前这个机会的话，我的未来会变成什么样呢？我还能保住多少自尊呢？等待更好的机会，是年轻女孩才配享有的奢侈。这次机遇能让我保住自己的自尊，同时也得到别人的尊重；让我可以不用担心下个月或明年或当我老了以后，该住在哪儿；让我能够拥有闲情雅致，坐在花园里回想我的人生、我的个性以及我对爱德华和小芙洛拉的记忆；还可以让我形成自己的观点，并跟我的丈夫平等地分享这些观点。没有人是完美的，我自己就不完美。我们两个会带着各自的问题走到一起，共同学着原谅自己以及接受不完美。我们会带着各自的痛，彼此安慰。我们都有自己的隐秘愿望——有些是不可能实现的，有些则充满了哀愁——但我们可以找到两人的共通点，发现彼此可以分享和共同实现的愿望。也许，生个孩子会是联结我们心灵的好方法。就算他并不富有，至少我们还可以在同一个层面进行沟通，这是多少钱也换不来的。我们还会彼此相爱——不是彼此迷恋，也不是我跟爱德华之间的那种感情——我们之间的爱情，会是只属于我们的，独一无二的。这份爱会持久忍耐，让我们在任何可能来临的困难当中都不放开彼此的手。

我感激宝葫芦这些年来为我所做的一切，她一直以来就像是我的妈妈一样；但是我不需要来她来批准我的决定。她威胁说她不会陪我去我丈夫家里的，不过她这些年来的威胁一个也没成过真——但说不定这一次，她真的会说到做到。因为，我最近才得知，常恒的家位于一个叫做月塘的小村子里，那里距离上海有三百英里远。

第 10 章　月塘村

从上海到月塘村　1925 年

薇奥莱

夏天的暑热浸透了我的全身，我的脸像是发烧一样蒸腾出潮湿的热气，把脸上的灰尘都变成了道道泥泪。然后大雨再次倾盆而下，冲淡了泪水，软化了路面，也加深了车辙，然后，我们的车又一次陷进了车辙里。

我们在三个星期前踏上了前往月塘村的旅程。常恒说他会陪我们一起走，以确保我们旅途安全而舒适，但就在我们将要启程的几天前，他被叫离了上海。他说，他在南方的某个地方有桩生意，是很重要的事情。他会取道另一条路去月塘，运气好的话，说不定能比我还早到呢。他对我们保证说，我们独自上路会非常安全的，通往那里的路非常好走，而且他从没听说过关于盗贼之类的问题。"可能发生的最坏的事情，"他说，"就是你们可能会觉得很无聊。"

他说对了。我已经疲于长途跋涉，怀疑自己到底还能不能忍受更多的劳顿。

我们一路向西深入内陆，走的那条水路是如此之崎岖，崎岖到没有任何坏蛋会愿意跟着我们。我们穿过城市和县城，经过一个个越来越小的城镇，并且渐渐地，再也见不到火车和卡车，也见不到轮船和联络船，甚至也见不到游艇和撑篙渔船。再也没有什么交通工具，可以把我们从一个河口带到下一个河口了。在河流流经的最后一个滨河小镇里，宝葫芦看见一个赶大车的人在码头等待着傻瓜上钩。他长着一张诚实的脸，管自己叫老蹦。这个名字表示他有很多勤劳的经验。他宣称他的马车是远近五个县里最好的，以前曾是地主家的财产。她跟他讲了一番价，最终租下了那辆看不到沿路风景的珍贵马车，还连带着雇下了两头驴、一辆额外的运货马车、那个男人的服务以及两个壮汉的肩膀——那两个壮汉刚好是老蹦头脑糊涂的儿子。所以，这会儿，我们便坐在了这驾富翁的马车里的弹簧座椅上，被满地的坑洞和车辙颠得七荤八素。由于座椅已经坏了，这辆车便只得脱离了它原本属于的崇高社会阶层，被拴在了一个驴拉的货车上，盖着破破烂烂的油布华盖，披着被蛾子咬烂了的绫罗绸缎。不过，那位赶大车的仍旧坚称，这个奇妙的玩意儿确实是最棒的，要是宝葫芦觉得他在骗人的话，她大可以徒步走过那五个县。

每天早上，她都会重新大骂一通老蹦和他那俩儿子，不只是因为他扯了谎，还因为他犯下的各种其他错误——比如说，他们会没来由地微笑起来——他们要不是在嘲笑她的话，还能是什么意思呢？"他们是那种住在水塘边某个犄角旮旯的蠢蛋。"她对我说，"你根本不知道乡下生活是什么样的，小薇奥莱。你可能会改变你的看法的，不过你能改变的也就只有看法了。在那样的地方，女人们常常自杀，因为除了自杀就再也没有其他逃脱的方法了。"

今天风很大，为了防尘，她在脖子上和脸上戴上丝巾，只露出两只眯缝起的眼睛，看起来就像是被裹成了木乃伊的行尸走肉。风越吹越猛，把她的丝巾都刮跑了。就在一会儿之前，天上还布满了菜花一样大朵大朵的云，而如今，天空已变成了翻滚着黑色蘑菇的大海。我还以为我们已经远离了麻烦，但也许，我们正要迎接更大的麻烦呢。已经有很多迹象表明，我们应该掉头回去：前天，有个车轮松动了，花了好几个小时才修好，行程又延误了；昨天，则是有头驴瘸了，那驴连着好几个小时都不肯动。大风把我的头发吹散，刮过我的脸颊，像树叶那么大的雨滴砸到了我们的脑袋上。我们还没来得及跳下马车、躲到车底下，闪电便劈向了黄绿色的稻田。厚厚的稻草一时向这边倒，一时又向那边倒，显得那原野似乎是个活物，正在因深呼吸而身体起伏，一会儿变黄，一会儿变绿。又一个闪电划过，大雨立时倾盆而下，把我布满尘土的脸冲刷一新，也浇透了我的衣服。在几分钟之内，瓢泼大雨便将车辙泡得软烂，所以，当我们试图往前走的时候，车便陷了下去，卡在原地动弹不得。爱德华曾经在他的游记里记录过相似的窘境：他用木板把车轮像钟盘一样撬了出来，然后自己向前摔了个狗吃屎。想起这段记忆，我不由大声笑了起来，搞得老蹦还以为我是因为看了他为帮我们解脱困境所做的努力而嘲笑他呢。

宝葫芦把脚从鞋子里拽出来，又把鞋从泥巴里拽出来。"这可能就是你的命，但是为什么我也得跟着受罪？我上辈子对你做了什么坏事啊？告诉我，我补偿你，然后我就可以走了。我下辈子可不想再回来给你当驴使，由着你盯着我的屁股，赶着我走快一点。"

当我们终于重新开始往前走的时候，她又说："我们干吗要那么着急地赶到那儿？就为了去见一堆目高于顶、酸文假醋的乡巴佬吗？"

在我们离开上海之前，宝葫芦把各种各样的担忧一股脑儿地砸向我，好让我重新考虑一下。

"他们那帮人从头到脚就是一副孔老九的样子，"她说，"等你老了，变得行动缓慢以后，就会把你的头发全都拔掉。你得对那个大家族里的每个成员都顶礼膜拜，还得按照正确的顺序膜拜，先拜老的再拜小的，礼仪的样式也要因人而异。至于你的位置，你就跟那些母鸡一样，给全家垫底。你觉得马妈妈很残忍？等着你给你婆婆当牛做马以后再说吧！你连想都想象不到。我算是在那样的日子里挺过来了，但也只是勉强没死而已。我们家那位甜言蜜语的流氓说，等我老了、上了天堂以后，就不用再成天提心吊胆的了。他没说，我在上天堂之前还得先绕路去一趟他们祖先村子里的地狱。我连一个月都忍不下去了。我问我自己，我为

316

什么要为了这个傻瓜的老妈送了自己的命呢？我宁愿流落街头，也不愿意给人做小。"

"我去是当大老婆的，不是做小。"

"哦哟！你觉得他们会把你当成上海来的、长着一张美国脸的时髦女人，对你爱戴有加？低头看看你那双乱晃的大脚丫子吧，乡下人见了这双脚准得吓死。还有你那双蜥蜴似的绿眼睛，他们一准会觉得你被狐狸精附体了。他们会紧抓着你犯的每个错不放的，遭到不公平指责的时候你也得忍气吞声，说话的时候要小心，而且永远不能抱怨。你得面无怒色地忍受人们在背后嚼你舌根子，还得心悦诚服地赞同老规矩永远是最好的。"然后她开始假笑着模仿说，"没错，婆婆，您扇我嘴巴子扇得好啊，这样我才能长记性嘛。"她的双手模仿着往后退的步子，"你最好现在就开始练习。"

这个世界上肯定还是有一些善良或者愚蠢的婆婆的；但就算我的那位不巧是位残忍的家伙，假以时日，我一定可以将我不喜欢的东西全都加以改造。我很聪明，只需要花一点时间就可以了。再说了，那位婆婆也不可能长生不老啊。最让我担心的，其实是无聊。

为了扮演好常恒的妻子，我到裁缝店去，叫裁缝给我做一件符合文人之妻、能干媳妇身份的服装。

"妻子！哦哟！"他欢叫道，"你一定让所有的烟花姐妹都嫉妒疯了。在我经手的衣服里，只有极少极少是给那些最后爬到了你这个位置的校书做的。"

"我将要住在他们安徽乡下的宅子里——一个文人世家的故土。他们家出过十代文官了。你知不知道，好多有名的文人都来自于安徽？那里可能不如上海光鲜亮丽，但那里更有文化，更像是文人隐居的地方。你给我做衣服的时候，别做得太亮丽或是太时尚，不要上一季的衣服那种西洋风情。我猜他们那里的人会有点保守。当然了，你也不用把衣服做成那种老掉牙的式样。"

"我会把衣服做得更有历史味道一点——就像浪漫小说里女主人公穿的衣服那种样子。"

"别做成那些悲剧角色的样式，"我说，"我可不想穿一件悼念她们悲惨命运

317

的遗物。"

那裁缝做了四件华美的衣服，一个季节一件。他的手艺一如往常的好，绸缎是最上等的，柔软丝滑，光泽亮丽，增之一分则太滑，减之一分则太暗。但在我看来，这些衣服没有一丝的历史味道，邋邋遢遢的，看起来就像是贞洁的寡妇为防止他人起邪念而穿在身上的衣服，肥大得可以再装下两个我。裁缝对我保证说，我穿上这衣服以后，看起来就是个如假包换的出身高贵的良家妇女。他还做了三件日常穿着的衣服，比较简单，上头连刺绣也没有。冬天的衣服里面塞的不是棉花，而是丝绸，夏天的衣服有着柔软如婴儿毛发的衬里，里面穿的肚兜也是用同样轻薄的材料制成。衣服开口的式样很简单，而衣服的款式，就跟我几年前做的那种被宝葫芦称为"十分风趣"的衣服似的，上面比较紧身，越到下面越宽大，两边的开衩一直开到腰际，被小盘扣松松地系上。这些衣服都很沉静，适合那种静静坐在花园里遐想的生涯。临出发前的最后一刻，我往行李里装上了自己的几件领子不太高、开衩不太长的旗袍。说不定月塘村没有我想象的那么闭塞呢。

常恒在离开上海去处理生意事宜的前一天晚上，为我选定了一个新的名字：细雨。这个名字取自我俩都十分欣赏的唐代诗人李商隐的著名诗句。这一选择暗示了我出身于书香门第——当然，从某种角度来说，这也确实是真的。我的洋人母亲在美国受过高等教育，而且她和家庭教师都给我上过课，让我同时精于中文和英文。不过，我们不会向他的家人解释这么多的。后来，我忽然意识到李商隐是以将非法的爱情浪漫化而闻名的诗人，不由恨得咬牙切齿：如果他的家人真的饱读诗书，他们一定能看出这个名字是打哪儿来的。然而，常恒已经走了，我已经来不及让他给我再挑一个新名字了。

除了我这不合适的名字，让我担心的，还有他的家人对我这副有些西方的外貌会作何反应。常恒跟我说，他会想个法子让大家接受这一点的。不过，就算他们对此感到异议，我也肯定能把他们争取过来。我跟常恒说，我可以假装自己有着满族血统，来自一千年前无数入侵者曾纵横驰骋的北方，跟大清皇帝家族有着遥远的亲缘。为了支持这个故事的真实性，宝葫芦把我的头发染成了黑的。

就在我刚刚解决了一个问题后，宝葫芦又扔给我一个新的问题："他妈会觉

318

得很奇怪，为什么你这么大岁数了却还没结过婚？至于我，这倒很容易解释，我就说我是某个从未收受过贿赂的可敬官员的遗孀，打他去世以后，作为一个品行端庄的妇女，我一直过着传统、安静而凄切的生活。出于美德的感召，我从来也没有委身于任何一个诱惑我再嫁的男人。"

"如果你不先改改你那糟糕的脾气和下流的嘴，他们估计是不会相信你这番话的。"

"而且你最好也别说你是个寡妇。你还得跟他们解释你和我的关系。"

"就说我们是母女？"说完这句话，我就等着她从她那一会儿大一会儿小的年纪中挑一个出来反驳我。

"切！我怎么可能有能当你妈的年龄？我们只不过差了十二岁。我就当你姐姐吧。"然后她迅速地纠正了一下自己，"我是说，如果我决定跟你一起走的话。我不记得你请没请过我跟你一起走了。"

因为我前一阵子傻乎乎地跟她说："你还能去哪儿呢？"打那以后，她就没完没了地拿这件事来谴责我。

她谴责我说，我拿她当要饭的一样，施舍给她同情。我解释说，我已经告诉常恒了，没有她陪着我，我是不可能独自去到他家里那个村子的——是陪着我，而不是要饭。她则说，任何东西都可以陪着我——就连猫都行，而且我肯定能在我的新家里找到很多新的同伴陪着我的。

"你去那儿是去当常恒的新妻子的，你有个奔头。如果我没有什么奔头的话，我就不该一起去。我可不想大老远的跑到那里以后才发现这一点。我可以安排好自己的新生活，你不用可怜我。"过了几分钟以后，她又说："但是如果有什么不得已的原因，我决定还是跟你一起去了，我也得需要一个新名字。"她念叨起自己想出的各种备选名，有些太骚气了，有些则相对于她的受教育水平显得太文艺了一点。最后她选定了"晚霞"这个名字，让我觉得简直太可笑了：她身上可没有那种晚霞般慢慢淡去的气质，"闪电"或者"雷雨"还更适合一点。

等到我们按计划该动身的前一天，宝葫芦终于想出了一个必须要陪我一起去的理由，用以挽回自己的脸面："小薇奥莱，我刚听一个丫头说了一件很可怕的事。她二十五年前曾经在一个文人家庭里做过事，一个美国姑娘成了家里大少爷的妾。他把她带回家，而他妈拿这姑娘当奴隶一样使唤，不管那个美国姑娘干什么，都没法让家里的任何人满意，就连她丈夫也对她不满。进了他家门以后过了没多久，她婆婆就把她打死了，没有一个人管她。美国方面说，他们没法干预中国人的家事，而这也就是为什么他们不鼓励美国人跟中国人结婚的原因。中国方面则说，她张狂无礼，死也活该。这倒是真的！她因自己血液里美国人的傲慢张狂而死，而她的身边也没人去保护她。"

她等着我的反应。这个故事是我很多年以前讲给她的，因为当时我不小心听到妈妈和金鸽聊起了这件事。不过，我知道这个时候我该说什么："唉呀！你要跟我一起来，我太高兴了！你必须保护我不受任何类似的伤害。你会愿意为我这么做的，是不是？"

在我们的旅途中，宝葫芦不时会传授给我一些身为长姐的智慧，让我用在适应自己的新生活上。

"很快你就不再需要你看的那本书了。你得不停地忙着绣手绢，直绣到你的眼睛干掉、瞎掉。还有，忘了在任何时候都能吃到想吃的东西这回事吧，在那种穷乡僻壤，根本就没有餐厅，也没有跑腿儿的帮你把你舌头渴望的东西拿过来。你再也不能只因为汤有点油，就把它退回厨房重做。你能吃到的只有前一天剩的东西，已经发霉变质，所以没有任何其他人愿意去碰。当然，最可怕的还在后头：你每天都得天刚亮就起床，然后忙个整天整夜，直到第二天日出也未必能合眼睡觉。这就是乡下的生活，我记得。"

她的话被那两个正在讲笑话的儿子的狂笑打断了。"……那个狗尾巴村的蠢货相信了那个骗子，付了两个大子儿买下那副飞天羽毛，然后从悬崖上跳了下去。那个蠢货说，他很怀疑那羽毛到底有没有用，但是他也不想白白浪费了那两个子儿。"

老车夫冲将过来，用手里的一根麦秸猛抽他儿子："我要把你们的脑袋抽开，把那里头的屎尿都掏出来，这样你们就不会再蠢到不知道干活是什么意思了！"

"你看见了吧！"宝葫芦说，"从今往后你就得天天听见别人说这种粗野的话了。"

宝葫芦已经疯了。她就好像有着一种无法得到满足的冲动，要源源不断地挖掘对我的警告和自杀式逃跑的故事，根本停不下来。我觉得自己过不了多久也要疯了。

"我们在上海多自由啊。"我听到宝葫芦用伤感的声音说。接着，她又用她在上海长说的那套老生常谈开场："你就应该听我的，拿你的积蓄自己开一家高级妓院。我们可以去另一个租金比较便宜、竞争比较少的城市啊。但你偏不，你想当一个受人尊敬的夫人。你是不是把你所有钱都给他了？还有你的珠宝呢？为的什么呢？就为了在那个隐士都要去死的地方受人尊敬！咱们俩人的脑子加在一起，本来可以想出别的办法的——"

"俩人的脑子？这些想法根本就是没脑子的想法，就跟我想要结婚的梦想一样愚蠢。要是我们采取了你的计划，会成什么样呢？如果我们失败了，你和我又该落个什么下场呢？我们太老了，根本没有资本独自创业了。你都快五十了。"

"哇！五十？现在你开始多报岁数，好侮辱我了？"

"如果我留在上海的话，我很快就该沦落到日本租界里的窑子里去了。在那儿，听见客人叫我的名字，我就得立刻张开双腿迎接他们。要不是我让你当我的丫头，你本来也会沦落到那种地方的。"

宝葫芦不由往后斜过身子："哦哟！你让我当你的丫头？"她愤怒了，跳下马车："丝毫不知感恩！如果你不愿意听我的，那么好，我再也不会跟你说这些事了。我这辈子都不会再跟你说任何话了。对我来说，你就是个鬼魂。一到下个村子，你走你的阳关道，我过我的独木桥，我跟你保证，永远！你听见了没？那样咱俩就都高兴了！"

这些年来，她不时会赠我以一连几天的安静，但不幸的是，这一次，才过了两个小时，她就打破了她的保证，又开始跟我长篇大论起来。

"总有一天，你会到我的坟前，边哭边说：'宝葫芦，你是对的，我当时太傻了。如果我听了你的话，我就不会躺在月塘村的一间便宜茅草房里，让那些农民花两个子儿就在我身上打一炮了。如果我听你的，我就还会是个人，有自己的名字，能记得自己本该成为什么样的人……'"

我干脆不再听她说话。她所说的每一样东西，我都想过，而且为此深受折磨——其实我想过的，比她说的还要更多。我已经改变了太多次自己的生活了。我无数次走上舞台，制造爱的幻象，搞得我都已不记得爱到底是什么了。我看了看常恒送我的戒指：一个很细的圆环，无比轻易就能弄碎。我穿越三百英里的距离，就为了假装成一个自己不是的人，为了和一个我必须说服自己去爱的男人一起生活。我在追逐幸福，那虚假的救赎，一路来到一个荒凉的所在。我可能根本就找不到幸福，而就算我真的找到了，那可能也不过是我脑子里制造出来的幻觉而已。如果我把那幻觉当作真实紧抓不放，那么，我的存在也将被囚禁于那片幻觉之中，无法脱身。

我曾害怕这样的情形会发生在小芙洛拉身上。过去一段时间里，我曾经每天晚上都拿出她和爱德华的照片看，直到后来有一天常恒说，这让他胡思乱想，觉得我可能会在和他做爱的时候想着爱德华，时刻都在将他和爱德华进行比较，并且希望我可以和小芙洛拉在一起。所以，我便把他们的照片收了起来。但在我的心里，我仍旧常常对她念诵那句话："要竭力抗争啊，决不顺从。"在我找到她之前，我希望她都能坚强地活着。

日子艰难而缓慢地过去，我开始后悔没有做一些适合在毒日头底下和倾盆大雨中穿的衣服了。从我那些较为简朴的夏衣中，我挑出自己最喜欢的一件，翠绿华尔纱做的小衫。当第一块泥点子玷污了小衫袖子的时候，我简直无比痛心，而当风儿将小衫吹得飘飘洒洒时，那景象看起来竟也像极了葬礼上的灵幡在飘扬。

宝葫芦现在进入了多愁善感模式，一件一件细数着我们正在远离的舒适与快乐：评弹剧院，音乐，歌唱，无拘无束大笑的自由，以及我们那些让自称良家妇女的女人满脸妒羡的奇丽衣衫。还有还有，我们不是还会在赌桌上替我们的长客下注，运气好的时候就能收到好多钱嘛？

"回忆一下跟我们的客户一起乘着马车兜风的时候，"她说，"那会儿我们多快乐啊，乘着车穿过城市，跟那些在庙里进香供养的女信徒们招手。回忆一下，看到外国女人皱眉怒目地看着我们，而她们的老公却冲我们秋波暗送时，咱们笑得有多欢乐啊。想想曾经爱慕过你的那许多男人，他们为你痴迷，为你一掷千金。那会儿的日子就是这么美好，而现在一切都结束了……"

我闭上眼睛，假装在打盹儿。

车忽然停了，我睁开双眼，意识到自己刚才的确是盹着了。路右边是陡峭的山壁，左边则是断崖。在大约一百英尺前方的路面上，覆盖着将另一辆大车冲下山崖的泥石流的痕迹——惨剧就发生在十分钟之前，一个男孩告诉我们。一家六口全掉下去了，他们的马车变身一艘小船，在一股泥的洪流中，将他们带向死亡。"现在已经看不见他们了，"他说，"只能看见一只胳膊和一个脑袋顶。那只胳膊就在刚才，刚刚停止了挥动。"他做手势让我们过去看。所有人都去了，就连宝葫芦都凑了上去，但我却留在了车旁。我为什么需要去参观另一个人的厄运呢？为了庆幸倒霉的不是自己？还是吓唬自己说自己将来也有可能遭此不测？

老蹦宣布，路走不通了。我们得调头回转，但他知道一条近路，能省下不少时间。很快我们便知道，那条近路甚至都不能算是条路，而只是一条穿过油菜籽田的小径，宽度将将够马车轮子通过。老蹦一边驱车奋力前进，一边表扬起自己："看见了吧？哪本书里会告诉你该往哪儿走？"几个小时以后，老蹦开始骂骂咧咧，而驴也停下了脚步。小径被崎岖的沟壑割裂，车轮和驴腿都不可避免地会打滑。我们掉转方向，向另一片田野里驶去，几个小时后，一块十个壮汉才能推动的巨石拦在了我们面前。我们又换了一条路，而这回等着我们的，则是农民用陶片挖出的满地坑洞。那些坑洞乱七八糟有如迷宫，专等有人落入陷阱。"仇恨会让人变聪明。"老蹦嘀咕起来。现在，比起预期的时间，我们的行程已经落后三天了，而我们却还在向后滚着车轮，因为我们没法把马车掉头。照这个速度下去的话，常恒很可能要比我们还早到家了。不过我倒很乐意这样。

"好消息！"几天后，老蹦向我们宣布，"我们很快就能到宏运河了。咱们可以从那里搭渡船，只消两天就能到月塘村了。"那个镇子，他说，既是个熙攘的港口，又是县政府所在地。河里挤满了船只和舢板，将各种各样的食材运来此地。

我们可以从当地的十多家旅馆中随心挑选一家。"那些旅馆可干净了，就连你都会满意的。"他看着宝葫芦说，"我上次来这里的时候还是个小伙子呢，但我现在回想起来，还跟昨天一样清楚：那些露天的戏台子和杂耍演员，小男孩们手撑着手摞起来，然后又脚顶着脚摞起来，然后又手撑着手摞起来……那里的姑娘比我在其他任何地方见到的都好看，而且还又和善又害羞。哦，还有那些特别辣的小吃——自打上次尝过之后，我就经常在记忆里回味那个味道……"

不管他曾经品尝过的是什么，都只能停留在记忆里了：宏运河里没有运河，也没有大河，甚至连条涓涓细流都没有，那不过是一片泥沙平原罢了。老蹦跑来跑去，不断骂着粗话："我他妈肯定是走错路了！"一个站在阴暗门廊里的男人说："这就是那个地方。"

我们从他口中得知，二十年前，曾哺育了运河的大河发了一次洪水，自此改道。老河道和新河道边上的许多村子都被淹了，洪水退去后，留下了一片没有色彩的鬼城。镇子里仅存的居民，是那些想与自己那些被淹死的家人一起埋在故土的老乡。

"我这是什么命啊，为什么要让我到这个地方，亲眼目睹这一切哟？"宝葫芦说，"为什么要让我看到这个啊？"

老蹦没好气地说："别怪我啊！你觉得我能知道过去二十年的所有天灾人祸吗？"

镇子里的巷道留了下来，房子却全被做饭的烟火熏黑了，使得整个镇子看起来就像是被烧毁了一样。一座位置很差的茶楼坐落于几根细木棍的支架上。这有什么？如果你走进茶楼去喝茶，这个地方就会成为你的棺材。杂耍演员的戏台子已经塌了，废墟的缝隙里塞满洪水带来的各种东西——破水桶、镰刀，还有高脚凳。想到那些物件的主人可能正埋在这堆废墟的底下，我不由打了个寒战。

旅馆老板看见我们以后乐疯了。我们是这二十年来的第一拨客人。在带我们往客房走的路上，他向我们吹嘘说，这里曾经住过一位差点横渡宏运河的爵爷。"我们建了一座宏伟的拱门，上面涂满红色和金色，几个角上都雕刻着飞龙。我们也拓宽了道路，种了树，整修了寺庙，清洗并修补了神像……但是在那之后，洪水来了。"

当他打开我们的房门时，尘土打着旋儿升腾起来，就好像屋里的鬼魂住客醒了过来似的。一架干瘦如骷髅的木床上面，睡着一窝死老鼠，而床上的被子不过是一堆羽毛碎片罢了。这并不是我们这一路上见过的最差劲的房间——在有些地方，床上的老鼠还活蹦乱跳呢。宝葫芦和我把那堆乱七八糟的东西挪开，冲洗了地板，把自带的席子铺在那床的光秃秃的木架子上。我睡得断断续续，因为宝葫芦时不时会发出一声尖叫，把我吵醒。有一次，她说她睁开眼睛，看见一只老鼠正捻着胡须，就好像正在思考要先吃掉她的哪只耳朵似的。然后便轮到我尖叫起来了，因为我看到那只老鼠就在我俩正上方，蹿过房间的横梁。第二天早上，我们看见老蹦跟当地的一个农民聊着天，那个农民五官周正，但皮肤被晒得很糙，完全看不出到底是三十岁还是五十岁。他朝我看过来，然后我听到老蹦跟他解释说，我看起来像个外国人，但实际上是个中国人。

"好消息，小姐。"老蹦满面笑容地说，"这个男人知道怎么从这儿去到那里。前面有一条硬泥路，洪水把路上的石块冲走了，又把坑洼的地面填平，随之而来的旱灾则把那些泥土烤得又硬又结实。没什么人走过那条路，所以路上也没什么车印。"

"如果这条路那么好，那为什么没人走呢？"

"大家都管这条路叫鬼路，"那个男人回答，"因为山上的一个村子被洪水整个冲下山来——包括所有的房子，人，牛——一切都被碾碎，浩浩荡荡冲到这条路的下个路口，那堆悲惨的烂泥浆就成了现在这条平滑的白色大路。反正大家都是这么说的。"

老蹦不再笑了："你走过这条路？"

那男人迟疑了一秒："我没有要往那个方向走的理由。"他说，"你也可以走另一条朝东的路，但要多花一天时间。那条路没有那么平整，而且这几年强盗经常袭击路人。我听说强盗今年只杀了几个人，不过在过去，有饥荒的时候，他们杀的可不止这么点人。你没法儿怪他们，他们也得吃饭啊。如果你们决定走那条路的话，就用不着操太多心了，他们最近一直用来打劫的，是一些死掉的外国猎

325

人留下的火枪——不过他们也有一半时间是不开枪的。反正，看你们自己怎么选了。"

老蹦不自在地点了点头："我们挑最近的那条路。"

"那就是那条鬼路咯。好吧，那你们听好了：你们沿这条路往西去，到下个村子以后，看到岔路，接着往西去，这段路大概要花两天。然后你们就会来到那片白色的地方，我刚才也跟你们说了，那里头全是白骨。在这条路上又要花两天时间。然后你们会走到一个路口，从那里既可以继续沿着鬼路接着往西去，也可以向北，走上一条比较颠簸的道路。选择往北走的那条路，一直再走两天。看到路再次分叉的时候，走左边那条朝着波涌山去的路。那座山的形状看起来就像是屁股和乳房，你们肯定能认出它来的。接下来，你们就可以尽情享受好几天在那些屁股和乳房之间绕进绕出的日子了。"他看了看我和宝葫芦，"不好意思。"他冲老蹦咧嘴一笑，"从两座山峰间的一个狭窄的口子穿过去，就出山了，出来以后，你们会看见脚下有一条夹在矮山之间的狭长溪谷，当中弯弯曲曲流过一条河。溪谷的尽头有五座山，月塘村就在其中一座山的山脚下，等你到了那儿就知道了，因为再往前就没有路了。那些山很高的，所以别傻乎乎地以为你们很快就能走到。光是绕出波涌山，就得用一天时间。还有，你们到时候最好在马车边上系上足够多的绳子，因为山路比看起来显得还要陡。你们得抓住了绳子，以免你们的重量把驴压得冲下山崖。山脚下有个村子，你们可以住在那个村子里，也可以继续往前走七八个小时，直接到月塘村。"

两天后，当我们到达鬼路的时候，宝葫芦、老蹦和他的两个儿子都沉默了，直盯着那白花花的地面看。但我看那不过就是普通的白泥罢了。

"这个比白泥可白多了，"宝葫芦说，"就像是盗墓者挖出来的白骨。我跟我那个刁婆婆一起生活的时候，在村子里也看见过这种颜色的骨头。"

我们继续往前走。一只车轮发出尖叫，听起来像是受伤的动物在嚎叫。每当树林里传来声响，宝葫芦都会喘着粗气紧抓住我的胳膊。我还没来得及叫她别再这么搞笑了，便感到一阵寒意蹿过我的身体。老蹦每次都只让驴歇上一小会儿，给它们喝水的时候也很快就把水拿走，搞得驴都开始抗议了。

"你怎么会相信那些关于鬼魂的瞎扯呢？"我对宝葫芦说。

"你在上海觉得是瞎扯的东西，到了乡下就不是瞎扯了。那些完全不顾警告一意孤行的人，往往还来不及承认自己罔顾警告实在是太傻了，就已经死掉了。"

到了傍晚时分，老蹦和他的儿子争论起来：到底是该继续往前走呢，还是停下来睡觉，只留一个人站岗。驴儿们打死也不走了，正好替我们做出了决定。如果它们累死了，我们就得永远困在这里了。每当树丛里传来沙沙声，他那俩儿子都会大喊大叫，挥起他们的长刀向空气猛刺一通——就好像他们可以把那些已经死掉了的鬼魂再杀死一次似的。

在黎明破晓之前，我们就再次启程了。刚过半上午，车轮便开始因坑注和碎石而颠簸作响——我们已经离开了鬼路，上了那条朝北去的糙泥路。接着我们又穿过了波涌山。在第二天黄昏之前，我们来到了那个被两座山挤出来的开口。我们看到了脚下的溪谷，以及蜿蜒整个溪谷的河流。溪谷两侧尽是低矮的丘陵，丘陵上满布梯田，正是丰收时节，稻田的绿色染上金色的调子。在溪谷的尽头，有黑压压四座大山，一座更比一座高。在第二座山和第三座山之间，有一团漆黑的雷雨云低垂着粉色的乳房。阳光穿过云团，下面的土地散发出耀目的光。而月塘村就坐落于那片光芒之中。

那景象很美，但却给了我一种不祥的感觉。我刹那间就明白了这是为什么：我曾经见过很多次这样的溪谷——在陆成送给我妈和爱德华的画里。此时此刻，我在望着的，是奇幻山谷啊。难道我一直以来都注定要来到这里吗？我曾经偷偷观察过很多次那幅画。爱德华相信，画中的溪谷是在黎明破晓、万物苏醒的时刻被照亮的；而我却说那是在黄昏，所有生命即将落幕的时分。他觉得那片黑云就要离去，暴风雨已经止歇；而我却觉得暴风雨才正要开始。所以，看采我俩都对了，也都错了。奇幻山谷正是黄昏，暴风雨即将离去。

"只有四座山，不是五座。"宝葫芦说，"那个农民不会数数吧。"

四座山。那幅画里有五座，其中两座在金色的开口左边，三座在右边。天色忽然一变，雷雨云稍微移动了一点，我们便看到了那第五座山——庞大的一座山体，俯瞰着所有其他四座山峰。那幅画原来是个预兆。我仔细寻找眼前景象与那幅画的区别，真的发现了一些：这里的溪谷更加狭长，山上还有梯田；而画里的山脊则更加参差不齐。实际上，除了都有五座山、一条溪谷和一团雷雨云之外，这里的景象和画里完全不一样。在画里，背景处好似有一种闪闪发光的东西，而在这里，背后则只有山。

溪谷终于渐渐显现出了它自己的形状和色彩。我对自己说，这里一点也不阴郁。黄昏会埋葬我的过去，让它永远成为一个秘密。明天会是一个明亮的开端，我会成为一位夫人，常恒会在那里欢迎我的到来，而我俩会过上一种文人的宁静生活。我们会一起在山间漫步，从大自然中得到灵感，写成诗句。谁知道呢，说不定我们还会生个孩子。我想到了小芙洛拉，悲伤便突如其来地袭上心头。住在离海这么远的地方，我可能永远都找不到她了。我到时候不得不跟常恒坚持要求回到上海，去看看那里有没有一丁点儿的消息。

我们跳下马车，老蹦引着驴儿们沿着小路朝山下走。太阳落山了，炊烟袅袅升起。我们经过一条两旁都是民家的小河，来到一个小小的、角落里矗立着一座小庙的市集广场。一家酒馆的幽暗入口传来一个男人的叫声，唤我们进去喝上一杯，解解渴。老蹦欢天喜地地接受了这个邀请。我们站在一堵石墙的阴凉里，男人、女人、孩子，甚至还有狗，都盯着我们看。我看到那个掌柜在跟老蹦说路，他朝前方某个未知的地方指去，把头转向某个方向，手也随之扭到那个方向；然后，他忽然把身体扭出一个很大的角度，接着踮起脚尖，眼睛却朝下望去，仿佛是在望着某个想象中的、我们可能会陷入的危险；他的眼睛继续朝下望着，又踮了一次脚，紧咬牙齿，蹲下去，又蹦了起来，双手朝下扑打着，像是扑腾的鱼一样乱摆；突然之间，他不动弹了，双臂朝前直直打去，一只眼睛朝上翻，就好像在看望远镜似的；然后，他放下手臂，冲老蹦露出满意的表情，以表示我们已经安全抵达月塘村了。老蹦重复了一遍那些动作，掌柜的点头赞许，并耐心纠正了两遍。老蹦很满意，掏钱给那掌柜的买了一小瓶酒，掌柜的便再次朝我们该走的方向指去，一只手朝前冲去，好像在告诉我们要走得更快一点。有两个年轻男人从酒馆里走出来，不怀好意地瞅着我看，还肆无忌惮地大声议论起我的外国人长相，猜测着我在床上尝起来会是什么味道。

"操你妈。"宝葫芦说。

他们笑起来。

老蹦付完钱后回到我们身边。"好消息……"他开始说。

宝葫芦打断了他："别再老是好消息来好消息去的了，这句话简直就跟句诅咒似的。"

"好吧，那我跟新娘子说。"他转向我，"这里有个寡妇，她丈夫死了以后就疯了，除了在迎接投宿者的时候，她永远都停不下来地刷墙和擦地。"

那天晚上，我洗了个凉水澡。当我把头发里的泥巴搓下来的时候，那个疯女人把另一个装着干净水的小木桶拖了进来，让我爬进去，然后把我刚才用的那个木桶挪了出去。她又这么做了两次，最后我不得不跟她说，除了我自己的皮肤以外，我已经把能洗的都洗下去了。

第二天早上，我们醒得很早。我穿上衣服——那个疯女人已经把衣服上的灰尘都拍打干净了。这是那套叶绿色的小衫和裤子。宝葫芦则穿上一件深蓝色的上衣。我们从来也没穿过这么俗气的衣服，但那寡妇见了我们以后却张圆了眼睛和嘴，我头一次听见她开口说话："我死也瞑目了，"她用乡土的口音说，"神仙的夫人竟然在我的房间里洗了澡。"我很高兴我们给她留下了这样的观感。这套衣服是我将要穿着去见我婆婆和家里其他人的，而且我还会见到常恒。算上所有的延误，我们已经比预定的行程晚了一个礼拜了。

当我们登上马车时，暑热浸透了我的身体。车轮再次转动起来，把泥土扬到我们脸上和衣服上。我们不时拍拍打打对方的衣服，扬起一阵阵呛人的尘雾。风儿猛刮，细砂又一次粘在了我们身上。走着走着，我们前方的视野，就被极乐山和它四个儿子的身影给遮蔽了。现在我们是在它们的影子里前行了。

"离得越近，能看到的就越少。"我喃喃自语道。

"等我们到那儿的时候，就该成瞎子了。"宝葫芦回答说。

在剩下的路途中，我什么都没有说。我越来越紧张，脑子里想象出常恒家人的样子：文质彬彬却陈腐冥顽，很有礼貌，为我们一路来到此地所受的艰辛困苦表示哀叹，言辞显得有点过分讲究。我想象出一座大大的庭院，想象出平滑如镜、

329

倒映出青山的池塘。路在河边蜿蜒盘旋着，河两岸都有农民在收割稻谷，镰刀挥过之处，稻穗散落一地。他们停下手里的农活，望着我们，脸上没有一点表情。

我们来到一座很窄的废桥边。很明显，昨天那个掌柜的警告我们的，就是这段旅途中危险的部分。河水湍急，流过巨大的砾石，在石块底下翻滚搅拌，发出巨大的轰鸣，我们得大声喊话才能听见对方在说什么。过了河以后，我们上了直通村子的大路。没走多一会儿，大路就缩窄成了小径，并逐渐变成了穿过一座座房子外墙之间的隧道。几分钟后，小径豁然开朗，我们的面前出现了一个市集广场。广场上有一座寺庙，寺庙柱子上的红漆都剥落了。现在是黄昏前的一个时辰，大多数摆摊卖小吃的人都走了，但广场上还留有几个小摊，分别贩卖篮子、葬礼用品、酒、盐、茶和粗布。我的生活正在以每一秒的速度飞速恶化着。穿过广场，我们又进了另一个隧道，钻出隧道之后，我们的正对面便出现了一个巨大的圆形池塘。池水不是清澈的蓝色，而是因池中的水藻呈现出绿色。而且，池边也不像我想象的那样环绕着绿色芳草岸，而是排列着一堆乱七八糟、参差不齐的破房子，看起来就像一张在打哈欠的绿色大嘴里露出的歪歪扭扭的上牙和下牙。在这堆房子的尽头，矗立着一座两层楼房，黑压压的屋顶覆盖在堡垒般的墙上。跟别的房子比起来，它看起来十分宏伟，但仍旧比我想象的要小得多——比陆成的房子小多了。我现在才意识到，我在脑海中，是把陆成的房子当作自己未来的新家了。我看了看宝葫芦，发现她的眼睛因震惊而睁得浑圆。

"我是梦见我的过去了吗？"她说，"我希望这条路一直往前走，能去到另一个完全不一样的池塘和房子面前。"

我感到口干。"我口渴死了，"我对宝葫芦说，"等咱们到了那儿以后，叫佣人们立刻端茶给我，还要热毛巾。"

"哦哟！我是你的大姐姐，可不是你的下人。你最好赶紧费心尽力地来服侍我，要不，我才不会原谅你把我带到了这么个地方来呢。"

宝葫芦那风中凌乱的头发看起来像个被废弃的燕子窝。我的发型看起来肯定也一样惨。我们叫老蹦停车，我从行李中找出自己的旅行用梳妆匣，打开盒盖，镜子弹了出来。当我擦掉镜子上的污垢，看到自己脸上那布满灰尘的皱纹，不由倒抽了一口凉气。两个半月的烈日与风霜，俨然已经把我变成了一个老太太。我发疯般地拉开小抽屉，寻找那罐珍珠霜，抹掉了一些过分的岁月痕迹。我们帮彼此把头发梳通，紧紧绑在脑后。一大通折腾后，我们终于捯饬好了自己。我让老蹦派他一个儿子先上前通报我们就要到了，这样，他的家人才能趁此工夫，赶紧准备好迎接我的到来。

我们来到了盛家的外墙边。白色的灰泥已斑驳破碎，一些地方已经露出了大块大块的土砖。这房子怎么失修到了这种程度呢？修修门换换锁，真的花不了多少钱啊。可能是因为佣人们没了夫人的管束，都变得懒散了吧。

马车终于停下，车轮不再出声，我们来到了正门前。正门有两人高，没有人在门前迎候我们。有那么一段时间，我们只听得见疲惫的驴儿那起伏的喘息和喷鼻声，以及我自己心脏的怦怦跳动声。

老蹦喊了起来："嘿！我们到了！"

大门仍然关着，肯定是门卫偷懒睡着了。老蹦用手指摸了摸铜门环。两扇木门上只残留着几块卷了边的红漆。他抬头望向门上挂着的石匾，上面写着一些字，但石匾已经残破不堪，完全看不出写了什么。"不算差。"老蹦说，"你能看出来，这个家族曾经还是富贵显赫过的。"

老蹦叫了三声以后，我们终于听到有个男人大声回话，同时还听到为打开两扇厚厚木门而滑动门栓的声音。没有烟花盛放，也没有红旗飘扬。这一定不是这里的习俗。常恒在哪儿？

六个女人和六个孩子一动不动地静静站在光秃秃的院子里。我猜想，以老派的标准看，她们的样子要算是可敬和矜持的了。她们的衣服做工精细，但布料色彩暗淡，大多都是暗暗的蓝色、棕色和灰色，并且，正如我所恐惧的，是寡妇和老女人才会穿的那种式样。就连比较年轻的女人也穿成那个样子。我们带来的衣服在上海算不得时髦，但它们到了这里可算倒了霉，我们成了乌鸦群里的孔雀——落汤鸡模样的孔雀。也许她们在等我先开口，就像皇室迎接国宾时那样。宝葫芦不是说过，他们的礼仪比我们要落后几千年吗？常恒曾说家里有五代同堂，我迅速对那些我得去逢迎讨好的人物的面部进行了一番观察。那个最老的女人一

331

定是曾祖母，她的脸是我见过的最干枯的一张脸。她的眼睛看起来十分暗淡，就像是即将离世的人一样。另一个老女人脸上的褶子比较少，我猜这个是祖母。至于他的母亲，估计就是那个表情冷酷、姿态倨傲的女人，这是我必须赢得或者征服的婆婆大人，我现在必须得拿出甜言蜜语来了。人群里还有另外两个女人，一个比我还年轻，另一个则比我稍大一点。稍大一点那个顶着一头上海几年前流行的发型：中分，两边各有一簇发卷，勾勒出脸部的轮廓。我只简单地扫了她们一眼——她们没有那么重要——就开始寻找常恒的儿子。人群里有五个男孩和一个年龄较长的女孩，我一眼就从中认出了他四岁的儿子，因为他的耳朵、眼睛和眉毛长得都跟常恒一模一样。他正在观察我没有缠足的脚。

我的新婆婆终于用严厉的声音开口了："那么你到了。你对你的新家作何感想？惊讶？满意？"

我背诵起预先演练好的生硬台词——赞美他们家族的名望、十代文人的美德，以及我能以正妻和长子之母的身份入主这里的荣幸。排练好的台词里本来有一句说，我觉得自己配不上这个地位，但我把它咽了回去。

她转向那个梳着两簇发卷的女人，说了句什么话，搞得那个女人抬起下巴冲我冷笑，就好像我刚刚侮辱了她似的。我发现，她实际上相当美艳。

宝葫芦假笑着说："我们一路上都在担心，你们会不会等得不耐烦了。那路，那天气，还有一场特别危险的泥石流，差点把我们冲下山去……"

婆婆打断了她的话："我们知道你们什么时候会到。就连你们穿的夸张衣服会是什么颜色，我们都猜得一清二楚。"

夸张！她是想侮辱我们吗？院子另一头的两个男人冲我们挥起了手。是酒馆掌柜的那两个不怀好意的儿子。

老蹦冲他的两个儿子吼，让他们把我们的东西搬下来。那些东西被重重摔在地上，一圈尘土的光环在它们周围升腾起来。一名佣人十分小心地看着那位婆婆大人。

"把她放在北厢房里。"那婆婆说。

北！在任何一所房子里，北都是最差的方向，风大，没太阳。常恒的房间肯定不会在那里。还是说，在正式的婚礼之前，让新娘子住在远离正房的地方，是这里的传统？

"然后把她丫头的东西放在她边上的房间里。"

宝葫芦一歪头，带上一副假笑："恕我多言，我是她的长姐，不是她的丫头——"

"我们知道你是谁，"婆婆打断她的话，"也知道你两个在上海干的是什么营生。"她满脸鄙夷，"这不是常恒第一次带个婊子回来做妾了。"她看向我，"但你是第一个外国混血。"

我惊诧得连思考和说话都做不到了。宝葫芦激动地说："她不是一般的婊子，她是——"她及时悬崖勒马，住了嘴，更改姿态，打起精神，用一种威严的声音说："她来这里是做夫人的，不是来做小妾，这是常恒对她的保证。要不然，我们为什么要大老远地从上海来到这里？你们必须要和常恒谈谈，好消除这个误会。"

"丫头是没有资格对我说我必须做什么的。如果你再敢这样的话，我保证会把你打昏过去的。"

我的理智终于复苏，赶紧一把捉住宝葫芦的手臂。"没关系。等常恒回来，我们会把事情解决好的。"我终于明白我这位未来婆婆对我的苛待，到底是怎么回事了。这个乡下贱人觉得我会被她吓倒吗？连长三和老鸨的花招我都能化解，她根本不是我的对手。我只需要耐心观察她在乎的是什么，她的弱点就藏在那里，我会亲手揭开它，重创它。

"我们累了。"我说，"请带我们去房间吧。"一个长相端庄美丽的女人对婆婆说，她会把我们带过去，而婆婆则对她报以一个怪里怪气的微笑。

穿过整座房子时，我注意到这里的摆设，是由新家具和修补得很差劲的旧家具所组成的一种古怪混合体。供桌很大，材质上乘，但桌面却留有灼烧的痕迹。祖先的画像被撕成两半后又笨拙地拼在一起。我们穿过连接两个院子的走廊，终于来到了那个最偏远的院落。这个被忽略的小地方更像是个祠堂，里面只有两丛灌木，一个干枯的池塘边上摆着一块瘦骨嶙峋的供石，还有两个布满苔藓的石凳。

一张蜘蛛网罩在门上，就好像要阻止我进门似的。我扫开那蛛网，打开门，发现里面比我想象的还要糟糕——只有一张快要散架、连床帘都没有的床，一个廉价木料造的衣橱，一个矮木凳，一个长椅，以及摆在床底下的一个矮矮的木制夜壶。房间扫过了，但角角落落仍旧很脏。如果我站在房间中央，只能向各个方向走上一步，要不就会撞上房间里的家具。

宝葫芦从门廊里看了看她的房间，不由叫了起来："哦哟！我要住在一个鸡笼里呢。我下的蛋在哪儿？"那里只有一个窄床，一个凳子和一个夜壶。她不断咒骂着。"这里的人都是怎么待客的？我们没得到茶和水果，只得到侮辱。她们管我叫丫头！"她转过身，朝那个面容端丽的女人说："你还在这儿干吗？幸灾乐祸吗？"

那女人叫住一个经过走廊的丫头："拿茶、花生和水果来。"我们的包裹也送到了，但我才不会费劲去打开它们呢，常恒随时都可能回来，那个时候，我的东西就会被送到他的房间里了。我还得看看我能怎么安排一下宝葫芦和她的住宿。我没法一下子解决所有事情。我们坐在院子里，等到茶一端来，便狼吞虎咽地喝了起来。闲谈和小口慢品什么的可以省省了，我为什么要费心给这个女人留个举止优雅的印象呢？

"你是谁？"我问那个女人。

"我是二姨太。"她简单地说。

我很惊讶她竟然会说上海话。她一定是常恒的哥哥或叔叔或表哥的小妾。

"所以说，你要算三姨太了。"那女人说，"你可以过一会儿再向我行礼。"

这个上海女人是谁？"你可能是这里其他什么人的二姨太或者十六姨太吧，"我说，"但我是常恒的大老婆。"

"我该不该发发善心告诉你，你来到了一个什么样的家庭？这可以让你不用受到我忍受过的那些暴打和心碎。你的震惊和难以置信，只会让这所房子里的其他人看乐子罢了。"

"什么乱七八糟的。"宝葫芦咕哝道。她僵直的身体，透露出她现在很紧张。

"我敢肯定，你会捏造出各种各样的谎话，希望把我们赶走。但我告诉你，就算我

334

们要走的话，也只是因为我们自己选择离开。"

"我才不会那么做呢，阿姨。"她对宝葫芦说。

宝葫芦回击道："我才不是你的阿姨，也不是任何人的丫头。我是姐姐。"这是一句轻微的侮辱，那个女人至少比她小了十岁。

"就算我想把你们赶走，也没法子啊！你们还能上哪儿去呢？赶马车的人已经走了，这个镇子里也没有其他车夫可雇。而且，我为什么要撒谎呢？我没有什么可隐瞒的，这所房子里的任何其他一个人，都会跟你们说同样的话：你是常恒的三姨太，不过是又一个来这里寻求安逸未来的上海倌人罢了。"

我的心脏和脑子都发出怦怦的声音。

"常恒跟你讲过他的发妻吗？"她说，"宝蓝，他在遇到你之前的真爱，跟读书人一样聪明，死于十七岁——还是二十岁来着？多么悲伤的一个故事啊，是不是？"

"他告诉过我了。"我说，"夫妻之间没有秘密。"

"那么他为什么没有跟你提起过我呢？"

她在设什么圈套？

"还是不相信我？"她装出一副很失望的样子，说，"让我猜一猜。他跟你读了这首诗吗？'相见时难别亦难'。他是不是没跟你说，这首诗是李商隐写的？"我想扇她一巴掌，好让她住嘴。

"你看！"宝葫芦说，"我就知道那个男的是个骗子。"

"正是这首诗让很多女人爱上了他。"她说，"啊，我能看出来，你对我的怀疑正在消失，对他的怀疑却在增加。真相的尖刀正在戳穿你的脑子。你需要一点时间去适应，一旦你清楚地了解了自己的地位以后，你我就能和谐相处了。但如果你非要跟我斗，我就不得不让你的日子很难过了。别忘了，我们都当过校书，掌握着毁掉彼此的艺术，送别了自己在烟花巷里的黄金时代以后，我们的个性却没有变，还是会小心翼翼地保护自己不被别人踩躏。"

宝葫芦冷笑道："一个站街拉客的懂得什么叫黄金时代？"

"你们不记得蜜桃这个名字了？"

335

曾经有一个叫这名字的名妓，到我妈的高级妓院办的晚会上来过几次。她亮相时，通常都是盛大的场合。但这个女人不可能是那个人，我所认识的蜜桃，有着饱满圆润的脸颊和欢快的举止，好像永远对自己注意到的一切都兴趣盎然，而这个女人却有着暗哑的皮肤。要说像的话，她跟那些不苟言笑的老鸨倒更像一点。她站了起来，在我们面前走了几步，忽然摇身一变，成了个毫无年龄感的美人，姿态如行云流水，令人回想起旧时光。她的手臂柔软而灵活，屁股轻轻摆动，肩膀左右摇晃，脑袋极其轻柔地来回晃动，全身都处于一种完美的轻巧韵律之中。这俨然是一个善于勾引男人的女子，手段高明，同时又很柔顺。当年的蜜桃便是以这种姿态而闻名的。尽管大家都想模仿她，但没人能学会她走路和做事的方式。

她露出了胜利的微笑。"现在我叫香柚——比桃子要干一点。我是因为和你一样的原因来到的这里——几首诗，文人家庭里的尊贵夫人，对未来的恐惧。但等我到了这里以后，却得知他的老婆还活着。你没听错，她从来都没有死——他倒是巴不得她早就死了呢。你已经见过她了，你刚到这里时，跟你说话的那个人就是。"

"我只跟婆婆说过话。"

"那就是宝蓝，大老婆。你也看见了，她相当健康。"

就像妈妈离开我的时候一样，我此刻并不痛苦，只是因为发现自己一直以来都受到愚弄，而无比愤怒。我还会知道些什么？

"我想你现在已经听得够多了。"香柚说，"让你一时间接受所有这些确实太难了。你只需要记住，我们不是唯一的受害者。"

"这里还有其他人？"我问。

"还有两个——至少两个——但现在她们已经不在了。我认识其中一个，但不认识另一个。明天下午到我的院子里来吧，在西边。我们一起吃午饭，我会跟你再讲一些这座房子里的事情，也会让你明白我们为什么会来到这里。"

我说不出话来。我想让宝葫芦仔仔细细再跟我说一遍她对我的所有警告，以及她之所以不信任常恒的原因。她完全可以责备我做出那个错误的决定，带累她也来到这个疯人院里，但她没有这么做，而是悲伤地张着嘴，满眼伤痛地看着我。

"操他妈。"她说，"操他叔叔，操他老婆。他给你喂了多少屎汤子啊。他该自己舔自己那拉屎汤子的屁眼，然后让狗和猴子都来操他的屁股。"

我回到自己的房间，脱下丝绸小衫，一边用它擦拭这个房间角落里的灰尘，一边不停咒骂："操他妈，操他叔叔……"我打开旅行袋，那里面放着对我来说最最珍贵的东西。我从硬皮本里扯下他的诗，往上啐口水，撕成碎片，扔进夜壶，然后往上撒尿。我拿出爱德华和小芙洛拉的照片，放在床上，对他们说："我从来都没有爱过任何其他人。"然后，一股胜利的快感油然而生，因为我说的是真的。

第二天，宝葫芦跟我说，我俩房间之间的墙很薄，她听见我忘了说该让狗和猴子去操常恒的屁股了。"而且你也没哭。"她说。

"你没听见我吐吗？"一整晚，我在脑中拼凑起发生过的一切，一切他跟我说过的话，一切我主动送他的东西，一切他接受的，以及一切他先是拒绝、等我再度送给他时才收下的东西。我把那一切和我们迄今为止所知道的信息放在一起进行比照，所显露出的真相已经足以令我恶心。我甚至都不知道他是谁。

"我们得离开这个地方。"我说。

"怎么离开？我们身上没有钱，也没有一件珠宝。你不记得了？他说让你把珠宝放在一个坚固的盒子里，他替你带回来。然后你们就分道扬镳了。"

一个丫头过来告诉我们，整个一大家子都聚在一起准备吃早饭了。我告诉她我们很难受，向她指了指夜壶，宝葫芦也同声附和。在了解更多情况之前，我们不想见到其他人。中午，我们来到香柚所住的西厢房配院，坐在室外一棵李子树下。她没有邀请我们进屋，但是从窗户的数量来看，她的房间比我们的显然是大多了。

丫头端来了午饭，但我一点也不饿。尽管香柚长着一张诚实的脸，说话的方式也很开门见山，但我还是不知道自己是否应该相信这所房子里的任何一个人。在她说话的时候，我始终为谎言多留着一份心。

像我一样，当她从上海来到这里时，常恒并不在家。那个懦夫不想在她了解到真相的时刻，在场接受质疑和批判。等他终于回到家里以后，他告诉她，他真的还以为，等到她来的时候，他老婆已经死了。他向她保证说，她距不了多久了，

337

香柚很快就会成为他合法的妻子。

"我为什么会相信了他呢？"她说，"咱们佪人可是最善于发现男人明显的谎言和半真半假之言的啊。他们总是省略掉那些最重要的事实，但我们还是能够看穿他们。但是在常恒面前，我却成了个傻子。这到底是为什么？当我抵达这里时，宝蓝真的病着。他带我去她的房间，我在那里见到了一个瘦得像骷髅一样的女人，一动不动地躺在床上，眼睛张着，像条死鱼一样朝上望。她的皮肤已经从骨头上脱落下来，像团裹尸布一样裹着她。我既恐惧，又因常恒说的是实话而开心——宝蓝很快就会死了。但让我觉得奇怪的是，他竟然不到她的身边去，跟她说上两句温柔的话。他不是说过他们的爱是前世注定的吗？他说过的命运什么的呢？还有，他们的精神有如双子星座，在天空和永恒中闪耀！这就是他说的那一切。他说，他知道没了她自己会有多么崩溃，所以不得不假装她已经去了。想象一下吧！我是如此地不设防，就算他告诉我他是文学之神，而我是卑微的挤奶女工，我都会相信他的！"

香柚渐渐了解到，常恒对于她的所有叙述，几乎都跟事实完全相反。一点一滴地，事实浮现出来：在十岁的时候，他就被一桩婚事的锁链给禁锢了。这桩婚事牢不可破，因为女方出了巨额的嫁妆。他的家庭需要这笔钱。一个十岁的男孩怎么会知道什么叫婚姻、嫁妆，以及红盖头下面的新娘子长什么样呢？常恒在十六岁的时候第一次见到她，并立刻吓得目瞪口呆：她骨瘦如柴，比他大十岁，一只眼睛斜视，长着一张大嘴，上牙突在外面，而下牙则像没长好的苞谷里的玉米粒一样参差不齐并且发黄。他很生气——不是因为他的家人拿了人家的嫁妆——而是因为宝蓝长得这么丑。他只为履行繁衍的义务而到宝蓝的房间里去。"一等她生下我们的儿子，"他对香柚说，"我就不用再去给犁沟里撒种子了。"自那以后，他就跑到其他村子里去，靠嫖娼来满足自己。

"犁沟！"宝葫芦说，"什么样的男人才会用这样的词来形容自己孩子的妈啊？就该让一头驴往他的屁股里撒种！"

"他对我说，为了悼念她，他整整三年没近女色。"香柚说。

"跟薇奥莱，他说的是五年。"宝葫芦说完后，哼了一声。我一点都不感激她

338

让香柚知道，我是个比她还蠢的傻子。

"刚来的时候，我对这一切一无所知。我没法分辨宝蓝到底有多老，也看不出她到底长什么样。她就像是缭绕于指尖的一缕幽灵，气若游丝地悬着。但看到他对她如此漠不关心，还是让我觉得奇怪而很不舒服。他从来不到她的房间旦去，而我也不去提醒他，他曾为她守了多少年贞。跟他一样，我也一直在等着宝蓝死。我总是相信她下个礼拜就会死了，到了下个礼拜，又开始期待再下个礼拜她就会死。"

每隔几天，香柚都会到宝蓝的房间里去看看她又掉了多少肉，看看她的眼睛是鲜活依旧，还是已经在死神的笼罩下变得呆滞单调。

"那感觉就像是在盯着一只从不挪动的老乌龟一样。"她说，"如果她日益虚弱，最终脸颊发灰地死掉的话，我可能还会对她有点同情；但每天我去看她的时候，她看起来都没有一点变化，这简直把我气死了。"

香柚说，有一天，她决定赶早不赶晚，立刻就进入作为正妻的角色。她来到宝蓝的房间，取出记有她的家具和其他物品的记账本，写下自己想要的和不想要的，并大声批评那些珠宝和衣服。"便宜货。这些东西能让一个好看的女人都变成丑八怪。"她坐在梳妆台的镜子前捏自己的脸，好让自己的脸显得红润健康些。她温习面部表情，很快就能再次随心所欲地做出任何一种表情了——和蔼的，信任的，心甘情愿的，恭顺的，愉快的，以及感恩的。在练习迷恋倾倒的表情时，她格外努力。她打开一个抽屉，取出一条项链。这条项链已经在这个家里几百年了，珍珠、红宝石和翡翠镶嵌在连在一起的雕花象牙棒上，下面坠着一个大大的粉玉吊坠。她把这条项链挂在脖子上，望向镜中的自己。那项链的设计很粗糙，上面镶嵌的宝石的质量也不是最上乘的。但这是他家的传家宝，每一代正妻都会佩戴。

她正要伸手解开项链扣时，忽然听到有人在叫自己。"二姨太，二姨太。"那是一种沙哑的低吟，像是鬼魂的声音。她吓得魂飞魄散，以为这是宝蓝在死前用最后一口气诅咒她竟然敢戴上这条项链。但宝蓝接下去继续说起话来，她的嘴唇真的在动："他能变得很残忍。"她对香柚说，"他自己也没法控制自己，他脑子有点问题。在你遭到虐待之前，还是赶紧跑吧。"

香柚感到一阵寒气穿过身体，因为她真的有点相信，宝蓝是在发自真心地说话。一个快死了的女人有什么理由要撒谎呢？不过，就算他脑子真的有问题，等宝蓝死了，她也会帮他治好的。但是宝蓝没有死，香柚给了她活下去的理由。她不是那种可以轻易折断的嫩枝。她对儿子的爱给了她力量，她不想让自己的儿子把一个从前的妓女当作母亲来爱，而且，她也不希望儿子将来变成常恒那样。他拥有他爸爸的遗传，但她要亲自教育他，不让他随了他爸的性格。她想要一个能重振盛家荣耀的儿子。所以，宝蓝又开始吃东西了，过了一个星期，她便可以坐起身来说话，再过一个星期，她已经可以站在院子里学鸟唱歌了。在病着的时候，她的大多数牙齿都进一步腐烂并且脱落了，好起来以后，她把自己的牙齿全都拔掉，换上一口又大又直的假牙，这让她看起来显得很凶猛，尤其是当她笑起来的时候。她十分强健，不仅身体和牙齿如此，意志更是这样。她再也不会对别人的愿望卑躬屈膝了，甚至连常恒也不放在眼里。她的婆婆已经死了，由此，宝蓝以无可挑战的手段统治了整个家庭。常恒对于她的描述里有一条倒是真的：她很聪明，能够以跟男人一样清晰的逻辑探讨事务。而且，比起家族中的所有其他人，她还有三项巨大的优势：第一项是她那生活于五十英里开外处的家族，他们很富有，而常恒不得不仰赖于他们每月寄给他支撑家庭开销和他自己用度的一笔钱；第二项是她的儿子，他是他这代的第一个孩子，将来会继承她家族的财产，而她可以利用这一点，让常恒面对她的意愿时，只有屈服的份儿；她的第三个优势则是她那思维清晰的头脑，不会因嫉妒而发疯，也不会因美丽的谎言而变成白痴。面对他的魅惑，她从未缴械投降。

香柚把真相这份大礼送给了我们，但所有真相都那么残酷。我们因遭逢了同样的背叛而结成联盟。我们在上海的生活都曾十分复杂，我们说着同样的方言，都曾见识过一些迷人的男子，并曾被其中一些夺走过芳心；在遇到常恒之前，我们也都遇到过一份剧烈而致命的爱情；面对常恒，我们也都陷入了同一个陷阱：被自己内心的恐惧所驱，以为遇到了理想的安排，将会在文人隐士家中扮演一个崇高的角色。我们曾经一样愚蠢，所以，我们可以偶尔与彼此真诚相待；但我们还不能完全信任对方，因为我们都曾接连被太多人欺骗过了。

因为没有钱，我们的生活简直像是一座监狱。我跟宝葫芦梳理了一遍常恒撒的谎，将其与他在上海跟我们所说的话进行对照。他那位所谓的表弟豪苑，毫无疑问也被他给耍了。我很想知道，常恒到底是谁。等他回到家里以后，我见到的会是怎么样的一个人呢？

与此同时，我必须时刻警惕宝蓝。她十分强大，在我第一次穿着我那漂亮的丝绸小衫站在院子里、因几近三个月的旅程而筋疲力尽口干舌燥时，她是第一个开口与我说话的人。她管我叫婊子，让我和宝葫芦在我们自己住的地方吃饭——不过，我们想要单独进餐的愿望，丝毫也不输给她。我们跟家里其他人没什么好说的：那位衰老的曾祖母，那位郁郁寡欢的祖母，常恒已故兄弟的两位夫人，以及那些女人生下的各种各样的小孩。宝蓝没有打我，但她有的是办法羞辱我，而且，最过分的还是她安排我们住的地方：年久失修的北厢房里的储藏室，冬天最冷，夏天最热。

在常恒到家之前，我就做好了心理准备，准备聆听他更多的谎言。我想象了他能找出的每一个借口，但我不会戳穿他那些借口的。我会表现得十分职业，并且要求他给我换一座单独的房子住，这样我便可以成为那座房子里的第一夫人了。

他一个月后才到家，那时我的身体状况已经悲惨地下不了床了。我在这个与世隔绝的地方，给空无一人当了一个月的三姨太。文人和尊敬都在哪儿？我可以穿着自己那专门裁剪的衣服、感受清风吹过衣衫的花园又在哪儿？我每一天都在痛骂自己：我怎么能让这一切发生在自己身上呢？我曾经以为自己可以应付任何灾难，但我所知道、思考和相信的一切，在这里统统没有了任何意义。我什么也抓不住，没有任何机会会降临在这里。宝葫芦试图振奋我的精神，但她自己也跟我一样，精神和思维都疲惫不堪。

看到他走进我的房间时，我破口大骂，什么也不听。但是，从某种角度来说，他很了解我——最软弱的那个我。没过多久，我就开始相信他找的借口中的一切细节了，因为我希望，他的话可以证明他曾经真诚地爱过我，证明我很重要。我的一切智商、常识和决心，在他的指间纷纷化作流沙。他向我道歉，乞求我的

341

原谅，并且声称他不配拥有我。我想要相信这些话，所以我就信了。他坦承，他之所以撒谎，都是因为太害怕失去我。他向我解释说，他之所以编造关于他妻子的故事，是因为他想向我表示，他可以用同样坚贞的感情去爱我。他宣称他对我表达的情感是真挚的，不然的话，一个经历过那么多男人——成百上千个男人——的女人，怎么可能会觉得他的感情是完整真挚的呢？他说，我大可以恨他一辈子，他会爱慕我那不屈而坚毅地坚持恨他的品格。他说，如果他能改变天王老子颁布的宇宙法则的话，他一定会让我当上正牌夫人的。他说他会带我回上海，给我买一所房子，让我在那里做他的妻子——等他拥有足够多的钱那一天。

他说，在那一天到来之前，我可以当北厢房里的第一夫人。我是他全世界最想要的人，他可以在这里无拘无束地爱我。每当他来找我的时候，都会喂给我一堆甜言蜜语，而有那么一段时间里，我真的忘记了这里是风从裂缝里灌进来、阳光永远冰冷的地方。他对我说的话使我摆脱了自我嫌恶，得以重塑自尊。恢复了自尊的我，渐渐也恢复了理智：他不爱我，我也不爱他，从未爱过。但现在的我，就像是一只曾在谎言之风中顺风飞行的鸟；清醒后，我不得不拼命拍打翅膀，以免坠落凡间。如果那阵风忽然停住，或是把我吹得七零八落，我还是会继续奋力拍打翅膀，在只属于我的狂风里展翅高飞。

第 11 章　极乐山

月塘　1925 年 9 月

薇奥莱

在上海，常恒曾用诗歌向我表达爱意，诗里说，月塘的美丽会使我彻底忘掉挥之不去的上海记忆。然而七个星期已经过去了，我不仅什么也没能忘掉，相反，还一刻不停地思念着上海，并且不断思考着该怎么逃离月塘，返回上海。我当时真该好好读读常恒那些更加忧郁的诗的，这样我就会预感到前方有什么在等着我了。

我曾经时常觉得奇怪，他为什么要赞美孤独、贫瘠的生活和死亡的感伤。等我来到月塘以后，我发现他根本不是独自一人生活，而是有着两个老婆；他并没有主动选择贫穷的生活，而是对之深恶痛绝；至于那些高尚的思想？他一直以来最想要的就是财富、荣耀和别人对他报以的无上尊重。我在重新认识他的性格的过程中简直是惊喜不断——更别提当我发现那十代文人是怎么回事的时候了。从我抵达他家的那一刻起，我就有一种自己被耍了的不祥预感。每当祖先或是文人这个话题被提起的时候，我身边的人们总会陷入沉默。

上个礼拜，在寻找我那些被常恒以小心保护为由没收掉的珠宝和钱的时候，我发现了真相。在碗柜后面的文件匣里，我发现了常恒亲手写下的关于他家历史的记述。

在我九岁那年，我的祖父死于黄疸病，尸体被放在前厅当中。他那皮革一样黄的尸体吓坏了我，我好害怕自己也会死于同样的病。我父亲利用这件事来给我上了一课，我听得很认真——他是一个杰出的文人，是省里地位很高的司法官员——他告诉我，如果我能够背诵"五经"，我很快就能遇到一位隐士。那位隐士会向我讨一口酒喝，如果我给他喝酒的话，就一定能长生不老。自那以后，我便开始疯狂学习。不到十年，我便背下了《诗经》中的所有诗歌：60首风[1]，105首雅，和40首颂。我还背下了《尚书》中的许多帝王训示，不过无聊得差点发疯。

有一天，父亲的六姨太决定要为父亲做一件体贴的事，盖过其他姨太们的风头。她在一个箱子里找到了我家的每一代儒生进行殿试时都会穿在身上的那件幸运之袍，并把袍子拿到裁缝铺里，让裁缝重新缝补已经磨破了的袖口。当她告诉父亲自己的所作所为时，一切都为时已晚。裁缝已经发现，衣服的衬里下有一层很薄的丝绸，上面抄写着"五经"中所有较难的部分。我的父亲很不走运，当时刚好有一大波考试作弊的案件事发，皇帝下了一道法令，要将所有作弊者统统斩首。几天以后，我看到两个男人将父亲押到围满来自各县的幸灾乐祸的人群的广场中央。父亲的严苛远近闻名，大家都知道，犯人的一点小错，也会招致他的严厉惩罚。一个官兵踢了一下他的腿窝，迫使他跪在我们家族最神圣的财产面前：对我们家族文人歌功颂德的书法、我们祖辈写下的几千首诗、成百上千的牌匾和祖先画像，以及我们家族的供桌和祭祖用具。我父亲被迫眼睁睁看着这些宝贝被砸个稀烂后点上火，轰然爆炸，火焰蹿得有树那么高。我父亲大叫起来："我没有作弊！我发誓！我当时是个穷学生，这件衣服是从当铺里买来的！"看到父亲死到临头还在撒谎，我不由深深震惊。一个男人直直拎起我父亲的辫子，另一个人男人则举起了大刀。片刻过后，我看到我父亲的脑袋滚到地上，而他的身体则向

1　原文如此，与实际数量不符。

前扑在土里。在人间，在天上，我们家族的名声都已毁灭殆尽。当我们回到家中，我发现村民已经点火烧了房子，而盗贼正在大肆劫掠房子里的家具，拿不走的就一律砸毁。

不管我学习再怎么努力，我都将永远背负着"骗子的子孙"这个烙印，当然也不会再有什么隐士来找我讨酒喝了。但我拒绝继承那份耻辱，我不许任何人瞧不起我，我将重建我们的家族和声望。我将自强不息，为下一个十代开创新的辉煌，我会得到我理应得到的一切。

原来这就是我苦苦追逐的崇高声望。就像他的父亲一样，为了掩盖第一个谎言，他不断撒着更多的谎，还大言不惭。"如果我跟你说了实话，"他说，"你还会来吗？"当然不会。而如今虽然我身已在此，但我可不会帮助他开创什么"下一个十代的辉煌"。我才不想留在这里，但离开又谈何容易？这个院子就像是一座监狱，而这个村子则是一个更大的监狱。该死的常恒，他知道我们肯定会被困在这里的。

从我们到这里的第一个星期开始，我和宝葫芦就开始寻找逃跑路线。我们在半个小时以内从月塘的东边走到西边，又从南边走到北边。那个集市广场原来不过是一个坑洼泥泞的露天院子罢了。我们是半上午左右抵达的集市，而此时农民们已经收起当天要卖的东西了。只有一排货摊还在做生意——那溜货摊的主人提供的服务全都大同小异：修补水壶、水桶、凿子、锯子以及镰刀，简言之，就是农民为了继续自己那永无止境的苦工，所需要的一切。除此以外，他们卖的唯一东西，就是葬礼用品。最华丽的一件，是一座十人高的纸制宫殿，而它那暗淡的颜色和磨破的边缘都表明，这座宫殿已经被展览了许多年了。要是从我们通往月塘的那条路走的话，还要再走半天时间，才能抵达山谷另一端的那个村子。如果我们想要走这条路的话，走不到一百里地，准保就会被人发现。此外还有一些通往山里的小路，而这些小路往往通往梯田以及树林，树林里有老婆婆在砍柴，砍够一大捆后，她们就用佝偻的身体将木柴背下山来。我们发现，农民们每天天还没亮时就跋涉进山，并在落日的最后一丝光线里跋涉回来。每当骤雨落下，一些小径就成了瀑布。我们记录下每一条小径，再把其中那些不能用来逃跑的划掉。

等到了第二个星期，我们忽然意识到，要想不被发现，我们还需要准备合适的衣服。我用自己的一套漂亮的小衫和裙子，换了四身当地妇女穿的朴素的蓝色衣裤和帽子。天知道那个跟我们做交易的女人要在哪里穿那套崭新漂亮的衣服！"她可以穿上这身衣服，做个美梦，梦见自己到了一个每天都能穿这种衣服的地方。"宝葫芦说，"我们要去的地方也跟她一样——梦里。"到了第三个星期，我们发觉，除了雇一个拉大车的人把我们拉出去以外，我们是没有逃出去的法子了，但我们却没钱雇人。

一天，出去谈生意的常恒回到家，向我提议要带我去一个风景优美、曾启发他写下许多诗句的地方秋游，我自然急不可耐地想要同行，因为这会给我寻找其他逃跑路线的机会。在我们动身前，常恒大声朗读了一首那个景点激发他写下的诗，用以让我更好地理解他要带我去的那个地方有多重要。

隐士私披暗夜处，半壶苦酿独伴身。
孤客巨石相倚靠，岁月风霜两留痕。
造化命理同时尽，冥府路途一般昏。
漫天星辰仍溜熠，一如今夜耀乾坤。

这首诗令我不由心生警惕。

常恒带我从主路一路穿过村子，往山中小径走去。我觉得走这条路挺诡异的，因为我能看见，与我们同一方向，还有另一条盘旋而上切入山麓的捷径。如果我傻呵呵地只知道一味跟着他该多好，但我的脑子实在太机敏，很快就明白了他为什么要选择这条路——这是把我，也就是常恒那位从上海来的新姨太，炫耀给村民们看的最好机会。他挽着我的胳膊，趾高气昂地走着。我观察到，他对于我们所引起的注意万分受用。女人们瞠目结舌，彼此交换着搞笑的评论；男人们则舔着牙齿，不怀好意地盯着我看。当只有我和宝葫芦走过时，村民们从未有过这样的表现。

过桥后，我们终于走上了进入极乐山的小径。刚爬了十分钟，常恒就宣布我们已经抵达了那个景点。我俯瞰山下景色，只看到房子的瓦铺屋顶、稻田，以及几个小棚子。我告诉常恒我一点都不累，我们还可以往上爬。

"路都被泥石流和破碎的山体封住啦，"他说，"太危险了。"

"那你为什么还跟我说，要给我看'高高云端的惊人美景'呢？"

"我们不需要爬多高，就可以感受到那种惊人的高度了。"他说，"我们可以就在这里做爱，然后你可以想叫多大声，就叫多大声，没人能听见的。"他拍了拍自己的下身。"看看你把我变成什么样了？我的剑可是锋利得很哪，而且它已经出鞘，想要长驱直入。"

他想用他的"诗意"挑逗我——为了不要笑出声来，我忍得苦不堪言。

"只有你才能让我这么欲火焚身，"他说，"我从没带香柚来过这儿。"

"香柚是缠足，"我说，"她没法爬得这么高。"

"这我倒没想到——不过这也正说明，我从没这么想过——快脱衣服，急死我了！"

我指向小路上的尖利石块，说以地为席肯定会把我弄得十分悲惨的。

"你们上海女孩真娇气！转过去，扶着那块石头，背对着我，我从后面进去。你是不是已经欲火焚身了？"

在上海，他要求做爱的方式谨慎小心到装模作样的程度，而此刻他谈论性爱的方式却恶俗不堪。"我来月事了，"我撒谎道，"我之前没告诉你，是因为太不好意思了。"

"你应该把一切都告诉我的啊。"他轻柔地说，"不管发生了什么，永远都不要有所隐瞒。我们承诺过分享彼此的一切的，包括思想、身体和心灵。"突然之间，他的音调变得低沉起来，"不要对我隐藏秘密，薇奥莱，什么都不要隐瞒。现在就跟我保证。"我点了点头，以防他变得更加生气，而这让他再次平静下来。他叫我跪下，用嘴侍奉他。不过片刻，他就缴械了。

在回去的路上，他向我指出一些我在来时路上没有注意到的精彩事物：一棵山楂树，一段曾是一棵参天大树的树干，还有在山坡上凸起的一个个坟冢。我装出感兴趣的样子，同时悄悄向山下望去，搜寻着宝葫芦刚刚从宝蓝的丫头那里听说的一条路。所有的丫头都会说她们女主人的闲话，而由于她们认为宝葫芦是我的丫头，便也把这座房子里的闲言碎语都告诉给了她。那些丫头说，每隔三四个星期，常恒都会跟宝蓝说，他得雇一辆大车和一匹小马，去他那座据说坐落于二十英里开外的木材厂看看。宝蓝每次都会跟他说，你可不要再去找个长三，把她带到家里来啊。那个丫头说，她从来没有到那个木材厂所在的小镇去过——其实她连月塘的大门都没有走出去过。我们都知道，这里有个小厮是她半公开的情人，有一天，他忽然对她说，他一定会带她去那个木材厂看看。她认为他的这番话可以看作是对她的求婚誓言。她的情人听说，想去那个地方其实挺容易的。"就走那条穿过月塘的主路，过桥后继续往前走，一直走到另一条比较宽阔的路上。然后朝西去，迎着耀眼的太阳走，一直走上二十英里，来到路的尽头。过不了多一会儿，王镇就到了。"据那个小厮说，那里是个镇子而非村庄，里面甚至还有商店、长三堂子和港口，港口里每天都有很多小船来来往往。这一切到底是不是真的，他也说不准，因为他从没去过那里。但每年，月塘村都会迎来一两个生客，他们要么是正要前往王镇，要么就是刚从王镇回来。他们通常都不会停留太久，那个小厮总是会抓紧一切时间，打探出关于王镇——那个他所仅知的世界之外的地方——的尽可能多的信息。

我的眼前浮现出那些船只。我不关心它们要往哪儿去。我会搭乘其中的一只，任何一只，去到它所能抵达的最远的远方。它也许是驶向下一个镇子的，在那个镇子里，也许还会有其他的路，通往其他的水路，其他的船只。我要不断远离月塘，接近大海，接近上海。但要想这么做的话，我需要钱。但我找不到常恒藏匿我们的珠宝和钱财的地方，所以我没有任何能够搞到钱的方法。我曾经跟他说我想戴自己的手镯，但他说，在月塘大可不必装腔作势，盛装打扮只会让我显得非常傲慢，而这里的人我一个也得罪不起。

我别无他法，只能选择去偷回原本就属于我的东西。当我对宝葫芦说起我的计划时，她向我指出了其中的问题："在被人发现之前，你能在桥那边的路上走多远呢？就连傻瓜都能认出你的。就算你成功逃到了东边的路上，常恒也会坐着一辆小马车追上你，拎着你的头发把你弄回家的。我们得再想想别的法子。"

我想象出一大堆复杂的计划，并对实际的操作问题进行思考。到底哪个更惨呢——在一家花烟间里揽客，还是住在世界尽头给常恒当小妾？每次扪心自问，我都会给出同一个答案：就算死，我也要死在上海。

与此同时，宝蓝却很乐意在月塘活着，在月塘死去。尽管她的死期并不像常恒所希望的那样临近，但她一直在为自己在天堂的崇高地位做着准备。作为常恒儿子的母亲，她的灵魂每天都将会收到香火、水果、茶，以及我们所有其他人被迫献上的敬意。她用最好的樟木做出常恒和自己的灵牌，却没为任何一位祖先做，因为他们耻辱无光，不配得到崇拜。因此，她带来了她自己家族的祖先，包括他们的画像、牌位、书法，以及纪念肖像，好让她的小儿子带领全族举行祭祖仪式。

我怯怯地询问宝蓝，家里为什么没有常恒祖先的牌位。她告诉我，那些东西都在一把大火中烧没了。她没有告诉我那场大火的原因是什么。然后我又问，他们会不会很快为祖先们重新打造一批牌位呢？"等我们有钱买樟木了再说吧。"她回答，"我们要是不用管你饭的话，可能还能更早一点去做这件事。"就算我没有读到过常恒关于"那巨大的耻辱"的叙述，我肯定也早就对实情猜到八九分了。这是个常常被提起的秘密，从下人们和香柚的只言片语中，以及常恒那半真半假的话里，大概可以拼凑出事情的全貌。有一天，我再也忍受不了常恒的谎话了，便告诉他说其实我全都知道了。那一整个礼拜里我都觉得胃里泛酸，因为我对自己竟然为了追逐一个文人家族的败坏名声，一路深入到这片溃烂腐朽的池塘里来而感到愤怒。

我们每天都得到宝蓝布置的家庙中祭拜两次，一次在早上，一次在晚上。我们得跪在石板上，朝着宝蓝的祖先念诵崇敬的话语。我以前从不需要参加这些仪式的。我妈觉得这都是骗人的把戏，爱德华则对祖先崇拜一无所知。我也曾遇到过几个会在自己房间里独自鞠躬悼念祖先的长三，但她们绝大多数其实都不知道自己是从谁家里被偷出来的。肯定没有哪位祖先愿意让一个注定被困在底层社会的长三，用她那通过来路不正的脏污钞票，为自己在阴间买个更好的床位。

由于雨季临近，家庙的屋顶开始滴水，水滴落在我们头上，浇灭了线香。我觉得宝蓝太蠢了，竟然没有先修葺屋顶就花大钱给庙堂做了装修。有一天，当雨水顺着我的脸颊往下流淌时，我决定要跟常恒谈谈，让他知道，我的意见也很宝贵。

那天夜里，等常恒在我的床上满足了他的欲望以后，我对他说，宝蓝为了家族祖先奉献了那么多，真是可敬。我对家庙里的每个细节都赞叹有加——那些柱子，那张桌子，还有那个佛龛。我还说，她用昂贵的樟木制作他的灵牌，简直太聪明了："便宜的木头肯定会招虫子。要是自己的名字被虫子啃烂了的话，那得多糟心啊。不过，富含油脂的樟木就有防虫的功效。"

接着，我又跟他说，我那天早上无意间听到了一些话。"有几个农民在我的窗口底下闲聊，说他们邻居的屋顶总是漏水。每个人都知道，那个农民的老婆已经念叨自己的丈夫好多年了，总叫他去修修屋顶。到了今年，他打趣说，下着瓢泼大雨的时候，正好方便洗衣做饭，还有什么好抱怨的呢？据说，几天前，那个农民家的屋顶塌了，把房梁下面存放着的食物全给砸了。老鼠聚过来吃肉，干玉米棒喂了母鸡，猪都被洒出来的米酒灌醉了，乱窜着穿过镇子，掉进了河里。最可怕的是，那个农民的一只胳膊和一条腿被压断了，没法再照料农田。他的父母、妻子和孩子请求邻居行行好帮帮忙，但是这个男人跟所有人关系都不好，所以，如今这一家子就注定要被饿死了。"

"这个故事把我吓得直发抖。"我说，"在咱们家的房子里，只消抬一下头，就能看到大屋顶上的洞像孔雀座的繁星一样多。水滴总是会漏到底下人的脑袋上，这倒不是什么大问题，但要是咱们家的屋顶也砸下来，把宝蓝费了那么大劲才修复好的一切都给毁了，可怎么办啊！堂屋里有那么多油性的樟木，它们肯定会爆炸的，到时候，整栋房子、连同你的诗都会被烧毁的。"

这段话的最后一句引起了他的注意。我本来打算再加一句说，到时候宝蓝也有可能会被砸死，但可能这正是他所期望的。"在我看来，"我说，"屋顶应该尽快修好才是。"

他咧开嘴笑了："作为一个城里来的姑娘，你适应得可是够快的。"

一股胜利感油然而生，我觉得自己就像搞定了另一个惹人也眼馋的客人一样。

"我想为你做些事情。"我说，"虽然我只是三姨太而已。"

近来，每当我提及自己"只是三姨太而已"的低下地位时，他都已经不会再向我道歉，说他不该以让我当大老婆为诱饵把我骗过来。而我也已不再抱怨——至少不再出声抱怨了。抱怨没给我带来过任何好处，只会让他更加烦躁。他会在其他老婆面前对我摆出一脸不耐烦，让我下不来台。不过我自己倒一点也不觉得下不来台。我才不在乎他或她或其他人怎么想呢。但是，如果我把他惹烦了的话，他可能会让宝蓝惩罚我，让我过得更加悲惨——送到我们这里的食物可能会变成冷掉的剩饭，而负责洗衣服的丫头也可能会把还留有污渍的衣服还给我们。

"那个屋顶已经是很多年的老问题了。"常恒继续说，"香柚去年就建议我们修补一下屋顶。一开始我也觉得这是个好主意，但后来宝蓝说，她的先人对于家庙翻修感到无比开心，一定会保佑我无病无灾、长命百岁的。所以你看吧，只要宝蓝还在不停翻修家庙，那个屋顶就不会塌下来。"

他竟然选择去相信一个一只脚已经踏入阴间的疯女人的逻辑。我怀疑，他告诉我香柚也提出过同样的建议，是想离间我们两个。毕竟，她也曾经当过长三，也知道如何耍花招装小白兔。她已经向我放过话了：如果我搞不清楚自己的位置的话，她可以让我过得非常悲惨。其实我非常清楚自己在整个家中的位置，那就是，最底层。

迄今为止，我还没有探知到任何可能是由她搅动的、针对我的麻烦。她时不时会到我们院子里来一趟，每次都借口说要给我送点热茶来，好让我在寒冷的午后暖和暖和。我并不欢迎她的到来，但也没法拒绝。跟她说话总要有所提防，我得尽力避免说出一切可能会被她拿来诬陷我的话。这种小心翼翼难免有些尴尬。我对她表现得很友善，但除了毫无意义的评论以外，我几乎什么都不说。

"下雨的时候，"我说，"蚂蚁会在地上排起大队。"

"你往它们上面撒过辣椒吗？"

"撒过。"我说，"它们最爱吃四川胡椒。"

我之所以不欢迎她的来访，还有另一个原因：我所居住的院子和旁间反映了我那可笑的身份地位。这几天，我和宝葫芦一起拆掉了两个储物柜的墙面，将我们的房间面积扩大了些。但除此以外，我们也便做不了什么了。我们的小院离正房是最远的，要想走到家庙，我们还得穿过一段阴暗的过道。过道的地面布满又绿又滑的苔藓，已经让我仰面朝天摔过两回了。穿过过道后，我们还得沿着一段廊顶早就在大火里烧毁了的走廊前行。到了深秋时节，北院里永远阴冷潮湿，就连正午也不例外。我得用火盆取暖，但是它太小了，我只能在烧水和暖手中选择一个。宝葫芦那个火盆比我的还小。我们常常把两个火盆并排放在一起，好为我们两人提供更多一点的温度。一天，当我俩往火盆里添加小煤球时，宝葫芦向我回忆起我作为一位美国夫人那骄奢宠溺的宝贝女儿的时光。就在那一刻，我突然下定决心，再也不要忍受这些寒冷的痛苦和虐待了。我冲进宝蓝的房间。她的房里又暖和又干爽。"我们就快要被冻死了。"我说，"但房间的地面都冻住了，可埋不了人。所以，我们想要个大一点的火盆。"

"没有大火盆可以给你们。"她这样回答后，指了指地上放着的自己的火盆，"我自己的都不比你们的大。"

"可能吧，但是你的炕下面有陶管，为它供暖的炉子每天每夜都在不断地烧煤。"她即使一丝不挂地待着，也能十分舒适。

她的脸上浮现出虚伪的关心。"哎呀！你们没有炕？没有炉子？我都不知道。怪不得你会冷。我立刻就让人把造炉子的砖头和供热管送到你们的院子里去。"

我敢肯定她在撒谎。但是，第二天早上，我发现自己猜错了。一大堆破碎的砖头堵住了我的门廊。我不得不从最顶上开始，把砖头一块块推下去，才能弄出一个足够大的洞，供我爬出那个坟墓。宝葫芦指出，就算我有了一个砖砌的炕，我也没有用来烧炕的煤。宝蓝是不会把自己的煤分给我们的。"而且你也别指望我会上山去给你砍柴。"她说，"我可不准备让自己也变成那种背着个大砍刀和八十斤柴火的驼背女人。"

我房间的窗户上没有玻璃。在那场巨大的耻辱事件中，人们砸毁了这里的玻璃。格子窗上只有百叶窗帘，并且必须不分昼夜地关着，因为这扇窗户离挨着马路的院墙很近，扔一块石头就能砸着。那条马路是进城的主干道，成日里聚集着很多人聊天说闲话。清晨，我能听到人们真诚的招呼声，而人们的争论声和狗兴奋的吠声一整天里都不绝于耳。宝葫芦说，每当常恒来到我的房里时，人们都会聚集在我们的院墙边。"他们精确地知道他是何时射精的。"她学了声驴叫和几声猪哼哼，"有些男孩子会翻进墙里，从百叶窗的缝里往里看，我不得不一天到晚去赶他们。下作的畜生。今天我跟他们亮了刀子，说要把他们的小鸡鸡给切掉！"

那挂着百叶窗的窗户让我觉得自己好像住在一个牛棚里似的。半夜，更夫来到墙外，喊着"小心火烛！当心火种！"他经过我的窗前的次数太多了点，以至于我都开始怀疑香柚或是宝蓝是不是付给他钱，叫他来打扰我的睡眠了。他站在离我们的房间如此之近的地方，让我感到十分紧张。为了照亮前路，他总是在肩头挑着个担，悬着两盘烧着的煤球。只要跌一跤，那两个盘子就会飞起来，掷出两团飞天火球。这样的事情以前真的发生过。一个月前，我房间对面的一座房子就着了火，谷仓的一部分被烧个精光。常恒说，他希望我们周围的房子都被烧个精光才好。

我对火非常紧张，因为宝葫芦听宝蓝的一个丫头讲，以前曾经有个小姜由于屋里的火盆翻倒引起火灾，被烟活活呛死了。这件事情就发生在我的房间里。虽然我听说那已经是一百多年前的事情了，但仍然没有感觉到多大的安慰。鬼魂是不会变老的。

"你以前能感应到那个鬼魂诗人，"我对宝葫芦说，"那你现在能感受到鬼魂的气场吗？"

"我可分不清我感觉到的凉意到底是鬼魂的冰冷呼吸，还是从这扇窗户里吹进来的西北风。"

每天夜里，当我躺在床上的时候，都会想象自己正躺在那个死于烟熏的女人的鬼魂之中。我试图用西方的逻辑推理来说服自己世界上根本没有鬼。不管那个女人是谁，她很可能只是死于意外；而且，说不定这个故事是她们为了吓唬我而编出来的呢。但当我开始困倦的时候，我的西式思维就会逐渐从我的脑中游离，取而代之爬进我脑海的，是那个鬼魂土灰色的脸。我梦见她坐在庆达，对我说："你和我是一样的，不是吗？就像你一样，我那时也觉得痛苦得就快发疯了。我能想到的唯一的超脱方法，就是飘到那云烟之上。其他那些小姜——她们没有我这

353

么幸运。"醒来后，虽然我知道这不过是一个噩梦，但我就是无法自制地不断回想起梦里鬼魂所说的话："其他那些小妾——她们没有我这么幸运。"这是什么意思？宝葫芦四处溜达，试图寻找到一些线索，而宝蓝的丫头轻声告诉她：在这个家族的历史里，除了那个小妾以外，还死过另外两个姨太太，而且她们都是常恒的妾——她能透露的也就这么多了。我在常恒家里才住了将近三个月，就已经开始对一切都感到紧张。我必须强大起来，不能让恐惧给打倒。再过三个月以后，我的精神状态会变成什么样子呢？再过三年呢？如果生活变得比现在还要糟糕，我会不会也开始渴望飘到云烟之上呢？

　　我不会。我已经下定决心，绝不软弱。小芙洛拉是我活下去的理由，她会让我坚强。为了找到她，我会想尽一切办法，而在这个过程中所发生的一切，我都会照单全收。宝葫芦和我会用我们聪明的脑袋找到逃脱方法的。我们知道如何创造机会，知道该寻找什么，也知道何谓危险和必要性。我们必须做好准备，只要机会来临，就得稳稳地抓住它。迄今为止，我们掌握的线索都有哪些呢？我们知道有一条通往王镇的路，知道我的钱和珠宝被常恒藏在了某个地方，知道曾有一位小妾死于烟熏，还知道常恒曾有两个小妾都已不在。除了这些，还有什么？我感觉自己仿佛正在一一捡起这些年来从我的衣服上脱落、滚到了床下或梳妆台下的扣子。从前，扣子掉了就掉了，我捡都懒得捡，因为我可以把衣服交给大姐去补。然而现在，为了寻得哪怕最微小的一点线索，我得仔细寻找一切能找到的东西。功夫不负心人，我终于找到了那颗在我和妈妈分别前、从她的手套上脱落的扣子。她当时并没有费心去找那颗扣子滚到哪里去了，而是选择将手套一扔了之。但是我却看到了那颗扣子。那颗小小的珍珠扣子滚到了我的脚边，这些年来一直留在我的记忆之中。我当下立刻就下定决心：我不能因为生她的气，就放弃自己的一切机会。我还不知道该怎么联系上她，但总会有办法的。等我联系上她以后，就可以让她帮我去寻找小芙洛拉了。

　　一天下午，香柚路过我的院子，坚持请我到她的房间去打麻将和听留声机。"我看你今天还有什么托词。"她用一种半开玩笑的严厉态度说，"常恒要离家两月之久，而且今晚我们也没有接到从上海来的局票。我好想找个伴。你和宝葫芦还有彼此，但我却一直孤身一人，自言自语得也是够了。一个在牢房里孤零零地关了很多年的犯人，实在是太寂寞了，只要有个人能一起做伴，不管对方是卑鄙小人还是恶棍都没关系。当然你既不是卑鄙小人也不是恶棍，但我还是想与你共度一个美好的下午。"

"你想没想过邀请宝蓝或是常恒的姐姐？"宝葫芦说——态度相当不友好，在我看来。

香柚并没有显出被惹恼的样子："常恒的姐姐总喜欢聊她儿子的伟大成就，说起话来气都不带喘的。我无数次都忍不住想要告诉她，那个混小子又懒又没规矩又无比之笨。如果我真这么做了的话，估计早就完蛋了。至于宝蓝，你我都知道，她只屑于跟神像和她祖先的牌位为伴。我可不想整天在她修的那座庙里和她一起弯腰磕头。她是在祈求能再生个儿子。"

宝葫芦用鼻子哼了一声："简直荒唐。常恒从不去找她，怎么可能会有孩子从她的肚子里蹦出来？"

"这你可说错了，他会去找她啊，一个礼拜至少去一次呢。我很惊讶你们竟然都不知道。其实想想也能知道了——这个家之所以能维持下去，全靠她的家人给钱。没有那份钱的话，这里的所有人都早该饿死了。她的父母住在一个很大的镇子里，家境非常殷实。"

我飞快地瞥了宝葫芦一眼。我们想的是同一个东西：王镇。

"她妈妈很宠她，"香柚说，"而且她是家里的独生女，所以说，常恒的儿子肯定会继承她家的一切财产。如果她能再生一个儿子的话，常恒就有了双重保险，肯定能在宝蓝死后继承她的一切家产。他心里巴不得她立时三刻就死了才好，反正她的身子骨向来很弱。今天下午到我那儿去坐坐吧，到时候我再跟你详述。"她冲我们狡黠地一笑，走了。

我真的没法想象宝蓝和常恒上床的场景。她从来没有对他表现出一丁点的喜爱或欲望，他对她也一样。他会要求她在床上狂野一点吗？还是说，他们只是例行公事地结合，就像为了在画轴上捺印而将印章扣进印泥一样？

将近傍晚时，我和宝葫芦一起来到香柚的院子里。"我的烟花姐妹们，"她说，"你们能来我真是太高兴了。"她的语气听上去十分真诚。她屋里的桌上已经摆上了麻将架和麻将牌，她伸手示意我们坐到桌边的椅子上。

"咱们打开天窗说亮话吧。"她说，"我知道你还在怀疑我这个人是不是值得信任。其实，我对你的防备估计丝毫不比你对我的要少。但至少我可以向你保证一点：只要你不害我，我就绝对不会害你。在上海，你可曾听谁说过我一句不是？我前后在几家堂子里做过生意，我对里面的所有人都是诚心相待。我从没抢过谁的客人，也从没乱嚼过舌根。正是因为这样，所以也没有一个人来抢我的客人。如果你伤害过一个姐妹，其他所有姐妹就都觉得任意践踏你是理所应当的了。今天下午，咱们就把那些猜忌都先放在一边，好好玩乐一番吧。"

和我一样，香柚从上海也只带来了不多的几件行李，其中最奢侈的东西是一套麻将牌和一架小留声机。至于我？我随身带来的最奢华的东西，是一个便携的粉妆桌。简直愚蠢透顶。等我颠沛流离地抵达这里后，粉妆桌的镜子碎了，铰链也坏了。每天打开粉妆桌时，我都会感到一种来自世界的深深恶意。她拨弄了一番留声机，一段歌剧里的咏叹调便流淌出来。这使我想到了和爱德华在一起的日子，如此稀少，如此渺远。旧日悲痛重新袭上心头，泪水涌上眼眶，我不得不假装自己的眼睛被火盆里冒出来的烟给熏着了。我瞅了一眼她的房间，不由嫉妒得心痛。这里所有的家具都光滑锃亮，上面没有凿孔也没有烧过的痕迹——她的椅子、凳子、桌子和衣柜，一切一切都完好无损。她的地板上铺着厚厚的毯子，一面红黄相间的丝绸帘幕飘在她的床前。四架吊灯从天花板上垂下，把每个角落里的黑暗都驱逐净尽。

"我可为这些东西费了不少的力气。"她说。

"我能想象得出来。"宝葫芦说。

"这些可不是常恒送我的礼物。"她是从杂物棚里找到这些东西的，她告诉我们。这些桌椅家具，是整座房子被洗劫时烧坏的那一批。她把一把椅子上的一条腿卸下来，用松脂粘到另一把椅子上。她用锯末、木条和树脂填平家具上的凿孔，然后用从极乐山附近的树上采下的光滑树叶给家具表面抛光。为了清洁毯子上的污渍和粪尿，她用干净的土和水制成泥浆，倒在毯子上，自然风干。在接下去的五天时间里，她不断地对毯子进行拍打。为了修补毯子上烧焦的孔洞，她从各处抽出一团团毛线，拢在一起，再粘到该粘的地方去。至于床上的丝绸帘幕，她说，这东西是用她愚蠢地从上海带来的两条漂亮裙子做的。吊灯嘛，则是通过将嫩枝拗成正方形后罩以棉纱内衣制成的。她骄傲地宣称，这个房间里的一切，就连花瓶和麻将牌，都是经由她的巧手变废为宝制作而成的，其原料均出自她的行李和这个家的辉煌过往。听了这些话以后，我看待这个房间的目光发生了变化——床帘上有笨拙的接缝，毯子上修补过的孔洞参差不齐，而桌面上的填补痕迹则十分明显。我不再对香柚感到嫉妒，而是默默赞叹起她的心灵手巧。

她的脸上浮现出一种无奈的自嘲："如果我还能再活上一百年的话，我就能把这个房间改造得像我在堂子里住过的那间屋子一样漂亮了。从前，我有一间美丽的卧房，并为此深感自豪。那时的我太狂妄，狂妄得丧失了理智。我一直在待价而沽。我也曾遇到过一些请我嫁给他们的客人，但我总觉得自己能找到一个更好的，更有钱更有势的。在我的众多恩客之中，有一个土匪。他放话说，谁要是敢偷瞄我一眼，他就会把他给杀了。这话很快便传开了。没过几个月，那个土匪就移情别恋，跟另一个倌人好上了。但我从前那些追求者因为怕惹麻烦，仍旧对我避之唯恐不及——只有常恒例外。心比天高的下场是什么？就是沦落到这里。狂妄而又心比天高的人往往以悲剧收场。"

"你能高到哪儿去？"宝葫芦嘟囔说，"坟比天高倒是有可能。"

"棚子里还有很多毯子和椅子呢，"香柚对我说，"我可以帮你把它们补补好。不过别误会，我这可不是什么助人为乐。我只是觉得，与其叫脑子无聊得锈掉，还不如当个木匠锻炼一下脑筋呢。"

我一边向她道谢，一边不由自主地感到了一种令人窒息的恐惧。这个充满劣质的物质享受的房间里，飘荡着一股悲伤的屈从味道。这就是她的生活所能达到的幸福极限了。她已经接受了自己将要永远留在这里的现实。她的时光从此将被浪掷在用垃圾碎片制造虚假繁荣之中，而她的余生也将在这片废墟之中慢慢耗尽，呼出最后一口气息之前，目光所及也将全是些可憎之人。或者说，难道她的心里还残存着对常恒的温暖感情，足够她用来熬过这一切悲哀？反正我是没有。

"你显得有些犹豫。"香柚说，"你是在担心我会在日后管你讨债吗？我不会的。等你想通了再来找我吧，我说到做到。"

暮色降临，她点上灯，摆出打麻将的家伙。洗牌的时候，麻将牌相碰发出的声响让我恍惚间神游回了上海时光：在那些炎热的午后，我们等待着为我们而办的花酒开场，等待着追求者陆续到来。在这熟悉的声响里，我得以钻进回忆，逃离此处。

但香柚却打断了我的回忆："常恒有没有带你去过极乐山上的一处美景？啊，从你的表情看，他肯定是带你去过了。他有没有保证说要带你到他的诗情洞穴里去看看？没有？他将来会的。那个地方那么高，我一路都忍着脚疼跟着他往上爬，他也不说背背我。回到房间以后，我的裹脚布上全是血。"

"那你最后进到那个洞里了吗？"我问。

"我连那个洞穴是不是真的存在都不确定。他告诉我说，通往那里的小径在前一年被泥石流给截断了。"

"啊，没错，薇奥莱也是这么听说的。"宝葫芦说。

"不过，就算那条路又宽阔又干净，"香柚说，"月塘的村民们也不会上去的。大家都觉得极乐山已经被邪魔附体。如果我要是在上海的话，肯定会说，这个故事只不过是编出来吓唬大家的罢了。但在这个鬼地方生活了将近五年以后，我承认，光是想到要把这个故事讲给你听，我都会吓得后背发凉。"

香柚讲的关于佛手的故事

那座山上有一个白石拱顶，形状看起来很像一只捧着东西的手。从拱顶的顶端向下，有几条陡坡，形成了四个手指和一个拇指。斜坡尽处，拱顶的形状变得平坦而开阔，形成了一个手掌。三百年前，一个云游朝拜的和尚迷了路，上错了山头。当他来到极乐山顶后，看到了一个小小的山谷，以及那个手形的拱顶，却没有看到庙。如果他就那么下山的话，所有人都会耻笑他犯了错。正当他因此而犹豫不决的时候，拱顶忽然发出熠熠的光芒。他一下子就明白了，这是佛陀之手在启示他，叫他在这里建造一座寺庙，将功赎罪。获得神力的他走进树林，发现了一些金色的巨树。他只用一块锋利的石头便砍倒了五棵巨树，砍倒后又将木桩运到了山谷中央。他用七天时间建成一座寺庙，又用一天时间雕出一座两人高的佛像。佛像有一只向上托起的手掌，那手掌看起来就跟拱顶上的佛手一模一样。他在一块厚石板上刻字，祭献给佛手。石板上刻下的字句描述了他砍伐木头的伟业。上面还说，任何一个云游朝圣至此的人，只要摸到佛手，都会立刻得偿所愿。完成这一切后，那个和尚便活着升入了极乐世界。之后，他只短暂地回到过凡间，在石板上写下最后一段话。

不久后，一个牧童为了找回走失的水牛，不小心来到了这片有拱顶的山谷。那头牛就站在金色的寺庙边上，当他走过去捉它的时候，透过大敞着的庙门看到了里面的佛像。他想要献上点什么，但活这么大，他连两个铜子儿都没攒下来过。他能献上的，只有他怀里的一块玉米饼而已，而且那还是他接下来三天仅剩的口粮。他把那块玉米饼夹在佛手的拇指和食指之间，片刻后，他最大的心愿便实现了：他忽然变得能够认字、写字，并且像个文人那样说话了！当他自如地读着石碑上的碑文时，不由喜极而泣。他甚至还改正了文中的一个错别字。下山后，他用文雅的语句向村民们讲述了那个寺庙和那只佛手的事情。

很快，这座庙便成了远近三个县中最为神圣的所在，许多人慕名而去。由于极其难以抵达，这座庙的神圣声望更见高涨。你很容易就会在途中迷失。朝圣之路始于月塘，爬上半英里后，路便分成了方向完全相反的两条岔路；又过一英里后，这两条路中又会分别分成三条路，其中一些向上，一些则向下；再走上两英里以后，这六条路中的每一条又都会分成四条，所有的路分别朝向上下左右前后等各个不同的方向。合计起来，一共有超过一千条不同的小路在这座山中蜿蜒曲折——尽管没人知道，到底是谁曾把所有的路都数过一遍。人们管这堆纠缠纷乱的小路叫做"带你前往佛手的老太婆的血管"。到达目的地的路途合计起来有八英里之长。一个男人要从山脚下的月塘走到山顶上的佛手，需要艰险跋涉一整天的时间；一个强壮的女人则需要两天。很多在雨季上山的人都被冲到了山下，此外还有不少人是被突然刮起的大风吹落山崖。初夏，有毒的生物开始蠢蠢欲动；深秋，老虎和狗熊则会为了过冬而寻找猎物。那些侥幸没有迷路，并且躲过所有危难的人，都会在佛手实现他们最大的愿望——当然这也是有条件的，那就是他们必须头脑干净、无欲无求，这样，他们才能在接近佛陀之时，秉持一颗清明之心。如果你的愿望是生个儿子，你就必须告诉自己不要满脑子想着儿子；如果你的愿望是发财，你就绝对不可以在脑海中描绘大堆大堆的金子。不幸的是，当你提醒自己不要去想自己的欲望时，你就会想起自己的欲望。这也就是为什么，几乎没有几个人能够得偿所愿。

有两条路可以将你带往佛手。一条是从极乐山的南边开始。那是山的正面，因为那一面的山麓形状看起来很像人的脚趾。另一条路始于北面，那是极乐山的背面，因为那一面的山麓形状看起来很像人的脚跟。脚跟那边的路便是月塘的那一条。谁也不知道要从一边爬上山、又从另一边爬下山到底有多难。那些完成了此项壮举的人再也没回来过。

那座寺庙声名大噪了两百多年之后，在距今一百年前，一个没有得偿所愿的贪婪小人把佛手的拇指给偷走了。这座寺庙顷刻之间便邪魔附身，那个小偷变成了石头，而朝圣至此的人们全都遭逢了厄运。每一个不幸的家庭都有着不同的不幸：一位想多要个孙子的老妇人回到家后，发现她的大孙子无缘无故地死了；一个年轻女子希望丈夫的断腿能好起来，回到家后自己却扭断了双脚。人们讲述着关于落石、山洪、断崖以及熊虎成群的故事，这些故事由那些曾遭灾难的祖先讲给自己的子孙，代代相传，绵延不绝。

只有一个小伙子没有遭到佛手的诅咒。他宣称，当他抵达那座寺庙的时候，发现有一群恶鬼正围成圆圈转着走。他跟他们讲话，他们也跟他讲话，还告诉了他一个秘密。因此，只有他一个人可以随时来到这座寺庙，却不会使自己和家人蒙受灾难。那个小伙子就是常恒的曾祖父。他把那些恶鬼告诉给他的秘密传给了常恒的祖父，他的祖父又把秘密传给了他的父亲。然而，他父亲还没来得及把秘密告诉给常恒就死了。常恒说，自己不知道那个秘密，所以绝对不敢爬到山上的佛手处去。

"这个故事简直就是胡说八道。"宝葫芦说。她的语气太强烈了，让我看出了破绽——其实在她心里，她觉得那很有可能是真的。

"但这是村民们家里代代相传的故事，就算你再怎么说，他们还是会深信不疑。"香柚说，"常恒总是提醒大家，谁要是犯傻敢去佛手的话，肯定会大难临头。他还向人们描述巨石是如何把那些罔顾警告的人们给砸死的。但我也问过我自己：那他为什么还要不停地写一些关于山中醉酒隐士的诗呢？他给你念过那些诗吗？他父亲也写过许多同样主题的诗，他的祖父和曾祖父也是。山上肯定有些什么，但不是邪魔。常恒把他的诗都藏在供桌附近的一个盒子里了。你发现那个盒子了吗？没有？那你看过那个讲述他儿时所目睹的家族受辱的故事吗？"

香柚肯定也出于某个原因而四处寻摸过。她也是为了找她的珠宝吗？

"来到这里一年以后，我注意到常恒总是在动身前去视察木材厂的前夜，忙着写下一首新诗。一天早上，我早早起床，偷偷监视他在做什么。他当时正照着一沓纸张，往另一沓纸上誊写一些什么东西。抄好后，他将字纸卷起，塞进了一个刀鞘里。过了一会儿，我无意间听到有个小厮正跟我的丫头讲话。我听出，那个小厮是她的相好，也就是把王镇的情况讲给她听的那个人。他说，常恒走的并不是桥那边的那条路。他会走得远一些，取道一条掩藏在树丛中的小径。而且，他总会随身携带一整袋酒。我想我知道佛手的邪魔到底是什么了。"

"你想说什么？快说出来啊。"宝葫芦说。

"我心里有一种猜想。"香柚说，"现在你们也来猜猜呗。"

"我猜，那是因为他更喜欢风景优美的小路，"我说，"而且喜欢在去木材厂的路上把自己灌醉。"

"那么那些诗呢？"香柚说。

宝葫芦皱起眉头："他写诗肯定是为了再引诱一个天真白痴、不懂得鉴别好诗烂诗的长三回来。她在上海吗？如果是的话，他怎么可能在两个星期之内就完成往返呢？难道有火车吗？"

"没有长三，也没有火车。"香柚说，"明天咱们可以互相讲讲彼此的猜测。我不是故意卖关子，我只是想引诱你明天再来跟我打几轮麻将。"

361

那天晚上我辗转难眠，满脑子都是香柚的哑谜和其中透露的只言片语：木材厂、寺庙和邪魔、酒袋、关于泥石流和山体塌方的谎言、关于隐者的诗歌。考虑到他们家族一贯的撒谎传统，我怀疑这整个故事都是他的曾祖父编出来骗人的。所谓的邪魔不过是用来阻止寻求奇迹的人们爬上山顶的幌子。极乐山上肯定有些什么东西，但绝不是一群跳舞的恶鬼。

我对于香柚为什么要对我透露这些感到困惑。她应该担心我把她的话都告诉常恒才对。然而，她知道我不会这么干的。她想让我知道这些，但她的目的绝非出于姐妹之情。我想，她之所以会跟我分享这个秘密，是因为她有求于我，却觉得我可能不愿意帮她这个忙。

如今我意识到，香柚说起自己对常恒的感情和他对她的感情时，可能说了些谎话。也许她一度真的爱过他——或者像我那样，告诉自己说，自己是爱他的。我觉得她不大可能会喜欢他在床上对她做的事情。在上海的时候，他的做爱方式总是循规蹈矩，索然无味。自从到了这边以后，我发现他不再像以前那么体贴，而是变得苛求、粗鲁，并且故意表现得很狂暴。不过相应的，我也不再像往日那样，假装自己总是激情四射。

常恒和我不再像以前一样热烈讨论了。在闭塞的内陆地区，我们没有什么可以讨论的东西。在月塘村里上演的唯一新闻，便是村民间鸡毛蒜皮的拌嘴，以及疫病的爆发。就算上海成了一片火海，我们也不会知道。常恒曾说他敬慕我的思想，曾称赞我说，我从小在我妈身边的男人圈里长大，在做生意的环境里耳濡目染，果然见多识广，很有想法。现在想来，这不过是他跟我撒的又一个谎罢了。不过，我忽然也意识到，我应该设法让他跟我多说些话。我可以虚情假意地对他坦白心声，让他觉得我对他毫无保留，这样他就会更加信任我了。他也许会就我的坦白进行一些评论，给我一些建议，我听了以后会佯装出一副感激涕零的样子，然后好好服侍他一番，让他感到前所未有的销魂。在那令人作呕的亲密时刻里，我会假装出伤心的样子，为他不能时刻陪在我的身边而滴几滴眼泪。我会问他什么时候回来，问他会不会给我带点糖果或一匹布料回来。说不定他会无意之间向我泄露一些有用的信息呢。为了逃跑，我什么都干得出来。

等他远游归来回到家里以后，我准备好茶和点心，恭迎他的到来。在他狼吞虎咽的时候，我展开了第一轮坦白攻势：我对他说，这些日子里我疯狂地思念他，担心他已不像从前所说的那么爱我了。在他离开的日子里，我重新读了一遍他为我写下的所有诗歌，好让他能停留在我的身心之中。我发现那些诗读来十分色情，尽管他在写诗的时候大概从未有过这方面的想法。我一边读着那些诗，一边就会想起他在带我上床、并给我别样的诗情享乐之前，对我念诵这些诗歌的时刻。精妙的词句和高超的性爱总是密不可分的。他就是那高高山峰，而我就是那倒映着他的样子的池塘，在高潮中涟漪阵阵。我对他说，当我独自念诵起那些诗句时，总会无法自拔地想象他的山峰的样子。他听了我的话以后非常高兴。他太爱他自己了，爱到连如此奇特的谎言都能信以为真的地步。他一把抹掉嘴上的点心渣子，为了满足我谎称的性幻想而念诵起一首关于酒醉隐者的诗，与此同时，还扑到了我身上。

完事后，当我们面对面躺着的时候，我又对他进行了一番坦白。我说我太渴望得到他了，所以总是担心他在离开我以后又去找了一个新人。我知道我不该质疑他的忠诚的，但一个被爱情冲昏头脑、并且已经不得不跟另外两个妻子分享他的女人，心中不可避免地会有这种充满控制欲的念头嘛。正如我所猜到的，他立刻温柔地向我保证他没有私会其他女人，我是他的最爱，他家北院里的女王。

"我们为什么非得分开这么久？"我用一种心痛的声音说，"带我跟你一起去吧，那样的话，我们就能在沿路的任何地方做爱了。你还记得我们在极乐山上那个优美的地方共度的时光吗？"

他温柔地告诉我，他没法这么做。他需要全神贯注地处理事情，而我的身体太有诱惑力，会分散他的注意力。

我装出一副腼腆而挑逗的样子："你的生意到底是什么啊，比我想跟你做的那事儿还重要？"

他的语气忽然变得刻薄起来："别打听我的生意。这跟你没关系。"

我知道，过于着急地问太多，可能会给我自己招来危险。于是我便装出一副因为惹他不高兴而吓坏了的样子，乞求他原谅我。我转过身，用手捂住脸，显得好像是要隐藏起自己的眼泪似的。过了一会儿，我用小心翼翼的声音说道："如果我请求你再给我留下几首诗，好让我借以熬过没有你的日子，这样的请求会不会太过分？我最喜欢的就是写隐士的那些诗。我不知道你会不会觉得很惊讶，但是，在我心里，我一直都把你想象成那个隐士，而把自己想象成那座洞穴。"

他由衷地同意再给我留下一些诗，并且当场就朗诵了一首。这首诗跟他以前写的烂玩意大同小异。

"你在写诗的时候，会在心里想象出一座洞穴吗？跟我相比，你更想要到那个洞里去吗？"我缓缓地张开了双腿。

"你更好。"他翻身爬到我身上。

"你亲眼见过你诗中写到的那种洞穴吗？"

他狠狠地看了我一眼："你今天怎么这么多问题？"他翻身下马，叫我再给他倒些茶来。我向他道歉，说我不过是想跟他分享彼此的一切罢了，他自己不也说过想要这样吗？我真的不是想多管闲事。我穿上自己的袍子，他却要求我脱掉。在青楼的工作早已使我不再对赤身裸体感到害羞了，但是此时此刻，我却感到无比脆弱，总觉得他能够透过我的裸体，看穿我是在撒谎还是在说实话。从事妓女工作，使我掌握了通过观察男人的动作和肌肉张力来透视他们的想法和欲望的方法。我努力放松四肢，松弛肌肉。他坐在床上，看着我为他端茶递水。他咬了一口面饼，露出不悦的表情。

他把面饼放到我的嘴边："你觉得这个馊了没有？"他问。我还没来得及回答，他便把面饼塞进了我的嘴里。

我转过身，捂着嘴嚼了几下以后，点了点头。那面饼很有韧性。终于咽下最后一口以后，我费力地再一次对他坦白，说自己想给他生个孩子。

"你当然想。"他一边说，一边又拿了一个面饼猛塞进我的嘴里，比刚才还要暴力，"这个也是馊的吗？"

我点了点头。他发火了，我得说些讨好的话，赶快让他心情好起来。

"那就把它吐出来吧。"他说。我很高兴自己不用把它吃光了。他推了一把我的肩膀，叫我跪下，并在我刚一跪下的瞬间就把自己的阴茎塞进了我的嘴里。

他越来越兴奋，大叫起来："张得再大点儿，你这个婊子！"

我挣扎着爬开："你怎么能这么叫我？"我哭了起来，表现出受伤的样子。

他皱起眉头："失去理智的时候，我怎么可能控制得了自己脱口而出的舌呢？"他按住我，并又一次侮辱了我："再快一点，你这流水儿的贱货！"

完事后，他躺倒在床上，陷入心满意足的困倦之中，睡了过去。我则缩在房间里离他最远的角落里，回想着刚才发生的一切。很显然，我无意间撞到了重要的线索——山上有一座洞穴，而他不想让我知道这件事。想要搞到更多的情报，估计还得再花一段时间。在这段时间里，我会想办法让他兑现我刚到这里时他承诺给我的东西：在这个家里的其他地方，给我建几间好一点的房间，远离吵嚷的街道，能够照进一丁点阳光。我这么做并不是为了在这里活得更好，我可没耐心等到房子建好再跑。我这么做，是因为根据我的经验看，男人为你花的钱越多，就会越珍惜你。现在我在这个家的地位是最低的，他必然会对我有所怠慢，所以我必须要先自抬身价——至少也得和香柚处在同等的地位上。

等到他第二次来找我的时候，我先好好服侍了他一番，完事后，我蜷在他的怀里，对他说，这间房子实在是太阴太冷了，住在全家最不舒服的一间屋子里，我觉得很难堪哪。"屋外头那段青石过道就像个喇叭似的，会把屋里的声音放大了传到很远的地方去。所有人都能听见我们在干的事情。"

"别说这么夸张。"他大笑着说。

"这是真的。宝葫芦说，左邻右舍整天站在墙边听，就好像咱们是在光天化日下唱戏似的。"

他笑起来："让他们听吧。估计他们这辈子最大的刺激也就是偷听咱们做爱了。为什么要剥夺他们的乐趣呢？"

我对他说，我不需要他给我新建一整个厢房，只需要把现在这个院子扩建得大一点，让我的房间处在比较靠里的位置，远离小巷和会回声的青石过道就好。"想到宝蓝和香柚能听到咱们的声音，我羞得都没脸见人了。"

他沉默了半晌，说："我从没听谁抱怨过吵。"

"声音也会往我这边传啊。"我发出哽咽的声音，"我能听见你是如何把香柚搞得欲仙欲死的。你的喊声让我知道你在那一刻正在做什么，就连她是躺着、趴着还是悬空着，都知道得清清楚楚。"

他又笑了："你的想象力太丰富了。"

"当我听着你告诉她，你属于她、她是你的最爱的时候，怎么可能睡得着呢？"

"我没说过她是我的最爱。"

"你在翻云覆雨的时候，根本就不知道自己无心中说了些什么！"我加重了自己声音中的苦涩感，"我的心伤痕累累，怎么可能睡得着呢？"

面对我的痛苦，他仅仅是一笑了之："哎哟，我那失眠的妻子哟！我会让所有人都知道你才是我的最爱的。爬过去，大声叫出来吧！"从前戏开始他就很粗鲁。他的手指像是枯树的糙树根，使我不由发出短促的尖叫。他咬我的脖子、耳朵和下唇，弄得我一次次因疼痛而喊叫。他大叫道："跟我说我是你的，跟我说你想要我！再大点声！"

终于熬过这场折磨后，我蜷缩在床的一边。看来我用错了策略。他抚摸我的头发，告诉我，现在香柚肯定知道他有多喜欢我了。他回味着刚才最美妙的时刻，我则默默闭上了耳朵，不再去听他那些恶心的话。我一言不发。他把我扳向他那边，我看到的瞳孔又大又黑，像一只野兽。我垂下眼睛，这样就不用看见那双瞳孔了。他扳起我的下巴。

"看着我。"他说，"你的眼睛真可爱，就像是通往你思想的两扇窗子。"他吻了吻我的眼皮，"就算你安静不语，我也能从你的眼睛望进去，通通透透地看到你隐藏起来的真实感受。我能不能走进去看看呢？你对我的真实感受是什么样的呢？"

他的瞳孔是两轮黑色的月亮。我感觉他好像真的穿过我的眼睛，进入了我的身体。我感到自己的脑袋里沉甸甸的，像是压着什么，几乎无法思考。他是想闷死我的思想和意志呢，我必须得让自己的意志更加坚强。他抓住我的下巴。我横下心来，绝不能让他看出我的紧张。我半阖上眼睛，制造出一种如梦似幻的表情。

"把眼睛睁大。"他命令道，"我想了解你的全部。好，我看到了，都在这里呢，你那宝贵的想法。我也给你看我的想法好了：我绝对不会让你溜走。"

我猛地一惊，而他肯定感觉到了那个瞬间我身体的僵硬。

"怎么了，我的心肝？"他问。他把我的脸扳向他："看着我，告诉我你为什么害怕。"

我等了一会儿才从惊悚中回过神来："我从没想过你会对我说这样的承诺，心里很惊讶。真希望你的话是认真的啊。"

他仍旧死死盯着我的眼睛看，并且命令我也盯着他的眼睛："你属于我，你永远都会属于我。我属于你吗？"

我的大脑再一次被他的凝视压得沉甸甸。我用尽自己所剩的全部力量，去和自己的恐惧斗争。

"你属于我。"我说。

我能感觉到他此刻的感受——他对于我竟然骗他而感到愤怒。因此，我便以一种更温和、更轻柔的声音重新说了一遍，尽力让自己显得充满快乐与惊喜的样子，显得好像不敢相信自己竟然如此幸运一般。

宝葫芦说，她现在过得简直就像个尼姑，为了给来生积德，不得不每天混迹于一堆卑贱的蠢货之中。不过，和下人们在一起也自有其好处，她说，因为这让她得以了解这个家里的小道消息——宝蓝病了；宝蓝又在装病；宝蓝撒谎说常恒的儿子病了；香柚病了；香柚又在装病；香柚抱怨说食物不好吃；宝蓝对于香柚的任何抱怨都予以斥责；香柚以常恒喜欢的某种方式和他做爱，所以他送了香柚一个手镯；宝蓝说她找不到她为儿子未来新娘准备的手镯了；香柚听说自己必须把手镯还回去的时候非常生气；常恒要离家去视察木材厂了，所以我们都会有一个礼拜的清净日子可过了。

要让宝葫芦轻声细语，可是会要了她的老命。不过，就算困难，她也乃旧坚持和我低声说话，因为她对宝蓝的丫头起了疑心——她抓到过她偷听的现行。为了不让她在我们窗下偷听，宝葫芦散布谣言说，她曾看到过一个像是吊死的女人的鬼魂，在我们房间周围游荡。不过，就算做了这些预防性措施，我们说话时还是得小心谨慎——就算宝蓝的丫头不来，谁又知道宅子另一头的丫头们会不会来偷听呢？我曾经怀疑过香柚的丫头，但有一天她怀了月塘村里一个老头的孩子，那个老头给了常恒一笔钱，把她给领走了。宝蓝才不会拿那笔钱给香柚再买一个丫头呢。

常恒不在家时，我们日常生活中的沉重感便可稍事减轻。宝葫芦、香柚和我谈起我们的旧时光，有时心情孤苦，有时则开怀大笑。我们不去碰触那些羞辱的过往，而是选择重温自己最幸福的时光。几乎我们遇到过的每一个追求者、恩客、情人、长三和老鸨都成了我们故事匣子里的材料，我们会从中挑选出合适的人选详细讲述——那些笨拙的男人、那些慷慨的金主、那些好脾气的客人、以及那些性欲旺盛永不餍足的小伙子们。我们都承认自己曾有过一个十分特殊的客人，在他身边，我们的工作变成了享受，我们爱他，想要嫁给他，却也因为他而变得恐惧爱情。我对香柚讲了我和忠诚的故事。

我曾发誓再也不去想起他的，但我没法阻止回忆偷偷溜进脑海。他从我七岁那年便认识我，眼看着我是怎么从一个被宠坏的美国小女孩开始，一点一点长大。他知道我想要的是什么，知道我对另一半有着怎样的要求。我曾对他满腹怀疑，总是盘问个没完，他也曾因此而饱受折磨。我想起他曾对我说过，有人真心对你好的时候，你要欣然接受而非疑神疑鬼；当有人爱着你的时候，要珍惜。现在回想起来，他当时的确是很爱很爱我的，而且，他以他自己的方式确实对我付出了很多。但我那时不懂事，总想要得更多。看清了这一切以后，每当想起他时，我就再也不会感到痛苦，而是满心感激。

当然，我心中最温暖的回忆仍旧属于爱德华和芙洛拉——最悲伤的回忆亦然。在我们三个人的心里，最哀伤的故事恰巧也都是最珍贵的。那些故事里有着确凿无疑的爱，每当讲起来的时候，都会令我心中作痛。

一天午后，我因想起小芙洛拉而大哭了一场。那天是1月18号，是她的第七个生日。宝葫芦和我回忆起了她出生的那天。还记得爱德华抱起她的时候脸上的表情吗？还记得她看见一只苍蝇在洗手时的样子吗？我希望她现在很开心，但也害怕她已经把我给忘了。突然之间，我听到窗外传来一声打喷嚏的巨响，便飞快地拉开百叶窗，正好看到宝蓝的丫头奔逃而走的背影。她看到了我的泪水。

在上海，在我还不知道常恒想追我的时候，我曾毫不顾忌地和他谈起过爱德华。毕竟，他那时也向我倾吐过很多关于宝蓝的哀思嘛。那时我曾对他说，和爱德华在一起时的种种不起眼的瞬间，都将永远定格在我的记忆之中。我们曾漫谈起鸟类的警觉天性，也曾说起我们俩眼睛里都有会变色的调子，这些平淡无奇的小事都将永远烙印在我的脑海之中。常恒曾经赞扬过爱德华对我的忠诚，说他是"你那亲爱的丈夫"，还鼓励我对他多说一些我和爱德华的故事。他说我们是悲伤的同道中人，我深以为然，一点也没有意识到潜在的风险——在一个日后有可能发展成情人的男人面前宣称，我再也不会像爱死去的丈夫一样爱任何人了，他会怎么想？

在我和常恒成为情人以后，他有时会温柔地问我，我是不是还在思念爱德华。我承认自己确实还在思念他，但紧接着还会加上一句说，但我现在想得更多的还是常恒。听到这话，常恒哭了。我逐渐意识到，他希望我能完全忘了我的过去，所以我就不再跟他谈论爱德华了。过了一段时间以后，我不得不开始假装自己已经忘了跟其他所有人分享过的一切美好时光。他希望我的感情在遇到他以前是一片空白，就好像他是我的第一个男人，我的所有激情都是由他释放。然而宝蓝的丫头却看到了真相：我仍会为其他人而流泪。她会把真相告诉宝蓝，并因此领取赏钱。

"宝蓝跟我说你今天哭来着。"那天晚上，常恒上床的时候对我说，"你很难过吗，我的心肝？"他看起来有点担心。

"我为什么要难过？可能她听到我今天下午唱歌来着。那是一首很悲伤的歌。"

"给我唱唱。"

我的脑子僵住了："这太难为情了。我现在唱歌大不如之前在长三书寓里的时候了。我得先好好练习练习，现在唱的话，肯定就是一堆噪音。"

"你做的所有事都很迷人，不完美的时候就显得更加迷人。"他用手臂环住我，"唱吧，不唱的话我就不放你走。"

我绞尽脑汁，终于想起了一首我曾很讨厌的美国歌曲。过去，我的烟花姐妹们常常在留声机上放这首曲子，和着曲调跳狐步舞，结束后，那首歌的旋律会在我的脑子里停留好多天，经久不散。我用极尽哀伤的调子向常恒唱起了这首歌：

> "害了相思病的孤单中国小孩，
>
> 收拾行装，准备出发，
>
> 登上一条宏伟华丽的大船。
>
> 他多么不愿离开他的家乡。
>
> 这么多年以后，
>
> 扬帆起航的时刻终于来临。
>
> 他泪眼蒙眬地唱了一句，
>
> '再见了，上海'。"

常恒鼓起了掌："你的声音还是那么动听。但是这些英语歌词都是什么意思啊？我只能听懂一句'再见了，上海'。"

"这首歌唱的是一个悲伤的小女孩要离开她在上海的家。"

"你唱这首歌，是因为你很想念上海吗？"

这下好了，这首倒霉的歌会让我遭遇怎样的下场呢？"我几乎从来也不会想起上海。"我说。

"几乎？那就是说，你还是会想起上海的咯？你最想念的是什么？酒局、漂亮衣服还是好吃的？"

我拼命思考哪种说法比较无害："我只是想念那些新鲜的海鱼。"

他抚摸我的脸，我看向他，他说："你想念男人吗？"

我腾地一下坐直了："你怎么能问出这种问题？"

"你不好意思承认吗，我的心肝？"

"我一点也不怀念我的过去，"我轻快地说，"我只是惊讶你竟会问出这样的问题。"

"那你刚才为什么眼睛看向别处？"他把我的脸扳向他，"我想，你的心里还是记得过去的某些男人的，某些特别的男人。"

"并不。那不过都是生意罢了。"

"你肯定对某些英俊而迷人的男人动过心。比如方忠诚——他是你的第一个男人，对吧？"

我不由屏住了呼吸。他是怎么知道这个的？忠诚对他炫耀过这件事吗？还是宝蓝的丫头偷听到的？"我对他没有什么特别的感情。"我说。

"女人对于自己的第一个男人总是抱有感情的。"他说，"和他在一起的那些年里，你肯定不是抱着做生意的心态迎接他的。他可比我有钱多了，肯定给你送过很多漂亮的礼物吧。看着我的脸——他比我更英俊吗？"他压住我的手臂，盯着我看。我微微扭开脸。"你现在是在想他吗？你就是因为这个才把目光移开的吧？你会把我的鸡巴想象成他的吗？趴过去，这样你就不用看见我的脸了。"

我还没来得及回话，他就把我翻了过去，像只疯猴子一样趴到我身上，嘴里发出哼唧声和叫喊声。他已经疯了。

第二天晚上，他显得很冷静，但我心里保持着高度警惕。我们聊起他的儿子，聊起他已经长得多高了。常恒的声音很温和，向我夸赞说他儿子读书很勤奋，又对我学了几句他儿子说过的机灵话。在脱下我的衣服、把我拽上床的时候，他的精神看起来相当愉悦。但片刻之间，他便变了样。他抱住我，盯进我的眼睛，什么都没说，但我能感到他在对我的念头进行围追堵截，试图用他的想法取代我的想法。

"你在想什么，我的小心肝？"他说，"是在想爱德华吗？"

我早已做好了准备："我不回答关于爱德华的问题。"我试图挣脱他，但他抱得更紧了，"我不明白你为什么要问这样的问题。爱德华已经不在了。在我身边的是你。"

"你为什么要撒谎？谎言总是横亘在我们之间，让我们心有隔阂。你之所以会撒这个谎，是因为你还在隐藏自己的内心，因为他还在你心里。我知道你很想念他，这没什么羞于承认的。"

我在心里自言自语道：这倒是真的，而且，我现在比以往任何时候都更加想念他。但我知道我应该闭口不言。

"要想让我毫无保留地爱你，"他用一种恳求的声音说，"你必须要放下他，并且实事求是地看待他。他只不过是个声称跟你结了婚、以便能免费跟你上床的外国人。你为什么发抖？是因为他吗？你记起了他对你做过的事吗？你记起了他是如何像干一个婊子那样干你的？就算现在他还是阴魂不散，对吧？就像横在我俩床上的一具尸体。"

我强忍着冲他喊叫的冲动，用平静的语调说："我不想再说这件事了。"

"来嘛，我的心肝宝贝，跟我说实话。他第一次摸你的时候，你有什么样的感觉？震颤？你当时是不是希望他立刻就插进你的身体？你是个经验丰富的女人，从不知道压抑欲望。在我们刚刚相遇的时候，我就能感觉到，你想要我。但我退缩了。在上你之前，我让你等了很久。"他粗鲁地拥抱我，脸上没有一丝表情，"那你等了他多久呢？他上你的时候，是像一只狗那样从后面上的吗？外国人是不是最擅长这个？"他把我翻过去，朝我身体里撞，"他是这么干的吗？更用力？更快？你对他下跪了吗？你为什么要忍耐？给我看看你为他做过、却从没为我做过的事吧。我想尝尝他享受过的所有东西，想尝尝你对那些'只是生意'的男人做过的所有事情，还想尝尝你从没跟那些畜生们做过的事情！"

在他施暴的时候，我说不出话也喘不上气。他在用他的全部体重压向我，几乎要把我压碎了。我试图把他推开，但他却对我喊起鼓励的话，就好像我被他激发得情欲大发了一样。我意识到，要想让他平静下来，我需要对他说他想听的话。所以我喊起来，说他是我的，我是他的，大喊着让他更多地占据我，占据我的全部。他终于松弛了下来。

结束后，他愉悦而精疲力竭地躺倒在床上，再次变得柔情似水。

"我的心肝，你是我最爱的人了。怎么了？你怎么看上去那么不开心？"

"刚才我简直没法呼吸。我差点以为自己要被压死了。"

"我伤到你了吗？在做爱的时候我会失去控制，你知道的。做爱的时候，我会感到放松和自由。我以为你也跟我一样呢，但现在看来好像并不是这样。你刚才是在想念那个撒谎的美国混蛋吗？"

372

旧日伤口忽然就裂了开来，疼痛无遮无拦。我对常恒感到了一股纯纯粹粹的恨意："我当然是在想念他了。你没法消除我心中关于他的回忆。"

他站起身，走到桌边，瞪着我。台灯从下面照射着他的脸，让他的眼睛看起来像是两个深深的窟窿。他的脸扭曲了："我简直没法相信，我们刚刚干了那样的事，此刻你却能说出这样的话！"

他猛烈地摇晃我，摇碎了我喊出的话："我会永远爱他！他尊重我，爱我，让我拥有了我的女儿。对我来说，女儿比世界上的任何人都重要！"

常恒松开了手。他用双手环住自己，脸因痛苦而拧成一团："对你来说，他们两个全都比我更重要吗？"

看到自己伤害了他，我不由十分振奋。我要伤害他更多更多，直到他开始恨我，把我赶走。"我从来没有爱过你。"我说，"你应该放我走。"

他站起身，朝我走来，脸僵硬得就像是一块灰色的石头。"我已经不再认识你了。"他说。

然后他打了我一拳。

被他打的那半边脸颊瞬间失去了知觉，过了好一会儿才开始抽痛，那痛感让我觉得自己正在被他一拳接一拳地打着。我用模糊的目光看向他，看到一个不断晃动着的裸男，大张着嘴，显然因为自己伤害了我而感到惊恐万分。他向我伸出手，我却让他走。我抓起自己的袍子，在他向我道歉的时候，不断地冲他嚷，叫他快走。他抓住我的胳膊，我把他的手甩掉，独自走开。然后我感到自己的背上挨了重重一脚，不由向前跌倒在地。我还没来得及喘上一口气，他就又踢了我一脚，然后抓住我的头发，用手肘狂砸我的半边脑袋。他尖声哭道："停下，停下，你给我停下。"就好像他自己是那个挨打的人一样。他已经疯了，可能会把我给打死。我感受到拳打脚踢的钝痛，痛点从我的肩膀移动到大腿，又移动到肚子。我听到宝葫芦冲他大叫，然后他放开我，紧接着我听到宝葫芦疼得嚎叫起来。他再次回来，开始用拳头打我。每挨一拳，我的眼前都会出现一堆小小的白色圆圈，当白圈消失后，他那苍白恐怖的脸便会再次浮现。我感到自己的后脑勺像是爆炸了一样，眼前只剩一片漆黑。他把我弄瞎了。他猛地推了一下我，我便感觉自己的身体朝后跌落下去。我静静等待着自己的身体撞到地板的那一刻到来。我不断地跌落，不断地等待，用自己那双失明的眼睛，凝望着漆黑一片。

醒来时，我看到一个陌生人的可怖面孔，在我的上方摇晃。我喘起粗气。那是宝葫芦。她的一只眼睛全青了，肿得睁不开，半张脸都变得又红又紫。

"我要削掉他的鸡巴！"她说，"混蛋人渣！你以为我是在说笑？等所有人都睡了以后，我要去厨房里找一把最锋利的刀。如果他想杀了你的话，我们最好先下手为强。"

她的声音听起来模糊不清，每个词都像在浮浮沉沉。她给我用了药用鸦片，她说。我感觉自己正躺在气垫上上下浮动。

"我太了解他这种人了。一旦他的残忍天性被释放出来以后，他就再也没法压抑那种天性了。你恐惧的样子会让他血脉偾张。看见你在极度痛苦中大喊大叫，他会变得柔情似水，满心是爱。但紧接着——砰！——他又变了，他希望你可以再次惊恐颤抖，这样他才可以再次变得温柔起来。残忍的男人最喜欢观赏他人的恐惧，这让他们上瘾。一旦他们尝到了那种快感以后，就不得不为了满足这种欲望而不断做出残忍的事情了。"她痛骂起常恒，但我很快便听不见她在说什么了。我怀疑自己不会是被打聋了吧。

当我再次睁开眼睛的时候，我看到香柚模糊的面孔在我眼前晃悠。有那么一会儿，我还以为自己掉到河里了，是从水面下面看着她呢。可能我已经死了吧，但至少我还没瞎。有那么一会儿，她的表情看起来很严肃，但片刻后，她的脸上便露出了谅解的表情。我做了什么坏事，需要被原谅呢？我想这么问她，但却听不到自己的声音。

鸦片的药劲下去以后，我在一阵令人作呕的疼痛中醒了过来。我的眼睛四处寻摸，想看看常恒在不在。我是没法从他身边跑掉了。我的腿和手臂都很僵硬，一动，就会感到一阵尖锐的、热辣辣的痛感，在我身体里的每个部位间流窜。香柚正往我身上的瘀伤处敷草药膏，而那药膏的重量使我的伤口更疼了。

当常恒带着一双眼角通红的眼睛、一张充满悔恨的脸和一份礼物来到我身边时，不知道已经过了多少天。虽然全身剧痛，但我仍然推开了他。就算他此刻就把我给杀了，我也不在乎。

"我怎么能干出这样的事呢？"他哭道，"你都开始怕我了。"他宣称他那天喝醉了，爱、绝望和酒精在一起产生的化学反应，让他做下了这样的事。他还说，父亲的鬼魂恐怕在那一刻附到了他的身上。"做下这一切的时候，我一直都觉得身不由己。我被眼前发生的一切吓到了，但我就是没法阻止自己。"

我想起了他那时的呜咽："停下，停下，你给我停下。"

他查看了我下巴上的伤痕，以及我肩膀、手臂和腿上的瘀伤，在每个伤痕处都轻轻吻过。恶心的感觉传遍了我的全身。他将那些瘀伤的颜色形容为水果的颜色——李子、金橘，以及芒果。"我怎么能对你可爱的肌肤做出这样的事呢，我的心肝？"

他拿出一个丝绸袋子，放在床上，我的手边。我才不要去碰那个东西。他将袋子打开，从中取出一根发夹。那是一只金丝掐边的凤凰，上面镶嵌着绿松石，尾巴处则饰以珍珠。那是他曾祖母的首饰，他说。"这回你知道你对我有多重要了吧。"他把那件东西留在了床上。

他每天都会过来，在床边坐上几分钟。我渐渐不再那么怕他了，看见他只觉得恶心。他给我带来水果和点心，我什么都不肯吃，他也没再说什么。暴力事件的两周后，他问我，他能不能跟我做爱。他说他会对我很温柔，再也不会做任何伤害我的事情了。我能怎么办呢？我能上哪儿去呢？如果我拒绝他的话，天知道他还会做出什么事情来！

"我是你的妻子。"我说，"这是你的权利。"当他碰触到我的身体时，我不由一阵战栗，心里有一种想要站起身来逃跑的冲动。我拼了命地强迫自己安静不动，他放在我身上的手，感觉就像是压在死肉上的大石头。他发现我完全没有激情，很不满意，但也理解。他知道，要让我们重新投入地爱上对方，还需要一段时间。在他离开后，我大吐一场。没过多久，我便听到他在香柚的房间里兴奋地大嚷大叫起来。他朝她咆哮，而她也朝他喊回去，说她属于他，她身上的每个部分都属于他。如果她这么想要他的话，她可以每个晚上都拥有他。我会帮助她的，我会坚持不懈地帮助她的。

常恒每周都会脸色铁青地对我痛下一次毒手，不过后来的暴打不再像第一次那样让我以为他会把我打死了。他会对我咆哮，而我也会跟他对着嚷嚷，做好了被痛打一顿的准备。宝葫芦告诉我说，每当他打我的时候，邻里街坊们会坐在窗边，一边剥花生，一边欣赏我俩演出的这场好戏。他打我的时候总是小心地避开面部，扇我的后脑勺，把我绑起来，踢我的屁股和腿。他会用力将我顶在墙上，逼我看着他，然后一把揪住我的头发，把我摔到地上。当我疼得再也忍不了的时候，便会把身体蜷成一个球。宝葫芦说得对，常恒已残忍成性，一次次悔过，却仍旧一次次兽性大发。我厌恶他，我才不会让他看到我的恐惧呢。

每当和他一起上床时，我都会让自己沉浸在回忆之中，好让他消失。他看不到也听不到我的念头，不知道我正在脑海中重温一个又一个的记忆，直到他滚下我的床。我在记忆中回到了我深爱的那些地方：我回到了我曾追赶卡洛塔的大客厅，她正在那里猛拍我妈的丝巾团成的球呢；我还回到了我曾坐着马车经过的街道，朝男人们挥手；我沿着一条两边满是售卖书、项链坠和手表的小店的巷道走过，买了些点心；我去找爱德华，和他一起坐在车里；我开着车，大声尖叫起来，因为我眼看着就要碾过一只母鸭子和她的小鸭子们了。我还穿越回了某个炎热的午后，那天实在太热了，我俩什么也不想做，只是背靠背坐在图书馆里的沙发椅上。他在读书……读《金色情挑》。听，他说，听我在读什么呢？他在读他日记里新写的段落。他的日记。我大声朗读起那个段落。我在开车。我回到我们的卧室，看到爱德华怀抱小芙洛拉站在那里。将近黎明时分，房间里洒满淡墨色的晨光，显得如此温暖。而光线还在变得越来越亮，越来越明媚。我能无比清晰地看到他们两个，看清爱德华对小芙洛拉呢喃低语说她是一个美妙的奇迹时，他脸上的表情。我再一次感受到那个瞬间，他望向我，对我说："她是爱情完美的结晶，纯白无瑕，从未受到过伤害。"

他为什么要说"从未受到过伤害"？我本来想等芙洛拉睡着以后再问问他的。我有那么多想问他的东西，但现在再也没有可能得到他的亲口回答了。我只能选择去相信，事情是我希望相信的那个样子。我知道他在说什么。我会保护她不受伤害的，与此同时，我自己身心上的所有伤口也都会一一愈合。我的心会重新变得纯白无瑕，里面再也没有恨，而只有爱。

宝葫芦和我每周都到香柚那里去打个两三次麻将。我们已经彻底成了难姐难妹，丢弃了一切猜忌，保证绝不彼此陷害。有一天，她提起从前在上海吃过的一道菜，我悄声提醒说，宝蓝的丫头说不定会听到她的话，并向常恒打小报告说她在思念她的老家了。

"宝蓝的丫头？"她说，"那个小奸细可不敢说我的一句不是。我手里有她的把柄——她跟那个年轻的小厮是相好，我可是知道，他总是从厨房里偷东西给她吃。不过，虽然她不敢拿我怎么样，但是为了从宝蓝那儿领几个赏钱，她还是会监视你。我建议，你不妨就让她领到那一份赏钱好了——知道她在偷窥你的时候，你就谈谈你对常恒那永恒不变的爱，还有你对宝蓝那如滔滔江水般的崇敬之情吧。就让那些丫头把你的谎话报告给他们听吧。"

香柚在留声机里放了一张唱片："音乐一放，那些丫头们就听不见咱们说的话了。"

上次我去找香柚聊天的时候，她一边搓着麻将牌，一边冲我抱怨说："我一直都想跟你说，你对常恒的感情可比不上我。"

我不由定睛审视起她，不知道她想干什么。

"我能隔着院墙听见你跟常恒的勾当。当然，你也能听见我。我的语气听起来可比你真诚多了。近些日子以来，你对他那话儿可真是一点激情都没有了。我劝你好好提高一下你的演技。我一直在想，也许我们可以来一场比赛，比比谁更会骗他。我们可以假装我们还是上海长三妓院里的烟花姐妹，为了一个自己并不想要的男人而彼此竞争。你得充满欢愉地叫嚷，告诉他你是他的永远，告诉他你爱他，你只爱他。咱们可不能辱没了咱们校书的职业精神。"

"我宁愿挨打也不要这样。"

"他有过一个妾，也说过跟你一样的话。她也像你一样强硬。"

我屏住了呼吸——我一直都在等她跟我说起这件事呢。在此之前，她始终拒绝向我透露更多内情。

"她以前是住在我的房间里吗？"

"她那时住在我的房间里面。我当时住在你那儿，等我升格成二姨太以后，才搬进了这里。她叫翠儿。"香柚说，"她曾经真的爱过常恒，就算来到这里，发现他对她撒了谎以后，也仍然爱他。但是等我出现以后，她就崩溃了。她破口大骂，说他不诚实，嘲笑他住在这么穷酸的地方。她不再对他表现出任何一点的好感和热情，而且她从不畏缩。他几乎把她打成了傻子，敲碎了她的两颗牙，弄瞎了她的一只眼。有一天夜里，我听到她的叫声比平时更大。第二天早上，她就不见了。我心想，恐怕常恒已经把她给打死了，而且，为了不让别人发现他所做的事情，他已经把她的尸体抬出这座房子了。"

"唉呀！"宝葫芦失声叫道。

我倒抽了一口冷气，感到胃里一阵绞痛。常恒，杀人凶手。我的面前可能也等待着同样的结局。

"但后来我才知道，她是跑了。"香柚说。

我终于喘上了这一口气。她是怎么做到的呢？我好想知道。

"她是沿着河逃的。在河的第一个拐弯处，两个当时正在地里干活的女人曾经看到常恒和翠儿互相撕扯的样子。她挣脱了他，飞快地跑进河里，踩着河底的光滑石块摇摇晃晃朝前走去。岸边的河水只到膝盖那么深，她肯定以为自己可以很轻易地走到对岸。但石块上的苔藓很滑，水流也很湍急，她一边走，一边不断地跌跤。然后，河水忽然间就变深了，才到河中央，水就已经没过了她的大腿。衣裙裹在她的腿上，她必须努力挣扎才能保持直立。每次摔倒以后，在站起来之前，她都会被河水冲走一段距离。然后忽然之间，河水又加深了，没过她的腰，把她像片叶子一样浮了起来。她拼命扑腾着回到岸边，抓住了一棵树的树根。常恒找来一根粗壮的树枝朝她伸过去，她也伸手抓住了它。看到这一幕，那两个女人终于松了口气。常恒一边往岸边拽她，一边朝她喊了些什么，而她也朝他喊了回去。水流太急，水声太大，那两个女人没有听清他们两个到底说了些什么。但其中一个女人说，常恒当时看上去很生气，一把撒开了树枝，翠儿被水冲走时，手里还握着那根树枝。她在水面上冒了两次头，然后她跌了一小跤，身体就彻底倒下，翻到了水底。那个女人说，常恒看上去就像是刚捉到了一条大鱼一样兴高采烈。"

我在脑海中想象着这一切，整个人都木了。

"另一个目击者讲的故事略有出入。她说，他俩冲着对方喊话的时候，翠儿的眼睛里有种疯狂的神色。她对他喊了最后一句话以后，就撒开了树枝，任水流把自己冲走。那个女人说，当时常恒的神情看起来就像是刚刚捉住一条大鱼，又不小心让它给溜走了一样。

"翠儿的尸体是第二天在下游一英里开外的地方被找到的，挂在一块大石头上，被河水拍打着。水流太强，人们没法把她的尸体弄下来，直等到夏天水位降低以后……不管当时的情况是怎么样的，人们都说，她的死不能怪罪于常恒，毕竟是她自己先逃跑的，是她自己走到河里去的。但如果你问我的话，我觉得是她自己松开的树枝。她就是这种女人。她就像你一样。"

我觉得喉咙发紧："你说过，这家里还有过另外一个小妾。她也死了吗？"

"她就是我一直想跟你说的那个人。魅儿是在我之后来的，但在你到这儿的一年前就离开了。她当年曾住在你的房间里。"

我希望香柚别跟我说魅儿也死得很惨。

"魅儿和我亲如姐妹，因为对常恒的恨而彼此信任。我们策划过很多逃跑的方案。她有两只大脚，而我却是两只小脚。她怀疑，每当常恒说他要去视察木材厂的时候，其实是去了极乐山上。一天大清早，她守在进山的地方藏好，果然看见他轻快地朝山上走去。等他回家以后，她早已为他备好大瓶大瓶的酒，外加一点鸦片。她把他拉到床上大干一场，把他榨个精光。等他打着呼噜沉沉睡去以后，她便拿过他穿着上山的裤子，将裤兜翻了个遍。她抽出一个皮制的小信讨，发现里面装着一张对折了五次的纸片。纸上写着一首诗，诗的内容是关于极乐山的风景。诗里描述了一棵长着弯如人胳膊的树枝的树，一块形似乌龟的石头——很多各种各样的地标，还包括路途上横亘着的一块人能爬过去、马却过不去的巨石。诗里还有诸如左、右、直走、上、下、第三个、第二个一类的词语。她意识到，

379

自己手里正握着通往极乐山山顶、佛手的向导。"

我的心脏猛地提了起来——逃跑的方法！"你把那个解答写下来了吗？"

"让我说完。她不希望自己离开以后，常恒猜出她去了哪儿。她扯烂了一件上衣和一条裤子，拿来给我看。'就让他以为我步了翠儿的后尘，把自己水葬了吧。'她保证一旦到了安全地带，就会给我捎信来。那天夜里，她又一次用鸦片酒和性爱把常恒搞废，然后便离开了。她带上那张写着向导诗的纸片、那身扯烂的衣服和一小包吃的喝的。常恒第二天在河边找到了那身破衣服，心都碎了。看着魅儿成功地逃到了极乐山上，我很为她高兴。但两个月过去后，她仍杳无音信，我想她肯定是已经死了。我为她难过，希望她没有死得太过痛苦。"

所以说我的床上真的有个鬼魂在游荡了。那就是魅儿。

香柚拉开一个抽屉，取出一张折叠起来的小纸片，说："两天前，我收到了她还活着的证据。一个四处接活的鞋匠来到这里，说他替我姐姐给我捎了一双鞋。那双鞋看起来很眼熟，我就收下了。那是魅儿的鞋。她把自己的鞋拆散，改成了一双适合我的小脚穿的鞋。鞋的针脚堪称完美，我找了半天，想找到衬里的开口藏在哪里——咱们做书寓的不是总把私房钱或者情人给的纸条藏在鞋的衬里里头吗？我小心地挑开了左脚那只鞋后面的线头。"她把那张纸条递给了我：

请按下面的指示，往极乐山上爬。到了山顶，你会看见一片山谷和一座形似佛手的石头穹顶。站在山脊上往下看，你就能看到山景镇了。到仙魅楼来，我会在这里等着你的。

我在脑中描绘出一个躺在山顶的山谷里的镇子。宝葫芦和我高兴地抓住对方。"我们什么时候动身？"我问香柚。

"能多快就多快。我会留下来告诉他们说，我听你说起过沿着河边逃跑的想法。等你到了山景镇以后，往鞋里塞张纸条带给我，告诉我路有多难走。"她指了指她的小脚。虽然那双脚并不是特别小，但很显然，她是不可能独自一人用这双脚走那么远的路的。我们争论了一会儿，宝葫芦和我都坚持说，我们要像三姐妹

380

一样共同上路。

宝葫芦抬起她自己的脚，说："看见了吗？我也是小脚，我就打算试上一试。"

香柚把那双脚推开："你的脚在你小时候就放了，看着跟薇奥莱的差不多一样大——可能比她的还大点儿呢。"

我们继续相争不下。我说我们一定可以找到办法帮她的，但她却坚称自己会成为大家的累赘。我们又指出说，是她把路标和魅儿的信给我们的。争到最后，她说："你们两个对我都太好了。我还从来没替你们修补过房间里的任何一件家具呢。"

自打那天晚上之后，我眼里的世界便完全变了样。我仍旧会在清晨听见农夫彼此粗声大气打招呼的声音，但那声音现在听上去柔和多了。我在街上看见老头抽旱烟，一群狗嗥叫着跑过，声音随着脚步渐行渐远。在我的脑海里，我也跟着它们一起跑远了。

那是个春天，叶子正在发芽。梅雨终于过去后，天气也暖了起来。香柚已经用一把坏掉的椅子上的椅子腿改出了一副拐杖。她还在自己的鞋底粘上了好几层坚硬的皮子，还塞进了一个草药袋，以防脚肿得太厉害。常恒不在她那里的那些晚上，等到丫头们都睡着以后，她就偷偷在房间里来来回回练习走路。

我们从杂物棚里的坏家具上又弄下些木块，拼接成假人，做我们的替身，希望能骗过别人，让他们以为我们还在屋里。小凳子的凳面成了我们的脑袋，半张茶桌桌面当身子，桌子腿扮演了我们的胳膊和腿。宝葫芦坚持要给假人画张脸。她把黏土和土堆混在一起，糊在凳面上，然后把大小不一的石子和钉子镶嵌上去，做出眼睛、鼻子和嘴。我们的脸看上去可是怪吓人的。

为了让我们三个能活过三天，宝葫芦和我偷把吃的东西攒起来。这里没有什么是我舍不得丢掉的，带上任何一样东西都只会给我的身心增加负担。我打算就带几件适合日暖夜凉的季节里穿的衣服。但忽然之间，我想起了某件我绝不能丢掉的东西：爱德华的日记，以及他和小芙洛拉的照片。我想起了芙洛拉被夺走的那个可怕的日子。那天，我曾看着她的照片，对她说："要竭力抗争啊，决不顺从。"我自己就一直是按照这句话的指引活过来的。我把他俩的照片从相框里取出来，夹在日记本的书页之间。

宝葫芦把一件西式女上衣和一条长裙铺在我的床上。

"你为什么要给我带这些东西？"我说。

她狡黠地笑笑："穿上这个，你身上属于洋人的那一半特质就会被发扬光大了。一个西洋女人就算是独自上路，也不会有人觉得可疑。大家都知道，外国人都是疯子，喜欢哪儿就往哪儿跑。这个法子值得一试。"

"那要是有人问我为什么要上山去，我该怎么说？"

"那你就用英语回答说，你是个艺术家，四处云游画风景画。我可以替你把这话翻译成中文。"

我皱起了眉："但我的画具在哪儿呢？我怎么证明自己是个艺术家？"

她从她的包里拿出了两卷画布。"你不用给我看。"我说。我知道那是什么：陆成的画，一张是我妈的肖像，另一张是山谷。每次我把这些画扔掉以后，宝葫芦都会把它们再捡回来。

"至少我们可以试一试。"她说，"这些画由我来带着。"她展开其中一张，就是那张山谷的画。"我怎么可能舍得扔掉这张画呢？"她柔声说，"它看起来就跟我母亲生活的地方一模一样。"

我们耐心等待，终于等到了常恒夜访宝蓝的日子。那夜的月亮只有半圆。那天下午，趁宝蓝的丫头在附近晃悠的时候，香柚故意假装邀请我们过去打麻将。我俩先是婉拒，在她坚持又邀请了两回以后才终于答应。上个礼拜，我们已经一件一件地把行李都转移到她的房间去了。七点，我们来到香柚的院子里打麻将。十点，万籁俱寂，等宝蓝的丫头也跑去私会情人以后，我们换上了农妇的朴素衣裤。我们给三个假人披上漂亮的衣裙，放在靠墙边的地上，然后轻手轻脚地把桌椅摆在它们边上，看上去就好像桌椅被我们给推翻了一样。我们把麻将牌和茶杯散落着扔在地上，看起来就好像我们的游戏突然中断了一样。一盏油灯立在这堆杂乱的东西中央，我们精心将油滴在床铺、丝绸窗帘、纱罩台灯和毯子上。呜呼，一旦大火点燃，就没人能进来救我们，也就是那几个石头眼睛的丑陋假人了。香柚和我从香柚的小院后门离开。宝葫芦给留声机上了发条，放上一张哀伤的咏叹调，然后打翻火盆和油灯，点燃床帘以后，便飞奔到门口与我们会合了。

我们沿着小路朝山上走。五分钟后，我们听到下方的主路上传来惊叫声。我想象着那些人看到我们可怜的替身躺在触手不可及的炼狱之火中被烧得面目全非时，脸上会浮现出怎样惊恐的表情。宝蓝大概会指挥所有的人先去保护家庙吧。那常恒呢？他会作何感受？要过多久，才会有人走进屋子里，检查那些皮肤都被烧焦了的尸体呢？

小路一直朝上拐，我们不断扭头回看那橙色的火焰已经窜到多高了。我怀疑整座房子是不是都已经被点着了——整个村子莫不是也要遭殃吧？一想到这个，罪恶感便油然而生。我们彼此交谈时都显得挺勇敢，但我们的声音却出卖了我们——其实，我们都很害怕。我老是觉得常恒会从我们面前的树丛里忽然跳出来。随着村子离我们越来越远，我们没法再从下面的小路上看到升腾的烟雾了，这才终于感到一阵轻松。

我们就这样走了三个小时。香柚不得不经常停下来休息，因为拄拐让她的胳膊很酸。走到一处碎石封住的路段时，我们停下了脚步。要想穿过这堆碎石也不是没有可能，但天色太暗，我们害怕会有人不小心滑落山崖，所以便转而找了个树丛后的地方轮流睡觉，每隔一会儿就换一个人起来放哨。

新的一天到来时，我们被开阔的天空和山谷的蜿蜒起伏之姿深深震撼。一种从未感受过的平静从我的心里升起。当我们回到山路上时，我发现常恒倒是说过一句实话：山里确实发生出山体滑坡，从山顶滑下的碎石将路都封住了。宝葫芦和我可以从一块石头上跳到另一块石头上，但香柚不行。我们陪着她一步步挪动拐杖，缓慢前行。越过比较大的石块时，她的身体晃得很厉害，我俩得随时准备扶住她。当她终于越过碎石阵以后，不仅自己累个半死，还弄得我俩也筋疲力尽。我们坐下来休息了一个小时，顺便吃了些东西。我们走得很慢，她一路都不断地向我们道谢和道歉。

"一般来讲，当一个人连自己的安危都保证不了的时候，才不会去关心别人的死活呢。"她说。

曾经有人告诉过我，当你拯救了一个人以后，就算救得不情不愿，还是会感到自己的余生都和这个人绑在了一起。我和宝葫芦对香柚，就抱着这样的感情。宝葫芦总是问她需不需要再休息一会儿，我则关心她的脚疼不疼。她担心我们替她拿行李会不会太累，我们大声抗议说，这点行李根本不算什么。然而事实却是，她和她的行李确实已经把我们弄得筋疲力尽。

一路赶路到下午，我们已经爬到了很高的地方，路蜿蜒进了山林，空气凉爽而舒适。但我们却担心会有老虎或黑熊从树后突然跳出来。我承认我还想象过更可怕的东西，那就是常恒突然出现在我们面前。

"那怎么可能呢？"宝葫芦说，"他得过好一阵子才能明白那几个假尸体不是我们呢。而且，就算他明白过来，也会先到河边去找的。他怎么可能想到我们会进山呢？"

我们在松树林里走啊走，逐渐看到了一块块露出的天空，然后终于来到了整片开阔的天空下。压抑的恐惧立刻就从我的胸中消散了。但没过多久，路就越收越窄，窄成了一座断崖边的羊肠小道。刚刚消散的恐惧又回到了心头。只消看一眼断崖下的无底洞，我就会感到头晕目眩。我想起爱德华讲的那个故事：有个小男孩为了抓住洋娃娃，从悬崖边上飞身而下。

"往前看，别往下看。"宝葫芦警告说，"你往哪儿看，就会往哪儿去。"

"根据魅儿给的图看，我们应该已经离那个洞穴不远了。"香柚说，"它肯定就在那边了。"她指了指那无底深渊的另一边，"估计再过几个小时，我们就能走到那里了。"香柚预感，我们的珠宝就被藏在了那里。我想象着一个隐士端坐在洞穴里的样子，就像常恒写的那些诗里所描写的一样。我过去总把诗里的隐士想成常恒。只要一想到我们可能会在洞里看到他，我就会不由自主地浑身颤抖。

"看！"香柚说着，指了指山下。在很远很低的地方，有一个小小的身影正在移动。我们盯着那个东西看了半天，一致认定，那既不是一只熊，也不是一头鹿。那个东西用两条腿走着——除了常恒，再也没别人了。只有他知道，极乐山上没有邪魔。

384

我们急忙沿着那条危险的窄路向上走，希望能找到一片藏身的树林。半个小时以后，香柚的表情痛苦地扭曲起来。她的胳膊和手因拉拐而磨出了血泡，脚也疼得要命。她在一条没比自己屁股宽多少的小路上蹒跚前行，一旦绊倒，肯定会摔到悬崖下面去的。宝葫芦站在她后面，拽着她的衣襟，帮助她保持平稳。我在心里告诉自己不要朝下看。一个危险静静躺在我们身边，另一个危险则风风火火从山下袭来。过了一会儿，我们终于来到了一条远离悬崖的比较宽的路上。宝葫芦和我飞快爬到高处，以便更清晰地看到下面，猜测常恒现在可能的位置。我们发现，他已经爬到比我们想象的近得多的地方了，不由同时倒吸一口凉气。我们花了好几个小时才穿越的距离，他似乎只用了几分钟。很显然，他走得很急。他在追赶我们吗？还是说，他是为了其他原因而往那个洞穴赶？

我们沿着之字形的路朝上走着，搞得好像一会儿往前一会儿往后，完全没有进度似的。恐惧淹没了我，让我几乎无法呼吸。

又到了一个拐点，我朝前一看，心中所有的希望都消失了：一堆落石遮蔽了前路。越过上一堆碎石花了我们整整一个小时，而等我们越过这一堆石头以后，就再也找不到可以藏身的地方了。我的太阳穴突突地猛跳起来。我们面面相觑。必须有人做出决策，决定下一步该怎么办。以常恒的速度，不到一个小时肯定就能追上我们了。我想象着他的手里正拿着一把枪或一把锄头，能够轻而易举地抓住——或者杀掉——我们三个人。

"你们继续往前走吧。"香柚说。她的眼睛麻木而空洞。

"瞎扯。"宝葫芦说，"你把我们当什么人了？"

我表示同意。但与此同时我也知道，如果留下，我们就没有任何逃脱的机会了。我想象着我们将会怎样挨打，想象着一旦被捉回去，将会怎样被锁在烧焦的笼子里，度过比之前还惨十倍的余生。我们要一起承受这一切。一起承受，就能忍受。

"往前走！"香柚生气地说，"我们已经做了那么多的计划，付出了那么多努力，你们要是留下来，就太对不起我了。我会找到路逃走的。说不定前面就有树丛呢，我可以躲在树丛后面。"

但我们都知道，那是不大可能发生的。要是放在几个月前，我可能会毫不犹豫地撇下她；但如今我们已经成为了落难姐妹，而且为了拯救彼此而付出过莫大努力，我们怎么能丢下她呢？香柚严厉地再次坚称："咱们中只要有任何一个人能逃离这个男人，我都会觉得自己胜利了。这么多年来，我唯一的愿望就是能比那个禽兽更聪明，你们不能辜负了我的希望。"她哭起来，哀哀恳求许久许久。

　　"好吧，那我们走了，"宝葫芦说，"我们先去看看前面有没有地方可以藏身。如果有的话，我们就回来接你。到了那会儿，你的体力大概也恢复了一些了。"我十分怀疑宝葫芦是否真的相信自己的计划有着任何的可行性。我们没有说再见。我们说，过一会儿就回来接她。

　　"走，走。"她说着，挥手赶我们走，就好像我们是惹人讨厌的东西一样。我们匆匆从那堆石块上越过。我每隔一会儿就要回头看一眼，看到她跪在地上，抓住面前的石头，一点点朝前挪。我的心不由缩了起来。虽说是她主动要求我们走的，我还是觉得自己背叛了她。一个小时以后，我觉得再也无法忍受了。

　　"我们得回去。"我说。

　　"我刚才也正这么想呢。"宝葫芦说，"反正他过不多久也会把我们给抓住的。我们又不能永远藏在树林里头。"

　　"我们可以试着把她扛过乱石阵。"我说，"咱们两个一起，说不定有可能呢。"

　　"有没有可能都不要紧。我们要在一起。"

　　我们一路小跑着下山，在身后扬起阵阵尘土。我害怕得心脏都要爆炸了。终于，我们又一次发现了香柚，她正坐在一块大石头上呢。我们朝下方看去，发现常恒已经近在咫尺，我们甚至都能看清他的脸、他的粗眉毛了。他正用力挥舞手臂，推动着自己朝前行进。他肯定是已经发现香柚了。他嘴里大声喊着她的名字，而她什么也没做。她已经放弃了，累得一寸都挪不动了。我看到她的前额上有一道血痕。她刚才肯定是摔倒了。她仿佛失魂落魄般地摇晃着脑袋。

　　常恒现在只差再拐两个弯，就能追上她了。他停下脚步，再一次举起手臂："我要把你们这帮贱人打死！"

香柚脚顶着一块石头往后退了几步后，松开了脚。石头滑了下去，但还没等掉到地上，就陷在松软的泥土里了。她又去推另一块石头。我们意识到，她是故意这么干呢。她朝一堆小块的碎石踢了一脚，那些碎石便飞散在空中。几块石子砸到了下面的巨石上，朝另一个方向反弹开来，稀里哗啦地一泻而下。那些石子没有砸中常恒，但他已经看出她想干什么了，于是狠狠地骂了一句，步子迈得更快了。她开始拐杖、手脚齐上阵地往下推石头，但石头都朝常恒的反方向飞散开来。这会儿，他已经走到她正下方的路上了。她竭尽全力地飞快往下猛推石头，一大堆核桃大小的石块砸到了下面的大石头上，朝另一个新的方向反弹开去，其中一块飞到了常恒前方二十英尺开外的地方。他停下脚步，回身看看，接着又朝上方的香柚身边走去。他的表情看起来更加坚决了，步子快得几乎像是飞奔了。

　　香柚的脸因使劲而变得通红。她向后仰，用两只手撑着地，拼命向下瑞。我屏住呼吸，看着那无数或拇指大小或拳头大小的石块，伴随着阵阵烟尘向下摔去，一路摧枯拉朽地把沿路石块也都砸松，呼啸着将香柚和常恒之间的空气撕扯成碎片。常恒躲闪着那些落石。正当他为了掩护自己而朝前方的一块大石头边上跑去的时候，他朝上瞄了一眼。就在那个瞬间，他的脸上炸开一阵鲜红的血雾，他的脑袋偏向一边，向后歪了过去。他的四肢看上去就像被抽掉了骨头一样，软绵绵地向后倒去。宝葫芦和我起初都没有动弹，但看到香柚跌跌撞撞地朝常恒那边移动，我俩便赶紧飞奔过去，想要阻止她。我们同时到达了他的身边，看到了一团没有眼睛、鼻子和嘴的鲜红肉团。他的躯干和四肢拧得七扭八歪，烟尘仍在他身边围绕，尚未尘埃落定。鲜血在他身下流成一片，宛如一面红旗。

　　宝葫芦用手肘轻轻推我，又指了指香柚。她正坐在地上，似乎为自己的壮举而欣喜若狂。每当她俯视常恒的尸体，都会仰脸放声大笑。那场景十分骇人。走到她的身边以后，我发现她正在哭号，整个儿像个女疯子。她转过身看我们，脸上定格着无助和惊恐。她向我们伸出手，我们便坐在她身边，无言地哭了起来。她继续哭号道："混蛋！你为什么要逼我这么做？"她一边抽泣一边告诉我们，她的心里仍旧恨着他。为了拯救大家，除了把他杀掉以外别无选择。她刚才实在是太害怕了，除了一个劲儿地往下推石头以外，什么也无法思考了。然而，当石块砸到他脸上的瞬间，她还是希望这一切不要发生。她杀了他，这完全不是她的错；然而，当你杀掉另一个人——不管是用一块石头砸死，还是把他引诱下悬崖摔死——以后，你的灵魂就将永远带着污点了。你将永远背负着谋杀者的罪名，再也无法恢复纯洁之身。在那个时刻，换了我们中的任何一个人，都有可能会杀了他。我深深地感激香柚，她让我们从常恒的魔爪下逃脱，也让我们免于成为杀掉他的刽子手。我想象着她在余生中反复目睹自己的所作所为时将会感受到的痛苦，我的心也沉浸在了她那深深的悲伤之泉中。此时我忽然记起爱德华曾对我说："如果你杀了另一个人，你自己也会被深深伤害，而且那份伤害会伴随你直到生命的尽头。"

香柚想让我们把他埋了。她说就这样把他留给秃鹫和野狼不大合适。我们劝她还是不要这么做——如果有人发现他死在这里的话，肯定会觉得他是死于落石，而让那些石块落下的，是他的命，而不是她的双脚。

穿过森林后，山路开始绕着山体蜿蜒盘旋。等我们终于来到山的另一端以后，我们看到了一片荫凉的小树林、一个小水塘以及一眼往水塘里注水的山泉。我们立刻卸下行李，痛饮一通甘甜的泉水，然后把脸洗干净。前方有一个幽暗的坑洞，里面藏着另一眼泉。那一定是常恒的隐蔽处没错了。在洞穴的五十英尺开外处，我停下了脚步。我看到了一个坐着的男人的背影——这一定就是那个隐士。有那么一瞬间，我真的以为那个男人会转过身来，露出常恒的面孔。我捡起一块石头，宝葫芦亦然。

"喂，那边的！"宝葫芦喊道。那个身影没有回答。她又朝前走了几步，再喊了一次。他没有动。然后她朝我们转过身来。

"我就知道。我们这位高僧入定太久，久到他都变成一块石头了。"

我们快步上前，走到大石头旁边左右打量。此时我们已经置身于那个洞穴之中了。在洞穴的一侧，一股水流从岩石缝隙里流下，流到一块被冲成碗形的石头上。除此以外，洞里就再也没有其他东西了。别说百宝箱了，就连个坐的地方都没有。

宝葫芦看到洞穴边上有堆石头，不由感到有些蹊跷。她一把将石堆推散，然后我们便看到了一个半人高的、小小的、黑黢黢的洞。有一条绳子挂在洞口。她去拉绳子，我们几个也跟着帮忙，把某件很沉的东西朝外拉。我希望那可千万别是一具尸体。将那东西拉上来以后，我们看到的第一样东西，是一群在盒子上乱窜的浅色蜘蛛。我们不由朝后跳开。宝葫芦折断一根树枝，将那堆生物扫开。

那个盒子里装着书和一堆小卷轴，我们看了，心里好生失望。我们的珠宝在哪儿？常恒从我们手里拿走的戒指、手镯和项链都在哪儿？香柚解开一个卷轴，里面写着一首诗；她又搜出一本书，书里记载着乾隆皇帝的诏书。我发现盒子底部有些什么东西，我们三个便迅速将剩下的书都取了出来，从底部拿出两个细长的小匣子。

其中一个匣子是加硬的皮子做的，形状比书还要细长。箱子上有镀金的压印浮凸画，画的是一座院落以及院里的居民。闩上并没有挂锁，香柚揭开了盖子。我屏住呼吸，随着盖子的开启，我所有的珠宝都出现在了我的眼前。我伸出手，抚摸我的金镯子、珍珠项链，还有忠诚送我的那个镶钻玉戒指。我一直都想把它卖掉，但宝葫芦就是不肯。她说那个戒指就好比一个银行账户，我只需要拿着它朝忠诚晃上一晃，钱就会源源不断地流淌出来。

宝葫芦找到了她的银镯子和两枚金发夹，香柚找到的则更多：一枚钻石发夹，两个金镯子，几个戒指，以及一对钻石镶玉的耳环。

"魅儿大可以把我们的珠宝都拿走的。"香柚说，"她大可以告诉自己说，反正她们永远也不可能逃出这么远的。但是她只拿走了她自己的珠宝。她真是个好人。"

另一个匣子是纯木制的，上面有一把黄铜锁。这个匣子很沉。揭开盖子以后，我们三个不禁同时倒吸了一口气。那里面装着十二锭金子，以及三十三枚墨西哥银币。有了这些钱的话，等我们到了佛手的镇子以后，就能有钱吃东西、住店和过体面生活了。

我们选择当晚就在那个洞穴里休息。我惊醒了好几回，每次都是因为梦见常恒站在我的身边。香柚呻吟着："他来找我了。"我安慰她，说她是在做噩梦。"我没睡着，"她说，"我能感觉到他就站在附近。"

我们在太阳升起前就离开了。照地图来看，只要不遇上陡坡或是落石，再走

389

上几个小时，就能到山顶了。我们走得仍旧很急，但这回不是为了逃命，而是为了寻找新的希望了——我们希望，山顶的镇子里有美好的生活在等着我们。

"好奇怪啊，为什么山景的人从来也没有下到月塘里去过呢？"宝葫芦说。

"远近三个乡镇的人都知道山顶的邪魔和跳舞的鬼魂。"香柚说，"谁会冒着生命危险，跑到月塘这个鬼地方来呢？那里可是臭名远扬。"

"可有些人就是傻啊，他们哪儿都去。"宝葫芦说，"也有些人是因为勇敢，就比如我们。"

除了在童话故事里以外，我从未听说过位于山巅的镇子。但魅儿确实在她寄来的纸条里，把那个地方称为镇子。等我们到达山脊以后，应该就可以看到它了。在我的脑海里，山景镇看起来就跟熙攘的大上海一模一样——里面有糕点铺子和餐厅，有报亭和书店，有街道和街灯，有百货商场、剧院、马车、电车，以及汽车。那里的人们受过教育，衣着时髦。那里还有一条河，以及一个商船往来穿梭的港口——所有这些，都在那高高的山巅之上。

我脑中的上海不是一个地方，而是一种满足的感觉。我终于得以全身而退，四肢、思想和精神都毫发无损。此时的我已放下自尊。自尊不过是一种无用的累赘，只会让我变得狂妄自大。过去，不管我走到哪里，都会小心翼翼地带着我的自尊，就像带着那个镜子都颠碎了的便携式粉妆台似的。常恒和我曾互相斗气，想比比谁更自尊、谁更高傲，而我差点为了证明自己比他有种而命丧黄泉。如果我真的就这么死了的话，他会说"薇奥莱，你更厉害"吗？我宁愿活下来，去做一些更重要的事情——找到小芙洛拉，让她知道我有多爱她。为了做到这件事，我什么都愿意干。

走到离山顶还差两个拐弯的时候，我们脱下农妇的衣服，换上了自己的裙子。我摇身一变，成了一位时髦的西洋女人。穿过树林的时候，我们三个都没有说话。我们快步前行，因为天很快就要暗下去、黑下去了。我知道香柚的脚和胳膊肯定都很疼，但她对此只字不提。

我们走出树林，沿着林中空地前行了一段以后，终于看到了开阔天空。在我们的面前，一个石堆赫然出现。这件东西也被记录在了魅儿的纸条里。越过这个石堆以后，我们就会抵达山脊了。宝葫芦和香柚的脸上浮现出像小女孩一样的急切和天真。我们蹒跚着越过那堆石块，终于来到了山脊。在我们的对面，一座手掌形状的穹顶兀自耸立，穹顶下方是一片绿草茵茵的山谷。不过，那个镇子在哪儿呢？那片山谷那么小，别说一个镇子了，就连月塘村都不可能装得进去。

"魅儿说过这里有个镇子，"香柚说，"她说有，就肯定有。"

太阳西斜，佛手忽然被照耀得金光灿烂。我觉得自己正走在一个既奇怪又熟悉的地方。我想起了我妈曾留在身边的那幅画，《奇幻山谷》。这个地方看起来跟画里的山谷并不相似，但它显得和那幅画一样神秘，就像一个关于我自己的难解之谜。这个地方会不会比我刚刚逃脱的地方更加可怕呢？我觉得会。但下一个瞬间，我就在怀疑和确定之间摇摆起来。

我们沿着这个小小绿色山谷的边缘快步走过。香柚气喘吁吁，精疲力竭，浑身剧痛。这是个多么坚强的女人啊。我们发现山谷之中有一座庙。所以说，那个故事并不完全是个虚构的传说了。从我们所在的地方望过去，那座庙看起来破破烂烂的，与食腐鸟的歇脚之处无异，但却并没有鬼魂在寺庙周围跳舞。我知道香柚和宝葫芦肯定也留心观察有没有鬼魂来着。

空气变得凉爽，太阳很快就要落山了。佛手的白色手指变成了粉色。我们沿着山谷边沿稳步前行。山谷里的草成了深绿色，寺庙则成了一架烧焦的躯壳。"哈！那座庙不过是个牛棚罢了。"宝葫芦说，"你们看见牛的鬼魂绕着它跳舞了吗？大脑会欺骗眼睛，眼睛反过来也会欺骗大脑。"说完这话，她就沉默了。

这是一个光线迅速变化的时刻，上一秒还让人感觉宁静祥和，下一秒就显得危机四伏起来。太阳继续朝下坠去，佛手的指头呈现出一种尸体般的灰色。我们身边的一切都变得模糊、暗淡起来。之后，仿佛是一瞬之间，太阳就彻底消失了。我们使劲睁大眼睛，却只能看见自己脑中的念头。那个镇子一定已经离我们很近了。我们已经走了这么远了啊。

香柚要求歇上一会儿，然后精疲力竭地跌坐在地。天空中，半轮月亮已经替代了太阳的位置，淡淡的星星也已现出身姿。等到香柚终于能够再次站起来的时候，天空已经变成了一个倒扣在我们头顶的黑色大碗，满天星星刺穿黑暗，锋利而又明亮。我们扶起香柚，她的双脚被身体的重量一压，疼得令她啜泣起来。我们迈着小步，沿着崎岖的山谷边缘小心朝前走去。路朝左一拐，我们离佛手更近了。我看到无数颗星星在我们脚下闪闪发光，不由感到好生奇怪。这会儿，星星离我们比刚才更近了，不再如刚才那般闪着锋利的蓝光，而是变得明亮耀眼。我们甚至能感觉到它们散发出的热气，将我们裹住。

我们同时大喊起来："山景！"

魅儿说的没错。在佛手，我们只需要站在山谷边缘，朝下望过去就行了。

天色太暗，我们只能遥遥看到山景镇里的灯光，但我们却觉得我们已经身在其中了。也许，要走到那儿还得花上好几个小时，或者一整天，甚至更长的时间——谁都说不准路途会不会被碎石覆盖，方向难辨。但此时此刻，这些都不再成为我们的顾虑了。我们等不到早上了，必须要立即启程。

我们把香柚夹在中间，她则把双臂环在我俩肩头。我惊讶于她竟如此之轻盈，也惊讶于我的脚步竟如此之轻盈。并肩而立的我们迈出了脚下的第一步，开始了属于我们的新生活。

第12章 奇幻山谷

旧金山 1897 年

路西亚·明特恩

那是在我十六岁的时候，我看到一个恍若中国帝王的男人站在我家门口，看上去仿佛刚从一本童话故事的书页上走下来。他穿着一条深蓝色丝绸的长袍，上罩一件刺绣有某种符号的背心。他的脸很光滑，从下巴到脸颊再到头顶，呈现出一种柔和的弧度。他留着中国人留的那种辫子，辫子从帽底露出，一直垂到腰间。

"晚上好，明特恩夫人，明特恩教授，明特恩小姐。"他说话的时候，只对我投来了一瞥。他的英语完美无瑕、闪耀着英式发音的光彩，他的举止则既端庄又自在。我闭上眼睛听他的声音，简直以为他是个英国绅士；而当我睁开眼，那童话故事里的插画形象便又重新出现在我眼前。

当然，我从一开始就知道他不是皇帝，不过我觉得他至少得是个身份显赫的人，像是清朝大官什么的。"陆成先生，来美国学习美式风景画。他是从纽约来的，穿过哈德逊河谷来到这里。他的故乡是中国。"爸爸介绍说。

"是上海。"他说，"我们上海人喜欢被区别对待。"他表情愉悦，自信满满，

393

我能看得出，他因自己的与众不同而感到自豪。我也是个与众不同的人，所以说，刚一见面，我们便拥有共通之处了。我一直在等待我灵魂的双生子到来，虽说我完全没有想过他会是个中国人，但刚一见到他，我便迫不及待地想要去了解他的全部了。还没等我来得及再跟他多说一句话，我父母就带着他走进会客厅去见其他客人了，只留我独自一人孤零零站在门厅里面。他们总是把最好的东西留给自己。

就在那一刻，我的心中忽然萌生出了将他占有的渴望。我想要占有他中国的心、中国的头脑和中国的灵魂，想要占有他身上一切与众不同的东西——也包括他那藏在蓝色丝绸长袍下面的身体。这是个骇人的想法，我知道，但在那之前我已经有一整年的时间都在乱交，起心动念和付诸行动之间的这段距离对我而言并不算难以跨越。

八岁那年，我下定决心要忠于自我。当然，要想忠于自我，就必须先了解"自我"由什么构成。我之所以会有这样的想法，是因为有一天我得知，我刚出生的时候，两只手上曾各多长了一根和小拇指一样大的手指。当时，我外婆提议说，应该在出院之前就把我多出来的指头砍掉，要不然别人会以为我们家有生出八爪鱼的家族基因呢。妈妈和爸爸都是思想自由的人，他们的观念基于因果、逻辑、推理和他们自己的经验之上。我妈对我外婆提出的所有建议一律都不买账，这次也一样："就为了让她能戴上纺织品商店出售的手套，就要砍掉她多出来的手指？"大家把我带回家里时，我所有的手指都完好无损。但是后来，我爸的一位多年世交、后来成为了我的钢琴老师的毛贝特先生说了一番话，说服他们将我那双特殊的手变回了一双正常的手。毛贝特先生从前是乐团里的钢琴手，早年间也曾前程似锦，但在普鲁士围攻巴黎的时候，他失去了自己的右臂。"专门写给单手弹的曲子已经很少了，"他对我的父母说，"更别提写给六指的作品了，那是绝对一首也没有。就算你们希望她能接受音乐训练，也没什么能让她弹的乐器，这可怜的孩子估计也就只能敲敲手鼓了。"毛贝特先生在我八岁那年骄傲地告诉我，正是他，影响了我父母的决定。

当一个小女孩得知所有人都认为她身上的某个部分很恶心，需要用暴力除掉时，她会感到多么的震惊呢？这是很少有人能理解的感受。这件事让我开始恐惧，人们是不是可以在我不知情和未允许的情况下，任意改变我身体的任一部分呢？从此以后我便下定决心，要保护好自己身上的一切独特之处。我还给我要保护的那些东西，起了一个很有科学气质的名字："我纯粹的自我存在"。

最开始，我决定要保护的东西包括如下内容：我的好恶，我对动物的极度喜爱，我对一切嘲笑我的人所抱有的敌意，我对胶粘剂的厌恶，以及其他各种各样我现在已经忘记了的东西。与此同时，我还留心记录下自己的各种小秘密——那些事情大多都曾伤害过我的心灵。这些事情无法向他人言说，所以它们当然是构成"我纯粹的自我存在"的重要部分。等我长大一点以后，我又在"需要保护"清单上增加了如下内容：我的聪明才智，我对他人的看法，我的恐惧和反感，以及某种使人无法安宁的负面情绪——后来我得知，这种情绪叫做"烦恼"。几年后的一天，我发现自己的内裤脏了，妈妈对我解释说，这是"导致了你的存在的生物学现象"——大概意思就是说，我的生命是从一颗从输卵管里滑落的卵子开始的。听她那意思，我原本不过是一坨没有思想的不明物体，来到这个世界以后，在父母的影响和教育下，才渐渐有了自己的性格。

在外表上，我无法完全避免生物遗传。我同时遗传了父母两个人的外貌特征，长出了绿眼睛、深色鬈发、小耳朵等等。但他们遗传给我的最糟糕的一样东西，还要数我妈在愤怒时会满脸通红的毛病了：当我情绪激动时，红色斑点便会布满我的脖子和脸——而且，那些斑点可不是羞怯可爱的粉红，而更像是热辣辣的灼伤痕迹。每当我情绪极其激动的时候，那些斑点总会将我的内心出卖。最严重的时候，我的整张脸都会红得像是着了火一样，羞得我不得不赶紧逃回自己的房间。到了这个岁数，我妈已经能够很好地控制自己的情绪了，人们只会偶尔看到她的脸上浮现出一抹健康的红晕。我也拼命想要控制自己的情绪，但不让自己激动简直就像屏住呼吸一样困难，特别是当我父母当众羞辱我的时候。没错，他们总是当着众人说些羞辱我的话，譬如"路西亚爱死流浪猫了""路西亚对于带刺的花有种病态的反感""路西亚总是突发奇想，不出一个小时，她就会把自己刚才的念头给忘了"等等。他们总是伤害我的感情，还一脸无辜。我可不会因为他们是无心的就原谅他们。

我妈我爸都很奇怪——这可不是我一个人的想法。我爸，约翰·明特恩，拥有一份相当受人尊敬的工作：历史学教授，艺术学者；而且大家都知道，他对肖像画拥有很高的鉴赏力。不过，要说他最喜欢的肖像，还要数那些裸体画。他动情地描述那些画里的"女神"："她们那半透明的袍子啊，滑落到她们那古典美的象牙色脚踝处。"除了裸体画，爸爸还热衷于收藏来自于远东的物件。在他的书房里，一幅来自日本的色情画醒目地展览在墙上，画的是一对扭成一团、脸上带有癫狂神情的爱人。在一个玻璃盒子里，陈列着几把细细的象牙和马尾编织成的拂尘，那是中国文人拿来赶苍蝇用的；同一个盒子里还展示着几双满族妇女的鞋，鞋的主人过去曾居住在清漪园¹里。"清漪"，光听这个名字就让我对那个地方心驰神往了，但后来我却听爸爸说，那座园子其实已被烧毁并劫掠一空，这些鞋子就是劫掠而来的战利品的一部分。它们被架在高高的木片上，看起来像是两条靠尾鳍保持平衡的、扬帆起航的小船。我爸说，这种不切实际的设计，让满族女人即使不像汉族女人一样将自己的双脚裹成蹄子，也能获得同样轻盈婉转的步态和强烈的性吸引力。

我妈是植物画家兼业余博物学者阿萨·格里姆克的女儿。阿萨曾随伟大的植物学家约瑟夫·道尔顿·胡克一起旅行了三年，他们一路去到大吉岭、古吉拉特、锡金和阿萨姆，沿路发现了许多珍奇的有花植物，阿萨就负责给那些植物画图解。那些插画让他获得了些许名气，出名以后他便带着他夫人玛丽、女儿哈莉特——也就是我妈——搬到了旧金山。有人付给他一大笔佣金，让他绘制太平洋沿岸的花卉。不幸的是，有一天，他误打误撞地跑到了一匹受惊的马儿面前，而它的主人没有来得及抓住自己的马儿。马的主人是赫伯特·明特恩，他是个大富翁，因在中国的鸦片贸易和在旧金山的购地活动而发家致富。在阿萨的葬礼上，刚刚丧妻的明特恩先生对我外婆说，他懂得她的悲伤。他邀请我们一家在重新找到归宿之前先待在他的宅子里。但我外婆没有去找什么归宿，而是找进了明特恩

---

1 颐和园的前身，1764 年建成，1860 年被英法联军破坏。

先生的卧室。据她所说，她之所以会这么做，是因为她一到夜里就会梦游，自己也控制不了自己，就算吃药也没用。明特恩先生因她的梦游症而尝到了不少甜头，事后负责任地和她结了婚。妈妈总是把这段往事挂在嘴上，以讥讽外婆对外公的不忠。

然而命运就是这么弄人——明特恩先生有个儿子，他叫约翰，比我妈大十二岁。搬到他家的时候，妈妈六岁，那个时候他大多数时间都离家住在大学里；然而等妈妈长到十八岁的时候，那位一直拿她当小妹妹看待的年轻人，却忽然娶了她，并在一年之内就生下了我。对，我就降生于这样一个家庭。

就是这些思维方式南辕北辙的人们将我抚养成人。我们生活在同一屋檐下，却各自为政。爷爷曾经是个厉害人物，近来却一年不如一年，都快成老年痴呆了。他在晚宴上逢人便大谈特谈一些过时的商业建议，幸亏大家都很宽容，说他这么做是出于善意。不过我外婆对人可没什么善意，总是一脸无辜地恶语伤人。这个卑鄙的女人总爱找妈妈的茬，把她气得满脸红斑，像个快要爆炸的滚烫水壶，而自己却若无其事地说，有什么可吵的啊？然后丢手走开。我们都管我的外婆叫明特恩夫人，就连她丈夫也这么叫。虽然我妈总是受欺负，我爸却对此一笑了之，这让妈妈十分介怀。爸爸说，他一点也不觉得岳母大人可气，只觉得她很好笑。他建议妈妈也学习他的豁达态度，别总那么认真。朋友们都夸爸爸脾气好，这让妈妈更生气了。她说，他所谓的好脾气不过是对问题的逃避罢了。小的时候我还蛮喜欢爸爸的，因为他很合群、健谈、风趣，人们都很喜欢和他待在一起，而且他非常关心我，宠我，常常送我一些我想要的稀奇玩意儿，就算我想要天上的月亮，他也会想方设法满足我——比如说，有次我管他要一条毒蛇，他便搞来一条无毒的束带蛇给我玩。但是，随着我渐渐长大，他却越来越不关心我了，似乎在他眼里，我就是一只不请自来地闯进他的生活，从此以后再也不肯离开的野猫。

妈妈的情绪只有两种模式：要么喜怒无常，也就是说易怒而不开心；要么闷闷不乐，也就是说倦怠而不开心。她大多数时候都深居简出，天气暖和的时候，就在花园里种花或是剪花。在她种的西洋玫瑰边，有一块日照充足的闲地，她恩准我可以挑一种花种在那里。我找来各色各样的紫罗兰，紫黄色的、白紫色的、粉紫色的，它们长势旺盛，侵占了树下和灌木丛间每一块闲置的空地。我妈管它们叫强尼跳起来[1]杂草，恨不得把它们都消灭掉，我不得不提醒她说，这是她让我种的，只有我有权处置它们。

要不是因为舍不得这座花园，妈妈肯定会更加不遗余力地催爸爸搬家的。当时，几乎每座山头上都在蓬勃兴建着联排住宅，妈妈一心只想离开原有的舒适家园，买它六七栋或者一整套联排住宅。心情闷闷不乐的时候，妈妈会成天阃在书房里，盯着她爸送给她的琥珀，观察里面的昆虫尸体。那些琥珀是她爸在古吉拉特的一座废弃矿山里发现的，一共二十二块，他当时像个小偷一样把它们塞进了自己的口袋里。在她那个金色世界里，沉睡着苍蝇、蚂蚁、蚊子、白蚁以及其他害虫，她每天都举着一把放大镜，一连几个小时地观察它们。如果我由着她培养我的兴趣的话，最后准得进精神病医院。

从我出生那天起，妈妈便计划着把我培养成一名愤怒的妇女参政权论者，因此，她以那位著名的演讲家卢克丽霞·莫特的名字给我命名。长大以后，我越来越讨厌卢克丽霞这个名字，因为它的读音使我联想到某些发音类似的词：可笑[2]、分泌[3]，还有白痴[4]。为了替换掉这个名字，我决定给自己起个昵称，但我拿不定主意，到底该叫路西亚呢，还是路路呢。妈妈说路路这个名字比较普通，所以，在她身边时，我一般都自称路路。不过，在某些特定的人面前，我会改称路西亚，因为我想让他们觉得我是与众不同的。

我说过，我妈和我爸都是思想自由的人。他们不仅思想自由，言论更是肆无忌惮，在我面前聊天时，不管说什么都从不遮掩。言论自由的氛围看起来挺美好，但我却觉得这是他们不顾我的感受的表现。他们对我的心理健康毫不在意，竟然在我面前八卦说，有人发现比金斯先生在男生宿舍里脱下了裤子——而且，他们说起这件事时，恰逢比金斯先生来家里吃晚饭的前一刻。爸爸总喜欢在大庭广众

1　"Johnny-jump-up"，美国人对紫罗兰的俗称。

2　英文原文为"ludicrous"。

3　英文原文为"secretion"。

4　英文原文为"cretin"。

之下搬出他那些情色藏品，炫耀给喜欢收藏类似物件的同仁们。每当这种时刻，大家都会局促地瞄我一眼，声音也放得很低。我知道，他们都觉得，我是不应该出现在这种场合里的。小的时候，我经常在爸爸的书房里把玩他的藏品，完全不知道自己手里的东西到底是什么。我还记得自己玩过一套三英寸长的象牙小人儿，小人儿身上栩栩如生地雕刻着阴茎和乳房；后来我才知道，那其实是女人用来自慰的工具。尽管爸爸妈妈总是肆无忌惮地谈论性爱，但他俩看上去却对彼此没有一丁点的性冲动。他们俩一人有一间卧室，多年来，我从未听见谁从房间出来，进到另一个人的房间里去缠绵。他们的关系似乎已经回到了以兄妹相处的原点。

直到十五岁那年我才发现，爸爸的性欲其实十分旺盛，只不过他将其挥洒到了别人那里。那时，我常常溜进爸爸的书房，仔细阅读他的色情书刊。我尤其喜欢的是那本蓝色布面的，内含五十二张肌肉猛男和丰满女子各种扭曲的性交姿势图片的书，书名叫《软体操的经典剖析》。除了色情书籍外，我还在他的书房里发现了一个硕大的榴木盒子，向两侧滑开盒盖后，便可看到里面装着的一大堆情书。那些情书字迹各不相同，既有男人写的，也有女人写的，主要内容都是关于激情澎湃的床上运动，有些是对于往昔时光的追忆，有些是关于新近鸳梦的重温，有些则是对于即将上演的激情的遐想。

我读得越多，心里就越沮丧——他把他的爱分给了那么多人，却已经有好多年没有关心过我了。他的情人们管他叫"情爱漩涡之神""雷鸣宙斯""阴茎巨人""碾碎一切的歌利亚"，还说自己是他"正在觉醒的弗拉普塔[1]""饥渴的女阴"，或者"颤动的阴道"。他们详实地罗列出长度、宽度、膨胀度、时效性、以及耐久度。他们谈论性爱的方式，就像是贪吃的人正在饕餮肉汁布丁、奶油和香肠一样——打那以后我就再也吃不下那些东西了。他们赞美爸爸，说他总能成功地引发他们体内的地质灾难和恶劣天气——裂谷与地震、洪水与龙卷风、以及大洋深处的岛屿隆起运动。我想要的不过就是一点点爱意罢了，但他却将他的爱意全都给了别人，天女散花般，一点不知吝惜，方式还充满创意。

我感到怒不可遏。我再也不需要他的爱了。我也有自己的性冲动。

---

1 罗马神话中，丘比特和塞姬的女儿，被称为欢愉之神。

进行第一次性爱探险之前，我先不急着挑选男伴，而是首先精心选好地点。我选定的那片小树林，位于爸爸供职的大学的操场边上。秋日正暖，树林里郁郁葱葱地开着大片绣球花，花朵沉甸甸地垂着脑袋。这片小树林看起来很像那些裸体肖像画里的背景，恍若天神密会的绝佳场所。

那所大学里的学生清一色全是男的，所以，我只消往橡树下的长椅上一坐，就聚集了无数关注。教员们都知道我是明特恩教授的女儿，所以，看到我出现在那里，懒洋洋地坐在草坪上认真研究柔软体操，全都丝毫不以为意。我把那本图画书摊开着放在腿上，人们经过我身边时，都会觉得我是在边读书边等人。从我身边的那条小路上走过的很多男孩都会停下脚步，问我读的是什么。我对最开始遇到的六个男生统统回答说，这是一本关于缝纫的书；遇到第七个男生时，我终于挑逗地说："你想知道吗？"这个年轻人颇值得一试：他浑身洋溢着阳刚气息，长着宽肩膀、又密又黑的头发、天蓝色眼睛、漂亮而有力的双手、富有感官之美的微翘上唇，以及沟壑很深的人中，看起来活像是神话里的男神。我在我爸收到的一封信里读到过，人中是嘴唇和鼻尖之间色情的沟槽，舔起来，就跟人体上的其他沟槽一样，令人欲罢不能。我记得，他身上还有一种自信的风度，与我调起情来游刃有余，嘴里的话也很快就变得极其淫荡——"我很想看看你大腿内侧的样子"——这表明他在性方面一定经验丰富。他向我伸出手，用极其优雅的姿势将我拉了起来，让我感觉自己仿佛是个芭蕾舞女主角。

在绣球花间，他心急火燎地吻我，嘴唇撞击着我的牙齿，把我鼻尖到下巴的所有地方都弄上了口水。我扬起脸，好让他吻到我的脖子。那些吻使我感到后背发酥，阵阵欢愉而发痒的战栗传遍周身。他用漂亮的双手颤抖着捧住我那还未发育成熟的乳房，隔着棉衬衫亲吻。当我的衬衫被他吻得湿哒哒的，而更进一步的事情却仍旧毫无迹象时，我开始犹豫到底还要不要给他机会。然而紧接着，他便解开了我的衬衫扣子，开始舔我的乳头，让我又一次感到了欢愉的战栗。但好景不长，他笨手笨脚地试图解开我的其他扣子，冗长的过程让美妙的刺激逐渐消失殆尽。我翻开那本柔软体操书的一页，在他面前晃晃，叫他快点。他像只受困的野兔一样拼命挣扎着，用他那双漂亮却笨拙的双手撕扯着自己的裤子。然而，他

400

的阴茎刚从裤裆里弹出来，我们便听到附近传来人声。他连忙提起裤子，把自己的阴茎塞回去，脸上浮现出痛苦的神色。就这样，他阴茎的形象定格在了我的脑海中——它看起来跟那些图片多么不一样啊，完全不像白色大理石一样光滑而静穆，而是粗壮的、布满纹路的，显得十分无助，看起来就像一只瞎眼、没毛的啮齿动物，正在寻找充满乳汁的乳房。我扣上自己的衬衫，理顺自己的头发，并重新系好蝴蝶结。声音逐渐远去，我站了起来，将自己的地址给了那个年轻人，让他当晚十点在橡树边等我。

十点，他准时来到约定地点。我带他穿过后门，进入厨房，从仆人们走的窄楼梯往楼上爬。爬到一半时他忽然问我，你真的确定这样做是明智的吗？'明智？"我反问道，"这怎么可能是明智的呢？"我们从楼梯的过渡平台进到我的房间里，接着继续沿盘旋的楼梯上到塔楼之中。我已在塔楼的房间里挂上了印度纱丽，在地板上铺上了剪成小块的波斯地毯——那地毯原本是客厅铺的，后来因为落了烟头和蜡而变得千疮百孔，所以被扔进了垃圾堆。塔楼里摆着一架七级的梯子，梯子上面就是带飘窗的小阁楼，阁楼的地板上铺着一张厚厚的羽绒床垫。这里是我的静居处，我常在这里读书打盹，也常在不明缘由地想要大哭大闹的时候躲进这里。这会儿，我已点燃蜡烛，在被子上洒了玫瑰水，并将《软体操的经典剖析》书背朝外地放在了书架上。爬上去后，我友善地微笑着躺在床垫上，然后我们就开始了。他亲吻我的嘴唇和脖子，我让他轻一点，他乖乖听话。他解开我的衬衫扣子，这一回比白天显得要敏捷熟练得多，我猜他肯定是在来这里之前练习过了。我已预先脱掉了内衣，内里一丝不挂，这样我们就不用再在脱衣服上浪费时间了。我那位准漩涡之神对于我们将要做的事情似乎有点迟疑，因为我刚刚告诉他，我是明特恩教授的女儿——我承认，我之所以这么做只是为了看看他的反应。当他看着我脱去衣服的时候，脸上浮现出惊叹的神色。他盯着我的耻骨看了半天，然后才开始仔细检视我身上的其他禁区，从乳房开始，直到臀部，脸上充满神圣的庄严。等他看够了以后，我帮他脱掉衣服。他的阴茎露了出来，我用一根手指上下抚摸阴茎上的根根血管。多奇怪的器官啊。他呻吟起来，立马就要扑倒在我的身上了，我却让他稍等一下，然后从矮书架上抽出了那本图画书，给他看了看我觉得可以尝试一下的柔软体操姿势。我选出的姿势看起来难度不大，也不需要站起来，因为我们头上屋顶的高度将会使站立变得比较困难。这位年轻的泰坦点了点头，接受了挑战。我将双腿向斜上方举起，完全暴露出我的整个私处，然后他便做出了正确的姿势：一只膝盖跪在我的腰边，另一只膝盖顶着我的臀部，脑袋则压在我腿弯的下面。但这样一来，他的阴茎和我的外阴就不在一条直线上了。所以他又看了看那幅图片，调整了一下左膝。然而，就是这一个轻微的动作，就使他难以自制地泄在了我的大腿上。我无比失望——"完了，都怪你！"——话一出口，我就为自己的口无遮拦而追悔莫及。他整个人都崩溃了，花了半个小时才从尴尬中回过神来。我俩笑着承认，我们两个都太激动了。然而，当我们再次尝试同一个姿势时，还是得到了同样的结果。他求我别把今晚的事告诉任何人，并且保证自己一定会回去勤加练习。第二天晚上，他喝了几杯威士忌给自己壮了胆以后才来。这一次，他挑了一个容易一些的软体姿势。终于，在该压住的地方压住，该顶起的地方顶起，调整好身体姿态，做出了正确的姿势后，他插进了我的身体。嗯，我做得很棒，没有疼得大喊大叫——我对自己说——但是就在下一刻，他嗖地一下坐直身体，拍拍床单上的血迹，意识到自己刚刚给我破了处。他看起来无比混乱焦虑。我对他说："如果我事前告诉你的话，你会怎么做呢？——收起你那血脉偾张的阴茎，乖乖回家？"我们又战了四个回合，这似乎让他变得更加持久了些。但我觉得，我还是没有体验到真正的妙处，因为我还没有感到过任何可以跟地质灾害相提并论的感觉。

在接下来的一年里，我用同样的手段，在大学草坪上成功征募了六七个热情的年轻人，他们中的大多数都还以为我是被他们勾引上钩的呢。到了床上以后，他们会变得有些担心："你确定吗？""你介意吗？"他们比我大几岁，但一个个的都很不成熟，前一刻还自信满满，下一秒就变得像个小男孩一样尴尬而犹豫。我不想总是那么费劲地鼓励那些羞涩的男孩，既不能显得很挑剔，也不能流露出说教的语气。如果我面前的男生一脸紧张，我就会觉得他一定是认为我们正在做的事情有悖道德。我才不要跟这样的人做。有一位美男子给我留下过挺深的印象，因为他引发了我体内的极端天气——先是一阵小小的旋风，接着是翻滚的巨浪——但是，享受了两个月的波涛汹涌之后，我就开始厌烦起他的无聊个性。我仍旧保持着和他的关系，但与此同时又找了另一个不那么擅长做爱，却能在完事之后还能找到话跟我讲的人。

我的性爱探险进行得如火如荼，妈妈和爸爸却丝毫没有察觉。没关系，反正不管我干什么，他们都不会费心去留意。我不知道自己为什么会对他们有所期待——如果你从来也没有得到过爱，又怎么会感觉失去爱呢？也许这就是"我纯粹的自我存在"的一部分吧——我从出生之时起，就一直渴望着妈妈和爸爸的关爱，希望他们能够关心我，把我看得比树脂里的虫子或色情的小人儿更加重要一点。真的，只要他们能把我看得比那些东西重要一点点，我就能相信他们是爱我的了。

我想让妈妈和爸爸知道我在乱交——这样就可以惩罚他们，让他们毫不掩饰地以嫌恶的目光看着我了。那时，我就可以愤怒地冲他们嚷嚷，谴责他们的自私，表达我对他们的厌恶，然后把我在日记里写下的每一件小事都一一说给他们听，把他们骂个狗血淋头。我会告诉爸爸说，我已经享受过很多次火山喷发了，就跟那些男男女女写给他的信里所描述的一模一样。

在我的中国皇帝大驾光临来吃晚饭的那一天，除了他，我父母还请来了八位常来我家做客的客人：比金斯博士，一位天文学家，他的妻子，一位歌剧演唱家；赫法德小姐和她的情人查尔斯·哈切特；我的钢琴老师，毛贝特先生，还有他的未婚妹妹，毛贝特小姐；受人尊敬的妇女参政权论者克罗斯韦尔夫人；以及一位备受推崇的风景画画家，庞德小姐——大家都知道，她曾未婚生下过一个孩子，并被迫将之送走。我爸经常去拜访她，他俩的性爱全都文采飞扬地记述在信件里。

我们聚在客厅喝雪莉酒。爸爸为大家介绍我们的中国来宾："陆成先生。第一个字，陆，其实是他的姓，而成则是名。"

"在美国人看来，我们的名字是颠倒过来的。"陆成顽皮地笑着说，"但在中国，这就是自然的顺序——不管是名字还是责任，家族永远都排在前面。我喜欢别人叫我陆成，姓和名一起叫，因为我是我们家族不可分割的子孙。"

陆，我想，这听起来跟路西亚和路路的发音一样啊。轮到介绍我的时候，爸爸管我叫路路，我纠正他说："路西亚。"

"啊，她今晚叫路西亚。"爸爸说着，眨了下眼睛。我的脸开始发烫。

"陆成先生，"那位天文学家说，"你的英语说得简直比我还要好，这是怎么一回事？"

"从我五岁起，家人就为我请了英国的家庭教师。我父亲在外事关系部门工作，知道会讲英语的好处。"

他属于特权阶级，我对自己说。他有优越的社会地位，还有美妙的声音。

"陆成的专业是西方美术。"爸爸说，"迄今为止，他已经在哈德逊河学校的风景画家的指导下学习三年了。最近，他获得了在阿尔伯特·比尔施塔特[1]门下学习的宝贵机会，而更棒的是，阿尔伯特正巧要返回加利福尼亚，再次描绘法拉隆群岛和约塞米蒂国家公园呢。"

人们纷纷轻声向他表示了祝贺。

"与其说是门徒，我更像个男管家或是门童，"陆成说，"负责为他安排住宿，处理旅行中的种种琐事。但是，能够给他帮忙，我确实感到万分荣幸。我将有机会在比尔施塔特先生最初的工作舞台上，亲眼看他作画。"

爸爸发起了一场关于美国艺术和中国艺术、油彩和水墨之间的区别的充满趣味的谈话。陆成侃侃而谈，就好像在场的这些人——其中许多比他大很多岁——都跟他是多年的老友一般。他知道什么时候该表现出谦逊和礼貌，但每个人都看得出，他在任何话题中都比其他所有人高明得多。当有人说出他从来没有听说过的想法时，他定会加以赞赏。然而大多数时间里，他看起来似乎都在偷着乐。

爸爸不断地制造新的话题，就好像在讲课一样：中国的传统以及西方的影响，正在剧变的上海社会，正在剧变的艺术形式，艺术对社会的影响，以及反之会如何。每当爸爸发起了又一个无聊的话题时，我都想大叫一声："够了！"

"我们怎么才能在艺术中定格情感的瞬间？"庞德小姐说着，看了看爸爸。

1　阿尔伯特·比尔施塔特（Albert Bierstadt，1830—1902年），美国风景画家。

客人们轮流发表意见，而轮到陆成的时候，他说："在我试图定格那个瞬间的瞬间，那个瞬间就已经改变了。所以对于我来说，这是不可能的。"

多么正确，我想。在你注意到一个瞬间的时候，那个瞬间其实就已经流逝了。

爸爸的话无休无止，妈妈则一声不吭，而庞德小姐对爸爸所说的一切都统统赞叹有加。后来，毛贝特小姐也加入了赞扬爸爸的行列，眼神闪闪发亮。克罗斯韦尔夫人也一样，还风骚地歪着脑袋。就连比金斯博士，那位天文学家，在看爸爸的时候，眼睛里也闪耀着光芒。他们都被他迷倒了。他们莫不全都是他的性爱追随者？陆成注意到了吗？我是唯一一个看出这一点的人吗？在我们周围，谈话声变得越来越聒噪，所有人都张着大嘴大谈特谈救赎、天神的符号象征、基督的拯救、罪恶与美德、炼狱、罪恶、业障、以及命运。

"陆成，"爸爸说，"你对于命运是怎么看的？"

"我是个中国人，明特恩先生。"他说，"我对命运当然敬畏得五体投地。"

我走过去站在他身边，努力使自己看上去冷静而成熟："陆成先生，我不知道你是不是在开玩笑。你真的相信东方的命运观吗？"

"我真的相信。我们之所以会来到这里，都是因为命运，不管是东方的命运，还是哪里的命运。"

我正打算问他更多，爸爸却敲了敲酒杯，宣布我们接下来将要看看陆成在美国学习期间都画出了什么样的作品。他举起一幅小小的、带框的油画。就算隔了很远的距离，我还是能够看出，那是一幅杰作。那上面有可爱的色彩，而且我从其他人的表情中看出，他们也持有与我相同的观点。人们轮着传阅这幅画，一个接一个，全都大肆赞扬着这幅画和画的作者："真的想不到，一个学生竟会有这么高超的技巧。""这颜色很饱满，同时又很微妙。""它定格了完美的一瞬。"

终于，那幅画抵达了我的手中。看着画面，我的第一感觉是怪诞：我竟然认出了画中的地方，还感觉自己曾经在那里生活过。但我同时也知道这是不可能的。我身后房间里的所有灯光都消失了，其他人的声音也都淡去了，我被吸引进了画中，走进了画中那片长长的绿色山谷里。我感到画中的氛围真实而触手可及，甚至能够感觉到那里凉爽空气的触感。而且，我对画里的地方有着完全的理解，我知道那就是我的故园，它带给我的孤独感并非孤单寂寞，而是对自己的清醒省察。我就是那片长长的绿色山谷，从时光起始时，就不曾改变。那五座山也是我的一部分，是我的力量和勇气，让我可以直对进入这片山谷的一切事物。天空中有暗灰的云，给山谷的一部分投下阴影，而我明白风暴曾凌虐我，我得紧抓住山上的树，才能保护自己。我曾经害怕自己会连同那片暗云一同蒸发，但是看啊，那云的底端是粉色的，下垂的，十分色情。而最最令人惊奇的是，一片金色的溪谷就铺展在群山的缝隙之间，那个金色的地方，便是画下这片乌托邦的创造者的所在……我发现陆成正用他那愉快的目光看着我，似乎已完全看透我的想法。

"你怎么看，路西亚？"爸爸说，"你显然被这幅画给吸引住了。"

我做出了一番颇有才情的评价："这幅画定格了很多个瞬间，很多种感情。"我看着陆成，接着说，"希望，爱，以及纯净。我在这里面看到了永恒，既非开端，也非结束。这幅画仿佛在说，所有的瞬间都是永恒的，永远不会消失，山谷中的宁静也不会，山峦的力量和天空的开阔也不会——"

我本来还想继续说的，但爸爸打断了我："路西亚情绪激动了，陆成，今晚她宝贵的激情全是因你的画而生啊。"所有人都善意地笑了，我却感觉到自己的脖子开始发红。

爸爸和妈妈总会在看到我过于情绪化的时候对我加以嘲笑。我的情绪会起伏澎湃，激情连绵不绝。他们认为我必须学会控制它们。妈妈把自己压抑成了个呆滞恍惚的人，但是爸爸，他何曾控制过自己狂欢的高潮？

"我很幸运，确实。"陆成说，"事实上，我当时确曾有过定格住永恒瞬间的豪情壮志，但我觉得自己做得很失败。但是，明特恩小姐的赞美鼓舞了我，她说我定格住了所有永恒的瞬间。真的，没有任何一个画家会比我更需要听到这番话。"

整个房间忽然间变得闪闪发光，枝形吊灯的水晶吊坠璀璨闪烁，蜡烛的光晕也摇曳起舞。所有其他人的面孔都变得十分陌生，只有陆成是熟悉的。就在那个瞬间，我感到自己整个人都晕头转向、失去知觉了。我此前从没体会过这种感觉，但我还是瞬间就明白，这就是传说中的坠入爱河。我奋力挣扎着，想要在其他人面前保持冷静，守住自己的秘密。我忽然注意到画框的底端有一小块黄铜做的牌子，便放声读了出来："奇幻山谷。"人们低声交谈起来：这个名字真的合适吗？

"其实我也觉得不大合适，"陆成说，"因为我偶然间在苏菲派诗歌《鸟儿的对话》的中文译本里，看到了这个词。我给这幅画起名的时候，其实并不了解它的意思，后来才发现，'奇幻山谷'并不是愉快舒适的小站，而是一个充满不安感的地方，而不安的感觉对于一个画家来说是很危险的。所以说，现在我这幅画并没有合适的题目。"

但大家都不认同苏菲派诗歌的含义。一个人说，"奇幻山谷"很适合用来描述这幅画，这个词与苏菲派诗歌里提及的更加阴郁的含义毫无关联。"我们又不是苏菲派教徒。"毛贝特小姐说。

他们如此随意地忽视他的不安感受，这是不对的。如果他感到不安的话，他就不得不与之对峙，将其打倒，与它搏斗，以此确认它并不是真的。不然的话，不安感就会一直赖在他的精神之中。我可以在这件事上帮他一把——我只需要和他在一起就行了，那样我就能让他知道，他的自信可以征服多么强烈的不安感。我自己已经这样做过无数次了，我会教给他的。

对话转移到了别的话题上去，过了一会儿，女仆进来说，晚餐已经准备好了。陆成和我坐在餐桌的同一侧，但他的位置离我很远，紧挨着爸爸坐的首席。我俩之间隔着身材丰满的歌剧演唱家和比金斯先生。我被那位女中音的大胸和丰盈秀发挡住，看不清他的样子。跟他隔得这么远，我觉得沮丧极了。毛贝特先生坐在我的左边，而赫法德小姐挨着他坐。我环顾整张桌子，发现那位妇女参政权论者、毛贝特小姐和天文学家的脸上已经不再满溢着对爸爸的爱慕了。今天晚上多奇怪啊。蜡烛散发出浓重的气味，摇曳着光影，厨子端来一只漂浮在肉汁中的某种动物的硕大后腿。在那歌剧演唱家往后靠的当儿，我偷偷看向陆成那光滑的脸颊和他剃得光溜溜的头皮，感受着他那裸露肌肤的光辉。他没有转头看向桌子这边的我。

怀疑在我的心中悄然滋长：也许，他完全没感受到占据我心灵和身体的感觉？我已经饮下了长生不老药，而他却还没尝过一滴。他可能觉得白种女人很没有魅力吧，也有可能他早已跟成百个跟自己同一人种的漂亮女人发生过亲密关系了。在对他的爱的渴望中，我成了个盲目的傻子。

在这片灰色的愁云惨雾中，人们的闲聊声和陆成的声音越来越大，房间里的灯光此刻看起来有种油腻腻的感觉。话题转到了比尔施塔特先生将要在悬崖之屋[1]停留，以便在晴朗的日子里更好地看到远处的法拉隆群岛这件事上。陆成已经通过水陆联运将比尔施塔特先生的行李送到了宾馆，接下来要为他备好旅行画室。

"我去过悬崖之屋。"庞德小姐说，"每天早上，每当我望向窗外时，总会惊讶地发现那些岛屿竟然就在离我二十七英里开外的地方——当然，那些大雾弥漫的早上除外。你也会住在那里吗，陆成先生？"

"学徒可享受不到这样的奢侈待遇。"他说，"我找了一家离悬崖之屋很近的小公寓。"

"你可以住在我们家。"我迅速地说，"我们家的房间够多。"

妈妈一脸惊讶，爸爸却立刻就同意了："你一定要住下。"

"我们家经常有客人留宿，"我补充说，"不是吗，妈妈？"

她点了点头，而其他人则一致认为，他住在这里肯定会更舒服。陆成礼貌地婉拒，但爸爸说，如果他住在我家的话，自己会把全部画作藏品都拿给他看。于是陆成也便从命了。

妈妈叫来女仆，让她去打扫一下那个蓝色的房间。那是二层南端的客房。我的房间在二层北侧，而且，不消说，那个塔楼就在我的房间上面。

"妈妈，"我说，"我觉得陆成可能会更喜欢住在塔楼里。塔楼很小，但从那里眺望海湾景色是最清楚不过的了。"爸爸欢呼起来，说这是个绝妙的建议。庞德小姐自告奋勇，要用自己的马车接送陆成，将行李从公寓搬到我家来。我警惕起来，想看看她是不是想勾引他，但我爸紧接着便提出要陪他们一起去。

第二天一大早，当我来到客厅里时，陆成和我的父母已经在餐桌边就座了。

1　The Cliff House，旧金山的一家餐厅，始建于 1863 年，坐落于太平洋边的山崖上，以海景著称。

为什么他们都知道要早点起来，却没有告诉我呢？看到他那张中国面庞，我感到十分兴奋。但紧接着我便感到少了点什么——他穿着普通的衣服：黑裤子，白衬衫和灰马甲。我希望他能换回他那身中式服装，但同时我也很爱看他那天神般的体格。他比爸爸还高，而爸爸其实已经比一般人要高了。

"每个乘船到法拉隆群岛去的人，都想在沿途看到海狮、鲸鱼和海豚。"我听到妈妈说，"那不过是旁观者的体验。"她把她那本绘有鸟儿插图的珍贵书籍放在了桌子上，"我觉得岛上多种多样的鸟儿要有意思得多。比尔施塔特先生显然也是这么想的，因为他在上次造访那里时画了很多鸟。我最喜欢的鸟类包括卡氏海雀，它从远处看上去很普通，胖胖的，像鼹鼠一样，但当你靠近后，便会发现它的不同寻常之处了：脚是淡蓝色的，眼睛上长着白色斑点，脑袋圆圆，喙也很薄。观察鸟类难就难在这里——你需要注意到它们身上的细节以及与众不同之处，比如说海鸠、角嘴海雀、鸬鹚——"我已经很久没有见过妈妈这么生气勃勃的样子了。

爸爸打断了她："哈莉特，我看你该陪着比尔施塔特先生和我们的年轻朋友一起航行到法拉隆群岛上去。他们可以借助你敏锐的眼睛进行观察。"

妈妈既惊讶又受宠若惊。她显然很中意这个想法。

"我知道比尔施塔特先生一定会很欢迎的。"陆成说，"只要您能空出时间来就行。"

"我也要去看一天鸟！"我说。

妈妈狐疑地看了我一眼，说："你晕船啊。"

"我想看鸟想得都晕了！"我说，"你知道我一直以来都很喜欢鸟的。"她又怀疑地看了我一眼。

"而且我还有时间可以提前预习一下。"

那天晚上，我钻进被窝，心里斗争着要不要沿着那盘旋的楼梯溜到塔楼里去。陆成就睡在我的上面，我想象出他正伸展四肢躺在床上，赤裸的身体沐浴着的景象。我能找什么借口上他的房间里去呢——想要看看驶进海湾的船、月亮、星星或者我一直在读却落在上面的书？然后紧接着我便记起，我确实在上面遗落了一本一直在读的书：《软体操的经典剖析》。一股震颤从我体内窜过，我的心狂

409

跳起来。第二天，趁着陆成到悬崖之屋给比尔施塔特先生搭画室的当儿，我奔上塔楼，找到了那本图画书。我之前曾把它塞到羽绒床垫下面，这会儿它还在那儿。我把它抽了出来，放到书架上，并故意露出书体的一半。只消读上五十二页，他就一定会欣喜若狂地迎接我的到来的。

第二天早上，我在早餐室里对陆成致以问候。他友好地报以回应，但却并没有像庞德小姐面对我爸时那样，露出多情的眼神或神秘的微笑。他肯定是还没看过那本关于爱的柔软体操指南。

"我在塔楼里放了一套我最喜欢的书，"我说，"你可以随便看。"一边说，我一边留意观察种种迹象，想知道他是否已经看过那些书了。

"谢谢你，不过这几天，我还得全神贯注地多读一些关于法拉隆群岛和约塞米蒂的书。"

"我记得我们有一本关于约塞米蒂的非常好的书。在阁楼里的那个小书架上找找看。"

吃过早饭后，我们直接进了妈妈的书房。她坐在角落里，仔细观察着她的那些虫子，我们则坐在她斜对角那张用来写信的桌边。那本大大的绘有鸟类插图的书摊开在我俩中间。我们尽职尽责地记录下鸟的颜色、喙的形状、翼幅和尾长——那无数的细节为我俩提供了诸如"那个尾巴比这个长"一类的话题。

他向右翻页，我则向左翻。我对他投以我最为暧昧挑逗的眼神：先垂下眼帘看向我的肩膀，然后再缓慢地抬起眼睛，将目光定格在他脸上。他则只对我报以一个简单的微笑。有两次，我制造出自己的胳膊无意间蹭到他胳膊上的假象，他便收回胳膊，向我道歉。跟他聊到翼幅和迁徙路径的时候，我凑近他的脸旁轻声低语，还声称这么做是为了不要打扰我妈的工作。我没有在他的脸上发现任何心动的迹象，不由渐渐越来越气馁。

"路西亚，"我妈叫道，"别把你的手肘放到书页上。"

我飞速向后侧身，感到羞辱的红晕从我的脖根爬了上来。

陆成转向我，说："路西亚，陆成，多像啊。你们美国人管这叫巧合，我们中国人则管这叫命运。"

410

第 13 章　海市蜃楼

旧金山　1897 年

路西亚·明特恩

　　离预定的法拉隆群岛之旅还有三天的时候，比尔施塔特先生忽然差人紧急给我们送信，向我们一家道歉，说他必须得立刻返回纽约，因为他妻子的病情恶化了。

　　"她得了肺病。"陆成说，"听传闻，恐怕真的是这样。"

　　我父母轻声对这位绘画巨匠表示了同情，我则默默在心里骂他。鸟类研究泡汤了，浪漫的航行也没戏了。

　　"你打算怎么办？"爸爸问陆成。

　　"我的家人去年一直写信来问我什么时候回去，如今我终于可以给他们一个满意的答复了。"

　　中国！他要回到那本童话故事书里了，书皮要合上了，路西亚和陆成之间的故事也要终结了。直到这一刻为止，我都从没想过他会回家的可能性。如果他能了解我所处的险境就好了，如果他能了解我为什么需要逃向那片绿色山谷——不管它在哪里，也不管它到底代表着什么——就好了。我生活在一所疯人院里，身边净是些没有灵魂的人：一个和昆虫尸体陷入爱河的妈妈，一个总爱挑起舌战之火的外婆，一个拥有充足金钱却毫无用武之地的爷爷，一个整天向外面的女人们饥渴的女阴中射爱的爸爸——这就是围坐在我家桌边的精神病人们，他们在晚餐时傲慢地彼此相对，爸爸一边大嚼猪排，一边像是索福克勒斯[1]般指挥全场，引导大家就无聊的艺术剖析进行争辩。为了抵抗他们对我的改变、羞辱，以及对我情感的打压，我不得不拼尽自己的全力。

我们的名字，一个叫路西亚，一个叫陆成。他跟我说这是命运，但我似乎误解了他的意思。他的意思并不是说我们应该顺遂命运，永远厮守在一起，而是说，命运把我们这两粒尘埃吹到了一处，但命运还会把我们吹散的。拜我那起伏澎湃的情绪所赐，我做了太多美梦，现在又难过得不能自已，简直像个傻瓜。

我听到陆成说，他因再也没法跟比尔施塔特先生学习，而感到十分遗憾。他提起了一堆十分世俗的事情——清算旅馆的房费，将比尔施塔特先生的行李搬走，然后订一张回上海的船票，最好是走那条最短的航线。他相信有一班船将于一周内出航。妈妈问我是不是不舒服，我点了点头。谢天谢地，趁耻辱的红斑还没爬满我的脸庞之前，我终于能找个借口离开了。我飞快回屋，坐在桌边记录下自己失去的东西。

当时，我的全部身心都被吸进了那幅画里。我没法用语言透彻地解释这种感觉，只知道我的自我存在已经溜出了我的视野，在不久的将来，它的残影将只能从我写下的这些文字中找到了。虽然如今已经杳无踪影，但在那一刻，我确实曾真切地感受到了自己的灵魂——我灵魂中的真实、纯净和力量，从我出生那一刻起便存在着的一切，不管别人怎样打压和嘲弄，都无可改变。我想要占有这一切的创造者，这幻象的制造者，我想让他把他心中的不安给我看，这样我便可以把我的不安也给他看，然后，我们可以手拉着手，共同去寻找一片真正的山谷——不是那个画在画里的山谷，而是真正的山谷，它铺展于两山之间，远离这个疯狂

1　索福克勒斯（约前496—前406年），古希腊剧作家。

的世界。

但现在我才意识到，那幅画里的景象并非极乐世界。那里没有山谷，没有溪流，我在那里也没有感受到自己的灵魂。我从画里解读出的一切，不过是为了赢过其他人而牵强附会出的东西罢了。那个中国男人激发了我的猎奇心理，为了使自己的欲望正当化，我就骗自己说，他有东方人的智慧，一定能够带我远离不幸的生活。我认定他是从我儿时读过的童话书中走出来的人物，他来这里，是来拯救我、爱我的。我对这位画家着了迷，以为他的笔可以给我画出一个栖身之地。虽然这种着迷的感觉正像生命穿过死亡的溪谷般蒸发得无影无踪，但为什么，为什么对他的渴望仍旧不肯离开我的心呢？如果他此刻出现在我面前的话，我想我一定会自甘沉沦，放任心中的欲火把自己烧得体无完肤。

女仆的敲门声把我从白日梦中猛然惊醒。她走进来，在我床边放下一杯奎宁水。几分钟后，妈妈来了。这可真是稀奇，她是几乎从不到我房间里来找我的啊。她问我是不是病了——胃疼吗？发冷或发热吗？哎哟喂，她竟然对我的身体状况感兴趣！好吧，我回答她说我确实有点发烧。她说她希望我可别把病传染给陆成。去年上海流行黑死病，所有到旧金山来的亚洲人在进城前，都被强制隔离了一段时间。

"如果陆成病了的话，检疫官可能会误会，把咱们一大家子人都给隔离起来。"

多么诱人的可能性啊——所有人都被扣押在这所房子里，陆成和我被关在一起，他就躺在我床的正上方。我觉得自己的脑袋更热了。

我妈继续说："而且陆成很可能会被遣返回国，在船舱里面遭到隔离。他回家的旅程估计不会太舒适。"

我的脑袋一下子就冷却下来了："我得的肯定不是传染病。都是白萝卜闹的。"我说。

"不管是什么闹的吧，"她说，"你最好能赶紧好起来，要不你就没法参加周四去法拉隆群岛的旅行了。你爷爷说，好不容易有个机会大家一起旅行，浪费了

413

太可惜。他说这趟的费用全由他来出，大家还可以在岛上架起篝火烤牛肉吃，他二十年前也曾经这么干过……"

多亏了这杯好消息奎宁水，我奇迹般地立刻就恢复了健康，当晚就生龙活虎地和大家一起共进晚餐并一同探讨关于航行的更进一步计划了。正说着话时，我冷不防发现陆成正微笑着看我呢。我认为他的微笑一定大有深意，但一切都还不明朗。我只知道，命运来到了我们中间，让船头的方向都掉转了。

我得抓紧，不能眼睁睁让体验狂喜的机会溜走。我知道，性爱无法让我和陆成心灵相通，我们的结合只会停留在肉体层面。但就算是这样，我还是很确定，和他结合一定比和其他男人要快乐得多。之前，我为上楼找他想过种种的借口，比如说想看看高桅帆船啦，想看看从岛上冉冉升起的月亮啦——但现在这些借口都已经不再需要了。我已经决定舍弃廉耻，主动躺到他的面前，请他享用我的身体。我自信是个优秀的婊子，肯定会圆满完成这项任务。

十点钟，我听到了他的脚步声和梯子的吱嘎声。我穿着睡袍下了床，爬上盘旋的楼梯，轻快地敲了两下门。他喊道："谁？"听到这声回复后，我便走进了他的房间。这会儿他已经在阁楼里了，油灯的光线将他身体的轮廓映衬得清晰可见，但我看不到他脸上的表情。我什么都没说，他也没问我为什么要来这里。我走到梯子前，爬了上去。他腰以上什么都没穿，身体的其他部分则被被单遮住了。他向后靠靠，给我留出空间，好让我钻进来。我躺下，将头转向书架的方向。我还不敢看他的表情，因为我不知他对于我如此鲁莽的到访，到底是怎么想的。

我看到了那本柔软体操的书，它仍旧原封不动地躺在原地。我没有伸手去拿它——我可不想让那些肌肉猛男和激情欲女跟我们同床共枕。我听到雾角在海狮的吠声之后响起——它们那徒劳无益的求偶信号啊！如果他能赶快开始，像其他那些年轻人一样，将嘴唇吸在我身上的某个地方，该有多好。

"我不是处女。"我宣称，"而且我的父母对我的所作所为毫不关心。我跟你说这些，是为了怕你有这方面的顾虑。"我转过头，看向他。他的表情很平静，脸上好像还有一丝同情和笑意。我解开自己睡袍的第一颗扣子，以向他明确我的意图，但他却立刻伸手紧紧按住我，让我没法继续。我没有预想到事情会变成这样，不由红了脸。

"让我来。"我听到他这么说。说完后，他将手指沿着我睡袍的开口伸了进去，然后所有的扣子便从扣眼里弹了出来。他屈身靠近我的脸，我便比以往更加清晰地看到了他那张完全中国化的面孔。现在我终于可以触摸他了，再也不用担心横亘在我俩之间的诸如将来会怎样、这一切是否合乎道德一类的问题了。我用双手抚摸他脸颊的光滑弧度，他的前额，他的头顶，他从下巴到下颚的部分。我望进他黑黑的眼睛。"我一周之后就要走了。"他说。我不愿意面对这件事，但还是点了点头，紧接着，我便感到我的睡袍滑了下去。窗户大敞着，空气凉爽，我在颤抖。一只温暖的手以一种气定神闲的方式沿着我的身体掠过，绕过我的肩膀，迅速沿两侧滑下。他的眼睛紧紧跟随着手的方向，目光里乃旧带着平日里那种冷静神色，却多了几分好奇，仿佛正在研究我是怎么被雕刻出来的，身体曲线是怎么被制作出来的，手臂的长度是如何被决定的，耳朵的弧度又是如何被塑造出来的。我闭上眼睛。他的手轻轻画着圈，缓慢地，越来越紧地，按压着我的大腿内侧。我睁开眼睛，又一次惊讶地看到他那张中国人的脸，狂喜迟钝了我的大脑，模糊了他身边的灯光，所以，在这片新发现的景色里，我能看清的，便只剩他脸上的各种细节了。我闭上眼睛，感到他将我的屁股挪到了另外一个地方。我张开眼睛，他那美妙的陌生感便又复现于眼前，而此刻我对他的了解，就像我对画中山谷的了解一样，无法言说也无需言说，带着一种亲切的快乐。他将他的辫子放到我的肚子上——这罪恶的景象、触觉和感受呵！一个中国男人正将他的辫子放在我下体的开口处上下晃动，然后以一种罪恶的节奏滑进我的身体。看着他那张陌生的脸，我的思绪飘忽起来，脑子里只剩下几个简单的念头：我们不是同一个人种，我们两个的结合是下流的。违反禁忌让我感到快乐。我闭上眼睛，让他跟我说话，然后他便用他那英式的发音轻柔地念诵起来：

"好小船，

好小船，

既不用船桨，也没有桅杆，

漂浮在海上浪间。

你划向岸边。"

我睁开眼，看到他那张中国人的脸上浮现出快乐而痛苦的表情，这才意识到，对于他，我同样也是个禁忌。我是个狂野的白人女孩，和我做爱是罪恶的，也是新鲜的，因而十分刺激。在他眼里，我是独特、罕见而不平凡的。我叹了口气，在那片我可以完全成为自己的山谷中，终于得到了满足。我们凝视着彼此，他口中继续念诵着歌谣，将我两带往远方：

"相信我，相信我，

我会带你去靠岸。

上船去，到船尾，

骑呀，骑在我的老二上边。"

我的中国皇帝闭上眼，嘴里开始念叨中文。这一次，他不再像哄孩子似的轻哼小调，而是一边发出粗糙刺耳的声音，一边狠命抽打我的身体。我们的身体猛烈撞击，他就这样将我带进了台风之眼和地震之心。

当他点亮台灯时，我醒了过来。

"太阳一个小时以后就要升起来了。"他简短地说。

这个房间外面的生活很快就要回来了。"让我再躺一会儿。"我说着，一边哼唧，一边靠到他的身边，"我从小就喜欢在这里读书。"我懒洋洋、喜滋滋地说，"我很喜欢孤独，尽管有时候我也觉得有点寂寞。这个房间总能安抚我，可能这跟它圆圆的墙有关。这里没有锋利的墙角，这个房间无论从哪里看，都是一样的。你注意到这个房间的圆度了吗？"

"看着它，我会觉得有点心烦意乱，因为我总在想——在圆形的墙上可没法

416

挂画。你可能以为我是个指尖流淌着东方神秘主义的哲人，但我不过是个非常实际的俗人罢了。"

"我们做爱的时候，你用中文说的是什么？"

他轻轻地笑了："就是男人在最最兴奋的时候会说的淫言秽语。插你逼[1]。"

"这些话到底是什么意思？"

"这话相当低俗。我该怎么跟你说呢？……它表达了一种我们做爱时，也就是男性跟女性结合时的欢愉。"

"你说的才不是这个呢！结合时的欢愉？男性跟女性？你那会儿说的绝对不是这话。"

他笑了起来："好吧，但请你不要把这话当成一种侮辱——那句话的意思是'插入你的阴道'。我说过的，这话非常低俗，但我之所以会说这话，是因为我当时太激动了，激动得失去了理智，把那些优美动人的词汇都给忘光了。"

"我喜欢你失控而粗俗的样子。"我说。我暗暗想起了跟我有过云雨之欢的那些年轻人，他们大多数都只会哼哼唧唧，有个人除了喘气以外就不会发出别的声音了，还有一个竟然呼唤起了上帝。

"你是不是跟很多女人说过这些失心疯的话？"我坦荡荡地盯着他，好让他觉我这么问只是出于好奇心，而非已经举着一把刀子对准了自己的心口。

"我没数过。我们那里的人从十五岁开始就会去妓院，但我去得并不是很频繁，有时候就算想去，也得忍着。高级妓院里的妓女需要花很多的时间去追求，你得送她们礼物，跟别的男人争风吃醋，还得忍受心碎。我没有那个闲钱，因为我父亲从不骄纵我。"

他没有问我跟多少个男人在一起过，这让我松了一口气。不过，我还是希望他心里能够在意这件事，就像我曾经自找苦吃地在意他一样——我曾暗暗祈祷，除了自己以外，他的生命中再也没有遇到过别人，或者，至少没有遇到过让他动真感情的人。

第二天晚上，我又一次来到塔楼之中。这次我们毫不费力地双双落入了亲密

---

1 英文原文为"Chuh nee bee"。

的魔咒。接吻时，我闭上眼睛，想将他想象成一个皇帝，但我的脑海中只有他，只有我面前的那张脸庞。当我睁开眼睛时，并未再次感到惊讶，只觉得欣喜若狂。一个中国男人和一个美国女孩正在做爱，这一禁忌行为带来的刺激仍让我陶醉。他在进入我的身体时再次呢喃起那些粗野的话，并在每次撞击时都不断重复。我们大脑空空地在彼此身体里游动，感觉亲密无间。他抬起我的屁股，我的大脑便开始腾云驾雾，除了知道我俩已被绑在一起，再也拆分不开以外，就再也没有别的意识了。但当一切结束后，我们还是分开了，侧身躺着，彼此相对，默然不语，感觉彼此间的人种鸿沟正开裂得越来越大。

尽管我曾向他保证，除了这几天的露水欢愉以外，我将再也不会奢求其他，但随着时间一分一秒地过去，我还是越来越害怕将要很快失去他。他爱抚着我的身体时，想到这份必然的命运了吗？"你会想我吗？"我想问。第三天晚上，在我们前往法拉隆群岛之旅的前夜，我没能忍住，在黑暗中，趁着他看不见我的脸时，问了他这个问题。我屏住呼吸，听他说出"我会非常想念你"的瞬间，眼泪就落了下来。我亲吻他，抚摸他的脸，却发现他的脸也被泪水打湿了。我猜，我摸到的那些泪水是他眼睛里流出的，而不是从我脸上蹭过去的吧？当他将我朝他拽过去，让我的双腿环在他的背上，以比之前更巨大的渴求用力进入我的身体时，我心上的怀疑终于烟消云散。

就在那个瞬间，我下定了决心：我要去中国。做出这个决定后，我立刻认定，这就是我精神痛苦和无爱生活的最好解药。我在情绪的波涛间漂浮荡漾，心中的兴奋超乎想象。勇气澎湃而生，征服了一切恐惧。和他在一起的时候，我第一次获得了深沉而自由自在的感受，从此以后，我再也不想回到原来那种生活里，将自己的灵魂再次上锁。我知道，去中国是一个十分疯狂鲁莽的决定，但现在正是冒险和面对危险的时刻，绝不能败退回安全却淤塞的活死人状态。我怎么控制得了自己呢？我们的身体正靠在一起，共同向中国划去，一点一点地，逐渐接近那片奇幻山谷。我们可以在那片山谷里尽情释放情感，与自己的灵魂坦诚相见。

妈妈叫来马车，把乘客们拉到了码头。这一行的成员包括那位歌剧演唱家和她的情人、毛贝特先生和他的妹妹、庞德小姐、我爸、我妈、陆成，还有我。我拿着一堆外套、一篮子食物、速写本、软芯铅笔、颜料和一本关于群岛的旅行指南上了船。

在去往群岛的航行过程中，妈妈向大家一一讲解从船上瞥见的各种海洋生物："鲸鱼不是鱼，而是像我们一样会思考的哺乳动物。"她冲着凉爽清新的风大喊大叫，搞得我们不是听不见，就是觉得震耳欲聋。我们带来的外套都华丽却并不实用，只有赫法德小姐除外——她穿了一件裘皮大衣，再加上她本来就魁梧，现在看上去简直像是一头熊了。小船穿过风，风则穿过我的皮肤，钻进骨髓。毛贝特先生和他的妹妹，还有哈切特先生都绿着一张脸，不时往栏杆处冲去。我奇迹般地安然无恙——毫无疑问，这都要归功于爱情的滋润。我妈走到船舱中，拿来厚厚的毯子，所以，当我们朝着寒冷的空气呼出一阵阵雾气时，看上去就像是傻站在那里抽着和睦烟斗[1]的印第安人一样。

陆成和我站在栏杆前，名义上是为了提防鲸鱼，实际上却暗暗偷看对方。我们偶然间发现了一只海狮，便大声嚷嚷起来，让所有人都知道我们可是在兢兢业业地干活呢。我有时会假装被船晃得失去平衡，摔倒在陆成身上，而他则会伸手扶住我。

没过一会儿，船真的开始猛烈摇晃起来了。船头扬起，撞击着浪花，所有人都大笑起来，仿佛在观看预先安排好的节目一样。但小浪花渐渐汇合成了翻滚的大浪，一次次将船冲顶起来，我紧张得不由屏住呼吸。没人再笑了。暗云在头顶聚集，一道道光束刺穿云层，打在前方的地平线上。阵风再起，抽打着我们的脸，把我们的脸颊都冻僵了。海鸥销声匿迹，汹涌起伏的海水吞没了海狮的脚蹼。陆成将他的辫子盘在头顶，拉低帽子，罩住耳朵。他今天穿了西式服装——一件厚厚的羊毛衫和一条裤子。我也在脑后编了个辫子，以和他的辫子配对，但这会儿，我的辫子早已被风吹散，一缕缕头发遮住了我的眼睛。

船长大喊着指挥大家，声音却消失在风中。身手敏捷的人们跳到帆桁上，与

---

1 原文为"peace pipes"，北美印第安人的一种象征和睦、和平的烟斗，多用于部落仪式等场合，也叫"ceremonial pipe""calumet"等。

之奋力搏斗。一个皮肤黝黑的年轻人给大家分发了救生衣，还安慰大家说这不过是预防措施。小船一个上仰，接着重重地砸在深海槽上。他建议说，如果我们不想被浪花溅到的话，最好赶紧到船舱里去。赫法德小姐和她的情人是最先遵从他的提议的人，但赫法德小姐在下梯子的时候踏空了一级，吓得大声尖叫起来，大家好哄歹哄才让这位圆滚滚的歌唱家从狭小的开口挤了下去。毛贝特先生和他妹妹紧随其后走了下去，接着是庞德小姐和我爸。妈妈不情不愿地也跟了下去。即将把舱门关上之前，爸爸朝我喊道："你要来吗？"

"我们还挺得住！我好像看见船前有头鲸鱼呢！"

不一会儿，甲板上就只剩下我和陆成了。我们肆意地冲着彼此微笑。这是从早上以来我们第一次单独相处。我的下巴颤抖着，眼泪灼烧着我的眼睛，但这并不是因为爱情，而是来自于风的惩罚。我的牙齿抖得像筛子一样。我想象着我们正站在下个星期的另一艘船上，往上海驶去。

"这里好美。我要乘着这艘船一直开到中国去。"我说。

他什么都没说。也许他明白我为什么要说这话吧。他阴沉，顽固，像个陌生人。

"我希望，有一天我也可以到中国去。也许我可以说服妈妈，就说去中国是为了寻找珍稀的鸟类。"他笑起来，说中国有很多珍奇的鸟。这大大鼓舞了我。"我猜，美国人在上海生活起来肯定不那么容易吧？毕竟语言和习俗都非常不同。"

"上海的美国人越来越多了，当然也有从英格兰、澳大利亚、法国等等很多地方来的人。我觉得他们过得还是挺惬意的——甚至可以说是奢靡。他们住在这座城市里一个恍若国中之国的区域里。"

我看向他，心中拿不准他刚刚说出的话到底什么意思。他也许是照字面意思去理解我的话的——我想和我妈一起去中国。"不过，如果我妈不想去的话，我也没法一个人去。"

他知道我在想什么。他此刻脸上的沉思表情，正如我第一次不请自来地上到塔楼里，躺在他身边时一样沉重。"我已经订婚了。"他说，"我有个未婚妻，回去以后，我就会和她结婚，和我的家人住在一起。"

他说出的话和告诉我的方式之直接，让我震惊了。"你跟我说这个干什么？"我一边说，一边感到脸上开始发烫。我转向一边，这样他就看不到我脸红了。"我又没说我想嫁给你。我只不过是希望你能给我一些建议，要去中国玩儿的话，怎么安排会比较好？你不是也帮比尔施塔特先生安排行程来着吗。"

还没等他来得及看出我有多么受伤，我就走到帆船的另一端去了。我为自己的举动深感耻辱。我恨自己竟然泄露了内心那么多秘密——而且还是对一个事实上不过是个陌生人的男子。我竟然以为在床上翻腾几下，就会让他再离不开我，简直愚蠢透顶。但如果我在他说了那些话以后又说我不打算去中国了，他就会认定我去中国就是为了得到他的爱，而不是去找鸟。一个胆大妄为的念头浮上我的心头：我要向他证明，他错了。我还是要去中国，看看他到底要怎么办！那一刻，我的愤怒和决心都变得无比强大，我告诉自己说，我是真的想要看看中国的样子，就算他要跟除我以外的另外一个女孩结婚，也没关系。我不需要依靠别人，我可以独立谋生，变得像那里的所有人一样与众不同。

海水平息下来，风也静了。我听见有个声音在叫我，一转身，却发现叫我的不是陆成，而是那位船长。他的身影轮廓浮现在云团里，漂浮在咸咸的空气中。他挥舞着手里的小望远镜，让我往前看。沿着地平线，法拉隆群岛的山峰就矗立在船的正前方。我们不可能在这么短的时间里走了这么远的距离啊——我们才只在海上航行了一个小时而已呢。但紧接着，我便发现那不是山峰，而是三条巨龙的剪影。我充满敬畏地朝它们望去，但下一秒钟它们忽然又变成了大象。我眯起眼睛。半分钟后，我又看到了一条鲸鱼，然后那鲸鱼收缩成了一条跟我们的船很像的帆船。到底怎么了？我疯了不成？我看向船长，他的脸上有种疯狂的神情，大笑着。船员们也在笑，一边笑一边大喊着意大利语："Fata morgana[1]，Fata morgana。"——海市蜃楼。

我妈跟我说过，她曾经在望向法拉隆群岛的时候看到过海市蜃楼。她说那景象看上去像是一条船，然后又成了一条鲸鱼。那时我还以为这不过是她的幻想。这多奇怪啊——就在我想着要去中国的时候，这奇观就发生了！这也许是上帝对

1　意大利语，意即海市蜃楼。

我的警示，他想告诉我，我看到的不过是爱情的幻觉而已，那是个假象，可以幻化成很多种伪装的形态。但我同时又觉得，海市蜃楼是暗示我该到中国去的信号，它表明，我想要的生活，比我以为的要离我近得多。正当我这么想着的时候，一面尖利的风墙扑向了我，头顶正上方的一只海鸥发出三声尖厉的叫声。船头一下子窜上一排锯齿状的白色山峰，小船猛地向一侧倾了过去。我们正在被海浪推向那片海市蜃楼——或者应该说，我们正被海市蜃楼吸过去，就像奥德修斯被海妖塞壬的歌声吸引过去一样。这是个预兆。奥德修斯必须在邪恶与美德之间做出抉择，而我必须在傀儡人生和我真正的自我存在之间做出抉择。我的手已经冻僵，抓不住栏杆，所以当船头再次朝下冲进海槽里的时候，我跌了一跤，并且惊恐地发现自己正在甲板上滑动。毯子从我的肩膀上飞了开去，我的裙子鼓得像一只帆。我重重地撞到了看起来像是一轴绳索的东西上，挣扎着想要抓住它，却不知是因寒冷还是恐惧而无法抓紧。我朝船另一侧的栏杆滑去，发现，如果照这个势头发展下去的话，我一定会十分顺滑地从栏杆的空隙间滑落，掉进那黑色的海水中的。我失声尖叫，有人用外国话朝我喊了回来。我感到有一双手抓住了我的脚踝。那是个男孩，不到十四岁的样子，长着一张吉普赛面孔和油腻头发。他抓住我，把我拽向舱口，我努力想要站起来，但双腿却不停颤抖着，又一次摔倒了。然后那个男孩又一次抓住了我。在他扶住我的时候，我回头又望了一眼地平线。

直到这一刻，我才想起要看陆成到哪里去了。到处都看不到他的身影。他已经掉到船底下了吗？我疯狂地朝那皮肤黝黑的男孩比划起来。他用手势告诉我，那个留着长辫子的男人安然无恙，只是被风吹掉了帽子而已。他用手势比划出圆顶礼帽在空中划过的样子，并且做手势说，陆成现在在船的另一边，非常安全。我愤怒了。我知道，他现在好着呢，一点也没有担心我刚才是不是差点丢了小命。我本想跑到他面前骂他的，却因寒冷而动弹不得。

我用颤抖的双腿走下楼梯，一股热气升腾而起，我又恢复了知觉，脸颊也开始发烫。船舱被装饰得像个会客室，里面有软榻和椅子，有很多盆蕨类植物，还有赭色和红宝石色的小块地毯。很显然，这里的东西全都安然无恙，一点也没被晃乱了位置。哈切特先生说，这里的所有家具都是被钉上的，除了茶具以外。他

422

指向一堆摔碎的茶壶和茶杯，以及一些零散的饼干。船上的一位服务生正在清理碎片，一边清理，一边偷偷把饼干塞进兜里。我妈坐在一张深红色的长软椅上，热诚地和毛贝特小姐说着话，而毛贝特小姐则倚在一张贵妃榻上，看上去一脸菜色，就好像她真的要昏倒了一样[1]。赫法德小姐往我手里放了一杯热茶，叫我喝茶暖暖在外面冻僵的身子。我听到庞德小姐跟我爸说她的素描本掉进浪里了。然而我此刻听到的一切话语都不再有任何意义。赫法德小姐用她暖和的双手摩挲我的胳膊，批评说我的骨头上简直没有一点肉。她把我的身体转过去，又摩挲起我的后背。她身上闻起来有玫瑰花的香味。"你的小屁股差点冻成冰块。"她说，"我们啊，为了爱，都忍受了多少愚蠢的事情啊。"

我不由僵住了：她说什么？

她拍了拍我的后背："我也有过很多次这样的经历，伤痕累累，却从不后悔。"她用饱满的声音唱了起来，"心上没有回忆，当爱情回到我身边。"所有人都鼓起掌来。她又一次把我的身体转回来，让我冲着她："我无数次唱起过这首歌，在舞台上面对着成百上千的仰慕者唱过，也在我的卧室里孤零零地唱过。"她的亲切使我深受触动。她带着我从升降扶梯下到一间黑暗的卧铺里，让我躺下，给我盖上一件巨大的裘皮大衣。那件衣服闻起来也有玫瑰花的香味。

正在我迷迷糊糊将要进入梦乡之时，忽然听到上面的甲板处传来大喊大叫的声音。我一骨碌爬起来，披着赫法德小姐宽松的裘皮大衣，努力挣扎着往主船舱处跑去。两个男孩正小心地将陆成放下舱口，另外两个男孩则在下面接着他。他的脸上尽是痛苦的表情，腿上固定上了粗糙的夹板。

"他的脚踝折了。"我爸说，"船长说，他的骨头弯成了九十度，看着就跟没长骨头似的。他是在刚才那个大浪把船冲起来的时候摔断的腿。上面的人不得不先给他用夹板固定住，才敢把他挪下来。"

那位满脸菜色的毛贝特小姐被迫出了自己的贵妃榻。我心中所有的愤怒都在瞬间烟消云散，只想减轻他的疼痛，用爱鼓励他撑下去。但很多人把他团团围住，七嘴八舌商量着该怎么处理这位新病之人，我费了半天劲才挤进去。他脸色

1　此处为"fainting"的双关语。贵妃榻的英文为"fainting couch"，"fainting"意即昏倒。

苍白，上牙拼命咬住下嘴唇。在妈妈解开那个粗糙夹板周围的布条时，我看向他的脚踝：骨头断裂处的锋利尖端已经刺穿了脚踝上的皮肉。我的眼前瞬间金星乱飞，然后就变得漆黑一片。我昏倒了。

醒来时，我闻到了玫瑰花香——我仍旧被裹在赫法德小姐的裘皮大衣里，而她正站在我的身边。其他所有人都已经下船了。"你睡得就像个摇篮里的婴儿一样。"她说。

"陆成怎么样了？"

"威士忌好歹帮他减轻了一些疼痛，男人们刚刚把他搬进马车里。医生正往你家赶。还有一辆马车正等着咱俩呢。"

我连滚带爬地起来穿鞋，赫法德小姐在一旁用一种很搞笑的声音说："可怜的陆成啊，摔断了腿，至少三个月都不能启程回中国喽。"

我飞身抱住她，哭了起来。

"我本想劝你利用这段时间好好适应离开他的生活，不要越陷越深的。不过，这种屁话我自己都懒得听。"

在陆成养病的三个月里，我瞒着他，不动声色地推进着自己的计划。我把自己的贵重物品全给当了，包括一块金表、一只红宝石戒指和一个金幸运手链。除此以外，我还砸碎了存钱罐，把从小到大明特恩先生送我的所有银币都取了出来。

护照和签证很容易就被我给搞定了。我跟办事员进行了愉快的交谈，他问我在中国以什么为生，我便编出一位住在上海的子虚乌有叔叔。我说，那个叔叔邀请我去他开办的美国学校里教英语。"十六岁就当老师啦？"他问。我说，再过两个星期我就十七岁了，而且我向来早熟，知识和学养水平都比同龄人超前很多。

我一步一步地执行着自己的计划，精挑细选地整理着自己的行李。一切都搞定后，我便开始琢磨该怎么把我要去中国这件事告诉爸爸、妈妈，还有陆成了。

爸妈让陆成在我的房间里养身体，把蓝色的屋子分配给我住。不过我却选择住在塔楼里，这样我才可以时常下楼来照顾陆成啊——给他把书、素描本和饭菜拿过来，并且帮他整理床铺，抚摸他的手臂，询问他的疼痛程度。在别人面前，我总是充满同情地说，真是天有不测风云啊，他的回程延误了这么久，太不走运了。没有人猜到，我自告奋勇地担当他的白衣天使，可能还另有所图——只要边上没人，我们便可以随时随地尽情地男欢女乐。为了不伤到他的脚踝，做爱的时候，我们总是精确地调整位置，小心地摆正姿势，再轻松地辅以口交。

我再没提起去中国的事儿。为了显得自然而真实，我谎称自己想回东部找一所女子大学上，还装模作样地提了三所正在考虑的学校。听到我这么说，他便放心了。我说我们永远都会是彼此的好朋友，就算分隔两地，多年以后，我们肯定还会时常记起我俩那些令人惊喜的性爱探险。我骗陆成说，有位男青年现在正追我呢，所以你大可不必担心你回中国以后我会痛苦。我告诉陆成，那个虚构的男青年是这么描述我那撩人的个性：我富于冒险精神，冰雪聪明，没有处女那种过分拘谨的毛病，和他见过的任何其他女孩都不一样，神秘而引人好奇。陆成觉得他说的都对，而且，看到我已经有了一个备选，他十分宽慰。他放心大胆地跟我说，他对中国人的一些习俗十分厌恶，比如，家长要逼他跟一个他不爱的女孩结婚。他坦白说，他对于自己作为一个画家的资质有所怀疑，害怕自己缺乏原创性，也没有能力表达深刻的思想，因为他根本就没有什么深刻的思想，而只会模仿流于表面的技巧。我坚定地认为他对自己的看法是错的，他对此表示感激。

一天下午，在温柔地做爱和说了许多甜言蜜语以后，我躺在他的怀里说，他是我的中国皇帝，我会永远记得他的。我能感觉到他深深地吸了一口气，忍住了一声悲伤的叹息。如今我对他的身体和感情都已了熟于心，什么也瞒不过我去。我请他也记住我这个狂野的美国女孩，他回答说，他记住的会比这多得多。我又说，我不希望他对我的记忆妨碍到他对婚姻的忠诚。

"在中国，婚姻大事都是家人安排好的，与爱情无关。中国的婚姻更像是老朋友和饶舌的妈妈们之间达成的商务协议。我未来的妻子于我完全是个陌生人，我连自己会不会喜欢她都不知道。她有可能一点也不性感，也有可能很笨很无聊。"

我说，但你还可以去找高级妓女啊，他含糊地说也许吧，然后我又说："我妈和我爸的婚姻也跟你们中国人的婚姻差不多，但这并没能阻止我爸到别处去满足他的需求。他们对彼此有种奇怪的忠诚，可能因为他们都不愿意离开这所房子吧。他们都是踏踏实实过日子的人，但他们的日子还是难以避免地越过越空虚寂寞，现在，他们已经麻木到连这种生活有多可悲都感觉不到了。这世上还会有谁去爱我妈呢？谁能把她拯救出这苦难的生活呢？"

我知道他此刻一定正在思考，他自己的婚姻是否也会变得如此无爱，他自己的家庭是否也会变得如此缺乏温情。"你要是个美国人就好了，我多想找个你这样的人当老公啊。"他一下子就被我的逻辑给带跑了："你要是个中国人就好了，我也想找个你这样的人当老婆。"我一定会在他启航返回中国之前，让他说出这句话："你要是在中国就好了，我会娶你的。"

我从没想过要利用怀孕作为逼他和我结婚的理由。我更希望自己的婚姻是欲望的产物，而不是基于抚养孩子的需要。如果他因为孩子而和我结婚，怀疑将永远如阴云般笼罩在我俩上空，拷问我俩结合的理由。然而，在他预定要返航的两周前，我还是强作镇定地告诉他，我确定自己肯定是怀孕了，而且很有可能已经有两个月了。虽然看上去很淡定，但我的内心里其实非常害怕面对他听说这件事以后的反应。

不出所料，他震惊了。我从他的眼睛里看出，他先是暗暗盘算了一下这件事意味着什么，然后才走到我的面前抱我。尽管他没有回答我们该怎么办，但我还是从他的拥抱里感受到了保护的力量，以及对于我们一定能够找到办法的信心。

"我没法跟你结婚，留在美国。"他说。

我很生气他说出的第一句话竟然是这个。我没指望能在他脸上看到快乐的表情，但我至少希望他能为我考虑考虑。"我不会冒着生命危险去做流产的。"我说，"不过，如果我留在这里把孩子生下的话，孩子肯定会被送进孤儿院的。庞德小姐也出了这样的事，她是个思想自由的人，曾经很努力地想要留住自己的孩子，但她失败了，一切努力都徒劳无功。那个孩子很有可能是我爸的，但他什么也没有做，就那么任由孩子被送到一个仓库里去。这样的事也可能会发生在我们的孩子身上，而且更可悲的是，这孩子会继承你的一半血统，成为半个中国人，所以绝对不会有人想要收养它的。它会悲惨一生，永远也感受不到一丁点的爱。"

"到了中国，这孩子的命运也不会好到哪儿去。"陆成说。

"除了你做不到的事情以外，你就没什么可说的了吗？"我问，"难道只有我一个人在思考解决问题的办法吗？"

"你想要的，我给不起。我的家人是绝对不会撕毁婚约的，然后，由于你是外国人，他们永远也不会允许你踏进我们家里一步，更别提来找我了。我顶多只能瞒着家人金屋藏娇，偷偷去见你。你没法独占我，我也没法和你住在一起。我必须和我妻子频繁做爱，为的是尽快产下男性继承人——越多越好，而且，如果我妻子一时之间生不出儿子来的话，我还得纳几个妾。在中国，男人背负的家族责任比在美国繁重得多，而且还要处理很多你还无法理解的纠葛。我知道这不是你想听到的答案。对不起。"

他跟我重复这堆他们的社会规则有什么用？他就从来也没有想过要打破那些规则。我就能反抗我的父母，为什么他不行？他不肯考虑其他可能性，因为他并不像我那么痛苦，并不歇斯底里地想要摆脱恐惧和困惑，并不像我一样，处于马上就要发疯的边缘。"你为什么不能想干什么就干什么？你为什么不能干脆一走了之？"

"我解释不清，我只能说，我的所思所为都是我脑中、心中、性格中和精神中根深蒂固的东西。你对我而言非常重要，但是爱情和责任没有可比性。不管我多爱你，我都没法把我性格中重视家庭的部分抽掉，变成一个会做出背叛家族之事的人。我知道你们不会理解我的责任有多重，因为你们没有在中国出生，没有在我那样的家庭里成长。"

"跟我说你不爱我，这样我就会死心了。跟我说你忍心眼睁睁看着我的灵魂在痛苦中死去，这样你就可以和一个你都不认识的女孩上床了。别管我，反正我再也不会相信爱情，只会永无止境地恨自己，竟然任由一个懦夫把我的心给撕得粉碎。"

终于，我在他的脸上看到了痛苦。他看起来就像是要哭了似的。他抱住我："我不会丢下你的，路西亚。"他说，"你是我最爱的人。我只是一时之间还不知道该怎么办而已。"

他的话给了我巨大的勇气和希望，让我在飘飘然中丧失了理智。我告诉全家人我有急事要宣布，让大家都聚在客厅里。带着陆成给我的勇气和希望，我来到客厅，看到所有人都直挺挺地坐在那里，脸上蒙着一层担忧的神色。陆成和我站到大家面前，他位于我的斜后方。

"我怀孕了。"我刚说了这一句，还没来得及宣布自己的更多计划，妈妈便跳了起来，冲陆成大嚷大叫，说他亵渎了"我们的殷勤待客之意，我们的信任，我们的荣誉，以及我们的善心……"陆成嘴上不断重复着说他很后悔、很悔恨、很羞耻，但表情却是那么平静，让人很难相信他说的是真心话。

"你那见鬼的中国式悔恨有什么用？"妈妈用讥讽的语调说，"你的道歉一点也不真诚。你很快就要搭上一艘船离开，把这堆烂摊子留在后面！"

然后爸爸妈妈都转向我，厉声细数我的缺点：不知感恩、愚蠢、自傲、淫乱。你说你想要自主选择自己的兴趣和爱好——所以这就是你的选择？跟一个很快就要抛弃你的男人激情四射地做爱？

我像个遭到人身攻击的孩子般焦虑混乱起来，但并没有因此而羞得满脸通红。我愤怒了。

"对一个中国男人的兴趣和爱好！"我妈满脸冷笑地说，"一个留着辫子的中国男人！人们会嘲笑我们竟然收留他做客的！人们会说，亏你们这么慷慨大方，简直蠢透了。"她最后的几句话让我陷入了狂怒——她永远都只想着她自己。她有没有想过在我还是孩子的时候，她对我造成的伤害？

我忍不住哭了起来，一边哭，一边对于自己竟然在他们面前表现得这么孩子气而感到恼火。

"你在乎过我的死活吗？"我说，"在这个家里，我就跟一个影子没什么分别。你从不问我这辈子想干什么，也不关心我的感受。你从来都注意不到我是伤心还是高兴。我听你说过你爱我吗？你从不在我身上费心，就知道忽略我。如果爱是食物的话，我老早以前就该饿死了。你算个什么母亲？我去找个关心我的人有什么奇怪？没有爱，我会疯掉的。我可不想变成你那个样子，但以前我还太小，只能留在这儿，忍受你们对我想法的羞辱，对我旺盛情感的取笑。你总说我太爱激动，说你要把我的所有情绪都磨平，这样我就可以变得像你一样，冷漠、自私、愤怒并且孤独了。"

妈妈看上去垂头丧气，对我彻底失望了。我希望她能像我一样难过得哭出来。我越说，心中的破坏欲就越强，根本停不下来。我已经彻底失控，开始口不择言。

"你懂什么叫爱吗？"我说，"你对那些死了几百万年的虫子，都比对我要更关心。我是活着的哦，你没注意到吗？你对你的婚姻满意吗？你就会把自己锁在房间里，一个人痛苦。而走出房间、来到大家中间的时候，你脸上唯一的表情就是愤怒。"

我的声音越来越嘲讽，越来越伤人："难怪所有人都说爸爸竟然能够忍受你，简直是个圣人。你瞧不起的那些亲爱的朋友们，全都嘲笑你做的那些科学实验，说他们完全可以帮你省下做实验的时间，直接把你一直在寻找的答案告诉给你：虫虫们确实已经死了哦。你就是个科学怪人，自欺欺人地以为自己能够发现些什么有用的东西，却因此而浪费了你的整个人生。"

明特恩先生已经老糊涂了，无法理解我在说什么："她为什么这么生气？要不我们再带她坐船出趟海吧，哄哄她。"

明特恩夫人居高临下地看了我妈一眼，说："这就是不会教育孩子的后果。她犯错的时候，你早该把她锁在衣柜里的，你就是不肯听我的话。怪不得她变得这么道德败坏。"

"闭嘴！你这个又愚蠢又缺德的女人，就是你把这个家搞得乌烟瘴气。你一天到晚就知道放毒。所有人都恨你，你感觉不到吗？还有，别指责我道德败坏，是谁假装梦游引诱了明特恩先生，让他跟你结婚的？你现在怎么再也不梦游了呢？"

"冷静，路西亚。"我爸说，"你这会儿满口胡说八道，过后肯定会后悔的。等你冷静一点以后，咱们再谈吧。气头上的话不能作数。"

"你以为这次你也可以主导全场吗？就像你平时吃晚餐时，用那些无聊的话题和关于艺术的浮夸问题来主导全场一样？你想让我藏起我的感受，就像你藏起你的情人一样，是吧？妈妈，你知道爸爸在你背后跟多少个女人做过爱吗？"

他呻吟起来："不，不……停下。"

"你的情人写给你的信我全都看了，大家都赞扬你的性器官、性技巧和姿势。那些信既有男人写的，也有女人写的。男人？！是的，妈妈，他还跟男人有过露水情缘呢。这些话让你觉得震惊了吗？他还一直在为庞德小姐服务呢。你知不知道，有一天晚上，她在晚餐前一个小时来到咱们家，要求看一看他的藏品？他的藏品！你看没看见她坐在晚餐桌边，用高潮后的浓浓爱意对他暗送秋波？你因为我跟陆成做爱就说我性淫乱，但你可是我的榜样啊，爸爸。陆成不是我睡的第一个男人，我还睡了你的很多学生呢。我借用了你那本里头全是男人女人用各种姿势互相插的恶心图片的书——我借用了明特恩教授的教科书哦！这真是个奇迹，我竟然没有变成像你一样的性变态，收集各种肮脏下流的物件，以供做爱和手淫的时候使用。我想要留下这个孩子有错吗？庞德小姐生下的那个孩子不是你的吗？你抛弃了你亲生的孩子！那个孩子后来怎么样了？如果他现在正在牛栏里受罪，或者将来沦落到一家鞋带厂里工作，你会在乎吗？"

我完全停不下来，而且我不知道自己为什么会这样。我把家里人需要对彼此保守的一切秘密都公之于众，好给他们以毁灭性的打击。我一边这么做，一边清楚地感觉到，在毁灭他们的同时，我也毁灭了自己。

妈妈走了，我知道她可能在哭。爸爸全程一言不发，但当他抬起头来，我从他的眼睛里看到了悲痛和惊恐。直到此时，我才意识到自己有多残忍。我伤害了那个我曾爱过的爸爸，切断了他和我的情感，也切断了他和妈妈的情感。我简直是个魔鬼。

我再也没法在这座房子里多留一天了，决定和陆成一起搬到寄宿公寓里去。当我离开时，没有一个人下楼送我。

在去中国前的最后两周里，陆成没有问过我我对家里人说的话到底是不是真的。我告诉他，我说自己跟其他男青年有过丰富的性经验，这里面有很大的夸张成分。我也承认，我当时丧失了自制力，而且，尽管我所说的都是我的感受，而

430

且我说的都是真话，但我知道我确实说得太多了。我怀疑自己展示出的性格狂暴一面是不是吓到他了。也许我让他产生了可怕的念头，让他担心我的期待会超出他所能付出的范畴。然而我所害怕的也正是这一点——我怕我会不断期待得到更多，因为我的需求根本就是个无底洞。

怀疑悄然滋生：他说他爱我，但这是不是出于负罪感的违心话呢？他说他太自私了，说他配不上我，永远也不会抛弃我——但人在受到拷问的时候是什么话都说得出来的。我不记得自己是怎么引他说出这些话的了，唯一可以确定的是，这并不是他自愿自发、只单纯为了表白爱意而说出的话。尽管如此，我还是希望能够听到他完整而坚定的表白。

临走前最后一分钟，我给赫法德小姐，也就是那位歌剧演唱家送去了一张便条。她是个有激情的人，只有她能够理解我。我告诉她我要去哪里，还告诉她，只要我和陆成把因人种差异而引起的一些可以预料的问题解决以后，我们就会结婚的。我说我会从上海写信给她的，请她祝我好运。我到邮局去寄信，工作人员把信拿走后，我忽然感觉，这封信，就是我将要抛弃旧生活，重新开始新生活的最终宣言。这使我的心中涌起了无限自信。

上船前，我吻了吻陆成的脸颊。我才不在乎会有谁看见呢——接下来的一个月我们可就要彼此分开了。陆成走上一个跳板，我则走上另一个。沿着他那条跳板，他会走上东方人专用的甲板，而沿着我这条，我会走到白人专用的甲板上。早些时候，当我得知上船后我们会因人种而被隔离开时，我的心里是不屑一顾的。我跟陆成说，我们可以溜进对方的房间里去，就像在我们家里的时候一样。

"如果人们在你的船舱里抓住我，或者在我的船舱里抓住你，"陆成说，"我就得被关到船底层的牢笼里了。他们会在抵达中国之前就把你扔在火奴鲁鲁的。"

他向我保证说，他会住在私人船舱里，卧铺非常舒服，而且他们的甲板上全都是些富裕阶层的中国人。下船以后我们就可以重聚了。他的家人知道我也同来，因为他给他们写了信——当然，是在我的坚持之下。他不知道他们会作何反应，不过他们已经打来了一封电报，说他们会等候我们的到来。

出海后的第二天，我把自己的所有行李都翻开了。在其中一个包裹的最下面，装着两样不是我亲手放过去的东西，一个是红色的天鹅绒小包，里面装着我爸的侦察望远镜——当我还是个小女孩的时候，我们经常从塔楼里用那个侦察望远镜看船进港。我记得他会一一说出那些船都是从哪些国家来的。

另一个是紫色麂皮做的包，里面装着三块内有黄蜂的琥珀。我哭了一整晚，因为我不明白这些东西到底代表着什么意思。我猜，我爸是想指责我窥探他的隐私，我妈则也许是想声称她就是更爱这些昆虫。但与此同时，我也在心中为另一种可能性留下了一点机会——说不定这些东西，代表了他们曾一度对我表示过的爱意呢？不然的话，为什么我会如此明显、如此痛切地感觉到，这些东西想传达给我的，就是他们的爱呢？

除了怀孕伴随的恶心以外，头三天里我还一直晕船。我以晕船为借口，向跟我一起吃晚餐的人解释自己为什么会忽然间脸色发青。我和五个独自旅行的女人同坐一桌，她们都是外交官和商人的眷属，此行是为了去和身在上海的丈夫会合。当她们问我为何要去中国时，我对她们讲了我在办理护照时跟那位办事员说过的同样的谎话：我有位在上海办学校的叔叔，我要去他的学校里担任英语老师。

"给华人上课的学校？"最年长的那个女人说。

我点了点头："是专为外交官的儿子办的学校。"陆成就是在这种学校里上的课。

"那么我跟你叔叔是老熟人啦！"她说，"就是托马斯·沃尔科特博士吧。等你安顿下来以后，咱们该安排所有人一起喝个茶。"

我含混地说，她说的肯定是另一所学校，因为我叔叔是另外一个人，克劳德·毛贝特博士。没人听说过他。"那是一所新开的学校。"我说，"他可能都还没开始招生呢。我叔叔在上海待的时间还比较短……"

"我还以为上海所有的人我都认识呢。"那个女人说，"上海的外国人圈子很小嘛。不过确实，每个人都说上海现在可是日新月异呢。"她们怂恿我加入上海的社交圈，一个教堂，一个帮助孤儿的女性团体，以及另外一个拯救性奴女孩的女性团体。

上船一周后，我冒险跟她们讲了一个我听来的有趣故事：

"我叔叔说他在上海遇到了一对爱人，女的是美国人，男的是中国人。他们结了婚，和男方的家人住在一起，俩人甚至还生了个孩子。我觉得这是种十分摩登的生活方式。"

那位外交官之妻皱起眉头："这不可能是真的。中国男人和美国女人之间不可能有合法婚姻的。"

我努力掩饰着自己的惊恐："这是中国法律还是美国法律？"我问，"我很肯定我叔叔说过他们结了婚的。"

"两国都有这条法律。我丈夫在美国领事馆工作，他跟我说起过好几个类似于这样的案例。要么是中国女孩和美国男人，要么是美国女孩和中国男人，不管是哪种情况，女方都从来没有过好下场。"

我聆听着她们的恐怖故事：美国女人在中国备受歧视，她们没有合法地位，永远不会被中国家庭接受，因为中国人重视血统，尊崇家族祖祖辈辈的先人。她们只想到两个美国女人住到中国男人家里去了的例子，但两人住得都不长。这两个美国女孩中的一个做了姨太太——也就是说，成了后宫的一份子，被当作洗碗女工一样对待，遭到其他姨太太和婆婆的虐待。她们一致认为，中国的婆婆大多都是些恶毒的人——看看那些个活生生的例子就知道。那个可怜女孩的命运正悲哀地证实了这一点：她被毒打至死。

"司法管辖权属于城市中属于中国的那部分。"那位外交官之妻说，"而且是被中国法庭掌控着的。没有一个人为那个女孩撑腰说话。天知道她婆婆做了什么、说了什么，反正那个女孩的死最后被判定为正当合法的。"

另一个美国女人则从她丈夫家逃了出来，成了个娼妇。她没有钱，她在美国的家人也不肯收留她回去。她到海港中的一艘船上工作去了，专门向水手提供服务。

"如果你能联系到你说的那位姑娘的话，你可以建议她到美国领事馆去，让领事馆帮忙联系她的家人，好让他们尽快接她回去。"那位外交官之妻说。我不清楚她知不知道我就是我编出来的那个女人。我被她们说的话吓坏了。我曾对我父母的警告表示反对，同时也对陆成的警告置若罔闻。

433

但我很快就克服了恐惧的巨浪，正如我克服了怀孕的恶心一样。我一定可以赢得陆成父母的欢心的，我很聪明，而且做事坚持不懈。陆成已经如我所托写信给他父亲了，他们有充足的时间去消化这个消息。而且他还告诉他们说，我很快就会成为他孩子的母亲了，这孩子可能会是他这一代的第一个儿子呢。我想，既然他父亲受过教育，是在外事关系部门工作的重要官员，那么他们在看待美国人的方式上面一定十分现代而开明。所有问题都一定会迎刃而解的。

离开旧金山一个月后，我站在码头上，等待陆成从华人专用的跳板上走下船来。我因紧张、疲惫和暑热而几乎昏厥。从前一天晚上开始，我就什么也吃不下。我后悔穿了一条适合旧金山雾气弥漫的夏天的裙子，而不是适合中国的澡堂子——上海——的衣服了。苦力跑到我面前，拿起我的行李，我挥手把他们赶走。我焦急地等待着陆成的出现，等着他来处理这些杂事。

终于看到他的瞬间，我大吃一惊。他穿着中式服装，看起来就跟我第一次在门厅处见到他时一模一样。彼时，他看起来像个从童话故事书里走出来的皇帝，正是那个形象使我陷入爱河；此刻，身处熙攘的码头，夹杂在无数中国人和乘客之中，他看起来却不过是个普通中国人罢了。一个穿着短裤的苦力站在他后面，用胳膊夹着、双手拎着、后背吊着他的大包小包。陆成看到了我，却没有朝我走来。我挥了挥手，他还是没有过来。我飞快地走向他。

他没有拥抱我，而是说："你好，路西亚。"他的声音听起来像是个陌生人，"我很抱歉我没法拥抱你，虽然我非常想。"他脸上的表情很严肃。

他已经警告过我，在他的家人还没接受我们结婚这个想法之前，我们必须谨慎行事。

"你看起来不一样了。"我说，"你的衣服。"

他微笑起来："只是对你而言不一样了罢了。"他的眼睛友善地看着我，就像个陌生人，"路西亚，这一个月以来，你有没有重新考虑过这件事情？你确定你想待在上海吗？我们可能会失败的。你必须做好准备。"

他应该安慰我，而不是吓唬我的。"你改变主意了吗？"我用哽咽的声音说，

434

"你是在跟我说让我回去吗？"我的声音一定比我以为的要大，因为有一些好奇的面孔转过来看向我。

陆成的态度坚若磐石："我只是希望你能想好。我们在船上的短暂分离只是我们将要面对的困难的冰山一角。前面的路会很难。"

"我一直就知道啊。"我说，"我没有改变心意。"暗暗地，我确实有点害怕。但在前一个月的时间里，我已获得了另外一种勇气——因为那个孩子而生的勇气。那个孩子不再是个棘手的问题，而成了我的一部分，我会同时把我们两个人都保护好的。

陆成和苦力语速飞快地进行着交流，他们听上去就好像在吵架一样。看到陆成竟如此流利地讲着中文，我被惊呆了。他的话听起来多么古怪啊，我从来没听他跟另一个中国人说过话。我那位长着一张中国面孔的英国绅士怎么了？我那位身穿裁剪得天衣无缝的衣服，脑袋顶圆润光滑，礼帽下留着辫子的英俊爱人怎么了？他对我的欲望到哪里去了？

那位苦力冲我露出惊讶的表情，和陆成又说了几句话，然后点了点头。发生了什么？我们朝大马路走去，走到宽广的路边时，陆成说："我的家人正在路对面等着我呢。我所有的家人都来了：我的父亲，我的兄弟，我身体欠佳的祖父，我依父母之命将要娶的女孩，以及她的父亲和兄弟。"

"那个女孩为什么会在这里？"我说，"你是要从码头直接上教堂去吗？我能当她的伴娘吗？"

"我也没法阻止她过来。他们来这儿可不是给咱们办欢迎晚宴的，路西亚。这是中国人为了执行家规而采取的方法——他们是来羞辱我，好强迫我履行对家庭的责任。他们都是我的同辈和长辈。"

他的脸上全是汗，而我知道这并不只是因为天热。他这么紧张，我可从没见他这样过。他很快就不得不去抵抗他的家人了，就像我曾对我家人做的那样。我会站在他的身边，支持他的决定。现在唯一的问题是：他们会允许我们住在他们家里吗？

"他们在哪？"我环顾四周。陆成指了指大约三十英尺开外的一个区域，那里停着两辆双座马车，马车边上等候着十辆罩着苫布的黄包车。那景象看上去很像一列送葬的队伍。刚才那个苦力正将陆成的箱子放到靠后的一辆黄包车上，陆成则朝他的家人走去。我紧随其后。

他停了下来："我觉得你应该留在这里比较好，等我先去铺平道路。"他说，"从一开始就把这一切摔在他们脸上，效果不会太好。"

把这一切摔在他们脸上？他为什么要用这种方式形容这件事？"我才不会被吓倒呢。"我说，"他们不能不理我。"

"求你了，路西亚，就让我用我的方式去处理吧。"他离开我，朝第一辆双座马车走去。

我朝那个苦力做手势，让他把我的包裹也放到黄包车上去。他用疑问的表情看了看陆成，陆成简洁地予以回答。那个人又问了一个问题，陆成咕哝了一句。他在说什么？我什么都不再明白，仿佛身处一个秘密之国。

去他的包裹！我丢下它们，朝马车和黄包车的大军前进。陆成朝我跑来，堵住了我的去路。"路西亚，请你等一下。咱们别再给这个困难的情形雪上加霜了。"我被激怒了——比起我的感受，陆成竟然更在意他家人的感受！我需要让他的家人从一开始就知道我是哪种女人。我有着美国式的自由意志和极具魄力的个性，早已惯于跟社会各界人士打交道，就连浮夸的明特恩先生和明特恩夫人，还有那些自以为无所不知的教授们都不在话下。

陆成走到第一辆马车边，开始跟坐在马车后部的某个男人说话。我沿着人行道又慢慢走了一段距离，从那里看到了一个严肃面孔的男人坐在马车里。他头上也戴着陆成戴的那种帽子。在他说话时，陆成始终垂着头。我向他们靠近，直走到他们正对面，离道边有大约二十五英尺的距离。我听到了像是水流冲过石块般流淌的中文词句。那个男人是陆成的爸爸，我能看出来。他和陆成长得很像，只因年龄不同而显出差别。他们都很英俊，一副精明过人的模样，同时脸上也都有着同样严肃阴郁的表情，只不过那个老男人显得更加顽固僵硬一些。

陆成用一种低低的、抱歉的声调说话，而他爸的表情则从始至终没有变过。第二辆马车后面的黄包车里有个漂亮姑娘一直在看着我。这是他的新娘，毫无疑

436

问。我盯住她，直到她看向别处才罢休。

突然之间，陆成的爸爸站了起来，喊了一句肯定是脏话的话，并将他的帽子扔到了陆成脸上。陆成捂住眼睛。他爸吐出了更多的话，将喉咙深处迸出的声音咬得粉碎，用尖利的声音重重强调自己所下的命令，同时用手做了个劈砍的动作。陆成始终低着头，什么都不说。这代表着什么？陆成为什么一动不动，一言不发？也许这就是他解决问题的方法：通过沉默进行拒绝。那个老男人看样子是不会在短时间内平静下来了。他们要撇下我离去了。

正当我这么想着的时候，陆成忽然转向我，走过来，飞快往我手里塞进了一些钱。他恳求我等等。一种悲惨的表情扭曲了他的脸。"我会尽快回来的。在这里等我。耐心点，不要为发生的一切怪我。"

就在下一秒钟，还没等我来得及从震惊中苏醒过来，表达抗议，他就爬进了他爸的马车。我看着这一切，恍若身处梦境。车夫轻抖缰绳，载着陆成的马车便朝前开去，离我越来越远。后面的马车紧随其后，所有的黄包车车夫也都提起了他们的辕杆，向前跑去。陆成的亲戚们始终面朝前方，就好像我并不存在一样。只有那个女孩始终满面怒容地盯着我看。他们很快都走远了。

我感到晕眩和难受，再也站不住了。我发现路的前方有棵树，但我怎么可能拿着我的包裹走那么远呢？正当我这么想着的时候，却看到那个苦力双臂夹着我的包裹跑过我的身边。我赶紧跑去追他，大喊着："小偷！小偷！"我不可能抓得住他的。我停下脚步，眼看着就要重重跌倒在地时，却看到他将我的包裹放到了我想要走到的树阴下。他将那些包裹堆成一个长靠椅的样子，示意我过去坐下。我缓缓走了过去，不确定该怎么理解这一切。他单手一挥，就好像他是位高级餐厅的服务生，正引我坐到桌边一样。

过了一会儿我才注意到，那个苦力仍然站在我的身边，盯着我。他脸上有种探询的表情，然后轻轻拍了拍手掌，做了一个数钱的手势。他想让我付钱给他。我看了看仍然紧握在我手里的中国钱币，完全不知道哪张代表多少钱。要给他小费的话，至多也就几美分，但这些钱的哪张代表比较大的数额，哪张代表比较小的呢？那个苦力做出吃饭喝酒的手势，然后摸了摸肚子，表示他很饿。这是他为让我给他更多钱采取的策略吗？他说了些我完全无法理解的话，我则用我自己的胡言乱语回答了他："这见鬼的热天气，这见鬼的城市！那见鬼的陆成！"我从钱币中寻找出最小的数额，五，将它递给了他。他咧嘴笑了。我肯定是给了他一大笔钱。他跑走了，谢天谢地。我看着马车和黄包车来来往往，每过一辆，我的绝望就更深一点。

十分钟后，那个苦力又回来了。他拿来了一个篮子，里面装着两个外壳碎裂的棕色鸡蛋，三根小香蕉，和一个装着热茶的瓶子。他还给了我一个我以为是手杖、实则是阳伞的东西。然后他还给了我一些硬币。这太令人惊讶了。肯定是陆成雇他照顾我的。我看了看那个装着食物的篮子，对这些贡品的清洁度感到半信半疑。他打手势说所有东西都很干净，我什么都不需要担心。我快饿死了，而且也很渴。那些鸡蛋尝起来怪怪的，但很好吃。香蕉很甜，热茶则抚慰人心。一边吃，我一边继续盯着马路。这是条繁忙的大道。那位忠实的仆从向我示意，并且指了指树的另一边。他向我表示，如果我需要他的话，可以朝他喊一声。我点了点头，他便躺在他那边，并立刻就睡着了。

我也感到了睡意的侵袭，但我不能败给它，因为那样的话，每个人就都会看到我的失败了：一个愚蠢的美国女孩，形单影只，在抵达异国的第一个小时之内就陷入了麻烦。我坐得直直的。我要向每个人宣示，我对于自己在世界上的位置十分确定——此时此刻，我的位置就是在一个陌生城市里的一条大道旁的一棵树底下。在这个城市里，除了那个粗俗的中文词汇"插你逼"以外，我什么也不会说。我大声喊出这几个字，把那个苦力给惊醒了。

我一连等了好几个小时，就那么坐在那个可笑的长椅上。骄傲败下阵来，我直挺挺的姿势也逐渐变得七零八落。眼皮不顾我的意志，兀自沉沉闭上。我躺下，让睡魔翩然而至，带我远离。

第14章 上海人

上海　1897年9月

路西亚·明特恩

午夜时分，我睡得正酣，小工却一眼看见陆成正沿着大道朝我们走来。把我叫醒后，小工跑回街上，朝陆成拼命挥舞手臂，看上去就像快要淹死了一样。陆成在码头将我撇下后，一走就是十八个小时，临走连他到底还回不回来也没告诉我。

还没等他走下黄包车，我的喊声便划破了空气："你去死！你们全家都去死！"

他迅速将我安置进一辆黄包车，小工则拿着我的行李跳进了另一辆车。看陆成那阴冷的表情，我就知道我们现在肯定不是去他家。我一边哭，一边谴责他竟把我像个乞丐一样扔在街上——而且还是在一个陌生城市里，在我没法和任何人交流的情况下。他为什么没有为我反抗，带着我一起离开，而是就那么把我留在毒辣辣的太阳里呢？说不定我会带着肚中的孩子被活活烤死！

我整个人都处在极度的惊恐之中。十七岁，我做了一个决定，这个决定带来了难以挽回的后果。我揉碎了爸妈的心，因为我恨他们，恨他们不爱我。我戳穿了他们卑鄙的秘密，暴露了他们腐朽的灵魂，指出了他们行为的荒谬。为了揭穿、伤害他们，我可真是不遗余力！在船上的时候，我清楚地感觉到了自己内在的变化：虽然我恨我的父母，但我似乎正变得越来越像他们；除此以外，残忍的冲动也让我变得越来越面目全非。莫非我一直以来都是个破坏欲和破坏能力都极强的人？我不知道，我也想不明白。如今我已孤身一人，满腔怒火也无人可以发泄。越接近上海，我就越心虚，看着自己一步步接近那个孤注一掷的未来，唯一的依靠却只有那个声称他爱我，却无法在我舍家弃国来到他的土地时，用行动证明自己爱情的人。我的心中忽上忽下，像是浮沉在浪里的船，只能紧紧抓住一个信念：我一定能够征服前方可能会出现的任何障碍。你看，那位中国皇帝的心不就已经被我给征服了嘛！但紧接着，我又会被恐惧的潮水给淹没，害怕就算我有美国人的勇敢无畏，可能也终究敌不过中国人的命数命理。这不，一到这儿，陆成就已经变了，他不再是我的中国皇帝，只是中国大家族里一个懦弱的儿子。

陆成向我道歉，语气听起来虚弱而无力，简直要把我给气死了。他这样怎么能保护我呢？越听他解释，我就越害怕——他是不是真的完全没有自己的思想？我觉得自己已经不认识这个男人了。在旧金山的时候他就应该告诉我，他对我并没有什么真感情的，他应该在港口拦住我，说什么也不让我上船的。是，他是警告过我一切会很艰难，但他也说过我是他最爱的人啊！不过现在我忽然意识到，假设他完全没有爱过其他人的话，就算"最"爱我，可能也爱不到哪里去。但那时的我却自欺欺人，抓住所有最微弱的希望，不去理会那些显而易见的危险。那时，他所警告的事情还远在天边，我只一味沉溺于一个又一个宝贵的当下之中，吮吸爱情，供养自我，就算天塌下来也不去理会；事到如今，我却不得不去面对他满口的软弱道歉和无用解释，听他解释为什么他的家庭比我更重要。他根本不知道我有多害怕，也不知道我为他承受了多大的痛苦。我想让他听听船上那些美国女人说的话——曾有个美国女孩被中国的婆婆毒打至死，却没有任何人在意；我想让他也因为爱我，而在毒太阳底下忍饥挨饿、怒火中烧。我想让他毁掉他的家庭，亲手葬送自己回家的可能性，就像我那样。

"你去死！你们全家都去死！"发泄了一大通以后，我终于精疲力竭，不再喊叫，只一个劲儿地哭起来。他把我的头靠在他肩膀上，而我没有力气再去拒绝这一点小小的温暖。

我们的车驶过黑暗潮湿的街道。他向我解释说，在刚才的十几个小时里，他爸一直在痛骂他不负责任。他一边列举出陆成从小就记得的，五百年家族万史中所有的列祖列宗的名字，一边不断扇他耳光。然后，他爸又提到了自己在外交关系部门的职务。他说，为父之道固然需要兢兢业业，为臣为官之道更是需要忠贞不渝、如履薄冰。陆成的不肖之举，会让所有人都在私下里议论说，他肯定是个道德败坏的人，要不他家的长子怎么会做出这等背叛家族、败坏门风的事情呢？他还说，你母亲现在本该安度晚年享享清福，你这么干是想催阎王赶紧来抓她的吗？你看看，她这会儿已经病倒在床，胸疼头疼哪里都疼。陆成的两个弟弟，也就是他爸两个小妾的儿子，也破天荒地指着他的鼻子开骂。他们说，陆成这个反面典型，会让人家连带着也怀疑他俩会不会也跟外国女人胡搞，用洋人的邪套花活儿尽情淫乱。如果陆成把他们的名声搞臭了的话，他们的前途可就毁了！

他们家人确实都受过现代教育，陆成说，但这并不意味着他们就抛弃了传统文化和孝道。如果陆成离家和我一起生活的话，他的家人就会剥夺他的财产继承权，将他扫地出门，从家谱中抹掉他的名字，永远不再提起——不是假装他死掉了，而是假装他从未存在过。他永远也不会有机会回心转意，像《圣经》里那个挥金如土的浪子一样回归家中。

"为了你，我不怕失去财产，也不怕遭到抹杀，"他说，"但我不能把我的家给毁了啊。"

"但我就把我的家给毁了啊。"我说，"我已经一无所有了，而你却把你家人的名声看得比我的生命还要重要？"

"我根本没得选。你是不可能理解这一切的，因为你不像我，成长于五百年家族历史的重压之下。从我作为长子出生的那一刻起，这份重担就压在了我的背上。从今以后，我也得继续背负着它前行。"

"你是个懦夫。从你走下船的那一刻开始，你就变成了一个迷信的鬼魂崇拜者。我要是早知道你是这种人的话，我绝对不会和你一起来的。"

"在旧金山我就告诉过你，我的信仰根植于我的成长环境。我没法改变我的人种和我出生的家庭，所以我同样也没法改变我的信仰。"

"你觉得我有可能理解这一切的确切含义吗？就算我说，从小我父母就逼我听他们的话，受他们的教导，那也不意味着我就必须服从了啊！"

"如果你受不了的话，我可以送你回家。"

"你这个懦夫！这就是你的答案吗？我伤透了我爸我妈，毁了他们的婚姻，永远地葬送了自己回家的可能性。最后那天他们连楼都没下，再见都没说，我对于他们来说就算是已经死了。我无家可归，在这里也一无所有，而你却还在跟我大谈什么名声！你一点也不知道我到底有多绝望。我已经没有勇气了，只能眼睁睁看着自己往下掉。我不知道自己要掉到哪里去，只知道，在那个深渊里，我会痛苦得生不如死。"我把能说的话都说尽以后，就开始哭。

黄包车拉着我们沿海边前行了一段路后，拐进了一条较窄的街道，没过一会儿，又拐上了一条两边排列着带有铁门的石库门房子的宽阔大街。我们穿过一个公园，又驶经一些英式风格、掩映在围墙后面的端庄建筑。

"你要带我去哪？收容怀孕女孩的地方？"

"我要带你上我一个美国朋友开的旅馆里去，我已经提前付过房费了。那里的条件并不算太理想，但却是我现在能找到的最好地方了，而且，那个旅馆处在公共租界里面，你在那里可以和会说英语的人们待在一起。在那儿好好休息休息，休息好了我们再商量该怎么办。现在，请你听我说，路西亚，如果你选择留下，我是一定不会抛弃你的，但与此同时，我也同样没法抛弃我的家庭。虽然我不知道在这二者之间能有什么两全之策，但我保证，我会尽最大努力，让你们都不受到伤害的。"

太阳升起前一小时，我抵达了那家旅馆。旅馆里点着煤气灯，照得到处灯火通明。一个身形魁梧、名叫菲洛·丹纳的男人以充沛的热情迎接了我们。他看起来大概五十岁上下。我想，为了迎接我们，他肯定是牺牲了自己的睡眠吧，但他却宽慰我们说，他的作息规律跟吸血鬼一样，只在黎明和中午之间这段时间里睡觉。

"管我叫丹纳吧！"带我往休息室走的路上，他这么跟我说，"我就叫你路西亚——或者你想让我叫你别的什么也可以。在上海，你可以随便给自己改名字。"

路西亚是陆成对我的称呼，正是这个名字将我们的命运联系在了一起。"我喜欢别人叫我路路。"我当着陆成的面说。

丹纳这个人，用一个词形容的话，就是"绚丽逼人"——他穿着一件淡金色的中式上衣，下面搭一条宽松的蓝色睡裤；长着一团深色的天使般的长鬈发，眼睛很大，长长的睫毛忽闪忽闪，鼻型十分匀称，像是英国贵族长的那种罗马式鼻子；几坨肉从他的下巴处直堆到脖子底端。当我们并肩前行时，他的身体总是左右晃动，还经常上气不接下气，说一句话要喘三喘。

他说，这座美式花园洋房是他的财产。这是座位于东荟芳里的三层建筑，处在公共租界里一块很好的区域里。房子外墙是厚厚的石头垒的，使得房内冬暖夏凉。休息室、餐厅和大堂的墙上，挂满了画着西方风景或印第安平原风景的带框油画。他的桌上和壁炉架上都摆着粗糙的面具，搞得我总觉得有其他房客正盯着我这个外来的闯入者看呢。齐腰高的一堆堆书籍就堆在休息室正中央，看起来像是微缩版的巨石阵一般，而丹纳却能以惊人的优雅姿态穿过那片迷宫。我看到每个椅垫上都装饰着流苏，一抬眼才发现，整个房间里到处都是流苏——紫色的、红色的、藏青的、金色的流苏挂在沙发顶上、窗帘挂钩上、门把上、沙发边沿上、门框边角里、钢琴上、桌布上、镜子角里——简直泛滥成灾。

丹纳让我坐在沙发上，小声说，他能从我脸上的表情看出，我刚刚经历了一场可怕的打击。他用责难的目光看了看陆成，说："你对这个可怜的女孩都做了些什么？"我一下子就喜欢上他了。有个男仆给我们端来一盘黄油饼干和红茶，我风卷残云般立刻就把所有东西都吃光了。然后丹纳又叫那位男仆再拿点黄油、火腿和面包过来。这些食物安抚了我的神经。过了一会儿，丹纳取出一杆烟枪。

"让你的烦恼都消失在烟雾里吧。"他说，"来点儿鸦片。"

陆成小声告诫我千万别碰这东西，一听这话我可来劲了，立马热情洋溢地接受了丹纳的邀请。趁丹纳跟我说话的当儿，男仆已经用棕色的糊剂做好了一切繁杂的准备。丹纳把烟管递给我，说，你小吸一口就行。烟雾刚入口，我感觉喉咙

443

立马一阵刺痛，但没过多一会儿就润滑起来。味道最开始像辛辣的泥土，后来成了麝香，紧接着又变成一股甜甜的香气。那香气最初闻上去很像甘草和丁香，到后来又变成了巧克力和玫瑰味。很快，那烟雾带给我的就不再仅停留于香气或味道。一种丝滑的感触蔓延全身，每个毛孔都像浸泡在蜜糖里。我正想向丹纳问一个问题，但忽然就忘了自己想问什么，因为我发现丹纳的脸变得十分诡异。他在钢琴上弹奏着某种奇妙的音乐，美妙乐声犹如天国圣乐。

我转头去看陆成，发现坐在沙发另一端的他，在这个彩色房间里，显得格外阴郁灰暗。我一下子就不生气了，因为他看上去是那么迷茫。我又吸了一口烟，台灯发出的光芒汇成金色河流，将我轻轻托起。那感觉妙不可言。我挥了挥手，空气中便出现了一千只手；陆成喊了我一声，我的眼前便迸溅出点点火花。他的声音优美、悦耳，满满都是爱意。我又转头看了他一眼，忽然发现此刻的他全身笼罩着一圈光环，散发出滚滚性欲。我渴望再次被他抚摸，就像在塔楼里的第一晚那样——那天晚上的一切都令我惊奇，在那之前，我从不知道我还可以感受到如此深沉的宁静与喜乐。过去的快乐时光总是脆弱易逝，但此刻，在这个被魔幻烟雾笼罩的世界中，我的心里再也没有一丝担忧，因为我确定，从此以后我会永远像现在一样幸福快乐。我的心灵终于被唤醒了！

"带我上床。"我对陆成说。这四个字一一浮起，缓缓向他飘去，砸到他的脸上。他似乎被砸晕了，脸上浮现出神魂颠倒的神色。丹纳大笑起来，催陆成赶紧按我吩咐的去做。

我们一起飘到了台阶上。灯泡亮起，灯光像金色珠子般绕着床盘旋。透过一扇光芒四射的门，我看到了一个浴缸，那浴缸看起来很像一个里外都绘有花朵的陶瓷汤碗，里面的水亮晶晶的，波澜不惊。当我将手浸到水中，像桨一样划起水来，那些手绘的花朵——小小的玫瑰和紫罗兰——瞬间都变成了真花，在空中飞舞，撒下芬芳。我飞快脱下我那粘腻发痒的衣服，溜进凉爽的水中。丝滑柔润的水漫过肌肤，使我不禁欣喜若狂。陆成跪在浴缸后面，亲吻我的脖子。

"路西亚，对不起——"

"嘘！"我笑着说。这声"嘘"变成了倾盆的雨声，淹没他的声音。"嘘！"

我在花朵的海洋里浮游，沐浴着微雨。

　　我感到他的双手在我身上爱抚，不禁叹了口气。他解散我的头发，亲吻我的脖子。我呢喃起那句粗野的中文，叫他跟我说这句话，他便用一种礼貌得近乎古怪的声音把这个词重复了一遍。我笑起来，让他带我上床，在床上告诉我那句话到底是什么意思。当他扶着我站起身时，我感到水流从我的皮肤上像瀑布一样流下。我躺在床上，看着陆成脱下衣服，露出闪闪发光的身体。他躺在我身边，爱抚我的后背，我笑着，不断重复那句刺耳的粗野脏话。他很快就进入了我的身体。片刻之后，我无比讶异地发现自己竟然变成了他。我看到自己那张无比悲伤的面庞，正在我的上方盯着欣喜若狂的自己看。"好小船……"我一边说，一边划着小船乘风破浪。他紧锁的眉头终于舒展开来。我望着他脸上的自己，在快感中眼球向上翻去，忘掉了恐惧。我一遍又一遍急切地嘶喊着那些脏话，他也一样。我俩口中的脏话汇成一股洪流，冲得我们丢盔卸甲，裸露出肌肤，无遮无拦地接受快感和幸福的洗礼。我望着他的脸，看到那张脸上的绝望表情渐渐变成狂喜。哦，我终于征服了他，让他完完全全地属于了我！我赢了！在胜利的喜悦中，我大笑起来。

　　醒来时，我觉得脑袋昏昏沉沉，连自己是谁都不知道了。过了好一会儿，我才渐渐把一切都记起。此刻这个房间看起来灰暗而单调，没有绚丽的光影，也不再满溢着金光。昨晚我把衣服脱在了沙发上，但现在却已不见影踪。我想起昨天晚上自己曾无比快乐，但那份快乐心情也像我的衣服一样杳无踪迹。空气凝滞沉重，闻起来有股夏天的霉味。担忧和愤怒又回到了我的心上：陆成跑哪儿去了？他又一次把我扔下不管了吗？

　　我翻身下床，发现我的裙子和其他衣服一起挂在了衣柜里。这是谁干的？我正想走过去看看，却有个女孩忽然冲了进来，我羞得倒吸一口凉气，下意识地想要遮住自己的身体。她冲我举起一条蓝色的丝绸袍子，别开脸，让我自己把胳膊伸进袖子里。好像变戏法一样，拖鞋忽然出现在我脚边，我赶紧将它们穿上。她指了指屏风后面的一小块地方，我伸头看去，发现浴缸里已经没有水了。那是个纯白的浴缸，而不是画着花的汤碗。浴缸附近的一个高架子上摆着一个瓷盆，里面盛着水。她用肢体语言告诉我该洗脸了。我将水撩到脸上，想洗去滞留在我脑子里的困倦和迷糊。我不停朝自己洒水，直洒到盆都空了，地面也湿了，我却仍旧觉得只有一半的自己回过了神。她带我走到一个带抽屉的衣橱前，原来我的衣服都被收在了这里；然后她又拉开另一个抽屉，里面摆放着折叠得整整齐齐的中式薄绸睡衣。我现在终于知道丹纳为什么要穿这样的衣服了。这里的空气实在是过于沉重潮湿。

我走到楼下，看到丹纳正用英语跟一只猫说话。而那只猫也灵气活现地用猫语给他回答。

"我知道现在已经晚上六点了，埃尔米拉，我最亲爱的，但是咱们不能撇下客人先开饭哪。啊——瞧！路路来了。"

天哪，我已经睡了超过十二个小时了吗？我的晚餐是味道奇怪的冷盘，里面有硬币大小的牛肉和鸽子肉片、鸡蛋、腌黄瓜，以及绿色蔬菜。那只猫站在桌子的另一端，把舌头伸进一个中式盘子里吃东西。难道这里的食物全都是这样的吗？

"我不打算跟你聊你的处境，"丹纳说，"除非你自己愿意。不过，我可以告诉你一个关于中国人的常识，那就是：在中国人的家族中延续了上千年的、有关耻辱的传统看法，绝非你所能轻易改变。我们在公共租界里创造出我们自己的法律，以此支配中国人的行为，但是这些法律却无法禁止他们保留自己的哲学观念。他们是不可能抛弃耻辱、荣誉和义务的。如果你以为自己可以改变这一点，那么你永远都不会对你的男朋友感到满意，也永远不可能爱上上海。"

我没有回话。我是不会放弃的，也绝不会回家。

"我能从你的眼睛里看到你的答案，宝贝儿，你听见我在叹气吗？所有刚到中国来的外国人都会发现，这里有很多让他们无法忍受的东西。我经常会听到人们各式各样的抱怨——中国人闲暇聚会时总爱大声吆喝，他们的卫生标准低得可以，要求别人准时自己却总迟到，而且办事方式守旧、效率奇低。说实话，我自己也对他们有过种种不满。随着时间的推移，他们可能会或多或少地改掉这些陋习，但他们绝对无法改变的，是自己心中的恐惧。你知道，恐惧正是主导着他们大部分行为的心理力量。有很多刚到这里来的姑娘，就像你一样，以为自己可以改变这一点。她们心想，美国人凭着自己的先驱精神探察山川河流，开疆拓土，并征服了印第安人，那么，为什么中国人就不行呢？”

我装出专心吃饭的样子，但在这样一个炎热的夜晚，面对着这么一堆奇怪的食物，我实在提不起什么胃口。

“发现自己的努力毫无成效之后，有些人会选择放弃，打道回府，”丹纳用一种愉快的声音说，“那些不得不在这里待上几年的旅居者则整天聚在一起抱怨连天。至于那些已经把中国当成了故乡的上海人[1]，就比如说我自己，则学会了用中国式的态度面对一切：我们选择不去多管闲事，自己活，也让别人活——至少在大多数时候都是如此。”

随后丹纳告诉我，他来自于马萨诸塞州的康科德——一个他称之为“祈祷的清教徒之堡垒”的地方。年轻时，他曾在意大利生活过一段时间。他在那里收集各种画作，然后将藏品带回美国，颇赚了些钱。他在欧洲和美国东海岸之间往返穿梭，以出售格调高雅的东方风景画、传统风景画，以及印象主义画作而闻名。大约二十年前，他因某个秘而未宣的原因移居上海。很多人都是带着秘密来到上海的，他说，也有很多人为了埋葬秘密而来到上海，却在这里继续犯下新的罪恶。他带来了好几大箱的画，留下自己喜欢的，然后把自己不喜欢的放到画廊里出售。思念故土的西方人很买账，因为这些油画使他们想起了自己熟悉的风景——那里空气充满宁静，远离上海的喧闹嘈杂，三五好友，便是一次宁静晴好的野炊。

陆成从十二岁那年开始，便常去丹纳的画廊里参观，那时他刚刚开始迷上西方绘画。他的家人本期望他学业有成，金榜题名，但他心里却暗自立志要成为一个画家。那时，他经常一连好几个小时地在丹纳的画廊里临摹那些画着成群羊马、溪边的漂亮村舍，以及漂浮着白色船只的狂暴大海的风景画。这些画很受西方人的欢迎。

---

1 原文为“Shanghailander”，从 1842 年《南京条约》签订，至 20 世纪中叶之间，生活在上海公共租界的欧美侨民的自称。

"你也知道，"丹纳对我说，"虽然他的作品只是对名家名作的临摹而已，但他画的还是挺不错的。"

我忽然觉得脑袋有点发飘："他的画是临摹的？他没有亲自去过他画里的那些地方？"

"他临摹得非常好，好得让人简直分不清哪个是他的画，哪个是原作。"

那张将我带到上海来的画也是临摹的吗？我不敢问。他的回答会不会颠覆我的世界？"你看过那张画着厚厚的积雨云的画吗？就是那张画着一条狭长山谷、背景有几座山的——"

"《奇幻山谷》，那是他最喜欢的一幅作品，是我在柏林花几便士买下的。它原本的题目叫做《Das Tal der Verwunderung》，是由某位默默无闻而且很早就死掉了的艺术家，弗里德里希·路特曼画的。这幅画在画廊里挂了很多年才卖出去。陆成把它改画成了很多种不同的版本，还加进了他自己独创的元素：山谷远处的一片金色溪谷。我得说，我真是不太喜欢这个改动。原画有种暗黑的美，一种不安的战栗感，但他却把那种不安的感觉一笔勾销。不过也不是不能理解，毕竟他那时还年轻，还在试图寻找意义。"

我曾迫切地想要摆脱不安的感觉，而他的画让我觉得，我很快就会找到心中的宁静了。原来他对那幅画进行过改动，太好了，那片金色溪谷是他的原创。

陆成靠在画廊里出售自己的临摹画，凑了笔钱，然后违抗家人的意志，启程去了美国。丹纳给他关系最铁的一位客户，博森·艾弗里二世，一位风景画收藏家，写了封介绍信。博森家族除了喜欢收集风景画以外，还喜欢收集门徒，而陆成这位来自遥远东方的门徒，让他们颇感兴趣。陆成在位于哈德逊克罗顿的艾弗里家住了好几年，作为回报，他将自己的画奉献给艾弗里先生。他经常给丹纳写信，信里说艾弗里先生不喜欢他的画，总是将画卷一卷束之高阁。

吃完晚餐后，丹纳说正式的晚宴将于午夜开餐，届时陆成也会一起过来。列席的客人还有那只猫，埃尔米拉，有可能还有住在三层的那位客人。丹纳告诉我，那位房客是个中国女人，职业是给男人教英语。教英语！这不就跟我给船上那些女人编的故事一样吗！我把这个巧合告诉了丹纳。

"在这个城市里，到处都是不顾一切的女人，而机会却只有那么一点点，所以，你肯定会碰到很多的巧合。她选择的生活方式在这里很普遍。其实，她给客人提供的服务并不是英语教学——尽管她的英语会话水平确实挺高。事实上，她跟两个男人订有契约，一个白天来，一个晚上来。她定期给他俩做伴，他俩则定期给她发薪水。"

"她怎么给他俩做伴？"

"她是位风尘女子，宝贝儿。娼妇是个太过刺耳的词，我们应该说，她是一名职业情人——不过不是我的。"他咯咯笑起来，"瞧瞧你，吓着了吧。我不是开窑子的，亲爱的姑娘。那个女人是我的老朋友，我认识她的时候，她过得可是相当体面。不过，在上海，人的境遇总是变得很快，一个没有丈夫的女人很难会有什么好的归宿。她曾一度面临成为拾荒者、洗衣女工，或是乞丐的命运，也曾险些沦落进廉价的窑子或成为站街女。不过她选择了听从我的建议，租下这栋楼上的一间房，招待来访的翩翩君子。你是不可能撞见她的客人到来和离开的，因为他们是从这座房子另一侧的门进来的，那个门跟我们这个门隔着一条小巷。等你见到她以后就知道了，她很有意思，很讨人喜欢。每个人都喜欢她，她的名字叫金鸽。"

尽管丹纳对她颇多美言，但在见到这个女人的时候，我还是觉得有些不自在。我有种难受的感觉，那就是，如今我的处境已经跟她没什么两样了——我也会在这里接待一位翩翩君子，而且他还为我交房费。

陆成的小工捎信说陆成今晚会来，而他确实也如约在午夜之前抵达。丹纳为晚宴准备了许多刚出锅的菜肴，但我没有胃口。饭后，陆成和我立刻回了房间，我仔细观察他的表情，想从中猜到他都经历了些什么，却只看见挫败和绝望。我跟他讲住在我楼上的那个女人，告诉他，如果他抛弃我的话，我也会落得与她一样的下场。他说我大可不必用这种永远不会成真的可怕想法折磨自己。

"你努力了吗？"我冲他喊，"你跟他们讲我的事了吗？"丹纳说过，要想改变中国人的家庭是不可能的，但我希望陆成能像我当时一样不撞南墙不回头——也因此变得像我现在一样悲惨。我们躺在床上，面面相觑。

"我不敢给你太多希望，"他说，"但我觉得可能有一种办法，那就是先去软化我母亲的心，这样就有办法再去软化我父亲的了。如果你的孩子真的是个男孩的话，他就会是他这一代的长子。因为我也是我这一代的长子，所以说，他的降生会具有非同寻常的意义。我没法向你保证他们会接受他，因为他不是个纯种的中国人。但是，如果他是下一代的长子长孙的话，我的家人也很难置他于不顾。"

这种可能性像鸦片一样麻痹了我，空气中再度漂浮起阵阵甜美气息，忧郁一扫而空。所以说，还是有办法的！长子的长子——我被这种完美的结局冲昏了头脑，完全没有想过，我的孩子也有可能不是一个男孩。我开始规划起自己在一个中国家庭中的新生活：首先第一件事，我要学会讲中文。

我主动找到楼上的女人，金鸽，对她介绍我自己。她确实是个很可爱的姑娘，二十五岁上下，很漂亮，只不过她的两边脸有点轻微歪斜，一边的脸比另一边稍高，上唇的右半边也显得有点向下翻卷。我很高兴地发现她会说英语，虽然不如陆成的完美，但也非常顺畅流利，足够和我进行交谈。她一边揣摩着我想了解什么，一边很坦诚地聊起自己的人生。她在还是个婴儿的时候就被遗弃了，在一家美国教会学校里长大，十六岁的时候爱上了一个英俊的男人，从学校里逃了出去。一年后，他抛弃了她，她便进到一家长三书寓工作去了。那里的生活并不糟糕，她有过许多爱慕者，而且还很自由。她是在一家书店里遇到的丹纳，两人经常一起喝茶。但是两年前，她犯了一个错误——她养了个情人。这惹得她的一位追求者勃然大怒，打碎了她的下颚和鼻子。她在丹纳的旅馆里养伤，养好以后就留在了这里。"生活并不总是如我们所愿。"

我没有追问她，她现在的客人是什么样的。从某种程度上讲，我很害怕我会发现他们和陆成有相似之处——生于富裕的家庭，没法娶她当老婆，也不能纳她做妾。不管我俩眼下的处境有多相似，我都很确定，我俩的未来肯定会天差地别：我是个美国人，比她拥有更多的机会——尽管我现在还不清楚我会有些怎样的机会。而且，在具备先天优势的同时，我还会尽力为自己的未来增加筹码。我问她能不能教我汉语。

"你让我当上老师了！"她说，"我真的有段时间很想当个老师的。"

450

陆成来看我的时间总是难以预测。我每天都等待着他的小工捎信来告诉我，他是今天能来呢，还是明天再来。那小工就是在我到上海的第一天负责照顾我的那个人，每当他捎信来的时候，远远的我就能听到他一路喊着跑进大门："来了！"而我的心脏便会开始狂跳。陆成的消息总是写在奶油色的纸上，封在一个同样颜色的信封里，放在一个丝绸包裹中，这样别人的脏手就不能玷污它了。

"我亲爱的路西亚……"他的信息是以这句话开头。不管是传达不能前来的悔恨，还是告诉我他即将到来的时刻，信里的字迹永远都是那么优雅完美，仿佛这信是他用一种怡然自得的姿态写下的，写的时候不急不躁，一边写，一边还享用着他的下午茶。

他有时一大早就来，有时傍晚来，还有时半夜才来。他从不在午餐和晚餐的时候过来。我总是努力在他到访时表现得高兴一点，因为我意识到自己最近陷入了像我妈一样的情绪——愤怒，并且对什么都不满意。但是，看见陆成似乎对现状还挺满意的，我实在是控制不住自己的愤怒。粉色的斑点蔓延在我的胸和脖颈上，藏也藏不住。

丹纳不让我成天一个人怄气，总是乐呵呵地带我游览上海。由于他的体型实在太魁梧了，我们每次都得乘两辆黄包车才行。每个车夫看到他都会很高兴，因为丹纳总会多付给他们一些钱。我们在法国餐厅吃饭，逛古玩店，观赏俄裔犹太人表演的歌舞杂耍，还乘船游览苏州河。上海为我提供了无穷无尽的消遣。我把那一切拼凑在一起，试图借之忘掉我的窘境，忘掉我的爱人不在这里陪我这个事实。但每当我们的出游刚一落下帷幕，我就会立刻重新变得烦躁起来。

有天晚上我问丹纳，能不能带我绕路到陆成家去看看。丹纳说他不知道他家在哪儿。

"我可没骗你。"他申明道，"将来某一天我肯定会骗你的，到时候你就知道我有多不会骗人了。在这座城市里有很多骗子，你可能以为我早就学会撒谎了，但我从来都没有过任何要滑头的必要。我没有犯罪的前科，也不是来这里骗钱的。不过，大多数到上海来的人都非常有可能去骗人，有些人是为了发大财——这是最常见的理由。你可以在花烟间里看到很多挑战失败的人。至于我，我是和一个在大学里就认识的亲密挚友一起来的。他是个艺术家，由于受到了东方美学的影响，而自诩为东方主义者。我们一起度过了一段美妙的时光，然后他在九年前死于肺炎。感觉像是很久以前的事了，却又像是刚发生不久。"

"节哀。"我说。

他轻轻地笑了一声："我现在已经有当年的我们俩合起来那么壮了。曾经的我们就像双胞胎一样形影不离，就跟双子星座似的，在所有事上都琴瑟和谐——那些流苏除外。这里的所有流苏都是他弄的。"

他是个同性恋。我想起我爸，想起他跟男人和女人的露水情缘。我曾因他把他的爱给与了那么多其他人，却没有给我，而生他的气。但其实，我爸从未带着任何爱意谈起过他们中的任何一个——完全没有，就连对庞德小姐都没有。他爱他们并不比爱我更多。如果我没有遇到陆成，我也许会变得丧失被爱和爱人的能力。我没法像丹纳那样说，我跟陆成一起度过的时光是美妙的。

"你的朋友叫什么？"我问。

"泰迪。"他说。

每当我们到古玩店逛的时候，我都会问丹纳，泰迪会怎么看待这尊雕像、那幅油画或是那些陶瓷碗。

"泰迪肯定会觉得那个镀金的小玩意儿做作得要命。而且这些小饰物才算不得什么艺术呢，只是低俗的赝品罢了。不过他一定会喜欢这些碗的着色的。"过了一段时间后，丹纳说，我现在已经能够以惊人的准确性猜出泰迪会喜欢什么、不喜欢什么了。

每当我因自己的新生活的不确定性而感到想哭、愤怒或是害怕的时候，丹纳都会安慰我。"我觉得很孤单。"我说。

"泰迪曾经跟我说，我们都会感到孤单，这很自然。这是因为我们的心跟其他所有人都是不同的，但我们却不清楚到底哪里不同。当我们陷入爱河时，就像被施了魔法一样，两颗不同的心会因同一种欲望，分毫不差地合成一个整体。随着时间的流逝，差异会重新出现，这时我们便会感到心痛，然后又为止住心痛而努力。在这个过程中，就有着很多的孤单和恐惧。如果，就算因分歧而忍受了许多心痛，两人之间的爱情仍能存留，那么它便是一件稀世奇珍，必须拼死捍卫。这就是泰迪告诉我的爱情，也是他给过我的爱情。"

陆成带来了他的颜料。他想给我画一张肖像画。"我们看待自己的方式跟别人看待我们的方式从来都不一样。"他说，"所以我想让你看看我对你的看法和感受。在我的笔下，你会是路西亚，我爱的女人。"

他让我坐在扶手椅里，安排好灯的位置，让光打亮我的脸。我没用任何东西遮挡乳房，尽管这幅画将要描绘的只是肩膀以上的部分。

"我希望这幅画能表现出你的性感，你的自由精神，还有你对我的爱。不穿衣服的话，你就可以没有任何束缚地成为你自己了。"

"肚子这么大，我简直都已经面目全非了。"我有点暴躁，因为他已经连续两个晚上到得很迟了。

"我一直都觉得，我是不可能捕捉到永恒的瞬间的。"他继续说，"但你却曾说我捕捉到了永恒的瞬间。所以我大受鼓舞，愿意试一试。"我要求观看那些永恒的瞬间是如何被创造出来的，他却说我得等到画完以后才能看，"这种瞬间跟时间意义上的瞬间不是一回事。"

每当他得空来找我的时候，都会画上一两个小时。当他从画布上抬起头时，我就那么凝视着他的眼睛。他的表情显得忧郁而沉思，有时我会觉得他对我的感情也许不比对我坐的那张椅子更多。但过不了多久，他便会放下画笔，结束当晚的工作。他的脸会因爱慕和欲望涨得通红，紧接着他便会带我上床。

我迫不及待地想要看看那张肖像，想知道他到底在我身上看到了什么，到底觉得我是怎样一个人。他曾在《奇幻山谷》里捕捉到了我那永恒的精神。我还记得当我从那片长长的绿色山谷中认出自己，在那片金色的溪谷中看到自己的灵魂时，心里有多么惊讶。我所应是的那个人，跟精心打扮出的外表、优雅的举止以及我父母那种居高临下的主张都没有关系。我不需要隐藏自己的缺陷。我没有缺陷，因为我不再需要拿自己和其他人进行比较。那时的我清楚而坚定地知道，我已掌握了生命中最重要的东西——但现在我已经想不起来那个东西是什么了，它

453

又一次从我手中溜走了。如果我能再次掌握它的话，就再也不需要被怀疑所折磨：怀疑自己是不是被爱着，怀疑自己该留下还是离开。我希望这幅新的画作能够恢复我心中那份确定的感觉。

在开始动工的两周后，他将那幅背后同时题有中英双语题词的画作献给了我："献给路西亚·明特恩小姐，在她十七岁生日之时。"不过我实际的生日在船上的时候就已经过了。这幅画既美丽又令人不安——我被画在了一片黑色的背景上，身处没有形状的、空空如也的空间里，就好像我不属于任何地方似的。我的肩膀一边是奶白色的，另一边则笼罩在阴影里。画面延伸至腰际，我用一只手扶着胸上覆盖的光滑绸缎。这景象传递出一种色情的感觉，显得我虽然羞涩，却终究抵挡不住淫魔的诱惑。我绿色的虹膜是薄薄的圆环，而我的瞳孔则又大又黑，跟我身处的空间一样漆黑。看着它们，我想起我第一次近距离观察陆成的眼睛时，发现他的眼睛竟是如此之黑，让我觉得仿佛永远都不可能看穿它们，读懂他是谁。每一个见了这幅画的人都会一眼认出我就是画里的那个女孩，但是，尽管这幅画画得很好，我却不想成为画里那个拥有一双空洞眼睛的姑娘——她的眼里除了那画家以外再无别人，就好像他永远会是她的整个世界一样。这不是我的精神，而是我在失去了精神后残存的躯壳。陆成不了解我。然而更加让我惊恐的是：我自己也不了解自己。他爱着一个并不存在的女孩，他不是我的知音。但是一想到要放弃他，我就难受得不能自拔，因为如果那样的话，我就不得不将那片绿色山谷中的东西——我对自己的爱——亲手毁掉了。

"你把我画得很漂亮。"我说。我很高兴我们处在黑暗之中，这样他就没法发现我的脖子已经全变成粉色的了。我对这幅画表示赞叹，尽可能多地寻找画里的优点，以此来掩盖我的失望。然后我又请求陆成把他用中英文写下的我的名字划掉："我的名字应该读作'卢克丽霞·明特恩'。"我说，"如果这幅画被传到你们家未来的子孙手里，他们应该知道我的真名。"我观察着他的反应，而他没有看我。

"当然可以。"他说。

我请他再为我画一幅画。"那张山谷的画。"我说，"你能凭记忆画出

454

来吗？"

　　三天后他便将作品带了过来，搞得我怀疑他是不是从手里已有的许多张临摹品中直接拿了一张给我。他那为数众多的临摹品，是我真正自我的藏身之处。

　　三个月后，我已经胖得穿不下以前买的衣服了。丹纳和金鸽找裁缝给我做了新的裙子和宽松的袍子。穿起来最舒服的两件是宽松的睡衣和睡袍，它们看上去跟丹纳的衣服很像。我肚子里的孩子于我已经成为了真实可感的亲人，而不仅仅是拿来让陆成的家人接受我的工具。不管发生什么，我的未来都会和这个孩子同在。我不敢让自己有更多奢望。陆成有时会连着一个礼拜每晚都来，但他很少逗留至天亮。就在我刚刚开始觉得这种状态也不是不能接受的时候，他又会忽然消失一整个礼拜，让我觉得自己被抛入了遭遗弃的幽冥世界。当他回来找我时，总能为自己的消失找到很好的理由：他这段时间得作为翻译陪着他爸参加一个关于条约废除的谈判；他妈病了，要求他每天陪伴自己，为她筑起希望的堡垒……我对他的话的真实性感到怀疑，但也不想更深追究，因为我生怕自己一不小心发现，那些令我反胃的怀疑都是真的。

　　随着时间的流逝，我们之间的性爱渐渐变得越来越冷淡。我推测这肯定跟我怀孕有关，他大概并不觉得一个鼓胀的女人是个很有吸引力的伴侣。但我同时也注意到，他很少再在我这里逗留几个小时以上了，穿衣服的时候总是显得急匆匆的。我能猜到他在向我隐瞒什么，那可怕的真相梗在我的喉咙里。我逼着自己镇定，逼着自己忍住眼泪、冷静下来，逼着自己把红色斑点憋回去。当他站在门口说再见时，总是显得十分尴尬，而他脸上歉疚的表情违背了他曾对我许下的、要对我真诚相待的诺言。

　　"你结婚了吗？"我几乎不带感情地问。

　　他愣了一秒，来到我身边。"我本来想在确定你能够承受这个消息之后再告诉你的。但你总是一会儿伤心一会儿大喜，我一直没有找到合适的时机。"

　　事情的真相已经够让人烦躁的了，我还得面对他如此无力而虚伪的逻辑！"什么时候我才算能够承受这个消息呢？等孩子躺在我怀里的时候？"

"路西亚，你早就知道我有个已经订婚的新娘。这桩婚姻不会改变我们之间的任何东西。"

"别再叫我路西亚了，那个女孩已经不再属于你。我的名字叫卢克丽霞。"

"我是被迫跟一个我不爱的女孩结婚的。而且你还是可以成为我的妻子。"

"当个小妾。"

"人们会叫你二夫人。如果你能生出下一代的第一个男性，你的地位说不定就不会低于正妻了。你可以带着我们的儿子住在属于自己的房子里，整个家庭也会承认你是我的妻子。那样的境况，比住在大家庭里当第一夫人可要舒服得多了。问问金鸽我说的是不是真的。"

"那如果这个孩子不是男的呢？"

"你不能那样想。"

金鸽证实了陆成所说的、关于我可以成为二夫人之事的可能性。"不过，"她补充说，"可能的事情和已经实现了的事情之间是有差别的，尤其是，说出这种可能性的还是男人那一方。这是我从我的经验中悟到的事。不过，也许你的运气会比我好一些。"

孩子即将出生的那个晚上，正好是美国人庆祝林肯诞辰的日子。当晚，丹纳坐在楼下，一直在等着陆成的小工。金鸽已经陪了我一整天，用英语冲我大叫："勇敢点，坚强点！"在忍受了十个小时的疼痛后，我再也受不了了，开始尖叫和喘息。她口中所有表达安抚的英语，都被发疯般的、我一句也听不懂的中文所取代，搞得我都开始怀疑自己是不是就要死了。终于，那个小工带着熟悉的奶油色信封和陆成那字迹整洁的信来了：信里说，他必须要去参加他姨妈六十大寿的晚宴和庆典。"六十大寿是中国人最重要的一个生日。"他写道。

一个数字，比在我们的孩子就要出生时陪在我身边还重要？他此刻能为自己的缺席给出的唯一可以接受的理由，就是他已经死了！丹纳给了那个小工一张便笺，上面写着说我很快就要生下我们的孩子了。

一个小时后，中国接生婆庄严地宣布我的孩子是个女孩。她将她放在我的怀里。当那个孩子哭起来时，我也和她一起哭了起来。我为她将要和我一起承受的痛苦而哭，为自己的希望落空而哭。但在那之后，她看着我，忽然停止了哭泣。就在那个瞬间，我爱上了她。我会保护她，关心她，绝不会像我妈忽视我那样忽视她，并且绝不试图改变她。她会感觉到，我就因她本来的样子而爱她。她会像我小时候种在花园里的那些被我妈认定为应予拔除的杂草的紫罗兰一样。我曾浇灌它们，让它们自由生长，火种燎原，根系深扎，而它们就那样蔓延开来，无拘无束，直到所有地方都布满了它们的身影。

丹纳很高兴我们之间又来了个"小小的女王"，他会成为她最忠诚的奴仆。当我告诉他，我要用我最喜欢的花来给她命名，叫她"薇奥莱"时，他说紫罗兰也是他最喜欢的一种花，因为它们长着漂亮而表情丰富的小脸。他说他会一大早就派个佣人去找些紫罗兰来，好种在这座花园里。

丹纳写给陆成的模糊不清的纸条收到了预想的效果。两个小时之内，陆成便飞奔上了楼梯。他大睁着期待的双眼走到我面前，而下一刻，他便从我的表情里得知了事情的真相。我解开裹着她的被子，他没有动，而只是盯着她看——而且，他看她的目光中没有对新生命的惊叹，而只有一丝表明了他的失望之情的犹豫。他根本掩饰不住自己的情绪。

"她好美，"他喃喃低语道，"好小。"他不断努力搜寻着其他描述婴儿特征的无意义词汇。

他探寻地朝我瞥了一眼。他在等着我自己承认，这个女孩的降生代表了我怎样的未来。那一刻，我恨透了他——他以为我会因我们的孩子没有带着一根阴茎出生而感到失望，以为我会觉得她是导致我无法被他家人接受的原因。但紧接着我忽然意识到，他其实是把薇奥莱当成了他的麻烦的源泉，因为她正是导致我跟他来到上海的原因。我下定决心，我绝不会让薇奥莱遭人嫌弃。她不需要改变自己，人们会爱她本来的样子。她是我的孩子，我的女儿，是我此刻比世界上的任何其他人——包括陆成——还爱的人。

"我给她起名叫薇奥莱。"说完后，我看都没看他，又补充道，"我远比你以为的要更爱她。"

他点了点头，没问我为什么给她起名叫"薇奥莱"，也没就我对她的爱的宣言发表任何评论。

第二天来了一个女人，通知我说，是陆成派她来当奶妈的。他这份爱的表达使我感到一丝振奋——不过，这真的是爱吗？派个奶妈过来算爱吗？我对于自己不得不质疑陆成所做的每一件事而感到烦恼。每次陆成来找我时，都会给她带来一些礼物，而我会观察他抱起她时的表情。他看起来并不快乐。过了一段时间，她学会了笑，他开始喜欢逗着她玩，但我还是感觉他不如我爱她。如果他真的很爱她的话，他一定会为了让他爸接受她而努力抗争的。当她红着脸、攥着拳头哭起来时，他会担心，却无法像我一样对她的痛苦感同身受。他没有试图去安慰她。

"爸爸们都没有这样的本能。"丹纳后来跟我这么说。

"如果他爱她的话，他为什么不愿意在她的出生证明上写自己的名字呢？"

"因为如果他那么做的话，她就永远也不可能明正言顺地成为他的孩子了。在你得到正式的身份之前，最好还是耐心等待。"

"如果我永远都没法在他家里拥有一席之地的话，承受非婚生子的污名对她真的好么？我不能让薇奥莱活在别人的歧视中。"

"我有个办法。"丹纳说，然后出了门。两个小时后，他手拿一张宣布我和菲洛·丹纳为夫妻的结婚证回来了，上面的日期是薇奥莱出生前的好几个月。然后他又举起一张薇奥莱·明特恩·丹纳的出生证明。"我已经为她在美国领事馆进行了登记。"他说，"她是个美国公民，必须学会唱'我的国家属于你'[1]。"

我哭了起来。他将合法身份这份大礼送给了薇奥莱。

"如果你还是更愿意跟别人结婚的话，"他说，"我还可以去找这个帮我办假证的人。他属于全上海办假证办得最好的人——掌握了所有看上去很正规的表格、红色的姓名印章、中国字，以及用英文写的胡言乱语。"

为了庆祝他当了爹，丹纳给薇奥莱买了一个摇篮，以及一个带流苏的拨浪鼓。"我那严肃的祷告终于得到了回应。我终于当爸爸了。"

像我一样，薇奥莱也长着棕色的头发和绿色的眼睛。她的皮肤很白，但她眼

---

1 英文原文为"My Country, 'Tis Of Thee"，美国爱国歌曲，又名《America》。

睛的形状使她看上去更像个华人，而非白人。丹纳不同意我的看法，他说她继承了泰迪的意大利血统。仿佛真的是遵从他的命令一般，薇奥莱在接下来的一年中渐渐变了样子。第一次见她就喜欢上她的人们都猜，她有一半意大利或是西班牙的血统。

丹纳和我在很多方面都很像一对结了婚的夫妇。他会准备食物，召集大家一起吃饭。金鸽也作为薇奥莱的姨妈加入了我们的行列，我们仨轮着番地宠溺薇奥莱，记录下她所做的每一个新的举动，以及她所感兴趣的事物。当薇奥莱十一个月大时，她开口管丹纳叫"爹地"，他听到这话后大哭起来，说这是他这辈子最幸福的时刻之一。散步时，我们会一起讨论她的未来——她该上哪所学校，该避开哪些男孩。我们都很担心她的健康，因该用什么方法让她不再红着脸大哭而彼此争吵。

丹纳带她去玩具店，见她最先伸手去够什么，就把什么买给她。我最后终于忍无可忍，不得不跟他说，买了十二个装在盒子里的弹簧人也是够了。她显然很喜欢他，每当他一边转圈一边抱着她在他巨大的肚子上弹啊弹的时候，总会笑个不停。但是我也注意到，任何一点多余的重量都会很容易地让他感到疲惫。他不得不赶紧坐下，歇一口气。我为他的身体感到担心，行使了作为他妻子的特权，要求他赶紧减肥。

五月份，距离我来到上海还不到一年，陆成的来访就已陷入了一种令我不满的杂乱随意的模式。他可能会跟我待上三天，然后我就一整个礼拜也见不着他了。他教会了薇奥莱说"baba"，也就是爸爸的意思，但他来的时候，她不会像迎接丹纳那样对他伸出双手。我对陆成的失望因薇奥莱而和缓了很多，因为她占据了我大部分的思想，赐我的心灵以充实。每当她摇摇小手，就会把我的愤怒赶走。她会在花园里那片种满紫罗兰的土丘上乱涂乱画。看到她在那一丛丛的花儿上笑着，阵阵幸福的诧异总会袭上我的心头。

在五月的一个温暖的日子，五月初五端午节，小巷子里的午后比往常要更安静一些。大多数住户——包括华人和洋人——都去苏州河看赛龙舟了。当陆成怀

459

抱薇奥莱站在那座安静的花园里时，我把自己的新消息告诉了他：我又怀孕了。

陆成叫奶奶给我准备营养品，帮助我肚里的孩子茁壮成长。他这回没有直接说出那个词：男孩。我知道我俩都该更谨慎小心一点，但我还是愿意让希望重新在我心里萌芽。这不仅关乎我能否得到陆成一家人的接受——我还希望薇奥莱能够得到身为陆成女儿的身份。

这个孩子是 1900 年 11 月 29 日，也就是感恩节那天出生的。陆成告诉我他那段时间会跟他爸一起外出，给他爸打打下手。然而在我给他送去消息后不到三个小时，他就来了。他抱着那个孩子，盯着他的脸，大谈起等待在他前方的远大前程。他心满意足地说，他的儿子出生于一个十分特别的日子：他爷爷生日的第二天。陆成说，他们生日上的相近，正表示了代代相传之意。他细数起这孩子和自己的相似之处，说他长着"陆家的眉毛"和"陆家的鼻子"。他发现我在看他。"给他们看这孩子哪里像我非常重要，"他解释道，"这样他们才会毫无疑问地确定这孩子是我儿子。"他亲吻我的前额，对我表示感谢。

第二天，他又带着一大堆礼物回来了。礼物中包括中国男孩的衣服，一把银锁，和一条华美的丝绸毯子。他说这孩子在被带给他妈过目时，一定要显得像个中国人，像个富裕家庭里的儿子。

他把孩子举到面前，对他说："你的奶奶已经迫不及待地想要看见你了。她曾经每天烧香祷告，就怕自己命里全都是孙女……"陆成喜得口不择言，而我心中立马浮现出一个让我痛苦的怀疑。

"你妻子给你妈生了一个孙女吗？"

他的脸上并没有歉意："咱们今天就尽情高兴吧，路西亚。让我们忘了所有其他的事，让我们相信我们的命运已经发生了改变。"

"你打算让我当你的二夫人？"我说。

"我很愿意一试。我们现在胜算更大了。"

"你觉得你的家人会拿什么迎接我？温暖的拥抱？宽容？还是愤恨？跟我说实话，我的幸福都押在这上面了。"

"这也许会需要一些时间。"他说我们最好采取迂回策略，先求他妈承认我。

但我一个字也没有听进去。在他滔滔不绝的一小时里，我一直都在想，如果我搬出丹纳的家，我的生活会变成什么样呢？我在这里很自由，没人会来支配我的所作所为。薇奥莱喜欢丹纳，丹纳也喜欢她。而且，丹纳、金鸽和我已经成为真正的朋友，彼此都可以毫无保留地相互依靠。

"我更愿意维持现状。"我跟陆成说，"你想在你家里给什么地位，就给我什么地位吧，只要你们家能接受薇奥莱和咱们的儿子，并且承认他们是我的孩子就行。我会继续带着咱们的孩子住在丹纳的旅馆里。"

陆成看上去松了口气。他又一次跟我说，只要他把我们的儿子带给他的家人看，赢得他们认可的机会就将变得非常之大。

"在陆家承认他俩之前，"我说，"他们会是丹纳的孩子，我会在给他们办的美国出生证明上这么写的。而且，就算孩子们得到了承认，他们还是要继续和我住在一起。"

"咱们的儿子需要跟爷爷多多相处，在重要的场合中更加不可缺席，只有这样才能保证他在我们家中拥有合法的继承地位。"

"那薇奥莱呢？"

"我会让家里人认可她，好好对待她的。但我改变不了我父母对于下一代第一个男孩的重视。"

要是放在两年前，我是绝对不可能接受这种安排的。但如今我却意识到，将自己强加于陆成的家庭并因他们的拒绝而痛苦，真是愚蠢而自傲的做法。我之所以如此提议，并非出于妥协，而是出于自己的意愿。我已不再执着于怅意，随便陆成去保守他的秘密好了。那一天，他躺在床上，把儿子放在我俩中间，温柔地向我倾诉我已经一年没有听到过的柔情蜜语。他说他会告知他的家人，他要把自己的时间分成两半，一半留给他们家，一半留给我们在东荟芳里的家。尽管我们在兴奋地谈论着未来，但我心里很清醒，知道他的父母很有可能不把我们的儿子视为合法长子。不过就算真是这样，也毫无关系，我仍然会拥有自己的两个孩子。

461

我可能会继续对陆成感到失望，但我不会把自己的幸福全押在他身上了。丹纳更像个真正的丈夫，陆成永远都不可能做得像他那么好。他比我爸还更像个父亲。

陆成离开后，我跟丹纳透露了我的计划："他拒绝住在这里当第二丈夫，"我说，"所以，就由你来当第一丈夫，我来当第一夫人吧，咱们的家庭成员里头只包括薇奥莱、新来的孩子和咱俩。陆成可以随便给他的孩子取什么名字，但他的美国名字会是泰迪·明特恩·丹纳。"

丹纳情绪失控，哭得简直快要喘不上气了。

陆成第二天一大早就来了，那时丹纳、薇奥莱和我正在吃早餐。我能够看出他迫不及待地想要见到儿子。"孩子在睡觉呢，"我说，"不要去打扰他。"陆成要求跟我借一步说话。

我们去了花园里。我意识到自己对陆成的感情已经变了——我已经不再需要他给我带来幸福、家和未来了，我现在终于能够带着自由而清醒的眼光客观看待他。他曾冲昏过我的头脑，但现在，我对于自己是否仍旧爱他都已不再肯定。我不知道他是否也感觉到了我的变化。

"我妈已经同意见见我们的儿子了。"他说，"我告诉她，他长得很像陆家人，毫无疑问是咱家的种。我说，打我第一眼看到他时，他就定定地看着我，认出了我是他爸。"

我对这个谎言进行了嘲笑。

"我还跟她说，他的名字叫陆深，深的意思是'深远'。我本想和你一起给他起名的，但是时间太紧迫了。我是在周围没人听到的时候瞄准机会跟我妈说的这些话。"

"我当然不会因为你给他起中文名而生气了。我已经给他起了一个美国名：泰迪·明特恩·丹纳。泰迪，而不是西奥多。"两个名字，由两个人各自命名。这迹象显示出我们已经跟彼此离心离德得多么严重了啊。"我刚刚想到，我从没问过你的名字'成'是什么意思。"

"成就。"他说，"这个名字对我简直是个嘲讽。我什么成就也没有，总是把一切搞砸——在你的事情上是，在对待家人上也是。作为艺术家我也很失败。但是我们的儿子会补偿我的失败的，他将来总有一天会成为一个名门望族的首领。"

最后一句话像鸦片一样麻痹了我的灵魂。"你妈打算什么时候见他？"

"今晚。她已经等得不耐烦了。最好是由我亲自带他去见她，如果她愿意让他当她孙子的话，就会把他介绍给我父亲的。而如果他也同意的话，我们就可以接着跟他们说，你是他的母亲，他们也必须认你。"

"再跟我说一遍，如果他们不认我的话，我们该怎么办？"

"你和我就在外面将他抚养成人。但是那样的话，他就不能算是一个中国家庭的合法子孙，就没有资格做官或是继承财产了。而我希望我们的儿子能够拥有这一切。"

我请他允许我想一想，再告诉他我是否允许他今晚在不带我的情况下带我们的儿子走。我向金鸽和丹纳透露了心中的疑虑：他们说不定会拒绝他，或者，他们也有可能会接受他而拒绝我。我们商量了一整天，我提出各种各样的可能性，他们则和我一起思考。如果他们给出的建议跟我想要的答案不同，我就选择不听他们的。我想要我的孩子们——薇奥莱和泰迪——受到认可，得到可以为自己选择最好人生的所有机会。

当晚，陆成一到，我便将泰迪裹好。他带来了一位保姆和一套丝绸婴儿睡衣。他感激地拥抱我，对我表达爱意。他说，明天下午他就会把泰迪还给我，我都来不及想他就会再次见到他的。我亲了亲泰迪睡着的脸，便放他走了。

我睡不着，脑子里想象着陆成的妈妈会怎么看待他。我做了最坏的设想，想象出她脸上充满厌恶神情的样子。丹纳一直陪着我，跟我讲和小泰迪同名的那个人的故事，试图以此分散我的注意力。当我表达对一切都化为泡影的担忧时，他便为我一一列举陆成肯定会成功的理由，让我十分感激。他举的第一个理由就是，一位祖母在自己归西之前，一定会非常渴望见到自己的孙子的；他还说，陆成是她第一个儿子，她很可能会十分宠爱他，不忍让他失望；为了让我安心，他还列举出了一大堆拥有混血孩子的家庭。他说泰迪长得那么漂亮，不可能有任何一个祖母忍心拒绝他的。

上午九点，陆成的小工带着那装在丝绸小袋里的熟悉的信封来了。"我亲爱的路西亚，我们的希望离成真又近了一步。她已经被他迷住了。"我高兴得叫出了声，赶紧继续往下读："她很有信心，认为自己一定可以说服我父亲接受我们的儿子。等他明天一回上海，她就会采取行动。现在，她很想再跟这个孩子多待一段时间，她说，只有多多了解他，她才能用准确的形容来打动我父亲，从而克服一切障碍。我们必须再耐心地等上一天。"

　　我对陆成的妈妈扣下泰迪很不满意。才分开一个晚上，我就已经很难受了。我盘算着要不要送一封信过去，要求陆成暂时先把孩子还我。如果他妈真的像陆成所说的那么高兴的话，等陆成的爸爸回来以后，她肯定还是会一样高兴。我送去一张便条，要求陆成把孩子还给我。

　　下午，我本期望他能将泰迪还回来的，却只收到他回复的便条："我亲爱的路西亚，一切进展的迹象都充满希望。我母亲已经给我父亲捎去了口信，他会提早回来，今晚就会到家。"

　　我本应该为这样的进展感到高兴，但泰迪不在我的臂弯里，让我很不开心。我当时就该坚持跟他一起去的！他们有没有你争我夺地抱他？他们让他好好睡觉了吗？然后另一个恐怖的念头——只有一粒沙那么大的微弱念头——溜进了我的脑海：她会把他还给我吗？那粒沙子混进我的眼睛，让我变得十分焦虑，不由在巷子里来来回回地踱起步子。丹纳想跟上我，没走两步便累得气喘吁吁。他建议我抽点鸦片，把眼下无法改变的事情都忘掉。

　　第二天早上，陆成捎来了更多的口信："我的兄弟和他们的夫人也已经看到了孩子，都非常喜欢他。他们也觉得他长得很像陆家人。我父亲喜欢这个孩子已经喜欢到了跟他谈论未来的地步了。所有的障碍都在一点点地消失。"

　　在陆成带着泰迪回来之前，我还没法放心地庆祝这一利好消息。丹纳和金鸽努力想分散我的注意力，让我别再那么担心。他们跟我谈论我的孩子们将会得到的一切好处——教育、尊敬，以及权力。我要是不给我儿子灌输正确的价值观的话，他很可能会成为一个腐败的官僚呢。丹纳抱着两岁大的薇奥莱在自己肚子上弹啊弹，一边哼着小曲，一边将她举过头顶。那首小曲是这么唱的："骑在高头大马上，驾，驾……"泰迪肯定会在下午之前回到家里。

到了晚上，我彻底慌了神。陆成还是没来。就算他有事耽搁了，也该送个便条过来解释一下啊。我在心里列举出各种可能性：泰迪病了，而他们不想告诉我；也许陆成的爸爸变了心，他妈想留这个孩子多待一会儿，好让他再考虑考虑；也许陆成的妻子表达了抗议，大家还需要一点时间摆平这件事……但我所有这些担忧，都不如最终的真相可怕。

夜半时分，那个小工给我送来一张匆忙写就的便条："我亲爱的路西亚，我不知道该怎么把发生的事情告诉你……"陆成的爸爸和妈妈决定要留下泰迪，但他们不会承认我是他的母亲，泰迪会成为陆成妻子的儿子。他妈将这个决定告诉他的时候，已经把泰迪抱走了。他不知道孩子在哪儿。"路西亚，若我但凡知道他在哪里，我现在肯定已经把他送进你的怀里了。我对发生的一切感到恶心，我都能够想象到你此刻的震惊。"他继续写道，他的家人威胁说，如果陆成还打算来见我的话，就永远也别想再看见孩子了。

我浑身发抖，无法理解这封信的意思。我跑下楼，却发现小工已经走了。我跑进巷子里，又跑到南京路上，一边哭，一边破口大骂。过了两个小时以后，我才终于返回旅馆，而丹纳和金鸽正满脸阴冷地坐在桌边。他们已经对着那封信读了好几遍，想要破译里面的每一句话到底都代表着什么意思。

"这是诱拐。"丹纳说，"我们明天一早第一件事就是要去美国领事馆。"

过了一会儿，他的脸上忽然闪过了一丝惊恐。我们光顾着因为得到陆家的认可而高兴了，竟然都没顾上到美国领事馆将泰迪登记为丹纳和我的儿子！如果一个孩子从未在领事馆的记录里存在过，我们又如何声称那个孩子丢了呢？陆成可能已经先于我们注册登记了。

我在床上躺了三天，睡不着也吃不下。金鸽和丹纳照顾着薇奥莱。我在脑中一遍遍地回放着发生的一切：我曾经感到过危险，我当时就应该陪着陆成一起去的，至少也该坐在马车里跟去。我就应该雇辆马车跟上那个小工的。我真的不愿相信，在这整个阴谋里，陆成一直都是共犯。现在他终于摆脱我了，摆脱他的麻烦，摆脱那个永远都不会懂得当一个中国人意味着什么的美国女孩了。原来，他

465

对我和小薇奥莱，都毫无感情。

丹纳的悲痛比我有过之而无不及。他曾通过小泰迪的存在，重新寻回了自己的旧日伙伴，而现在，他却同时失去了他们两个人。他没有暴饮暴食，而是完全不再吃任何东西。金鸽振奋精神，踏上了寻找泰迪的旅程，并且跟我保证说她一定会找到他。她通过自己堂子里的朋友四处打听，有没有人认识一个姓陆的、在对外关系部门工作的男人？但所有人都说，中国有几万个姓陆的家庭呢，他在外交部门的哪个岗位呢？近些日子以来，真是有太多外国人需要好好管教管教了。你要干什么？你为什么想找他？

等我终于活过来以后，第一件事就是从床上起身，把小薇奥莱抱到自己身边，生怕她也会从我面前消失。她蠕动起来，我便把她放下，看着她蹒跚走向一堆书，把那堆书推倒。她看向我，想让我表扬她，我便强迫自己笑了一下。对于她来说，这个世界上并不存在恨、背叛或是错爱这一类的东西。

在我失去泰迪一个月后的某天，丹纳呻吟着从餐桌边站起身，抱怨说自己有点消化不良。他在晚上十点上床睡觉，然后再也没有醒过来。

我的心已经伤痕累累，无法清晰地感知他的死亡。痛苦已经超越了我所能承受的极限，而且我也不愿意知道失去他到底意味着什么。然而几天后，悲伤造成的可怕空洞却越长越大。那个曾把他的整颗心、整个家、所有同情和爱都统统给了我的男人，他到哪儿去了？他陪着我感受过希望和挫败、愤怒和悲伤，他给了我体面的生活，赐予小薇奥莱合法的出生身份。他为我穿上铠甲，让我能够勇敢前进。丹纳就是我一直以来所渴望的那种父亲，我本应该把这话告诉他的。我们三个组成了他一直以来都想要的小小家庭。我们属于他，他也属于我们。他知道的。

在向美国领事馆报告他的死讯时，我发现丹纳的财产将由我继承——那座房子，那些画，所有家具，还有那些流苏。我曾是他的妻子，现在是他的未亡人。当然他也没忘了金鸽，他从她那儿收的房租都被存进了一个写有她名字的银行账户。她提议要定期付我房租，这样她就可以留在这里，继续为她的客户们服务了。

我让她作为客人跟我住在一起，她感动地说，我比她的亲姐妹还要亲。虽然我继承了房产，但手里只有一点点可以用于支付日常开销的钱，而且我们已经将那些钱的大部分都花在为丹纳办葬礼上了。为了增加收入，丹纳过去每个月都要卖上一两张画，每次卖画前总要苦苦考虑很久，到底哪幅画才是自己能够割舍的。我拿了几张画去画廊，却被告知它们几乎一文不值。我才不会让丹纳的画落入骗子的手里呢。我把那些画带回家，跟佣人们说，我没法给他们开工资了。有两个人选择离开，但那个奶妈和小工留了下来。他们说，有个地方管吃管住就已经足够了，他们还向我表忠心说，他们很会杀价，可以用比外国人买东西便宜得多的价格买到生活物资。我心中感激，但我们都知道，我们不过是在拖延面对那个不可避免的未来罢了：之后我们该上哪儿去呢？我走遍整座房子，记录下有可能会卖掉的所有东西——那张沙发，那把大大的、摆着凹陷椅垫的扶手椅，那张桌子，还有台灯。我一边审视着这一切，一边从那一堆又一堆蜿蜒穿过整座房子，直堆到那挂着流苏帘子的壁炉架上的书丛中穿过。书和流苏，两个挥霍无度之人的泛滥藏品，如今却会成为两个节俭女人生活的支撑。

最初，我专门挑出那些我永远也不会读的书拿去卖：《蚂蟥的医疗效用》《潮汐表》《乐器的机械学》《液体的密度》。结果事实证明，我不想读的书，同时也是所有人都不想读的书，所以我调整方向，开始出售那些会在从美国和英国来的新移民中快速卖掉的小说。海洋史——英国海军上校所写的历史记述，以及一本地图集，都惊人地受欢迎。把地上的书清干净后，我又着手卖掉架子上的那些。我估算着我们多久以后会破产：六个月，或者更短——如果剩下的那些书被实践证明不受欢迎的话。到书店去的时候，我总会问有没有一个叫陆成的人来过。我解释说，我想找他，是因为我找到了他感兴趣的书。我总是随身带着一根尖头钢笔，这样的话，如果我找到了他，而他不肯带我去见泰迪的话，我就可以拿钢笔划烂他的脸。他应当在众目睽睽之下，永远蒙受这份耻辱。

金鸽和我列出了所有可能的赚钱途径：她可以教英语和中文，我可以给那些想要探索"上海的神秘地带"的西方人当导游。我们在美国商店里、酒吧中、美国领事馆的外墙边留下传单，在发传单的间隙里，我还跑到画廊里，寻找画着暗雨云、狭长的绿色山谷以及连绵群山的画作。我们每天都在公共租界的大街小巷中穿行，寻找可以推销我们服务的地方，并且发誓决不放弃。生意不好找，尽管上海的人口正越来越多——有一百万，丹纳曾经跟我说，比不久以前翻了一番。聚集在外滩、南京路和公共租界里其他地方的很多人，都是穿着裁剪合体的西装，戴着陆成戴的那种软呢帽的中国富豪，每当看到这样的身影时，我都会紧赶几步去看他们的脸。我总是精疲力竭地回到家中，但从未气馁。

在尝试过所有这些努力之后，我发现了一件事：没有外国人对学汉语有兴趣——除了那些传教士，但他们都有属于自己的汉语教师。我找到了几个急切地想在上海游玩的美国男人，但他们同时也认定我们是娼妇，以为我们会带领他们探索我们女阴的神秘地带。

在一个温暖的日子里，一个男人看到我在张贴我们制作的观光服务布告，便问我知不知道哪儿有酒吧。我向他推荐了美国吧，他却回答说，那里太闷了。我又提到外滩岸边的那些酒吧，他又抱怨说，那里太吵，而且里头全是醉醺醺的船员。他想找一家能让他忆起家乡的小镇酒吧。"所有人都说上海什么都有，"他说，"但是我却一直没找到一家能让一个小伙子跟朋友们分享一品脱啤酒，抽根雪茄，围在钢琴周围唱唱老曲儿的酒吧。"

"如果你想要的是家的感觉，我正好知道有这么个地方，下周就开门。"我写下店名和地址："丹纳吧。东荟芳里18号。"当我回到家把这个激动人心的消息告诉金鸽后，她开心极了。"终于！"她叫道，然后她又问："什么是酒吧？"

"不管它是什么，"我说，"我们都一定能把它办好。"

在我们早期客人的建议和意见下，丹纳吧在接下来的几个月中逐渐初具规模。在我们营业的第一周里，店里只有一点点可怜的存货：啤酒、廉价雪茄，以及烧得人五脏六腑都发热的威士忌。感伤的曲子成了我们最大的资产。我很感激毛贝特先生帮我把多余的小指砍掉了，这样我才得以学习钢琴。在钢琴凳里，我发现了一摞又一摞的乐谱——大部分都是甜美的民谣。我记下客人们选出的最喜爱的曲子，然后叫他们第二天晚上再来，保证到时候能让他们唱上这首歌。第二天早上，金鸽和我会一起到二手商店里洗劫一番，想找些新的乐谱，而有时还真能找到。我们的客人还会告诉我们他们对于威士忌、啤酒和雪茄的偏好。我们每天都拿前一晚赚得的利润，买来更好的酒和雪茄，以更高的价格出售。我运用从我妈那儿学来的记忆技巧，记住那些客人的名字，这样，每天晚上迎接他们时，我就可以对他们一一致以问候了。我跟他们的交谈虽然简单，但也足够容我对他们提出那些使他们宾至如归、轻松自在的问题："你的甜心又给你写信了吗？""你母亲的病好了吗？"我对他们表示同情，表达祝贺，祝福好运。我发现，这些小小的举动会吸引我们的客人第二天再次到来，而再下一天亦然。不过六个月，我们的生意便忙得都顾不过来了。我们在另一条巷子里找到了一所房子，在那座房子的底层有可供出租的房间。我们手里有大量的废弃钢琴，还有一些不好好干活的音乐家。我们给我们这家二流酒吧起名叫做"路路家"。

我发现，金鸽对于成功的渴望是个无底洞。她不断售卖越来越高级的白兰地、波尔图葡萄酒以及各种特别的酒类，要价也越攀越高。这家酒吧挣到了很多钱，但金鸽总还是觉得不够。她总说，我们还大有可为，只有那些行动果断敏捷的人才能赚到大钱。她之所以这么说，是因为她经常在酒吧里偷听洋人们谈论新的生意。她拥有偷听的天赋，我们的客人打死也不会想到，一个中国女人的英语能好到听懂他们商业机密的程度。她熟知如何做出一张永远都在微笑、什么都不懂的女人的脸，这样，她便可以成功在男人堆里化身为隐形人。

综合偷听谈话得来的信息，她想出了一个点子：开一家小型社交俱乐部，让商人们得以在比酒吧更高端、更安静的氛围里会面。这个社交俱乐部会比美国俱乐部等其他酒吧更加含蓄而私密，不会让你的生意成为人尽皆知的秘密。我们在一所豪华的房子里租下了一些房间——那一间又一间的屋子，都是那些本打算大干一场却破产完蛋的商人留下的空房间。我们用长沙发、铺着桌布的小圆桌、棕榈树、闪闪发光的黄铜饰品以及大理石地板将房间装修一新。我们用丹纳藏品中最好的油画装饰墙壁，然后把余下的画交由一个经销商代理出售。他是丹纳以前的一个朋友，为人正直，帮助我们以合理的价格一张一张地将画卖掉。我们给新开的俱乐部起名为金鸽。除美酒以外，我们还提供茶点服务。我们不再一边弹钢琴一边演唱客人最喜欢的小调，而是雇来会演奏德彪西曲子的小提琴手和大提琴手各一名。我们提供私人小间，方便人们在其中谈生意、搞交易。作为一家优雅时髦的俱乐部的女主人，我的着装简单而时尚。像在以前开的酒吧里一样，我会在迎接我们所谓的"贵客"时，一一呼唤他们每个人的名字。金鸽雇了些服务生，对他们勤加培训，亲自监督他们往杯子里倒酒的酒量———一盎司外加一点点。而且她还仔细观察并记录下每个人的喜好，记录下他都点了些什么，这样的话，等他下次再来的时候，我就可以预先为他准备好同样的东西，然后问他，你还想不想要上次点的那些东西了？

金鸽尽职尽责地守在私人小间里，随时待命撤走空杯子，再拿回重新斟满美酒的干净杯子。这些富豪客人的秘密，比我们贩卖的任何商品都更加有利可图。我们从他们口中得知，有哪些新公司忽然乘上了成功的巨浪，又有哪些公司正飞速地日薄西山，同时还从他们那里听闻了这一切的原因；我们听说某些银行能够提前预知如何控制利润中的最大份额，还了解到他们是如何做到这一点的；我们还获知了某个非法的商业阴谋——四个来自不同公司的人同时虚报营业数据，共同欺骗了某个轻信他人的投资者。我们学会了如何识别不正当的交易。

"咱们比大多数人都更了解怎么赚钱，"金鸽说，"现在只需要决定好该做哪一行，便可以好好对我们的知识加以利用了。"没过多久，我们便找到了该做的事。

在上海，华人和洋人可能会购买同样的商品，但绝不会在同一家店里买。往往，一家专门服务洋人的理发店刚火起来，另一家功能定位完全一样，只是服务对象换成了富裕华人阶层的理发店便横空出世；一家专门服务西方女人的美发沙龙刚开起来，很快便不再孤单，因为另一家专门服务中国女人的美发沙龙已经开了起来，给它做伴。换句话也就是说，一切在西方人中间流行的时髦货，都能在富有的中国人群体中找到现成的客户群。但当我们办起面向中国客人的黄金吧时，却发现，金鸽如今再也没有以前那种秘密优势了：来店里的中国客人都知道她会说中文，所以在谈论商业机密时会尽量避着她；而我的汉语又没有好到能够收集商业机密的程度。不过，我很快便学会了默默这门艺术——也就是在客人面前沉默不语，事后凭记忆默写下听到的内容。金鸽会去迎接客人，而我则负责聆听，并在事后向她复述自己记住的情报。第一天，我只复述出几句出现频率较高的话："你什么时候回来的？""你什么时候走？""这简直是瞎扯。"但不到一年，我便能够听懂几乎所有商业方面的对话了，而且我在薇奥莱的影响下，对于动物、花卉和玩具的词汇掌握得格外多——她四岁了，既会讲英文，也跟奶妈学会了讲中文，这两种语言在她看来，都是母语。

如果有哪个中国客人想跟一家美国公司结为外贸联盟，金鸽就会建议他和那家美国公司结成一种"新型伙伴关系"；我则会对我们的西方客户提出同样的提议。我们这对双子酒吧，为外贸事业供应着一块块不可或缺的零件。帮客人取得一份小小的成功后，我们会收到一些小小的心意；帮他们取得了较大的成功后，我们便会得到一笔可观的酬谢。逐渐地，我们开始收取费用，从利润中提成。金鸽继续不眠不休地工作，还把她的勤奋精神也传染给了我。我们的客人越富有，他们之间进行的生意就越激动人心，相应地，我们赚到的钱也就越多。"要想吸引到更有钱的客人，"她说，"我们需要开一家长三书寓。而且我恰巧知道，有一家声誉非常好的长三书寓，那里的老鸨正打算转手出售呢。"

两年后，我们开办了一家将我俩的事业合二为一的场所：一家为西方人服务的社交俱乐部，同时也是为男人服务的长三堂子。我们给它起了个中文名：路路咪咪家，又起了个英文名，秘密玉路。这条秘密玉路正处于两个世界交汇的中央地带。

"再过十年，"我打趣金鸽道，"你肯定已经买下十个国家了，然后再过二十年，你手里肯定会有四十个王国。简直是贪得无厌！你为成功都快得疯病了。"她很爱听这话。"就现在而言，我觉得已经够了。"她说，"我需要的是回到过去，改变当初。十年前，我不得不带着一张被打烂的脸滚出堂子，现在，我却已经拥有全上海最梦幻的长三书寓了！不过，要想成为一个真正的成功人士，我还必须让自己成为一位悠闲淑女，永远都不慌不忙、淡定自若，也许最好再懒一点。"

但我却既不能淡定自若，也无法悠闲，因为我得把她那份工作也承担下来。一个礼拜后，当她看到我的双眼因为缺觉而变成两个凹陷的黑洞以后，终于说，她以后会稍微勤快一点的。我觉得她这么做是为了让我感激她所做的辛勤工作，所以从那以后，我便时常夸赞她的勤劳。

在午后和晚上的酒宴之间的空闲时间里，我会跟薇奥莱一起做游戏，给她念故事，一边用英文和中文唱歌，一边给她洗澡，并且在把她塞进被窝、哄她睡着的时候告诉她，我有多么爱她。这些都是我们之间表达爱意的小习惯。她可以依靠我。她的奶妈会在上午我还在睡觉的时候照顾她。我偶尔也会找个情人，不过我总是很小心，只选择那些在金钱、权势和智力上比我低一等的人。我会对他们进行面试，就像我十六岁时面试那些年轻小伙子们一样，面试后保留下经验丰富的，丢弃掉没有情趣的。我自私而贪婪地利用那些男人，毫不理会他们的感受。我允许自己享受欲望初起时山雨欲来的感觉，以及冲动被满足时暴风骤雨般的快感，却再不允许自己陷入陶醉的爱恋，抑或任何可能会被误会为爱情的前戏。我的爱只属于薇奥莱。四岁的时候，她已经长成了一个固执任性的孩子，这让我很高兴。我绝不会限制她的思想的。

差不多就在这个时候，我发现人的心也可以变得像个固执任性的孩子，会按照自己的意愿而动，不受控制。每当我心脏狂跳的时候，都会拿出陆成留给我的那两幅可憎的画作，先是盯着那幅肖像看。当他为我画下这幅画时，我已经感到了动摇，却仍拼命地想要相信他、依赖他。也许，我那时紧紧抓住的，不是信赖，而仅仅是愚蠢的希望？我会贴近那幅画，望进画里那两个又大又黑的瞳孔——通往那个深爱着那位画家的无脑女孩内心世界的入口。在那两只闪亮的黑色眸子里，他曾看到了映照他欲望的镜子，同时还看到了我的愿望——我想要满足他、想要成为他心目中我的样子的愿望。接着，我会仔细观察第二幅画，《奇幻山谷》。每当我凝视那幅画时，都会对自己感到深深的无奈——我竟然曾经对于"纯粹的自我存在"这种虚幻的东西深信不疑，还为此而拼命想要维护自己的独特品质！我从来没有真正想明白过，只属于我自己的独特品质到底是什么，却兀自下定决心，绝不让任何人更改或影响它们。但是，我却心甘情愿地让陆成改变了我。我多么轻易地就把自己给遗弃了啊。我任由激情引领着我，将我的人生之船掉转方向，朝一片并不存在的金色溪谷，一座处于海的另一边的城市扬帆驶去。我真的抵达了那个幻想中的地方，却在那里遭受到了几乎令我的思想、心灵和灵魂都灰飞烟灭的痛苦。而等我从那痛苦中全身而退以后，我知道，自己以后再也不会被爱情冲昏头脑了。我现在仍然决心要找到泰迪，他本来就是我的；然而每当我想起他时，我感到的都是一股巨大的愤怒，而非因为想到自己曾将那个婴儿轻拥在怀，看到他认出我并且微笑的样子，而感受到的心痛。我努力想要记起他的样子，却只看见陆成凝视着他儿子时的面庞，于是不得不赶紧将关于他的回忆逐出脑海。

我唯一可以将自己的全部身心都奉献给的人，就是薇奥莱。我是她不变的永恒，是为她设定清晨和黄昏的时辰之人，是指了指天空便创造出云朵的人，是为她脱下毛衣便温暖了空气的人，是为她披上外套便寒冷了季节的人，是用我那带魔法的呼吸使她冻僵的手指暖和过来的人，是通过将紫罗兰放在她的鼻子下面转动而使那花朵变得更甜的人，是用爱的宣言使她高兴得拍起手来的人，在每个时辰，每个地方，我都让她确凿地感受到我的心情：她就是我活下去的理由。

在来到秘密玉路的头一批客人中，有个叫做费尔韦瑟的迷人精。我对他说，他的名字就是我该躲着他的充分证据。他说，这名字是他的朋友为他取的温情昵称。朋友们总是邀他去吃晚餐、参加宴会，而且他们也都知道，如果不是因为他的经济状况欠佳的话，他肯定会对他们的慷慨邀请予以回报的。不过大家也都相信，等他乘船从上海回来以后，一定会加倍报偿大家。他早先曾对我坦承，他过去曾是个自以为是的年轻人，丧失了继承万贯家财的权利。他希望自己要么能赚一笔大钱，要么就赢回他父亲的恩宠。这两者都会是很理想的结局。

最初，每次看到费尔韦瑟，我都会想起我的第一个男人——那个长着蓝眼睛、深色头发的希腊男神。但是他很显然要比我近来找的所有男人都迷人多了。首先，他从一开始就承认，他想要让我在暗夜之中呻吟，在日光之下欢笑。而我确实从刚认识他时便笑个不停——因为他实在是太会自吹自擂了。

"你总躲着我，明特恩小姐。"他用一种好笑的谄媚语气说，"但是我会像卢梭等待杜宾夫人一样等待你的。"他经常会迸出这么一两句乏味的历史掌故，还会隐晦地影射某些典故，引用冗长的原文，以此昭示自己的高贵出身。我贪婪地吞下他的幽默，犹如吞下鸦片。遇到他以后不到一个星期，我便让他上了我的床，而且于我来说很不走运的是，他的表现证明，他对女人的了解远比其他人要多——他拥有无限的耐心，愿意聆听女人的抱怨和她对自己孤单心灵的哀叹；待她哀叹完后，他便会在床笫之间，给予她无限的同情和抚慰。

就这样，他聆听着我的倾诉，了解了我所痛失的珍贵之物、将我的灵魂蹂躏至死的背叛、我因伤害别人而感到的罪恶，以及我自找的孤独时刻。我还亲口对他暴露，亲密关系，以及那个从童话故事里走出来的皇帝，正是我的两大软肋。每当我因想起自己失去了丹纳和泰迪而伤心欲绝，或是为自己再也无法相信任何人而万念俱灰时，他都会不断地抚慰我。我不断地向他吐露更多，因为我想以此为交换，让他对我讲那些我想听的话：你受委屈了。你是个惹人怜爱的女孩。就为了这些虚伪的话，我挥霍无度地将自己的秘密全都送给了他，而他则在后来的日子里，把我所有最最珍贵的东西，全都偷了个一干二净。

旧金山   1912 年 3 月
路路·明特恩

还没等上海从我的视野里消失，我就已经从船尾到船头、从左舷到右舷地把整艘船找了个遍。我一次又一次冲进我们的隔间，希望薇奥莱能像魔术师变戏法一样出现在我面前。我到处呼唤她的名字，声音被摇碎在风里。只要一想到她有可能还在上海，我就坐立难安。我跟她保证过，我不会丢下她自己走的。我还能看到她的脸呢，还能看见我到处乱跑着收拾行李箱，思考着我们的新家所需要的东西时，她脸上的担忧表情呢。我当时之所以故作轻松，一部分也是为了减轻她的恐惧和疑虑。但是她始终无法平静下来——当费尔韦瑟领着她离开时，她一点也不平静。

此刻，我努力想让自己相信，她和费尔韦瑟只不过是错过了这艘船，因为他们没有得到那张必需的出生证明和签证，或者，他们没能及时赶到码头。但是紧接着我便回想起刚才有个小工给我带来了费尔韦瑟的便条，说他们已经上船了，让我到船尾去和他们会合。我现在明白了，他给我送来那张便条，就是为了让我放心地离开。这意味着什么呢？我重新回顾了一遍他诡计中的一切细节：他跟我说，我们需要薇奥莱的出生证明，而它不在我的抽屉里。他也许是在上次跟我上床的时候把它给偷走了。他曾有过无数次机会看见我打开那个抽屉。一等我离开，他肯定就把薇奥莱带回到秘密玉路去了——要不然他还能拿她做些什么呢？让那个混蛋见鬼去吧。我想象着薇奥莱生气的脸，以及金鸽安抚她的样子。金鸽会向她解释我是怎么遭到了玩弄的，她会告诉她，船开到旧金山用不了一个月，回来也一样。我敢肯定，直到我返回上海以后，她的怒火都不会消下去，因为我无视她的恐惧，把她交到了她从来都不喜欢——甚至可以说鄙视——的那个男人手里。不管我离开她是因为遭到了欺骗，还是因为神经失常，对于她来说都没两样。总之，我撇下了她。

我越是在脑海中描绘她的脸，心中的恐惧就越强烈：有什么地方不对劲。他肯定没把薇奥莱带回秘密玉路，他肯定不想让金鸽知道他干的事。她肯定会联系当局，把他给关起来的。金鸽不会知道他干了什么，而是会以为薇奥莱已经跟我一起上了船。但是他为什么要留下她呢？他一直都觉得她就是个兔崽子。然后忽然之间，一个念头溜进了我的脑海中：他可能已经把她给卖了。把一个漂亮的十四岁姑娘卖给长三堂子，能捞多少钱呢？这个想法一旦出现在我的脑海中，便再也不肯离去。这很可能是真的——我被这个念头给吓疯了。我走到一个穿白制服的男人面前，说："我需要立刻跟船长讲话。"他跟我说，他不过是个服务员。我跑进餐厅，问领班我怎么才能找到船长。"我需要送个紧急的口信。我的女儿没有上船。"

船上很快便开始骚乱，我见一个穿白衣服的人就问一个。乘务长很快就来了："很不幸的是，这样的情形并不罕见：一个人上了船，而另一个人没有及时赶到。不过所有的问题最终都会得到解决的。"

"你不明白，"我说，"她还是个孩子，现在在一个骗子的手里。我跟她保证说会等她的，她那么信任我。求求你，我需要送个信。"他跟我说，只有在涉及航行问题时和紧急情况下，才能送信。

"见你妈的航行鬼！这就是紧急情况！你怎么能这么蠢呢？如果你不让我送

信的话，就把船开回去！"船上的医生来到我身边，跟我说，等我们到了旧金山以后，我可以立刻启程回上海。

"你觉得我的脑子是一锅粥吗？到旧金山需要一个月，回上海也要一个月。两个月后，她会在哪儿？我必须现在就回去。有没有救生船？快告诉我。救生设备在哪儿？我要游回去，如果必须的话。"船医说他们会安排一艘救生船，再安排一名船员帮我划船。在这段时间里，他说，我应该先冷静下来，在开始这趟艰巨的回程之旅前先喝点茶，吃点东西。"喝吧，"他说，"这会让你的神经松弛下来的。"结果他还真说对了，因为我连续两天都没有再醒过来。

醒过来以后，我感到晕船晕得厉害，同时还意识到，这一切并不是一个噩梦。在那个月余下的时间里，我不断回忆着所发生的事的细节，仿佛纺纱一样，一会儿拉紧，一会儿又把它解散，重新织起。我看到她站在秘密玉路里，站在我的办公室中，跟金鸽哭着骂我。我看到她在一家长三堂子里，万分惊恐，眼看就要遭到玷污。我看到费尔韦瑟将她领走时她的脸，充满了恐惧和怀疑。我都对她做了些什么？我带给了她多大的伤害？

轮船抵达旧金山时，有个男人正在码头等我。他把一封信递到我的手里，然后便离开了。我打开信，双腿开始发飘，心脏沉入地底。那封信是美国领事馆寄给我的，上面说，薇奥莱·明特恩·丹纳在横穿南京路时死掉了。目击者说，她当时被两个男人拖着前行，不断大喊着说自己被绑架了。不幸的是，那两个男人在被逮捕前就逃走了。

这不是真的。这肯定是又一个骗局。把这张便条送给我的信使跑哪里去了？我哽咽着请求附近的所有人，请求他们把我带到警察局去。二十分钟过去后，我才终于找到了一辆能够载我的空马车。到了警察局以后，我又等了三十分钟才得到接待。然后警察局的人又花了一个小时的时间，试图让我平静下来。最后，终于有个女人带我去了邮局，我这才能够给金鸽拍封电报过去。由于那时正是上海的半夜，我不得不等着她的回信，所以我便坐在邮局外面，一直等到她将电报发回。

我最亲爱的路路：

　　沉痛告知，此事属实。薇奥莱殒命车祸。费尔韦瑟不见踪影。她已于三周前下葬。后话再续。

属于你的

金鸽

　　光是失去薇奥莱，就够我痛苦一辈子了，更何况我还明白，我让她在死前彻底幻灭，以为妈妈从未爱过她。我知道她该有多难过，因为我自己也被亲爱的人背叛过。她是带着满身伤痕离开这个世界的。她的命不该这么惨。

　　只要一想到她在生命的最后几个小时里受了多大的苦，我就心如刀绞。她到底是怎么死的并不重要——不管她是死于车祸、大意抑或欺骗，咽气的那一刻，在她心里，妈妈都是已经抛弃她了。我的眼前不断浮现出她的样子：她越来越害怕，眼神里渐渐充满惊恐；她满心恐惧地想，妈妈为了一张薄薄的纸片、一份伪造的出生证明，就把她给卖了。为什么？因为妈妈想要找回那个孩子，那个只在她怀里停留过不到两天的孩子。

　　她从小就是个眼光犀利的女孩，跟我当年一模一样。她能一眼识破谎言，也能清楚明白真相。那双洞察一切的眼睛，看到了我身上极具破坏性的自私品质——自私的骄傲、自私的爱、自私的悲伤。我无所不能，但却忘了去看一眼身边的她。

　　她以为在我心里，那个男孩比她重要得多，所以我可以为了他，而出卖她。他只不过是我怀中的短暂过客，而她却拽着我的裙角生活了十四年。我天真地以为她会一直在我身边，以为明天、后天、大后天我都能够保护她，给她需要的一切。我懂她，深爱着她，但随着她的年龄渐长，便开始不再与她亲昵。我告诉自己，现在的她肯定跟我当年一样，已经变得成熟而又独立，所以我可以尽情埋头于自己的事业了。其实我忘了，在她这个年纪，我根本就不成熟也不独立。那时的我非常孤独，非常伤心，觉得自己还不如妈妈手里的死虫子重要，也不如那双从烧焦的宫殿里抢来的满人绣花鞋重要。

477

假如她此刻出现在我面前，我一定会告诉她，那个男孩并不比她更重要。十六岁那一年我陷入了一场幻梦，此后再不能自拔。越是得不到，我就越是歇斯底里地想要实现那些愚蠢梦想。执着于那个男孩，便因执着于那场幻梦。

如今，我终于可以让那个男孩和那场幻梦一起，成为过去。

我回了家。出乎意料的是，老房子还在，没有被卖给一群陌生人。正如赫法德小姐在某封信里所说，地震没能摧毁它。我的爸妈仍旧生活在里面，精神挺好，并未像我以为的那样萎靡不振。妈妈轻轻捧住我的手，哭起来，爸爸走到我身边，吻我的脸。明特恩先生和明特恩夫人已经死了，妈妈说。我在她的语气里听到了尊重。我们对过往的一切只字不提。

日复一日，我们的生活波澜不惊。我们聚在一张餐桌上吃饭，而不干涉彼此的生活。家里充盈着实实在在的欢欣。我们相互体贴，以礼相待。这份微妙的距离感，透着过往伤痕的余温。我发现妈妈有时会在看我的时候露出悲伤神色。她仍然喜欢侍弄花草，但我再没见她缩在书房里看过那些昆虫。爸爸的办公室里也不见了那些藏品的影踪。我呢，则把关于秘密玉路的回忆统统尘封起来。从此以后，那段过往于我，不如一捧流沙重要。

老房子里的夜晚总是静悄悄，再也听不到爸爸在晚宴上指点江山，慷慨激昂。不过毛贝特先生还是每星期过来三次。他的背已驼了，变得比我还矮。我给他弹钢琴，他说，这是他这么多年以来最幸福的时刻。他要的只有这么一点点啊。

回家六个月后的一天，我对爸妈说："我跟一个叫丹纳的好男人结了婚，生了个女儿。后来，他们都从我的生命里消失了。"看到我哭，爸妈走到我身边，用双臂环绕着我，也哭起来。这生命中种种悔恨，都是我们咎由自取。我们明白，就算流再多泪水，也永远无法洗去自己心上的伤悲。

1914 年 3 月

两年来，陆成不断从旧金山和上海给我寄来信件。他在每封信里都说，他在我们约定见面的旅馆里等了很久，还不厌其烦地告诉我，他愿意带我去见我们的儿子。此外他还补充说，他的妻子已恩准我去见他，且他可以娶我为妾——只不过，他的儿子在感情上已经完全把自己当成陆家人了。他儿子是家族的继承人，对于自己有一半白人血统毫不知情。"我们最好不要刺激他，"陆成说，"他的出身也是太复杂了些。"每当我读到他信里的这类话时，都会感到怒不可遏。他真的以为我会故意伤害我的孩子吗？

两周前，在他寄来的第二十封信里，他又重申了一遍他在上海跟我说过的那套话。不过这一回，他还说了些别的：

我曾说过，我们的名字是被命运之线连在一起的：路西亚，陆成。这是我们终将彼此相认的预兆。而一幅画使我们认定，我们注定要在一起。直到现在我还觉得，你是我的一部分。然而你却毫不留情地映射出我那令你失望的天性。你没能让我停止自我怀疑，反而强迫我看清了自己的摇摆不定。你追求的是有深度的灵魂，殊不知，我竭尽所能也已给不了你更多。你的心沉在深深池底，我的心却只在浅滩浮游。恐怕我这一生，不管是创作还是为人，都将永远这么肤浅下去。此刻，有生以来第一次，我终于不再怀疑自己，因为我接受了这个现实：我不是自己想成为的那个人，更不是你以为我是的那种人。我很平庸，路西亚。我并非有意对你吝啬，只是因为天生心灵匮乏。对不起，因为我的缺陷，让你受了那么多的伤。

我写了回信：

我失去的那个孩子只有两天大，他的名字叫泰迪。除了我抱着他的那几个小时以外，他于我完全是陌生人。在徒劳无果地追寻这么多年以后，我终于意识到，自己孤注一掷地想要找回的孩子，其实根本就不存在。陆深不是我要找的孩子，他是你的儿子，完全属于你，正如薇奥莱属于我，完全属于我一样。我失去的只有她这一个孩子，哀哀想念的只有她这一个孩子，徒劳无果日日追寻的，也将只有她这一个孩子——就算她已经死了。

第15章　海那边的城市

在佛手和上海之间　1926年6月

薇奥莱

魅儿说过，等我们到了佛手之顶后，就能看到下面的镇子了，然而我们却没有。我看了看宝葫芦和香柚，她俩都紧紧咬着下嘴唇。我们沿着那片小小山谷继续往前走，心里一直抱有希望，却什么也没见到；然后我们来到了绿茵尽处，立于山脊之上时，一切都改变了：天空上，我透过泪水看到了群星，那是镶嵌于黑色天幕上的无数光点，然后我朝下望去，透过同样的泪水，看到了更多的光点。我按下心中的疑虑，告诉自己，那不是一池繁星，不是一团萤火虫，也不是在月光中闪闪发光的叶子。我擦掉泪水，然后看到了自己想要相信的东西：一个镇子，以及万点灯火，透过窗子闪闪发光。

我们彼此大叫起来："我就知道它会在那儿的！""我能感觉到它的存在！""我心里看到了它，然后把它变成真的了！"

繁星和月亮照耀着我们盘旋的前路。一开始，由于过于激动，宝葫芦和我都没注意到香柚一直用她那双肿胀的双脚在我们后面蹒跚而行。我们回到她身边，

481

一人伸出一条胳膊，而喜悦昂扬着我们的精神，载着我们一路轻盈地飘了下去，感觉不到肩上有任何重量。

随着我们离镇子越来越近，我深深地吸气，往肺里灌满新鲜的空气，并在心中坚信，我们将要发现的东西都会是我们所没有见过的。我曾做过最坏的打算，而现在却有了最好的预期：一个干净的住处，一个热水澡，一口热茶，还有一个甜甜的梨，我还在脑海中描绘出一条河，我们就经由它回到上海——其实这些都不是什么太过不切实际的奢望。

香柚坚持要找到她的朋友魅儿，那个一年前逃走的姑娘，我们想让她知道她救了我们。

我们叫来两辆黄包车，拉我们去仙魅楼。宝葫芦和我坐一辆，香柚自己坐一辆，她呻吟着，架起双脚，然后深深叹了口气。十分钟不到，我们就到仙魅楼了。它并不奢华，却有种古朴的优雅，和这座端庄的小镇十分契合。当小厮通报了我们的名字时，魅儿肯定是在两秒钟以内从床上跳起来的。她穿着睡袍冲向我们，一把抓住香柚，盯着她的脸看了半天，然后使劲摇晃她。

"你不是鬼，"她叫着，"你看我说得对不对？那个混蛋骗了我们，山里明明有路！"

"常恒死了。"香柚只简单地说。

魅儿不由退了一步："你、你确定吗？"

"确定无疑，我们亲眼看见了他的尸体——不过现在我的脚已经疼到没法说话了。"

魅儿叫丫头带香柚去她自己的房间，解开她的裹脚布，同时还叫人拿温水和草药给她洗脚、消肿。有人领我们到了我们的房间，那是两个漂亮的闺房。有个丫头往浴缸里放了非常热乎的水，能够让我剥落粗糙的老皮，再次重现柔嫩的肌肤。我刚洗完澡出来，就有个丫头拿毛巾裹在了我的身上；我刚钻进一套宽松的上衣和裤子，就有个丫头把茶和点心放在了桌上。我贪婪地吃起来，吃相俨然一个贫穷的农妇——其实我确实也已经成了农妇模样。喝光杯子里的茶后，我立刻就躺倒在了床上，一觉睡到第二天的大天亮。

围坐在早餐桌边时，香柚说，我俩现在看上去是那么无忧无虑，让她都快认不出我们了。但每当我对常恒口出骂言时，还是会不由自主地畏缩起来，以为自己又要被扇耳光或是推倒在地了。恐惧已经成了一种习惯，而要想摆脱它，还需要一段时间。

　　我们把这一天的大部分时间都用来放松我们那酸痛的肌肉。我们每人身边都各有两名丫头，一左一右地给我们揉腿。我们一边享受着按摩，一边轮流回顾我们是如何帮助彼此的。我们三个分享过同样的恐惧，后来又全都活了下来，可看往事如烟。单是这一点，就已经足够让我们在余下的一生中都亲如姐妹了。我们让香柚亲自跟魅儿讲，常恒到底是怎么死的。在讲述的过程中，她肯定又一次在脑海中栩栩如生地再现了当时的场景。她紧绷着一张脸，描述说，当她爬这石头时，双脚就像是踩着滚烫的煤堆，那份疼痛差点使她当场晕过去。太阳不肯停歇地向大地泼洒着烤炉般的热气，老虎也已在阴暗的森林中蓄势待发，每一个微小的响动，都能把她吓得一蹦老高。

　　讲到这里时，她朝我们伸出手，捏捏我们的胳膊。"她们比亲姐妹对我还要好。她们本可以选择自顾逃命，而不是冒着生命危险回来帮我的。"我俩谦逊地说，我们已经听腻了关于我们自己的事情了。终于，她讲到了常恒来到她正下方的小路上的那一刻，颤抖起来，抓住我，看向地板。我们看得出来，她于此刻再一次身临其境，匍匐在了那条布满碎石的山路上。她的眼睛鼓了出来，面部扭成一团，喘着粗气，怒气冲冲，有好一会儿都说不出话来。然后突然之间，她将两只手向下猛推，把那些想象出的石头推得乱弹乱飞。我推下去了好多好多，她说，但其实只用一块就够了。

　　"我曾常常盼着他赶紧死掉。"她呜咽道，"我想过要杀了他，但如果我知道我会看见些什么的话……他的眼睛，他对于自己命运的预感……我感到了难以置信的恐惧，然后便看见他像树根一样扭曲地倒在下面，脸成了红色的桩桩……我问自己：这是我干的吗？我怎么能干出这样的事呢？现在好了，我这辈子每天都会看见他那没有脸的样子了！见他的鬼！"她生气地擦掉一滴泪水，"我恨他非要逼我杀了他。他把我逼成了一个野蛮人。"

稍后，我们又聊起常恒对我们耍过的花招。我们都否认自己曾经爱过他，我们不过是被骗得以为自己爱上了他罢了。我们分别说出他曾给过自己的诗歌、承诺、礼物以及关于他家庭的故事，相互比对。嘀！他跟你也说了这个？我们仔细筛查他的假话，想要找出那些可能是真话的片段。他难道真的就没有过一丝诚意？

"那些烂诗，肯定确实是他自己写的。"宝葫芦说，"他干吗要抄袭那么糟糕的诗呢？"

魅儿为他辩护道："他脑子不大正常，肯定是他爸受到凌辱的事情刺激了他。"

"我才不要同情他呢。"宝葫芦说，"他的过往并不能为他脱罪，过往就是过往。"

我没有原谅常恒，但我却理解那种被自己曾经深信的东西背叛了的感觉。那种感觉就像是你背后的一堵墙上的一道裂缝，那道裂缝在你没有察觉的时候越裂越大，直到终于有一天，整栋房子在你的头顶轰然崩塌。

第一眼看上去，你可能会觉得以山为背景的山景镇并不比月塘显得更漂亮，但等你走进镇子以后，就会看到充满生气的人们、清澈的水以及干净的道路。月塘是一幅错觉画，从远处看去很美，但一旦你被困在了里头，就会发现那个池塘其实是片沼泽，那些房子其实正在崩塌，那些村民其实已因饱经沧桑而变得多疑而刻薄。

香柚决定要留在山景。她有自己的积蓄，可以入股魅儿的生意。这个镇子正在扩张，高级妓院之间的竞争也日趋激烈。"要来看我啊。"香柚说。而宝葫芦回答说："等你想吃新鲜海鱼的时候，就来上海找我们吧。"

魅儿给了我和宝葫芦一人一套干净而式样简洁的衣服，并解释说："穿着这样的衣服，上海人就不会知道你们是从乡下来的了。"我们乘马车，来到十英里开外的下一个镇子。那个镇子被称作八桥，因为镇子里有条河，河上横跨着八座桥。那条河很宽，很深，河里有来来往往的客船。魅儿说过，极乐山的这一边有车道

484

和河道，当你越来越靠近上海的时候，还会见到火车。而在极乐山的月塘那一侧，你只能被旧时代最糟粕的一切团团围困，脱不了身。

"当年，就为了去月塘受那些罪，"宝葫芦说，"我们一路还受尽了千辛万苦。"抵达下一个港口后，我们吃了些辣椒和河鱼做的当地菜，住了一晚。第二天，我们雇了辆轿车，开到了下一个滨河小镇，然后又乘上一条船。越靠近上海，我们坐的船就越大，沿途的旅店和食物也就越好。再也没有什么驴车、泥巴和满口脏话的车夫了。离开留在山景的魅儿和香柚两周后，我们终于抵达了杭州火车站。我们换上干净衣服，仔细检视对方的脸，不由悲叹，过去的一年让我们的皮肤老了十岁，脸上的老态藏也藏不住。

在去上海的路上，宝葫芦说我们应该自己开一家高级妓院。她不住地唠唠叨叨，设想着那家妓院的装修风格和非同寻常之处，并且认为自己的设计一定会为"宝葫芦之家"迅速树立起良好的名声。

我心中的计划却跟她不同。我打算先去拜访一下忠诚——这一次，我不是去寻求帮助的，而是要去找一份工作。

1926 年 10 月

我没有上他家里去。我走进他公司大楼里的办公室时，他正坐在办公桌后，惊讶得目瞪口呆。"你是鬼吗？"我们已经有一年没有见过对方了，如今我能用一种不同于以往的眼光看待他了：他正值中年，仍旧英俊，而且，事实上，由于脸上有了彰显成熟和个性的皱纹，他显得比以前更有魅力了。至少我是这么觉着的。

他咧嘴笑了起来："我很想念你。"他站起身来，正打算绕过桌子，以惯常的方式迎接我——给我一个吻，在我屁股上轻轻一拍，再深嗅一口我身上的气息——好像他和我都是狗似的。

"别那么客气，"我说着，坐了下来，"我们是老朋友了。"

他点了点头，说：“我忘了，你已经结婚了。所以，跟那个乡下土包子的婚姻生活如何啊？你对山里的云彩和瀑布开始厌倦了吗？”

“常恒死了。”

他脸上幸灾乐祸的笑容消失了。“抱歉。”

我没有对忠诚流露我真实的感情。“我们的婚姻在他死前就结束了。现在我回来，打算重新开始。”

他叫人拿茶过来，茶被盛在他们公司制造的陶瓷茶杯和茶碟里端了上来。“你看上去真迷人。看得出来，乡村生活和新鲜空气非常适合你。”

“骗人，我在那个悲惨的地方老了得有十岁。”我们过去曾常常彼此打趣，但他这次的戏言已经超过了幽默的范畴，显得十分伤人。我知道我并不迷人，一点也不像他惯于见到的那种样子——肯定一点也不时髦——而且我是故意打扮成这么灰头土脸的样子的。我挑了一条暗蓝色的中国裙子，还有一件灰色的毛衣，把头发梳成了一个简单的发髻。我不希望他误会我来找他的企图。我的着装不是用来勾引他的。

“我需要一份工作。”我说。

“我肯定会帮你的。今天晚上，我会给你列出一份生意做得不错的妓院的名单，再跟你详细讲讲每一家的状况。你可以挑出那些会比较适合你的妓院，我会为你美言几句的。”

“去‘老年妓女之家’吗？我已经二十八了，不是当年那个不知道心碎在不远的未来等着我的天真女孩了。我来找你，并不是为了回到之前那种赚不到什么钱的日子，而是想在这里找个工作——在你的公司里。”

他的眉毛挑了起来。“这又是哪一出？”他轻轻地笑出了声。

我让自己保持冷静。“你知道的，除了从你口袋里骗取礼物的本事以外，我还有别的才能。我很了解商业世界，我从小就在商业的世界里长大。商人们聚在高级妓院里吃晚餐的时候，我经常能听到他们的谈话。事实上，我还曾在你办的一次花酒上提出过自己的意见——就是我们初次见面的那回。而且，你也知道的，我会说英语、上海话，还有普通话，每一种语言都说得无懈可击。”

486

忠诚看起来被逗坏了。"你是怎么打算的？你想当副总裁吗？"

"我想在你们公司里当翻译，参与你的外贸生意。我不会像那些在英语学校里学出来的翻译一样，仅仅翻译字面意思。我在秘密玉路的时候就听过他们的翻译，他们犯的错简直太多了，在他们的沟通下，你本来想买一家公司，最后却发现自己买下了一头驴。我不会像个烂词典一样进行翻译，我可以在谈判中向双方传递话中的微妙之处，这是我从我妈那里学到的一样技能。如果我表现得很出色，并且可以胜任其他的工作，你可以提拔我；如果我达不到职业要求，你也可以把我发配到那些无聊的职位上去，或者干脆开除我。要么我也可以自己辞职。"

他变得严肃起来。"很多年前我就说过，你是个令人意外的女孩，而这正是你吸引我的地方。现在你变得更加令人意外了。我确实对于你来我公司工作的可能性很感兴趣。不过，我不能仅仅因为在另外一种完全不同的生意中认识了你，就随随便便给你个工作。你是个女人，我的客户们肯定不会相信你翻译出的东西的。"

"把我关在一间没有窗户的房间里，让我翻译信、文件、你们的广告和标语——顺便提一句，你们那些东西里头全是错误，你要是知道了那些错误，肯定会非常尴尬的。如果你小学的时候英语学得还算可以的话，就会知道我有多么胜任这份工作了。"

"你这是在命令我成为你的上司——而且你还没得到这份工作呢，就已经开始找我的茬了？好吧，但是你得先证明自己。别指望你可以拿我对你的喜爱当武器。"

"我什么时候指望过这个了？我会证明给你看，我的能力是远远超出这份工作的要求的。而且我还希望自己能在一间办公室里证明这件事，坐在椅子上，而非躺在你的床上。我已经将我人生中的这一部分永远永远地收起来了。"

两周后，忠诚宣称我的翻译无比精准，我对于他的工作来讲不可或缺。除了为他翻译信件和文件以外，我还建议他给公司起个英文名——不要只有一个用汉字写的公司名，再把那个中文名转换成用英文字母拼写的 Jing Huang Mao。"美国人是不可能读得出这种发音的，读不出的话，又怎么可能记得住呢？"我建议他把公司名称翻译成：金凤凰商贸[1]。我还为自己设计了签名，制作了名片。他给了我一份全职的工作。

在确信自己能够找到一份工作以后，我便开始着手于实现我曾对自己许下的诺言了。这个诺言是我活下去的理由，正是它给我力量去忍受被困在月塘的生活。我想找到芙洛拉，想知道她过得很好。同时，我也需要联系上我妈。在芙洛拉被夺走以后，我终于读了陆成写给我的那封信，信里讲的是关于她的事，是关于她因自己遭到愚弄，而我竟因此惨死而感到的悲痛。他保证说，他绝对不会告诉妈妈我还活着，不会告诉她任何关于我的事，除非我允许他这么做。如果他一直信守了他的承诺的话，她现在一定还以为我早死了呢。一直以来，我都是以一个受了委屈的孩子的视角，来看待她的离去。她不管怎样都不该离开的，不管怎样都不该相信我死了的。但是，失去小芙洛拉的悲痛，一点点改变了我：我是以母亲的眼光来看芙洛拉的，而这让我能够以同样的眼光来看待我妈。我们都害怕我们的女儿会以为妈妈不爱她们，故意抛弃了她们。芙洛拉可能已经几乎完全把我给忘了，只记得我松开了她的胳膊。我想让芙洛拉知道、感觉到，她一直都是被我爱着的。我已经准备好要告诉我妈，我知道她很爱我，我已经不再像以前那样恨她了。

但是，由于过去所发生的一切，我仍旧没法原谅她。她是被骗的，没错，但这都是因她的欲望而起，我却承受了由之带来的后果，而那后果并不仅限于心灵上的折磨。话说回来，到底什么叫原谅？为她洗刷罪过？奖励我上天堂？我得拥有怎样神一样的悲悯，才能在知道自己的心灵将永不可能完满的情况下，还高高兴兴地成全她？我真的希望自己能够原谅她，释放自己心中的痛，但我心中有一部分已经缺失了——宽容和信任曾经栖身的那一部分已经不见了。那里已经空了，再没有什么可以给予别人。

"我想让你帮我找到陆成。"我对忠诚说，"他知道艾弗里家族在纽约的地址，也会知道我妈在旧金山的地址。"

---

1 原文为"Golden Phoenix Trading"。

"也许我可以从艾弗里航运公司那里搞到地址。"忠诚说。

"我不想引起怀疑。他们会告诉艾弗里家的人，说你去要他们的地址了，而他们肯定会派他们的眼线过来看看这是为什么的。不管怎样，我希望陆成能理解芙洛拉对于我的重要性。他是她的外公，他必须负责。等你要到艾弗里家族的地址以后，我们就借你的名义给他们写封信——我来执笔，当然。在这封信里，我们会解释说，你在和艾弗里航运公司做生意的时候，成为了爱德华的好友。我们可以说，你在他来上海的第一年里——那是在认识我之前——成天和他待在一起。我们可以告诉他们，你手里有一些曾属于爱德华的东西，那是你当年跟他借用的——几个链扣，我来负责买。然后你可以说，当你听说他去世的消息时，手里正拿着这些东西，不知道该还给谁——这会让他们以为你不认识我。然后，直到最近你才听说，他有个孩子生活在纽约，所以你想要把这些链扣送给爱德华的女儿作为纪念品好好珍藏。包裹将于圣诞节前送达，里面除了链扣，还会装有一份礼物——也许是条幸运手链吧——忠诚叔叔送她的圣诞礼物。没错，你可以当叔叔了！你可以说，你之所以这么称呼自己，是因为按照中国的风俗，你可以成为好朋友的孩子的叔叔。像艾弗里家族那样的家庭，肯定会很知礼数，让芙洛拉给你写一封感谢信的。然后，每一年，忠诚叔叔就都有借口给她送去一张圣诞贺卡和小礼物了。我可以把芙洛拉寄给你的感谢信保存起来，私自珍藏，用以感受她的存在。"

"这是一个很好的计划，"他说，"我喜欢当叔叔。我知道你为什么想要联系上你的女儿，但是，为什么还要联系你妈呢？你曾经告诉过我，你恨她的。"

"我曾经还恨过你呢。"

"真的吗？"他看起来很受伤。

"只有一点点，在很短的一段时间里。你甩掉了那个小荡妇——那个后来想要跟我找茬的雏妓——以后，我就不恨你了。不过，我对我妈的感情还要更复杂一点。我已经做好准备，告诉她我还活着了。"我没能及时转过头去，让他看见了我的泪水。

他走到我面前，双手环抱住我。"我会找到办法的。"他说。

忠诚联系了他所有可能会认识陆成的朋友，那些朋友中的一个听说他在旧金山，就请他一个在当地的朋友去找他。"所有旧金山的华人都彼此认识。"他对忠诚说。我们把我的信送给他的朋友，这样他就可以将信一路传下去，直传到陆成手中。不到一个月，我们便收到了陆成写来的一封信。

我亲爱的薇奥莱：

我很庆幸你给我写了信来。我知道这么做并不容易。你母亲和艾弗里家族的地址在另一张单独的纸上。

我常常想起你。你可能会觉得这难以相信，但这是真的。由于没有收到你对我上一封信的回复，我便默认为你是要求我对你妈什么都别说了。不管怎样，自从我和她1912年在上海的相会后，我就再也没见过她。她没有联系我。在做了无数联系上她的努力后，我终于在1914年收到了她的回信。她告诉我，她不想再见我了——也不想再见她儿子了。正如我在上一封信里告诉你的那样，她时常因你而悲伤。她和她的父亲母亲一起住在她从小长大的房子里。除此之外，由于她一直拒绝见我，我也没法告诉你更多的事情了。

如果我还能帮你点什么的话，请一定要让我知道。

一如既往地爱你的，

陆成

我在几周前就已写好了给妈妈的信，在等待陆成回信的期间，我不时对信里的各个部分进行修改。从陆成那里收到地址后，我又读了一遍写给她的信，然后便按捺住狂跳的心脏，把信寄了出去。

亲爱的妈妈：

我知道，你知道我还活着的时候，一定会很震惊。十四年已经过去了，而这其中有很多年于我来讲非常艰难。在这封信里，我不会详细叙述那些事情。我不知道该怎么讲述在我身上发生的一切。我只能说，我很好。

我接到了陆成的一封信，他在信里说你还不知道我的死讯是假的。他说你很自责，从未停止悲伤。他告诉我这话的时候，我还不能给你写信，而且我还让他向我保证，什么都不要对你说。那时我仍有一颗孩子的心，完全拒绝接受任何关于你为何离开上海的解释。我曾深信我心中的恨将永不会消失。

但现在我却拥有了一颗母亲的心。在我孩子三岁半的时候，我失去了她。她的爸爸在瘟疫中死去了，他的家人在1922年通过暴力的手段将她从我这里夺走。我已经为一个活着的女儿哀悼了将近四年。从那以后，我再也没有听说过她的任何消息，我越来越急切地想要让她知道，我并不是有意放她走的。我很害怕她会觉得我不爱她，我怕她会变得像我一样，成为一个感觉被爱背叛的女孩，变得拒绝去爱别人，也丧失了感知和信任爱的能力。她必须要知道，自打她生下来以后，我一直都深爱着她，比爱任何人都深。她现在七岁了，我想让你帮我找到她。我需要知道她现在过得很幸福。

我曾经以一个孩子的心深信，你是故意离开我的。我很恨你。我知道，你只要一想到我可能会相信你是故意遗弃我的，就会无比痛苦。我也感受到了跟你一样的痛苦，那痛苦深沉而挥之不去。虽然我没法完全原谅你，但我也不希望你再继续受到折磨。

你的女儿，

薇奥莱

妈妈的回信写得十分仓促，信纸上还到处都是斑点。我猜那些都是泪痕。

我最亲爱的薇奥莱：

我必须重读无数遍你信里的第一句话，才敢确认这是真的。知道你还活着以后，我立刻就得以逃脱了自己心中的地狱。但紧接着我又意识到，你一直以来都如我所害怕的那样，相信我是因为不够爱你，所以才没去救你，这让我又陷入了另一个地狱。对于一个母亲的失败，没有任何借口可找，而我的灵魂将永远带着污点。

如果我告诉你这些，能不能至少缓和一点点你心里的痛呢？——当我在船上猜到发生了什么以后，整个人几乎都疯了。我命令船长掉转船头，要不是被他们给下了镇静剂，我本来是打算游回去的……后来我收到领事馆寄来的信，然后又收到金鸽寄来的另一封信，两封都说你已经死了。我想象着你在最后一刻心里的想法——我对你的爱，还不如对一个婴儿的幻影要多。这十四年来，每天醒来时，我都会看到你惊恐的脸，就那样看着我，显得根本就无法相信我说我不会撇下你自己走的承诺。我一遍又一遍地重温自己踏错的每一步，正是那一个个步子把你带向了死亡。与此同时，我还一遍又一遍地谴责自己的软弱。而不管我怎样挣扎，到最后，我的眼前永远会再次浮现出你惊恐的脸，就那样看着我。

我永远都没法得到你的原谅，但你肯写信给我，已经让我无限感激。你因为相似的遭遇，理解了我作为一个失去女儿的母亲的心，所以请我帮你寻找你的女儿——这简直是上苍对我的恩宠。我会承担下这项任务的，不是把它当成赎罪来进行，而是以我全心全意的爱来做。

我有那么多想跟你说的话，我最亲爱的薇奥莱，但是，我知道我已经倾吐了太多自己的情绪，不该再这样放任下去了。所以我现在只能简单地对你说，我希望有一天你能够毫不怀疑地相信，在我心里，从未有过任何人，比你更加珍贵。

妈妈

妈妈和我通过交换信件，开始了一种试探性的关系。她非常非常理解我想找到芙洛拉的心情：那是我幼小而无助的孩子，比我离开母亲时还更容易受骗，更容易被其他人的思想和感情毒害。而且妈妈的期望没有落空，我确实因为了解了她失去我时的痛苦而感到舒服多了。只不过，她在信里描述起我当时的惊恐和心中信任的动摇，这又一次揭开了陈年伤疤，释放出刺人的痛。

在她的第二封信里，她展示出了她当年用来建设秘密玉路的乐观力量。"没有什么是不可能的，"她写道，"我们需要的只是一点坚持和智谋罢了。我一定会把她带回你身边的。"我很感激，同时也被她的决心前所未有地鼓舞了。要是换一个人，不管是谁，我都会觉得她说的不过是些空话，但我知道妈妈是个永远都不会放弃的人。她做的事往往出乎任何人意料。

我们的书信往来变得越来越频繁。我在信里向她描述芙洛拉的样子，然后又描述爱德华的样子。一开始，我的描述只限于事实性的信息，后来却渐渐添加进了我对于那些事实的情感。作为回报，她在信里跟我描述了她在紫罗兰疯长的花园里进行的一个纪念仪式。如今她已将那块墓碑移除，在原来的地方放上了一个鸟浴盆。她还在信里详尽地描述一个叫做丹纳的男人——不是坦纳，我小时候误听了那个名字。他给了我作为美国公民的合法身份。我们很确定，艾弗里家的人知道我的出生证明其实是存在的，但他们贿赂了某些人，叫他们把我的出生证明给销毁了。妈妈说，如果我想要的话，她可以帮我搞到出生证。我们还追忆起金鸽，结果，我对她的看法，和妈妈的亲身体会出奇地一致——她给予我们引领和指导，征服一切阻碍，并且将阻碍化作堆积起成功大厦的砖瓦。"没有她，"妈妈写道，"我大概会一直是个无助的美国女孩，因为自己的愚蠢和他的没骨气而整天愤恨不已。"

在我们交换的早期信件里，她比我更加乐于倾诉。她的妈妈和爸爸都很古怪，她在一封信里写道。我很想说，我现在终于知道我自己的妈妈为何这么古怪了——但我没有这么做。她一封接一封地写信，越来越多地追忆着她的妈妈和爸爸。

我错将我父母的怪癖当作我的敌人，也错以为他们对我的忽略就是完全没有爱的象征。"忽略"是心灵的秘密杀手，而它身边总伴随着"冷漠"这位帮凶。我父母的怪癖随着年岁增长而日渐淡去，取而代之的，是我们仨谁也逃不掉的衰弱。我曾经予以反抗的妈妈和爸爸已不复存在，他们变成了全新的人——因为他们身上的缺陷和困惑，而显得更加温和，更加可爱。他们需要我。我爸爸先去世了，然后又轮到了我妈，等他们都离去以后，我发自内心地怀念他们，尤其是他们身上我小时候拒绝去理解的部分。

我的妈妈，那个我在上海随之长大的女人，也已不复存在。她被一个全新的人所取代了，那个人既是陌生人，也是老友。我可以从头开始，自行判断到底可不可以信任她。她展示给我看，到底是什么使她失去了信心，失去了灵魂，失去了她在这个世界上的方向，并且失去了我。她敞开心扉，让我通过这一切认清她的本质。她很诚实，有时诚实得甚至有些过头，会对我讲述一些其他母女不会开诚布公地谈论的事情。

每当我记起我砸向我爸妈的那些残忍话语时，都会浑身战栗。我告诉我妈，所有人都在她的背后说，她在房间里一年又一年地盯着那些早就死了几百万年的虫子看，肯定已经精神失常了。我跟我爸说我看了他的情人们的信，我还一一复述他们为形容他的性能量而给他起的粗野可笑的昵称。性爱之漩涡！我觉得他当时难堪得都快死过去了。回想往事，我惊悚地发现自己竟然为了证明自己对一个资质平庸的画家的爱，而对他们进行了如此野蛮的声讨。令人欣慰的是，我对于艺术的烂品味，至少孕育出了你。每当我回想起那个中国画家令人着迷的样子时，每当我想到自己之所以会认为他的画是令人震惊的杰作的原因时，总会脸红心跳，而我很庆幸这一切不会被你看见。我的天！我只能这么说，薇奥莱，你能继承你爸爸的外貌，是非常幸运的。

我们的书信往来十分频繁，有时几乎是一天一封。每一次，我都会跟她分享我生命中的一个片段。一开始，我跟她分享的片段并不包括我在妓院里的日子。我跟她描述芙洛拉出生的那天，以及爱德华死去的那天。我说嫁给常恒是我为了过上受尊敬的生活而诉诸的最后手段。我承认，我是在妓院里遇到忠诚的，但我没有跟她说他买下了我的初夜。在讲述关于性的事情时，我总是谨慎小心，因为那些事情会使我痛彻地认识到，尽管我们都曾身处同一桩生意，但她，毕竟，还是我的妈妈。

然而同时，在很多的事情上，比起其他人，我跟她还是能够更自由地谈论我的希望、绝望和幸福时刻。通过与她的交流，我终于理解了那些时刻。我的信通常并不是为她而写，而是写给自己，写给我精神的双生子，写给我曾经是的那个孤独女孩，写给那个曾经希望自己可以成为另一个人的女人。她也曾对写信这个行为做出过相似的描述。她将写信比作从一座房子的正反两端分别开始的两条走廊，我们怀着恐惧战战兢兢地走进去，转眼却满心惊异地发现，我们走进了同一个房间。那个房间一直都在那里，从始至终，从未变过。

在某个非常重要的方面，她还是我在上海时所认识的那个妈妈，那就是她曾赖以使秘密玉路大获成功的坚持不懈和足智多谋。她把自己这种优良品质也用在了寻找芙洛拉的事业中。等到计谋成熟后，她才告诉我她都做了些什么："我在哈德逊克罗顿租了一间平房，离芙洛拉住的地方只有半英里。这个小镇非常可爱，但也足够无聊，生活像是一潭宁静的死水，正好给了我充足的时间去侦察敌青。"

她迅速地摸清了芙洛拉在哪里上学（查尔姆斯女子学校），去哪个教堂（卫理公会），以及在哪里学习马术（绅士牧场赛马场）。妈妈甚至还参加了一个校园话剧（《花落苍松》），假称自己是个星探，正为一个不愿透露姓名但十分著名的好莱坞电影制片人物色演员。这个虚构的身份使她成了大受欢迎的贵宾。"坐在前排的座位上！"她吹嘘道。第二天，她对校长说，很不幸的是，她还没有找到那个著名导演想要找的儿童演员——长着地中海特征的深色皮肤女孩，有着火爆的脾气。校长断言道，他们学校里的女孩没有一个符合条件。我妈得体地赞扬了她们排练的这出戏，并询问他们愿不愿意接受她，在戏剧部当个志愿者。"我过去曾是个演员，"她说，"演的大多数是默片，但也有几部有声电影。你们不会知道我的名字的——卢克丽霞·丹纳。我从没演过主角，过去总演男主角的前女友，近些年来，则开始演行为不端的新娘的妈妈。"她说了几部电影：《秘密玉路》《从上海来的女士》《年轻的男爵》……校长声称，他对这些虚构的电影中的一部，有些微弱的印象。妈妈对校长解释说，她和她丈夫住在曼哈顿，但会到哈德逊克罗顿来度周末。"他热爱这个小镇。无事可做要算是人生最大的奢侈之一了，你不这么认为吗？尽管如此，我还是觉得，人还是可以偶尔做些有用的事的。"她成为了每年两场校园剧的义工，帮忙设计布景，制作戏服，指导每个角色准确念好台词。她吹嘘说，自己在志愿服务中做得出类拔萃。然而，那个白痴导演总是派给芙洛拉一些无聊的角色，有时让她扮演稻草人，有时又让她参演三个挤奶女工和哞哞叫的奶牛的尖声合唱。面对这样的情况，我妈也无能为力。

每当我收到盖着哈德逊克罗顿的邮戳的信件时，心脏都会蹦到嗓子眼里去。妈妈曾向我保证，她绝不会在报告情况时有所隐瞒。如果芙洛拉很开心，她会告诉我她很开心，如果她不开心，她也会告诉我她不开心。

在芙洛拉的身上，也有你像她这么大的时候曾表现出的独立精神。但是，她好像对任何人都没有特别的好感。你也记得，在学校表演里，芙洛拉演的是一个很小的角色，就是站在稻田里被鸟儿侵犯的稻草人。表演结束后，那令人作呕的一家子——密涅瓦、兰浦夫人、艾弗里夫人——像秃鹫一样扑到芙洛拉身上。我没有看见也没有听到关于艾弗里先生的任何迹象，他要么就是病了，要么就是死了。那三个女人大肆对芙洛拉的表演进行赞扬，但芙洛拉一点开心或是骄傲的样子都没有，她的冷漠让我有点担心。但是后来我又记起，当你还是个孩子的时候，也有过那么一段假装对谁都不感冒的时期。再者，这出戏本来就很烂，而且，她还得在一个木十字架上展开双臂傻站着，看起来就像是披着棋盘格子桌布的耶稣那死去的姐姐一样，她们就因为这个而表扬她，简直也太荒谬了吧。

不过，我必须说，我从未在芙洛拉的脸上看到过对密涅瓦的一丁点好感。她从来也不找她，这可不像你。在跟她一样大的时候，你可是一天到晚拽着我的裙子，想引起我的注意来着哪。

刚听说芙洛拉跟密涅瓦并不亲近时，我很开心，但转念之间我又有点担心：如果芙洛拉完全感受不到一丁点的快乐或是骄傲，那未免也太可怕了；如果她对任何人都没有爱的感觉，那未免也太悲剧了。我希望，她之所以缺乏情感，只是因为她和那群讨厌的人住在一起。几天后，妈妈又寄来了一封信：

她跟她的老师们都很亲热，对其他学生也很有协作精神，但所有人在她眼里似乎都差不多。她不去找她们，她们也不去找她。她更喜欢独自在学校操场上待着。她有一棵钟爱的树，还有一只常从她手里吃东西的松鼠。坐在那棵树上，她可以静静地观察其他人。她似乎很喜欢她学马术的马场里那匹古铜色的马儿。而她最喜欢的伙伴，则是一只长着漂亮的大耳朵、一身脏拖把颜色的小狗。我之所以会知道这个，是因为我有一天不小心在艾弗里家庄园四周的常青藤树篱上搞出了一个小洞。我从那个洞里看到，那只狗绕着她转圈，做各种杂耍，还用尖利的声音吠叫。我去了图书馆，在百科全书里将以C和D开头的词语全查了一遍以后，判定那只狗是凯恩㹴，唯一的才能就是挖吃的和偷吃的。我也要赶紧买一只。

"忠诚叔叔"收到了芙洛拉的一封写得非常漂亮的感谢信，感谢他送回她爸爸的链扣。"作为一个七岁的孩子，她的字写得可真不错！"他叫道。他慢慢地读出那些英文词汇："亲爱的方先生……方先生？为什么不是忠诚叔叔？"他看起来有点困惑，就好像他自己的孩子不认他了似的。就因为帮我一起策划如何接近她，他便对她产生了一种叔伯之情。我跟他说，他不应因此就停止在第二年继续以忠诚叔叔的名义再给她送去一份礼物。

我对于忠诚的生意越来越有价值了，他开始让我参与他和外贸客户的会谈。我是他所谓的秘书，负责记录会谈内容。他的翻译为他处理普通工作，我则承担了"默默"的角色。在他那些说英语的客户面前，我变身为只会说中文的秘书，在他那些中国客户面前，我就成了一个外国人。按计划，忠诚和他的翻译会在会议进行的时候被叫走两次，由于他的客户们认为我什么都听不懂，所以便会在他们离席时进行私下交流。如果他们朝我投来一瞥，我便对他们回以一个友善的笑容。会议结束后，我会对忠诚进行汇报，汇报内容包括客户对质量、制造速度、价格更优惠的竞争对手，以及信用评估。

我还对他汇报了自己观察到的另一件事：他的很多新客户在聊天时，都说想去最新的夜总会看看。为了不去忠诚在高级妓院里办的花酒，他们商量了各种各样的对策。我告诉忠诚，高级妓院如今已不如夜总会时髦了，而且有些地方还以骗钱而闻名。我建议他在众多夜总会中挑一家有名的，开一个户；但在一段时间里，忠诚一直抗拒着我的建议。他曾受到万众景仰，被视为事业成功且老于世故的商人典范，但他没有随着时间而改变，到现在还穿着跟从前一样的衣服，我说，这会让他看上去已经辉煌不再。逐渐地，他终于放弃了他的死心眼，购置了一些新西装，穿着去蓝月亮俱乐部，并在我的帮助下成为了那里的会员。很快，他便成为了那里的老板最喜欢的客户之一，总能坐在他最喜欢的桌边。

"薇奥莱，你总是这么惊人地聪明。"有一天，当我建议他送些上海纪念品给他的美国客户时，他这么跟我说。

自打我们在高级妓院里共处的时候开始，他就总是说我"惊人的"这个，"惊人的"那个。我本应将他这句话当作赞美的，但考虑到我们的过往，我觉得他说这话是在暗示说，他对我本来没有抱任何期待的。我曾常常担心，他有一天会不再说我让他感到吃惊，那样的话，我就会觉得自己只能满足他最初级的期望。所以，我终于开口告诉他，这个词让我很烦。

"我说这个又怎么不好了？我的其他翻译就从来做不出任何令人惊讶的事情。你在我眼里永远都会是令人惊讶的，因为你比大多数人都强。而且，你的优秀并不仅限于工作，在我眼里，你整个人都是美好的。我欣赏你的天性，并且因此而一直爱着你。"

"你并没有一直爱着我。"

"我当然有。就算在你结婚以后——两次都是——我仍然很爱你。这么多年以来，我从未像爱你那样爱过任何人。"

"你的意思是，除了你的妻子以外吧。"

"你为什么总要纠缠于这件事不放呢？你知道那不过是个名义上的婚姻罢了。我们现在已经离婚了，还待在一起只是为了我们的儿子。你为什么就是不肯相信我？我需要让你打电话跟她聊聊吗？我现在就打给她。"

"我们为什么要聊这些陈年旧事呢？从现在开始，你还是可以说我令你感到惊讶，但只是别再跟我说你爱我，因为我知道你想把你那份爱放到我身体的哪里。"

"过了这么多年，你还是不知道该如何在别人给予你善意和爱的时候，好好接受。"

我在他的公司里获得一席之地后还不到四个月，忠诚和我便又一次被欲望打败，回到了旧日的亲密关系里。我不得不对自己诚实：他给我的欢笑，远比伤痛要多。他欣赏我，而我也很享受他在床上对我的爱慕。他太了解我了。不过我们的关系也跟从前发生了变化：我不再把他的爱，跟他送我礼物的数目挂钩，也不再满心恐惧和不安地等待着他决定要不要继续来找我。他不再是我的客人，我也不再是他的高级妓女。我住在我自己的公寓里，每天跟他在办公室枯会，有时，每周还额外见上两到三次。我管他叫"我的朋友"，而没有按他的提议，叫他"爱人"。

"朋友没有爱人那么重要。"他抱怨道。

"宝葫芦就是朋友，而且我们非常亲近。至于爱人，那是一个与我的身体非常亲近的男人。"我告诉他，我想要一个可靠且忠诚的爱人，不用让我在他离开我身边不过三十分钟，就开始担心他在干什么，因为对于他来说，三十分钟已经足够用来跟一个女人调情，然后提议两人一起到另外一个地方进行进一步的调情了。他曾经这么做过，而且他现在仍然经常造访妓院。

"有哪个男人会在看见一个漂亮女人的时候，不在心里想入非非？那不是不忠，只是好奇罢了。如果你真的找到了像你所描述的那种男人，我肯定要说，他身上绝对有什么地方不正常。你真的要跟那么一个人好吗？"

"你在做生意的时候就不想要诚实和信任吗？如果你怀疑一个商业伙伴或者雇员欺骗了你，你不会变得不再愿意和他们继续共事了吗？也许你觉得我不该期待这么多，因为我不过是个高级妓女，而客人是从来都不需要负有忠诚的义务的，就算两人签订了契约，也毫无关系。但是，我就算在那个世界里工作的时候，对爱的渴望都如此强烈，强烈到我不能容许我的男人对另一个女人感兴趣。也许你永远都无法给我这样的爱。你告诉我说，我想要的太多，而事实可能真的如此。但就像你无法控制你的想入非非一样，我也无法控制自己的想法。"

我曾多次终结过我们的关系，每次都叫嚷着说，他是个不忠的混蛋，给我的爱情都是些虚假的爱情——有时还附带着指责说，那些特别温情脉脉的时刻全都是假的，而这总会伤到他的心。

"想要退出的人是你。"面对我为终结情事给出的理由，他这么说，"所以，咱们两个谁才更值得信赖，谁才更坚贞不变？"他的逻辑总让我发狂，而他却说我的感觉毫无逻辑可言。

他继续背着我拈花惹草，每周至少去上一至两次高级妓院。有一天，我发现有个装在红色丝绸包裹里的礼物从他的兜里露出头来。他承认说他正要去一家高级妓院，但这份礼物并不是为某个人特别准备的。他之所以带着这份礼物，是为了在有人唱了支歌或者讲了个好故事的时候，能拿出礼物送她。我对他的所有感情，突然之间全都烟消云散，其消失的速度之快，让我自己都感到诡异。我没有再次被他的谎话激怒，相反，我感到了一种解脱。就在这一刻，我知道我可以永远地终结我俩之间的关系了。在把这件事告诉他的时候，我很平静。我对他说，我们是两种完全不同的人，我们想要的东西是不能相容。他开始就那个礼物跟我进行辩解，说这玩意儿不仅没什么特别含义，而且也不大值钱。他从包裹中掏出一枚发夹，但我却告诉他，一切都不重要了，就算他从今以后都不再去妓院了，也跟我没有关系。我只是单纯地不再爱他了。

他震惊得目瞪口呆，然后，他的表情逐渐陷入了悲伤。"我能从你的眼睛里看出来，我已经失去你了。我多傻啊，竟然没有待你更好一点。对不起。"他沉默了，双眼看起来十分空洞。"我有很多弱点，但这并不意味着我对你的爱也很弱。我对你很坏，但我总觉得我能指望你原谅我——毕竟，你没有原谅你的母亲，却原谅了我很多次。如今，再想收回我带给你的痛苦，已经太晚了。但只要一想到，是我让你变得对爱更加无法信任，我就会心痛难忍。你一定要相信，我一直都爱着你。从最开始，我就感觉你了解我，当我们分开时，我总觉得少了些什么。不管我身边有多少朋友，我总觉得孤单，不管我获得了多大的成功，我还是觉得不满足。我本来永远都不想承认这一点的，薇奥莱，但是我不得不说，和你在一起，我才可以再次成为一个孩子，天真而善良的孩子。想象一下吧！忠诚，如此成功的一个人——却只是一个淘气的小男孩，会在夜半时分醒来，因为自己对你的爱竟如此强烈而感到害怕，需要触碰到你的面颊确认你真的在，才能安心。那感觉就好像是，你保护着我心中一个隐秘的部分，当你不在的时候，我总会感觉自己将孤独终老。我多希望自己很多年前就把这话告诉你了啊。"他的眼睛里泛着泪光。

我收回了那个小男孩，不再跟他绝交，而是搬进了他的住处。我们仍然会彼此争吵，但吵得没有以前那么多了，而且我们总能在争吵的最后彼此让步，承认我们彼此相爱。我们并不会大肆发表爱的宣言，不会像揭露一个多年的秘密那样欣喜若狂地宣扬那份爱。我们只是单纯地承认罢了。

一天下午，从他的某位表亲的葬礼上回来后，他说："跟我保证，薇奥莱，你不要死在我前面，那样我可受不了。没有你，我会发疯的。"

"我怎么可能保证得了这个呢？你又怎么能那么自私，希望自己先死，留我一个人受苦呢？"

"你是对的，应该让你先死。"

我们步入了一对已婚夫妇的日常生活，对于彼此的习惯和好恶都了如指掌。我们注意到，随着年岁的增长，我们的身体越来越疲软；同时，随着世风日下，上海的氛围也正日渐癫狂，令人忧心。这多奇怪啊，我们竟然成了守旧一派了。在对各类事情的看法上，我们的一致多过不一致；在面对大多数恼人之事时，我们也能做到得过且过，只有在很偶然的情况下，他犯的错误还会再次点燃曾将我俩拆散的那种老生常谈的争吵。

我们在一起已经将近三年，忽然有一天他对我说，近来他发现越来越难以清空自己的膀胱了。这种症状已经持续了有一阵子了，但他不想告诉我，生怕我会以为他很担心。然而事实是，他确实很担心。为了冲淡自己的恐惧，他说，这可能是阴茎的某种类似于便秘的症状。几天后，他在自己的尿液里看到了血，于是脸色苍白地跑来找我。我约了医生，陪他一起去看病。

我们手拉着手坐在医生面前，听他告诉我们，忠诚患了前列腺癌，需要放疗。医生说这种疗法的治愈率是最高的，但假如结果不尽如人意，他们还会尝试另一种治疗方法。忠诚怕放疗会使他的阴茎和前列腺都萎缩掉，但如果采用第二种疗法，便需要将这二者一同切除，让他变成个太监。他从来都表现得像个坚强的男人，从不肯对人示弱，所以，从他眼里看到卸下面具后的绝望和恐惧，让我感觉心痛不已。

"我不会放弃你的。"我说，"我们已经为那些无足轻重的事情吵了那么多架，现在，我会拼了命地留住你的。你知道我有多彪悍。"

"我亲爱的薇奥莱姑娘，如果彪悍的脾气能治病的话，我肯定很快就能康复了。"

在他接受西式治疗的同时，我还到中医那里寻医问药，买来大量的灵芝——这种仙草过去曾是皇帝的药膳。

忠诚听我说起这个的时候，微弱地笑了笑，说："不朽[1]？那些皇帝现在又在哪儿？"

"他们都被自己的老婆害死了。"

中医每天都带着他的针灸针过来。我让忠诚练气功，喂他吃阴阳调和的最最新鲜的食物。我还请来一位风水师，赶走房子里的怨灵。这无关乎我是否真的相信幽灵的存在；这是一种态度，表示我爱他，愿意为他做任何我能做的事情。

"就算我曾经对你那样坏，"他喃喃道，"你还是这么爱我，还在这儿陪着我。你总是那么令人惊讶，薇奥莱。我曾以为很重要的一切，其实都并不重要。生意，烟花巷，这些东西全都无法持久。只有你是最重要的，我甜美的姑娘。我只想让你陪我度过最后的日子，不管我还剩几天可活。"

"啊，但是如果我把你给治好了，小朋友，你会不会声称，这场病搞坏了你的脑子，你已经记不得自己说过再也不去烟花巷的话了？"

突然之间，疼痛和恐惧都从他的脸上消失了，他又一次显得健康无比。他拉起我的手，说："请嫁给我，薇奥莱。我不是求你现在就答应，因为我很可能就快要死了。我在过去曾有很多次想向你求婚的，但你那时总是生我的气，总是冲我大喊大叫着说，再也不要跟我睡在一张床上了。我总也找不到合适的时机向你表白，我觉得我们应当共同度过我们的余生。"

我们于1929年结了婚。他的家人对此表示了反对：他要娶一个看起来不是纯

---

1 灵芝的英文为"immortality mushroom"，意即"不朽的蘑菇"。

种中国人的女人，而且她的家族历史还显得含混不明！当他为了我反抗他们的时候，我的泪水流成了河。十四岁那年，我梦想过嫁给他；二十五岁那年，我因为没有婚姻的保障而失去了芙洛拉。我之所以跟常恒结婚，是出于对未来的绝望和恐惧；而如今，我却是因为爱嫁给了忠诚。我们结婚后十八个月，医生告诉我们，忠诚的癌症已经好了。西医和中医都将功劳归于自己，忠诚则说，都是因为我，他才得以活了下来。

"都是因为你煮的那些难喝至极的汤，还有你为了让我喝下它们所进行的无休无止的唠叨，"忠诚说，"就连癌细胞都觉得忍受不了，逃之夭夭了。"每天早餐时，忠诚都会亲吻我的额头，感谢我让他看到新一天的黎明。他还给我倒茶——这一表示欣赏和爱情的举动在我看来简直石破天惊，因为忠诚从来都是习惯于让别人照料他的一切日常起居的。他从不需要考虑我或任何其他人的需求。

我们有时仍会吵架，每次都是因为些微不足道的小事。每当他久久凝视其他女人时，我都会觉得怒火中烧。大多数时候，他的凝视都并不会引起女方的任何兴趣；但如果她们冲他微笑的话，他便会回以微笑。如果这种情形发生在一个酒局上，他就会找个借口走向那个女人所在的方向，并且让自己的目光在她脸上久久逗留。当我指责他又在渴望其他女人时，他总是对此完全予以否认。他声称，他之所以这么看人，是因为他的眼睛天生就是这么动的。我问他，你看男人的时候眼睛为什么不这么动呢？然后他会说，不管他的眼睛怎么着，至少他没有跟其他女人出去胡搞，我为什么就不能因此而肯定他呢？然后我们便会又一次陷入跟以前一模一样的争吵，我说他不忠诚，他说我不合逻辑，最后以我睡在自己的卧室，而他来敲我的门——有时是在半夜，有时连续两晚——而告终。

我们之间最好的时光，就是那些我们在自己家里吃晚餐的平淡夜晚，他会因为我做了一道他格外喜欢的菜而亲吻我。我们听收音机，谈论新闻、芙洛拉或者我妈。有时我会追忆起秘密玉路的事情。我带他回到那段时光，说起我无意间听到那些妓女们谈论的她们的不幸，说起我在酒宴上注意到的神情紧张的男人，以及当我躲在大道和我妈的办公室之间的法式门后面时的所见所闻。我们还总回忆我俩第一次相遇的夜晚——至少回忆了一百次，俩人争着对当时的细节添油加醋，极尽夸张地说卡洛塔有多么多么大，以及忠诚当时有多么多么害怕。忠诚说，他听见我说我得立马截掉他的手臂，吓得当场就尿了裤子。我笑得都快喘不过气来了。

每次他都会以这句话作为结束语："你让我等你长大，说终有一天我们的命运会彼此交汇。我太蠢了，没能让这一天更早到来；不过现在，你看，我们终于还是来到了这里。"说完这句话，他便会抱我上床。每当我们谈论起我们那纠缠的命运时，他都会这样。

他常常会看到我独自静静哭泣，每当此时，他都会放下手头在做的任何事情，走到我身边，用双臂环抱住我，而不问我为什么伤心。他知道我的伤感肯定是关于芙洛拉，或是爱德华，或是我妈离开的那天我的感受。他只是轻轻摇晃我，仿佛我是个小女孩。就是因着这一切，我们才都知道我们的爱有多深，也知道，这份爱能够超越我们对彼此造成的任何伤害。

宝葫芦住在离我们几个街区开外的地方。她想开一家高级妓院的宏图大略，在她偶然遇到从前的一个老客人陈和谐后，被忘得一干二净。陈和谐曾经十分富有，如今则经营着一家不大不小的公司，贩卖打字机和"为现代商业服务的现代办公用品"。和谐曾是她的长客，对她印象很深。他说她屁股扭动的姿态到现在都仍令他念念不忘，而且他也不介意她的强烈的个性。她说，他因此而跟她结了婚，为的是可以每天看见她屁股的扭动。和谐曾对我说，她总能把他逗得哈哈大笑。

"他是个好人，"她说，"很体贴。当你老了以后，你能过上的最好生活，就是既有美食可吃，又有用来享用那美食的坚固牙齿，晚上上床时还能心无烦恼。能有个好丈夫是额外奖赏，你的丈夫是好是坏，能决定你的烦恼到底是多还是少。我的就属于少的。"

每当她来拜访我，总是喜欢回忆她因我的缘故经受过的种种苦难。每当她回忆起某些新事情时，她的眼睛都会闪闪发亮。"哎，还记得那个赶大车的男人吗——那个淫棍叫什么名字来着？老屁？我告没告诉过你，他曾经暗示我跟他做爱来着？那个混蛋说我们应该到田地里去，看看玉米长得有多大。"

"这太可怕了。"

她气鼓鼓地说："我跟他说，我们不需要到田地里去，我知道玉米只有这么大。"她竖起小拇指，"他那一整天都气得要死。"

她经常提起常恒。"哎，记得那个混蛋快要把你打死的时候吗？我没告诉你，我当时试图把他扯开来着，所以他才给了我眼睛一拳。我差点被他打瞎了。"我为此对她表示感谢，她则不屑地挥挥手："不用，不用，没有什么需要感谢我的。"说完后，她便闭嘴等待着，等到我再一次对她表示了感谢以后，才再次开口说："哎，还记得那天晚上我们以为整个镇子都可能被烧毁吗？我刚接到了香柚寄来的一封信，她说被烧掉的只有她的房间和一个小棚子。她是从那些往返于山景和月塘之间的生意人口中听说的。那条经过佛手的山路如今已经变得像是条高速路了。有个聪明人用那块白石头造了一座庙，如今那个地方挤满了朝圣者，人们会购买大量的甜玉米饼和拐杖。有个朝圣者在常恒死后一年发现了他的尸体——说是尸体，也只不过是他的一些骨头和衣服碎片了，边上还有个装着一首诗的皮革小包。还有呢，你听啊！常恒死后过了九个月，宝蓝又生了个儿子。她声称这是常恒的孩子，但有传言说，孩子父亲是她丫头的情人，那个小厮；还有另一种传言说，那个孩子的妈妈是那个丫头，而爸爸是常恒。不管怎样，反正宝蓝声称那孩子是她的。"

当妈妈和我开始讨论她来上海看我的事宜时，宝葫芦装出一副热情洋溢的样子。"你很快就能重新见到你的亲生母亲了，一定很开心吧。"我不得不一次又一次地让她放心，说她对于我，比亲生母亲还像母亲。她为了我曾冒过生命危险，还曾受尽磨难。

"你总是牵挂着我。"我说，"永远都在牵挂着我。"

"那倒是真的。我为你担的心，可比你知道的多得多。"

"我也曾为你担过心。"

她怀疑地看了我一眼。

"就是你得流感的那时候，我以为你可能会死。我坐在你身边，握住你的手，

505

求你睁开眼睛，回到我们身边。"

"我不记得了。"

"那是因为你当时都快死了。我觉得我跟你说的话可能起了些作用。"

不管那些话是不是真的起了作用，反正宝葫芦是被深深打动了。"你当时很担心？"她说了一遍又一遍，"我这一辈子从来没有遇到过一个为我担心的人。在你之前，一个都没有。"

每当我嚷嚷着要跟忠诚离婚时，她都会非常担心。但我并不是真的想离婚，只是想表达自己有多愤怒罢了。我每次愤怒的原因都一样：他又跟一个女的调情来着。她会到我家来坐一会儿，听我抱怨，并且对我所说的一切都点头称是。他真是太坏了，一点都不体贴，愚蠢至极。"但你不需要跟他离婚。"她说，"可以往他的茶里放进一种草药，我听说它能让人的欲望枯萎——同时也让其他一些东西跟着枯萎。但别用得太频繁，要不，药效就该变成永久不可逆的了，你自己也会跟着遭殃。"然后她会对我温柔地连哄带骗，让我意识到，忠诚跟别人家的丈夫比起来，并不算太坏。"忠诚可能挺不听话的，但他从来都没有对你残忍刻薄过。而且他还很帅，是个一流的情人。而且他老能逗得你哈哈大笑。他同时兼具这四种优点，但大多数女人连一个都捞不着。"

上海
1929 年

妈妈和我终于达成一致，认为她应当来一趟上海。我们并未写下"趁还来得及的时候"这几个字，但我俩通过各种迂回的方式所表达的，都是这么个意思。我跟她说，我觉得我们见面后，不该大谈那些本有可能改变我们人生轨迹的事情，以试图抵消我们的遗憾过往。我们之间已经形成了一种成人间的、知心女友般的关系，比起母女亲情，更像是种友情。我们用文字进行过亲密的对话，但那些对话并非面对面的交流，受到了距离的阻隔。在进行自白和追忆的时候，我们必须要彼此信任，而虽然我们写下的词句在大多数时候都是情感的自由流露，但那同时也是因为我们知道，我们能够隐藏在一张信纸背后的安全地带，而且不需要做出任何解释。我们并不担心冒犯彼此，因为在信里，我们能够更加谨慎，只保守地使用精挑细选出的词句，表达某种可做多重解释的含混情感。而我们即将在上海进行的面对面交流，则有可能将我们暴露于那破坏力巨大的过往之下，把我们好不容易建立起来的，对我们两个来说都很重要的关系，给彻底毁掉。我们都认定，值得冒这个险。我警告她说，也许我宁愿拥抱一张纸，也不愿意拥抱她。我不知道我在看到她有血有肉的本人时，会有何种感受。那也许会唤起我早已忘记了的感情，所以，她必须要有心理准备，不要因为我没有像母女欢喜重逢时那样扑进她的怀里，而感到受伤。她也赞同说，我们的重逢可能会很尴尬，难以预料会发生什么，但她已经准备好面对我们之间的距离了。在她抵达之前，我一整个月脑子里都是关于重逢的事，心里五味杂陈，一时回忆起那个遭到背叛的孩子的心情，一时又变回那个知晓了自己对于她比陆成和她儿子都要重要后的女人。我要见到她了，我知道她曾为我深受折磨，哀悼多年，一如我为芙洛拉所承受的一样。

站在码头等待她乘坐的船靠岸时，我警告忠诚，不许用他那种轻浮的眼神深深凝望她。

"你怎么能以为我会做这种事？"他用一种假装受到了冒犯的语气说。

"你连面对一个躺在棺材里的老女人都会使用那种眼神。"

他大笑起来，亲了亲我："我会在你身边陪着你的。如果你觉得受不了了，就捏捏我的手，我会找个借口带你走的。"

尽管我们曾通过电报交换近照，但妈妈在我脑海中的印象，仍旧是身着她曾穿过的一身高调时尚的宴会礼裙的样子，而不是像此刻出现在我面前的这样，穿着一套朴素的棕色套裙。她的容颜仍旧动人，但离开了商业世界的她，身上已再也没有了曾使男人们趋之若鹜的迷人光环。她没有优雅地缓步而出，而是匆忙慌张地寻找着自己的行李。她向我走来，停在十英尺开外的地方，使劲盯着我看，就好像见了鬼魂一样。她咬着下嘴唇，仔细端详我的脸。"我知道我们约好了，不要谈及感情，但我的心已为你空了十七年，我再也忍不住了，我要把我一直就想让你听到的话告诉你：我是那么那么地爱你。"

这是我出生以来第二次看到她哭泣。我点头，任她将双臂环在我的身上，并且也和她一起，放任自己的眼泪尽情流淌。

几分钟后，她放开我，擦了擦眼睛。"好啦！现在一切都没事啦。我们可以再一次开始小心翼翼地说话了。"

忠诚对我妈尊敬有加。"我是在您那里第一次遇到您那可爱的女儿的，那时她还是个七岁的小兔崽子。她从那以后一直没怎么变，只有年龄增加了而已。"我妈立刻就喜欢上了他，用她那荒废多年的中文和他讲话。有他在真的很轻松，因为每当我俩中的任何一人感到了不自在，他都可以立刻将谈话转换到比较安全的话题上去。他们共同回忆起他们都认识的人，那些名门贵胄的子孙，而他向她更新了他们中一些人的现状——是过得跟以前一样呢，更差呢，还是更好呢。大多数人过得都更差了。

宝葫芦正在我们家里等着我们。我的很多封信里都提到过她，而在我第一次提起她时，我提醒妈妈说，大约二十五年前，她曾要求当时被她们称作宝云的一个高级妓女离开秘密玉路，理由是关于某个幽灵和某位长客的事情。我还接着跟她说，宝葫芦一直陪在我的身边，不管是在我遇到爱德华的时候、在芙洛拉出生的时候、在爱德华死去的时候、在常恒差点把我弄死的时候，还是在我们从月塘里逃出来的时候——自从我妈离开以后，我人生的所有时刻里，她都在。我没有提及宝葫芦在训练我成为一名高级妓女时的作用。但我清楚明白地告诉她，宝葫芦对于我来讲，就像是个母亲。隔着信件之间的遥远距离，我看不到我妈读到"就像是个母亲"这几个字时的表情，然而她回信里的字迹，却比平常显得更加整洁。她在信里说，她因自己曾那么冷酷地对待宝葫芦而感到悲伤，尤其在想到她是如何照顾我，如何实际履行了一个真正的母亲本应做到的事情时——在所有事情上都为她的女儿谋求最好的结果，无私奉献，为了不让任何伤害落在她孩子的头上，能够献出生命。在接下来的每一封信里，她都会问候宝葫芦现在怎么样了。宝葫芦也很礼貌地对妈妈进行了同样的问候。

在来到上海之前，妈妈就已经知道，宝葫芦现在被称为陈和谐夫人，而喜乐是她的名字——用英语说，就是 Happy Chen。她对于自己的社会地位感到十分自豪，不愿意听任何人对她使用她从前的名字。我是唯一的例外。

坐在驶往我家的轿车里，妈妈和我对她该怎么向宝葫芦进行自我介绍进行了一番探讨。我们都很紧张。她不大可能装着两人此前从未见过，而宝葫芦又是个从来不会掩饰情感的人。我还预先警告妈妈说，她现在肯定已经认不出宝葫芦了：她已经年过五十，身形魁梧，当她紧张或者不满意的时候，她的下颌和嘴角就会向下耷拉，但当她微笑或兴奋的时候，下颌和嘴角便会向上扬起，使她的脸颊显得十分饱满。她仍然长着一双又大又漂亮的眼睛，而那双眼睛里的神色虽然有时显得有些爱挑剔，但大多数时候还是和善温暖的。

我们进门时，宝葫芦与和谐正在悠闲地享用手中的茶。她表现得好像见到我们很惊讶似的。"已经这么晚了吗？"她说，"我还以为你们还得一个小时才能到呢。"

妈妈走到她面前，说她在很多很多封信里都读到过她的事，而她很开心现在终于能有机会感谢她了。她除此以外，没有再多说什么。

"你记得我的，"宝葫芦说，"你曾经把我一脚踢了出去，理由跟那座房子里的幽灵，还有一个贪婪的高级妓女所散布的谣言有关。那个谣言差点毁了整个妓院的生意。我当时可真希望那个散布闲话的姑娘倒霉啊，但后来我听说，她沦落到了香港一个紧挨着卖鱼的市场的贫民窟里，牙齿也掉光了。在那之后，我就对我自己说：'你不需要再想这件事了。'"她微笑起来，"我们都不需要了。"

妈妈终于可以继续自由地表达她的感激之情了，谈话中用到"就像是个母亲"这几个字，并且还提到了宝葫芦作为母亲的一项特征。这可打开了宝葫芦的话匣子，她开始一个接一个地，源源不断地讲起早就准备好的，关于我俩曾共同经历的悲惨时光的故事。她从安宁馆开始讲起，让妈妈知道她是如何训练我、保护我不致落入低端客人的脏手里的。妈妈并没有表现出震惊。她说："没有你的指导，她本有可能会流落街头。"一个小时后，宝葫芦的故事进行到了忠诚在我一四岁时为我举办的极尽铺张的盛宴。终于，她说出了忠诚买下了我的开苞之夜的事实。她转向忠诚："别不好意思。这件事总是会有人做的，而薇奥莱很幸运，碰到了你。"

509

宝葫芦对她说："你知道我是怎么想的吗？这不仅是运气。你坐上那艘船其实也是命。如果你留下了，薇奥莱就不会遇见爱德华了，她就不会有小芙洛拉了，她也就不会在这里跟忠诚在一起了。薇奥莱身上所发生的一切当然非常可怕，我的意思并不是说命运的安排全都是合理的；但当命运给出圆满的结果，所有人都应该忘掉那条带我们来到这里的邪恶的路。我们的精力现在应当集中在让小芙洛拉见到她的亲生母亲这件事上，在大家的帮助下，我们没有道理不能成功。"

　　我们带妈妈去了旧日街坊。她看到秘密玉路现在成了某位大人物的私宅，大门口有警卫端着来福枪站岗。"黑帮，"我说，"或者是跟黑帮穿一条裤子的政客。费尔韦瑟就跟他们混上了，你知道吗？他的下场非常惨，但我一点也不为此遗憾。"她追问细节，而当我告诉她以后，她被吓得皱起了眉。她到苏州跟金鸽一起度过了下一个礼拜。金鸽自己说自己变得又胖又懒。她确实挺丰满，但可一点都不懒。从上海搬走后两年，她嫁给了一个拥有一家家具店的男人。她把那家店变成了一家贩卖纺织品的百货商店。她告诉我们，将近四十岁的时候，她生了个儿子，现在被他搞得整天鸡犬不宁。所以说，她过得很幸福。

　　妈妈在三个星期后回了家。我们继续彼此寄信，在信中评价我们这次重逢。我们承认，我们都在心里秘密地想要改写她离开上海的那一天。我们想站在她的办公室里，听那个无赖扯谎，并且让她意识到危险，这样她就会知道该去保护我了。但我们不能重新创造出一个过去。这更像是去看一场早就知道结局的电影，而电影明星的表演却并不像我们所预期的那样。

　　虽然我和我妈都对于我们在这次重逢的开头和结尾能够彼此拥抱而高兴，但我们还是一致赞同，我们更喜欢我们之间写过的很多封信里的那种亲密。实际见到对方本人，我们难免会对自己所说的话小心翼翼起来。我们彼此察言观色，通过对方的表情、手势和将眼神转向的方向，来判断我们能聊些什么。况且我们身边总有旁人，替我们制造本来并不存在的紧张气氛，帮我们增加本可轻易避开的不适感觉。不过，总的说来，这次上海之行还算成功。自此以后，我们写信时更加直率，更加能够彼此理解了。宝葫芦曾说我们应该忘掉中间的那些年。但我们不想忘记。我们身上的伤，迫使我们不断而尽情地向对方袒露一切。

为了靠近芙洛拉，在她上学期间，妈妈每年都会回哈德逊克罗顿一趟。她扮演成一个爱管闲事的邻居的角色，她会在各种地方遛狗时撞见芙洛拉：集市上，教堂里，公园中，或是人行道旁。

有一次，我看见她的狗疯跑着，想要跑到路对面去观察另一只狗。一辆车差点撞到那只畜生，芙洛拉尖叫一声："丘比特！"我在那个瞬间切切实实地感到了我外孙女心里所感受到的危险，然后，等那只狗脑袋、尾巴和四肢都原封不动、毫发无损地回来以后，也感到了她心中感到的如释重负。

这是她第一次管芙洛拉叫"外孙女"。我知道她最初是出于对我的爱，才主动接下了寻找芙洛拉的任务。而现在她却获得了另一种动力。我很高兴。

我买了一只长着漂亮大耳朵的凯恩㹴，就像芙洛拉的那只一样，因为我觉得那两只狗可能会很渴望跟对方一起玩耍。我给她起名叫莎乐美。不出所料，丘比特看到了她，然后疯狂地沿着人行道飞奔过来与她相会，而他俩的狗链便将我俩像五月柱一样团团缠住。在拼命挣脱的过程中，莎乐美差点弄死丘比特。幸运的是，一等两只小狗解开了缠绕的链，便变得十分友好起来——实际上，是以一种淫荡的方式，所以就更需要人去解救了。

在莎乐美的帮助下，她经常在公园里遇到芙洛拉。她会随身携带狗饼干，确保丘比特总能准确地找到莎乐美和自己。她问芙洛拉，单论智商的话凯恩㹴是不是最聪明的狗，芙洛拉耸了耸肩，说："不知道。"我相信，如果不是太害怕马，为了能跟芙洛拉在一起，妈妈肯定会去上马术课的；不过她确实已经克服了对信仰的厌恶，加入了卫理公会教堂。通过她的信件和照片，我即使在很远的地方也看到芙洛拉了。通过这些，我知道她留着短发，穿方格裙，喜欢写生。每当妈妈对她提出问题——关于天气，或是将在小镇举办的集市——得到的答案永远都是一样的：一耸肩，然后说"不知道"。

芙洛拉十六岁时，母亲对我报告了她的担忧：芙洛拉交的朋友"不属于最好的那类人"。某个男孩会经常过来，她会跑向车子，而那个男孩则会吊儿郎当地靠在门上，递给她一支点燃的烟，这就是他打招呼的方式。一次，母亲看到她怒气冲冲地奔出教堂，对密涅瓦大喊："这跟你没关系！"然后钻进男友停在一边等着的车里。那位男友侧过身，给了芙洛拉一个长长的吻。密涅瓦就被晾在那群礼拜者之间，又苦恼又尴尬。母亲在芙洛拉身上察觉到了逆反，她认为对于一个十六岁的女孩来讲这很正常，但她同时也觉得可能会有麻烦：芙洛拉实在太鲁莽了。

第二年，我妈报告说，芙洛拉安定些了，也变得更沉默。她将头发剪得更短，发型一点不女性化；她会在公园里久久地散步，并在一个速写本上画画。母亲曾经要求看一看她的画，芙洛拉的回答是："请便。"她知道密涅瓦对芙洛拉的处处赞赏让她几近厌恶——所以这时母亲会轻轻叹口气，然后走开。母亲知道如何显得更加得体，这是她当年在秘密玉路里学来的："我觉得这幅画的透视很有意思，它制造出一种视觉悖论——我是这么理解这幅画的，不过当然每个人都会在任一艺术作品中看到些不一样的东西。"芙洛拉说："这正是我想要的，各种各样的透视，但我还没画出来。"这是芙洛拉第一次对母亲所说的话进行真正的回答。当妈妈自我介绍为丹纳夫人时，芙洛拉说："我知道你是什么人，你是个电影星探。"

1937年，高中毕业后，芙洛拉去上大学了，而我母亲却不知道她的大学在哪儿。她继续租着哈德逊克罗顿的房子，这样她便可以在夏天回到那里，如果芙洛拉也回来的话就能见到她了——但她再没见过芙洛拉，不由怅然若失。

我正打算回信的时候，抗日战争全面爆发了，到处都不时有事故发生。八月份，炸弹落进了火车南站，几乎把那里的所有人都炸死了。那之后，中国空军的炸弹不小心落到了外滩，又有一天，一颗炸弹掉到了先施百货里。每次这样的事件发生时，尽管公共租界并不处于战争区域中，我们仍不知道自己是不是还真的安全。日本人包围了租界，随时准备除掉任何一个抱有反日情感，又有勇无谋到竟然敢于开溜的中国人，而这样的人还真不少。每次炸弹袭击后，过不了几天，夜总会便会再次开张。生活一如既往，如常得让人觉得诡异。忠诚三天两头地警告我，不要到南京路或是任何接近租界边界的地方去，他害怕我会认为自己显得足够像美国人，因而敢于去任何我想去的地方。"就算是为了让我安心，"他说，"我希望你能把自己当成一个完全的中国人，不要一半安全，一半不安全。"

1938 年 1 月份[1]，忠诚将一封信交到了我的手里。它是芙洛拉写的，寄给"忠诚叔叔"。这是忠诚第一次被认可为叔叔，他用颤抖的手指指着"叔叔"这个词，流下了眼泪。

1938 年 12 月 26 日

亲爱的忠诚叔叔：

如果你在过去的九年间收到过任何的感谢信，它们都不是我写的。迄今为止我从未见到过你的信：密涅瓦・艾弗里，我过去的妈妈，扣下了你的信和礼物。首先我要说，我对于你竟然还一直保存着我爸的链扣、金笔和诗集而感到很感动。你们俩一定曾是非常要好的兄弟，要不你肯定不会费那么大麻烦，把这些东西从中国一路邮寄过来。所以，谢谢你把他的东西送给我，这对于我来讲真的非常重要。

也谢谢你送我的圣诞礼物，尤其是那个小马的玉雕，我从来不知道马就是我的中国属相，不过我猜小马的眼睛并不是真的红宝石做的。那条幸运手链在我十岁的时候一定会很适合我，真遗憾，我没能在那个时候戴上它，我在那个年纪可是无比热爱幸运手链的，你都没法想象有多喜欢。实际上，我有点惊讶，你竟然能猜到一个女孩会喜欢这样的东西。

顺便说一句，在寻找你的信的时候，我还发现了我爸写的一些信。这些信让我再也不怀疑了，密涅瓦・艾弗里并不是我真正的妈妈（就是那个给你写信的骗子），我一直就怀疑事情是这个样子的，而现在，由于各种我不会详述的原因，我对于自己的怀疑终于得到证实而高兴。既然她不是我的母亲，那么我自然就会想

---

1 原文如此，结合下文信件日期，此处应为 1939 年，疑似作者笔误。

知道谁是我真正的母亲。在我父亲写的最后一封信里，他告诉密涅瓦他在上海跟一个女人结了婚，而她即将生下他们的孩子（我）。问题是，他没有给出她的名字。我就是随便猜猜，不过你会不会恰好知道我亲生母亲的名字呢？我知道那是很多年前的事了，就我所知，她跟我父亲一起在一场瘟疫中去世了。不过这也不重要啦，我只是好奇罢了。但是，如果你确实认识她，并且碰巧遇到她的话，就请替在纽约的我问候她一下吧。

你真诚的，

芙洛拉·艾弗里

又及，我从来没有真正喜欢过诗，但也许我会再努力尝试一下的，因为我知道我爸曾经有多喜欢你送来的那本书。谁知道呢。

忠诚很生气："她从没收到过我的信！是那个狗日的老太婆给我写的信！'亲爱的方先生'！这些年来，我本来都可以被叫做叔叔的！"

"芙洛拉知道了。"我只说出这么一句话来。

我很纠结，不知该给她写些什么。我应该跟她说，她是被从我的臂弯里夺走的，我俩临别时还朝着彼此尖叫吗？我应该跟她说，密涅瓦和兰浦夫人搞得我没法留住她吗？最终，我对芙洛拉表达了我对于找到她的巨大喜悦，以及我一直以来都迫切地渴望着能和她团聚。

我有太多要告诉你的事了，关于你父亲的，以及我们有多么爱你的。与此同时，如果你想要见见你的外婆，她就在哈德逊克罗顿，这么多年来，一直守护着你。

我们收到了芙洛拉发回的电报，说她想要见见她的外婆。

妈妈说，她安排芙洛拉在公园里见她，而芙洛拉一看到站在小桥上的她，便咬牙切齿道："我就知道你有问题！我总是能撞上你，我一开始还以为你是替我的父母监视我呢。后来我觉得，你可能只是某个精神不正常的老太太罢了。"

她并没有立刻喜欢上外婆，她表现出的基本全是好奇，并且还伴随着警惕。母亲理解这种心情，并对芙洛拉说，她只是想让她的亲生母亲知道，她很好。

"你爱告诉她什么就告诉她什么，"她说，"不过你怎么知道我好还是不好？连我自己都不知道自己好不好。"

她跟母亲说，她是在圣诞假期回家后得知有关我的真相的。她妈去了弗罗里达，跟她的新老公度两周的蜜月——她管她的新老公叫"那个职业寄生虫"。在邮箱里，芙洛拉发现了忠诚那封装在包装精美的丝巾圣诞礼盒里的信。她看见他提到"之前的一份圣诞祝福"，还感谢她寄来的上一封感谢信，觉得非常困惑。之后她跑去彻底搜查了一番她妈妈的书桌、架子和衣橱。密涅瓦从来不扔东西，所以芙洛拉确定那封信肯定被收在了什么地方。在阁楼里，她发现了几个用线捆起来的鞋盒，盒子里面装着很多信——不只是来自忠诚叔叔的，还有来自她爸爸的。她读了所有的信，在逐渐意识到过去都发生了什么的时候，被恶心得胃疼。大多数信都是她出生之前写的，他在信里请求密涅瓦准许离婚，还表示他将永不再回到她的身边，他不爱她，而且是从来没有爱过。早期的信里还提到密涅瓦和兰普夫人设计的把戏，正是那个把戏将他套进了一段虚假的婚姻。后期的一些信里表达了对于她竟利用关于他父亲的健康的谎言来引诱他回家的做法的蔑视。接着，芙洛拉读到了那封宣称他爱上了另一个女人，而且已经在上海让她嫁给了自己的信。"有个孩子很快就会出生了。"他写道，"一个真正的孩子，而不是你们编造出来骗我跟你结婚的那种孩子。这还不能充分证明我永远也不会回去了吗？"那封信上的日期写的是 1918 年 11 月 15 日，而那便是他的最后一封信。

芙洛拉跟我母亲说，她想知道真相——她的亲生母亲是谁，她为什么会在上海，以及她是怎么认识她父亲的。"请不要跟我讲漂亮的谎话了，我这辈子一直都被人灌输着这些东西，我不想发现自己又被以另一种方式愚弄了。如果事实并不美好，我也可以接受，我不在乎真相是什么，只要它真的是真相就好。"

我开始跟她说，先说她母亲是半个中国人。芙洛拉一开始十分震惊，但紧接着便笑起来，说："哈哈，好讽刺哪。"原来，在她十三四岁的时候，她曾经求密涅瓦带她去奥尔巴尼的一家中餐馆吃饭。密涅瓦坚称她肯定不会喜欢那里的。芙洛拉问她，你怎么知道的，但密涅瓦什么都没再说，就那么接着一直开车，这把芙洛拉气坏了。在她十六岁的时候，她和她的男朋友——就是我跟你说过的那个坏小子——开车去了奥尔巴尼，吃了中国菜。她说她是为了激怒密涅瓦才这么做的，但她发现自己确实也挺喜欢中餐。我告诉芙洛拉，她在小的时候，可能比起西餐，吃了更多的中餐。而她则说："怪不得我会喜欢中国菜，毕竟我有一部分中国血统呢。"

然后我开始跟她讲述更残酷些的真相，我说："我是在没有婚姻见证的情况下生下你母亲的，而你母亲是在没有合法婚姻的情况下生下的你，这就是为什么艾弗里家的人能够把你从你母亲手里抢走。"芙洛拉什么都没说，她的脸上没有任何表情，然后，她终于开口对我说："我想见见她。如果我不喜欢她的话，我就再也不见她了——但我觉得，如果她像你的话，应该也不会太差劲吧。"

1939 年 3 月

妈妈和芙洛拉先去了旧金山，待一周后再从那里登上来上海的轮船。在她们待在旧金山的时候，芙洛拉睡在我妈曾说要给我住的房间里。直到现在我还能在脑海中描绘出它的样子：金黄灿烂的墙壁，窗边有一棵橡树，树枝伸到窗前，可以爬上去。那间卧室一直以来都是幸福的象征，我想象着芙洛拉爬到那棵树上的场景。

妈妈说，那座房子已经变得摇摇欲坠，需要进行大量的修补。那房子对于一个人来讲显得太大了，而且里面藏着的悲伤回忆比快乐的更多。当她跟芙洛拉说她有可能会卖掉它时，芙洛拉说："不要。也许我能把它修补好，然后来这里住。我想搬得离密涅瓦越远越好，而且我也需要一个地方住。"她没说我母亲也可以和她一起住，可是话又说回来，不然我母亲还能住在哪儿呢？

我妈妈一直担心的终于成了现实：芙洛拉想要见见"她血液里中国的那一部

516

分"，也就是陆成，而母亲自打 1912 年起就再没见过他。她一直都对陆成想让他们重新相聚，以让他好好赔罪的恳求置之不理，并且希望他可以从她的生命和记忆中消失。但她说，她没法责备他用终于可以见到泰迪为理由引诱她回到旧金山。是她任由自己被引诱的，所以她如今不想再想起自己以爱之名做出的种种错误选择。我怀疑她同时也在害怕，见到他，会重新点燃她的爱火。

妈妈和芙洛拉上船后，我收到了一封信。信上的日期是上一个礼拜，她们还在旧金山的时候。

只要想到这次会面，我就紧张得要死。从我上次见到他，已经过了二十七年了，而我仍然还能记起他有多迷人。我怕他会迷倒芙洛拉，使得她想要让这位惹人喜爱的中国外公留在她的生活里。她说她想了解一切的真相，但是我得小心一点，尽量把关于他的真实情况（而非我对他的主观看法）传达给她。所以，我对她讲述了他跟艾弗里先生——她的爷爷，一位艺术收藏家，以及我父亲——约翰·明特恩，她的曾外公，一位艺术学者——之间的双重关系。我正在跟她解释说陆成曾是艾弗里先生的门徒，在他家住过几年，而芙洛拉忽然说道："等一下，我听说过他——我的意思是，我不小心听过我爷爷议论一个很多年前住在那座房子里的中国男人。'那个骗人的下三滥眯缝眼混蛋冒牌中国画家——在约翰的眼皮子底下勾引了他女儿！'我当时觉得我爷爷叫那个画家的称呼简直太好笑了。简直像个绕口令。所以我整天念叨这句话，念得越来越快。'骗人的下三滥眯缝眼混蛋冒牌中国画家——在约翰的眼皮子底下勾引了他女儿！'现在我可知道他为什么要这么说了。那个女儿就是你，然后你生下了我妈，我爸爱上了她，而她生下了我，把他家的家谱全给搅乱了。我简直迫不及待地想要见到这个勾引了你的骗人的下三滥眯缝眼混蛋冒牌中国画家了。"然后我跟她讲了更多关于陆成的事情，都是事实，比如他将我的孩子带走，在接下来的十二年里消失不见。

第二天，我收到了另一封信。

芙洛拉说话的方式很让人心慌。昨天，我们都做好了准备要去见陆成，你能想象得出，我很不安，因为我已经二十七年没有将目光投向他了。过去，那个男人只消看我一眼，便能将我剥得一丝不挂。走出房门前，芙洛拉跟我说，我的裙子很漂亮，跟我的绿眼睛很配。我表示了感谢，然后她又说："这是新裙子吧，是不是？"还没等我从慌乱中回过神来，她又说："美容院把你的头发弄得很好看。坦白地说，你以前的发型让你看起来有点疯疯癫癫的，我敢打赌，那个下三滥画家肯定会后悔离开你的！"她朝我眨了下眼睛。你能相信吗？诚实地讲，我确实想光彩照人地让陆成一边儿去。顺便提一句，"一边儿去"是芙洛拉教给我的一个很有用的词汇，它是"滚开"的礼貌版说法。

我们于上午十点抵达了诺布山上的一家画廊，陆成就在那里卖他的画。那个画廊比面包盒子大不了多少，但很显然的是，他全权拥有那个地方。除了他，谁还会肯卖那些画呢？芙洛拉很有礼貌，脸上的表情一如往常，安静、平和。跟陆成握手时，她仔细地观察了他的脸，我不知道她都看出了什么。在我看来，他显得非常疲惫，非常没有精神，虽然我也承认，他还是很英俊，而且他的声音——非常悦耳的英式口音。他身上总有一种庄严的中国气质，让你以为他是个不简单的人物——虽然实际上却并不是这样。在某个瞬间，我发现他在朝我微笑，我不知道他当时在想什么，也许是"可怜的路路，她已经变成了一个疯疯癫癫的老巫婆，不过至少她的头发看起来挺不错"。他走过来，为我的到来而感谢我。他的眼神很悲伤。"本不该是这样的。"他说，"我真的很抱歉。"我本来下定决心要痛骂他一顿的，此时那决心却烟消云散，我感到满心惆怅。

"你妻子怎么样了？"我用愉快的声音说。他则以一种恭敬的态度回答说："她去世了。"一丝希望重回我的心中——不是真正的希望，而是记忆中的希望——希望他有一天可以恢复自由，和我结婚。当然，你不用担心，我的理智在两秒钟后就重新回来了。"我很遗憾听到这个消息。"我说，"而且我也很遗憾地说，我的丈夫没一个死了的，还得让我费事跟他们离婚，现在我跟第四任丈夫在一起。"我很确定他知道我说的不是实话，但他还能说些什么呢？

芙洛拉在小画廊里转悠着，看起来在仔细研究那些画——更确切地说，是在研究那些产品。有些画的是海港里停泊着船只的景色，其中一些画着宁静的涟漪，另一些则画着不逊于《叛舰喋血记》里那种惊涛骇浪。他还画了一些缆车，朝山顶的星空中升去。他的画里有很多是关于新金门大桥的，而虽说大桥实际上是红的，他却将它涂成了金色的。几只海狮趴在岩岛上。我的目光锁定在了某一幅画上。你知道是哪幅——《奇幻山谷》——他画了一大堆各种各样的版本，某一张描绘了落日景色，另一张则是日出，一张是暴雨来临前，另一张则在风暴过境后。一张的山谷底端开满了紫色花朵，另一张里的花则是蓝的。有几张描绘了立二群山之间的空地上的微型金色城市，那城市被天堂之光照得闪闪发亮。

你一定会很高兴听说你女儿是位敏锐的艺术评论家。她对陆成评论说，他似乎擅长画欢乐的场景。她指着《奇幻山谷》系列中的一幅，问他能不能画一张大一些的，并且在天空中加进去几只鸟。他说这对于他轻而易举，而且他也经常依照客人的愿望定制画作。我们这位古灵精怪的姑娘说："我也觉得是。"他问她是否想要他给她画一幅，而她表示了拒绝，说："我只是很好奇你到底是怎么谋生的。"我能看出来，他听出了她话里的意思。我为他感到难过，因为我还记得他曾经在一封信里向我承认，他是个平庸的画家，思想没有任何深度，而由于他了解自己，便不由为自己的人生感到失望。在那一刻，我再也对他生不起气来了，我可怜他。

离开画廊后，芙洛拉跟我说，陆成是个假冒的画家。他所画的一切都是别人画过的东西，她说，而且他甚至连模仿都没模仿好。"我感觉就好像所有的真实都被虚假的幸福给冲刷得不见了。"她说，"他的画里没有幸福，而且比假冒还糟糕，这很危险。"

忠诚、宝葫芦和我来到码头迎接芙洛拉和妈妈，我感觉脑袋轻飘飘的，几乎无法呼吸。我又一次提醒忠诚和宝葫芦注意他们自己所说的话，我不希望他们提到常恒、费尔韦瑟和妓院。

"你已经跟我们说过十次了，"忠诚说着，捏了捏我的手，"我也很紧张。"

"她一看到你就会认出你来的。"宝葫芦对我说，但却让我更紧张了，"从照片里看，她长得很像你。"

我先看到了妈妈，片刻后，芙洛拉也进入了视野。她们站在码头上，身处于成百上千的乘客和整理行李的苦力的熙来攘往中。我看不清芙洛拉的脸，只能看到她戴的钟形女帽。她比母亲和身边的人们都要高，她的身高随了爱德华。我看着她穿越熙熙攘攘的人群，朝我走来。随着她一点点接近，我看到了更多她和爱德华相似的部分：那严肃的表情。她有着他的肤色，他的发色。她在走到我身边之前就停了下来，指着一个行李箱，对一个苦力点了点头，然后看到另一个苦力后，又指了指箱子。我看过她七岁、十岁、十三岁、十七岁，以及最近也就是六个月前拍的照片。她在最新的那张照片里看上去变得更加沉稳而世故了，但在我的心里和脑中，仍旧留存着关于她的两个强烈的记忆：那个咯咯欢笑着的婴儿，以及那个被从我怀中夺走时尖叫不止的小女孩。这些年来，这两个记忆一直烙印在我的心里，并且都同样地将我的心撕裂。我常常会想象她睡在我怀里的重量感。小芙洛拉不是这个高高的、涂着红唇、剪着波波头的时髦女人。

　　妈妈突然之间就走到了我面前，匆匆地拥抱了我一下。她在过去十年里老了好多，她的头发已经完全灰了，而且如今变得比我还矮。她的头发看起来是新做的，而且她穿着一条跟她的眼睛很相称的裙子——当她和陆成在画廊相会时，他见到的她一定就是现在这个样子。她仍然非常活泼，仍然很有感染力。她回身朝芙洛拉招手，并指了指我。芙洛拉朝我的方向看过来，点了点头。她的表情没有变化，脸上没有表现出任何惊讶或快乐。

　　宝葫芦将她的手放在了我的肩上："呃，看见了？她脸上的表情，就跟你每次假装自己不想要某个东西的时候那表情一模一样。看见她的嘴了吗？你此刻就是那个德行。"她摩挲着我的下巴，"这里收得紧紧的。"

　　我强迫自己微笑，脑子里飞远翻检着我可能用得到的开场白，一时间整个脑子都快炸开了锅。"很高兴见到你。""我是薇奥莱·方。""真高兴终于再次见到你，芙洛拉。我是你的妈妈。""我是你的妈妈，芙洛拉。""我是薇奥莱·方，你的妈妈。""你还记得我吗，芙洛拉？"

　　但所有这些能够脱口而出的话都从我的脑袋里消失了，当我走到她面前，我只是说："你的旅途过得怎么样？你肯定很累——饿了吗？"

她说这趟旅途还不错，而且她既不累也不饿。我寻觅着她小时候的样子，并在她的眼睛里发现了它。眼泪涌出来的时候，我转了过去。我感到肩上有一只手，并听到她说："给。"她递给我一块手帕。胡乱抹了几下眼睛后，我抬起眼睛看着她表示感谢，心里盼望着她此刻也会是泪眼婆娑的。但她的眼睛干干的——我感到了害怕——她对我没有任何感情。

　　妈妈正用中文跟一个苦力说话，叫他小心点。她的中文比她上次来这里的时候变得更烂了，我叫那个苦力把行李箱搬到路对面，我们的车正在那边等着。

　　"听你讲中文，感觉有点怪怪的。"芙洛拉说，"我知道你是个混血儿，但直到你开口说中文之前，一点都看不出中国人的样子。不过我猜，我会很快适应的。"

　　"你还是个小女孩的时候，也会说中文。"我说，"你的陈阿姨和你都用中文对话。"我指了指宝葫芦，而她则兴奋地狂点头。

　　"我也会说中文？这太好玩了。"

　　我把宝葫芦带到芙洛拉面前，说："这是陈太太。她是我最好的朋友，曾经照顾了我很多年。她对我来说就像是个大姐姐。"

　　宝葫芦点了点头，用熟练的英语说："你就管我叫乐乐阿姨吧。"

　　妈妈悄悄地走到我身边，飞快地抱了我一下。"我告诉过你她长得很像你。你就等着看她还有什么举动跟你很像吧。"

　　忠诚耐心地待在一边，等着轮到自己被介绍。芙洛拉走到他面前，跟他握手。"你一定就是忠诚叔叔吧。"

　　他眉开眼笑："是的是的我是。而你是我的——我忘了那个词了——我的英语太差劲了——我的女儿。"

　　芙洛拉微笑起来："我想也是。"

　　外婆，妈妈和女儿坐在了车的后座上。我妈让我坐在中间，而我知道她是有意为之，想让芙洛拉坐在我身旁，左边。无法坦然地凝视芙洛拉的脸对我来讲是个折磨，所以我一直望向前方，叫司机沿着一条没有日本人在租界边沿设置的关卡的路线行驶。我不想吓着芙洛拉。车里非常安静，苦恼涌上我的胃，我感觉自己就要哭出来了。这不是事情该有的样子，感觉好不对劲。我等待了那么多年，此刻却无法释放出任何一点痛苦或快乐——芙洛拉不认识我了——对于她而言，我就是个看起来像白人却讲中国话的陌生人。那个曾经紧紧抓住我的小婴儿，现在对坐在她身旁的妈妈已经冷漠无感了。密涅瓦已经把她变成了一个没有感情的人。我的嗓子发紧。妈妈曾警告过我，芙洛拉看上去会显得很冷漠。"过很多天以后，她还是会很冷漠。"她写道。

一个月后，我要说她显得温和一点了。但她从未喊过我"外婆"。我对她来讲就是丹纳夫人。如果你发现她已不是你这些年来一直在记忆中拥抱着的可爱孩子，请不要觉得受伤，薇奥莱——你还记得我们在久别重逢时感觉有多诡异吗？

我正打算问芙洛拉她在上海有没有什么特别想去看看的东西时，却看到了挂在她脖子上的心形金链坠。她一直都留着它，密涅瓦没有把它夺走。她有没有曾经拆开它，看看里面有什么呢？"你戴着我送你的链坠。"我说，"你从小时候开始就一直记得它吗？"

她用手指摸了摸它，"我记得自己在一间黄色墙壁的房间里玩它，我还记得一个女人试图将它拿走。我想那个女人是我妈——我的意思是，密涅瓦——我再也不能管那个女人叫我妈了。不管怎样，密涅瓦一直想要夺走它，但我会咬她，而她则会大叫一声，让我觉得自己应该再咬她一口。我总是戴着它，但我不知道是你给的我。密涅瓦宣称它来自于她那一边的家庭，而她永远在撒谎。"

"你打开过它吗？"我问。

"在读到我爸寄来的那些信之前，我从没想要打开过它。但在那之后，我忽然有种感觉，感觉那个链坠里可能有点什么。为了撬开它我可是费了好大劲，最后才终于把它拆开。我看到了里面的照片，你和我爸，你们两个在一起。如果你没把那个该死的玩意焊上，我可能老早就发现真相了。"

"我不希望里面的照片不小心掉出来，因为你总在咬那个链坠——你看见上面那些牙印了吗？"

"所以那些凹痕原来是我的牙印咯。"她将手掌覆在那项链上，"它对我而言一直都很特别，在我知道它来自于哪里之前就是。它就像一颗小小的魔法心脏，我可以触碰它，而它可以让我变得坚强，随时可以隐形，还让我能够读懂别人的想法，我小一点的时候真的是这么认为的。不过我并非精神失常，我只是需要去相信某些东西，而它刚好就是那样东西。"

我的眼里再次涌上泪水，于是我转过身，朝向我妈。

"我给你的那块手帕呢？"我听到芙洛拉这么说时，她将手放到我的胳膊上，"没关系，想哭就哭吧。"

夹在我女儿和我妈中间，我就那么久久地啜泣着。

在开回我们家的路上，忠诚为芙洛拉指出了几处景点。当他表示我们应往左边看时，我抓住这个机会仔细看了看芙洛拉的脸。她不时往我这边投来一瞥，并微微笑一下。

"我还是不能适应你说中文这件事，"她说，"也不能适应我跟你长得很像这件事。"

"实际上，你更像你爸爸。"我说。她直勾勾地望向我，看起来很困惑。"你眼睛的形状，你瞳孔的颜色，你的眉毛，你的鼻子，还有耳朵……"

芙洛拉探过身去，看着我妈："她是认真的吗？"

我妈对她说："我告诉过你，芙洛拉，你长得很像你妈。"

最开始的两天里，我对过去只字未提。我们四个带芙洛拉游览上海——游览公共租界内部，我们所能看到的一切。她对这里的建筑很感兴趣，尤其是那些带弧形屋檐的屋顶。"那些屋檐总给人一种像是仰起向着天空的脑袋和脸的感觉。"她跟宝葫芦学着说一些简单的中文词汇："树""花""房子""男人""女人"，而她在一个小时之后还能记起这些词。

第三天，她在早餐时说："我已经做好准备，听你讲一讲你和我爸的事了。你就实话实说，不要美化，不要掩饰——但也别遗漏了那些好的部分。"

"我之所以会遇见你爸，"我说，"是因为忠诚叔叔把他介绍给了我，想让我们两个做一对能够用英文聊天的朋友。你爸爸当时以为我是个廉价窑子里的普通娼妓。我们一开始处得并不好。"她很爱听关于误会的那一段，也对忠诚在其中扮演的角色十分感兴趣。当我对爱德华进行描述的时候，她一动不动地坐着聆听。我发现，要想把爱德华之于我和之于她到底是什么完全用语言描述出来，其实相当困难。我告诉她他的声音有多优美，我还给她唱了他自己瞎编出来的晨曲。我告诉她，他总是很严肃，有时还有点悲伤、温柔，以及搞笑。我简要地跟她描述了一下她爸曾因一个叫做汤姆的，因他所搞的一个恶作剧而坠落悬崖的男孩的死，而感到的绝望。她对于她爷爷奶奶对此怎么想很感兴趣。当我说他们说他没有错时，她鄙夷地哼了一声，说："我就知道。"随着我一点一点讲述自己所记得的事情，我发现爱德华也一点一点更加生动具体地回到了我们身边，不再是囚于照片里的亡灵，不再只是静止的回忆，而是重新活了过来。

我走到一张桌边，上面放着爱德华的日记。我将日记放进她的手里，她便用手指抚摸起那柔软的棕色封面。她打开本子，朗读起里面那个爱德华曾自评十分浮夸的标题。

远东的最远方

B.爱德华·艾弗里三世所著

一个在中国的快乐漫游者

我让她看爱德华写下的我们一起去乡间，他教我开车的那一段；而当她自顾自读着时，我感到自己又一次和他在一起了。他催我开快点，以感受生命的速度，逃离蔓延于大地的死亡。他在那时只愿感到快乐，因为他正和我——他深爱着的女人在一起。我转向他，而他看到我也深爱着他。

"那就是我们有过的爱，也是我们给了你的爱。他净化了我，我不再是那个被迫成为妓女的女人。我被爱着，而那种被爱的感觉我将铭记一生。当兰普夫人管我叫娼妇的时候，她也没能将他的爱夺走，作为代替，她夺走了我的孩子。她们把你夺走，让你忘记了我是谁。"

芙洛拉变得十分忧郁。"在某种程度上来说，我没有忘——那大概也是为什么我不肯让任何人碰那个链坠。只要我还留着它，我就知道，某个像你一样的人会回到我的身边，我一直在等着你。而每一天，那些可恶的人都跟我说你并不存在，说那不过是一场噩梦。每一天他们都这么跟我说，直到你终于变成了一个梦。"她用绝望的表情看向我。她的眼神看起来像极了爱德华在向我吐露那个男孩掉下悬崖的故事之前的眼神。

"他们把我从你这里夺走，拼命想把我变成另一个人。我不是他们中的一员，我恨他们；但我也不是你。我不再认识你了，我不知道我是谁。人们看到我，都觉得我看起来十分自信。喂，幸运的姑娘，你很有钱，还没有烦恼——但我不是他们所认为的那个人。我穿着一条昂贵的裙子，我挺胸抬头地走路，看起来像个知道自己想要去哪儿的自信女孩。但我其实不知道我这一生想做些什么。我不是指等我大学毕业后的事情——如果我能毕业的话。我只是不知道自己日复一日到底想做些什么。没有什么东西能够将一个个日子连在一起，它们都是分散的日子，而每一天，我都不得不决定自己想干什么，自己又将成为什么人。

"密涅瓦试图伪造我的身份——她的女儿。但她知道我不爱她，而她也不爱我。我过去曾常常努力想要相信她爱我。但不知怎么，我就是知道，爱不是我从她那里感受到的东西。我以为是我自己有问题。我是个不讨人喜欢、也不会爱别人的女孩。我看见我们学校里其他女孩和妈妈在一起的样子，她们一边装扮复活节彩篮，一边说：'蓝色是我妈妈最喜欢的颜色。'我不得不假装我也跟其他那些女孩一样兴奋，但没过多久我就厌倦了假装。我是装给谁看呢？如果我假装的话，我又会变成谁呢？

"有其父必有其女，我就是在那优秀的艾弗里家族传统中长大成人的。你永远不会犯错，你总是对的。你可以睁着眼睛撒谎，让人们做你想让他们做的事情，因为你有足够的钱来买下任何东西。你可以买到爱慕，买到欣赏，买到尊敬——当然全都是假的，不过对于他们来讲，薄薄的纸壳塑造的假象就足够了。而我却拼命想要证明那些是买不来的。

"我在很小的时候就不再学习了，故意考试不及格。如果我知道正确答案的话，我就写下错误答案。我的家人指责老师待我不公平，而且他们还逼迫他们让我在家再考一次试。他们甚至雇来一个人替我写答案，然后我成了个明星学生！

"十一岁的时候，我开始到商店里行窃。这件事很刺激，因为这样做很危险，而且我有可能会因此被抓住。我从未有过如此强烈的感情——就我所记忆而言——而我感觉我有这么做的需要。我从一家玩具商店里偷了一个锡制的小小士兵。这并不是我真正想要的东西，但当我将它拿回家以后，我忽然就感觉它属于我，我有权利留着它，我的权利。我偷了一些贵重的东西，也偷了一些并不贵重的东西：一个银质的儿童水杯，一个苹果，亮闪闪的扣子，一个顶针，一个能放进顶针里的银质小狗，一根铅笔。我偷得越多，就越感到自己必须偷。我感觉自己心里有个巨大的圣诞老人礼物袋需要我去填满，而我却不知道这是为什么。我猜想，直到我将它填满的时候为止我是不可能知道为什么的。终于，我被抓住了，然后我从前那位假冒的妈妈让我坐下，问我是不是缺什么。我说我什么都不缺，因为我没法告诉她我心里有个空空的圣诞老人礼物袋。她说我只需要告诉她我想要什么，她就会立刻给我。她给了我十美元。我走到外面以后把那钱扔掉了：我气疯了，她竟然以为她可以用钱来抹消我身上的缺点。我又回去继续偷东西，我想要立刻再次被抓到，但没人注意我。所以我开始明目张胆地偷更大件的东西——一个洋娃娃，一个存钱罐，一套木头拼图。我知道那些店主看见我了，但他们什么都没说。我后来发现，我那从前的妈妈给那些店主开了一个账户，而他们会记下我偷走的东西的价目。相等数目的钱会从那个账户里付给他们，而这对于他们来说，就像是个玩笑。

"我并不想当坏孩子，我并不是那样的。只是，这么做让我感觉自己离自己原本该有的样子更近一些，因为这样的话，我就不像他们了。与他们相像意味着，我得认为他们没有任何问题，这个世界没有问题，那些摩擦双手，装得很尊敬他们，然而其实尊敬的是他们的钱财的人也都没有问题。与他们相像，意味着我要相信爱就是脸颊上的一个吻。爱本应使你幸福，让你觉得并不孤单，是你可以在某个人身上感觉到，但没法在其他人身上感觉到的东西。而你的心在被爱充满时本该感到抽痛。这就是我对我的狗的感情。人们都说真爱是永恒的，那么好吧，无爱也是永恒的。

"当我年纪大一些的时候，我和被艾弗里家族视为地球上最糟糕的人渣们交往，尤其是一个叫佩恩的男孩。我知道丹纳夫人偷看我的时候看到他了，那时他在和我一起抽烟，喝酒。我做了所有我不该做的事，后来我就怀孕了。当我意识到我就要有孩子了的时候，我感到我终于做到了，我终于改变了自己，我现在不一样了。以前我一直认为怀孕的女孩头脑愚蠢而且道德沦丧，但现在我不这么想了。我并非愚蠢或者不道德，我只是怀上了一个我不爱的男孩的孩子而已。我一直认为他和别人不一样，因为他从来不在意他人的看法，而且他既危险又有趣；但我知道自己并不爱他。我尝试过去爱上他，但他实在是不聪明。如果你听过'奶油不会自己浮到上面'，你一定知道我是什么意思。现在他跟我说希望让我当一个安分的女人，说他爱我，并问我对他的感情是否异曲同工。异曲同工！这是他用过最复杂的词汇了。他曾有机会迎娶钱袋小姐，然后他跑去查字典试图弄清楚人怎么和'钱袋'结婚。就算他变得虚伪，孩子却是唯一真实的。

"所以我该怎么做呢？虽然我尚不清楚，但我总会弄明白的，我只知道我很快就会离开家，因为我绝不会让我的孩子在那样的家里长大——同时，他们也很庆幸我们离开了。他们实在没法再用谎言掩盖我越来越大的肚子。我每天早上都会在房间里吐，两个月后，密涅瓦终于注意到了我的变化。有一天，我在晚饭时也吐了，她以为我胃肠不适，正准备打电话找医生，我告诉她没必要：'我只是怀孕了而已。'然后她关上了餐厅的门，那时屋里只有我们两个人，我又告诉她我不知道孩子的父亲是谁，很可能是那七八个男孩中的任意一个。这让她更生气，然后她说了一句奇怪的话：'我就知道会这样，你的出生本身就是不道德的，而且不管我如何努力都无法改变你。'我不知道那时她指的是你。她告诉我，我败坏了家族的名声、艾弗里家族的社会地位，而且我会变成大家茶余饭后的谈资。最让我开心的是她用刺耳的声音说：'小姐！你打开了通往地狱的大门！'

"我开始大笑，她让我闭嘴，而她的命令让我笑得更开心，我笑得歇斯底里；随即我发现我自己根本停不下来，这时我感到了恐惧。为什么仅仅是笑却会让人觉得恐惧呢？她不停地怒吼，我不停地大笑。她说如果我和这个下流的男人跑了，我会在贫民窟里生出我的孩子。我笑啊笑啊笑啊直到我笑得喘不上气，再也笑不出声音为止——我差点被自己笑死。她威胁我说如果我就这么跑了，就这么生下孩子，我别想从她那儿再拿到一分钱，刹那间，我不笑了，我说：'这笔钱的继承者是我而不是你，你才是拿不到钱的人。'她也安静了下来。

"我告诉她，不管你喜不喜欢，我都会待在这个房子里生下这个孩子，如果我们因此被社会鄙视，至少我们能诚实地面对。她瞬间改变了语调，假惺惺地关心我说我应该认真考虑我和孩子的未来。她用她一贯以来的虚伪的声音说，一切都会好的。'别担心，亲爱的，我会请医生给你开点止恶心的药。'我的继承权把'亲爱的'这几个字从她嗓子眼儿里挤了出来。医生来的时候我正难受地坐在床边上，弯着腰，我觉得真是得救了。他在床头柜上放了一瓶药，告诉密涅瓦每次给我吃一片，每天三次，然后他说他会给我打一针，让我立刻能舒服些。针扎进去的时候，我叫了一声，然后就失去了意识，再醒来的时候变得非常非常痛。密涅瓦说吐的时候这样是正常的，然后就又给了我药片。我睡着，醒来后，她又给了我药。

"三天之后，我推开了密涅瓦给我送药的手，我知道我子宫里的钝痛不是因为呕吐。他们把我的肚子切开了，然后取出了他们认为错误的东西，认为会毁掉她社会地位的东西。密涅瓦用她虚假的慈祥表情对我撒谎，说我流产了，她说得是那么真诚。她说我记不住是因为我痛得昏了过去。我用我能想到的最难听的话骂她，我不停地尖叫，她却告诉我我会好起来的，而且经历了我所经历的事之后感到悲伤是正常的。随即我停止了尖叫：我叫什么？又能改变什么？我赢不了她，因为没有什么值得我去赢了：我是孤儿，我没有家，我和任何人都没有任何关系，我唯一可以相信和依赖的人只有我自己。但我感到很无助，变得想放弃，因为我不想再坚强了——有何意义呢？

"我觉得我快要死了，而且我永远不会知道我想要的是什么了。一旦能起床，我立刻就逃跑了，之后警察找到我，把我送了回去，直到我再次逃跑，再次被抓住。每次他们抓住我的时候，我都感到身上又有一些东西消失。我剪短了头发，我割断了手腕然后让血流得满屋子都是，我猜你觉得我崩溃了。医生又来了，密涅瓦雇了护士监视我，而没把我送到精神病院去。他们在我的食物和水里放了镇定剂，然后我就不再吃东西，并把所有食物都冲到厕所里，所以我变得越来越虚弱。后来我意识到如果因为恨他们就让自己死掉是极其愚蠢的，我决心逃跑。我会装成一个好女孩，会礼貌地坐在桌边微笑着问候每一个人。我们很幸运没有像一些人一样被饿死，没有像波兰的犹太人一样被屠杀，没有像住在河对岸的那些人一样。我努力学习，在没有雇任何家教的前提下毕了业，并被新罕布什尔州的一所学校录取。到那里有几个小时令密涅瓦容易晕车的弯路。

"我只回了两次家，第一次回家是在我的祖母艾弗里夫人去世的时候。律师正式通知我，我继承了艾弗里家族的产业，继承人是我而不是密涅瓦，不过作为我谣传中的母亲，她有权利在我二十五岁之前决定如何使用这笔财富。她几乎是第一时间就嫁给了一个自称拥有一个油井的男人。如果他真有一个油井，最多就是后院里的一口放着几瓶菜油的井。第二次回家是上个圣诞节——我知道密涅瓦和她的新丈夫在佛罗里达。我是去那儿收拾我的东西的，我不希望我的任何一部分留在那里。就是那次我在邮箱里找到了忠诚叔叔的信和礼物。

"当我知道密涅瓦不是我真正的母亲的时候，我感到自己的世界都被颠倒了。之前，我感到自己所有的感情都像被装在盐瓶里一样，一次只能倒出来一点点；而现在一切都能倒出来了。我终于明白了许多事：密涅瓦在报复我。她恨我的脸，因为我的脸像我妈妈的脸——我父亲所爱的女人的脸。她无法爱我，我也无法爱她。除了我不是她的孩子之外我哪儿都没错。我欣喜若狂：我终于可以做我自己了！但随即我又开始了新的恐惧：我不知道自己是谁，不知道自己里面到底有什么，就像那个空空的圣诞口袋一样。

"我是一个聪明伶俐但不知道自己究竟是谁的姑娘，我感到迷惘。但来中国之后我却感觉好多了，因为一切都变得那么不一样，而且所有来的人都会感到迷惘。我说的迷惘指的并不是在大街上找不到路，而是感到困惑、新鲜和怪异。语言不同，规则也不同，在这里，所有新的困惑把我旧的困惑推开了，我能重新开始了。我可以再从三岁半开始一次，我可以重新学习简单的单词，比如'牛奶''勺子''宝宝''抱抱我'等等——而我确实还记得这些单词。我感到我的一部分一直藏在这些单词里，而我的这一部分逐渐回来了：记忆中的我，记忆中的你。我还记得我说'我怕'，但我却不记得我说的是中文还是英文。我还记得自己是一个在妈妈怀抱中的小女孩，你的怀抱中。我知道那就是你，因为我第一次到上海的时候，我们坐在车里，我仰望着你的下巴；我记得曾经看到过同样的下巴，只不过这次我和你一样高了。我以前戳你下巴的时候你都会笑，然后你的下巴就变成了一张小小的笑脸。你说话和微笑的时候是不同的，你悲伤和开心的时候也是不同的。在车里，我看到你的下巴拧在一起的时候，我就知道你在害怕，因为我还记得你奔跑时在你怀中摇晃的自己。我被你抱在脖子边上，我说'我怕'，你用我们的语言说'别怕！别怕'，然后我就感觉有什么把我从你身边拉开了，我一直在伸手抓你的脸，然后看到你的下巴越发地拧在一起。你一直很害怕，一直在叫我的名字。我也是。"

清晨，芙洛拉和我在大街小巷散着步，看着形形色色的人们的日常生活。她想知道我在上海是如何生活的，想知道她父亲经历了什么。当华人是什么感觉？作为洋人又是什么感觉呢？谁的道德标准更严厉？如果我的母亲没有离开的话，我会变成什么样呢？

我一直在回答那最后一个问题：我会变成什么样？如果我住在旧金山，我的想法会不会不一样呢？我会不会更开心呢？"我曾想过住到别的地方去，"我告诉芙洛拉，"但我并不想变成另一个人。我就想当我自己，而且我一直是这么做的。"

我们去了我和爱德华曾经住过的静安寺路的那座房子，现在这里变成了一所给外国孩子设的中学。

"外国人，"芙洛拉说，"我是外国人。"

庭院里的大树还在，我们站在树阴下，我像她被带走之前那样抱着她。那块石碑也还在，上面铭刻着爱德华的名字，上面种了紫罗兰。几周之前，我和母亲在那里放了那个小牌子，并重新种上了那些花。她给了学校一大笔捐款，并雇了花匠去照顾庭院。

"他真的埋在这里吗？"芙洛拉问。

我点了点头。我还记得落在爱德华棺材盖子上的尘土。旧伤再次袭来：爱德华，你怎么能就这样离我而去呢？

芙洛拉用手指轻抚紫罗兰，然后闭上了眼睛："我想感受他把我抱在怀里的感觉。"

我脑子里出现了这样的画面：爱德华把小芙洛拉抱在怀里，摇着她，看着她充满好奇的脸，告诉她，她是最纯洁的，永远不会受伤。

芙洛拉和我母亲待了一个月。在她们快要离开时，我感到她再一次被人从我身边带走了。

"你应该去旧金山看我们，"母亲说，"你有丹纳名下的出生证明，这能证明你是美国公民。虽然我能帮你搞到它，不过我估计你并不愿让我再试一次了。"

"我们没法给忠诚弄到签证的。无数的中国人想离开中国，而且签证官知道他们不想回来——我不能留下忠诚一个人，"我说，"他根本不知道怎么照顾自己。"我没告诉她忠诚已经让我向他保证我不会一个人离开了。他很怕我被带到美国去，尤其是现在我已经找到了自己的母亲和女儿。当人们去美国时，他说，他们很长时间都不会回来了。"战争之后，忠诚和我就会过去啦，"我告诉母亲，"或者你带着芙洛拉来这里，我们可以一起去爬我和爱德华爬过的山，去香港或者广东那些我从没去过的地方——我们可以一起去。"

母亲理解地看着我，她知道我还想见到芙洛拉。"我会尽力而为的。"她捏了捏我的手。

三天之后，忠诚、宝葫芦还有我一起送母亲和芙洛拉到了码头。下次我们再能见到彼此是什么时候呢？战争会持续多久呢？在再次见到她们之前还会有什么可怕的事情发生呢？如果我十年或者十五年都见不到芙洛拉呢？如果母亲在给我写信的时候就去世了呢？她们又一次离开我了，这一切发生得太快了……

宝葫芦塞了一大袋子蜜饯胡桃到芙洛拉手里，她弄这个弄了整整两天。"她长得真像你年轻的时候啊，"宝葫芦又一次说——自芙洛拉来这里之后她几乎天天都会这么说，"我曾经在想，如果是有人救了你，然后你离开了，然后我又一个人了——我希望有人来救你，但我……"她掩住嘴哭了起来，"看她走就像看你走一样。"芙洛拉拥抱着她，用中文跟她说谢谢，并感激她从她小的时候就一直照顾自己。

"她有一副好心肠，"忠诚跟我用中文说，"那是从你这里继承的。三年半的时间足够把这个给她了。她就像我们或许会拥有的女儿一样——我会想我们的女儿的。"他让芙洛拉保证回家后第一时间给我们发电报，告诉我们她安全到达。

离别的时候到了。芙洛拉走到我身边，用奇怪、拘束的口吻说："我们一定会很快再见面的，我们还会常常写信。"

我还以为她已经对我亲热了起来，此刻却惊悚地发现我想错了。她不能现在就走，我还需要跟她更多地相处，我开始害怕、动摇。

她拉住了我的手。"这次不像上次，对吧？我确实是要走了，不过我还会回来的。"她用手臂环住了我的脖子，抱着我，轻轻说，"我小时候被他们带走之前是怎么叫你的？妈妈？对吧？我找到你了，妈妈。我绝不会再失去你。我妈妈从记忆中回来了，小芙洛拉也回来了。"

我也轻轻对她说我爱她，这是我那时唯一所能说的。

"别再伤心啦，"她亲了亲我的脸然后离开，"这是你下巴上的笑脸，"她戳了戳我的下巴，并揉了揉它，直到我开始笑，"我们再也不用害怕了，"她又一次亲了亲我的脸，"我爱你，妈妈。"

她和母亲走向船跳板，她无数次回头向我招手，我也不停地向她招手。我看着她们不停地往上走，直到船跳板的顶端，她和母亲再次向我挥手。我们猛烈地冲着彼此挥手，直到芙洛拉把手先放下。她静静地站在那里，看着我，然后她和母亲就走进了船舱，消失在视线里。

我还记得我本应离开上海去旧金山的那天，母亲本应等我而她没有。她本应回来，但她没有。我本应作为美国人的生命也跟着飘走了，从那一天起，我不再知道自己是谁。

在我不堪忍受自己生活的不眠夜晚，我总会幻想我登上了那条船——我被拯救了！我只是一个乘客，站在船尾，看着上海远去。一个穿着水手服的美国女孩，一个仍是处子之身、穿着高领真丝夹克的高级妓女，一个泪水不断的美国寡妇，一个一只眼睛乌青的中国妻子。无数个我挤在甲板上，回头看着上海。但船却永远没有开走，然后我必须下船，在每一天早上重新开始我的人生。

我再一次把自己想象成那个穿着水手服的女孩。我在船上，站在船尾。我要去美国，在那里被带我去旧金山的母亲抚养。我会在一座漂亮的房子里长大，卧室里有阳光般金色的墙，一扇窗外有一棵橡树，另一扇窗外可以看到大海。从那扇窗户里，我可以看到海尽头的那座城市，直到黄浦江边的一个码头，而那里，我和宝葫芦、爱德华、忠诚、母亲，以及小芙洛拉站在一起，向远去的船上那个穿着水手服的女孩招手，不停地招手，招手……

京权图字：01-2017-2436

图书在版编目 (CIP) 数据

　　奇幻山谷 / （美）谭恩美（Amy Tan）著 ；王蕙林译. —— 北京 ：外语教学与
研究出版社，2017.8
　　书名原文：The Valley of Amazement
　　ISBN 978-7-5135-9386-1

　　Ⅰ . ①奇… Ⅱ . ①谭… ②王… Ⅲ . ①长篇小说－美国－现代 Ⅳ . ①I712.45

　　中国版本图书馆 CIP 数据核字 (2017) 第 202855 号

出 版 人　蔡剑峰
出版统筹　张　颖
责任编辑　孙嘉琪
执行编辑　李佳星
装帧设计　鲁明静
出版发行　外语教学与研究出版社
社　　址　北京市西三环北路 19 号（100089）
网　　址　http://www.fltrp.com
印　　刷　三河市北燕印装有限公司
开　　本　880×1230　1/32
印　　张　17
版　　次　2017 年 10 月第 1 版　2017 年 10 月第 1 次印刷
书　　号　ISBN 978-7-5135-9386-1
定　　价　49.00 元

购书咨询：（010）88819926　电子邮箱：club@fltrp.com
外研书店：https://waiyants.tmall.com
凡印刷、装订质量问题，请联系我社印制部
联系电话：（010）61207896　电子邮箱：zhijian@fltrp.com
凡侵权、盗版书籍线索，请联系我社法律事务部
举报电话：（010）88817519　电子邮箱：banquan@fltrp.com
法律顾问：立方律师事务所　刘旭东律师
　　　　　中咨律师事务所　殷　斌律师
物料号：293860001